BASTEI
LÜBBE
TASCHENBUCH

Über die Autorin:

Eeva-Kaarina Aronen, geboren 1948, ist Journalistin bei Finnlands größter Tageszeitung HELSINGIN SANOMAT. Für ihr Debüt *Die Lachsfischerin* hat sie begeisterte Kritiken erhalten. Ihr zweiter Roman *Der Sommer vor meinem Fenster* wurde für den renommierten Runeberg-Literatur-Preis nominiert. Eeva-Kaarina Aronen lebt mit ihrer Familie in Helsinki.

Eeva-Kaarina Aronen

Die Lachsfischerin & Der Sommer vor meinem Fenster

Roman

Aus dem Finnischen von Angela Plöger

BASTEI
LÜBBE
TASCHENBUCH

BASTEI LÜBBE TASCHENBUCH
Band 17026

1. Auflage in Neugestaltung: September 2014

Die Übersetzerin dankt den Mitgliedern des Internet-Fliegenfischerforums für ihre Hilfe bei der Gestaltung des korrekten Sprachgebrauchs in Sachen Fliegenfischen und Fliegenbinden (bei der *Lachsfischerin*).

Am Ende der Bücher befinden sich Namens- und Sachregister

MIX
Papier aus verantwortungsvollen Quellen
FSC® C014496
www.fsc.org

Vollständige Taschenbuchausgabe

Titelillustration: © shutterstock/S. Matveev
Umschlaggestaltung: Tanja Østlyngen
Druck und Verarbeitung: GGP Media GmbH, Pößneck
Printed in Germany
ISBN 978-3-404-17026-5

Die Lachsfischerin

Roman

Die Reise von Maria Renfors
März 1892 - Juni 1892
Weißmeer-
Karelien
Finnland
Paanajärvi
Rajala
Kivakkakoski
Vartiolampi
Kuusamo
Ristijärvi
Kajaani

Am Anfang war der Fluss, war schon vor sehr langer Zeit da, lange bevor die Frau, von der diese Geschichte berichtet, mit der Angelrute in der Hand an seinem Ufer stand.

Der Fluss. Hören Sie: Seine Quellen verbergen sich fern im Osten, im östlichsten Winkel der Provinz Kainuu, und von dem blauen Juortana-Ödwaldgebiet reichen sie im Osten bis Weißmeer-Karelien, umarmen von dort aus die Mutter Russlands, die Wolga, und verlaufen als mächtiger Strom hinunter bis nach Mittel-Asien und zur Seidenstraße.

Im Westen wechselt er viele Male den Namen, während er sich quer über die Taille Finnlands und ins Meer ergießt, aber da er anfangs Juortananjoki heißt, ist er der Jordan, der heilige Fluss des erwählten Fischervolkes.

Bei der Stadt Kajaani heißt er natürlich Kajaaninjoki. An seinem Ufer beginnt und endet diese Geschichte.

Der Jordan wurde geliebt, über ihn hinweg wurde Krieg geführt, er wurde besungen, und man sehnte sich nach ihm. Dutzende von Propheten standen in seiner Gischt und verkündigten, dass nach ihnen ein noch größerer Fischer kommen werde.

Und so strömte der Fluss, und die Forelle stieg, und die mit Teer beladenen Boote schossen den Strom hinab, und auf dem Rückweg zog man sie flussaufwärts, und die endlosen Wälder rauschten.

Die Frau kam und stellte sich ans Flussufer. Benetze einmal die Hände, die Fliegenrute, die Füße, und der Fluss merkt sich: Du bist getauft. Du bist Mitglied eines ewigen Bundes. Das wusste sie; ihr Name war Maria Renfors, und sie glaubte, die Gaben einer Prophetin und Seherin zu besitzen.

Februar 1892. Das ist ein guter Ausgangspunkt für den Beginn, obwohl der Monat und das Jahr sich dem Gedächtnis der Renfors' gar nicht als bedeutungsschwangere Worte einprägten, Worte, die man später mit Nachdruck ausgesprochen hätte: »Der Februar 1892 …«

Eher sagten die Renfors' so: »Damals, als Maria fortfuhr …«, und: »Damals, als Maria zurückgekehrt war …« Wortreich waren die Erinnerungen dennoch nicht. Diejenigen, die später versuchten, etwas zu fragen, mussten sich mit zerstreuten, zusammenhanglosen Sätzen begnügen, in denen viel Überflüssiges und Irreführendes aufschimmerte, »die schlimmen Jahre«, »als das Haus auf dem Zollfelsen fertig war«, »Agnes' schreckliche Fehlgeburt so kurz vor der Hochzeit«.

Herman Renfors wusste es am besten, er, der sich selbst und seine Schwester Maria so gut kannte. Die Worte, mit denen Jahr und Monat angegeben werden, sind auf der Zunge schon zu Staub geworden, wenn die Erinnerungen, Reue und Sehnsucht noch als lebendige, geräuschvolle Gäste in die Zimmer eindringen. Wie oft muss man Vergangenes von neuem erleben? Wie oft die Trauer verabschieden?

Wenn man auch den Finger auf die Kalenderseite legen würde – Februar 1892, da begann es! –, hat in Wirklichkeit das, was geschehen ist, seinen Wendepunkt in etwas, von dem wir schon geglaubt hatten, wir hätten es vergessen, etwas, was wir noch nicht sehen, denn alle Zeit atmet mit uns –

ich weiß nicht, ob das ein beruhigender oder ein beängstigender Gedanke ist, überlegte Herman im Spätsommer des folgenden Jahres.

Hermann lehnte gegen den Stamm einer Eberesche und sah in der dichter werdenden Dämmerung zu, wie Maria am Ufer der Ämmäkoski-Stromschnelle stand und mit ihrer ältesten Greenheart-Gerte die Black Doctor warf. Die Steigringe der Fische, die den glatten Spiegel des Flusses zerstört hatten, waren längst wieder verlaufen, aber in dem blassen Mondschein machte die Schwester Wurf auf Wurf, und jedes Mal sah Herman, dass ihr linkes Handgelenk seltsam abknickte und die Gerte sich zu langsam bewegte.

Die Rechnung für Paanajärvi muss also noch einmal bezahlt werden, und zum höchsten Preis, dachte Herman. Maria wird nie wieder so werfen können wie früher. Vorsichtig wanderte er über den Uferhang davon, der stattliche Mann, mit hängenden Schultern, eigentümlich gleitend, denn er hoffte, Maria habe ihn bei seiner Spähpatrouille nicht bemerkt.

Wenn Ohta doch sprechen könnte ... Hermann wälzte den schon abgewetzten Gedanken im Kopf. Aber nachdem Ohta erschossen worden war, gab es keine Zeugen mehr, keine stummen und keine sprechenden.

Herman, der insgeheim an die Auferstehung und das Himmelreich auch für Tiere glaubte, stellte sich vor, wie er selbst (im weißen Leinengewand, mit einer Krone auf dem Kopf?) unter dem Himmelstor stand und sich mit dem mürrischen Karelischen Bärenhund beriet.

Der Hund würde die Schnauze öffnen, seine Respekt einflößenden Eckzähne entblößen und prusten: »Du, Herman Renfors, möchtest also wissen, was in jener Nacht vor Palmsonntag auf dem Eis des Paanajärvi geschah ...«

Auch Anna beschäftigte die Sache, sie machte sich über

himmlische Dinge kaum Gedanken, glaubte aber umso fester an Träume und behauptete, mehrmals im Traum nächtliches Eis und darin eine Spalte gesehen zu haben. »Unsinn«, sagte darauf Maria.

Denn über das Thema Paanajärvi wurde nicht gesprochen.

Natürlich bemerkte ich, dass Herman mich beobachtete und erkannte, dass mit meiner Hand etwas nicht in Ordnung war. Was hätte ich sagen sollen? Dass ich mit vierzig Jahren plötzlich ungeschickt geworden bin?

Wir hatten mehr als ein Vierteljahrhundert gemeinsam am Karjaanifluss mit der Fliege gefischt, und von klein auf habe ich diese Art des Fischens besser beherrscht als mein Bruder, ich warf genauer und geschickter. Herman hat nie gelernt, ordentlich Fliegen zu binden.

»She casts a lovely line«, sagte einer von Hermans englischen Gästen, als ich etwa zwanzig war.

Einige Jahre danach brachte Sir Conrad mich in Allcocks Fabrik in Redditch in einem Fliegenbindekurs unter. Damit begann alles – was lange nichts war, obwohl Perlhuhn und Goldfasan sich mir auf die Finger gesetzt hatten und schwarze Seide und gelbe Seide mir über die Nägel glitt, als ich schnell lernte und ebenso gut wurde wie die Landmädchen von Sambourne, die sich über ihre Arbeit beugten, kleine Gottesanbeterinnen. Mar Lodge. Jock Scott. Green Highlander. Silver Blue. Ich war geblendet.

Aber obwohl ich geblendet war und obwohl man mich an die klaren Kalkströme Südenglands mitnahm und ich, während ich dort fischte, aus ebenso lebenden Teilen gemacht war wie die Fliegen, die ich gebunden hatte, war ich dennoch ebenso leblos wie sie.

Hätte ich zu Herman sagen sollen, sieh mal, im Februar vor über einem Jahr ... Wie intensiv muss man leben, damit man endlich spürt, dass man wirklich lebt?

Unser gleichförmiges Leben, das regelmäßige Stunden und Tage tickte und dröhnend schlug wie eine gut gepflegte Uhr – im Falle der Renfors' eine von Jahr zu Jahr prächtigere Wanduhr –, war im Februar 1892 für einen Augenblick stehen geblieben, nicht weil es kaputtgegangen war, sondern weil es ganz neu justiert wurde. Mein Bruder Herman wollte heiraten! Im Alter von dreiundvierzig Jahren schickte er sich an, unser Haus in der Brahestraße zu verlassen und für seine junge Frau und seine künftige Familie auf dem Zollfelsen ein Haus in der Nachbarschaft der neuen Fabrik bauen zu lassen. Die Uhr schlug für Herman die volle Stunde, ein Fest, und dieser Klang war in ganz Kajaani zu hören.

»Ich bin nicht sicher, ob ich sie mag«, sagte Anna und schob ein neues Glasnegativ in einen grauen Briefumschlag. Wir standen im Lagerraum des Fotoateliers über den langen Tisch gebeugt und taten unsere Arbeit, die kein Denken erforderte – wenn man nur den richtigen Namen auf den Umschlag schrieb.

Es war die Veränderung, die Anna nicht gefiel, nicht Hermans Braut Agnes. Jahrzehntelang hatten wir uns im Kreis gedreht wie drei bemalte Uhrenpuppen und die Zeit gemessen. Herman hatte eine solche Uhr auf seiner Reise in Lübeck gesehen, und mir kam der Gedanke, dass sie so war wie unser Leben. Wenn die Uhr schlug, ruckte ihr Werk uns hervor: Zuerst kam Herman hervorgetickt, die Brauen gerunzelt, die große Nase vorgereckt, in seinem dunkelbraunen Anzug mit Weste, in einer Hand ein Marderfell, in der anderen eine Angelrolle aus Messing. Hinter ihm kam gleich Anna in kleidsamer rotblauer Seide (ich hülle sie hier in ein Kostüm, in dem meine große, grobknochige Schwester sehr vorteilhaft wirkt), die Stickarbeit an ihren Fingern festgeklebt.

Und in dem Augenblick, da die Puppen Herman und Anna sich auf ihrem drehenden Untersatz zurück ins Innere der Uhr begeben, gleite ich, Maria, hervor. Ich kleide mich in eine dunkelgrüne Sergejacke mit grünem Samtkragen und Manschetten und den Rock, in dem ich fische. In der Hand halte ich die gespließte Bambusrute von Hardy, die ich von Herman zum letzten Geburtstag bekommen habe. Bei der Bambusrute zögere ich ein wenig. – Sollte die Uhrpuppe jetzt etwas anderes in der Hand halten?

Herman stand mir näher, aber mit Anna verbrachte ich, der *Umstände* halber, mehr Zeit. An ihr war das Beste, dass ich Raum für meine eigenen Gedanken bekam. Obwohl Anna häufig anwesend war, hatte ich mein eigenes, unsichtbares Revier, in dem ich mich bewegte, ohne dass meine Schwester etwas bemerkte.

Die Eigenheit, die mich an ihr am meisten in Rage brachte: Sie modifizierte alles, was sie erlebt und gelesen hatte so, dass es zu ihrer Denkweise passte. Nie verstand sie, wenn ihr etwas begegnete, was ihre Gedanken aus den gewohnten Bahnen werfen, das Fahrwasser aufwühlen konnte.

Nachdem ich aus Paanajärvi und Kuusamo zurückgekehrt war, sagte ich Anna, das größte Ereignis im Leben könne eine bloße Erkenntnis sein. Plötzlich sieht man die Dinge einfach in neuem Licht, und das verändert alles. Anna nickte zerstreut. Sie musste prüfen, was wir dem Landhandel von Sihveri Herman Ervasti in Kuusamo für die Ladung Pelze schuldeten.

Als ich gleich danach wieder krank wurde, zitierte ich

von meinem Krankenlager für Anna Mark Aurel: »Ist der Schmerz unerträglich, so führt er den Tod herbei, dauert er fort, so lässt er sich ertragen.«

Anna glaubte, ich spreche von der Pelzbearbeitung. Zu dem Ortspolizeidirektor von Kuusamo, der gekommen war, um mich zu dem Verschwinden zu befragen, sagte sie, ich rede im Fieber irre und man könne mich nicht vernehmen.

Gut so.

So viel zu Zitaten! Es kam der Augenblick, der die Veränderung in Gang setzte, und ich nahm ein irrwitziges Tempo auf, so als führe ich im Schlitten einen vereisten Weg entlang. Sie kündigte sich nicht in den Klängen der Wanduhr im Wohnzimmer an, nein, das geschah im Inneren der Uhr, in ihrer dunklen Höhle, wo ich eine Glasplatte in Händen hielt, die ich gerade in eine große Balgkamera schieben wollte. Ich drückte auf den Auslöser, und unmittelbar danach hörte die Puppenmaschinerie auf, sich zu drehen.

Dann, ganz zum Schluss, begriff ich, dass das Leben gar keine Maschinerie ist, sondern ein großes Wesen, dessen verschiedene Teile die ganze Zeit wachsen und schrumpfen, in unterschiedlichem Tempo. Und über dessen Tun man sich bei niemandem beschweren kann.

Maria sagte sofort, dass sie nach Kuusamo wolle, und ich dachte schon damals, dass ich sie nicht fahren lassen sollte. Das sagte ich auch, aber da schrie sie mit ihrer tiefen Stimme so heftig, dass ich fast erschrak: »Sei still!«

Ich gab also nach, widerwillig, aber wenn ich gewusst hätte, dass es von Kuusamo noch weiter nach Osten gehen würde, hätte ich sie mit Gewalt angebunden, und sei es an den Kachelofen im Wohnzimmer.

Kuusamo stellte für mich immerhin noch eine gewisse Zivilisation dar, gab es dort doch auch richtige Kaufleute – wie naiv doch selbst ein erwachsener Mann sein kann! Denn erst hinter der Grenze öffnete sich der finstere Höllenschlund des Ostens, dessen Herrscher von seinem Thron in St. Petersburg aus mit seiner Zange auch uns Finnen von Jahr zu Jahr schmerzhafter würgte. Ja, schon allein deshalb …

Aber gerade Kuusamo werde ich jetzt bis ans Ende meiner Tage verfluchen, nicht Karelien, denn mit Kuusamo fing alles an, dort waren die Spielkarten schon gezinkt, und am Spieltisch saß ein unschlagbar durchtriebener Spieler.

Die Verhältnisse, von denen Maria sprach, waren von der Art, dass ihr Bruder Herman der geniale Erfinder der Familie war. Nicht nur, dass er Erfindungen machte und seine Fabrik leitete, er stand auch mal in der Stube eines Kätners in Paltamo und bestellte dreißig Paar Skier – und zwar gleich für Oktober, Kemppainen versteht doch? – mal in London oder anderswo und stellte seine Errungenschaften vor. Der »Kajana-Spinner« verbreitete sich später bis nach Amerika und Japan. Schweigsam, aber scharfsichtig und – ob man es wagt, das so zu sagen – für einen Junggesellen verdammt fleißig, vergrößerte er sein kleines Imperium zu ungeahnten Ausmaßen.

Anna kommandierte mit ihrem holprigen Finnisch die Wirtschafterin der Renfors', Fräulein Komulainen, die aus Kuhmo stammte und kein Schwedisch konnte, sowie die Magd und die Putzfrau. Sie half Maria im Fotoatelier und Herman bei der Buchführung der Fabrik und des Geschäfts. Sie stickte, nähte, webte und klimperte beim Licht des Kandelabers auf dem Tafelklavier die Kompositionen von Erik, dem Sohn ihrer verstorbenen Schwester, aus dessen Gymnasiastenzeit.

»Erkki Melartin, merk dir den Namen!«, mahnte Anna plötzlich Maria mitten bei einem Menuett in einem Ton, der auch ihr selbst ganz fremd war. Vielleicht war sie letztlich manchmal genauso scharfsichtig wie Herman.

Die Renfors-Frauen waren ein alltäglicher Anblick, wie sie untergehakt, die Mützen aus Eichhörnchenfell tief ins Gesicht gedrückt, durch die Straßen von Kajaani zwischen ihrem Haus in der Brahestraße, dem Geschäft für Anglerbedarf, der Fabrik und dem Fotoatelier hin und her gingen. Wenn die eine auf der vereisten Straße auszugleiten drohte, hielt sie der Arm der anderen aufrecht. Von dem schwarzen Kajaani-Fluss erhob sich eine eisige Bö und ließ ihre Röcke um die Stiefel aus Seehundsfell flattern – die waren plump und hässlich, aber die Frauen waren nicht sonderlich eitel. Oder wären es vielleicht doch gewesen, wenn sie dazu Gelegenheit gehabt hätten.

In der Maschinerie des Renfors'schen Hauswesens war es Marias Aufgabe, sich um das Fotoatelier zu kümmern. Sie band auch mit Anna Fliegen für das Geschäft, unterrichtete die Schulkinder vier Stunden pro Woche im Zeichnen, saß dreimal wöchentlich in der finnischsprachigen Volksbibliothek, machte Notizen für die Wetterbeobachtungsstation – und was noch? Sie war von ihnen beiden die Blindeste. Sie war es gewohnt, die Menschen durch die Kamera zu betrachten, sodass sie sie ansonsten überhaupt nicht wahrnahm. Dann, wenn sie ohne Kamera unter Menschen musste, war es schon zu spät.

Außerhalb der Maschinerie waren für Maria nur das Wasser, das strömende Wasser, dessen Bewohner, die Fische, und die Blumen und Pflanzen im Garten lebendig. Und die Tiere, auch, wenn sie tot waren.

Im Winter, wenn die Fische tief unten im Stillwasser schliefen und die Schneewehen höher und höher wuchsen, ging sie gern ins Pelzlager der Fabrik zu den Fellstapeln und fuhr mit den Fingern durch das glänzende Haar. Jedes

Fell fühlte sich anders an, natürlich, aber eigentümlich war das Pulsieren, das durch das Vlies bis in die Hand hinein spürbar wurde. Das war das Lebendigste, was sie im winterlichen Kajaani hatten, die Menschen eingeschlossen.

Ab und zu gab es dort auch ein Bärenfell, das dafür bestimmt war, irgendwo vor dem Ofen eines Bibliothekszimmers oder Rauchsalons zu liegen. Maria packte den Bären bei den Ohren, schüttelte seinen Kopf und flüsterte ihm zu: »Hör mal, du, du …«

Von Bearbeitern von Schaf- und Rentierfellen waren die Renfors' in wenigen Jahren zu richtigen Pelzhändlern aufgestiegen. Außer mit Bären pflegten sie also auch mit anderen Wildtieren Umgang: mit Wölfen, Vielfraßen, Füchsen, Bisams, Mardern und Eichhörnchen. Das hätten sie vielleicht nicht tun sollen.

»Ich hatte mir Hermans Braut anders vorgestellt«, nörgelte Anna. Sie hätte die Glasnegative vorsichtiger behandeln sollen, aber sie war wieder aufgebracht: Schon vor langer Zeit hatte sie es sich in den Kopf gesetzt, dass Herman dereinst eine zierliche kleine Frau heiraten würde, eine mit flaumigen blonden Locken auf der Stirn und blauen, runden Augen. Eine Frau, die viel lachen und unsicher und nervös sein würde.

Als dann Agnes Matilda Castrén als verlobte Braut zum ersten Mal ins Haus der Renfors' kam, machten sie beide große Augen, Anna und Maria. Vielleicht hatte auch Maria eine eigene Vorstellung von ihrer zukünftigen Schwägerin gehabt.

Agnes Castrén war als Lehrerin der privaten Mädchenschule von Fräulein Jenny Bergh von Kuopio nach Kajaani gezogen, Maria und Anna hatten wohl von ihr gehört, sie auch ein paar Mal flüchtig gesehen, doch die junge Frau, die langsam ins Wohnzimmer trat, war alles andere als ein kleines, kicherndes Mädelchen. Zwar war Agnes fast zwanzig Jahre jünger als Herman, aber sie war hochgewachsen und dunkel, ihre Nase groß und energisch, das Kinn stark. Ihrem Aussehen nach hätte sie eine Renfors-Schwester sein können.

Unter dunklen Brauen und einer glatten Stirn blickte sie ruhig und sicher auf die Welt – zumindest meistens, denn bald stellte es sich heraus, dass sie wahnsinnig in Herman verliebt war. Über Herman konnten die Schwestern nichts anderes sagen, als dass sie dieses lebhafte Aufblitzen der Augen, wenn er Agnes bisweilen von der Seite ansah, nie zuvor gesehen hatten, und auch nicht die in seine Wangen steigende helle Röte.

Die mit pflaumenfarbener Seide bezogenen Polstermöbel im Wohnzimmer erlebten schwere Zeiten: Hatten früher nur die gemessen abrollenden Hinterteile der feinen Herrschaften von Kajaani sie abgenutzt, wurde auf ihnen jetzt im Sitzen Masurka, Polonaise und Walzer getanzt, mit mühsam unterdrückter Leidenschaft. Auf welchem Stuhl Agnes auch immer saß, rasch stellte Herman seinen daneben, und wenn Agnes sich auf das Sofa setzte, beeilte er sich, neben ihr Platz zu nehmen, und zwar keineswegs sittsam am anderen Ende des Sofas. Ihre Arme und Hände berührten sich, Agnes senkte den Blick in die Falten ihres dunkelblauen Wollkleids (die Farbe passte nicht zu ihrer gelblichen Haut) und atmete tief, fast keuchend durch.

Eines Abends, als Maria von ihrer Arbeit in der Bibliothek kam und den Vorraum betrat, kam Agnes aus Hermans Arbeitszimmer gestürzt, mit halb gelöstem Haarknoten, der ganze obere Teil der Knopfreihe ihres Kleides offen stehend. Sie blickte Maria schnell mit ihren großen, klugen Augen wie um Hilfe flehend an, und ihre schwere weiße

Brust wogte unter der weißen Spitze, als sie ohne ein Wort ins Gästezimmer am Ende des Gangs stürmte.

Über das Heim der Renfors' hatte sich etwas Schweres und Träges gelegt, das Haus hatte sich tief in das grüne, klare Wasser gedrückt, in dem die Geschwister stumm, aber aufmerksam nebeneinander her oder aneinander vorbei schwammen. Maria begriff, dass es sich um Leidenschaft, um Begehren handelte, auch Liebe genannt. Zunächst wunderte sie sich, wo die leichte, feine und trockene Zimmerluft, das lebhafte Blinzeln des in der Wintersonne vor dem Fenster stiebenden Schnees, das im Kachelofen flackernde, sich um nichts kümmernde muntere Feuer geblieben waren.

Sie betrachtete alles gemächlich schwimmend, von ferne, durch große Wassermassen hindurch, und von irgendwo weit oben drang durch schwankendes Wassergras mattes Tageslicht bis an den Grund. Verwandele ich mich endlich in eine Forelle?, wunderte sie sich.

Zumindest sprachen die Renfors' ebenso wenig miteinander wie Fische. Wir sind wie aus dem Märchen *Das Schloss Soria Moria,* das ich dem kleinen Erik vor Jahren vorgelesen habe, dachte Maria. Wir sind vier Kinder, versteckt unter Gardinen, hinter Türen, im Bettzeug. Eine Stelle, die Erik immer vor Grauen und Entzücken aufschreien ließ, war die, wo der fürchterliche Troll am Abend nach Hause kommt und schreit: »Hutu tutuu-uu, hier riecht es nach Christenblut!«

In den Zimmern roch es also nach Blut, und nach Fleisch. Als Agnes mit ihrer schweigsamen, aber höchst zufrieden wirkenden Mutter in das Heim ihrer Kindheit zurückgekehrt war, um sich auf ihre große Lebensaufgabe als Ehefrau von Herman Renfors vorzubereiten – Maria konnte sich nur vage vorstellen, mit welcher Mühe man dort Kilometer von Laken sowie Spitzen- und Leinenhandtücher im Akkord fertigte –, wurde das Haus nicht mehr wie früher. Wegen des Schweren und Klebrigen, mit dem Anna noch weniger Erfahrung hatte als Maria, sagte sie, während sie mit den Glasnegativen hantierte: »Ich bin nicht sicher, ob ich sie mag.«

Abgesehen davon, dass Herman ein liebenswürdiges Wesen besitzt, ist er vorurteilslos und aufgeschlossen gegenüber allem Neuen. Das Fotoatelier gründeten wir, Anna und ich, mit Geld, das Herman uns aus eigener Tasche schenkte. »Väterliches Erbe«, sagte er ein wenig ausweichend. Bei seinen Reisen durch die Welt ist an ihm etwas von der neuen Emanzipationsbewegung der Frauen hängen geblieben, von der auch in Finnland Reflexe spürbar sind. Herman hatte bei einem Besuch in Kuopio Minna Canth* getroffen, von der er uns einige Einzelheiten, die er für geeignet hielt, erzählte: Sie war dick und hässlich, aber an ihrem Kopf sei nichts auszusetzen!

Herman ist das Oberhaupt unserer kleinen Familie, aber unter seinem duldsamen Schutz können wir so ungezwungen und frei leben, wie es nur möglich ist. Anna hält ihr angenehmes Leben als alte Jungfer für eine Selbstverständlichkeit; für sie ist der Fabrikant Herman ein großer Baum, in dessen Zweigen Anna wie ein geschäftiges Eichhörnchen herumspringt. *»The elder one is not too bright«*, hörte ich denselben Lachslord sagen, der mich später bei Allcock unterbrachte. Das stimmt aber nicht, unbedarft ist Anna nicht, aber wenn man sie mit einem englischen Eigenschaftswort

---

* Siehe Namens- und Sachregister im Anhang

kennzeichnen sollte, dann wäre es *contented,* mit ihrem Los zufrieden.

Ich glaube, Anna ist Herman nicht einmal sonderlich dankbar. Ich dagegen bin dankbar, aber keineswegs *contented.*

Das weiß am besten der kleine Erik. Ich bin mehr als zwanzig Jahre älter als er, er ist der kleine Sohn unserer früh verstorbenen Schwester Gustava, aber solange ich denken kann, hat uns ein starkes Band verbunden. Ich sehe seine ernsten, klaren und aufmerksamen Augen, wenn ich ihm, der fast noch ein Kind ist, Briefe schreibe, in denen …

Ob es wohl in allen Menschen eine unbekannte Grundströmung gibt, die die anderen nur dann erfühlen, wenn sie es wagen, weit genug ins Tiefe zu waten? Dieselbe, die man in einer Stromschnelle spürt, wenn man bis dahin vorgedrungen ist, wo eine ganz andere, viel stärkere und kältere Strömung die Beine umspült? Sie schiebt und zieht mit grauenhaft faszinierendem Sog, der von irgendwo tief aus dem Erdinnern kommt, von dort, wo im Innern schwarz glänzender Felsen Wasser und Flüsse entstehen.

Viele lernen in ihrem Leben nichts anderes kennen als das kleine Geplätscher, das auf den Ufersteinen die Stiefel umspült. So jemand ist Anna, aber wir beide, Erik und ich, wir sind aus anderem Holz, vom selben Schlag. Auch wenn das nicht so sein sollte, möchte ich doch so denken.

Das, was letztlich alles veränderte, war ein alltägliches und belangloses Vorkommnis.

»Mit dergleichen beginnen oft große Veränderungen«, hätte ich vielleicht hinterher zu Erik gesagt, wenn es sich um das Leben von jemand anders gehandelt hätte, bei dessen Beobachtung man als Außenstehender eine schimpflich-süße Pein von Grauen, Mitgefühl und Neugier empfinden kann. »Es klopft einfach nur an der Tür.«

»Jemand ist an der Tür«, sagte Anna im Lagerraum. »Der Riegel vom Vorzimmer ist wieder herabgefallen. Sag, dass wir heute niemanden fotografieren, er soll morgen wiederkommen.«

Die Negative sind sortiert und registriert, wir können genauso gut auch fotografieren, dachte ich, nahm meine große braune Schürze ab und öffnete die Tür. Auf der Außentreppe stand ein ziemlich kleiner Mann mit grauer Schaffellmütze, das Gesicht war nicht zu erkennen, denn die tief stehende Nachmittagssonne des Februars stand direkt hinter ihm.

Der Mann neigte nur knapp den Kopf und sagte auf Finnisch fast im Befehlston: »Ich möchte mich fotografieren lassen, hätten Sie jetzt sofort Zeit?«

Ich nickte und machte die Tür weiter auf. Kein Ortsansässiger, nicht mal aus Kainuu, überlegte ich.

Im Vorraum deutete ich, immer noch wortlos, auf die Garderobe, und der Mann nahm die Pelzmütze ab und warf mit einer einzigen Bewegung auch den grauen Mantel von den Schultern, dessen Aufschläge mit demselben Schafpelz verbrämt waren.

»Kuisma, Jaakko«, stieß er, ohne ein Lächeln, seinen Namen hervor und reichte mir dann die Hand, die für eine Männerhand klein und zierlich war.

»Maria Renfors«, sagte ich und sah den Mann direkt an. Blonde Haare, ein blonder, dem Kinn entlang getrimmter Bart, wohlgeformte, ein wenig spitze Nase, blaue Augen unter schweren Lidern. Der Blick war direkt, aber verhangen, irgendwie leblos.

Leicht zu fotografieren, dachte ich. Auf das Bild kommt genau dieser Blick, nichts sonst. »Bitte sehr, die Atelierräume sind hier«, sagte ich laut.

Jaakko Kuisma drehte sich in dem geräumigen Zimmer

langsam um und betrachtete den auf einem Birkenstamm befestigten kleinen Tisch, die Plüschsessel, die bemalten Papierfonds. Er schritt leicht und sehr gerade, so wie kleine Männer oft. Sein Anzug war blaugrau, von feinster Wolle, und sein gelblich-weißes Leinenhemd hätte der Qualität nach gut aus Irland sein können. Um den Hals hing ihm eine lose gebundene blaue Seidenfliege. Ein Dandy – am kleinen Finger ein dicker Goldring, in der Mitte mit einem glänzend geschliffenen, kleinen, ovalen Stein.

Ich sah mir sofort den Kopf des Mannes an, denn ich hatte von klein auf den seltsamen Hang, die Ohren der Leute, ihre Größe, Form und die Lage am Schädel zu studieren. Dieser Mann hatte die vollkommensten Ohren, die ich je gesehen hatte, rund, von völlig regelmäßiger Form, schön oberhalb des Kieferknochens sitzend, am Kopf anliegend hinter Bart und Schläfenhaar. Sie waren so makellos, dass man nichts über sie sagen konnte.

»Ich kann mir nicht recht vorstellen, vor so einem Gartenhäuschen zu stehen«, sagte der Mann auflachend und deutete auf den Papierfond, der noch vom Vortag dort hing, von der Aufnahme der Salin'schen Zwillingsschwestern. Aina und Birgit, die drallen Mädchen, hatten sich davor gegen ein weißes Blumenpiedestal gelehnt und sich vor Aufregung das Gesicht rot gekichert.

Plötzlich fühlte ich mich müde. »Dann nehmen wir doch das hier«, stieß ich hervor und warf über den Tisch mit dem Birkenstamm ein schwarz-braunes Vielfraßfell, so groß, dass es ihn ganz bedeckte. Die Tatzen des Tieres berührten den Boden, als versuchte es, seiner Wege zu gehen. »Lehnen Sie sich dagegen. Was möchten Sie in der Hand halten?«

Der Mann zog eine krumme braune Pfeife aus der Tasche und sah das Fell lange an. »Woher wussten Sie ... Ich bin doch gerade ... Kann ich eine Pfeife rauchen?«

»Aber natürlich«, sagte ich, schnappte mir vom Ofensims die Streichhölzer und warf sie ihm zu. Er fing sie in der Luft auf und lächelte plötzlich. »Gefangen!«, sagte er lachend.

Sein ausdrucksloses Gesicht veränderte sich völlig. In den blonden Haaren sprühten Funken, die Augen bekamen einen neckischen Glanz, und die Lippen entblößten ein wenig schiefe Vorderzähne, die dem starren Gesicht etwas Schelmisches gaben. Die vom Bart bedeckte Oberlippe stand lustig vor.

Auf dem Foto war das Gesicht wieder ernst, und die verhangenen Augen taxierten Fotografin und Kamera. Das Seitenlicht umschmeichelte schön die Schläfe und das vom Bart bedeckte Kinn. Von dem übermütigen Augenblick vor dem Druck auf den Auslöser war nur der fragend gehobene Bogen einer Braue geblieben.

Ich habe niemals verheiratete Frauen um Heim, Kinder oder Mann beneidet, aber manchmal um ihre Gelassenheit. Ich habe verstanden, dass der Mann in ihrem Leben eine Boje darstellt, um die das Boot am Tau sich dreht. Die Boje ist das Versprechen von Sicherheit. Sie bedeutet ewige Rückkehr.

Ich lege die Stirn gegen die Fensterscheibe – wie kann ein so dünnes Glas Frost und Wärme voneinander scheiden? Gibt es zwischen Glück und Unglück eine noch brüchigere und dünnere Trennwand? Das muss ich Erik schreiben, wenn … Erik ist sehr krank. Wir sind außer uns vor Sorge. Es heißt, er habe die ganzen Weihnachtsferien über pausenlos gespielt und dabei habe das Herz ihm wieder Schwierigkeiten gemacht.

Der Januar war wie ein Todesurteil. Den Besuch des Gymnasiums in Savonlinna musste er unterbrechen, die

Rede war von einem schweren Herzfehler, man berechnete schon die verbleibende Lebenszeit, für einen Schüler, einen kaum Siebzehnjährigen.

Jetzt unterzieht er sich einer Mastkur, und er ist auf dem Wege der Besserung. Abiturprüfungen und Musikstudium sind ihm wurscht!

Der arme Erik, wahrscheinlich habe ich seinem schmalen, mageren Nacken, wo die dunklen Locken bis zum Kragen wachsen, zu viel aufgebürdet. Im Herbst, als der Gedanke an die Musik als Lebensaufgabe sich in dem Jungen endgültig gefestigt und mein gutherziger Schwager Oskar dem zugestimmt hatte, schrieb Erik: »Es ist seltsam festzustellen, wie oft wir etwas sehen müssen, bevor wir es wirklich *sehen.*«

Jetzt im Februar kann ich ihm keine Antwort schreiben, ihm sagen, wie treffend seine Worte sind.

Jaakko Kuisma hatte, bevor er ins Fotoatelier kam, unser Geschäft besucht und erklärt, er benötige Fliegen zum Fischen von Äschen in den kleinen nordöstlichen Flüssen, an denen die Pelzjäger unterwegs sind. Er kaufte Black Gnats, viele, bestimmt genug für den Rest seines Lebens. Von unseren Forellenfliegen hatte er gehört, und als er eine Jock Scott in der Vitrine sah, wollte er eine haben, obwohl wir überhaupt keine auf Lager hatten.

Ich erklärte mich bereit, ihm eine zu binden – warum hätte ich das nicht tun sollen? Ich mache das seit fast zwanzig Jahren. Wie oft habe ich schon den Schenkel des Hakens mit feinem, rundem Silberfaden umwickelt, und mit gelber Seide den hinteren Abschluss? Den Goldfasan und den Rotkehlkotinga des Schwanzes befestige ich mit schwarzem Strauß, den hinteren Teil des Gebindes umwickle ich mit feinem, rundem Silber, den vorderen Teil mit ovalem Silber.

Dann beginnt der schöne Teil: der Fliegenkörper halb

gelbe Seide und halb schwarze – ich liebe die Berührung der Seidenfäden an meinen Fingern und denke an die im fernen China lebenden Seidenraupen, die diesen Faden eigens für mich und eigens für diese Fliege gesponnen haben. An die Ober- und Unterseite des gelben Teils kommen Schleier vom Tukan. Ich habe gesehen, wie der Tukan aussieht, er lebt in Mexiko. Mexiko ... Ich lasse die K's am Gaumen knacken, dann wickle ich Strauß und schwarzen Hahn an den schwarzen Teil des Körpers. Danach achte ich darauf, dass das Material für Kehlhechel und Unterschwingen säuberlich aufgereiht auf dem Tisch liegt: graues Perlhuhn, Truthahn mit weißer Spitze, Schwertfeder des Pfauhahns, von dem ich langsam, langsam Strahlen reiße.

Haare lösen sich aus dem Nacken und fallen mir auf die Wangen, aber ich stecke sie nicht zurück. Ich möchte so sitzen, mit aufgelöstem Haar, im weiten, dunkelblauen Baumwollkittel, der von einem gestickten Gürtel zusammengehalten wird. Dieser Augenblick gehört mir allein, ich schulde ihn niemandem. Das Licht der Kerzen bewegt sich im Silberbeschlag einer Ikone, und die Flammen lassen ihn funkeln wie das Wasser einer Stromschnelle. Herman hatte die Gottesmutter von Konevitsa als junger Mann in Petersburg gekauft, als er in den Putilow-Werken in die Lehre ging. Auch den Religionen gegenüber verhält er sich immer großzügig – manchmal denke ich, dass nur durch eine Laune des Zufalls auf dem Wandregal eine Ikone und nicht ein kleiner Buddha oder ein Tankha der Tibeter steht. Die Ikone gab mir Herman in die Hand, als ich mich auf die Reise nach Allcock machte, und murmelte verlegen etwas von Beschützen.

Ich weiß nicht, wie sie mich beschützt hat, aber wenn ich meine alten Tagebücher aus zehn, fünfzehn Jahren lese, habe ich anscheinend jahraus, jahrein vor dem Heiligenbild um Freiheit gebetet. Freiheit wovon? Von meinen Gedanken – erst ist ein Hals da, auf den ich die Lippen drücken, in den ich die Zähne schlagen möchte, und dann entsetze ich mich schon vor meinen quälenden Betrachtungen und flehe um Befreiung.

Manchmal überlege ich, nicht schicksalsergeben, nur etwas amüsiert, wie ich wohl dereinst meine Tage beschließen werde. »Es gibt Frauen, für die ist die Liebe fast gleichbedeutend mit einer lebenslangen Rente«, sagte Herman letzten Sommer, als die Buttenhoffs zu einem langen, die Freundschaft auf die Probe stellenden Besuch in Kajaani geweilt hatten. Ich fand, das war etwas zu viel für Eriks Ohren, aber ich dachte, es wäre schön, die Rente auszuprobieren, zumindest eine Zeitlang.

Meine ersten Jock Scotts waren wie Priester einer geheimnisvollen Forellen-Religion, die vom Stolz auf ihre eigene Pracht gebläht waren. Die Schwinge ist ja das Schwierigste, da steckt so viel Material drin. Gelbe Gans, brauner Truthahn, rote und blaue Gans und Schwanz des Goldfasans werden da miteinander vermählt. An die Seiten kommt Krickente und obendrauf braune Stockente, vom Kajaani-Fluss, von zu Hause.

Vor zwei Jahren besuchte uns der Forschungsreisende Nordenskjöld, der mehrmals im fernen Nordosten gewesen war, in den unermesslichen Nadelwäldern und in der Tundra. Er erzählte, die Nomaden glaubten, Pelze und Federn hätten die Fähigkeit zu sehen, was in der Ferne geschieht. Deshalb verwenden ihre Zauberer so viele Tier- und Vogelkleider – sie bekommen hundertfache Augen, um das Verborgene besser zu sehen.

Sollte auch ich diese Fähigkeit besitzen? Habe ich das Verborgene gesehen und verstanden? Emsig, emsig wickle ich den Faden. Die Seidendarmschlaufe ist vollkommen, genau so muss sie sich ein wenig aufwärtsbiegen. Von Jugend an sind Felle und Federn durch meine Hände gegangen. Jetzt kommt die Krönung der Jock Scott: Ich binde die Seiten, dann die Rückenschwinge aus Goldfasan und zuletzt die Wangen aus Eisvogel.

»In den Forellenfluss werde ich dich werfen, in die Tiefe, wo mit silberner Flanke ein großer Schatten aufsteigt …«, murmle ich meinen alten Zauberspruch. Einen Augenblick lang bin ich die Jock Scott, fliege durch die Luft, gekleidet in Seide, brennendes Gelb, loderndes Blau, in Gold, rotes Feuer und Perlhuhnschleier.

Aber der Kopf der Fliege ist schwarz, glänzend und hart, wie das Ende von allem.

Der große schwarze Rolf und der alte, grau gewordene Othello warteten mit gespitzten Ohren auf der eisigen Hintertreppe darauf, in den warmen Ofenwinkel der Küche zu kommen, aber jenseits der Fenster huschte nur dann und wann ein eiliger Schatten vorbei. Anna deckte zusammen mit der Magd Hanna den Tisch für das Abendessen. Die Kerzen in der Deckenkrone des Esszimmers waren angezündet, und die gelben Quadrate der sechsscheibigen Fenster fielen auf den hohen Frostschnee des Gartens. Nach dem kalten Sommer und dem Herbst hatte es einen harten Winter gegeben, in den Kirchspielen um Kajaani hatte der Frost bisweilen Werte von mehr als vierzig Minusgraden erreicht, und in der Stadt hatte man Nothilfekomitees gründen müssen, um den Allerärmsten zu helfen.

Das Haus der Renfors' in der Brahestraße 1 war ein ebenerdiges, breites, gelblich-weiß gestrichenes, massives Gebäude, dessen nördliche Fenster auf den Kajaani-Fluss und deren südliche auf die Brahestraße gingen. Wenn man aus den Fenstern des Wohnzimmers oder des Esszimmers nach Nordwesten blickte, konnte man gerade noch die Gischt der Ämmäkoski-Stromschnelle und das Sägewerk sehen; rechts im Nordosten blieb die brausende Koivukoski-Stromschnelle hinter der kleinen Anhöhe einer Landzunge verborgen.

Das Haus war im West- und Nordteil des geschlossenen Hofs von einem großen, üppigen Garten umgeben. Im letzten Jahrzehnt des Jahrhunderts erlebte der Fabrikant, Erfinder und Kaufmann Herman Renfors auch selbst die Blüte seines aktiven Lebens. Aber Kaufmann war er nur notgedrungen, denn Kaufen und Verkaufen war langweilig. »Wenn ich doch ausschließlich erfinden und planen und basteln und fischen könnte«, seufzte er mehrmals im Laufe der Jahre. Seine Schwestern Anna und Maria nickten: Am glücklichsten war Herman in seinem Arbeitszimmer, in seinen Werkstätten, wenn er mit den Arbeitern seine Erfindungen ausprobierte, und beim Fischen.

Am anderen Ende des Hauses wurden schon seit etwa zwanzig Jahren die von Herman entwickelten Fischereigeräte hergestellt und verkauft. Sie waren in der ganzen Welt bekannt. Er war ein Mann, der mehr als ein halbes Hundert Patente hielt und dessen Unternehmungslust in vielerlei Richtungen ging. Es gab auch eine Knopffabrik: Anfang der 1870er Jahre hatte Herman in den Räumen der ehemaligen Brauerei auf dem Zollfelsen, am Ufer des Ämmäkoski-Unterlaufs, eine Steinschleiferei gegründet. Außer den aus dem Dolomit von Melalahti in Paltamo geschliffenen Knöpfen wurden in der Fabrik Schmuckgegenstände, Steinschalen, Steinplatten und Papiermesser hergestellt.

Aber die Knöpfe allein reichten ja nicht aus – zu Beginn des folgenden Jahrzehnts wurde die Fabrik um eine Lederwerkstatt erweitert, in der innerhalb von wenigen Jahren mit der Herstellung von Edelpelzen begonnen wurde. Der begabte und geschickte Herman hatte fast alle Maschinen seiner Werkstätten selbst erfunden und entwickelt und sogar die Linsen der im Fotoatelier verwendeten Kameras geschliffen.

Jetzt rückte er am Ende des Esstischs in Hemdsärmeln

seine ovalen Augengläser zurecht und schuf vorsichtig zwischen Tellern und Gläsern Platz für Zeichnungen. Sie zeigten eine neue Fabrik und eine neue Wohnung – die alte Brauerei auf dem Zollfelsen war zwei Jahre zuvor abgebrannt, und die Arbeiten am Neubau standen kurz vor dem Abschluss.

»Hier möchte Agnes also eine große Glasveranda haben«, murmelte Herman vor sich hin, fuhr mit dem Zeigefinger über den unteren Rand der Fassade, und ein Gefühl des Wohlbehagens wanderte als ein rasches, heißes Pochen durch die Brust hinab in den Leib. Agnes …

Das Kerzenlicht spiegelte sich in Hermans hoher, kahl gewordener Stirn, die verbliebenen, schon leicht ergrauten Haare waren an den Seiten und hinten ganz kurz geschnitten. Seine große Renfors-Nase war lang und wohlgeformt, und ein kurzer Spitzbart umrahmte den vollen, sensiblen Mund. Der Blick seiner graublauen Augen war nachdenklich und klug. Mit seinen zweiundvierzig Jahren war Herman ein ansehnlicher Mann, darin waren sich seine Braut Agnes und seine Schwestern Anna und Maria, die Magd Hanna, die Haushälterin Fräulein Komulainen und auch alle anderen Leute aus Kajaani einig, die den zwischen Zollfelsen und Brahestraße hin und her gehenden Fabrikanten grüßten.

»Ingenieur Wegelius und Gattin sind im Vorzimmer, und Fräulein Anna auch«, sagte Hanna und knallte den Brotkorb so auf den Tisch, dass ihr großes Hinterteil unter den Röcken erbebte. »Wünscht der Herr Fabrikant, dass später im Arbeitszimmer Kaffee und Kognak serviert werden?« Hanna war übellaunig und wagte es, das ihrem gutmütigen Herrn zu zeigen. Sie hatte von ihrem Bräutigam Werner Nikander, der in Amerika war, seit Monaten nichts gehört.

»Schon gut, Hanna, bitten Sie zu Tisch, und hat jemand

daran gedacht, die Hunde vom Hof in die Küche zu lassen?«, sagte Herman zerstreut, nahm sein Jackett von der Stuhllehne und zog es über die Weste. »Wenn im Humidor in der Speisekammer noch Kubaner sind, könnten Sie die in die Kiste im Arbeitszimmer legen ...« Er rollte die Papiere zusammen und reichte sie Hanna.

Dann seufzte er, sah die in der Tür stehende Maria mit einem halb schelmischen, halb verzweifelten Funkeln in den Augen an und hob die Hände, als flehte er um Hilfe. Maria zuckte die Achseln. Die Geschwister blieben beim Tisch stehen und warteten aufmerksam und höflich wie gute Gastgeber.

Herein trat mit ausgestreckter Hand, den Kopf ein wenig schräg gelegt, Ingenieur Wegelius, der Bauaufseher, ein ziemlich dröger, magerer Mann, dessen dünne, rötliche Haare mit Wasser über die runde Glatze geklebt waren. Ein gerader Scheitel verlief oberhalb des einen Ohres, und die immer gerötete, scharfe Nasenspitze war ständig drauf und dran, einen Tropfen fallen zu lassen. Seine Frau Vega im braunen Wollkleid war klein, rundlich und melancholisch – unter ihrem dunklen Schnurrbartflaum bebte ein trockener, verkniffener Mund, aus dem kaum je etwas anderes zu hören war als Seufzen und Gewinsel. Es hieß, die Kinderlosigkeit sei Vegas großer Kummer, den sie keinen Moment vergessen könne.

Henrik Wegelius war ein penibler, verständiger Mann, und Herman schätzte ihn außerordentlich. Manchmal allerdings klagte er, die Gesellschaft des Ingenieurs könnte doch ein klein wenig unterhaltsamer sein, denn wegen der Bauarbeiten hatte er viel mit ihm zu tun. »In der Endphase müssen noch ein paar kleine Änderungen in den Zeichnungen vorgenommen werden«, antwortete Herman auf Wegelius' spontane Frage und stopfte sich die leinene Serviette in den

Kragen. Wegelius verschwendete niemals Zeit für unnützes geselliges Rankenwerk.

Hanna trug die Suppenschüssel auf, ein Stück aus dem Fasan-Service des Arabia-Werks in Helsinki, das Herman von seinem letzten Besuch in der Hauptstadt per Bahn, Schiff und Pferd mitgebracht und dabei keine Mühe gescheut hatte. Das kann in der Brahestraße bleiben, dachte er und sah seine Schwestern an, die zu beiden Seiten von Wegelius saßen. Sie würden hier zu zweit wohnen bleiben.

Anna hatte schon den Brotkorb herumgereicht und bestrich mit gerunzelter Stirn eine dicke Scheibe Roggenbrot reichlich mit Butter. Ihr Gesicht mit den schweren Zügen war ganz auf ihre Beschäftigung konzentriert. Anna isst zu viel, sie wird noch ordentlich aufgehen, dachte Herman, leicht amüsiert. Er hatte nie darüber nachgedacht, ob er seine Schwester mochte oder nicht, denn ihr Zusammensein war von klein auf unkompliziert und einfach gewesen. Für Anna war einfach alles selbstverständlich. »Wir sind wie zwei Hunde, wie Rolf und Othello, die auf demselben Hof nebeneinander her leben und einander ertragen«, hatte Herman einmal zu Anna gesagt, aber der hatte der Vergleich nicht gefallen. »Wie Hunde«, zischte sie und krauste die große Nase, die ihr fast auf die Unterlippe fiel.

Maria dagegen … Herman pflegte seine jüngste Schwester aufmerksam anzusehen. Sie musste man zu lesen versuchen. In Marias Augen lag oft ein schwer zu deutender Blick, sie ließ nicht erkennen, was hinter ihrer Stirn vorging. Maria war immer für eine Überraschung gut, Maria hätte er mehr gegönnt – aber was wäre das gewesen? Manchmal, wenn sie sich unbeobachtet glaubte, starrte sie mit unruhigen Augen vor sich hin, mit strengem Gesichtsausdruck, so als brütete sie über einem großen, endgültigen Entschluss.

Über den Tisch legte sich gleich zu Anfang eine Stimmung, für die Herman die treffende Bezeichnung *The Wegelius Gloom* erdacht hatte: Vom Kronleuchter floss statt Licht etwas Betäubendes und Schläfriges, das Gespräch brach dann und wann ab, und die Gastgeber, die fürchteten, die Stille könnte qualvoll lange anhalten, unternahmen nahezu wütende Anstrengungen, die steife Stille mit heiterem Stimmengewirr auszufüllen. So auch Maria:

»Nach seiner Rückkehr aus Helsinki erzählte Herman, dass sich jetzt anscheinend alle für Karelien interessieren. Es ist eine richtige Völkerwanderung, die sich da nach Weißmeer-Karelien in Bewegung setzt«, sagte sie mit ihrer tiefen Stimme zu Vega Wegelius, die nervös schniefte und lächelte. »Die Architekten machen sich in Scharen auf. Ob der Touristenverband Kajaani den Reisenden irgendwie behilflich sein könnte? Gallén will mit seiner jungen Frau und seiner kleinen Tochter und der Komponist Sibelius auf Hochzeitsreise dorthin, und Galléns Freund, der schwedische Graf Sparre, macht die Reise schon zum zweiten Mal.«

Die Messer und Gabeln klapperten auf den blauweißen Tellern, die einen neuen Stil vertraten und über und über mit Vögeln, Blumen und Blättern verziert waren. Hanna hatte nach der Gerstenmus-Suppe einen mit Schweinefleischscheiben bedeckten Lammbraten mit Pilzsoße aufgetragen, und Herman schenkte deutschen Rotwein in die Gläser. »Es ist wohl das Kalevala, was sie begeistert«, sagte er. »Erik hat so inbrünstig über die Kullervo-Sinfonie geschrieben, an der Sibelius arbeitet, etwas davon war schon zu hören. Und Gallén, der zeichnet und malt in einem fort das Volk. Ich habe immer gedacht, dass Lönnrots Arbeit irgendwie fortgesetzt wird … Er wird nicht der Letzte sein, der durch diese Gegenden gewandert ist.«

»Fräulein Komulainen hat als kleines Mädchen Lönnrot im Pfarrhaus von Kuhmoniemi gesehen«, mischte sich

Anna in das Gespräch. »Er soll ein lebhafter, gesprächiger Mann gewesen sein, der gern Karten spielte und Schnaps trank.«

Henrik Wegelius lächelte und leerte sein Wasserglas. Er war Abstinenzler und ließ sich manchmal – und das war schlimmer als seine abgehackte Wortkargheit – zu einem langen, heftigen und die Tischgesellschaft ermüdenden Monolog über die Schrecken des Schnapstrinkens hinreißen, unter denen Kajaani seit Beginn des Jahrhunderts zu leiden gehabt hatte. Herman hatte einmal gesagt, die Laestadianer hätten in dem Ingenieur einen großen Prediger verloren.

Diesmal begnügte Wegelius sich damit, Herman gegenüber knapp hervorzustoßen: »In das neue Lagerhaus passen viel mehr Felle als früher. Werden noch Fellfuhren eintreffen, bevor die Wege unpassierbar werden?«

»Eine große Partie wartet in Kuusamo. Kaufmann Ervasti hat mitgeteilt, sie müsse geholt werden, bevor die Wege sich in Morast verwandeln«, seufzte Herman. »Das Problem besteht nur darin, dass bei uns zurzeit kein Fuhrmann frei ist, der Ervasti Ware bringen könnte, und die Felle müssten natürlich auch vorher geprüft werden. Bei uns in der Fabrik hat sich Antti Karjalainen, der nach Kuusamo hätte fahren und die Felle mitbringen sollen, letzte Woche das Bein gebrochen. Männer sind jetzt knapp wegen des Neubaus, alle sind Tag und Nacht beschäftigt.«

»Die Skiwettkämpfe hättest du nicht auch noch zu veranstalten brauchen. Musst du denn auch darin der Erste in Finnland sein?«, sagte Anna und sah ihren Bruder vorgeblich tadelnd an.

Die Tischgesellschaft verstummte: Der eine dachte über das von Karjalainens Beinbruch verursachte Problem nach, der andere überlegte, was es für einen Sinn hatte, auf Skiern einen öffentlichen Wettlauf zu veranstalten, eine dritte prägte sich ein, wie großartig Pilzsoße zu Lammbraten passte.

Ein im Ofen brennendes Birkenscheit knallte in der Stille wie ein Schuss. Irgendwo im Haus wurde eine Außentür geöffnet, und der Luftzug legte die Flammen der Tischkerzen in die Waagerechte. Maria hob ihr Weinglas und betrachtete dadurch die hohe Palme in der Ecke, an deren Zweig sie vor Weihnachten aus Spaß einen großen Weihnachtsschmuck, einen vergoldeten Zapfen, befestigt hatte. Auch der Zapfen schaukelte wie bei heftigem Wind.

»Könnte ich nicht nach Kuusamo fahren?«, fragte sie. »Wenn Mikko Karppinen als Fuhrmann mitkäme, dann könnten wir unterwegs abwechselnd lenken.«

Ich wollte ihr etwas geben. So hatte ich es mir gedacht. Ein ums andere Mal hatte ich sie beim Fischen am Ufer der Ämmäkoski-Stromschnelle beobachtet, oder in Vaala, oder wo wir auch unterwegs waren, und ich sah ihre Kraft und ihre Akkuratesse, den vollkommenen Rhythmus, mit dem sie die Rute warf, und ich brauchte ihr nicht zu sagen, dass sie die Beste von allen war, denn das wusste sie auch selbst.

Darüber sprachen wir niemals, und auch die englischen Gäste, die bisweilen mit dabei waren, begnügten sich damit, das nach jener britischen Art zu kommentieren, die mangels jeglicher Schmeichelei eindrucksvoller ist als jede wortreiche Lobpreisung.

Aber beim Zusehen entstand in mir das beklemmende Gefühl, dass sie dennoch von etwas ausgeschlossen war. Wovon? Das weiß ich nicht. Von der großen Welt, von einem eigenen Zuhause, von der Wildnis? Ich wurde mir niemals so recht klar über meine eigenen Gedanken. Ich wollte ihr einfach etwas geben.

Oft betrachtete ich sie verstohlen, wenn sie saß und Fliegen band. Auch darin war sie unglaublich geschickt, und sie war stolz auf ihr Können und nahm es sehr genau damit. Das Wissen, das sie in England erworben hatte, gab sie nur an mich, an Anna und an Carl Munsterhjelm weiter.

Beim Binden saß sie völlig konzentriert mit gebeugtem

Kopf da, der Bogen ihres Nackens war anmutig und schön, und man hätte nie geglaubt, dass diese starken, kurzen Finger so übergenau sein konnten.

Von Anfang an erfasste sie die Form der Fliegen und die Relationen zwischen deren Bestandteilen. Dieses Verständnis geht so mancher, sonst sehr geschickten Person ab. Ihr Blick für Farben war untrüglich. »Nein, das Braun der Hechel ist zu hell«, schüttelte sie mitunter energisch den Kopf, sodass die Haare ihr auf Stirn und Schläfen fielen, und dann feixte sie, um Verzeihung bittend, sodass ihre Augenwinkel und Wangen sich in lustige Fältchen legten. Schön war sie nicht, aber bezaubernd.

In einem anderen Jahr hätte ich es sicherlich fertiggebracht, es ihr zu versagen, so eigensinnig, wie sie manchmal war. Frauen, die viel lesen, meinen, dadurch das Leben im Griff zu haben. Sie glauben, dass die in den Büchern konzentrierte Weisheit ihnen allüberall eine Richtschnur biete, selbst wenn sie bis zu den Knien im Dreck des Schweinestalls stünden. Und nachdem Maria angefangen hatte zu fotografieren, meinte sie, sogar eine Menschenkennerin zu sein.

In jenem Jahr aber ging es mir nicht recht gut, um den Lieblingsausdruck des werten Fräulein Komulainen zu zitieren. Es geschah so viel, dass es sogar mir so vorkam, als wäre es zeitweise schwierig, den Überblick zu behalten. Agnes hatte eingewilligt, meine Frau zu werden, ich war deswegen mehr als glücklich, denn ich war mir schmerzhaft sicher gewesen, sie würde mich zu alt finden. Die stolze Agnes, die klug und witzig war, in deren Gesellschaft ich mich nie langweilte und deren langes Haar ich mit zitternden Fingern zu lösen begann … Tja, und die zwei Jahre zuvor abgebrannte Fabrik war wieder aufgebaut worden, und jetzt musste auch unsere Wohnung darin Platz finden.

Die Geschäfte liefen bestens, das, was ich vor einem Vierteljahrhundert gesät hatte, trug jetzt prachtvolle Frucht. Dann war da noch die Stadtverordnetenversammlung, der Handarbeits- und der Fabrikverein, der Touristenverein, der Altertumsverein, das Nothilfekomitee …

Ich ritt in vollem Galopp auf einem großen, starken Pferd, das dorthin ging, wo ich hin wollte, aber es zu beherrschen kostete alle meine Kräfte. Und sein Tempo machte mich über die Maßen freigiebig. Allzu freigiebig. Das werfe ich mir selbst vor. Aber ich wollte ihr etwas geben.

Wir kauften niemals Felle, die nicht jemand von uns zunächst geprüft hatte. Die Russen betrogen einen, was das Zeug hielt, und auch unter den Finnen gab es Blender, wie die Leute aus Kainuu sagen, und die Vermittler waren keine Sachverständigen, auch wenn sie ehrliche Leute waren. Ich hatte schon vor langer Zeit kalkuliert, dass es sich in dieser Sache lohnte, selbst das Prüfen zu übernehmen und dann für die fertige Ware einen höheren Preis zu verlangen.

Maria hatte ihr Leben lang mit Fellen zu tun gehabt. Ich ließ sie fahren, damit sie die Fellladung aus Kuusamo prüfte und abholte, denn sie bat selten um etwas. Ich sagte, sie könne den halb müßigen Mikko Karppinen als Fuhrmann nehmen, der sein Leben lang nichts anderes gelernt hatte, als gut mit Pferden umzugehen.

Das Geschirr vom Abendessen ist abgetragen, die Kerzen sind gelöscht, die Ofenschieber über der Glut geschlossen. Leise fällt der Schnee, von Norden, von Puolanka her, es wird mehr werden, ein gewaltiges Schneetreiben, und Rolf und Othello in der Küche auf ihren fast blankgewetzten Schaffellen wittern es in ihrem tiefen Schlaf und rücken noch enger zusammen.

In unserem Haus in der Brahestraße sind die Vorhänge auch im Winter dünn und leicht. Nur bei härtestem Frost wird schwerer Samt vor die Fenster gezogen, um die Kälte abzuwehren, denn es muss alles vorhandene Licht genutzt werden. So wird die Helligkeit der Schneewehen schwach in die Zimmer reflektiert, die kaum jemals stockdunkel sind.

Ich bin allein am Esstisch sitzen geblieben. Herman und Anna glauben, ich sei schlafen gegangen, gute Nacht, Maria, sagten sie fast im Chor, aber ich wusste, dass ich nicht würde schlafen können, blieb sitzen und beobachtete den Schneefall. Die Gesellschaft der Menschen ist mir selten zuwider, aber es ist einfach so, dass ich am glücklichsten bin, wenn ich für mich alleine bin.

Ich schenke den Rest Wein aus der Flasche in ein Glas und trinke, obwohl mir bewusst ist, dass ich im Laufe des Abends mehr als genug getrunken habe. Ich spüre, dass ich etwas gewonnen habe, und möchte dieses Gefühl genießen, meinen Sieg feiern.

Im Durchgangsraum zur Küche brennt ein kleines Nachtlicht mit niedrigem Docht. Durch die Tür kann ich ins Wohnzimmer sehen, wo der Mond stechend durch einen Spalt in den dunklen Schneewolken hereinschaut. Ich versuche, meinen Blick im Halbdunkel zu schärfen: Sitzt da jemand am Klavier im Wohnzimmer? Ein schmaler Rücken, die weiße Hand greift in die Tasten, ein paar Klänge ertönen. Eine junge, dunkle Frau wendet mir ihr anmutiges Profil zu, hebt den Finger an die Lippen und flüstert: »Das hat Jean am Abend unserer Verlobung gespielt ...«

Vielleicht war ich einen Augenblick eingenickt. Ich umklammere den dünnen Stiel des Weinglases – der jedenfalls ist real –, dessen geschliffene Kante sich schmerzhaft in meinen Zeigefinger drückt. Um munter zu werden, schüttele ich den Kopf, meine Haare lösen sich aus dem Knoten, ich stütze die Ellbogen auf den Tisch und lege den Kopf in die Hände, um genauer zu sehen – nein, die Frau sitzt immer noch am Klavier und sieht mich mit ihren klugen Augen an. Sie lächelt so glücklich.

Sind die Wegelius' gerade erst gegangen, oder ist das schon sehr lange her? Schläft Herman noch in seinem Schlafzimmer, oder liegt er vielleicht schon seit Jahren neben Agnes auf dem Zollfelsen? Oder ist schon viel mehr Zeit vergangen? Ist Anna noch ...

Ich sehe unser Puppenhaus aus der Ferne und von hoch oben, das Dach lässt sich abheben, dort ist mein leeres, schmales Bett, und unterhalb davon, im Dunkeln und im Licht, strömt unaufhaltsam der Kajaanifluss.

Auch Anna hört in ihrem Zimmer im Schlaf die Klänge des Klaviers, wild wirft sie den Kopf auf dem Kissen hin und her und ruft etwas. Anderswo im Haus liegt Herman, wie bewusstlos, fast tot, in seinem großen Bett, an dessen Rand Agnes Castrén schon ein paar Mal weilte. Hermans Finger zwirbeln im Schlaf die Spitze des Decklakens, er dreht sie wie ein schwarzes, gelocktes, öliges Schamhaar.

Herman weiß nicht, dass diese Nacht hier im Hause ein Gedränge herrscht. Durch die Zimmer wandern Schatten, lautlose Gäste, und ich stehe auf und gehe ins Wohnzimmer, erstaunlicherweise habe ich kaum Angst. Dort ist jetzt auch ein schlanker Mann mit imposanter, rötlicher Haarkrone, er geht am Klavier vorbei und streichelt im Vorübergehen der jungen Frau über die Wange.

Ich folge ihm, er setzt sich ungeniert auf das Sofa in Hermans Arbeitszimmer und schenkt sich ein Glas Kognak ein. »Auch Zigarren, Marke Partagas«, seufzt der Rothaarige erfreut. Er trällert, gestikuliert mit der rechten Hand in der Luft, so als dirigierte er ein Orchester, und prostet mir dann zu. Sein Blick ist klar und durchdringend, und die Melodie, die er summt, bricht mir fast das Herz.

Ich flüchte zurück ins Speisezimmer, aber auch dort befindet sich jetzt ein Gast. Am Tisch sitzt ein magerer, drahtiger Mann mit bebender Hakennase und zeichnet. Er zwinkert mir vertraulich zu, und der Adelsring schimmert matt an seinem Mittelfinger, als er rasch etwas in seinem Zeichenblock skizziert. »Ja, ja, so war das«, flüstert er auf Schwedisch, während er den Bleistift über das Papier huschen lässt. »Soll ich auch von dem Messer eine Zeichnung machen?«

Er zeichnet ein Messer auf das Bild.

Ich bleibe auf meinem Stuhl, denn ich will beobachten, wie das Bild fertig wird, aber das bekomme ich niemals zu sehen. Durch die Tür des Vorzimmers tritt nämlich ein dunkler Mann mit lockigem Haar ein, und ich stehe, zusammenfahrend, wieder auf, denn ich weiß sofort, dass er von besonderer Bedeutung ist.

Ohne mich auch nur anzusehen, geht der Mann zur Wand und nimmt aus der Vitrine die Messing-Perfect von Hardy, die im vergangenen Jahr auf den Markt gekommen ist. Unter seiner wohlgeformten, schief geschlagenen Nase verzieht sich der Mund zu einem erfreuten Grienen: »Hospodi! Ist das eine schöne Rolle …«

Das Eichhörnchen in seinen grauen Winterhosen erstarrte in der Fichte an seinem Platz und wandte Pinselohren und Knopfaugen dem See zu. Es stieß ein schrilles Gekicher aus, und der nervöse Schwanz begann hin und her zu schlagen, dass die Pelzhosen bebten: Der dunkle Punkt in der Ferne auf dem Eis blieb nicht auf der Stelle, nein, er näherte sich langsam und unaufhaltsam der Landzunge.

Dasselbe bemerkte auch ein Stück weiter entfernt der lautlose schwarze Vielfraß, der weich seine Tatze, die an den Fuß eines Kleinkindes erinnerte, gegen den Ast drückte. Jetzt war nicht der richtige Augenblick, das Eis zu überqueren.

So dachte indes nicht der Fuchs, der ohne nervös zu werden als lodernder Fleck durch die weiße Wüste trabte. Seine ovale Schnauze wies einen Augenblick auf den sich nähernden Schlitten, und die abwärts kullernde Wintersonne spiegelte sich rot in seinen schrägen Augen, die unverwandt blickten. Sie hatten dergleichen schon gesehen.

Wenn man als Leiche reisen müsste, lang ausgestreckt und auf der Stelle liegend, aber lebendig und warm, durch alle Schönheit und Trauer des Lebens, könnte ein Korbschlitten das geeignete Gefährt sein, hatte Herman Renfors einmal seiner Schwester anvertraut.

Jetzt erinnerte sich Maria an Hermans Worte, während

sie in dem langen Schlitten unterwegs war, halb liegend, auf Heu, Rentierfellen und Decken, über sich weitere Decken und zwei Lagen Schaffelle. Der Frost war erträglich, etwas unter fünfzehn Grad. Virkku, der gedrungene Hengst der Renfors', ließ die Hufe über den gefrorenen Untergrund klappern, und der Schnee knirschte unter den Schlittenstreben. Als lebender Leichnam, durch Schönheit und Trauer des Lebens …

Vorn auf dem Kutschbock schwankte Mikko Karppinens breiter Rücken in einem Rentierpelz. Sein großer, ungepflegter Schnurrbart war sogar von hinten, beiderseits der bis zu den Augen hinuntergezogenen Schaffellmütze zu sehen. »Es dauert nicht mehr lange, bald sind wir in Karhulanvaara«, brummte er, gar nicht so sehr zu der hinter ihm bequem daliegenden Reisenden als zu dem vor ihm auf und ab tanzenden Hinterteil des braunen Pferdes. Er war ständig um das Wohlergehen von Virkku besorgt.

Am Tag zuvor hatten sie mehr als fünf Meilen* zurückgelegt, von Kajaani nach Ristijärvi, wo sie auf der Poststation über Nacht geblieben waren. Am heutigen Tag würden sie fast sieben Meilen fahren, bevor sie im Pfarrhof von Suomussalmi, ihrem nächsten Nachtquartier, anlangten.

»Bis Kuusamo? Das sind doch fast dreißig Meilen? Virkku schafft nicht mehr als sechs Meilen am Tag«, hatte Mikko Karppinen in der Brahestraße in Kajaani geknurrt. Und mehr verlangte auch niemand.

Außer Heu, Decken und Fellen beförderte der Schlitten die Proviantkiste der Reisenden, den Hafer für das Pferd und fünf Zweihand-Ruten aus Bambus von dreizehn bis achtzehn Fuß Länge, zum Fischen von Forellen. Die sechste, sowohl Hermans als auch Marias Favoritin, war

---

* eine skandinavische Meile = zehn Kilometer

eine Cholmondeley-Pennell-Universalrute der Hardy Brothers, die man durch Kombination mit Zubehör länger oder kürzer, biegsam oder steif, also für verschiedene Zwecke passend machen konnte. »Die verkaufen wir nicht, bring sie schnell zurück. Hardy wird jetzt auch als Rutenhersteller interessant«, hatte Herman gelächelt, während er den Korbschlitten belud. Landhändler Ervasti hatte geschrieben, dass die gespließten Bambusruten jetzt auch in Kuusamo Aufsehen erregten. Es gab Bestellungen, einige betuchte Männer warteten ungeduldig auf deren Eintreffen.

Neben den in Holzrohren verpackten Bambusruten lagen kleinere viereckige Kisten: Moscrop-Rollen aus Messing von Allcock, geölte Seidenschnüre, Vorfächer aus Seidendarm, die leicht brüchig wurden und deshalb in Beuteln aus Sämischleder und anschließend in Blechbüchsen verschlossen wurden, Haken vom Typ »Pennell-sneck« und »Pennell Limerick« sowie kistenweise Lachs-, Forellen-, Äschen- und Renkenfliegen. Für das Fischen an Stromschnellen gab es noch andere Köder mit Flügeln, heftig rotierende Devons, Seidenfische und Spinner. Für Ervastis Frauen waren Mitbringsel dabei, zwei hübsche Pelzmützen.

Direkt neben Maria lag noch ein Bündel, und das hob und senkte sich wie ein zweiter Menschenbauch. Maria schob ihre Hand mit dem Fäustling auf den dicken, glatten Nacken. Das Bündel drängte noch näher herzu, so als wollte es sich für alle Zeiten an Marias Hüftbogen festsaugen.

»Wenigstens den rette ich«, hatte sie in der Poststation Ristijärvi gedacht. Eine Missernte hatte das Haus ins Elend gestürzt, das auch vorher nicht als Raststätte mit reichlichem Angebot bekannt gewesen war. Die stille, magere junge Hausfrau starrte die gerade angekommenen Schlafgäste vom hinteren Teil der Stube aus an, nickte kaum zum

Gruß, und der ebenso schweigsame, gebeugte Hausherr wies der Reisenden die einzige Kammer und deren schmales Bett an. Mikko Karppinen blieb nicht auf der Stubenbank, sondern ging zu Virkku in den Stall – anscheinend fürchtete er, dass der an dem Haus zehrende Mangel, der sich als ein den Magen umdrehender Geruch in allen Ecken und Winkeln festgesetzt hatte, in einer einzigen Nacht auch das Pferd erfassen könnte.

Der Hausfrau hing an den Rockschößen eine halbnackte Kinderschar, dreijährige Zwillingsbrüder, zwei etwas jüngere Mädchen und ein neugeborener, gelblicher Säugling, und die sahen stumm den Gast an, eine stattliche Frau, die unter dem Wolfspelz ein Kostüm aus dicker Wolle und mit Pelzstulpen verzierte Stiefel trug. Unter dem Stubentisch saß mit gespreizten Vorderbeinen und krummem Rücken ein Bärenhundwelpe, der noch magerer war als die Hausbewohner und den Gast ebenso unverwandt anstarrte.

»Ein schöner Welpe, im kommenden Herbst geht er sicher schon auf die Bärenjagd«, presste Maria hervor. Schreckliches Mitleid setzte ihrem Körper vom Scheitel bis in die Magengrube zu: Was gäbe es hier sonst Gutes zu entdecken?

»Die Mutter stammte vom Ohta-See in Karelien, sie starb bei der Geburt. Sie ist verblutet, irgendwas ist in ihr gerissen«, antwortete der Hausherr stockend. »Der Welpe ist am Leben geblieben, aber es hat keinen Sinn, ihn zu füttern, weil auch der Lappenhund schon fast an seiner eigenen Pfote nagt …«

Maria lag die Nacht auf dem Strohsack, ohne sich auszuziehen, zugedeckt mit ihrem Pelz, steif und gerade. Wolljacke und Handschuhe hatte sie zu einem Kopfpolster zusammengerollt. Für eine Weile schlief sie ein und träumte sogleich, ihr sei ein Teil der Zähne ausgefallen. Sie betrachtete ihre Handfläche, auf die sie die großen, fremd wirkenden Zähne ausgespuckt hatte, aus den Mundwinkeln rann ihr Blut, sie versuchte, es mit dem Ärmel abzuwischen und steckte angstvoll die großen Zähne zurück an ihren Platz. Voller Entsetzen eilte sie vor den Spiegel – nein, sie passten überhaupt nicht, sie waren zu groß und fielen heraus, Blut floss ihr aufs Kinn, und im Zahnfleisch klafften braunrote Löcher.

Kaum begann die Nacht in den Morgen überzugehen, da setzte Maria sich auf den Bettrand, knöpfte sich die Bluse zu und über der Bluse die Jacke, flocht sich die Haare zu einem festen Knoten im Nacken und trat in die Stube.

»Ich kaufe den Welpen«, sagte sie unumwunden und legte Geld auf den Tisch, viel mehr, als die Übernachtung gekostet hätte, ganz zu schweigen von dem halbverhungerten Hund. Während sie sich zur Tür wandte, legte sie neben das Geld, halb hinter ihrem Rücken, klammheimlich und verlegen, ein Bündel mit Roggenbrot, einem Klumpen Butter und einem Stück Schweinefleisch.

Dann nahm Maria den Welpen unter den Arm – er sah ihr ebenso finster und unverwandt in die Augen wie am Abend zuvor –, warf sich den Pelz über die Schultern und floh zum Stall, um zusammen mit Mikko Karppinen Virkku anzuspannen.

»Der hier heißt Ohta, und er kommt mit uns mit«, sagte sie.

Aus den zwei Reisenden waren also drei geworden, und sie teilten im Schlitten auf dem Waldweg ihren Proviant, das Brot, den hausgemachten Käse und die Schinkenscheiben. Virkku versuchte, die Beine nachdrücklich anhebend, auf dem mit kleinen Signalfichten markierten Weg die höchsten Eis- und Schneeklumpen vorsichtig zu umgehen.

»Wie hätte man es übers Herz bringen können, dort zu

essen, wo die Leute selbst nichts hatten«, murmelte Mikko Karppinen dem schlagenden Schwanz des Pferdes zu.

Die Sonne hatte den Waldrand schon aus ihrem Griff entlassen, und der Westen war ein einziges glühendes Rot. Die Nacht breitete am Himmel ihren tiefblauen Mantel aus und warf sorglos eine Handvoll klirrende Sterne darauf. Die Schnee-Ebene war einen Augenblick lang zart rosa, dann grünlich, und zuletzt warf eine gewaltige Hand einen dichter werdenden blaugrauen Märzschleier darüber. Das Starren des zunehmenden Mondes wurde immer stechender. Dunkel war es nicht, die ganze Nacht würde es nicht dunkel werden, aber das Licht hatte sich verändert, es kam jetzt aus einer anderen Welt, die uns nichts angeht, dachte Maria.

Die Landschaft war entrückt und bekannt, sie war fremd, und doch vertraut. Dieselbe Landschaft war seit der Kindheit in ihr gewesen, als gewichtige, wortlose Rede, die von Anfang bis Ende des Menschen einziges Zuhause ist. Und dennoch: Wie oft hatte sie in ihren Briefen an Erik die langen, ermüdend einsamen Winter in Kajaani beklagt, wo zwei brausende Stromschnellen eisige Nebelschleier auf die elenden Straßen hauchten. Die Feder eilte über das Papier und ergoss darauf Träume vom Sommer, von zurückkehrenden Schwalben und Rosensträuchern aus Käkisalmi, die zu ihren besten Zeiten mit Dutzenden und Aberdutzenden von duftenden Blüten in der Abenddämmerung des Gartens in der Brahestraße blühten.

Gleich würde das Bellen eines Lappenhundes, der die Reisenden aus der Ferne witterte, die Stille zerreißen, aber noch blickte Maria in die lautlose, schneebedeckte Waldödnis und die in der Zeitlosigkeit des Sees erstarrte Winternacht. Wieder dachte sie an die Menschen in der Bibel, die in den Schriften dann und wann ihr Gewand zerrissen, mal schwer erschüttert, mal vor Erstaunen oder aus Wut. Sie hatte dasselbe Empfinden: dass sie ihre Kleider zerreißen und vor dieser Landschaft Brust und Herz entblößen sollte, um noch tiefer darin zu versinken.

Im Vergleich dazu – so dachte sie einen Augenblick fast beschämt – wirken die Rosen aus Käkisalmi und die schwer in den Büschen hängenden Trauben der roten und schwarzen Johannisbeeren wie gleichgültige, unbedeutende Traumfetzen.

Ich habe viel über diesen Pelzjäger nachgedacht und werde das wohl bis an mein Lebensende tun, wenn man bedenkt, was später geschah. Ich kann mich nicht erinnern, je einem kurzweiligeren Gesprächspartner als Jaakko Kuisma begegnet zu sein, sooft ich auch mit den verschiedensten Männern auf Abendgesellschaften zusammengesessen habe.

Diese Schnelligkeit und Gewitztheit, die trifft man bei Finnen so selten an – na ja, bei Leuten aus Karelien schon. Schläue darf man nicht mit Klugheit verwechseln. Sind doch viele bedächtige und schweigsame Menschen sogar sehr intelligent, aber andererseits kann eine pfiffige Person nicht dumm sein, so wie Schwätzer es oft sind.

Kuisma war *witty*, ein englisches Wort, für das es im Finnischen wohl keine Entsprechung gibt. Er setzte rasch den Satz eines anderen fort, prägnant und treffend, seine Bonmots waren frisch und, wie ich fand, manchmal nachgerade genial. Er entstammte einer Großfamilie aus Kuusamo, sein Vater war einer jener Einödbauern, die in Gemeinschaften von mehreren Familien im selben Haushalt zusammenleben wie ein schottischer Clan. Aufgabe der Familie Kuisma in diesem Clan war die Pelztierjagd gewesen, aber der Mann hatte erstaunlich viel gelesen, er war auf seine Weise sehr gebildet. Seine Erzählungen, oft über die Geschichte

Kuusamos, waren außerordentlich interessant, und er verstand es, lebendig und anschaulich zu formulieren, mit feinen, knappen Wendungen.

Die Prägnanz und das Mitreißende seiner Wortwahl, diese schwierige Kombination, habe ich immer bewundert, sicherlich deshalb, weil sie mir abgehen. Ich bin wohl eher ein bedächtig sprechender Handwerker ...

»Herr Renfors hat *solotyje ruki,* goldene Hände«, sagten die Direktoren der Gewehrfabrik Putilow-Werke in Sankt Petersburg.

Bei den Leuten aus der Provinz Kainuu trifft man durchaus auf scharfsinnige Wortgewandtheit, doch kaum bei denen aus Savo. Manchmal war ich nahe daran, in der Fabrik in Gesellschaft von Iisakki Pietiläinen verrückt zu werden, wenn er in seinem langatmigen Stil eine seiner Ansicht nach sehr komische Geschichte erzählte, die in einem zusammengefallenen Pfannkuchen gipfelt. Ihn selbst amüsierte seine Geschichte immer sehr, und Leute dieser Art aus Savo habe ich oftmals getroffen. Da muss man dann höflich lächeln, nicken und seinen Überdruss herunterschlucken. Zum Glück war Kuisma das vollkommene Gegenteil von einem Savolaxen.

Kuisma wollte mich treffen, denn er plante, selbst eine Maklertätigkeit aufzunehmen. Er hatte sich sein Lebtag in den großen Jagdgebieten von Kuusamo und Weißmeer-Karelien betätigt und wollte jetzt eine Anzahl von Lieferanten verpflichten, die unter Vertrag für ihn jagten. Er würde die Beute einsammeln und dann garantierte Qualitätsware an die Händler liefern können, den Männern jedoch auch eine Entschädigung für solche Jahre zahlen, in denen es wenig Wild gab.

»Die Felle brauchen dann beispielsweise nicht mehr über Ervastis Landhandel zu gehen, auch Ervasti hält das für eine gute Idee, denn er hat schon genug mit allem anderen zu tun«, sagte Kuisma. »Ich würde mir meine Dienste nur sehr maßvoll vergüten lassen, denn es wäre gut, mit jemandem ins Geschäft zu kommen, der Kontakte von Kajaani bis Oulu und Helsinki hat, vielleicht irgendwann auch bis nach Stockholm und Sankt Petersburg«, fuhr er etwas schmeichlerisch fort.

Das nahm ich ihm nicht übel. An Stockholm und Sankt Petersburg hatte ich auch schon selbst gedacht …

Der Mann besaß Pläne und Ehrgeiz; er wollte eindeutig seine Stellung als gewöhnlicher Jäger verbessern. Er war gut gekleidet, höflich, von tadellosem Benehmen. Wir saßen in meinem Arbeitszimmer in der Fabrik, ich bewirtete ihn mit Rumgrog und einer Zigarre. In Rauchwaren kannte Kuisma sich selbstverständlich gut aus, aber er war sehr interessiert an allem, was wir herstellten, und offenbar nicht nur aus Höflichkeit. Er konnte geistreiche Bemerkungen auch zu solchen Dingen machen, von denen er nichts wusste, und mich amüsierte und unterhielt das, denn ihm brauchte man nichts sonderlich eingehend zu erklären, so schnell war seine Auffassungsgabe.

Er hatte sich bei Maria und Anna fotografieren lassen, und ich war zum wiederholten Male überrascht, wie seine Gedankengänge an meine eigenen erinnerten. Er hatte mit fast denselben Worten an die Zukunft der Fotografie gedacht: dass eines Tages die Kameras klein und leicht tragbar sein würden und jedermann eine besitzen und alle überall fotografieren würden.

Einen angenehmeren und unterhaltsameren Zeitgenossen habe ich noch nicht erlebt, sagte ich. Warum dann fand ich keinen Gefallen an ihm, mochte ich ihn letztlich nicht?

Zum ersten Mal merkte ich auf, als wir über das Fischen sprachen. Er hatte natürlich die großen und kleinen Flüsse um Kuusamo abgeklappert und war auch ein geschickter Fischer. Er erkundigte sich nach den langen Stromschnellen, die beim Ämmäkoski und in Vaala ihren Anfang nahmen, und nach den Stromschnellen Niskakoski und Pyhäkoski. Ich erzählte ihm, dass ich meinen bisherigen Rekord, einen Lachs von zweiundfünfzig Pfund, mit einem selbstgemachten Löffelblinker gefangen hatte und dass ich elf oder vierzehn Fuß lange Fliegenruten verwendete.

Ich plauderte über das Rekordjahr 1885, wo ich zwischen dem neunten und dem dreizehnten September an fünf Tagen sechshundertvierundsiebzig Pfund Forellen und Äschen und ein andermal in drei Wochen eintausendsechshundert Pfund bekommen hatte.

Da ging eine seltsame Veränderung in ihm vor: Es war, als wäre die Lampe, die sein Gesicht erhellt hatte, erloschen. Ich verstand sofort, worum es sich handelte, hatte ich dieses Phänomen doch auch früher schon unter Fischern beobachtet. Er konnte sich einfach nicht über meine lange zurückliegende Fischbeute freuen. Dennoch war ich bestürzt, denn ich hatte ihm im Stillen auch alle anderen guten Eigenschaften zugesprochen neben denen, die ich bei ihm eindeutig festgestellt hatte. Ich versuchte, seinen Neid zu lindern, indem ich die Sache mit einer Handbewegung abtat: »In jenen Jahren haben hier alle so viel Fisch bekommen wie Sankt Peter.«

Wie wir da noch so saßen, begriff ich, dass sich hinter den klugen, humorvollen Reden in dem Mann eine Sperre befand. Und diese Sperre bestand nicht nur aus jenem Stolz und jener Härte, die für Kuusamo typisch waren und die die Neusiedler, ohne in ihren Methoden zimperlich zu sein, seinerzeit hatten entwickeln müssen, um die Lappen zu vertreiben und für die eigenen Leute Jagd- und Ackerland zu erobern. Und es war auch nicht derselbe Stolz, dieselbe Verschlossenheit, wie meine Schwester Maria sie hatte.

Die Sperre war irgendwie viel schwerer und sorgfältiger bewacht. Mitten in lustigen Geschichten und Gelächter konnte er für einen Moment verstummen, und in seine Augen trat quasi aus dem Nichts ein kalter, entrückter Blick, so als hätte er sich an das erinnert, was er sorgfältig verbergen wollte. Das hatte etwas Schreckliches.

Septimia Cecilia Calamnius strickte wie besessen und genoss das ebenso leidenschaftlich wie das Ringen um Worte, wenn sie ein Gedicht formulierte. Beim Schreiben und beim Stricken hatte sie das Gefühl, die flinke Bewegung der Finger und der Stricknadeln sei ihr Ureigenstes. »Ich bin die Frau des Pfarrherrn und habe ein Kind nach dem andern geboren«, schimpfte sie manchmal mit sich selbst, aber nicht sehr streng. Sie wusste, dass man sie im Kirchspiel Poesiepröpstin nannte.

Und sie schrieb und strickte ja dann, wenn es nichts anderes zu tun gab, so wie jetzt, da August Benjamin der Reisenden Gesellschaft leistete, die ins Haus gekommen war; sie selbst war Gastgeberin am Kaffeetisch. Die Bäuerinnen von Suomussalmi, deren Handarbeiten sie gar nicht genug bewundern konnte, hatten doch viel weniger Zeit.

Cecilia konnte stricken, ohne groß auf ihre Hände zu schauen, die Nadeln klapperten die Arbeit flink voran wie eine kleine, wundersame Maschine. »Mutter kann gleichzeitig stricken, Kaffee trinken, lesen und plaudern«, hatte ihr Sohn Rurik einmal gelacht. »Wenn sie Pfeife rauchen und Grog trinken würde, dann würde sie das ganz nebenbei auch noch hinkriegen.«

Jetzt betrachtete Cecilia den Gast, der im Schlitten auf den hohen Berg und zu dem Einödpfarrhof Karhulanvaara gekommen war, als die Hausbewohner sich gerade an den Abendbrottisch setzten. Die dunkle Frau stand mit dem Rücken zu dem nachtschwarzen Fenster und streckte die Hände zum Feuer hin, das in dem weiß verputzten Stubenofen loderte, lächelte leise und machte den Eindruck, als könnte sie gar nicht genug bekommen von der Wärme des Feuers. Eine stattliche Person mit großer Nase, weit davon entfernt, eine Schönheit zu sein. Eine, die als junges Mädchen in den Spiegel schaut und ständig wiederholt: »Hässlich, hässlich, hässlich.« Doch ein solches Gesicht würden die anderen hin und wieder von neuem ansehen müssen, weil man es niemals satt bekommt.

Cecilia hatte seinerzeit gehört, dass Maria und Anna Renfors in Kajaani ein Fotoatelier eröffneten. Der Gedanke hatte sie ungeheuer fasziniert. Zwei Frauen! Herman Renfors wiederum war ein paar Mal im Pfarrhof gewesen, und das war nun ein Mann, den man bis an sein Lebensende unverwandt hätte anschauen mögen.

Cecilia presste die Lippen zusammen, so als hätte sie etwas herrlich Süßes im Mund, sammelte sich dann und sah streng auf ihr Strickzeug. Auf eine Doppelferse muss man sich nun doch ein wenig konzentrieren. Das jüngste Kind, die zwölfjährige Vilma, servierte anmutig noch einmal Kaffee, so wie es besprochen war.

Die Pröpstin blickte erneut auf ihren Mann und den Besuch: Offenbar schenkte A. B. Calamnius Kognak in Gläser. Die fanatischen Erweckten von Suomussalmi regten sich schon zur Genüge über die Vorliebe des Pfarrherrn für Grog auf …

Bildung bedeutet nicht nur eine Idee oder lange Schuljahre oder das zähe Bemühen, sich zu entwickeln, dachte Maria im Wohnzimmer der Familie Calamnius. Bildung bedeutet auch: dass es zwischen den Menschen ein undefiniertes Verständnis und Wärme gibt, den wohlmeinenden Wunsch, das Eigene zu teilen, dem Ankommenden die Tür zu öffnen, ohne zu fragen.

Maria Renfors hatte sich in Gedanken verloren und fast vergessen, dass sie den Pfarrherrn gerade nach der geplanten Volksschule von Suomussalmi gefragt hatte – das war ein kühnes Vorhaben, genau genommen galt es als völlig verrückt in einer Gemeinde, wo die meisten Einwohner nicht genug zu essen hatten.

»In der Sackgasse, völlig in der Sackgasse«, antwortete Pfarrherr Calamnius, ohne die Zerstreutheit seines Gastes zu bemerken. »In einem Hungerwinter hält man es für ein besonders sinnloses Luxusunterfangen. Die Gegner warnen, der Nachtfrost könne sehr wohl auch in diesem Jahr die Saat zerstören. Die Gemeinde widersetzt sich der Volksschule geradezu wütend, da die Straßen voller Bettler sind.«

»Die reichen Bauern halten die Macht in Händen«, seufzte die Pröpstin und hielt einen Moment mit dem Stricken inne. »Sie verstehen nicht, dass hier die Grundlage für die Zukunft gelegt wird. Allerdings werden wir, die Befürworter, von namhaften Persönlichkeiten unterstützt, von Frau Oberst Aurora Karamzin und von Professor Sakari Topelius. Als unsere Tochter Aina vor zwei Jahren einige Monate lang eine Art Schulunterricht abhielt, sah sie, wie groß der Wissensdurst war. Auch aus den ärmsten Hütten versuchte immer jemand zu kommen.«

»Das Notfallkomitee hat in Helsinki Mittel für die Gründung einer Schule beantragt, und von dort wurden uns tausend Mark zugesagt. Das ist eine gute Unterstützung, aber eine Schule für Suomussalmi bekommt man damit nicht gebaut«, sagte der Pfarrherr und strich sich nachdenklich den weißen Bart. Er ging auf die sechzig zu, aber sein Blick war frisch, der Rücken gerade und sein Schritt elastisch. Auch er wunderte sich über den unerwartet eingetroffenen Übernachtungsgast, verbarg aber gut seine Neugier.

»Nach Kuusamo also, in nordöstlicher Richtung, über einen Weg, den nur wenige Reisende benutzen …«, murmelte er und lächelte dann: »Ihre Reise ist bis hierher der Marschroute des Bezirksarztes Elias Lönnrot gefolgt. Hier im Pfarrhof Karhulanvaara hat er oft einige Nächte verbracht, der arme Mann, und versucht, meinen schwermütigen Amtsbruder Carl Saxa aufzuheitern. Zum Glück habe ich mir einen gesunden Verstand bewahrt, trotz acht Kindern! In Kianta wandte Lönnrot sich dann nach Kuhmo und plante, über Sotkamo zurück nach Kajaani zu gehen. Aber die Leute in den abgelegenen Gegenden haben es Lönnrot oft gar nicht abgenommen, dass er ein richtiger Arzt war«, fuhr Calamnius fort. »Im Sommer ging er ja barfuß, im Leinenhemd und mit einem Ränzel auf dem Rücken. Das Misstrauen nahm noch zu, wenn der Mann, der sich als Arzt ausgab, geheime Zaubersprüche und die Kräuterzauber kannte, und zwar noch genauer als die Heilkundigen in den Dörfern.«

Calamnius schwieg einen Augenblick, hob dann sein Kognakglas wie zur Begrüßung und rezitierte: »Horcht nur, horcht auf dieses Schallen, auf des Waldesspielmanns Worte, auf des Zapfennagers Zwitschern! Jetzt streift Meister Petz durchs Dickicht, wacht im Wald die Honigtatze, wandert weithin durch die Wildnis … Auf Lönnrot!«

Maria hob lachend ihr Glas und sagte: »Auf Lönnrot! Aber meine Muttersprache ist nun mal Schwedisch, und ich kann wohl nicht gut genug Finnisch, um jedes Wort im Kalevala zu verstehen. Ich begreife, dass eine gewaltige Kraft in Rhythmus und Worten liegt – wenn man doch einmal hätte hören können, wie in Karelien gesungen wurde!«

»Ilmari kann viel mehr von diesen Versen als ich. Er hat

unzählige Lieder auswendig gelernt und deklamiert sie bei jeder passenden und unpassenden Gelegenheit, natürlich deshalb, weil ein Teil davon nicht für Frauenohren bestimmt ist«, lächelte der Pfarrherr.

»Ihr Sohn Ilmari?« Maria stand auf, um das Feuer zu schüren, sie fragte nur, um etwas zu sagen. Ilmari Calamnius war auch in Kajaani nicht ganz unbekannt.

»Unser Sohn Ilmari, achtzehn Jahre alt.« Cecilia Calamnius hob die Hand von ihrem Strickzeug an die Wange, scheinbar verzweifelt. »Diesen Winter ist er noch am Finnischen Staatlichen Lyzeum in Oulu. Ilmari ist von unseren Söhnen der schüchternste, sensibelste und wildeste, aber vielleicht auch der begabteste. An seinem Konfirmationstag stand er am Ufer des Kianta-Sees, schüttelte drohend die Faust in Wind und Regen und schrie, er werde seinen Namen eines Tages noch in Kianto ändern!«

Der Pfarrherr schüttelte sich vor Lachen: »Angeblich hat eine Zigeunerfrau Ilmari aus den Karten Berühmtheit und ein langes, abwechslungsreiches und chaotisches Leben vorausgesagt. Aber das hätte nun jeder auch ohne Karten gekonnt.«

Es ist so dunkel und still. Im März gibt es in Kainuu noch nicht das Geräusch strömenden Wassers. Ich liebe das Wasser und den Himmel darüber so sehr, dass der Schmerz manchmal unerträglich ist.

Immer, wenn ich es schwer hatte, habe ich ein Gewässer aufgesucht. Wasser ist ein Weg, eine Tür irgendwohin. Ob es so ist, dass die Seele des Menschen wie Wasserdampf ist? Wenn sie schwer wird, wandelt sie sich zu Wasser, und es verlangt sie nach anderen Wassern. Bin ich deshalb Fliegenfischerin geworden?

Herman denkt nicht so seltsame Sachen, aber es ist auch nicht leicht, die eigenen Gedankengänge jemandem zu erklären, der nicht selbst fischt. Herman sagt, im Fischen geht man völlig auf, weil es so wunderbar ist, und wunderbare Sachen gibt es im Leben sehr wenige. Dann muss man ihnen einfach nachgehen, ob das nun vernünftig ist oder nicht.

»Ihr Bruder Herman ist ein bezaubernder Gesellschafter, und als Fliegenfischer noch erstaunlicher«, zwitscherte im vergangenen Sommer in Kajaani die englische Reiseschriftstellerin Mrs. Alec Tweedie, die mit ihrer jüngeren Schwester eine große Rundreise durch Finnland machte. Herman hatte sie in ein Boot gesetzt, das ein paar Kilometer die Stromschnellen aufwärts bis zu den Schleusen fuhr, damit sie ein Gefühl für den Fluss bekamen. Dort erwartete er sie dann bei der ersten Schleuse in einem geteerten Boot, das er selbst steuerte – er bleibt ja manchmal tagelang am Fluss und fährt die Wasserfälle hinunter wie der beste Lotse. Mein Bruder mit seinen Nerven wie Drahtseile.

»Ich werde mich mein Leben lang an seine geschickten Würfe und raffinierten Manöver erinnern, die ich sah, als ich ihn beim Fischen in Ihren berühmten Stromschnellen beobachtete«, sagte Mrs. Alec in jenem Tonfall verzückter Begeisterung, wie ihn nur eine formelle Engländerin haben kann. Die Lachsgerte war auch ihr nicht fremd.

Es ist ja wahr: Herman ist ein großer Fliegenfischer. Aber wenn ich an Forellen und Lachse, Stromschnellen und Fliegenfischer denke, sehe ich in Gedanken oft nur einen ganz bestimmten Fischer. So als hätte ich erst an jenem Abend begriffen, was Fliegenfischen ist.

Das ist einige Jahre her. Mitte Juni war die Sonne so weit untergegangen, dass die Stromschnelle die Farbe von bläulichem Blei hatte. Das Licht des Himmels spiegelte sich im Wasser, das hoch stand, aber nicht zu hoch, und der Mann watete in der Stromschnelle und machte lange Würfe stromab mit einer 12er Coachman.

Manche sind der Ansicht, das Fischen auf steigende Forelle sei etwas Feineres als das Abfischen einer bestimmten Stelle, aber so ist es ja nicht. Im Gegenteil: Es ist anspruchsvoller, denn dabei wird die Fliege nicht aufs Geratewohl irgendwohin ins Wasser geworfen. Man muss genau wissen, wo man fischen soll, denn der Fisch sagt es einem nicht.

Jeder Anfänger ist in der Lage, eine hungrige Forelle zu fangen, die ihren Aufenthaltsort verrät. Aber dann, wenn der schlaue, träge Fisch sich versteckt – und dieses Versteck muss man einfach erfassen und dort die Fliege platzieren –, dann sind Wissen, Geschick und Ausdauer gefragt. Die Gewohnheiten der Forellen wechseln von Fluss zu Fluss, von Tag zu Tag, sie hängen vom Wasserstand, von der Richtung und Stärke des Windes, von der Jahres- und der Tageszeit ab.

Forelle und Wahrheit! Irgendwann werde ich darüber ein Buch schreiben, dann, wenn ich so alt bin, dass ich nicht mehr in die Stromschnelle waten kann. Wir Sterblichen können von der Natur niemals verlangen, dass sie uns einen Erfolg gönnt, aber der Fliegenfischer, der seinen Köder richtig anzubieten weiß, hat ihn sich verdient.

So dachte ich, während ich ihm zusah. Ich selbst hatte aufgehört zu fischen und stand mit der Rute unterm Arm am Ufer. Rasch strömte die Stromschnelle vor, hinter und neben ihm, und er ging stromabwärts und warf die Coachman.

Zuerst dachte ich, die Stromschnelle sei ebenso groß und unberechenbar wie das Leben, sie strömt unaufhaltsam an dem auf sein Tun konzentrierten Fliegenfischer vorbei, und wir Fischer können nur erstarrt dastehen oder gehen, manchmal schwankend und strauchelnd, und in einer gnadenlosen, endlosen Bewegung die Fliege werfen, und wir haben keinen Platz auf Erden.

Viele Fischer, die auch tatsächlich Fische fangen, bewegen sich an der Stromschnelle wie in einem Traum. Sie sind umgeben von stehender Luft, von totem Atem, egal, wie genau sie auch zu zielen und zu werfen scheinen. Aber so war es bei ihm nicht: Als ich eine Weile den kraftvollen Gang des Mannes beobachtet hatte, der zugleich nachdenklich und aufmerksam war, und seine Würfe, die auch dem Herzen einen Höhenflug bescherten, da verstand ich, dass alle Kreaturen denselben Lebensgeist teilen. Ein Fliegenfischer kann wahrhaftig der Stromschnelle und dem Lachs ebenbürtig sein, wenn er von derselben Kraft und Geschicklichkeit erfüllt ist, die man an einem Löwen wahrnimmt. Und wenn der Löwe auch nur in der Nachmittagsglut auf der Savanne ruht.

Ich hatte schon den Kescher in der Hand, denn er hatte einen Augenblick lang einen Fisch an der Fliege, doch der kam wieder frei. Aber das machte nichts. Ich wusste, dass jetzt, wo ich dies gesehen hatte, mich nichts mehr entmutigen konnte.

Letzte Nacht dachte ich wieder an ihn, ich brauchte diese Erinnerung. Die Nacht ist schwer; die schöne, im Webstuhl gewebte, rotschwarze warme Wolldecke auf mir ist leichter als diese Nacht. Ich lasse die Kerze auf dem Tisch brennen, während ich schlaflos daliege; das können die Calamnius' sich leisten. Mein Körper ist entspannt und erfüllt von ihrer Gastfreundschaft, ihrem guten Essen, der Schönheit ihres Heims, ihrer Bildung und Liberalität – ganz zu schweigen von Calamnius' Kognak –, und deshalb erscheint mir jetzt auch die Unruhe erträglich.

Ich habe vor Zeiten Sätze aus einem von Hermans Büchern, das ich in unserer eigenen Bibliothek gefunden hatte, auswendig gelernt. Darin sprach ein Weiser aus dem Osten: »Alles, was du suchst, sucht auch dich. Wenn du still liegst und still sitzt, dann findet es dich. Es hat lange auf dich gewartet, und wenn es gekommen ist, rühre dich nicht von der Stelle. Ruhe. Warte ab, was als Nächstes geschieht.«

Darauf möchte ich vertrauen, aber habe ich nun nicht doch zu vieles arrangiert? Ich habe niemals recht begriffen, wann man sich aus dem Geschehen heraushalten und wann man eingreifen sollte, und das hatte einiges Tohuwabohu zur Folge.

Jetzt nahm ich also an, ich läge ruhig da und wartete ab, was als Nächstes geschehen würde – und machte mich dann auf die Reise. Ich fuhr vertrauensvoll bis hierher zum Pfarrhof, war zufrieden mit meinem Entschluss zu reisen, fühlte mich ruhig und wichtig und klug. Dennoch kann das Gefühl trügerisch sein: Bin ich von Kajaani abgereist, obwohl ich das nicht hätte tun sollen?

Dieser Gedanke durchfuhr mich, als Calamnius, der ebenso scharfsichtig ist, wie er wirkt, und bei unserem Geplauder einen Augenblick schwieg, dann auf mein Kostüm deutete und sagte: »Sie haben einen prachtvollen Gürtel, Fräulein Renfors ... Sicherlich wissen Sie, was es bedeutet, ihn zu tragen?«

Ich hatte mir den Gürtel am Abreisemorgen ohne Erlaubnis in aller Eile um die Taille gelegt, weil ich in der Hast den alten, schönen Ledergürtel meiner Mutter nicht fand, den ich um mein wollenes Reisekostüm zu legen pflegte. Nach diesem Gürtel hier hatte es mich jedoch im Grunde all die Jahre verlangt, ich hatte ihn stets an der Wand von Hermans Arbeitszimmer bewundert. Der Forschungsreisende Nordenskjöld hatte ihn von den Nenzen, den Tundra-Nomaden, mitgebracht, so wie auch einige andere bemerkenswerte Gegenstände in unserem Hause. Wie hatte ich es wagen können, ihn zu nehmen? Habe ich ihn mir allzu leichtsinnig geschnappt ... Ich finde ihn schön, wenn auch sehr eigenartig.

Nordenskjöld zeigte uns, dass an dem fünf Zentimeter breiten Gürtel Metallstückchen hingen, die Geister von Vögeln und anderen Tieren bedeuteten, Krallen und Zähne von Vögeln und Bären sowie Glöckchen und kleine Messer. Es ist der Gürtel eines jungen Schamanen, den er benutzt, bevor er seine Trommel bekommt, und die am Gürtel befestigten Gegenstände schützen ihn auf seiner schwierigen und gefährlichen Reise ins Jenseits. Er hilft dem Schamanen, in andere Welten zu gelangen.

Calamnius, der Pfarrer, hat das erkannt. Und es gibt wirklich keinen Zweifel an seiner umfassenden Bildung, die bis in die heidnischen Welten reicht. Ich antwortete ihm nicht direkt, aber ich warf trotzig den Kopf zurück und sagte: »Offenbar wissen Sie es! Dann kann ich Ihnen als Gegengabe für das Bärenlied ein Schamanenlied schenken!«

Kamen die Worte aus dem Gürtel geströmt, die ich glaubte vergessen zu haben, nachdem der Forschungsreisende sie in der Brahestraße, inspiriert von Hermans Gläsern voll Rumgrog, gesungen hatte? Ich blickte dem alten Mann fest in die Augen und deklamierte: »Ich habe gegen den Drachen gekämpft, er wehrte sich heftig in meinen Händen! Wütend, ach, schlug er mich, zerriss mir die Kleider! Am Kopfschmuck die Federn, sie schenkt' mir der Himmelsgott, bunt ist mein Stoffgewand, gebracht auf dem Rücken des roten Hengstes ...«

Ich hätte noch weitergesprochen, aber A. B. Calamnius hob die Hände und flüsterte fast, als beruhigte er ein Kind: »Still, still, lassen Sie es gut sein! Nicht diese Worte. Es ist Zeit, schlafen zu gehen.«

Jetzt bin ich also schlafen gegangen, das Herz schlägt schon langsam. Wird der Gürtel mich auf der Reise beschützen? Wie weit wage ich mich überhaupt?

Und so kam es dann: Ich hatte Jaakko Kuisma zum Abendessen eingeladen, hatte wohl gedacht, der Mann würde an dem öden Winterabend auch Anna und Maria ein wenig Kurzweil bringen. Bevor wir mit der Mahlzeit begannen, schenkte Maria ihm die selbstgebundene Jock Scott, um die Kuisma gebeten hatte, und er bedankte sich schön, lobte sie, wie es sich gehört, und dann setzten wir uns zu Tisch.

Es war ein fröhlicher Abend – ich kann mich nicht erinnern, wann in unserem Speisezimmer so viel und so herzlich gelacht worden wäre. Fräulein Komulainen hatte Plinsen aus Buchweizenmehl gebacken, eine der Lieblingsspeisen der Russen, und wir aßen sie mit Zwiebeln, Schmand, Quappenrogen, gebeiztem Lachs und Pilzsalat. Unbekümmert schlug ich vor, auch die Frauen sollten doch wenigstens einen Wodka nehmen, und dann musste ich zu meinem Entsetzen sehen, wie sich Annas Mund bald weit zu heiterem Gewieher öffnete, bald der Kiefer ihr vor Verblüffung bis auf den Spitzenkragen herunterklappte. Maria sprühte nur so, und mein Blick kehrte immer wieder zu ihr und zu Kuisma zurück, weil sie am Tisch nebeneinander saßen.

Auch ich lachte natürlich und hörte aufmerksam zu, aber noch aufmerksamer war mein Blick. Sie sahen einander kaum an, aber ich nahm wahr, dass sich zwischen ihnen etwas regte.

Ich weiß sehr wohl, wie Maria und Anna hinterher gutmütig über mich lachen, wenn sie bemerken, was Agnes für eine Anziehungskraft auf mich ausübt, immer, wenn sie da ist. Wenn ich auf dem Sofa sitze, kann ich mich nicht nahe genug an ihren langen, vollen Schenkel drücken, der von einem dicken Rock verhüllt ist. Nur die Sittsamkeit …

Aber hier gab es keinen Blick, keine Bewegung. Der Ofen war zu stark geheizt, Kuisma hatte seine Jacke ausgezogen, und ich schwöre, dass ich dieses sah: Durch den Ärmel seines Hemdes strahlte die Hautwärme auf Marias von Seide bedeckten Arm. Die Augen meiner Schwester verrieten es. Der Mann war so leicht, so zierlich, und dennoch lockte die Glut seiner Schulter, verlangte nach Berührung. Aber sie rührten sich nicht.

Zuletzt hatten die Wodkas meinen Blick so geschärft, dass ich am Ende des Abends, als im Vorraum die Abschiedsworte gewechselt wurden, schon ein Falke war. Kuisma reichte zuerst Maria die Hand, drückte sie fest und schaute Maria mit seinen verhangenen Augen an – bewegte sich darin doch etwas?

»Sie sollten Kuusamo sehen«, sagte er. »Falls Sie je dorthin kommen, weiß der Landhändler Ervasti, wo ich zu finden bin.«

Und nach Kuusamo komme ich – zunächst im Traum. Der Zauber des Traums ist schärfer, lieblicher und schrecklicher als der der Wirklichkeit, denn in der Nacht und im Traum ist der Mensch nackt und bloß, ohne Schutzhaut, ohne den Pelz, in dem er die Tage vom Morgen bis zum Abend umhergeht. Für Tiere wie für Menschen ist die Haut ein Mittel, auf der Hut zu sein, sie ist die Fähigkeit, genau zu wittern und zu sehen.

Aber ich weiß, dass ich jetzt schutzlos bin, sowohl nachts als auch am Tage – ich habe meine Haut in Kajaani gelassen, meine Schutzhülle, und mir stolz und sorglos einen Schamanengürtel um die Taille gebunden; kein Wunder, dass der alte Pfarrherr besorgt war.

Während ich einschlafe, gleitet in meine Träume im Pfarrhof Karhulanvaara Kuusamo, wie um den Ankömmling zu grüßen, aber nicht das nordöstliche Land, zu dem ich mit Mikko Karppinen und Virkku unterwegs bin, sondern die frühere Zeit, die Geschichten, mit denen Jaakko Kuisma die Renfors-Familie am Abendbrottisch bei Plinsen entzückt und verblüfft hat.

Es kommt eine kleine, dunkle und hitzige Gestalt, von der ich sofort weiß, dass es Niila Antinpoika Aikasarria ist, der Lappe aus dem Dorf Maanselkä, Schöffe, Schatzmeister der Kirchengemeinde und Ortspolizeidirektor, von dem Jaakko Kuisma in bewunderndem Ton gesprochen hat.

Niila Antinpoika verteidigte mehr als zwanzig Jahre lang furchtlos die Rechte seines Stammes und seines Dorfes, mal gegenüber dem Pfarrer, mal gegenüber den Fischern aus Ii, mal gegenüber den Schwendbauern aus Paltamo und Sotkamo. Die Angst, das tägliche Brot könnte ihnen ausgehen, hat die Lappen seit den letzten Jahrzehnten des 17. Jahrhunderts begleitet, so hatte es Jaakko Kuisma, ein Nachfahre der Eroberer, erzählt.

Auf Niila Antinpoika richtet seinen Blick der Pfarrer mit der fleischigen Nase und der geröteten Haut, der neben mir steht und dessen weiße Perücke arg verrutscht ist. Gabriel Tuderus, denke ich, Niila Antinpoikas schlimmster Feind, der berühmte Bekehrer der Lappen. Der erste Pfarrherr aus Kemi-Lappland wollte den alten Glauben und dessen Anhänger samt ihren Trommeln und Zaubergerätschaften ausrotten.

»Du bist ein gefährlicher Fanatiker«, sagt Niila Antinpoika im Traum in erstaunlich schönem und modernem Schwedisch zu Tuderus, der sich mir zuwendet. »Der schlimmste Trommler ist dieser Aikasarria«, flüstert Tuderus laut hinter vorgehaltener Hand.

»Den alten Zauberer Aikia Aikianpoika vom Kitka-Fluss habt ihr Bestien zum Tode verurteilt, aber Niila Antinpoika kann man nicht so leicht Angst einjagen«, antwortet der Lappe und geht weg. Wie auf einer Serie von Fotos sehe ich ihn ein stürmisches und viel beschäftigtes Leben führen und wundere mich sogar im Traum, wie jemand gleichzeitig ein vom Teufel besessener Götzendiener und ein Verteidiger des Heidentums – wie Tuderus glaubte – und zugleich ein vom Pfarrer getaufter Gemeindeschatzmeister und Schöffe und schließlich auch noch Ortspolizeidirektor sein kann.

Niila Antinpoika verteidigte nur die von den Vätern ererbten Sitten, die Kultur, die er schätzte und achtete, hatte Jaakko Kuisma gesagt. Bis ins hohe Alter fuhr er zu Gerichtsverhandlungen und versuchte fieberhaft zu retten, was noch zu retten war, obgleich er wohl verstand, dass dessen Zeit vorbei war.

Ich versuche, den Mann genau zu sehen, sein Gesicht zu erkennen, ich möchte irgendein ermutigendes Zeichen bekommen, und sei es nur eine Handbewegung oder ein Kopfnicken, aber Niila Antinpoika verschwindet im dichter werdenden Dunst.

Schon geht der Traum in einen anderen über: Vor einem großen Blockhaus am Seeufer – es ist natürlich der Kianta-See – steht ein Mann mit großen Ohren, Spitzbart und runder Brille, er hüpft lebhaft auf und ab und deklamiert ein Gedicht. Beim Sprechen wechselt er die Kopfbedeckungen: Erst hat er eine schwarzsamtene Schirmmütze wie ein Lyzeumsschüler, dann eine Studentenmütze, dann eine Mütze der vier Winde, wie die Lappen sie tragen, bald einen Fez, anschließend einen breitkrempigen grauen Filzhut, der von einer Biberlamm-Mütze abgelöst wird, dann eine andere Ledermütze mit Ohrenklappen und zuletzt eine Baskenmütze. Die Mützen wirbeln durch die Luft, und während er sie wirft, singt der junge Mann mit fröhlicher Stimme: »Wo geteerte Segelboote gleiten freudlos übern See, klagt der Sternentaucher traurig, seine Brust so weiß wie Schnee!«

Das fröhliche Geträller passt überhaupt nicht zur Melancholie des Textes, und als er geendet hat, ruft der Mann, jetzt mit Baskenmütze auf dem Kopf und einer Zigarre im Mund: »Na, und dann, hundert Jahre später, die Zollkammer Kantoniemi in Kuusamo! Ein belebter Ort, wo das Hinterteil der Zollinspektorswitwe Anna Uhlenius geteert wurde! Wollen Sie, Fräulein Renfors, nicht doch meine Sekretärin und Mutter meiner Kinder werden? Sie können doch sogar fischen! Denn was denkt Maria Renfors über die Crème von Kuusamo?«

Der mit der Baskenmütze springt von einem Fuß auf den anderen und zählt im Singsang auf: »Da ist Kommissar Henrik Planting, da sind der Grenzreiter Petter Planting und der ehemalige Ortspolizeidirektor Sihveri Tornberg, da sind der Gemeindeschatzmeister Saapunki und der Sohn des Pfarrherrn Kranck, da sind der Knecht Antti Jämsä und die Soldaten Mård und Fisk sowie die Magd Vappu Juhontytär! Und schließlich die böse Anna Uhlenius mit geteertem Hinterteil! Fluchende, saufende, prügelnde Kerls, Hurenböcke und Lügner!«

»Sie wollen also nach Kuusamo, Fräulein Renfors? Möchten Sie nicht wenigstens eine Zigarre und einen Kognak, um diese Bande zu ertragen?«

Landhändler Sihveri Herman Ervasti war ein ziemlich kleiner, gedrungener Mann, dessen kalte, helle Augen zu beiden Seiten der geraden Nase aufmerksam die Welt betrachteten. Die hohen Wangenknochen und der imposante dunkle Walross-Schnauzbart steigerten noch die hochmütige Autorität des Gesichts, aber arrogant war Ervasti eigentlich nicht, auch wenn seine Gesichtszüge immer recht ausdruckslos waren. Auf den Mienen der Einwohner von Kuusamo fand jedoch auch sonst nicht gerade ein Wettkampf der Sinnesregungen statt.

Hochmut trübt den scharfen Blick und beeinträchtigt das genaue Hören, hatte Ervasti manchmal gedacht, wenn er seinen Geschäften nachging. So entging normalerweise nichts seiner Aufmerksamkeit, und dieser junge Mann hier vor ihm gab mit einigen Blicken und Gesten alles von sich preis. Das dunkle, wirre Haar, das ihm in die Stirn fiel, der schmale Oberlippenbart in demselben dunklen Braunton, die ernsten braunen Augen, die unruhigen Hände. Er mochte knapp dreißig Jahre alt sein sein.

»Also, bei all dem geht es darum, dass die Gesellschaft für Finnische Literatur Fotos braucht, die das Kalevala illustrieren. Die Gesellschaft hat mir deshalb Unterstützung zugesagt, und dasselbe hat K. E. Ståhlberg, der Besitzer des Fotoateliers, erklärt, der die Fotos dann weiterverkaufen will«, erläuterte der junge Mann nervös, fast stotternd.

Er war ein paar Tage zuvor zusammen mit einem Rentierzug auf der Poststation von Kuusamo aufgetaucht und hatte sich als Into Konrad Inha, Redakteur der Auslandsabteilung der Helsinkier Tageszeitung Uusi Suometar, vorgestellt. »Und außerdem schreibe ich natürlich auch Reiseberichte sowie Musik- und Kunstkritiken«, hatte er hastig hinzugefügt.

Jetzt aber wollte er Weißmeer-Karelien fotografieren und hatte sich auf den Weg gemacht, um die Örtlichkeiten für seine künftige große Reise zu erkunden. Im Jahr zuvor war er halb aus Versehen in Weißmeer-Karelien gewesen und hatte sich davon überzeugt, dass ein längerer Aufenthalt notwendig wäre.

Von der Poststation hatte man den jungen Mann zu Sihveri Herman Ervasti geschickt – hielten die ihn für den Besitzer eines Reisebüros oder für einen Mäzen? Ervasti sah den jungen Mann schweigend an, das Gesicht wie aus Wetzstein geschnitten. Und eine fotografische Lehre in Deutschland also, und auch in Österreich, in Wien?

»Ich werde darüber nachdenken«, knurrte er schließlich nach so langem Schweigen, dass Inha inzwischen viele Dutzend Mal von einem Bein auf das andere getreten war.

»Ich möchte Ihnen noch erzählen, dass mein großer Inspirator Arvid Genetz, mein Lehrer im Lyzeum von Hämeenlinna, vor fast dreißig Jahren eine Reise durch Weißmeer-Karelien gemacht hat, um die Echtheit der Aufzeichnungen von Lönnrot zu beweisen – die Aufzeichnungen waren damals verschwunden. Das Interesse für Fotografie und Wandern habe ich dagegen von meinem Vater geerbt«, erklärte Inha, und seine Hände zuckten.

Ob der wohl ganz bei Trost ist?, überlegte Ervasti. Inspirator! Lyzeum! Laut wiederholte er: »Ich werde darüber nachdenken … Vielleicht fällt mir etwas ein. Bei diesen Schneeverhältnissen geht ja noch ein Warentransport nach Paanajärvi.«

»Vielen Dank, herzlichen Dank«, nuschelte Inha und zog sich unter Bücklingen zur Tür des Landhändlers zurück. Ervasti hatte schon Zeitungsredakteure mit schlechterem Benehmen gesehen.

Als Inha sich schließlich von der Tür zum Hof wandte, kam mit demselben Öffnen der Tür Kalle, der älteste Sohn des Landhändlers Ervasti, hereingeschlüpft.

»Ist Anton Afanassjew schon da?«, fragte Ervasti fast seufzend seinen Sohn. Er hatte noch mit dem Kaufmann aus Uhtua zu verhandeln, und das bedeutete eine lange und anstrengende Sitzung.

»Mutter lässt grüßen und ausrichten, dass sie Afanassjew zum Abendessen eingeladen hat, es wäre lustiger am Tisch, wo auch das Fräulein aus Kajaani hier ist«, sagte Kalle. Sihveri Herman nickte nachdenklich und deutete dann mit einer raschen Gebärde auf die Tür: »Lauf doch dem dunklen jungen Mann hinterher, der gerade gegangen ist, er will zum Ortspolizeidirektor. Sag ihm, er soll auch zu uns zum Abendessen kommen und die Birkhuhnsuppe kosten.«

Kalle sauste los, und Ervasti starrte gedankenverloren auf den Hof, den ein dichter werdendes Schneetreiben verdunkelte. Wenn man doch alles und alle zusammengedrcht bekäme, wie einen haltbaren Strick, der gerade die richtige Starke hat …

Im Jahre 1892 gab es im Kirchdorf Kuusamo fünf Geschäfte. Ervastis vor zehn Jahren gegründeter Landhandel befand sich jetzt auf dem Hof Kolvanki, etwas abseits vom eigentlichen Zentrum, aber das war für einen Laden keine so üble Lage, denn daneben befand sich das Kontor des Ortspolizeidirektors.

Ervasti hatte seinerzeit Brita Maria Vaarala geheiratet – die Tochter des Hofs Kela, des reichsten Anwesens im Kirchdorf – und war in stetigem Tempo zu Wohlstand gelangt. Die Waldarbeiten, die in Kuusamo begonnen hatten, brachten dem Ort jetzt schon ein wenig Geld ein, aber es wanderte nicht in gleichem Umfang durch seine Hände wie die anderen Zahlungsmittel: Der Landhandel von Kuusamo war vor allem ein Kredithandel. Wenn Ervasti von den Einheimischen Butter, Fisch, Rentierfleisch, Vögel und anderes Wild kaufte, bezahlte er vor allem mit Salz und Mehl, die in der Wildnis eine gute Valuta darstellten. Unter diesen Umständen waren die Jahre der Missernte für den Landhändler fatal, und Stabilität brachte in seine Geschäftstätigkeit nur der umfangreiche Zwischenhandel mit ländlichen Bedarfsgütern und Wild, den Ervasti ebenfalls betrieb.

Kuusamo war zweihundert Jahre lang ein wichtiger Handelsknotenpunkt gewesen. Die Karelier hatten über Kuusamo schon Ende des 17. Jahrhunderts Handel getrieben, aber die Leute aus Kuusamo selbst transportierten lange Zeit im Winter nur Rauchwaren von den Russen nach Tornio und auch alles andere, was die Bürger der Stadt aus Weißmeer-Karelien haben wollten: Hanf, Leinen, Seile, groben Wollstoff.

Später wurde die bescheidene Ausdauer belohnt. Allmählich verdrängten die Leute aus Kuusamo die Karelier aus dem wichtigen Handel mit getrocknetem Hecht. Den brachten sie im Sommer zum Verkauf nach Hamina im Kirchspiel Ii, und im Winter fuhren sie nach Oulu, um gefrorene Renken und Rentierfleisch zu verkaufen. Aus Oulu brachten die zu Wohlstand gelangten Kaufmannsbauern, die zugleich vermögende Rentierzüchter waren, Mehl, Graupen,

Salz, Zucker und Tabak mit, die sie im Verlauf des Winters an ihre Nachbarn verkauften. In einem Rentierzug fanden drei- bis viertausend Kilo Waren Platz, und die konnte man an eine Vielzahl von Menschen verkaufen, die Bedarf hatten.

Als Finnland 1809 Teil der russischen Großmacht wurde, liefen die Handelsbeziehungen mit dem östlichen Nachbarn schon wie geschmiert. Die Grenze hielt kaum etwas oder jemanden auf, und in dieser Zeit begann das goldene Zeitalter der karelischen fliegenden Händler, das bis Mitte des Jahrhunderts andauerte, bis die Gründung von Landhandelsläden erlaubt wurde.

Der von den Leuten aus Kuusamo betriebene Handel unterschied sich kaum von dem der Karelier. Viele verkauften die gleichen Waren nach Oulu und die gleichen Waren aus Oulu nach Karelien. Vasseli und Jelissei aus Oulanka, Jivini aus Katoslampi, Rotonen aus Suvanto, Dmitrei Tiilikäinen oder Jakowlew aus Uhtua oder Oksentei brachten mit dem Pferd fast genau solche Waren zum Verkauf nach Oulu wie Erland Hänninen, Elias Rajala, Juho Heikki Raistakka oder Sihveri Herman Ervasti. Freilich gab es lokale Unterschiede: Die Händler aus Weißmeer-Karelien hatten Hanf und Wurzelseile, die aus Kuusamo als Spezialprodukte Butter, Talg und Handwerkserzeugnisse wie Wetzsteine.

In den sechziger Jahren des 19. Jahrhunderts tat sich tatsächlich auch ein neuer Markt auf, die nördliche Finnmark an der norwegischen Küste des Eismeers. Und wenn es im Frühjahr an den Stellen, wo man erfolgreich mit der Fliege fischen konnte, von Fischern nur so wimmelte, waren dort gleichzeitig auch ausgezeichnete Handelsplätze. Dort in Pummanki, Vadsø und Vardø war Sihveri Herman Ervasti fischen gegangen, bevor er Kaufmann wurde, und er hatte bemerkt, wie einige Männer landwirtschaftliche

Produkte dorthin mitnahmen. So begann der Mann, der keinen Penni besaß, sich ein Vermögen zu schaffen, indem er Butter und andere Lebensmittel im Rentierzug zum Eismeer brachte.

Zu guter Letzt bekam Sihveri Herman Ervasti einen schmeichelhaften Spitznamen. Man fing an, ihn »König von Kuusamo« zu nennen.

Was für eine merkwürdige Gesellschaft – wir sitzen hier seit weit über einer Stunde, und ich habe die Gastgeber noch kein einziges Mal lächeln sehen, dachte Maria. Herman hat Recht, wenn er sagt, dass die Leute aus Kuusamo immer noch etwas von dem Stolz und der Härte ihrer Vorväter, der Landnehmer, haben. Ich habe versucht zu plaudern, von den kleinen Widrigkeiten der Reise zu erzählen, aber ich höre mich an wie ein leichtsinniges, dummes Ding, wie die auf Abenteuer versessene, schrullige, altjüngferliche Schwester des Fabrikanten Renfors.

Die Leute in Kuusamo haben gleich hinter ihrem Rücken die harte Wildmark, überlegte sie und drehte und wendete den Löffel in der Hand. Auf ihre Art sind sie sogar sehr freundlich, überhaupt nicht unhöflich, aber diese ernste Steifheit, so als hätten sie einen Stock verschluckt … Und im Augenwinkel glänzt etwas Undurchschaubares, auch bei der Frau. Wenn sie ihren unbeweglichen Blick auf mich richtet und statt einer Antwort nur knapp nickt, spüre ich, wie sich mir die Härchen auf den Armen sträuben.

Der Handel à la Kuusamo bestand fast nur aus Warentausch, aber Ervastis diszipliniertes, wohlhabendes und sauberes Haus roch so, als würde dort die ganze Zeit Geld gezählt, Pennis, Mark, Kopeken, Rubel, Öre, Kronen. Aber die ganze Wahrheit war das nicht – Ervasti erwähnte oft, dass er alle seine Kinder ausbilden lassen wolle, so viele er auch bekomme, so weit ihr Köpfchen und ihr Wille reichten. Keine gewöhnliche Krämerseele.

Am Tisch saß noch ein weiterer Kaufmann, aus Uhtua, den Maria bei sich sofort als weitaus gewöhnlicheren Handelsmann einschätzte. Er hatte Hanf in zwei Meter langen Bündeln aus Weißmeer-Karelien nach Kuusamo gebracht, und Leinen sowie Netzseile aus Kiefernwurzeln. Maria wollte ihn nicht zu oft anstarren, aber ihr Blick wanderte verstohlen, wie von selbst zu ihm: Wenn man einen Mann schön nennen konnte …

Dann richtete Maria sich auf, sie schüttelte fast den Kopf. Man sah dem Mann aus Uhtua an, dass er sein Lebtag als fliegender Händler durchs Land gezogen war, wenn auch nicht als russischer Hausierer zu Fuß mit Tasche, sondern mit Schlitten und Pferd. Vom selben Schlag wie Dmitrei Tiilikow, Janne Rotonen und Vasili Rohkimainen, die in den Häusern, wie es hieß, zum Schlafen bis in die Kammer geleitet wurden.

Der Schöne aus Uhtua schöpfte sich begierig noch Pilzsuppe auf den Teller. Es war die Zeit des großen Fastens der Rechtgläubigen, daran hatte Brita Maria Ervasti schon gedacht und fleischlose Pilzsuppe auf den Tisch gestellt. Aber auf die Schnäpse schien sich das Fasten bei diesem Rechtgläubigen nicht zu erstrecken.

Mehrmals sah er Maria lange an, er versuchte nicht, verstohlen zu spähen, sondern musterte sie unverblümt, so als hätte er nachdenklich erwogen, aus welchem Holz sie wohl geschnitzt war, wozu sie taugte. Maria zahlte mit gleicher Münze zurück, das hatte sie vor Zeiten gelernt: ausdruckslos, wie ein Mann den anderen ansieht, oder ein Soldat den Feind.

Wenn ich zwanzig Jahre jünger wäre, würde ich mich sofort in Anton Semjonowitsch Afanassjew verlieben und mich vielleicht in der Nacht unter seinem Fenster auf die Erde legen, überlegte sie. Inha hatte erzählt, dass er es so gemacht hatte, als er letzten Sommer im Sommerhaus seiner großen Liebe weilte.

Afanassjew ist ein Frauenheld, nur erreicht er nicht mein Herz, obwohl er einer von der rührenderen Sorte ist. Genau so sollte die schwarze Locke auf die Stirn fallen und in den leicht schrägen Augen der aufmerksame, schelmische Blick aufleuchten, wenn die Frau spricht!

Die Augen des Mannes waren dunkelblau, von diesem Veilchenblau, das für die Augen eines Mannes fast anstößig wirkt. Inmitten des dichten Kinnbarts befand sich ein weicher Mund, der wie zum Küssen geschaffen war, und oberhalb des Mundes die edelst geschnittene Nase, die jemals nördlich von Sankt Petersburg gesehen ward – zum Glück war sie ein wenig schief, so als hätte sie einst einen harten Schlag abbekommen. Sonst wäre es unerträglich gewesen, das Gesicht zu betrachten. Und die Ohren sind die eines Schwindlers, kleine, zierliche Muscheln, bemerkte Maria.

Des Scherzens und Redens war kein Ende, denn Anton Semjonowitsch sprach für die Ervastis mit. Ja, trotz der Gastgeber war diese Tischgesellschaft nicht sonderlich still. Inha redete, sobald Afanassjew ihn zu Wort kommen ließ – ihn zog es nach Weißmeer-Karelien, ihn hatte dasselbe Fieber gepackt wie schon so viele andere Reisende. Er erzählte, dass er sich im Lyzeum Hämeenlinna mit Jean Sibelius angefreundet habe, als Sibelius in der sechsten Klasse sitzen blieb und sie Klassenkameraden wurden.

»Weißmeer-Karelien schläft noch immer den Jahrhundertschlaf, seine alte Größe hat Flechten und Moos angesetzt. Aber wir können uns gut vorstellen, wie hinter einer Landzunge plötzlich Väinämöinens Kriegsschiff auftaucht, der eine Bord voller bewaffneter Männer, der andere voller geschmückter Mädchen«, erklärte er Brita Maria Ervasti vernehmlich mit seiner etwas schrillen Stimme und heftig gestikulierend. Da konnte man nur froh sein über die Fähigkeit der Einheimischen, keine Miene zu verziehen.

Inha hatte von K. E. Ståhlberg aus Helsinki den Auftrag bekommen, Nordfinnland zu fotografieren. Er erzählte, dass Ståhlberg alljährlich eine Fotoausstellung organisiere, auf der Bilder von Landschaften und Sehenswürdigkeiten aus allen Gegenden des Landes gezeigt wurden. Und jetzt wollte Inha nach Paanajärvi …

Aber Inha hieß er erst seit ein paar Jahren. Er hatte den Namen seiner jung verstorbenen Schwester Inha Lusina angenommen. Maria wusste, dass er Into Konrad Nyström war, dessen erstes Buch *Der Missionar* vor ein paar Jahren erschienen war. Herman hatte es gelesen und gebrüllt vor Lachen. Zwischen seinen Lachanfällen hatte er erklärt, das Buch erzähle von der tugendhaften Liebe und dem edlen Tod eines englischen, in die Südsee gereisten Missionars und eines tahitianischen Mädchens.

Maria sah den Fotografen mitfühlend an. Der arme Inha, dachte sie. Mir scheint er großes Vertrauen entgegenzubringen, weil ich selbst Fotografin bin. Und der Schnaps, den er noch vor der Birkhuhnsuppe gekippt hat, ist ihm wohl gleich zu Kopf gestiegen.

Inha hatte fast als Erstes halblaut von seiner großen Liebe Aini Bonsdorff, der schönen Tochter des Mathematikoberlehrers seines Lyzeums, erzählt. Mehrmals habe er um sie gefreit, vergeblich, denn der Vater des Mädchens war strikt gegen Inha – »alle möglichen Leute tragen da Heiratsabsichten«, hatte Inha mit vor spöttischer Qual zitternder Stimme das schlechte Finnisch seines Schwiegervaterkandidaten imitiert.

Wie unkompliziert, sicher und einfach doch unser, Annas

und mein Leben und unsere Arbeit in Kajaani sind, dachte Maria. Der Dampf des gekochten Fischs erinnerte an Fräulein Komulainens Küche, und einen Augenblick lang sah sie anstelle von Ervastis spartanisch eingerichtetem Esszimmer den Speisesaal in der Brahestraße. Wir brauchen uns um keiner Sache willen anzustrengen, nicht um des Brotes und nicht um der Träume willen. Wir pusseln vermeintlich fleißig in unserem Puppenhaus und in unserer Spielstadt herum, aber unser Tun hat weder Sinn noch Verstand. Hier in der nordöstlichen Wildmark erscheint einem das ganze ferne Kajaani wie ein gepolstertes Boudoir.

Zäh und zielstrebig war der arme Junge, obwohl sein Pfad mit Kummer gepflastert war: Er verlor früh seine Eltern, an die Stelle des Wohlstands seiner Kindheit trat die Armut, das geliebte Mädchen hatte ihn schon fast zehn Jahre lang abgewiesen, und sein armer Kopf schien nicht recht beisammen bleiben zu wollen.

Dennoch reiste er mit seiner Bürde durch Finnland. Allein die Glasnegative wogen Dutzende von Kilos und auch die Fotoausrüstung etwa zwanzig Kilo. Inha verwendete eine spezielle Kamera für größere Negative, denn er brauchte besonders große Abzüge. Er machte die Bilder auf beschichteten, lichtempfindlichen Glasplatten und entwickelte die Negative bald in irgendeiner Sauna oder Scheune.

Am frühen Abend war von Osten her ein heftiger Sturm aufgekommen, der die Wälder, Wege und Höfe voller Neuschnee gewirbelt hatte. Ervasti hob dann und wann den Kopf unruhig wie ein Tier und ließ den Blick über die von Fellen und Wandbehängen bedeckten Balkenwände wandern, die unter dem Sturm sausten und ächzten. Von seinen Augen konnte man nichts ablesen, und mit ebenso hölzernem Gesicht blickte seine Frau vor sich hin. Es war, als schrie in der dunkler werdenden Nacht noch jemand anders als der Wind und als versuchte der Kaufmann diese andere, unerklärliche Stimme zu deuten. Afanassjew sah ihn dann schweigend, lange und aufmerksam an.

Ervasti hatte in keiner Weise überrascht gewirkt, als Virkku Mikko Karppinen und Maria im Schlitten auf den Hof des Landhandels zog. Zunächst hatte Maria gedacht, das sei nur die Kuusamo-typische generelle Ausdruckslosigkeit, aber jetzt, während sie die sorgfältig bemäntelte Unruhe des Kaufmanns beobachtete, die mit dem Sturm nur noch zuzunehmen schien, gewann sie allmählich den Eindruck, dass Ervasti irgendwie vom Kommen seiner Gäste gewusst haben musste.

Als Inha von seiner geplanten Reise nach Paanajärvi sprach, die er mit der Butter- und Fischfuhre machen wollte, sah Ervasti Maria mit seinen eigenartigen hellen Augen an und öffnete den Mund sogar für drei Sätze: »Ein sehenswerter Ort ist Paanajärvi, auch nach Ansicht vieler Ausländer. Und die Stromschnelle Kivakkakoski bei Vartiolampi ist ein unvergessliches Phänomen. Vielleicht beginnt am Oulanka-Fluss noch vor Ostern die Zeit der Nebelsteinfliegen …«

Maria drückte die Hände auf ihren Gürtel, denn etwas in ihr regte sich, so als hätte es auf dem glatten Spiegel einer Stromschnelle eine Bewegung gegeben. Sie dachte an die Pennell von Hardy, die sie mithatte und die sie schon ein paar Mal am Ämmäkoski ausprobiert hatte, und daran, wie Kajaani auf die Rückkehrer wartete wie ein langsam tauendes, nasses und kaltes Grab.

Schimmert auf meinem Gesicht nun doch die Röte der Erwartung, flackert in meinen Augen die mühsam bezähmte Unruhe, die ich die ganze Zeit im Zaum zu halten bestrebt war, wunderte sie sich. Mein Herz hat nur einen einzigen

Namen geklopft, und ich habe mich manchmal gewundert, dass die anderen das anscheinend nicht bemerkten, denn mir kommt es so vor, als dröhne er wie Trommelschlag überall, wo ich mich bewege.

Zumindest Calamnius in Suomussalmi hat es gehört. Maria erinnerte sich, wie der alte Pfarrherr ihre Hand in seine Hände genommen und ihr lange, lange in die Augen geschaut hatte, ohne etwas zu sagen.

Als Ervasti also sein Zauberwort ausgesprochen hatte, erwiderte Maria sofort, dass sie gern Inha Gesellschaft leisten und mitfahren würde. »Dann könnte ich immerhin bei den Fotoarbeiten behilflich sein, auch wenn ich nicht zum Fischen käme. Ich müsste nur zuerst die Felle prüfen. Virkku könnte auf der Rückfahrt das Zugpferd sein, wenn wir von Paanajärvi Mehl, Rentierfleisch und Häute nach Kuusamo bringen.«

War es das Verlangen, dass ihr die Stimme fast brechen ließ? Ervasti nickte nur und sagte, von ihm aus sei die Sache klar, wenn nur der Sturm nicht tagelang anhielte. In Kuusamo könne man so lange Frühjahrsschneestürme erleben, dass dabei die Winterwege für Pferde verschwinden, wenn die Sonne den Schnee zum Schmelzen bringt.

Afanassjew hatte sich die Pläne schweigend angehört. Alles Lachen war aus seinen Augen verschwunden, als er erst Ervasti und dann Maria ansah und langsam sagte: »Ich fahre gern als Dritter mit. Den Gedanken, im Stillwasser unterhalb des Kivakkakoski zu fischen, finde auch ich nicht übel.«

Diese Menschen sind seltsam, dachte Maria. Gerade, wenn man über ihren Charakter zu einem Urteil gelangt ist, öffnet sich in ihnen überraschend ein Spalt oder Riss, durch den man ganz anderes sieht, und man muss die Sache neu überdenken.

Am wichtigsten ist mir das Fischen. Letztlich ist das die einzige Sache, von der ich mit Sicherheit, ohne einen Augenblick des Zweifelns, weiß, dass sie als solche, unabhängig vom Ergebnis, vollkommen ist. Einmal dachte ich, man könnte kühnlich Jesus zitieren und sagen, es sei der Weg, die Wahrheit und das Leben.

Das habe ich vor einiger Zeit Maria bekannt, und sie lächelte ein wenig und nickte sofort: So dachte auch sie. Im Nachhinein habe ich mir überlegt, dass sie das aber vielleicht nicht mit denselben Worten ausgedrückt hätte. Oder zumindest wäre sie nicht damit einverstanden gewesen, den Gedanken auf so knappe und so biblische Worte zu reduzieren.

Über die Frauen kann man nur staunen – in ihnen gibt es so viele verschiedene Ebenen: Kaum hat eine davon sich gezeigt, verbirgt sie sich auch schon wieder, und eine andere kommt zum Vorschein, die man beim besten Willen nicht mit der vorherigen in Einklang bringen kann. In der ersten Nacht mit Agnes zitterte meine Verlobte wie ein Vogel, der mir in den Schoß gefallen ist – ich meinte, ich könne gar nicht zärtlich und vorsichtig genug sein, als ihre schwarzen Haare mir auf die nackte Brust glitten und sie leise, klagende Töne und kleine, verwunderte Seufzer hören ließ.

Am Morgen dann war sie vor mir aufgestanden, hatte

sich nur meinen Morgenrock über den nackten Körper gezogen und ging die langen Korridore entlang von einem Zimmer ins andere. Sie hatte sich in einen weiblichen Falken verwandelt. Wenn ein Falke denn eine so kräftige Stimme hätte, dachte ich, als sie unter der Morgensonne ging und im Rhythmus ihrer Schritte sang. Es klang wie ein Siegeslied, und es war ihr völlig egal, wer es hörte und was diejenigen dachten, die sie gerötet, mit aufgelöstem Haar und einer entblößten Schulter sahen.

Ich musste lachen, während ich ihr zuhörte. Ich habe während des vergangenen Jahres mehr gelacht als seit meinen Jungenjahren und habe auch später zu Maria und Anna gesagt, dass Lachen ein wunderbarer Luxus sei. »Keineswegs«, erwiderte Maria. »Lachen ist wie Wahrheit, kein Luxus, sondern für das Dasein unerlässlich.«

Der Betrug hat mich als Gedanke stets mehr fasziniert als die Wahrheit. Nach der Wahrheit kann man streben, man kann ihr nachjagen und sie lieben, aber der Betrug folgt uns das ganze Leben lang, ob wir das wollen oder nicht. Im bitteren Licht des Betrugs zeigt man uns oft die Wahrheit, über uns selbst und über andere, über das Leben und die Welt. Wir werden betrogen, manchmal wissentlich und willentlich, und wir selbst betrügen, obwohl wir nicht betrügen möchten und nicht wissen, dass wir es tun.

Die Wahrheit hat weder Geruch noch Geschmack, aber man erkennt sie unbedingt, immer, wenn man ihr begegnet. Der Betrug dagegen hat einen eigenen Geruch, oder Duft, von dem man oft erst im Nachhinein weiß, dass man ihn wahrgenommen hat.

Maria warnte mich vor einem Jahr vor einem Petersburger, der mir ein fantastisch klingendes Geschäft mit Rauchwaren angetragen hatte. Sie sagte: »Arseni Filippowitsch ist ein rundherum gut erzogener, gebildeter Mann von Welt, abgesehen von seinem innersten Inneren. Im Kern ist und bleibt er ein Schwindler. Hast du nicht bemerkt, dass alles, was er tut, ein wenig verstimmt ist?«

Der Betrug färbt auf unser Leben ab, das uns in manchen Augenblicken sogar als wahrhaft edel und genussreich erscheinen mag! Der Selbstbetrug ist wiederum eine Sache für sich ... Einmal traf es sich, dass ich ein seltsames Gespräch mit einem jungen amerikanischen Schriftsteller führte, der mit mir ein paar Tage in Vaala fischte. Irgendwie kamen wir uns rasch näher, vielleicht, weil er so jung und offen und sein Herz voller Trauer war wegen einer unglücklichen Liebesgeschichte.

Er band am Stubentisch unseres Quartiers eine Fliege, er hob weder den Blick, noch hielten seine Hände in ihrer Bewegung inne, als er mit leiser, bitterer Stimme sagte: »Die Decke des Selbstbetrugs ist angenehm und warm, damit kann man seine gequälte Seele zudecken. Aber sie wird niemals alles bedecken ... In einer kalten Nacht muss man der Wahrheit ins Auge sehen: Die Decke ist auf ewig zu kurz.«

Ich will nicht darüber nachdenken, und es wäre auch vergeblich, was Sihveri Herman Ervastis Anteil an den Ereignissen war. Was war der Preis, was war das Tauschgut? Mag der Landhändler sein Geheimnis bewahren. Es hat keine Bedeutung mehr.

Ich habe mich viele Male gefragt, wie unsere Geschäftsbeziehungen zu Ervasti aus Kuusamo zustande gekommen sind. Wahrscheinlich war ich zu jener Zeit einfach allzu begierig, nach allen Richtungen zu expandieren. Hatte sich doch der Handel mit Kainuu von dem mit Kuusamo immer deutlich unterschieden. Von Suomussalmi gab es seit Menschengedenken eine Verbindung nach Kajaani, aber nicht von Kuusamo. Die Leute aus Kuusamo trieben Handel mit Oulu, so wie sie früher nach Tornio gefahren waren.

Klar ist jedenfalls, dass, selbst, wenn ich einsichtiger gewesen wäre, dennoch der Hinweis auf Vernunft, Wahrheit oder Betrug nichts auszurichten vermocht hätte, als ich den Blick sah, den meine Schwester Maria mir zuwarf, während sie sich am Tor der Brahestraße in Mikko Karppinens Schlitten warf. Da wurde ohne Worte ein ganzes Leben erzählt.

Nach Kuusamo, nach Kuusamo!

Ich kann nicht schlafen, ich liege wieder wach in einem fremden Haus und erwarte gespannt die morgendliche Abreise. Das ständige Fahren von einem Ort zum andern, die andersartigen Landschaften und neuen Menschen haben mich in eine Stimmung versetzt, in der mir das Schlafen wie Schlaffheit erscheint, während ich wach und bereit sein sollte für das, was der kommende Tag bringen würde.

So will ich jedenfalls denken, aber als ich in den tiefsten Stunden der Nacht, im Morgengrauen, wieder aus zermürbendem Schlaf hochfahre, der nicht erfrischt, sondern erschöpft, muss ich mir eingestehen, dass ich meine Träume fürchte und lieber wach bleibe.

Das bequeme Bett kommt mir vor wie ein enger, drückender Sarg, und ich stehe auf, zünde die kleine Öllampe auf dem Tisch an und lege mir den großen Schal über das Nachthemd. Mit der Lampe in der Hand mache ich mich auf die Suche nach der Wasserkanne. Von Nacht zu Nacht werden meine Träume schrecklicher.

Auf einem dunklen, vereisten Feld hatte etwas gelegen, das man an nichts anderem als Menschen erkennen konnte als an dem knöchernen Schädel, von dem einige fast losgelöste Haarbüschel abstanden. Der Tote war kein zerschmettertes Knochenbündel, denn er regte sich zuckend, als ich ihn in einen großen Sack stopfte, den ich in der Hand hielt.

Quälendes Mitleid und Ekel lösten bei mir ein Zittern aus, als ich den Sack über einen hohen Zaun warf, auf dessen anderer Seite ein Rudel Hunde hemmungslos heulte. Da zuckte schon ein weiteres Bündel menschlicher Überreste, die ich einsammeln sollte, und dort das nächste …

Ich presse den Schal und das Wasserglas fester an die Brust und gehe den kurzen Gang entlang ins Esszimmer, von wo das Licht einer gelben Lampe scheint. Wer von den untadeligen Hausbewohnern kann da noch auf sein?

Am Tisch sitzt ein sehr alter Mann mit markanten Gesichtszügen, der mit raschen, routinierten Strichen in seinem Skizzenblock zeichnet. Ich habe das Gefühl, den alten Mann schon einmal gesehen zu haben. Vielleicht war er mir in einem Traum erschienen, in einem schöneren, der schon unter den Albträumen verschüttet ist?

»Grève Louis Sparre, enchanté«, sagt der Greis, indem er sich geschmeidig erhebt und eine elegante Verbeugung macht. »Ich habe Sie bereits erwartet, Fräulein Renfors!«, sagte er auf Schwedisch und fuhr auf Finnisch fort. »Erstaunlich, wie das Gedächtnis noch mit hundert Jahren funktioniert. Das Porträt von Renne Matokangas ist mir so lebendig gelungen, als hätte ich mich erst gestern von ihm verabschiedet.«

Von Sparre hatte ich schon gehört, im vergangenen Sommer war der schwedische Graf und Künstler mit Axel und Mary Gallén auf deren Hochzeitsreise mit in Kuhmo gewesen. Über die Hochzeitsreise zu dritt nach Lapinsalmi im Kirchspiel Lentua hatte man sich in Kajaani etwas mokiert: großstädtisches, überspanntes Künstlergehabe.

Aber ein Hundertjähriger? Sparre war wohl kaum – so alt und gebrechlich, wie er war – zusammen mit Gallén und Renne Haverinen, der den Fremdenführer gab, für Wochen über die Grenze nach Weißmeer-Karelien gereist?

Der Graf bemerkt meine Verwunderung und beginnt wieder flüsternd auf Schwedisch: »Verehrtes kleines Fräulein Renfors«, um dann auf Finnisch fortzufahren, »ich bin gekommen, um Sie zu treffen, weil auch Sie unterwegs nach Paanajärvi sind. Alles ist möglich, wenn man viel geliebt hat. Dann gibt es die Zeit, dieses treulose Flittchen, nicht mehr, es gibt nur den Ort, der auf ewig treu ist. Für mich ist dieser Ort die Kätnerei von Renne Matokangas in Lapinsalmi – und ich habe immerhin noch sechsundsechzig Jahre gelebt, nachdem ich zum letzten Mal über dessen Schwelle nach draußen getreten und über den Lentua-See fortgerudert bin.«

Sparre legt mir die Hand an die Schläfe: »Denken Sie immer daran, die Zeit ist treulos, der Ort jedoch treu ... Sie werden Ihre eigenen Orte im Leben finden. Mein Herz wird immer in Kainuu ruhen, in der Nähe der Stromschnellen, und deren ewigem Rauschen lauschen.«

Heiße Tränen brennen mir unter den Lidern, ich ergreife Sparres faltige, trockene Hand und sage erregt: »Sie haben also das alles schon erlebt, Graf Sparre? Sehen Sie auch meine Zukunft?«

Aus der Tiefe unter der Stirn sehen mich klare, blaue Augen an: »Wenn ich sie auch sehe, so habe ich doch viel vergessen«, keckert der Alte in einem plötzlichen Lachanfall. Dann wird er ernst, presst meine Hand in der seinen wie mit einer harten Krebsschere zusammen und schiebt seine Nase fast bis an meine Wange heran: »Fliehen Sie nicht das Leid, Fräulein Renfors, verschließen Sie nicht die Augen davor. Nur vom Leid lernt man, vom Glück lernt man nichts. Das habe ich schon zur Zeit des Russisch-Japanischen Krieges zu meinem Schwager Carl Gustaf Emil gesagt, aus dem dann der größte Feldherr Finnlands wurde.«

Der Docht der Lampe ist schon fast erloschen, als ich,

am Tisch sitzend, zusammenzucke. Ervastis Magd kommt, mit dem Holzkorb laut gegen den Türrahmen stoßend, herein, um den Ofen anzuzünden. Ich ziehe den auf die Stuhllehne herabgeglittenen Schal über die Schultern und starre das Blatt Papier auf dem Tisch an, darauf die Zeichnung eines Mannes, der, ein Knie unter sich gebeugt, kraftvoll das Boot stakt. Unter das Bild hat eine rasche Hand einen Text hingeworfen: Renne som forsfarare, Kajana 1892. Renne als Stromschnellenfahrer, Kajaani 1892.

Paanajärvi lag sechseinhalb Meilen östlich vom Kirchdorf Kuusamo. Es war ein seit Menschengedenken bekannter Wasserweg und Knotenpunkt des Grenzhandels, das letzte finnische Dorf vor Weißmeer-Karelien. War es also der Handel, der die drei mit Ervastis Butter- und Fischfuhre Reisenden gedanklich beschäftigte? Nein, nicht einmal für Anton Semjonowitsch Afanassjew, der doch immerhin aus einer großen, in Uhtua ansässigen Kaufmannsfamilie stammte. Er saß in seinem Schlitten, eingezwängt zwischen Inhas Fotoausrüstung, und starrte nachdenklich auf seine großen Handschuhe. Das Pferd trabte rasch dahin, es schien den Weg gut zu kennen.

So ernst sieht er noch besser aus, dachte Maria, als Afanassjew sich umdrehte. Aber wie konnte ein so redseliger Mann plötzlich alle seine Gedanken verbergen? Anders als Inha, der sich nichts sehnlicher wünscht, als für seine Gedanken ein Auditorium zu finden. Eine gesprächige und doch so einsame und verwaiste Seele … Anscheinend muss er ständig in Bewegung sein, und jetzt ist er auf der Jagd nach seinem Märchenland.

Die Schlitten waren noch in morgendlicher Dunkelheit von Ervastis Haus abgefahren, und den langsam grauenden, wolkigen Tag hatte ein gleichmäßiger Redestrom erfüllt. Inha hatte sich zu Maria in denselben Schlitten gesetzt, nachdem er rasch angemerkt hatte, Afanassjew als der Fülligste solle allein mit Inhas Fotoausrüstung reisen.

So hatte denn Maria den seit Ristijärvi ausgesprochen rundlich gewordenen Hund Ohta neben sich gesetzt, und auf ihrer anderen Seite ließ sich der weitaus magerere Reisegefährte Inha nieder, der neben sich zwei sorgfältig verpackte Fliegenruten verstaute. Hinter ihnen fuhren noch drei Schlitten des Landhändlers mit Handelswaren.

»Es kommt mir so vor, als wäre ich ein Schatzsucher«, hatte Inha bekannt, kurz nachdem sie mit dem Schlitten losgefahren waren. Inha hatte einen Handschuh ausgezogen, um aus der Brusttasche einen verschlissenen Zeitungsartikel hervorzuziehen, von dem er sagte, er trage ihn immer bei sich. »Dies ist aus einer etwa zwei Jahre alten Päivälehti-Ausgabe«, erklärte er und las vor: »›Welch einen Reichtum gibt es doch im fernen Karelien für den einen und anderen zu entdecken! Welch wichtige Aufgabe für die Nation, die Schätze in jener Wildnis und unter ihrem Volk zu heben!‹ Und das Erstaunlichste dabei ist, dass man die Schatzsuche jetzt mit der Kamera festhalten kann«, jubelte er.

»Ihnen ist sicherlich bekannt, dass es erst fünf Jahre her ist, dass den finnischen Forschern in der Wildnis zum ersten Mal ein Fotoapparat zur Verfügung gestanden hat, bei der großen Expedition auf die Halbinsel Kola. Wenn doch August Wilhelm Ervasti vor über zehn Jahren gewusst hätte, dass das geistige Erbe des finnischen Volkes in Weißmeer-Karelien jetzt für die Nachwelt auf Bildern verewigt werden kann, auf Bildern, die man noch hunderte und aberhunderte von Jahren betrachten wird!«

Von dem Journalisten A. W. Ervasti aus Oulu war schon im Hause des Landhändlers die Rede gewesen. Sihveri Herman Ervasti hatte eine entfernte Verwandtschaft mit ihm für möglich gehalten und nur knapp kommentiert, dass seines Wissens Ervasti schon Ende der 1870er Jahre und dann nochmals einige Jahre später Weißmeer-Karelien besucht habe und dabei bis in die Finnmark-Region gekommen sei.

»Der Reiseführer, also das Buch mit dem Reisebericht – erzählen Sie Fräulein Renfors davon«, hatte Inha eilig eingeworfen und sich fast in seinen Worten verhaspelt. Anton Semjonowitsch hatte sich ruhig in das Gespräch eingemischt:

»Bruder Inha will sagen, dass der Journalist Ervasti vor etwa zehn Jahren über seine Reisen ein Buch veröffentlicht hat, das in Weißmeer-Karelien von Hand zu Hand ging, von einem Lesekundigen zum andern. So auch bei uns in Uhtua. Den Weißmeer-Kareliern ist dieses Buch teuer, ja heilig. Ervastis Erzählung *Reiseerinnerungen an Weißmeer-Karelien* ist in dicke Deckel gebunden, auf deren Innenseite die schreibkundigen Leser Ort und Datum vermerkt haben, wann und wo sie das Buch gelesen und für ›ungemein gut‹ befunden haben.«

Mit nahezu weinerlicher Stimme hatte Inha Afanassjews Worten hinzugefügt: »Endlich bekommen die von der russischen Staatsmacht und ihren Handlangern verachteten, in ihrer Heimat unterdrückten und als Gesetzesbrecher verfolgten ›Ränzelrussen‹ die Stimme eines verständnisvollen Freundes zu hören!«

»Die Bedrohung durch die Russifizierung nimmt in Karelien immer mehr zu«, hauchte Inha jetzt im Schlitten fast in Marias Ohr, so als lauerten die Häscher des Zaren hinter jedem Baum der Wildmark von Kuusamo.

Dann ereiferte er sich: »Warum haben die finnischen Künstler ihre Expeditionen nicht in die ursprünglichsten Gegenden unserer Kultur unternommen, so wie es anderswo in der Welt gemacht wird? Erst der Maler Gallén und der schwedische Graf Sparre haben Weißmeer-Karelien besucht, sie sind die neuen Wegbereiter der karelianischen Idee. Sie haben doch sicherlich Runebergs *Elchjäger* gelesen? Und natürlich das Kalevala? Schon vor vierzig Jahren haben so viele den Anschluss Kareliens an Groß-Finnland gefordert! Aber erst Herr Ervasti aus Oulu, ein armer und kranker Zeitungsschreiber, hat die Stammesbruderschaft und die Sehnsucht, zu den nationalen Wurzeln zurückzukehren, zu voller Flamme entfacht. Also dorthin zurückzukehren, wohin wir jetzt gerade fahren! Aus den *Elchjägern* habe ich die Passagen auswendig gelernt, in denen ...«

Der vor ihnen fahrende Schlitten mit Afanassjew unterbrach seine Fahrt und zwang den ganzen Pferdezug zum Anhalten. Anton Semjonowitsch kletterte in seinem langen Rentierpelz aus dem Schlitten und trat zu Inha: »Es klingt, als seien die Negative in den Kästen irgendwie lose, seit zwei Stunden ist dann und wann ein unheilverkündendes Klirren zu hören«, erklärte er und beugte sich besorgt zu dem Fotografen hinunter. »Ob Sie sich zur Sicherheit vielleicht in meinen Schlitten setzen? Für den Fall, dass Sie das Gefühl haben, Sie sollten während der Fahrt eine Kiste aus- und neu wieder einpacken ...«

Inha schnellte in die Höhe und eilte zu seiner kostbaren Fracht wie eine Vogelmutter, die die Schar ihrer Jungen beschützen muss, ließ sich inmitten der Kisten niederplumpsen und breitete die Arme darüber aus. Maria nahm Ohta auf den Schoß, und Anton Semjonowitsch schwang sich ächzend neben sie. Er nahm Virkkus Zügel, legte seine große Hand für einen Augenblick auf den schwarzen Kopf des Hundes und flüsterte mit vor Lachen schnurrender Stimme: »Ich glaube nicht, dass Inha wegen seiner Glasplatten besorgt sein muss. Ich reise nur viel lieber in Gesellschaft.«

Ohta, diese mürrische Kreatur, ließ nun seine Schnauze

in der Hand des Mannes ruhen, und in seinen finsteren gelben Augen lag selige Hingabe. Schweigend wurde die Fahrt fortgesetzt, jetzt mit Virkku an der Spitze. Als Maria sich nach einer Viertelstunde umwandte, sah sie, dass der vom vielen Reden erschöpfte Inha vornübergebeugt in seinem Schlitten eingeschlafen war. Die zerschlissene Mütze aus Eichhörnchenfell schaukelte und berührte fast den Kamerakasten.

Die Abfahrt von Ervastis Haus hätte sich fast verzögert, denn im letzten Augenblick hatte der Landhändler eine wunderliche Anwandlung von Gesprächigkeit gehabt. Es schien, als wäre er erleichtert, seine Gäste loszuwerden, und er wollte ihnen unbedingt erklären, was es mit der mühsamen Verfrachtung der Ware auf sich hatte. »Sie dort in Kajaani verstehen sicherlich nicht, was für *Manöver* dies für unsere Gegend bedeutet«, hatte er geäußert und dabei das ö mit scherzhaft gespitzten Lippen lang gezogen. Das war schrecklicher als die hölzerne Steifheit.

Während Ervasti mit seinen Knechten die Waren verstaute, erklärte er, dass der Handel von ganz Nordfinnland sich jahrhundertelang in einem großen Dreieck abgespielt habe, dessen Eckpunkte im Norden das Eismeer, im Westen der Bottnische Meerbusen und im Osten das Weiße Meer waren. Und da die Ostgrenze ziemlich frei passierbar war, spielte der Transport von Getreide und Mehl aus den Hafenstädten des Weißen Meeres nach Westen für die Finnen lange Zeit eine wichtige Rolle.

Die größte Hafenstadt am Weißen Meer, Archangelsk, war schon seit 1828 durch einen Kanal, der Dwina und Wolga verband, an die Schwarzerdegebiete Russlands angebunden, und über diesen Kanal wurde Getreide billig bis nach Finnland transportiert.

»Die Häfen des Bottnischen Meerbusens, des Weißen Meers und des Eismeers sind ja große Handelszentren, aber auch bei uns im Binnenland herrscht durchaus reges Treiben«, prahlte Ervasti. »Es gibt den Mehlweg von Knjashaja am Weißen Meer nach Kuusamo, und den Brotweg, der weiter südlich in Kieretti beginnt. Über diese Wege lassen wir Kaufleute aus Kuusamo vom Ufer des Weißen Meeres Mehl herantransportieren, der eine mit Pferden, der andere mit Rentieren. Und von Kuusamo verkaufen wir nach Weißmeer-Karelien Butter und Talg, gefrorene Renken, Wildvögel und Rauchwaren. Die verkaufen die Karelier dann weiter nach Sankt Petersburg.«

Ervasti war sichtlich stolz auf die Tatkraft der Leute aus Kuusamo und auf die vielerlei Wege, über die Handel getrieben wurde. Eine solche über zweihundert Kilometer lange nördliche Route verlief von den Knjashaja-Inseln den Fluss Koutajoki entlang über die Seen Susijärvi und Tuntsajärvi nach Soukelo und über Mäntyniemi nach Paanajärvi, wohin jetzt die Reise gehen sollte. Das Mehl wurde mit Rentierzügen und später mit Pferden dorthin gebracht und in Rajala in einem großen Lagerhaus eingelagert, von wo es weiterverkauft wurde.

Die Fertigstellung der Bahnlinie nach Oulu 1886 war ein großer Glücksfall, erklärte Ervasti. Das belebte damals den Transithandel von Kuusamo so sehr, dass die Leute aus Kuusamo nicht mehr so abhängig von dem Getreide aus Archangelsk oder vom Handel mit den Kareliern waren. Jetzt konnte man das Getreide dort kaufen, wo es am günstigsten war, aber wenn man in Karelien zu tun hatte, nahm man auch von dort ein Fuder Mehl mit, um nicht leer zurückfahren zu müssen.

So machte Ervasti es auch jetzt, als er Butter und gefrorenen Fisch aus Kuusamo nach Paanajärvi schickte. Mit der

Rückfahrt erwartete er noch eine Fuhre Mehl und Rentierfleisch, bevor Schnee und Eis unter den Rentierzügen und Pferdeschlitten wegtauten.

Zu Beginn der Fahrt hatte Maria über den Landhändler nachgedacht – warum war er zuerst so steif, fast stumm, und ganz zum Schluss so aufgekratzt, dass er plapperte wie ein Gymnasiast, der sich heimlich einen hinter die Binde gekippt hat? Dann verblasste Ervasti in ihrer Erinnerung, und sie betrachtete die einsamen, schneebedeckten Hänge. Der markierte Weg verlief bergauf und bergab, an Seen vorbei in Schluchten und aus den Schluchten heraus über kleine, gefrorene Flüsse hinweg den nächsten Hang hinan.

»Man hat das Gefühl, als dringe die Landschaft in einen ein, wolle sprechen, und als begänne der Mensch, durch die Kraft der Sprache aus sich selbst einen anderen, einfacheren und stärkeren Menschen zu bauen«, überlegte sie laut und kam gar nicht darauf, sich zu wundern, warum sie so etwas zu einem fremden Mann sagte.

Afanassjew warf ihr einen Blick zu, das eine blaue Auge blitzte unter der schief sitzenden Pelzmütze. Er lächelte und sagte leise, ein wenig melancholisch: »Vielleicht ist es Zeit, von Bjarmia zu erzählen … Bjarmia, Perma, Bjarmaland, das ist Weißmeer-Karelien, das Lied der alten Sagas, das uralte Land der Bjarmier, wo sie auf Raubzüge gingen …«

Er, der Mann aus Uhtua, schwieg plötzlich, kaum dass er begonnen hatte, und streichelte einen Augenblick lang wortlos Ohtas dickes, glänzendes Fell. Dann fuhr er mit munterer Stimme fort:

»Die russischen Chroniken wiederum berichten, das sei das Land der finnischstämmigen Tschuden gewesen, und die englischen und holländischen Seefahrer wussten, dass es ein sagenumwobenes Land war. Dorthin fahren wir jetzt, oder zu dem, was davon übrig ist … Von dort, aus dem Land der Sagen, stamme auch ich.« Anton Semjonowitsch blickte zur Seite, die Augenwinkel voller Lachfältchen. Maria hörte aufmerksam zu. Der Mann lachte, aber heiter war er nicht, eher nachdenklich.

»Das fantastische Bjarmia soll jenseits des Weißen Meeres, zu beiden Seiten der Dwina, gelegen und sich bis zur Wolga und zur Kama erstreckt haben«, fuhr Afanassjew fort. »Dort lebte der reichste und gebildetste aller finnischen Stämme, und dort entwickelte sich ihr Glaube, die Verehrung Gottes. Es lag auch an einem wichtigen Handelsweg, denn die Handelsroute der indischen und asiatischen Waren verlief vom Kaspischen Meer zur Wolga in die Stadt Bolgar und von dort über Bjarmaland zum Eismeer. Sie können sich vorstellen, wie diese Verbindung Bjarmaland bereicherte und seinen Bewohnern große Bildung brachte. Der Ruf der Schätze von Bjarmia drang bis nach Skandinavien, Konstantinopel, zu Persern und Arabern.

Ihre Autorität wuchs noch dadurch, dass sie unter den finnischen Stämmen als Priester wirkten oder zumindest eine wichtige geistliche Stellung innehatten. Sie besaßen ein Abbild des Gottes, das von allen finnischstämmigen Völkern verehrt und an einem heiligen Ort auf einer Landzunge in der Dwina streng bewacht wurde. Dorthin wurde das nachgelassene Vermögen von Reichen gebracht und nach erfolgreichen Handelsreisen ein Teil des Gewinns. Wie es in den Chroniken heißt, schaffte es der berühmte norwegische Vikinger Thorer Hund schließlich, auf einer Handelsreise Anfang des 11. Jahrhunderts den heiligen Schatz der Bjarmier zu rauben.«

Maria nickte zustimmend, während der Mann erzählte: »Einiges davon ist mir bekannt, denn ich habe als Kind immer wieder Julius Krohns *Mondgeschichten* gelesen. Darin wird von dem reichen und mächtigen Volk der Tschuden berichtet, das die Speicher voller Gold und Silber hatte. Und es gab dort auch eine böse Hexe und ein Geiernest mit Eiern, auf deren Schale Goldstäbe gezeichnet waren. Noch mehr entsetzte es mich, dass hinter verrammelten Toren und geheimen Gängen verzauberte Prinzessinnen mit Eisenketten gefesselt und mit den Haaren an Pfeiler gebunden waren!«

»Bjarmaland war die Wiege von Wundern und Abenteuern«, lächelte Anton Semjonowitsch. »Damals trieben Europa und Asien Handel an der Dwina – wenn man doch die Gelegenheit gehabt hätte zu sehen, wie es dort wirklich war! Die Sagen berichten, dass sich am Flussufer ein Gottestempel befand, der aus kostbarem Holz errichtet war und den dreißig Zauberinnen bewachten. Jenseits der Tempelschwelle gab es eine mit Gift gefüllte Grube, in deren vergoldete Wände Edelsteine eingelassen waren, und an einer Wand befand sich ein Bild, vor dem auf einem silbernen Tisch ein goldglänzendes Gifthorn stand.«

»Wie ist dieses strahlende Reich schließlich verschwunden?«, fragte Maria.

»Es wurde durch die russische Kirche allmählich vernichtet«, antwortete Afanassjew. »Anfang des 13. Jahrhunderts breitete sich das Christentum weiter aus, und es wurden Zwangstaufen durchgeführt, von Bjarmias späterem Schicksal weiß die Geschichte nichts mehr zu berichten. Wahrscheinlich sind die Splitter des finnischen Stammes dann ins Binnenland von Weißmeer-Karelien gezogen. Oft dachte ich beim Betrachten des *Sorokka*-Kopfputzes der karelischen Frauen, der mit Spiegelstückchen, Perlen sowie Gold- und Silberfäden verziert ist, dass dies der letzte Überrest des alten Glanzes von Bjarmia ist. Schicksal des Volkes war es, sich in verschiedene Richtungen zu zerstreuen, sich in kleine Grüppchen aufzusplittern, die dann entweder mit fremden Völkern verschmolzen oder hart um ihre Existenz kämpfen mussten.«

»So, wie Sie es in Karelien auch jetzt noch tun«, sagte Maria. Die Geschichte rührte sie, und zwar mehr als der Inhalt die schlichte Art und Weise, in der der Mann aus Uhtua sie erzählt hatte, ohne einen einzigen scharfsinnigen Scherz oder den Versuch, witzig zu sein.

Afanassjew erwiderte nichts, zog nur den Handschuh aus und kraulte den Karelischen Bärenhund hinter den Ohren.

»Wie heißt dieser Bärbeiß?«, fragte er.

»Ohta«, antwortete Maria.

Afanassjew lachte: »Ach, Ohta! Ein Sohn des Ohta-Sees in meiner Heimat! Das passt ja gut – allerdings ist bei uns das Volk seinem Wesen nach etwas fröhlicher.«

Wie schön ist es, mit jemandem zu lachen – ich glaube, einen richtigen Charmeur erkennt man daran, dass man bald vergisst, dass er ein Charmeur ist.

Ich war entsetzlich einsam, das habe ich immer gewusst, ich habe im Brunnen gelebt und Wasser gesucht und mich gesehnt. Aber das war die Sehnsucht nach einem Ort, den es vielleicht niemals gegeben hat. Und ich habe mich nach Menschen gesehnt, die gestorben sind, oder nach solchen, die ich nie gekannt habe …

Ich wollte von Kajaani nirgendwohin, denn ich glaubte nicht, dass es etwas gab, wo ich hin könnte.

Herman hat das auf seine geheimnisvolle Weise immer verstanden. Einmal blieb er neben mir stehen, als ich eine Fliege band, und strich mir plötzlich linkisch über die Wange. »Dort, wo es Forellen gibt, ist es immer schön«, sagte er.

Ich hob nicht den Kopf, aber das Wickeln des Fadens musste ich unterbrechen, denn mir waren die Tränen in die Augen gestiegen. Ich dachte in diesem Augenblick nicht an Forellen, sondern aus irgendeinem Grund an unsere verstorbene Mutter, die so gut und warmherzig gewesen war. Ich liebte sie so, wie ein Kind das Herrlichste auf Erden liebt. Als Kind hoffte ich immer, ich dürfte zusammen mit meiner Mutter sterben, denn ich dachte, ohne sie nicht leben zu können.

Regungslos saß ich da und starrte auf die March Brown. Herman ging nicht fort, er stand lange da mit der Hand auf meiner Schulter und sagte dann leise: »Glaubst du, man kann auch die Einsamkeit beherrschen? Eine kühne Frau hat irgendwo geschrieben, Mut und Angst, Liebe und Tod seien nur Teile davon … Wenn der Mensch lernt, seine eigene Einsamkeit zu beherrschen, findet er Frieden und Sicherheit. Oder vielleicht ist das dasselbe.«

Später gravierte ich mir Hermans Worte ins Herz, ich wollte die Buchstaben mit meinem Blut einreiben, damit sie immer zu sehen waren, denn ich verstand sehr wohl, dass niemand eine größere Wahrheit besaß, egal, in welcher Phase seines Lebens er sich befand. Davon war ich fest überzeugt, und das war mir ein großer Trost – fast immer.

Doch jetzt sieht es so aus, als genügte es, drei Stunden mit einem gut aussehenden Kaufmann aus Uhtua im Schlitten gesessen, seine Geschichten angehört, gelacht und fast geweint zu haben. So schnell kann man vergessen, dass Einsamkeit ein würdiges Los sein soll!

Ich habe das wohl schon vorher vergessen, als ich nur aufgrund einiger eilig hingeworfener Worte zu dieser sinnlosen Reise aufbrach, als Hasardspielerin, die keine einzige gute Karte in der Hand hat.

Hat Herman mich deshalb fahren lassen und nur pro forma etwas dagegen gemurmelt? Wollte er, dass ich in die Lage kam, mit dem Stift in der Hand Zeile für Zeile meine eigene Rechnung aufzustellen, meine eigene Buchführung zu machen, hinzuzählen und abziehen zu müssen, bis ich selbst sah, was unter dem Strich übrig blieb? Von der Idee der Emanzipation ist an Herman mehr hängen geblieben als nur ein paar Soßenflecke.

Wie viele Stunden mögen vergehen, ehe ich Anton Semjonowitsch den Kopf so in die Hand lege wie Ohta und ihm ebenso hingebungsvoll in die schönen Augen sehe?

Und doch habe ich seit Kajaani die ganze Zeit einen anderen Mann, einen von ganz anderer Art, im Sinn, nämlich den, neben dem ich eine noch kürzere Zeit gesessen habe als jetzt neben dem aus Uhtua. Und wenn ich auch meine Mütze auf das Eis des Flusses schleudern, mir die Haare raufen, mich dem Kaufmann in die Arme werfen und ihn so küssen würde, dass seine Lippen bluten, würde ich doch nur an jenen anderen denken …

»Anton Semjonowitsch, Sie sind nur ein Ersatz«, würde ich flüstern, während ich zärtlich den Mann beiße, der die Frauen so gekonnt anzusehen weiß.

Dennoch glaube ich, dass Anton Semjonowitsch ein guter Mann ist, unter all seiner Schönheit und all seinen Gesten. Seine Gesten hat er von den Frauen gelernt, die ihn nahezu verdorben haben. Was für ein Spiegel ist doch – ihr unbewusst – das Gesicht einer Frau, wenn sie einen solchen Mann vor sich hat!

Aber von Grausamkeit findet sich bei Afanassjew keine Spur, und ich sollte ihn allein deshalb lieben – warum also haben die andersartigen, kalten Augen die Spielerin und Abenteurerin geweckt, die jetzt nachts wach liegt und tagsüber reist, weiter und weiter, dorthin, wohin eine halb achtlos hingeworfene Einladung ergangen ist?

Ach, Herman, jetzt kommt die Sonne heraus, bald sind wir am westlichen Ende des Paanajärvi – noch siehst du mich nicht nachts bei Kerzenlicht sitzen und am Tisch den Saldo meines Lebens berechnen.

Das Licht ergoss sich über den spätnachmittäglich blauen Himmel, über den hoch droben flaumige Wolkenstreifen wie im Frühling wanderten. Der Winter hatte alles noch fest im Griff, aber in der Luft lag bereits das Vibrieren von Kommendem. Maria besah die sorgfältig verpackte Hardy-Rute am Rande des Schlittens – sollte es tatsächlich möglich sein, dass …

Ostern war dieses Jahr spät, nach Mitte April. Bis dahin waren es noch mehr als zwei Wochen. »Unser Glück, wenn wir schon fischen wollen«, hatte Anton Semjonowitsch zufrieden genickt, während die Lachsruten in Kuusamo in den Schlitten verstaut wurden. »Ich sehe schon die dichten Marschformationen der Nebelsteinfliegen am Rande der Kivakkakoski-Stromschnelle, unterwegs ins Maul eines Fisches, so wie unsere Fliegen! Machen Sie auch manchmal einen Fliegenzug mit drei Springern, wo zuoberst …«

Die Neugier des Mannes war ohne Ende und reichte in alle Richtungen. Unterwegs hatte er immer von neuem Marias Berichte von der Allcock-Fabrik in Redditch und von den Kalkströmen Südenglands hören wollen, er wollte wissen, was die gespließten Bambusruten von Hardy, dem neuen Konkurrenten von Allcock, die sich schon einen Namen gemacht hatten, für einen Eindruck machten, und ob das Gerücht stimmte, dass man in den nächsten Jahren bei den Rollen vielleicht Aluminium anstelle des schwereren Messings ausprobieren würde.

»Mein Glück, *slawa bogu,* dass ich in denselben Schlitten mit Fräulein Renfors gekommen bin«, hatte er gutgelaunt gelacht. »Von jetzt an kann ich immerhin im Kopf eine Sweep und eine Dusty Miller binden.«

»Dort ist der See Paanajärvi, das Tor nach Bjarmia.« Auf dem Scheitel der bewaldeten Anhöhe deutete Afanassjew mit seinem Fäustling nach Osten. Die Pferde samt Schlitten hatten angehalten, um nach der zügigen Bergfahrt zu verschnaufen, und die Blicke der Reisenden wandten sich dem See und dem gleichnamigen Dorf im Tal des Oulanka-Flusses zu.

Der Paanajärvi war ein langer, schmaler und tiefer See, der sich über eine Länge von fast vierundzwanzig Kilometern in West-Ost-Richtung erstreckte. An seinem westlichen Ende mündeten auf finnischer Seite der Oulanka und der Kuusinki-Fluss in den See, am östlichen Ende ergossen sich die Wasser des Sees in den Oulanka-Fluss, durch den sie bis in den Pääjärvi-See strömten.

»Am Ende der Eiszeit, vielleicht vor zehntausend Jahren, war dieses Becken die westliche Bucht des damaligen Weißen Meeres«, gestikulierte Anton Semjonowitsch. »Auch von hier aus erkennt man, wie der See an einen Fjord erinnert. Die größten Tiefen reichen einhundertdreißig Meter weit in den Untergrund hinab, und an den schmalsten Stellen ist er vom Nord- bis zum Südufer nur siebenhundert Meter breit. Und nirgends ist er breiter als anderthalb Kilometer.

Ein fjordartiger See, dessen Ufer von steilen, baumbestandenen Anhöhen, Kalkfelsen und nach Süden abfallenden Hängen gesäumt ist und wo ein bemerkenswert mildes Klima herrscht … Hier gibt es eine Menge Pflanzen und

Tiere, die sonst so weit im Norden äußerst selten sind«, erklärte Afanassjew weiter. »Die Sommer sind hier sehr warm, und im Herbst speichert das tiefe Wasser die Wärme und bewirkt, dass die Hänge auch dann noch schnee- und eisfrei bleiben, wenn anderswo im Kirchspiel Kuusamo schon Schnee liegt. Die Wachstumsperiode dauert etwa zwei Wochen länger als sonst so hoch im Norden. Der See friert oft erst Anfang Dezember zu, wenn Schneetreiben herrscht.«

Jetzt schimmerte der lang hingezogene Schneedeckel des Sees im Schein der tief stehenden Sonne schon leicht bläulich. Noch intensiver, fast schwarz blauten an dem spätwinterlichen Abend die den See umgebenden düsteren, schlummernden Berge. Unten, am westlichen Ende des Sees, lag eine Gruppe von mehreren Häusern, das Dorfzentrum, aber dorthin sollte es nicht gehen, sondern zum Hof Rajala. Der Stützpunkt des Mehlhandels von Sihveri Herman Ervasti sowie dessen Nachbar Paana waren die wohlhabendsten Häuser im Dorf. Rajala lag am Nordufer in der Nähe des Mäntyjoki-Wasserfalls und der daneben erbauten Mühle.

In dem vermögenden Hause Rajala übernachteten häufig auch solche Reisenden, die keine Kaufleute waren, denn Paanajärvi war ein beliebtes Touristenziel geworden. Als Nebenerwerb wurden in vielen Häusern Schlaf- und Speisegäste untergebracht, von denen die einen auf Attraktionen erpichte Touristen, die anderen Künstler oder Forscher waren, die von den Ansässigen »Steinherren«, »Liederherren«, »Kräuterherren« oder »Insektenherren« genannt wurden.

»Am Nordufer des östlichen Endes liegt das ansehnliche Gut Mäntyniemi, wo ich selbst manchmal übernachte, wenn ich allein unterwegs bin. Da gibt es für Inha was zum Fotografieren«, erklärte Afanassjew. »Auch das ist ein Umschlagsort für viel Fracht und Reisende zwischen Finnland und Russland. Auf diesem Gut wohnt eine Großfamilie von mehreren Brüdern, tüchtigen Jägern und Bärentötern, von deren Geschichten man nie genug bekommt. Mehrere von ihnen tragen die schnörkeligen Verzierungen der Bärenkralle im Gesicht und am Schädel.«

Ruckend setzten die Schlitten sich in Bewegung, und es fehlte nicht viel, dann wäre Inha in den Schnee gefallen, denn er schien halb im Stehen zu reisen, so begeistert blickte er um sich. Von der Schönheit der Gegend schwindelte es auch Maria. Sie bemerkte, dass ihre Hand, die im Fäustling steckte, den Schlittenrand umklammerte, so als versuchte sie, ein Stück herauszubrechen. Was für Menschen vermochten eine solche Natur zu beherrschen und darin ihren Lebensunterhalt zu finden?

Anna würde vor Entsetzen in Ohnmacht fallen, wenn sie mit Hilfe eines Zauberspiegels den Verlauf dieser Reise verfolgen könnte, schoss es ihr durch den Sinn. Sie hat ja auch von der Fahrt nach Kuusamo nichts begriffen und sagte nur, wir könnten zusammen nach Helsinki fahren, wenn Herman und Agnes geheiratet haben. Dass Agnes statt unser schon einige Monate lang die Wetterstation betreuen könne, wenn sie sich auf dem Zollfelsen eingerichtet haben. Die arme Anna, die außerstande ist, irgendjemandes Gedankengang zu folgen, selbst wenn man ihn ihr erklären würde.

Na, und Erik – seit meiner Abreise aus Kajaani habe ich gar nicht mehr an Klein-Erik gedacht. Wie mag es ihm ergehen, ob sich seine Gesundheit zum Besseren gewendet hat? Diese Reise kann man dem jungen Mann nicht erklären, so altklug er auch ist. Ob ich es wohl wage, dem Sechzehnjährigen das zu sagen, was ich unterwegs erkannt habe: Wenn man versucht, sein Leben allzu sehr zu regulieren, dann bleibt sehr wenig Leben übrig, das man regulieren kann …

Meistens lagen die Dörfer im Kirchspiel Kuusamo verstreut an den Hängen der waldigen Berghöhen, aber Paanajärvi war anders gebaut. Seine Häusergruppen, in denen etwa dreißig Familien, vier und ein halbes Hundert Menschen wohnten, standen stellenweise in dichter, meist aber loser Reihe an den Seeufern. Das Dorfzentrum lag am westlichen Ende des Sees und der größte Teil der Häuser am Nordufer. Das Ostende des Sees reichte bis zur Landesgrenze.

Wie in Mäntyniemi und Rajala pflegte man die Stammhäuser unter den Verwandten so aufzuteilen, dass mindestens zwei neue Höfe entstanden, in denen meistens die Brüder mit ihren Familien wohnten. So entstand ein Großfamilienhof, in dem jeder Hof sein eigenes Wohngebäude, einen Kuh- und einen Pferdestall, seine Vorratshäuser und Speicher hatte. Nach Kuusamo-Art waren die Häuser mit Dachlatten- oder Birkenrindendächern gedeckt, die Wände bestanden aus ungestrichenen Balken, und inmitten der grauen Balken leuchteten schmuck die weiß angemalten Rahmen der sechsscheibigen Fenster. Zum Schutz des Eingangs waren an den Längsseiten der Häuser Veranden mit Satteldach angefügt.

Diese Wohnstätten trugen das Gepräge von Fleiß, Sauberkeit und Unternehmersinn. Nirgends war etwas zu sehen, das herunterhing, umzustürzen drohte oder unfertig war. Das günstige Klima brachte den Bewohnern Wohlstand, und man hatte den Eindruck, als antworteten die Leute von Paanajärvi auf den unverwandten, harten Blick der umgebenden Wildnis mit ebensolcher Entschlossenheit: Kümmere du dich um deine eigenen Angelegenheiten, wir kommen schon zurecht, sagte das Dorf.

Into Konrad Inha bückte sich immer wieder, um durch den Sucher der Kamera zu spähen: Dort, genau an jener Stelle würde er im Sommer die Hausleute versammeln, viele Bauern, Schwiegertöchter, Töchter und eine ungezählte Schar der nachwachsenden Generation, alle von derselben Familie.

Aber jetzt war noch Winter, wenn auch ein funkelnder Tag und Anfang April. Inha hatte seine große Kamera im Schnee auf dem Hof Rajala vor der Veranda mit dem Satteldach aufgestellt. In seinem Kopf schwirrte es von Visionen, Plänen und Wörtern.

»Also, ich werde Karelien nicht so bald verlassen, jetzt, wo ich in die Nähe der Grenze gekommen bin. Ich werde bis zum Sommer hier bleiben, vielleicht noch etwas länger«, erklärte er Anton Semjonowitsch, der auf den Treppen der Veranda gutmütig über den Eifer des jungen Mannes lachte. Der Kaufmann strich sich den schwarzen Bart und nickte:

»Wer würde schon von hier … Und jetzt sind wir erst im Kirchspiel Kuusamo. Mein Freund, vielleicht läuft Ihnen noch eine Person über den Weg, deren Locken ungezügelt unter dem *otšipaikka*, dem Kopfputz der unverheirateten Frau, hervorwallen und deren stramme Waden unter den Falten des Rocks hervorschauen, und dann ist es um Sie geschehen, und Sie beeilen sich, ihr *otšipaikka*, Rock und Hemd auszuziehen«, lächelte Afanassjew gutmütig. »Bei uns in Uhtua wohnt die schöne Toarie, die noch niemanden als Bräutigam akzeptiert hat.«

Anton Semjonowitsch fühlte sich seit dem Aufenthalt in Ervastis Haus in seiner Vorstellung von dem bestärkt, was Inhas Unruhe besänftigen könnte. Jedenfalls nicht die unfreundliche Aini, von der Inha auch Afanassjew vorgeschwärmt hatte.

Inha schüttelte zerstreut den Kopf und tat die Sache mit einer Handbewegung ab. »Anton Semjonowitsch, Sie sind ständig in Karelien unterwegs und verstehen nicht, wie viel sich hier der Kamera bietet – mehr als das, was das Verlangen eines Mannes befriedigen kann«, sagte er belehrend und streckte seinen müden Rücken. »Die schöne Toarie kann ich aber irgendwann gerne fotografieren.«

Afanassjew betrachtete nachdenklich den mageren Fotografen, der bis zu den Knien im Schnee stand und vor Kälte bibberte. Das Glück der Ehe würde ihm wohl niemals zuteil werden … Aber spielte das denn eine Rolle? Inha brannte mit größerer Flamme als manch ein anderer. Für so einen ist das gewöhnliche Glück nur Firlefanz.

So als hätte Inha seine Gedanken erraten, drehte er sich jetzt um, und es sprudelte nur so aus ihm heraus:

»Ich habe gezählt, dass zu dieser Hofgruppe insgesamt zwei Dutzend Gebäude gehören, also zwei Hausgruppen, beide haben jeweils ein eigenes Zentrum und die Form eines Rechtecks. Wenn ich im Sommer dort auf den Berg steige« – ein Winken nach Süden –, »bekomme ich beide Wohnhäuser von oben ins Bild, dazu die Kuh- und Pferdeställe, die Lagerhäuser, die Speicher am Strand, Scheunen, Tennen und auch noch die alte russische Backstube.«

Inha schlug sich gegen die Stirn, wie um seinen brodelnden Kopf im Zaum zu halten: »Was für einen erstaunlichen Anblick wird doch diese Sinfonie von Gebäuden und Landschaften dem Publikum in Helsinki am Jahresende in Ståhlbergs Touristikausstellung bieten!«

Wieder musste Anton Semjonowitsch lachen. Er kannte die Vergangenheit des Anwesens und erzählte Inha, dass Rajala in alter Zeit das Schwendland eines Russen namens Ilja gewesen war, das seinerzeit ein Mann aus Kuusamo namens Hannu Määttä in Besitz genommen hatte. Der Name des Anwesens war zuerst Iljala gewesen; da es jedoch in der Nähe des als Grenzzeichen geltenden hohen Berges Ruskeakallio lag, wurde der Name später in Rajala, Grenzhof, geändert. Jetzt führten den einen Hof der alte Bauer Elias Rajala und sein Sohn Juho Kustu, in dem anderen wohnten Juho Kustus Vettern Antti und Ilkka. Insgesamt gehörten zu der Großfamilie zwei Dutzend Mitglieder und außerdem noch das Gesinde.

Der alte Bauer, ein ziemlich kleiner, bei der Arbeit vertrockneter Mann, dessen Augen wie klare Kugeln tief im Kopf lagen und dessen Mund nichts als eine lange Lederlinie unter der hutzligen Nase war, hatte Inhas Treiben von der obersten Stufe der Veranda über Afanassjews Kopf hinweg aufmerksam beobachtet. Ein mehrere Tage alter Stoppelbart bedeckte die Furchen der Wangen und das trotzige Kinn. Elias Rajala hatte von diesem merkwürdigen Mann gehört, der sich im vergangenen Jahr mit seinen Utensilien im Grenzgebiet abgerackert hatte – so also sah eine Kamera aus, ein fast mannshohes Ding auf drei Beinen, und in den Händen dieses Umstandskrämers war es in Gefahr, jeden Augenblick umzukippen.

»Darf ich zu Tisch bitten«, sagte Rajala mit seiner leisen, heiseren Stimme zu Afanassjew, der daraufhin in Inhas Richtung einladende Gesten machte. Der Fotograf begann seinen Apparat aus dem Schnee zu heben. Seine Hosen waren nass bis an die Schenkel.

In der Stube setzten sich die Hausleute und das Gesinde zum Essen alle an denselben Tisch, aber für die Gäste war in einer Seitenkammer gedeckt, das beste Geschirr auf einem schönen, geplätteten Tischtuch. So werden Reisende in den Häusern von Paanajärvi behandelt, hatte Afanassjew Maria und Inha im Voraus erklärt. Ungewöhnlich war, dass der alte Rajala sich zu den Reisenden an denselben Tisch setzte. Anscheinend hatte er Anton Semjonowitsch sehr gern, klopfte ihm scherzhaft auf die Schulter, und sein Mund, straff gespannt wie ein Fuchseisen, öffnete sich zu einem heiseren Lachen, sodass die kleinen, ebenmäßigen gelben Zähne sichtbar wurden. Ist das aber ein hemmungslos fröhlicher Mensch, für einen Mann aus Kuusamo, dachte Maria.

Auf dem Tisch stand schon ein großer eiserner Kessel, dessen Deckel Elias mit seinem gekrümmten Mittelfinger anhob: »Das vergangene Schneehuhnjahr war sehr ergiebig, Fräulein Renfors und Herr Fotograf, bitte kosten Sie«, zischelte er und schob die Schüssel mit dem Kartoffelbrei in bessere Reichweite der Gäste. »Greifen Sie zu! Wenn Sie nach Vartiolampi wollen, wird es mühsam sein, dort etwas zum Essen zu bekommen.«

Ohne seine Worte näher zu erklären, schob er die große, mit Schnitzereien verzierte Holzkelle Maria hin und forderte sie als Frauensperson auf, das Essen auszuteilen. »Bei uns essen Schwiegertöchter, Töchter und Mägde zusammen mit den anderen, sodass die Gäste sich jetzt selbst bedienen müssen.«

Ein Weilchen sprach niemand. Es sah so aus, als unterbreche Afanassjew angesichts des Schneehuhns sein Großes Fasten. »Im Notfall ist das erlaubt«, flüsterte er und zwinkerte Maria zu. Das in Sahne gegarte Schneehuhn, gewürzt mit Kräutern – sollte das tatsächlich Estragon sein, wunderte sich Maria –, und der Kartoffelbrei, bei dem man mit Butter nicht gespart hatte, waren »besser als im Restaurant Catani in Helsinki«, verkündete Inha, während ihm Soße von der Schnurrbartspitze troff.

Maria wiederum fand, dass ihr Weg sie seit der elenden Poststation Ristijärvi von einem guten Tisch zu einem immer noch besseren geführt hatte – insofern konnte Anna ganz beruhigt sein. Bald würde Maria ebenso gut im Fleische stehen wie Ohta. Aber Rajala war eine Ausnahme, auch das hatte Afanassjew auf der Fahrt von Kuusamo hierher erklärt. Dorthin, in das reiche Bauernhaus, kamen in Hungerherbst- und -winterzeiten stets Menschen aus der Umgebung, die Rindenbrot und Stroh aßen. Sie borgten sich ein wenig Mehl, damit Rinde und Stroh zusammenhielten.

»Das Schneehuhnjahr war also gut. Und wie verhält es sich mit den anderen Gaben des Waldes?«, wandte Afanassjew sich an den alten Elias, als der schlimmste Hunger gestillt war. Elias Rajala war ein berühmter Jäger, jetzt allerdings schon etwas lahm. Von seinen Heldentaten ließ er von sich aus kaum etwas verlauten, aber er antwortete bereitwillig, wenn er gefragt wurde.

»Im Februar habe ich vier Tage lang einen Luchs auf Skiern verfolgt«, sagte er mit Lachfalten im Gesicht und schlug sich klatschend aufs Knie, »aber dieser Teufel lief so weit auf russisches Gebiet, dass ich umkehren musste! Immerhin habe ich einen Wolf bekommen, und dann sind da noch Vielfraße, Fischottern und Marder …«

»Unser Altbauer hier hat an zweiundzwanzig erfolgreichen Bärenjagden teilgenommen, an den meisten als Hauptjäger und Schütze, und weitere sind durch Fallenstellerei hinzugekommen«, wandte Anton Semjonowitsch sich erklärend an Maria und Inha. »Wir sind im Hause eines großen Jägers. Mit einem alten Vorderlader mit Steinschloss ... Elias Rajala hat keine Angst vor dem Bären, zumindest nicht vor dem vierbeinigen.«

Rajala machte eine wegwerfende Handbewegung, lachte und lud sich noch mehr Schneehuhn auf den Teller. »Aber jetzt habe ich eine gute amerikanische Repetierbüchse! Lassen Sie mich erzählen ... Hente Mäntyniemi und ich waren auf Bärenjagd, der Schnee noch verflixt hoch, aber er trug. Hente holte auf seinen Skiern den müden Meister Petz ein und erlegte ihn. Ich kam etwas später, die Schüsse hörte ich, konnte aber nichts sehen, weil ich mehrmals meinen Skiriemen befestigen musste. Das vermaledeite Ding war unterwegs kaputtgegangen. Sie werden es nicht glauben, aber ...«

Rajala bekam einen so gewaltigen Lachanfall, dass er aufhören musste zu essen. Bald konnte er fortfahren: »Hente war auf die Lichtung zu dem Bären gelaufen und hatte sich auf das erlegte Tier gesetzt, wahrscheinlich, um sich das Hinterteil an dessen Pelz zu wärmen. Während er da saß, spürte er plötzlich, dass sich unter seinem Hintern etwas regte! Die Skier hatte er zum Glück nicht abgenommen, denn es blieb überhaupt keine Zeit. Hente gab Fersengeld, und der Bär, der von den Kugeln nur bewusstlos geworden war, preschte hinterher. Da hatte ich schon den Waldrand erreicht und sah, wie das Vieh zweimal mit der Pranke auf das Ende von Hentes Skiern schlug. Ich schoss einmal, und davon sank die Honigtatze nieder ... Wahrscheinlich wird Hente nie wieder in seinem Leben so fix mit seinen Skiern flitzen! Wir machten aus, dass er uns je zur Hälfte gehören sollte, der Bär. Hente hatte ihn mir ja vor die Büchse gelockt.«

Die Gäste lachten, Maria mit ihrer tiefen Stimme, Anton Semjonowitsch lauthals, und Inha ließ sein seltsam nervöses Wiehern hören. Um den Tisch huschte eine junge Frau, räumte das Geschirr ab und stellte eine Schüssel mit roter Grütze als Nachtisch hin. Maria bemerkte, dass sie Afanassjew aufmerksam betrachtete, aber sie wandte den Kopf ab, als sie gewahr wurde, dass Maria sie ansah.

Elias Rajala schwieg einen Augenblick, ging dann zu einem anderen Thema über und erklärte: »Wir haben jetzt auch viel Fisch gefangen, aber immer noch werden aus Russland Heringe importiert. Eine Woche vergeht damit, sie aus Knjashaja zu holen, und eine Tour nach Oulu nimmt zwei Wochen in Anspruch. Von zwei Seiten werden für uns Lebensmittel herangefahren, aus Oulu und aus Knjashaja. In Russland gibt es gutes Mehl, wirklich gutes Mehl ... Meine Frau, die ist noch hauptamtliche Hausfrau und führt die Kelle, aber Anttis Frau, die Riittu, die ist Fuhrmann, die fährt immer nach Knjashaja. Bei uns hier führt ja der Transitweg nach Russland vorbei, und die Leute fahren hin und zurück, eine Unmenge von Leuten, sogar aus Helsinki ...«

»Im Sommer kommt der Maler Gallén mit Familie, auch ihr kleines, ein Jahr altes Kind bringen sie mit, schrieb seine Frau«, erzählte Rajala. »Sie haben angefragt, ob sich hier ein Kindermädchen findet, und das konnte ich ihr zusagen. Der Künstler will viel malen, die Wildnis und auch die Menschen«, lachte er laut.

Dann erhob er sich und ging, leicht hinkend, zur Tür: »Reetta bringt noch den Kaffee, ich will meine alten Knochen ein bisschen auf der Stubenbank ausstrecken. Aber zuerst will ich mit Anton Semjonowitsch den Hanf vom vorigen Jahr abrechnen ... Juho Kustu hat mich daran erinnert, bevor er nach Kuortti fuhr, dass das jetzt erledigt werden muss.«

Gehorsam stand Afanassjew auf und ging auch zur Tür. Obwohl die Leitung des Hofs jetzt in den Händen von Elias' Sohn lag, wussten alle sehr wohl, dass der alte Bauer sich immer noch um die Finanzen der Großfamilie kümmerte.

Dieselbe junge Frau, die vorhin die Schüssel mit der Nachspeise gebracht hatte, war mit dem Kaffeekessel in der Hand in der Tür stehen geblieben, wo jetzt eine stumme Szene gespielt wurde: Elias Rajala ging hinaus, und im selben Augenblick legte die Frau Anton Semjonowitsch ihre freie Hand auf den Arm. Der Kaufmann drückte sofort mit seiner Hand die der Frau. Dann sahen beide die am Tisch sitzende Maria an, und Afanassjew machte auf dem Absatz kehrt, um Rajala nach draußen zu folgen.

Die junge Frau kam mit dem Kaffee zum Tisch. »Soll ich Ihnen jetzt gleich einschenken? Es kann passieren, dass der Altbauer den Kaufmann lange aufhält«, sagte sie leise. Maria nickte, Inha dagegen begann stotternd zu sprechen: »Ein Bild, ein Bild, könnte ich in der Stube ein Foto machen? In der Stube, das Licht, hätten Sie einen Augenblick Zeit, wenn ich die Kamera schnell aufstelle?«

Die Frau, Ehefrau des verreisten Juho Kustu, die Schwiegervater Elias vorhin Reetta genannt hatte, sah Inha schweigend und verwirrt an. Sie war mit dem Kessel in der Hand erstarrt.

Kein Wunder, dass Inha sie fotografieren will, dachte Maria. Eine so hohe, geschwungene Oberlippe, die lange, schmale Nase, die Augen unter den gewölbten Lidern und die blonden Haare, die sich im Nacken lösen und auf den Hals fallen … Elias Rajalas Schwiegertochter war eine Aristokratin aus einem alten Gemälde. Sie würde in Seide und Perlen zu Hause sein. Und natürlich hat der Kaufmann aus Uhtua schon ein Auge auf sie geworfen, bestimmt gleich bei seinem ersten Besuch auf dem Hof Rajala.

Inha deutete das Schweigen der Frau als Zustimmung und sprang so heftig vom Tisch auf, dass die Tassen klirrten. Reetta hob den Kessel hoch, um einzuschenken. Die großen Brüste schaukelten unter ihrem Kleid, das bei den Brustwarzen nass war. Sie stillt, dachte Maria. Laut sagte sie freundlich: »Jetzt zur Winterszeit ist es wohl etwas ruhiger, bevor die Frühjahrs- und Sommerarbeiten beginnen?«

Reetta schenkte Kaffee ein und stellte den Kessel auf einen hölzernen Untersatz auf dem Tisch ab. Einen Augenblick starrte sie auf den Tisch, so als wäre sie mit ihren Gedanken ganz woanders, richtete dann ihre großen, ein wenig vorstehenden Augen auf den Gast und verschränkte die Arme unter der Brust. Die nassen Stellen rundeten sich und hoben sich etwas in die Höhe, über der hohen, etwas aufgesprungenen Oberlippe glänzte Schweiß. Maria bemerkte plötzlich, dass sie, seit sie Kajaani verlassen hatte, zum ersten Mal allein mit einer Frau sprach.

Was für eine Prozession, dachte sie. Mikko Karppinen, unser brummiger und schlagfertiger Kutscher, dann der ausgemergelte Hausherr in der Poststation Ristijärvi, danach der riesenhafte, mächtige Pfarrherr Calamnius in Suomussalmi, nach ihm der ausdruckslose Landhändler Ervasti, in dessen Haus Kolvanki sich Afanassjew, der Charmeur aus Uhtua, dazugesellt hatte, ein Mann, der viel sagt und noch mehr verschweigt, sowie der unruhige Fotograf Inha, der mit seiner Arbeit möglicherweise eine unvergessliche Großtat vollbringt, und jetzt Elias Rajala, der noch als Greis vier Tage lang auf Skiern einem Luchs auf der Spur bleibt … Am Rand des Weges hat es nur ein paar dünne Schatten von Frauenspersonen gegeben. Maria erschrak fast, als Reetta leise zu sprechen begann:

»Einfacher, leichter ist es bis Mai. Im Sommer bleibt einem kaum Zeit, wo man für das Vieh Futter beschaffen, das

Getreide dreschen, Beeren sammeln und manchmal auch fischen sowie rudern und vom Boot aus die verschiedenen Netze auslegen muss. In einem großen Haus fällt viel Wäsche an, besonders im Sommer, wo außer den eigenen Leuten auch noch Reisende da sind. Diesen Winter durfte ich immer im Haus arbeiten, weil ich wieder einen Säugling habe. Zusammen mit der Magd habe ich geputzt, abgewaschen und der Hausfrau geholfen. Nur war das Kind die ganze Zeit sehr krank, es schreit fast ohne Pause.«

Einen Augenblick lang konnte Maria nichts sagen, und auch Reetta schwieg. Für ein Weilchen senkten sich die gewölbten Lider über ihre Augen herab, in denen ein bitterer, fast trostloser Ausdruck lag. Dann fuhr sie mit lauter Stimme fort und zählte fast trotzig auf: »Auf dem Hof gibt es einen Ofen für zweiunddreißig Brote, der im Winter jeden Samstag geheizt wird. Darin werden dann jeweils zwei oder drei Ofen voll Gerstenfladen und frisches Roggenbrot gebacken. Auch dabei helfe ich. In diesem Winter habe ich am Webstuhl einen Halbwollstoff, Teppiche, Wandbehänge, Stoffunterlagen und etwas Leinen gewebt. Dann, wenn ich kein Brustkind habe, bin ich den Winter über im Stall zusammen mit einer Magd und ...«

Ihre Rede wurde unterbrochen, als Inha den Kopf zur Tür hereinsteckte und Reetta Zeichen machte. »Die Kamera steht fertig in der Stube, falls Sie jetzt ... Ihr Gesicht nämlich!«

Maria verspürte eine unbändige Lust zu lachen. Der arme Inha begriff nichts von der Absurdität des Augenblicks. Aber wahrscheinlich würde er künftig noch unglücklichere Schicksale zielstrebig vor seine Kamera zerren.

Reetta streckte den Rücken, warf noch einen schwer deutbaren Blick auf die fremde Frau und ging dann in die Stube. Maria sah auf ihre Hände hinab. Sie war erschöpft, wie ausgehöhlt: Die junge Frau hielt ihr Leben für grausam und unabänderlich. Sie wünschte sich etwas anderes. War das typisch für Frauen?

Sie müsste versuchen, endlich an Herman zu schreiben. In Kuusamo war nichts daraus geworden, und vorhin hatte Elias Rajala gesagt, dass morgen von Paanajärvi die Post ins Kirchdorf gehen würde.

Es war das letzte Mal – und übrigens auch fast das erste – dass ich von unterwegs von ihr hörte. Der Brief kam erst kurz bevor Ervastis Rentierzug unsere Ladung Felle aus Kuusamo brachte. Keine Maria, kein Mikko Karppinen, kein Virkku. Zusammen mit den Fellen kam nur ein eilig bekritzelter Zettel, auf dem meine Schwester schrieb, sie bleibe noch, fahre nach Paanajärvi. »Vertrauenswürdige Gesellschaft, der Fotograf I. K. Inha aus Helsinki und der Kaufmann Anton Semjonowitsch Afanassjew aus Uhtua.«

Als ich das gelesen hatte, wurde ich wütend. Vertrauenswürdige Gesellschaft! Inha war doch halbverrückt und Afanassjew bis zum Halse in die Umtriebe zur Befreiung Weißmeer-Kareliens verstrickt. Noch fanatischer als er, hieß es, war nur sein jüngerer Bruder Paavo, den sie schon Paulus von Karelien nannten.

Zu Agnes sagte ich, bei den Renfors' sei es offenbar üblich, mit über vierzig verrückt zu werden. Ich allerdings war auf ungefährliche Weise verrückt geworden. »Soso, auf ungefährliche Weise«, sagte Agnes und schob mir einen Finger in die Kragenöffnung. Ich konnte also nicht lange böse sein. Anna sagte ich nichts, nur, dass Maria noch bleibe, um Besuche zu machen.

Um Besuche zu machen … Ich war so in Sorge. Am meisten deshalb, weil auch der nächste Brief eigentlich keinerlei

Mitteilung enthielt. Verschlossen war sie ja immer gewesen, aber jetzt hätte ich etwas anderes erwartet als die Erklärung, sie habe einen großen Teil der für Ervasti bestimmten Fliegen mitgenommen, und auch die Hardy-Rute – Afanassjew hatte erstaunlicherweise seine eigene Fliegengerte bei sich. Soll er doch darauf treten, sobald Charles Cotton auf seinem Wolkenrand das hört!

Ich war natürlich nicht wegen der teuren Hardy-Rute und auch nicht wegen der Fliegen in Sorge – von denen Maria außerdem einen großen Teil selbst gebunden hatte –, sondern bereute nur bitter, dass ich sie hatte fahren lassen.

Irgendwann einmal werden wir über all das noch lachen, tröstete ich mich.

Nachdem ich den Brief geschrieben habe, gehe ich auf dem Hof des Anwesens spazieren. Ich brauche frische Luft, ich habe zu viel gegessen, und – tja, Herman hätte es verdient, von mir besser behandelt zu werden. Ich habe mich bemüht, lange bemüht, aber anscheinend ist eine Welle des Hochmuts über mich gekommen, oder, um es schöner auszudrücken, ein Geist der Nonchalance. So gleichgültig behandle ich meinen Bruder sonst nicht. Nur kann ich im Moment nicht anders. Ich bin wie ein Pferd, das allzu lange im Stall an seinem Platz gestanden hat, ich bin voller Kraft, und die muss ich an irgendetwas auslassen. Aber jedenfalls nicht am Kritzeln von Briefen.

Es ist schon dunkel, die Berghöhen, die die Ufer des Paanajärvi säumen, sind zur Ruhe gegangen. Anscheinend haben auch die Hausbewohner sich schlafen gelegt, denn niemand regt sich mehr in den Zimmern und zwischen den Häusern. Ich versuche zu erraten, welche der den Hof umgebenden Gebäude welcher Familie gehören, aber das ist schwierig. Diese Art zu wohnen habe ich noch nirgends sonst gesehen.

Etwas abseits steht in Ufernähe ein kleines Blockhaus, in dessen Fenster Licht flackert. Ich weiß, das ist die Sauna, in der Afanassjew und Inha, die Hausleute und das Gesinde am frühen Abend gebadet haben. Ich gehe darauf zu, mich bewegt keinerlei Gedanke, ich gehe dort nur entlang, weil da ein so schön ausgetretener Pfad ist und weil ich mich bewegen möchte.

Bei der Sauna angekommen, höre ich von drinnen leises Geplauder, und wie ein Hund, der instinktiv die Gesellschaft des Rudels sucht, steige ich die Stufen zur Tür hinauf. Ich habe sie erst einen Spaltbreit geöffnet, als meine Hand auch schon innehält: Im Vorraum der Sauna, die fast eine kleine Stube ist, sitzt Reetta, die Schwiegertochter, halb mit dem Rücken zur Tür und mit dem Kind an der Brust. Ihre von der Sauna feuchten Haare liegen ihr aufgelöst auf dem Rücken, und sie ist nur mit einem weißen Hemd und einem Unterrock bekleidet.

Vor ihr mit dem Gesicht zur Tür kniet ein Mann, Anton Semjonowitsch. Viel Licht gibt es nicht, auf der Bank steht nur eine Öllampe, aber ich sehe klar wie am Tage die Miene des Kaufmanns, als er der Frau das Kind von der Brust nimmt, es vorsichtig auf die breite Bank auf ein Fell legt und seine Zunge und dann seinen ganzen Mund auf die große, rosige Brustwarze der Frau drückt. Auf seinem Gesicht liegt ein fast überirdisches Licht – so, habe ich erlebt, schauen die Rechtgläubigen in der Kirche auf die hell brennende kleine Wachskerze, ebenso zärtlich, so genau.

Mit einer Hand umschließt der Mann aus Uhtua die andere Brust, die von blauen Adern durchzogen ist. Die junge Mutter neigt den Kopf so, dass ihre Haare fast den Boden berühren – einen Augenblick lang denke ich, sie sieht mich verkehrt herum, wenn der Nacken sich noch weiter biegt. Das weite Hemd gleitet ihr von den Schultern.

Dagegen sieht mich Anton Semjonowitsch, als er nach einer Weile den Kopf hebt. Ich stehe starr, meine Beine sind bleischwer, aber noch schwerer ist das Gewicht in meiner Brust. Dies ist der seltsamste Augenblick in meinem Leben:

Der Mann sieht mich direkt und ohne mit der Wimper zu zucken an, ganz ernst, so als sagte er mir etwas, und ich sehe ihn an, so als spräche ich ebenso tonlos meine eigenen Worte.

Dann senkt er wieder den Kopf, hebt den Rock von Elias Rantalas Schwiegertochter bis zu den Hüften und schiebt Nase und Mund zwischen deren Schenkel. Die Frau beginnt zu stöhnen, zuerst leise, dann fast schreiend. Und da fängt das Kind auf der Bank an zu weinen.

Ich flüchte, laufe den Pfad entlang, sodass ich über meinen eigenen Rock und den vereisten Rand des Pfades stolpere. Steif wie eine Puppe gehe ich in meine Kammer, setze mich vor den Ofen und starre in das lodernde Feuer. Ich presse die Hände im Schoß zusammen und sage immer wieder zu Ohta, der ins Zimmer gekommen ist: »Ja, ja, du meine Güte, ja, ja …«

Das hört sich so an, als wäre ich verrückt. Dann schlafe ich ein.

Endlich einmal habe ich einen glücklichen Traum, oder zumindest kommt es mir so vor. Es ist Sommer, später Abend, ich klettere eifrig einen bewaldeten Hang hinan und freue mich, dass ich den Paanajärvi bei voller Blüte sehen kann. Ich weiß, so wie man es im Traum immer auf seltsame Weise weiß, dass etwas Wunderbares mich erwartet.

Dann bleibe ich stehen, denn ich bin auf eine Lichtung zu einem kleinen Wasserfall gekommen. An dessen Rand steht ein Junge, etwa dreizehn Jahre alt, mit einem Ränzel aus Birkenrinde auf dem Rücken, und bläst in sein Horn. Hinter sich hat er den waldigen Hang, den See und die ihn umgebenden Berghöhen. Ein schöner Anblick, der blonde Junge, der in der undurchdringlichen Wildnis mit dem Ton seines Horns den Bären vertreibt … Am Boden brennt ein kleines Lagerfeuer, davon steigen zarte, bläuliche Rauchschleier auf, die sich in dem sanften Abendwind ausdehnen und zum See schweben.

Am Rand des Wasserfalls – später, als ich im Wachen auf die Stelle treffe, erkenne ich, dass es der Mäntykoski ist – steht eine Staffelei, und daneben sitzt ein stattlicher, dunkelhaariger Mann mit üppigem Schnurrbart. Er malt den Hirtenjungen, und neben ihm sitzen eine Frau und ein kleines Mädchen, die Tee zubereiten. »Antti Paana ist ein gutes Modell, er steht Stunde um Stunde still, ohne sich zu beklagen«, höre ich den Mann zu der Frau sagen. Dann sieht er mich an, im Traum ist es ganz natürlich, dass er sich nicht über meine Anwesenheit wundert, und spricht die seltsamen Sätze: »Eigentlich male ich gar nicht Antti Paana, sondern diese Wildnis. Wenn ein Feind uns bedroht, sind erste und letzte Verteidigung unseres Landes immer Klima, Natur und Gelände … und unser zäher Volkscharakter natürlich. Das wird der Russe nie verstehen.«

Er beugt sich wieder über seine Arbeit, auf der Leinwand nimmt Antti Paanas ein wenig mürrisches und trotziges Gesicht, die runde Mütze tief über den Augen, schon Gestalt an. Die Gattin des Künstlers ist eine Frau von alltäglichem Aussehen, ihre zu einem Knoten zusammengefassten Haare fallen nach allen Seiten herab, sodass sie mit ihrem verschwitzten und schmutzigen Gesicht eher wie die Frau eines Teergrubenwächters aussieht. »Impi Marjatta, stör den Vater nicht«, flüstert sie, als das kleine Mädchen, das gerade laufen gelernt hat, in seinem blauen Kleid geht und sich an das Bein des Malers klammert.

Dann wendet auch sie sich ebenso natürlich mir zu und sagt lachend – und sofort wird ihr Gesicht geradezu schön: »Wir haben in den Stromschnellen Äschen und Forellen gefangen, das macht richtig Spaß. Sie haben ja wohl Ihre Fliegenrute mit, Fräulein Renfors? Die Einheimischen verstehen sehr viel von dieser Disziplin.«

Sie wirft den Kopf zurück, sodass ihr die Haare aufgelöst in den Nacken fallen, lacht immer noch und sagt: »Akseli hat uns, während er das Kalevala malte, Anttis Worte zitiert, der ins Horn stößt, um den König des Waldes vom Vieh fernzuhalten. Erinnern Sie sich an dieses Liedgebet, Fräulein Renfors: Lieber Waldeskönig du, zottelige Honigtatze, hörst die Kuhglocken du läuten, birg die Schnauze tief im Moose …«

Ich komme nicht dazu, etwas zu sagen, denn im Wald am Rande der Lichtung gibt es Bewegung. Der Künstler und seine Familie sind beschäftigt und bemerken das nicht, und als ich die drei Männer genauer betrachte, die sich vorsichtig an die Lichtung heranschleichen, erkenne ich in einem von ihnen Graf Sparre. Er sieht mich, zwinkert mir scherzhaft zu und hebt den Finger an die Lippen: Sie wollen die Leute auf der Lichtung überraschen.

Der Graf kriecht am Boden entlang bis zu dem Künstler hin und klopft ihm auf die Schulter: »Hierher, den Mücken, Wölfen und Bären zum Fraß hast du deine Familie geschleppt, Bruder Gallén?«

Dem Mann im Traum, der also der Maler Axel Gallén ist, verschlägt die Überraschung die Sprache. Noch mehr verblüfft es ihn, als die beiden anderen Männer herzueilen. »Renne, Renne Haverinen«, stottert er, und Tränen treten ihm in die Augen, während er den Ankömmling umarmt, einen sehnigen, mageren Mann mit langer, schön geformter Nase und offenen, hellblauen Augen.

Jetzt habe ich also auch Renne Haverinen gesehen, denke ich froh und entferne mich; ich werde dort nicht gebraucht, denn die Gesellschaft lässt sich, fröhlich plaudernd, zu einer Teerunde nieder.

Und sofort geht mein Traum in einen anderen, dunkleren über. Ich habe Angst, bin plötzlich in der Nacht sehr angespannt, in schwerem Wasser, mein Kleid ist nass geworden bis zu den Schultern und zieht mich unaufhaltsam weiter in einen schwarzen Strom hinein. In der Hand halte ich eine gesplieẞte Bambusrute, die ich zur Sicherheit hoch in die Luft hebe, denn mir ist klar, dass ich jeden Moment stürzen kann. Es ruckt immer fordernder an der Schnur, und ich weiß, dass ich sehr bald aufgeben werde. Ich muss nachgeben und mich vom Wasser mitreißen lassen. Die Rute will ich um jeden Preis schützen.

An meinem Kleid zerrt jedoch nicht die Faust des Wassers, sondern Anton Semjonowitschs große Hand. Er beugt sich über mich, ist mit seinem bärtigen Gesicht ganz nahe an meines gekommen, und zur Sicherheit zupft er noch an meinem Rock und sagt: »Sie wollen doch hier nicht die ganze Nacht verbringen? Das Bett ist viel bequemer.«

Ich schrecke hoch und begreife allmählich, wo ich bin. Immer noch lodert das helle Feuer im Ofen, die Armlehne des Stuhls drückt sich mir schmerzhaft in die Rippen, und die Stimmung des letzten Traums lastet noch schwer auf mir. Ich sehe den Kaufmann fast stumpfsinnig an, werde dann etwas munterer und spreche den ersten Gedanken aus, der mir in den Sinn kommt: »Die bequemen Betten kennen Sie bestimmt. Seltsam, dass Sie sich mit dem Saunavorraum begnügen müssen.«

Anton Semjonowitsch erschrickt nicht, er rührt sich nicht, sieht mich nur fest und nachdenklich an. Dann zieht er einen Stuhl von der Wand heran und setzt sich. »Ist Ihnen die Sache irgendwie unangenehm?«, fragt er gelassen, ohne Trotz oder Spott.

Ich sehe auf meine Hände, die sich im Schoß fest zusammenpressen. Um etwas zu tun, bücke ich mich und streichle den seitlich auf dem Teppich liegenden und schnarchenden Ohta. »Ich weiß nicht ... Warum muss man anderer Leute Leben durcheinanderbringen?«, murmle ich. »Man sollte meinen, Sie hätten auch sonst genug ...« Ich weiß nicht, ob ich sagen sollte »Huren« oder »Frauen«, und schweige.

In Afanassjews Augen glimmt ein Funkeln auf – dieser Spitzbube hat doch wohl nicht vor zu lachen –, aber er sagt ernst: »Sie halten mich also für ein Tier, Fräulein Renfors, für einen Hund, der durch die Gegend streunt, oder vielleicht sogar für einen Wolf. Und jetzt habe ich mich an die Schwiegertochter unseres Gastgebers herangemacht, die vor zwei Monaten entbunden hat, weil ihr Mann verreist ist und weil ich nicht wage, Herman Renfors' Schwester zu betatschen?«

Auf diesen Köder beiße ich nicht an, denke ich und bemühe mich, ebenso ernst zu sprechen wie Afanassjew: »Was berechtigt Sie zu dem Betrug? Die Begierde? Dann ist das Verlangen eine ungemein kostbare, teure Sache, wenn man es durch Betrug befriedigen muss.«

Anton Semjonowitsch lächelt ein wenig und antwortet: »Und die Liebe? Wäre sie denn ein kostbarerer, legitimerer Grund für einen Betrug?«

Ich sehe Anton Semjonowitsch an, ziehe eine Braue hoch und sage spöttisch: »Die Liebe ... Haben Sie deshalb ...«

Afanassjew beugt sich noch näher heran, ergreift fest meine Hand und sagt gemessen: »War es die reine, selbstlose Liebe zu den Fellen und der Fischerei, die Sie zu dieser Reise veranlasst hat und dazu, Kainuu und Kuusamo zu durcheilen?«

Ich spüre, wie mir die Röte ins Gesicht schießt, und versuche, meine Hand wegzuziehen.

Anton Semjonowitsch sagt: »Maria Renfors, wir alle kennen das Verlangen. Das braucht nicht eigens erwähnt zu werden. Das schlägt in den Menschen ein vom Scheitel bis zur Sohle wie eine brennende Säule, und um diese Säule herum rotiert der Körper kraftlos, willenlos, und man kann ihr nicht entfliehen. Versuche nur, allein in die Dunkelheit der Nacht zu entfliehen – vergebens! Die Laken im Bett fangen Feuer, und du wirst in deinen einsamen Weltraum geschleudert wie eine weiße, glühende Nadel. Aber die Liebe – wie würden Sie die Liebe beschreiben, Fräulein Renfors? Das ist viel schwieriger, so kompliziert ... Darüber muss man leise sprechen, vorsichtig, auch dann, wenn das Verlangen ein Teil von ihr ist. Bilden Sie sich nicht ein, Sie hätten im Voraus gewusst, was Sie vorhin sahen. Mischen Sie sich nicht ein in etwas, das Sie nicht verstehen.«

»Sie aber haben sich zumindest schon in das Leben von Elias Rajalas Sohn und seiner Schwiegertochter eingemischt«, stottere ich und stupse Ohta leicht mit der Stiefelspitze in die Seite.

»Das habe ich, weil ich Reettas Leben verstehe und irgendwie ein Teil davon sein möchte. Davon wissen Sie nichts. Sie sind ...«

»... ein herrschaftliches Fräulein aus Kajaani«, lächle ich.

»Auch das«, lächelt Afanassjew und fährt fort:

»Stellen Sie sich vor, ich sitze hier, und Sie sehen mich, aber in Wirklichkeit breitet sich um mich herum ein ganzer Gobelin aus, von dem ich nur ein kleines Detail bin, und Sie sehen nur diesen winzigen Teil. Denken Sie sich den riesigen Gobelin an der Wand eines Königsschlosses, Sie sehen sich ihn durch das Schlüsselloch der verschlossenen Tür an, sehen nur das eine Detail und rufen begeistert: Aha, darum geht es dort also? Ich sehe alles so deutlich, auch jener Mensch dort ...«

»Aber Sie haben immer noch nicht beantwortet, was den Menschen zu einem Betrug berechtigt«, beharre ich.

»Vermutlich nichts«, zuckt Afanassjew die Achseln. »Nur nimmt das Leben manchmal eine solche Wendung und geht dann irgendwie in eine bestimmte Richtung weiter.«

»Eine solche Wendung …« Ich muss lachen, bin so erschöpft. »Man muss also alles nur verstehen, Anton Semjonowitsch?«

Afanassjew sieht mich prüfend an und sagt: »Genau so ist es. Man muss nur versuchen, alles zu verstehen. Und sich bemühen, sich selbst und die anderen deutlich zu sehen, ohne Trugbilder. Was können wir anderen geben? Nichts anderes als Liebe und Freiheit. Daraus entsteht alles Gute. Es gibt keine Liebe ohne Freiheit, aber glauben Sie mir, Fräulein Renfors, von diesen beiden ist Freiheit am schwierigsten zu geben. Und aus dieser Schwierigkeit erwächst aller Kummer …«

Ich starre wieder stumm auf meine zusammengepressten Hände. Afanassjew ergreift das Bündel meiner Fäuste und sagt leise:

»Dann, wenn man genug gelebt hat, weiß man, dass man jede Entscheidung irgendwie verantworten muss, denn die Dinge stehen miteinander in Verbindung. Eins führt zum anderen, es gibt nichts als Ursache und Wirkung. Es gibt nur Ursache und Wirkung, Ursache und Wirkung. Aber wir haben die Freiheit, zu wählen – ach, das ist die große Liebe Gottes … Wir sind keine Sklaven, sondern schaffen selbst unser Leben.«

Der Kaufmann bekreuzigt sich und schaut wortlos in das erlöschende Feuer im Ofen. Ich möchte lachen und zugleich in ein großes Weinen ausbrechen. Ich beuge mich vor und berühre Anton Semjonowitsch vorsichtig am Knie: »Es ist schon spät, gehen Sie jetzt schlafen«, murmle ich verlegen. »In Ihr bequemes Bett.«

Die besten Fliegengerten wurden in England hergestellt, in den Werken von Allcock, Hardy, Foster's und Farlow's aus sorgfältig ausgewähltem Bambusrohr, bei dem aus der Oberfläche der Rohre, ihrem härtesten und haltbarsten Teil, dünne dreikantige Spleiße herausgetrennt wurden. Diese Abschnitte wurden dann der Länge nach mit wasserunlöslichem Leim aneinandergeklebt, und so konnte man die Ruten meistens aus sechs oder auch aus acht Spleißen formen.

Diese gespließten Bambusruten, *split cane*, waren leichter als die aus Holz, und ihre große Biegsamkeit und Elastizität machte aus ihnen hervorragende Wurfruten und verlässliche Waffen auch gegen einen hart kämpfenden Fisch. Die Ruten waren gewöhnlich aus mehreren Teilen zusammenzusetzen, obwohl Versuche gezeigt hatten, dass die gleichmäßige Elastizität umso höher war, aus je weniger Teilen die Rute bestand. Wegen der Transportierbarkeit bestanden zehn Fuß lange und kürzere Ruten aus zwei, längere aus drei Teilen.

Eine solche dreiteilige, vierzehn Fuß lange Zweihandrute setzte Maria jetzt mit gerunzelter Stirn zusammen: Waren die Enden der Teile aus irgendeinem Grund aufgequollen? Die feinsten Ruten, so wie diese Cholmondeley-Pennell von Hardy, hatten am unteren Ende der Rutenteile einen mit Messing verkleideten Zapfen, der genau in die dem Zapfen entsprechende Vertiefung passte, die sich im Innern der am oberen Ende des dickeren Rutenteils befestigten Hülse befand.

Die starken Hülsen waren zylinderförmig, und damit die Teile der Rute beim Werfen nicht auseinandergingen, waren sie so präzise und stramm ineinandergepasst, dass sie knallten wie eine Korkenbüchse, wenn man sie voneinander trennte. Außerdem verwendeten die englischen Hersteller bei den Hülsen der Ruten verschiedene Patentschlösser, die die Rutenteile absolut sicher miteinander verbanden.

Luxuriös war Marias Rute dank der Rutenringe. Herman hatte die Fabrik gebeten, sie aus Achat zu fertigen. Zweck der Rutenringe ist es ja, die Schnur an der Rute entlang zu führen und das Gewicht des Fisches gleichmäßig auf deren ganze Länge zu verteilen. Während bei den billigen Ruten die Ringe aus Messing waren, das leicht schartig wurde, scheuerten die Achatringe die Schnur nur sehr wenig ab.

»Eine Moscrop von Allcock?«, fragte Anton Semjonowitsch hinter Maria. Maria lag in Homanens Stube auf den Knien, sie nahm die Rolle von der Bank und reichte sie, ohne sich umzudrehen, über die Schulter dem Kaufmann aus Uhtua.

»Eine Moscrop von Allcock, auch wenn da Hermans Stempel ›Kajaani‹ drauf ist. Herman sagt, er möchte die auch selbst herstellen, nach dem Muster von Allcock …«

Hinter ihrem Rücken war nichts zu hören – ob es Afanassjew endlich einmal die Sprache verschlagen hatte?, schmunzelte Maria. Die Freude wallte und wogte in ihr auf und ab. Eigenartig, wie man das Glück immer in Brust und Bauch spürte, nicht so sehr im Kopf, überlegte sie und kramte eine vollständig geölte, hellbraune Seidenschnur von fünfzig Metern Länge hervor. Sie war von gleichmäßiger

Stärke, fein und hatte eine glatte Oberfläche – Maria strich mit dem Finger über deren Windungen und überlegte, wo sie die ungeölte Seidenschnur hingetan hatte, die am Ende gebraucht wurde, um die Spule zu füllen und dadurch das Aufwickeln der geölten Schnur zu beschleunigen.

»Anton Semjonowitsch, ist Ihnen jemals aufgefallen, dass alles an einer Fliegenrute aus lebendem Material besteht? Die Rute selbst aus Bambusspleißen, die Schnur aus Seide und auch das Vorfach am Ende der Seidenschnur aus Seidendarm, ganz zu schweigen von der aus Federn gebundenen Fliege am Ende des Vorfachs? Ob es mir wohl deswegen so vorkommt, dass ich niemals so intensiv lebe, wie wenn ich mit der Bambusrute fische?«

Maria sah Afanassjew jetzt mit neuen Augen. Es war ihr so ergangen, wie es einem verschlossenen, stolzen Menschen manchmal passiert, wenn seine Einstellung zu einer Person oder einer Sache sich unversehens, durch ein plötzliches Ereignis, vollkommen verändert. Maria selbst hatte keine Lust, darüber nachzudenken, woher diese Veränderung rührte – hatte sie sich einfach darauf eingelassen, endlich dem Charme des von ihr verspotteten Frauenhelden zu erliegen, oder hatten Afanassjews nächtliche Worte in Rajala mehr bewegt, als sie sich eingestand? Oder hatte am meisten doch das an ihr genagt, was sie im Vorraum der Sauna gesehen hatte?

Auf jeden Fall hätte Herman Renfors sich gewundert, wenn er seine schweigsame Schwester am Fußboden in der Stube des reichen Homanen inmitten ihrer Fischereiutensilien hätte knien sehn, wie sie mit halb gelösten Haaren und leuchtenden Augen ihre intimsten Gedanken preisgab. Strahlend blickte sie auf zu dem am Ofen lehnenden Mann. Es schauderte Anton Semjonowitsch.

Um etwas zu tun, nahm er von der Bank den Sämischlederbeutel mit den Vorfächern aus Seidendarmschnur und gab ihn Maria in die erwartungsvoll ausgestreckte Hand. Diese setzte ihren Gedankengang fort, während sie die Schnüre aus dem Beutel nahm: »Die kleine Seidenraupe ist erstaunlich produktiv ... dass der Seidendarm aus demselben Material hergestellt wird, aus dem sie ihren Kokon spinnt, aus demselben also, aus dem auch die Seide hergestellt wird ...«

Afanassjew lächelte kurz: »Aber dazu bedarf es eines Mordes! Vergessen Sie nicht, dass, wenn die Raupe sich voll entwickelt hat und anfangen will, ihren Kokon zu spinnen, sie getötet und in starken Essig gelegt wird. Aus ihrem Inneren werden dann die wurmartigen Seidenbüschel entnommen und ausgezogen. Tut Ihnen das Schicksal der Raupen gar nicht leid?«

»Immer muss etwas sterben, damit Neues entsteht«, sagte Maria zerstreut und stand auf. Sie schaute aus dem Fenster. Die Luft war mild, sonnig, fast windstill, und die Traufen tropften unablässig. Die Kohlmeisen schrien ihr Zizibäh so, dass sie in der Abenddämmerung sicherlich einen Schal und einen heißen Grog brauchen würden.

Es schwindelte Maria, so als hätte sie selbst drei Schnäpse getrunken. Sie schob den Finger an die Taille, unter den Nenzengürtel. Nichts, wohl nichts geht über den ersten Ausflug zur Stromschnelle im Frühjahr, überlegte sie. Das ist eine wahre Auferstehung: Das Wintergrab tut sich auf, und vom Tode ersteht ein neugeborener Mensch, in der Hand das Zepter, mit dem er Luft und Wasser berührt.

Das Zimmer schien zu rotieren. Die Metallstückchen und Messer klingelten zart am Gürtel, als sie sich mit wehendem Rock umwandte, Afanassjew wie ein junges Mädchen die Hand reichte und lachend sagte: »Die Tundranenzen haben auch dafür einen eigenen Spruch, wollen Sie ihn hören? Das alte Schamanenlied geht so: Seid ruhig, meine Ahninnen, ihr Fische! In der Spitze meiner Angelrute sammle ich die Sonne, in der Schnur den Wind und Wolken, und wenn der Abend dämmert, lasse ich sie los und pflücke vom Himmel Mond und Sterne. Seid ruhig, meine Ahninnen, ihr Fische!«

Afanassjew hob die Hand, als wollte er die Worte abwehren, er wandte auch das Gesicht ab, so wie Pfarrherr Calamnius es im Pfarrhof von Suomussalmi getan hatte. Immer noch lachend nahm Maria die Vorfächer in die Hand. Die fünfzig Zentimeter langen Seidendarmschnüre waren unbenutzt, und obwohl Maria wusste, dass Herman sie beim Kauf geprüft hatte, ergriff sie das eine Ende des Bündels mit der einen und das andere mit der anderen Hand und spannte es zwischen den Händen. Sie trat wieder zu dem kleinen Fenster und hielt die Seidendarmschnüre so, dass das eine Ende ins Licht, das andere zu ihr zeigte. Dann näherte sie die Hände einander an, sodass die Seidendärme ein wenig durchhingen.

Afanassjew war aufmerksam neben sie getreten.

»Sehen Sie, wie der eine Teil des von den einzelnen Seidendarmschnüren gebildeten Bogens mehr Licht reflektiert als der andere?«, fragte Maria. »Wenn ich die Schnüre weiterhin so durchhängen lasse und die Hände langsam abwechselnd hebe und senke, wandert der Lichtpunkt die Schnur entlang, vor und zurück, von einem Ende zum andern. Ein ebenso gleichmäßiges Licht wird von den runden Seidendarmschnüren ihrer ganzen Länge nach reflektiert – platte Schnüre dagegen würden hier leuchtend, dort dunkel wirken. Zugleich sieht man die Länge der Seidendarmschnur, und ebenso, ob deren Farbe hell oder gelblich ist.«

Maria zog die Schnüre einzeln durch die Finger, um festzustellen, ob sie gleichmäßig rund waren, so, wie sie sein sollten. Dann führte sie jede einzelne zwischen die Zähne und biss darauf: »Eine Seidendarmschnur muss sich so hart anfühlen wie Draht«, sagte sie und strich sich die Haare zurück, die ihr auf Stirn und Wangen gefallen waren.

Anton Semjonowitsch sah sie lange an. Wieder schauderte es ihn. Die Frau war schön, war schön geworden auf der Fahrt von Paanajärvi nach Vartiolampi, auf einem Weg, kaum so lang wie ein Katzensprung.

»Wie knüpfen Sie Ihr Vorfach?«, fragte er mit matter Stimme.

»Für Großforellen knüpfe ich ein zwei Meter langes Vorfach, zur Hälfte aus einer *Marana eins,* zur Hälfte aus einer *zwei*«, antwortete Maria. »Wenn das Wasser flach und klar ist, bekommt man ein wunderbares Vorfach, das sich zum Ende hin verjüngt, wenn man an das obere Ende zwei Fuß *Einser-Marana,* in die Mitte zwei Fuß *Zweier* und zuunterst zwei Fuß einer feineren *Padron eins* knüpft.«

Sie stellte eine Fliegendose nach der anderen auf den Tisch. »Für den Landhändler Ervasti ist wohl nicht recht etwas übriggeblieben«, lächelte sie dem Kaufmann zu. »Aber die hier gehen ja bald zurück. Morgen fahren wir zum Stillwasser der Kivakka-Stromschnelle, Sie, ich und Jaakko Kuisma.«

Anton Semjonowitsch stand allein in der geräumigen Stube und sah nun seinerseits aus dem sechsscheibigen Fenster zum Fluss hinüber. Langsam stieg Niedergeschlagenheit von den Fußsohlen und Knöcheln über die Beine und Schenkel in Bauch und Brust, bis sie Schulter und Kopf erreichte. Draußen der strahlende Frühlingstag, der erste in diesem Jahr, schien sich lustig zu machen. Die an den Traufen schmelzenden Eiszapfen waren wie die schrecklichen Zähne eines Riesenhechts, aus denen die Sonnenstrahlen spöttisch Feuer schlugen: Komm heraus, Sklave des Winters, Troll der Finsternis, wir werden dich zermalmen, denn dieses Licht erträgst du nicht! Wir stoßen dir den feurigen Bohrer der Sonne ins Auge, sodass du heulend zurück in deine schwarze Höhle flüchtest, wo du den ganzen Winter deine gemeinen Ideen gesponnen hast!

Warum nur hatte er das Gefühl, dass er seine Glieder nicht in Bewegung setzen konnte, nirgendwohin, dass sein ganzer Körper von einem nassen, überall klebenden, schweren, dunklen Schleier bedeckt war? Gerade jetzt, wo es so viel zu tun gab … War das nun doch Angst? Wie sollte es weitergehen?

Maria hatte ihre Sachen von den Bänken und vom Fußboden der Stube zusammengesammelt, zufrieden mit den Ergebnissen. Die Rutenteile waren an den Enden doch nicht aufgequollen, und die Seidendarmschnüre waren erstklassig. Sie hatte sie in dem kleinen Gästezimmer verwahrt, das man ihr am Abend zugewiesen hatte. Durch die offene Stubentür und den Hausflur hörte Anton Semjonowitsch von dort Gepolter und Geraschel und musste lächeln. So als würde ein großer Vogel, eine Schellente, betulich kramend sich im Nistkasten ein bequemes Plätzchen schaffen. Bestimmt streichelt sie jetzt ihre wunderbare Rute …

In der Stube war es endlich einmal still. Es war Vormittag, und die vielen Menschen aus Homanens Haus hatten sich zerstreut und gingen jeder seiner Arbeit nach. Inha stürmte schon irgendwo mit seiner Kamera herum. Er war, wenn das überhaupt möglich war, noch konfuser geworden, als die Rentierschlitten am Abend in Vartiolampi angekommen waren.

Die Entfernung von Paanajärvi zum Dorf Vartiolampi betrug nur knapp anderthalb Meilen, und im Allgemeinen legte man sie leicht zu Fuß, mit dem Boot oder auf Skiern zurück, aber jetzt hatte der Nachmittag sich schon zu dem fast bläulichen Abend geneigt, bevor die Reisenden aus dem zu Kuusamo gehörenden Dorf hatten aufbrechen können. Elias Rajala hatte selbst die Rentiere und die passenden Schlitten ausgesucht. »Sie haben ja so viel Kram mit«, hatte er gemurmelt und Inhas Ausrüstung angesehen. »Nehmen Sie, Anton Semjonowitsch, Piessa, Teufel, und den bemalten Schlitten, den *krassittu tšokku*, wie Sie in Karelien sagen.«

Anton Semjonowitsch hatte sich also in den verzierten Schlitten gesetzt, den ein Rentier zog, das den Namen des Fürsten der Dunkelheit trug. Es war so stark, dass es zwei erwachsene Männer hätte ziehen können. Die Rentierochsen von Maria und Inha hatten harmlosere Namen, und hinter ihnen her trotteten noch zwei, die die Fotoausrüstung, Fischereigerätschaften und anderes zogen.

Jetzt ging die Reise also über die Landesgrenze, aus dem autonomen Großfürstentum Finnland ins russische Kaiserreich, nach Nordostkarelien, dessen Seele nicht zu Russland, aber auch nicht zu Finnland gehörte.

»Jaa, jetzt sind wir also in Russland«, hatte Inha gesagt. »Nicht im Russenland, sondern in Karelien!«, hatte Afanassjew gemessen erwidert.

Die kahlgeschlagene Grenzlinie schwang sich in der Fjäll-Landschaft zur Rechten der Reisenden in gewaltige Höhen, und zugleich begann der auf russischer Seite strömende Teil des Oulanka-Flusses sich in seine erste Stromschnelle namens Niska zu ergießen, während er mit seiner Flanke heftig gegen den Felsen stieß. Man fuhr nicht am großen Fluss entlang, sondern die Rentierroute führte in den Wald hinauf und dann abwärts, kletterte wieder bergan, berührte bisweilen die Ufer des Oulanka-Flusses und stieg erneut hinauf zu Kiefernheiden und Birkenwäldchen. Bald näherten sich den Reisenden, bald flohen sie zwei riesige Fjells, der Kivakka und der Pää-Nuorunen.

Afanassjew betrachtete den Pää-Nuorunen und erbebte. Schon oft hatte er diesen Fjäll von Luptšing aus, einer Insel in der weiten Wasserfläche des Pääjärvi-Sees, betrachtet und sich über den zur Seite gekrümmten hässlichen Zahn seines Gipfels gewundert. Der hatte etwas wahrhaft Schauriges, Bedrohliches. Wenn er sich mit zwei Schnäpsen aufgewärmt hatte, war er immer bereit zu glauben, dass diese Kuppe Karelien nur Verderben verhieß.

Zu beiden Seiten der Grenze zeigte sich beim Kirchspiel Kuusamo derselbe merkwürdige Umstand wie an so vielen Orten überall auf der Welt: Menschen, die ein, zwei Meilen voneinander entfernt ansässig sind, können jahrhundertelang nebeneinander leben, ohne Sitten oder Gedankenwelt des Nachbarn zu übernehmen. Die Grenzlinie war wie eine Mauer, sie trennte zwei verschiedene Völker voneinander, und hier war das einzige Bindeglied die verwandte Sprache. Viele, die die Grenze häufig hin und her überschritten, hatten sich schon vor Maria Renfors darüber gewundert, dass trotz einer so wichtigen Bindung alles andere wie Wohnen, Erwerb, Sitten, Religion und Bildungsverhältnisse derart unterschiedlich war.

Als das Dorf Vartiolampi, das am Ufer des Oulanka-Flusses gegenüber dem Berg Kivakkatunturi erbaut worden war, bei Anbruch des Abends in Sicht der Reisenden kam, in jenem eigenartigen Augenblick, da alles schwindende Licht noch einmal glasklar und scharf wird und die Landschaft sich deutlicher abzeichnet als am Tage, hielten Maria, Anton Semjonowitsch und Inha schweigend ihre Gefährte an. Ebenso wie sie vor ein paar Tagen aus der Ferne Paanajärvi betrachtet hatten, so studierten sie jetzt ein ganz anderes, ein weißmeer-karelisches Dorf.

Die Rentiere, die sich gerade erst warmgelaufen hatten und an viel längere Strecken gewöhnt waren, traten unruhig auf der Stelle, aber als Afanassjew ging, sein Rentier Piessa, Teufel, schüttelte und *K tschortu*, zum Teufel!, fluchte, beruhigten sich Piessa und die anderen Tiere.

»Wie kann der Teufel den Teufel holen?«, fragte Inha lachend. Er war mehr als gut gelaunt, fast fieberhaft fröhlich, als er sah, was vor ihnen lag.

In Paanajärvi waren die Häuser hier und da am Seeufer verstreut gewesen, und wenn die Wohngebäude groß und stattlich waren, konnten sie von bis zu vierzig Außengebäuden umgeben sein. Die Häuser von Vartiolampi dagegen standen alle beieinander, in einer Reihe parallel zum Strom, sodass die Giebel mit ihren jeweils drei Fenstern alle zum Oulanka-Fluss wiesen.

Unter demselben Dach befanden sich alle Zimmer und sämtliche Außengebäude – außer den Speichern und der Sauna. Die Häuser der Dorfmagnaten Homanen und Jaakkonen lagen behäbig und ansehnlich da, aber die anderen Gebäude waren klein, alt und baufällig und aus unbehauenen Balken gezimmert. Die Holzverbindungen an den Ecken hatte man lang überstehen lassen, und die Dächer waren aus Birkenrinde, die von darauf liegenden Stangen gehalten wurde.

Das Dorf Paanajärvi war selbstsicher, trotzig, ein wenig abweisend gewesen, so wie es sich für ein Dorf im Kirchspiel Kuusamo geziemt. Hier wiederum … Hier schlummerte etwas Weiches, Nachdenkliches, vielleicht auch Geheimnisvolles, versuchte Into Konrad Inha seine Eindrücke zu formulieren. Der große, rasch dahinströmende Fluss und der dahinter aufragende mächtige Fjäll hielten das Dorf umfangen, das sich, vertrauensvoll träumend, an sie lehnte wie an die Schläfe des Allmächtigen.

Da steht er, neben der Ikone, als wir am Abend in Homanens Haus treten, so als hätte er die ganze Zeit dort gestanden und gewartet. Das Licht des ewigen Lämpchens flackert auf seinen Haaren und in seinem Bart, so wie das Streichholz damals in Kajaani flackerte. Er lächelt ein wenig, das Lächeln steigt sogar bis zu seinen kalten Augen hinauf, und er sagt lachend: »Ich habe für Sie einen besseren Vielfraß als Decke für Ihren Ateliertisch erbeten, Fräulein Renfors. Sein Fell ist viel schwärzer und dichter. Und auch einen Marder habe ich. Den können Sie sich um den Hals legen.«

Er sagt »um den Hals«, so als wäre »Hals« ein Losungswort, ein geheimes Zeichen, und mich durchbraust ein großer Wirbelwind.

Maria hörte, wie Anton Semjonowitsch am Nachmittag in der Stube energisch auf und ab ging. »Fräulein Renfors!«, rief er ins Gästezimmer, und Maria eilte gehorsam zur Tür der Stube. Der Kaufmann wandte ihr den Rücken zu, bemerkte sie nicht gleich, und Maria sah, wie er seine großen Hände hinter dem Rücken zusammenpresste. Dann verneigte er sich vor der Ikone in der Ecke. »*Spoassu, spassiba* – danke, mein Erlöser«, murmelte er und bekreuzigte sich.

Als er sich umdrehte, lag in seinen Augen fast derselbe wache Ausdruck wie zuvor. Maria hatte sich schon am Morgen gewundert – sobald sie am Abend im Hause Homanen angekommen waren, hatte sie den Eindruck gewonnen, als habe sich eine Last auf Afanassjews Rücken gelegt.

Jaakko Kuisma hatte er nach einem Augenblick kaum merklichen Zögerns die Hand gereicht – der Augenblick war so flüchtig, dass die anderen ihn nicht wahrnahmen. Nur Maria bemerkte ihn, denn ihr war es plötzlich sehr wichtig, dass diese beiden Männer einander begegneten.

Jetzt prahlte Anton Semjonowitsch schon fast: »Ich werde Ihnen alle Seltsamkeiten des karelischen Hauses vorstellen, bevor das halbe Dorf hier ist und Sie bestaunt. Mit Sicherheit verbreitet sich schon die Nachricht, dass Homanen merkwürdige Gäste hat, und dann gibt es hier keine ruhige Minute mehr. Alle werden kommen, einschließlich der halbtoten greisen Bettlerin.«

Am Abend hatte Afanassjew lachen müssen, als die Reisenden vor Homanens Haus hielten, das kaum einen Steinwurf vom Flussufer entfernt lag. Kleine Lichter hatten in den zahlreichen Fenstern geblinkt, und Maria hatte das Gebäude bestaunt, das scheinbar planlos nach allen Richtungen wucherte. Sie hatte zu Inha gemurmelt: »Wie aus einem alten Märchen … Wir sind wahrhaftig in Bjarmia.«

An der Vorderseite des großen Hauses waren sieben kleine Fenster mit je sechs Scheiben, die sehr hoch oben lagen. Die meisten davon gehörten zur Stube, hatte Anton Semjonowitsch erläutert. »Bei uns befindet sich die Stube nicht in derselben Flucht mit den anderen Zimmern, sondern sie kragt ein Stück vor in Richtung Ufer, sodass das Haus einen Winkel bildet. Bei uns kennt man nicht die finnischen Rechtecke … Das da ist die Haustür, gehen wir doch hinein – viele Augen haben uns schon aus den Fenstern erspäht.«

Sie hatten sich gebückt, um durch die eigentümlich niedrige, am oberen Ende bogenförmige Tür einzutreten, die in einen fast stockdunklen, fensterlosen Vorraum führte. In dessen hinterem Teil stiegen sie über eine Treppe in die obere Diele. »Von dem Viehhof in die Diele!«, brach es freudig aus Afanassjew heraus. Man sah, dass er in seine Heimat gekommen war und das genoss.

»Warum nur haben sie einen Zwischenboden eingezogen, der die Dielen teilt und dunkel macht«, hatte Inha gebrummelt, während er nach oben stolperte. Dort fiel immerhin etwas Licht durch zwei kleine Fenster herein. In der großen oberen Diele gab es viele geschlossene Türen, die in verschiedene Richtungen führten, aber eine stand halb offen, und dahinter erklang eine helle Frauenstimme: »Treten Sie ein, werte Gäste!« Die Reisenden traten in die Stube, und kamen, welch ein Glück!, zu einem heißen Samowar mit goldenen Wangen.

Später stellte sich heraus, dass die anderen Türen in kleine Kammern führten, von denen zwei Gästezimmer waren, das eine ein besseres und das andere ein bescheideneres. Als Maria schlafen ging, hörte sie von unten weiches Gelächter und die Geräusche großer, schwerer Füße, und ihr ging auf, dass sich unter der zweiten Kammer, direkt neben der unteren Diele, der Pferdestall befand. Wohnräume und Tierställe befanden sich also in demselben Komplex, Wand an Wand nebeneinander, wunderte sie sich.

Jetzt spähte sie auf Afanassjews Geheiß gehorsam in eine Art großen Raum, der durch eine Tür der oberen Diele zu sehen war. Anton Semjonowitsch hielt die Tür auf und erklärte: »Dies hier ist der Heuboden, in dem im Winter das Viehfutter aufbewahrt wird. Über eine breite Brückenauffahrt werden die Heufuder vom Hinterhof hier hereingefahren. Darunter befindet sich der Viehunterstand, wo die Kühe sich im Sommer aufhalten. Dorthin gelangt man sowohl von der unteren Diele aus als auch über den hinteren Hof.«

Dann kehrte Afanassjew mit großen Schritten in die Stube zurück und erklärte mit weit ausholenden Gesten: »Und sehen Sie sich den Ofen an, der ist ein wenig anders als in Finnland. Ich habe mich immer gewundert, warum Sie nicht diesen *runtukka,* oder, wie man hier auch sagt, *kosino,* den Schlafplatz am Ofen, haben. Dorthin gelangt man über diese Stufen. Aber in Finnland gibt es natürlich die Ofenbank … Da verstecken sich die Männer im Warmen vor ihren zornigen Frauen. Aber wir haben diese weiter entwickelte Form!«

Der Schlafplatz war eine schrankartige Konstruktion mit

zwei Türen. Afanassjew öffnete beide. Hinter der größeren führten Treppenstufen zu einem dunklen Vorratsraum hinab. Dort wurden Handmühlen und andere Gerätschaften aus der Stube aufbewahrt.

Überall war es ordentlich und sauber. Die Geschichten stimmten also nicht ganz, die in Finnland die Runde machten: dass die Karelier unsauberer waren als das Vieh und dass es in ihren Häusern so stank, dass man darin notgedrungen gerade mal eine Nacht schlafen konnte.

Neben der Stubentür hing zum Händewaschen ein wassergefüllter Metallbehälter, und darunter befand sich ein größeres Gefäß, das den Fußboden vor Wasserspritzern schützen sollte. Daneben an der Wand hing ein klafterlanges, schmales Tuch, an den Enden schön in Rot bestickt, zum Händeabtrocknen. An der Innenseite der Zimmer waren die Wandbalken glattgehobelt, der lange Tisch im Hintergrund der Stube und die an den Wänden herumlaufenden Bänke waren viele Male gescheuert worden, ebenso der gedielte Fußboden, der fast weiß schimmerte. An einer der Wände führten zwei Türen in die Hinterzimmer, und in der hintersten Ecke, der Tür gegenüber, befand sich die Ikone, vor dem in einer an Ketten hängenden, goldfarbenen Schale eine kleine Flamme flackerte. Ein Christus mit brennenden Augen starrte dort ins Zimmer und hielt eine aufgeschlagene Heilige Schrift in Händen – die brennende Verkündigung seines Blicks hatten Rauch, Späne, Kerzen und Öllampen von Jahrzehnten weicher und gnädiger gemacht, aber nicht weniger rätselhaft.

Eine direkte Antwort auf irgendeine Frage hat auch das Gottesbild nicht geboten, dachte Maria.

Sie fühlte sich müde – alles war so fremd und seltsam. Das Haus war voller unerwarteter kleiner Räume, heimlicher Nischen, Türen und Stiegen. An einer überraschenden Stelle gab es plötzlich ein Fenster, an einer anderen wiederum war es stockfinster, sodass man sich vorwärtstasten musste. Das Haus wirkte auch am Tage wie aus einem Traum. Ob ich mich wohl in den vielen Zimmern verirre, immer weiter, immer tiefer hinein, die vielen dunklen Treppen rauf- und runtergehe und nie mehr zurück nach Hause finde, fragte sie sich beunruhigt.

Nach Hause ... Maria verspürte ein schmerzliches Heimweh. Die Zimmer des Hauses in der Brahestraße waren so klar, weitläufig und hell. Nichts war versteckt oder verborgen.

»Seid ihr Karelier ebenso verwinkelte Menschen wie eure Häuser?«, stieß sie hervor. Afanassjew blieb auf dem Fuß stehen und schien die Frage ernstlich zu erwägen, indem er die Fußbodendielen fixierte. Dann hob er den Kopf. In den dunkelblauen Augen lag ein fast stechender Blick.

»Viele Menschen und Häuser in Finnland können sehr klar wirken. Und doch sollte man äußerst wachsam sein ...«

Bald stellte es sich heraus, dass Afanassjew Recht gehabt hatte, als er vor einer Flutwelle von Menschen warnte, die sich im Dorf gesammelt hatte und nun sich schon dem Haus des reichen Homanen näherte. Maria und Anton Semjonowitsch blieben nicht lange allein: Als Erste kamen die Töchter des Hauses Homanen und die des Nachbarn hereingesprungen, die am Eisloch gewesen waren, um Wasser zu holen.

Es war wie eine große Theaterbühne, wie Maria sie einmal bei einem Besuch in Helsinki gesehen hatte. Stumm sah sie von der Seite zu, wie die Stube sich mit Bewegung, Stimmen und Farben füllte. Ja, mit Farben! Obwohl die Zeit des flammendsten Fastens herrschte und bis zu dem prächtigen Fest noch zwei Wochen waren, verstand sie jetzt, warum die Maler, Gallén, Sparre und die anderen, immer wieder nach Weißmeer-Karelien wollten. Finnland besteht aus verschiedenen Tönen von Schwarz und Weiß, aber Karelien …

Gelbe, rote und blaue Röcke kamen in die Stube geflattert, Zopfbänder flammten auf, die unterschiedlichen Kopfbedeckungen von Mädchen und verheirateten Frauen leuchteten. Die grauen Wände hoben den Farbenglanz nur noch mehr hervor – diese hart arbeitenden Menschen kleideten sich ja wie für ein Märchenspiel, wunderte sich Maria. Fehlt nur, dass in diesem Theater jemand anfängt zu singen und die anderen sich als Chor dahinter gruppieren. Später sollte sie auch das erleben.

Man sah wohl, dass der fast bis zur Taille hochgeschürzte Rock des Mädchens, das den schweren Wasserkübel geschleppt hatte, zerlumpt war und über ihren zerschlissenen Stiefeln die angeschlagenen, vernarbten Knie rot schimmerten. Aber dieses schmucke Äußere … Auf ihren Rücken fiel ein pechschwarzer Zopf herab, die weißen Zähne blitzten, und in den braunen Augen lag ein schelmischer Glanz, als das Mädchen heiter sagte: »Ein Gruß den Gästen! Anton Semjonowitsch, Ihre Rentiere haben hübsche Glöckchen im Geweih!«

»Seid gegrüßt!«, klang es hier und da aus anderem Mund. »Sei willkommen!«, erwiderte der Kaufmann aus Uhtua jedem, als wäre er der Hausherr, nickend und lachend.

Das Gefühl zu träumen, das Maria gleich beim Eintritt in das Haus erfasst hatte, verstärkte sich noch, als die Menschen den Mund auftaten – und sie sprachen hier viel. Die Sprache war fremd und dennoch so vertraut und lieblich für das Ohr. Schon am Abend zuvor hatten sie und Inha bemerkt, dass man die karelische Sprache verstehen konnte, oder von den Sätzen zumindest den Gedanken, auch wenn man die einzelnen Wörter nicht immer verstand. Das schöne Mädchen in dem zerlumpten Rock bewunderte die Rentierglöckchen der Reisenden, aber noch mehr kokettierte sie wohl unschuldig mit Afanassjew. Anton Semjonowitsch war auch hier beliebt.

Bald herrschte in der Stube ein regelrechtes Gedränge. Den Mädchen auf den Fersen kam ein Schwarm Dorfburschen hereingeschneit, die sofort auf die Schlafbank am Ofen kletterten, sich auf den Bauch legten und die Gäste anstarrten, dann drängten weitere Frauen, Homanens Schwiegertöchter, und ein paar bärtige Bauern herein, und schließlich auch noch ein verrückter Landstreicher namens Simana. Und es fehlte auch weder der *patvaska*, also der Brautwerber, Weise, Zauberer und Sänger des Dorfes, noch die von Afanassjew angekündigte blinde alte Bettlerin, die von einem kleinen Mädchen geführt wurde.

Die Alte kam durch die Tür hereingehumpelt, reckte ihren welken Hals wie ein ängstliches Huhn und tappte mit ihrem Arm vor sich her, der dünner war als ein trockener Ast: Wo sind die Gäste, gebt in Gottes Namen der Elendesten ein Almosen …

»Die ist schon hundert weniger sechs«, flüsterte das abgezehrte, fast durchsichtige Mädchen, ihre Führerin, und zupfte Maria am Rock, aber Inha, der polternd und in Eile seine Kamera hereinschleppte – schnell, bevor seine Foto-Objekte wieder aus der Stube verschwanden! –, holte rasch seinen Geldbeutel hervor und steckte, etwas radebrechend, dem ausgemergelten Wesen und dem kleinen Mädchen je eine Münze zu.

»Ach, dieses Elend, man verliert den Verstand. Aber daran muss man sich wohl gewöhnen, wenn man seine Arbeit tun will«, schluchzte er fast und bat Maria, ihm beim Einstecken des Glasnegativs zu helfen. Die junge russische Schwiegertochter, die vom Ufer des Weißen Meeres stammte und auf dem Kopf eine goldglänzende *sorokka* trug, hatte er als Erste im Sucher. Die Frau prustete los vor Lachen, als sie Inhas Bitte hörte, warf den Kopf zurück, und ihr fülliger Hals und die unter der offenen Bluse wogende Brust verwirrten Inha noch mehr. Worüber sollte er weinen, über die Bedrängnis Weißmeer-Kareliens oder über diesen wunderbaren Anblick?

Ich stehe in Homanens Stube neben der Wand, groß und plump, erstarrt zu einem in dunkelgrüne Wolle gekleideten Standbild. Ich fühle mich inmitten all der Farbenpracht, des sprudelnden Gelächters und des lebhaften Treibens vollkommen als Außenseiterin. Vorhin erst habe ich glücklich meine Fischerei-Utensilien ausgebreitet, ausgepackt und zusammengesetzt … Bin ich überhaupt eine Frau?

Die Leute in der Stube wissen offensichtlich nicht, wen sie gieriger anstarren sollen, mich oder Inhas Kamera. Aber auch das machen sie irgendwie fröhlich, lachend und gutmütig, sodass man sich von der Neugier nicht gekränkt fühlen kann. Wir sind wahrscheinlich die Sehenswürdigkeit dieses Winters.

Aus dem Verschlag steigt eine alte Frau mit einer Schüssel in der Hand. Ich habe sie schon am Abend zuvor bemerkt und muss sofort an meinen Traum von vergangener Nacht denken. Nachdem ich im Gästezimmer eingeschlafen war, träumte ich von dieser Stube und von der Frau. Warum ist sie in meinen Traum eingedrungen?

Im Traum trat ich allein durch dieselbe Tür wie am Abend mit Inha und Afanassjew. Es war sehr früh am Morgen, das sah man an dem fahlen Licht, das durch das Fenster mit den kleinen Scheiben drang, und ich dachte, ich sei sehr früh, lange vor den anderen erwacht. Die alte Frau saß auf der Bank am Fenster mit einem goldbestickten, roten *so-rokka*-Kopfputz aus Seide, in einem weißen, altmodischen Kleid mit langen Ärmeln aus hausgewebtem Leinen, das in der Taille mit einem bestickten Gürtel gebunden war.

»Ich habe meine Hochzeits-*sorokka* auf, obwohl ich mein Totenhemd schon gewebt habe«, sagte die Alte in sachlichem Ton. Auf dem Schoß hielt sie ein Sieb, ein Alltagsgerät, aber auf dem Netzstoff des Siebs lagen kleine Knochenstücke, die sie darauf hin und her bewegte. Dann hob sie den Blick zu mir auf: »Sollen wir einen Blick in die Zukunft werfen? Das Sieb ist der Himmel über uns, die schwarze Erde der Boden unter uns, wir sind nicht im Gestern, nicht im Morgen, nicht im Leben, nicht im Tod.«

In dem schön bestickten Stoff des Siebs gab es Löcher, durch die einige Gegenstände, dumpf polternd, hinunterfielen. Die Alte lachte, sie lachte so, dass mir angst und bange wurde. Mit diesem Lachen endete der Traum.

Doch jetzt fällt mir jemand anders in der Stube auf. Etwas abseits von den anderen steht eine kleine Frau, so klein, dass ich sie zunächst für ein kleines Mädchen halte, bevor ich bemerke, dass sie auf dem Kopf eine schwarze Witwenhaube trägt. Es kommt mir so vor, als wären sie und ich die Einzigen im Zimmer, die weder umhergehen noch sprechen. Sie steht sehr still da, schweigend, und sieht mich bohrend mit ihren schwarzen Augen an. Darin liegt nicht einmal ein Schimmer von der liebenswürdigen Neugier der anderen. Es hat ganz den Anschein, als wüsste sie, wer ich bin, und hasste mich deswegen. Dann setzt sie sich mit einem Ruck in Bewegung, geht mit leichten, raschen Schritten quer durch den Raum und verschwindet im Hinterzimmer.

Ich schelte mich für meine lebhafte Fantasie, ich muss mich geirrt haben. Auch diese außerordentlich gastfreundlichen Menschen haben doch wohl ihre Schmerzgrenze, den Moment, da die von den Reisenden verursachte Mühe unerträglich erscheint?

Manche Häuser wie das von Homanen waren für die Reisenden ständige Durchgangsstationen, besonders im Sommer. In Kajaani wundert man sich oft, mit welcher Selbstverständlichkeit die immer neuen herbeiströmenden Gäste in Karelien auch in sehr armen Häusern zur Nacht aufgenommen werden oder wie jemand aus dem Hause trotz aller anstehenden Arbeiten für weite Strecken als Fremdenführer mitfährt, gegen eine geringe Entschädigung.

Ist man doch auch in Kainuu Gästen gegenüber freigiebig und wohl auch anderswo in Finnland – abgesehen vom reichen südwestlichen Zipfel, hatte Herman einst den Kopf geschüttelt –, aber dass der verwandte Stamm, der allerärmste ...

In der Stube ist es heiß und stickig, ein Geruch von Menschen und Kleidern hängt schwer in der Luft, und die Leute rücken immer näher. Gleich werden sich die warmen Leiber an mich pressen. Schon steigt Panik in mir auf, aber da ist Anton Semjonowitsch schon neben mir. Hat er meine Bedrängnis bemerkt, hat er sich von einem leichtsinnigen Frauenhelden zu einem gesprächigen Schutzengel gewandelt? Jedenfalls fasst er mich bei der Hand und sagt: »Ziehen Sie sich etwas über, lassen Sie uns nach draußen gehen und frische Luft schnappen. Ich habe einmal gesehen, wie auf dem Markt von Oulu der Menge ein eigenartiges langhaariges Tier gezeigt wurde, von dem es hieß, es komme direkt aus Afrika.«

Der Vergleich trifft zu, es wäre unsinnig, deswegen gekränkt zu sein. Soll doch Inha mit seiner Kamera die Stelle des Wundertiers einnehmen, denke ich und werfe mir mein dickes Tuch über die Schultern. »Kommen wir von hier aus zur Kivakka-Stromschnelle und deren Stillwasser, um nachzusehen, ob es schon Nebelsteinfliegen gibt?«, frage ich den Kaufmann.

Der schüttelt den Kopf: »Dafür braucht man Skier! Die Nebelsteinfliegen warten auf uns. Morgen machen wir die Skitour zum Stillwasser, Sie können als Skistock ja Ihre schöne Rute verwenden«, platzt er lachend heraus. Auch ich muss lachen. Es ist wunderbar, an diesem strahlenden Frühlingstag draußen zu stehen, umgeben von Luft und Raum.

»Wer fehlte in der Stube noch? War dort nicht schon das ganze Dorf?«, frage ich.

»O nein! Später, gegen Abend, kommen die Männer, wenn wir gebadet haben und der Hausherr seinen Gästen Tee vorsetzt. Sie haben noch nicht die fliegenden Händler gesehen, die Hausierer, die Bären- und die Elchjäger und die Muschelfischer, die fahrenden Händler und die Pelznäher, den Schmied, den Wächter des Bethauses, den ehemaligen Kronstädter Soldaten, der Russisch spricht, den Schuster … und wen sonst noch? Der Brautwerber Varahvont war schon da, immer als Erster, ganz zu schweigen von dem verrückten Simana.«

Ich antworte Afanassjew nichts, denn mich schwindelt. Ich will niemanden sehen außer Jaakko Kuisma. Plötzlich möchte ich allein sein und nur an das denken, was kommen wird. Für einen Moment schließe ich die Augen, um mit seinem Gesicht allein zu sein.

Als ich wieder etwas sehe, bemerke ich, dass man den Kaufmann aus Uhtua keinen Augenblick unterschätzen darf. Er sieht mich seltsam an, er scheint meine Gedanken zu lesen und öffnet schon den Mund, um etwas zu sagen, schweigt dann aber doch.

Wir gehen nebeneinander die Dorfstraße entlang, und Ohta und ein anderer Karelischer Bärenhund mit ebenso sauertöpfischem Gesicht folgen uns. Der Einheimische hält Ohta für einen Eindringling und zeigt dann und wann seine gelben Zähne, wobei er kaum hörbar knurrt.

Maria und Afanassjew gingen lange die in den Schnee getrampelten Pfade des Dorfes Vartiolampi entlang, und Maria wusste nicht, dass sie zum letzten Mal mit dem Kaufmann allein war, abgesehen von ein paar kurzen Minuten etwas später.

Sie spürte, dass sie Anton Semjonowitsch immer mehr mochte, und dachte dasselbe, was sie schon im Hause des Landhändlers Ervasti gedacht hatte: Afanassjew war doch kein gewöhnlicher Kaufmann. Damals hatte sie den selbstsicheren, gesprächigen Frauenhelden gesehen, aber dann war zu dem in Kuusamo entstandenen Bild manches hinzugekommen – war es Weitblick, Wissensdurst, Bildung? –, überlegte sie unschlüssig. Und Herzensgüte – aber andererseits, der Mann betrügt ja die ganze Familie Rajala, indem er mit der Frau des ältesten Sohnes schläft …

Zum ersten Mal im Leben verstand sie klar, dass es unmöglich war, irgendeinen Menschen abschließend zu charakterisieren. Ich war immer so begierig, alles nur entweder als das eine oder das andere zu sehen, dachte sie.

Plötzlich durchfuhr sie eine starke Welle der Freude. Sie hätte die Arme um Afanassjew schlingen mögen, wie er da groß und stattlich neben ihr her ging, ihn fest drücken und rufen wollen: »Anton Semjonowitsch, ich liebe Sie! Auch Sie liebe ich!«

Der Kaufmann aus Uhtua hatte wieder einen seiner langen, wortreichen Monologe begonnen, denen aufmerksam zu lauschen Maria schon gelernt hatte. Afanassjew erzählte, dass ein großer Teil der Einwohner von Vartiolampi Altgläubige waren. Die Glaubensrichtung war ein so fester Bestandteil des alltäglichen Lebens in Weißmeer-Karelien, dass, wenn Außenstehende, die dort viel unterwegs waren, zu Altgläubigen ins Haus kamen, sie die Vorschriften der Sekte ganz natürlich berücksichtigten – und todernst, setzte Afanassjew hinzu. »Bei vielen Finnen würden Grenzhandel und Fuhrwesen viel bessere Erträge abwerfen, wenn sie die ihnen merkwürdig erscheinenden Sitten der anderen verstünden.

Am deutlichsten erkennt der Besucher sie daran, dass die Altgläubigen den Fremden niemals aus ihrem eigenen Geschirr essen lassen. Die Altgläubigen haben besonderes Gästegeschirr, oder wenn nicht, dann müssen die Gäste zusehen, wie sie am besten zurechtkommen – sie müssen zum Beispiel hungern, wenn sie kein eigenes Gefäß mithaben, oder sich einen Hundenapf ausleihen. Die Altgläubigen werden als ›Topfwächter‹ verspottet, denn man hat schon beobachtet, wie die Hausfrau den Breikessel mit sich herumträgt, damit nicht durch die Berührung eines Fremden Sünde daran kommt.

Wenn sie sich bekreuzigen, halten sie die Finger anders als wir, sie scheuen irgendwie unsere Kirchen und Pfarrer, betreten die Kirchen nur, wenn sie leer sind, und auch beim Fasten sind sie strenger als wir«, zählte Afanassjew auf. »Die Frauen dürfen natürlich niemals nach Kaffee oder Tee greifen, Tabak rauchen oder Schnaps trinken«, setzte er scheinbar fromm, aber spürbar seine Heiterkeit zügelnd, hinzu. »Das ist die Strafe für die erste Sünde, die Eva begangen hat. Die Zaren haben die Altgläubigen jahrhundertelang verfolgt, ebenso die Moskauer Kirche«, fuhr Anton Semjonowitsch stirnrunzelnd fort. »Andersartige werden nicht geduldet ... Sollen sie die Leute doch in Ruhe lassen. Im Hause Homanen ist die Mutter des Hausherrn, die alte Oksenia, eine Altgläubige, und das stört niemanden.«

»Aber bis nach Finnland haben sich, wie man hört, schreckliche Geschichten von jenen reichen Bestien herumgesprochen, die angeblich ursprünglich aus Sankt Petersburg kommen und sich in der Wildnis Kareliens verstecken«, lächelte sie. »Sie sollen geheimnisvolle religiöse Riten haben, und wenn ihnen einmal ein Opfer in die Hände fällt, dann lassen sie es ihr Lebtag nicht mehr fort. Mit dem eigenen Blut, so heißt es, muss jeder seinen Namen dort in die Bücher schreiben! Sie erkennen weder Kaiser noch Popen an, Kinder werden nicht getauft, Tote nicht ausgesegnet, Brautpaare nicht getraut ... Und ihr Glaube ist von so ausgefallener Art, dass alle, die auch nur ein wenig damit in Berührung kommen, sofort daran hängen bleiben und sich bekehren. Auch ganz junge Mädchen, fünfzehn- bis sechzehnjährige, haben sie zu sich gelockt, hat im Mittwinter eine Frau aus Akonlahti mir gegenüber behauptet. ›Dort wird mit den Dorfältesten gehurt!‹, hat die Alte schrill gerufen.«

Dort wird mit den Dorfältesten gehurt!«, klang es mir in den Ohren, als ich mir im halbdunklen Vorraum der Sauna die Kleider auszog. An den aus einem Wacholderast gefertigten Wandhaken hänge ich mein dunkelgrünes Wollkostüm, das mir neben der leichten Farbenpracht der karelischen Frauen so bedrückend steif vorgekommen war, und streife Bluse, Mieder, Hemd, Unterrock, Strümpfe und Hosen ab und werfe sie auf die Bank zu einem verschwitzten, schmuddeligen Haufen. Homanens Schwiegertochter Tarja, dieselbe, die Inha als Erste vor seine Kamera gelockt hatte, ist ebenso aufgeweckt wie schön: Sie schlug sofort vor, die Reisekleider der Besucherin in der Zeit zu waschen und zu reinigen, wo diese in der Sauna ist. »Mach dir keine Sorge wegen der Kleider. Bluse, Rock, Jacke, Unterrock – von allem haben wir genug. Geh du, Gast, nur ins Bad!«

Dann fiel ihr etwas ein: »Ach so, die Hosen, bei uns trägt niemand Hosen! Hosen trägt nur die Matuschka des Popen.«

Ich musste darüber lachen, dass außer der Frau des Popen keine Frau in Karelien Hosen trug. »Auch nicht im Winter?«, fragte ich. Tarja schüttelte den Kopf: »Nein. Und was tragen die Frauen auf Reisen? Männerhosen.«

Das Alleinsein erscheint mir wie ein Luxus. Seit Kajaani hat es, abgesehen vom Beginn der Reise, als der nur selten etwas brummelnde Mikko Karppinen und ich die Meilen zu zweit zurücklegten, an Gesellschaft nicht gefehlt. Inha redet fast pausenlos, und auch Anton Semjonowitsch geizt nicht mit seinen Weisheiten. Auch dann, wenn er schweigt, ist seine Gegenwart ständig gewichtig spürbar. An dem Kaufmann aus Uhtua kommt man nicht vorbei, den kann man nicht vergessen.

Wir sind ein eigentümliches Dreigespann, lächle ich, während ich auf die Saunapritsche klettere. Wir könnten ja endlos so weitermachen, zu dritt immer weiterreisen, bis ans Ende des Lebens ...

Homanens Sauna ist ein niedriger, ziemlich großer Raum, in dessen einer Ecke sich dunkel der imposante Steinhaufen des Saunaofens abzeichnet. Der Fußboden ist aus massiven Bohlen, die sorgfältig gefegt sind, in einer anderen Ecke stehen zwei große Zuber voll heißem und kaltem Wasser, und auf der untersten Pritsche stehen in einer Reihe mehrere Kübel, in denen man sich waschen kann. Auch Seife hat jemand gebracht und sie hübsch auf ein Stück Birkenrinde gelegt.

Ein milder, vorfrühlingshafter Lufthauch bläst ein, zwei Mal leicht durch die offene Luftklappe in das Halbdunkel. Auf einer kleinen Bank neben der Tür spendet eine Funzel ein wenig Licht. Ein Mann oder eine großgewachsene Frau muss auf der obersten Pritsche gebeugt sitzen, um sich nicht den Kopf an der Decke zu stoßen.

Ich werfe aus dem Kübel heißes Wasser auf den Saunaofen, der zornig zischt, und beuge mich noch tiefer hinunter. Mir fällt das neue, moderne Badezimmer in der Brahestraße ein, auf das wir Renfors' insgeheim ein wenig stolz sind, und denke, in der Sauna ist es leichter, mit seinem nackten Körper allein zu sein. Die Sauna ist barmherzig und tröstlich.

Meine dunklen, fast schwarzen Haare fallen in dicken Locken nach vorn – es ist, also berührte mich jemand mit der Hand an den Knien. Die Rinnsale der Schweißtropfen laufen mir über die Brüste wie zärtliche, aber fordernde Finger, und ich beuge mich noch tiefer und schlinge die Arme um meine langen Beine. »Erbarme dich«, flüstere ich.

Die Stille antwortet nicht, aber das Blut im Körper beginnt zu pochen, es pocht so, dass der ganze dunkle Raum zu pulsieren scheint wie ein Organ, das sich ausdehnt und zusammenzieht, ausdehnt und zusammenzieht. Ängstlich steige ich zum Fußboden hinunter, drehe mich um und lehne Kopf und Arme gegen die oberste Pritsche. »Erbarme dich«, flüstere ich noch einmal und presse die Stirn fester gegen die Pritsche. Tränen dringen mir ungewollt aus den fest zugedrückten Augen und fließen über die Wangen.

Ich tauche beide Hände in den Wasserkübel vor mir und übergieße mir das salzige Gesicht, um wieder zu mir zu kommen, ich schöpfe Wasser mit beiden Händen und schütte es mir kräftig über Brust und Bauch, beuge mich dann aber erneut und lege mir sehr langsam, gleichsam genau überlegend, die nasse Hand auf den Schamhügel. Ich spreize und drücke mit den Fingern und fahre gleich so zusammen, dass ich mir die Stirn an der Kante der obersten Pritsche stoße. Ein Klagelaut kommt mir von den Lippen, und danach kündigt sich aus der Tiefe das Weinen an.

Hinter mir öffnet sich die Tür, und aus dem Vorraum fällt mehr Licht in die Sauna. Ich erstarre, lehne, immer noch vorgebeugt, die Stirn gegen die oberste Pritsche, aber als ich das Knarren der Tür höre, wende ich wie berauscht den Kopf so, dass Wange und Schläfe sich gegen die Pritsche drücken.

»Soll ich dir kaltes Wasser im Kübel holen?«, fragt eine Frauenstimme.

Ich schüttle stumm den Kopf. Es ist genug Wasser da.

»Aber lass mich dir wenigstens den Rücken abspülen«, verlangt die Stimme.

Ich wende den Kopf noch mehr und sehe, dass in der Tür die Witwe von Homanens verstorbenem Sohn steht, die Frau von der Größe eines Kindes, die mich in der Stube mit so bohrenden Blicken angestarrt hatte. Sie hat ihre schwarze Kopfbedeckung abgenommen, und auf der Stirn tanzt ihr jetzt eine Rüsche feuchter Locken. Sie trägt nur ein helles, langärmliges Hemd, das bis fast zu den Knien reicht. Arme und Beine der Frau sind zart, vogelartig, aber das hochgereckte, spitze Kinn lässt wissen, dass sie nicht fortzugehen gedenkt, ehe sie ihren Willen durchgesetzt hat.

»Warum nicht«, sage ich und kehre ihr wieder den Rücken zu. Wenn ich einwillige, werde ich sie am schnellsten los.

Leichte Hände verteilen Seife vom Nacken zu den Schulterblättern, quer, hinunter zur Taille, und wieder quer. Ich schließe die Augen, warte nur ungeduldig, dass sie fertig wird. Dann platscht Wasser aus einer Schöpfkelle auf meinen Rücken, und die Seife beginnt wieder ihr Muster zu zeichnen. Meine steif gewordenen Arme beginnen schon zu schmerzen, und ich sinke gerade etwas mehr zusammen, als ein scharfer Schmerz mir die Flanke zerreißt.

Ich schreie auf und drehe mich um. Die Frau hat mir einen tiefen Kratzer zwischen Achselhöhle und Schulterblatt hinunter bis zur Hüfte geritzt. Jetzt sieht sie mich an und dann vorgeblich erstaunt auf ihren Mittelfinger, schüttelt lachend die Hand und sagt: »Entschuldige, meine Liebe, ich habe, zum Teufel, vergessen, mir die Nägel zu schneiden!«

Nach diesen Worten macht sie energisch auf ihren kurzen Beinen kehrt und verlässt aufrecht die Sauna, ohne sich umzusehen.

Ich sinke auf die unterste Pritsche nieder. Ein schmales Blutrinnsal läuft mir vom Rücken unter der Brust nach vorn und vermischt sich mit den Wassertropfen auf dem Bauch.

Noch ein letztes Mal setzten sich Maria Renfors, Into Konrad Inha und Anton Semjonowitsch Afanassjew zu einer gemeinsamen Abendmahlzeit nieder. Hätten sie einander länger oder aufmerksamer angesehen und versucht, sich die Gesichter der anderen und die Stunden des Abends tiefer einzuprägen, wenn sie es gewusst hätten?

Als Maria sich mit schmerzender Seite an den langen Tisch des reichen Homanen setzte, dachte sie, wie doch die Mahlzeiten und die Übernachtungsstätten im Verlauf der Reise immer sonderbarer geworden waren. Jetzt war auch sie ein Teil des Theaters – im Saunavorraum hatte sie anstelle ihrer eigenen Kleider, die in die Wäsche gegangen waren, einen Satz sauberer karelischer Frauenkleider vorgefunden, die überall ein wenig zu kurz oder zu eng waren. Um die Mängel des Bühnenkostüms zu verdecken, hatte sie sich beim Eintritt in die Stube einen großen, leichten Schal umgelegt, denn sie mochte nicht mehr in ihren eigenen Kleidern wühlen.

Zum ersten Mal im Leben sitze ich ohne Hosen am Esstisch, dachte sie trocken. Die fremden Kleider und das Unglück in der Sauna – das heißt, ein Versehen war das ja nicht gewesen, das verstand sie sehr wohl – hatten sie gleichsam in einen Schwebezustand versetzt, in den brüchigen Raum zwischen Wirklichkeit und Unwirklichkeit. Wenn Zeit gewesen wäre, hätte sie Anton Semjonowitsch um Rat gefragt.

Später versuchte Maria vergeblich, sich zu erinnern, wie Anton Semjonowitsch an jenem Abend ausgesehen hatte, denn hinterher hatte sie immer nur seine große Hand vor Augen, die scheinbar locker, in Wirklichkeit aber stark angespannt auf dem Tisch lag. Bisweilen ballte sie sich zu einer festen Faust, wenn Afanassjew meinte, niemand bemerke es.

Inha war unruhig und gesprächig wie immer, aber jetzt war es noch schwieriger, seinen wortreichen Ergüssen oder seinen abgerissenen Gedanken zu folgen. In seinem Kopf tummelten sich Visionen, Bilder und Pläne noch heftiger als sonst, und Maria überlegte einen Augenblick, ob Inha es schaffen würde, Weißmeer-Karelien im Vollbesitz seiner seelischen Kräfte zu verlassen – oder jedenfalls der Kräfte, über die er zu Beginn der Reise nach Karelien verfügt hatte. Seine rechte Schulter zuckte bisweilen, so als zupfte eine unsichtbare Schnur daran, und dasselbe Zucken zeigte sich bei ihm auch an der Wange und im Augenwinkel.

Maria ließ ihren Blick über die Menschen gleiten, die am Tisch saßen. Sie betrachtete sie wie aus einer anderen Welt, aus einer entfernten, kleinen Bude, die ihr eigener Kopf war und deren Fenster ihre eigenen Augen bildeten. Dort war also endlich Jaakko Kuisma, schräg gegenüber, der sein Teeglas Homanen reichte, der als Hausherr neben dem Samowar saß. Auf diesen Augenblick hatte Maria gewartet: dass sie den Mann Stunden, ganze Stunden lang im Blick haben konnte, und nun, da der Augenblick endlich gekommen war, erschien er ihr ganz gewöhnlich, alltäglich und unbedeutend, denn so lange hatte er sich schon im Voraus in ihren Träumen abgenutzt.

Kuisma hatte seit Kajaani abgenommen, und auf seiner

Haut lag ein merkwürdiger rötlicher Schimmer, so als hätte er Fieber. Die blonden Haare und sein Bart waren ebenso sorgfältig geschnitten wie sonst, und seine Kleidung, eine Jacke aus Wollstoff, ein Leinenhemd und Hosen, die in gewichsten Stiefeln steckten, war so tadellos, dass neben ihm die anderen Männer am Tisch fast zerlumpt wirkten. Er hatte erzählt, dass Vartiolampi und Oulangansuu Haltepunkte auf seiner üblichen winterlichen Pelzroute waren. Seine blauen Augen blickten schnell und taxierend zwischen Afanassjew und Inha hin und her, dann zu Maria, von Maria zu Homanen, zurück zu Maria und dann wieder zu Afanassjew und dem Polizeichef.

Ja, der Polizeichef! Maria sah den russischen Kronvogt lange an, der seine Rundreise so gelegt hatte, dass sie ihn dieser Tage ebenfalls nach Vartiolampi und Oulanka führte. Man hatte auch ihn zu Tisch bitten müssen, etwas anderes kam nicht in Frage. Im Hause Homanen war diese Erscheinung am selben Tag plötzlich aufgetaucht, hatte die Tür sperrangelweit aufgerissen und war hereingestiefelt, wenn nicht mit dem Recht des Eigentümers, dann mit dem des Zaren. An seinen schäbigen Uniformschößen hängend folgten ihm der Dorfpolizist und der Schreiber, ein kleiner, ausgeblichener Mann, der nervös mit den geröteten Augen zwinkerte. Der Schreiber hatte ganz offensichtlich Angst vor seinem Vorgesetzten, aber andererseits plusterte sich diese Maus wichtigtuerisch auf: Die Kunst des Schreibens, zumal des Russischen, war in Karelien dünn gesät.

»Der Dorfpolizist fungiert als Dolmetscher – seine Exzellenz kann ja kein Karelisch, obwohl er Inspektionsfahrten durch Karelien macht«, hatte Afanassjew Inha und Maria zugeflüstert.

Maria erinnerte sich, wie Herman sich einmal gewundert hatte, dass manche Menschentypen im wirklichen Leben oftmals genau so waren, wie sie in Geschichten und Spottreden beschrieben wurden. Jedenfalls traf das für den Polizeikreisinspektor zu, der seinen Sitz im weißmeer-karelischen Ort Kemi hatte und aussah, als käme er direkt aus einer die Zarenherrschaft anprangernden Karikatur. Ein Mann, ziemlich klein von Wuchs, mit schwarzem Bart, dessen fettig glänzendes Haar ihm an der Stirn und am platten Hinterkopf klebte, wenn er seine zerschlissene Dienstmütze abnahm. Seine Uniformjacke war falsch geknöpft, auf dem Revers befanden sich Reste von Mahlzeiten der vergangenen Tage, und die noch früheren Mahlzeiten hatten seinen Bauch so anschwellen lassen, dass er oberhalb des Ledergürtels wogte. Eine undefinierbare Hose hatte er in die langschäftigen Stiefel gestopft.

Der Mann sieht aus, als hätte der Hund ihn auf dem Misthaufen gefunden, dachte Maria. So einer, den man sofort vorsichtig am Ende eines Steckens zurück zum Abfall bringen möchte. Es sei denn, man hatte ihm zuvor zufällig in die Augen gesehen: Darin lag ein aufmerksamer, lebhafter Blick, der sich im Niemandsland zwischen Schmeichelei, Angeberei, Misstrauen und Hass bewegte.

»Die russischen Beamten verachten dieses Volk, und das Volk verachtet sie!«, hatte Inha seinen Gefährten zugepiepst, als der Beamte nach einem Augenblick des Zögerns mit ausgestreckter Hand von der Tür auf sie zu kam: Sdrawstwujtje! Der Polizeichef erkannte eine vornehme Dame als solche, wenn er sie sah, und hatte Marias Hand eilig mit seiner weichen, schweißigen Hand ergriffen und sich in einer Art Handkuss versucht.

Anton Semjonowitsch hatte den Fotografen leicht angestoßen und mit tiefer Stimme gesagt: »Hüten Sie von nun an Ihre Zunge! Jetzt, wo der da hier aufgetaucht ist … Seltsam, dass er sich zur Winterszeit auf den Weg gemacht hat … Wir können nicht wissen, inwieweit er letztlich nur so tut, als verstünde er nicht. Es ist viel davon die Rede, dass es hier in etlichen Häusern geheime Spitzel gibt.«

Afanassjew hatte seinerseits die Hand ausgestreckt und munter, mit so lauter Stimme, verkündet, dass man das nur als Spott deuten konnte: »*Sdravia shelaju, wasche wysokoblagorodie* – ich wünsche Gesundheit, Euer Hochwohlgeboren!«

Diese ehrerbietige Begrüßung war diesmal der letzte Wortwechsel geblieben. Der Dorfpolizist von Vartiolampi saß jetzt zwar als Dolmetscher am Tisch neben dem Polizeichef, aber schweigend und ziemlich verlegen. Ebenso verlegen hätte der Hausherr Savina Homanen sein können, aber der bärtige Mann hatte sich ruhig und aufrecht am Ende seines Tisches niedergelassen. Er war eine eindrucksvolle Erscheinung mit schönen Gesichtszügen und für einen Karelier ein stattlicher Mann, kaum weniger als drei Ellen, obwohl er sicherlich schon auf die siebzig zuging. Sein Haar und der auf die Brust herabwallende Bart waren fast weiß. Er trug eine schon etwas alte, blaue Leinwandjacke, die bis zu den Knien reichte, um die Taille einen breiten Ledergürtel und Hosen, die er in die Schuhe aus Birkenrinde gesteckt hatte. Er machte den Eindruck, als hielte er die Tischgesellschaft allein durch seine schweigende Würde in der Hand.

»Diese Menschen haben ein fürstliches Gepräge«, hatte Inha früher am Tag Maria zugemurmelt, während er seine Kamera herumtrug. »Darüber hat auch Lönnrot sich schon gewundert. Das scheint beim karelischen Volk ein ganz allgemeines und sehr altes Merkmal zu sein und geht sicherlich auf die Zeiten der früheren Freiheit und der eigenen Herrschaft zurück …«

Afanassjew hatte Maria und Inha schon früher instruiert, sich nicht darüber zu wundern, dass die Frauen am Teetisch fehlten. In Weißmeer-Karelien war es üblich, dass der Hausherr »selbst Tee in die Gläser schenkt, mit freigiebiger Hand Kringel austeilt« und seinen Gästen Gesellschaft leistet, während sich die Frauen am Tisch überhaupt nicht sehen ließen, es sei denn, um neues Gebäck auf den Tisch zu stellen. »Sie gelten wohl in geistiger Hinsicht als ungeeignete Gesprächspartner für bessere Gäste«, hatte Afanassjew gelacht.

Wegen der Gäste war der Tisch wohl reicher gedeckt als sonst vor Ostern. Es gab kleine und große Roggenbrote, mit Fisch gefüllt als Fastenspeise, kleine Kuchen mit Kartoffelfüllung, runde Sauerteigpiroggen, teils mit gehackten Pilzen gefüllt, sowie kleine, harte Kringel, die aus Olonez oder Sankt Petersburg mitgebracht worden waren.

Maria sah leicht entsetzt zu, wie Inha schlang, sich die Pirogge fast mit beiden Händen in den Mund stopfte und es nur mit Mühe schaffte, sich auch nur an die unterste Grenze der guten Sitten zu halten. Der arme Junge hatte vielleicht schon längere Zeit gehungert.

Und der Polizeichef war betrunken, daran bestand kein Zweifel. Er befand sich in dem Stadium, da ein Betrunkener noch den Nüchternen zu spielen vermag, das aber so sorgfältig tut, dass sein tatsächlicher Zustand sofort deutlich wird. Dann und wann schüttelte ihn ein Schluckauf, und seine Lippen waren dabei gespitzt wie bei einer Frau und wollüstig rot.

Maria wünschte sich heftig, Herman könnte den Mann sehen. Ach, wie hätten sie doch hinterher gemeinsam gelacht … Vielleicht hatte sie den Russen allzu fasziniert angestarrt, denn offenbar sah Anton Semjonowitsch seinerseits sie durchdringend an: Erregen Sie doch um Gottes willen keine Aufmerksamkeit.

Homanen hatte angefangen eine lange Geschichte darüber zu erzählen, wie ein böswilliger Mensch im vorigen Sommer Meister Petz durch Hexerei auf sein Dorf gehetzt hatte und wie man mit vielen Zaubertricks und Beschwörungen vergeblich versucht hatte, ihn zu vertreiben. Das Schreckgespenst, wie er ihn nannte, hatte schon ein Pferd und eine Kuh gerissen und eine weitere Kuh schwer verletzt, bevor er, vom Geschrei des Hirten und der Dorfbewohner erschreckt, sie so weit losgelassen hatte, dass das übel zugerichtete Tier seinen Krallen entkam und hinter den anderen her sich in die Umzäunung des Dorfes retten konnte.

Der Verlust eines Pferdes ist immer ein schwerer Schlag, Pferde und Kühe sind der kostbarste Besitz eines Dorfes, erklärte er und blickte, wie er dort unter dem Heiligenbild saß, mit blanken Augen die Gäste von jenseits der Grenze an: Ob sie wohl bessere Sprüche und Beschwörungen wüssten, damit man im kommenden Sommer vor dem Schreckgespenst Ruhe hätte?

Religiöse und weltliche Aufklärung wetteifern wohl darum, wovon es weniger gibt, dachte Maria. Ihr fiel ein, wie in Kajaani ein Besucher Weißmeer-Kareliens von seinem Reiseführer erzählte, der gefragt hatte: »Wird in Ihren heiligen Büchern gesagt, was für eine Strafe im nächsten Leben denjenigen erwartet, der Wasser in den Branntwein mischt?« Der aus Kajaani hatte den Karelier angesehen um festzustellen, ob er scherzte, aber danach sah es nicht aus. Und so stellte er eine Gegenfrage: »Was wird in Ihren Büchern dazu gesagt?« Der Begleiter hatte geantwortet: »Es heißt, darauf stehe eine strenge Strafe.«

Homanen füllte immer wieder die Gläser, und die Wärme, die der Stubenofen ausstrahlte, breitete sich um den Tisch aus. Maria lockerte ihren Schal, den sie sich um die Bluse gelegt hatte, und war zufrieden, dass sie nicht ihr

Wollkostüm anhatte. Anton Semjonowitsch war ungewöhnlich still, nur seine Augen blinkten manchmal eigenartig, aber er warf auf Russisch nur hier und da ein Wort ein, wenn der Polizeichef etwas fragte.

Inha dagegen, der seinen Hunger gestillt hatte, schien vergessen zu haben, dass Afanassjew sie gebeten hatte, vorsichtig zu sein. Ob er wohl auch seinen Anteil an der Schnapsflasche bekommen hat, fragte sich Maria, als sie hörte, wie er Homanen mit lauter Stimme fragte: »Warum nennt man uns hier immer Schweden oder Schwedenmänner, obwohl wir doch Finnen sind, das Brudervolk der Karelier, und viele von uns bereit sind, gegen den gemeinsamen Unterdrücker zu kämpfen?«

Der alte Savina antwortete unumwunden mit einer Gegenfrage: »Warum nennt man uns bei euch Russen und Russkis, wenn wir dort Handel treiben?«

Der Polizeichef verstand die Worte »Russe« und »Russki«, hielt lachend sein Glas in Richtung Samowar und Homanen und zischte im Befehlston: *»Koreljak!!«*

Koreljak, das war ein russisches Schimpfwort für die Karelier, auf das diese mit dem Ausdruck *Russak* zurückschlugen, und das riss Inha zu einem wahren Wortschwall hin: »Ja, wir verhalten uns schändlich, wenn wir unsere Brüder verachten, die Fleisch von unserem Fleisch und Bein von unserem Bein sind! Und doch haben wir von ihnen das Kalevala bekommen, das heilige Buch, oder sollte ich sagen, dass wir uns diesen unermesslich teuren Goldschatz für ein paar Pennis erschwindelt haben? Und jetzt zögern wir, unseren Brüdern die helfende Hand zu reichen, wo das Russentum in Karelien schon so viel Boden gewonnen hat und droht, sich siegreich immer weiter überall hin auszubreiten.«

Inha blickte sich um wie in einem um den Tisch versammelten Freundeskreis und rief nachdrücklich: »Bisher sind die Karelier von zwei Seiten bedrängt worden: Von Osten werden sie unterdrückt von der Übermacht Russlands, im Westen treffen sie auf die Verfolgung und Verachtung seitens der eigenen Stammesbrüder. Und was wird wohl das Ende dieses Kampfes zwischen den verschiedenen Nationalitäten sein, wenn eine Handvoll Karelier allein gegen die unzähligen Horden der Russen steht! Die Gefahr ist unausweichlich, und die Hilfe darf nicht mehr lange auf sich warten lassen! Spricht denn die Stimme des Blutes etwa eine unverständliche Sprache?«

Inha blieb die Luft weg, und er bekam einen Hustenanfall. Im Zimmer trat Schweigen ein. Die Tür der Stube zum Vorraum öffnete sich, und ein Luftstrom fuhr Maria über Hals und Schulter, von der die Bluse und der Schal herabgeglitten waren. Sie sah, wie Afanassjew, der Polizeichef und Jaakko Kuisma nachdenklich Inha anschauten, wie Homanen seinen Samowar anstarrte, so als entzifferte er eine geheime Schrift auf dessen glänzender Oberfläche, und der arme Dorfpolizist blickte zur Decke, so als suchte er dort einen Fluchtweg.

Dann richtete Jaakko Kuisma seine kalten Augen auf Maria und lächelte ein wenig. So als wollte er die von Inhas Brandrede hervorgerufene Stimmung abmildern, wandte er sich Anton Semjonowitsch zu und fragte versöhnlich:

»Glauben Sie, der Haupterwerb in Karelien werde sich irgendwann vom Handel auf die Landwirtschaft verlagern? Bedeutet doch der Warentransport von Ort zu Ort auf finnischer Seite eine ungeheure Verschwendung von männlichen Arbeitskräften, die diesseits der Grenze dringend gebraucht werden, wenn sich bis zu dreitausend fliegende Händler im Spätsommer auf den Weg machen und bis zum Beginn des Sommers fortbleiben. Ich habe gesehen, wie die Frauen aus den Dörfern unter bitterlichem Weinen und Klagen den über die Grenze gehenden Händlern das Geleit geben.«

Afanassjew blieb einen Augenblick stumm und starrte nur schweigend auf seine Hände. Dann sah er Kuisma an und sagte langsam: »An dem fliegenden Handel der Karelier wäre gar nichts auszusetzen, wenn er auf finnischer Seite eine solide Grundlage hätte. Hunderte von Jahren ist dieser Handel betrieben worden, aber er war immer verboten bei Strafe des Verlusts der Waren, manchmal sogar des Lebens, und deshalb musste er in die abgelegenen Gegenden ausweichen, wo die Geldknappheit größer ist. Man muss diesen Handel so heimlich wie möglich treiben, und das erfordert, den Preis hoch zu halten, was dem Absatz schadet, ein andermal aber muss man zum Spottpreis verkaufen, wenn es die Not gebietet. Das führt zu Bestechung und zwingt die Händler zu Tausenden von Vorsichtsmaßnahmen, die ständig Sorge und Mühe bereiten. Und dennoch ist dieser Handel die einzige wirkliche Einkommensquelle Kareliens, auf der Leben und Dasein eigentlich gründen. Finnland ernährt uns, diese Redewendung haben Sie sicherlich schon oft gehört. Was man in Karelien an bescheidenem Wohlstand sieht, ist das Ergebnis dieses Handels. Und man treibt diesen Handel doch in einem recht armen Land, wie auch Finnland es ist, und meistenteils mit Waren, die nicht unverzichtbar, sondern eher Luxus sind.«

Afanassjew schwieg, denn er hatte erkennbar irgendwie widerwillig gesprochen. Er mag Jaakko Kuisma nicht, ging es Maria durch den Kopf.

Inha dagegen hatte sich schon erholt und trug das Seinige bei: »Ein Freund Kareliens muss inständig hoffen, dass die Fesseln, die bei uns den Wanderhandel noch behindern, durch eine liberalere Gesetzgebung beseitigt werden! Man könnte den Handel gegen eine gewisse Kronsteuer schon für legal erklären. Eine solche moderate Steuer zu zahlen wären die Karelier sicherlich bereit.«

»Ihr Afanassjews aus Uhtua habt es aber verstanden, eure Chancen gut zu nutzen«, sagte Kuisma zu Anton Semjonowitsch, so als hätte Inha gar nichts gesagt. »Ihr verkauft legal nach Finnland, kauft in Finnland und verkauft dann zusammen mit dem in Karelien Eingekauften in Sankt Petersburg. Wie können Sie sich bei alldem auch noch Gedanken über die Lebensbedingungen der fliegenden Händler machen ...«

Kuisma sprach nachdenklich, gleichsam verwundert, aber Afanassjew hörte aus den Sätzen etwas anderes heraus. Er sah Kuisma scharf an, wollte etwas sagen, zuckte dann aber nur die Achseln. Savina Homanen füllte sein Teeglas.

»Der Boden hier dürfte fruchtbarer sein als auf finnischer Seite«, sagte Maria. »Warum betreiben die Menschen den Ackerbau dann nicht energischer? Oder nutzen ihre gewaltigen Wälder, das gäbe doch Stammholzverkauf und Teerbrennerei!«

»Alle Wälder gehören der Krone, die sich mit Hilfe ihrer Förster sehr sorgsam darum kümmert«, antwortete Afanassjew. »Die Bewohner dürfen aus dem Wald nicht einmal Stämme für den Hausbau entnehmen. Teerbrennen und Schwenden sind bei Strafe verboten. Vor einem halben Jahrhundert, als man noch schwenden durfte, gab es so viel Getreide, dass man es durchs Dach in die Speicher schütten musste. Jetzt ist der Mörser, in dem Baumrinde zu Mehl zerrieben wird, in den Häusern seidenglatt vom vielen Gebrauch. Viele haben nichts außer Feuer und Wasser.«

»Das System des Grundbesitzes wiederum ist in den Dorfgemeinschaften Russlands merkwürdig, irgendwie verrückt«, fuhr er fort. »Das gesamte bebaute Land wird in den Dorfgemeinschaften zusammengerechnet, und ebenso werden alle männlichen Einwohner zusammengerechnet, auch wenn sie erst gestern geboren wurden. Dann wird das bebaute Land genau pro Mann aufgeteilt. Wenn bei der letzten Volkszählung fünf Männer im Haus waren, davon dann aber vier gestorben sind, bleibt für das Haus nur der Anteil eines einzigen Mannes; alles Übrige wird gleichmäßig an die anderen verteilt. Stellen Sie sich mal vor, Fräulein Renfors, der Schutz des Grundbesitzrechts fehlt in Karelien vollkommen! Wer will schon seine Kräfte und Mittel in einen Boden stecken, von dem er nicht weiß, in wessen Besitz er unversehens übergeht? Die wohlhabenden Häuser versuchen das freilich zu umgehen, indem sie Waisenknaben aus dem Dorf im Haus aufnehmen, aber auch das ist eine Belastung.«

»Das wird sich ändern, ich spüre schon den Wind des Wandels!«, rief Inha. »Ich spüre es, wie sagt man doch« – fragend sah er Anton Semjonowitsch an – »ich spüre es im kleinen Finger ... Wenn es bei uns doch so wäre wie bei euch, wenn wir doch das finnische Recht hätten, seufzt manch ein Karelier.«

Der Kaufmann aus Uhtua lachte. »In den kleinen Finger ist also dieses Wissen eingeschrieben! Sie dürften ein Prophet sein, mein lieber Bruder. Aber als wir aus Kuusamo abfuhren, da sprachen Sie noch von Runebergs Elchjägern, darüber, was Ontro auf der Freite von seinem Heimatland sagt ...«

»Das war Humor, oder besser Ironie, haben Sie das nicht verstanden, Anton Semjonowitsch?«, schnaubte Inha. »›*Komm du nach Weißmeer-Karelien, in das Land voll Überfluss, Seide kriegst du dort für Kleider, und zum Abendbrot gibt's Rubel!*‹ Der finnische Dichter hat dem Mann Worte in den Mund gelegt, die kein Karelier sagen würde.«

Während des ganzen langen Gesprächs hatte der Polizeichef stumpf vor sich hin gestarrt. Er hatte den Eindruck gemacht, als führte er mit sich das lange, stumme Selbstgespräch des Betrunkenen. Jetzt hob der Russe ein wenig den Kopf und sah Anton Semjonowitsch lange an. Plötzlich war in seinen Augen ein frischer, scharfer Blick, der sich bald von dem Kaufmann abwandte und in Kuismas Blick einklinkte. Dann schlossen sich die Lider wieder zur Hälfte. Es sah so aus, als würde er gleich einschlafen.

Maria bemerkte den sonderbaren Blickwechsel. Sie sah Kuisma fragend an, der ein wenig lächelte und den Kopf schüttelte. Dann tippte er sich rasch mit dem Zeigefinger an die Schläfe: ein betrunkener Dummkopf. Auch Maria lächelte.

Sie begriff dasselbe wie schon zwei Monate zuvor in Kajaani in ihrem Fotoatelier – dass, wenn sich in einem anderen Menschen kalt und heiß, Abstoßendes und Anziehendes vereinen, diese Mischung unwiderstehlich ist. Sie begehrte …

Ich begehre Jaakko Kuisma. Begehre ihn seit dem Moment, da er im Fotoatelier die Streichhölzer auffing, die ich ihm zugeworfen hatte, mich ansah, lachte und begann, sich die Pfeife anzuzünden.

Damals machte ich, endlich, zum ersten Mal die bezaubernde Erfahrung des Verlangens – das ist, wie wenn man durstig den Becher an die Lippen setzt und spürt, wie der erste Schluck Wasser als erfrischender Impuls durch den ganzen Körper rinnt.

Jetzt, viel später, kann ich hinzufügen: Das Verlangen ist auch ein Mensch, der sich mit gebrochenem Rückgrat auf dem Bauch durch den frostigen Wald schleppt und nur vorwärtskommt, indem er sich mit Fingern und Nägeln am Boden entlangzieht. In den finstersten Nächten, als ich keinerlei Hoffnung sah, lag ich halb gelähmt in meinem klammen Bett und wartete auf etwas, das mich vom Leben erlösen würde.

Aber die Auswege sind wohl dazu da, gefunden zu werden.

Jetzt steht er vor mir. Wir sind allein in der kleinen Kammer, die man mir als Schlafraum zugewiesen hat. Sie ist bis an die Wände hoch vollgepackt mit Sachen: Festliche Frauenkleider in glühenden Farben, die sauber dort hängen und auf die Osternacht warten, besseres Geschirr, Heiligenbilder, einige Postkarten, die Reproduktion von einem Bildnis des Zarenpaars.

Im Schimmer des ewigen Lämpchens, unter den Augen von Alexander III. und Dagmar, der Dänin, hebe ich die Hand und berühre ihn am Hals, an der Stelle, wo der Bart endet und in der Kehlung von Kinn und Hals nur einzelne Barthaare wachsen. Ich hatte immer das Verlangen, in diese Stelle meine Zähne zu schlagen.

Er scheint meine Gedanken zu lesen, denn er packt meine Hand und presst sie zusammen, hält sie hoch und lächelt ein wenig. Er ist gerade mal so groß wie ich, aber stark.

Stark bin auch ich, ich versetze ihm einen Stoß, sodass er leicht ins Wanken gerät. Jetzt halte ich meinerseits ihn mit einer Hand fest und ziehe mir mit der anderen, den Kopf geneigt, die Haarnadeln aus der Frisur. »Jaakko Kuisma, gefallen Ihnen meine Haare?«, flüstere ich, als die Locken mir auf Schultern und Rücken fallen. Er lächelt weiterhin und rührt sich nicht.

Wir stehen wieder einander gegenüber, ohne uns zu berühren. Das ist wie ein seltsamer Tanz, denke ich, als er plötzlich die Hände hebt und mir mit einer einzigen Bewegung Trägerrock und Bluse von den Schultern zieht, bis zur Taille hinab. Kühle Luft streicht mir über die Brüste, ich sehe, dass er schluckt, sein Adamsapfel bewegt sich unter den Barthaaren am Hals, und jetzt ist es an mir, zu lächeln. »Jaakko Kuisma, gefallen Ihnen …«, beginne ich, gerate aber ins Wanken, als er sich meine Haare um die Hand wickelt und mich zu sich heranzieht.

Wir stehen da und küssen uns so lange, dass mein nackter Rücken im Luftzug unter seinen Händen kalt wird und meine Lippen empfindlich und geschwollen sind. Mit den Fingern malt er mir Buchstaben auf die Brüste – was schreibt er? Dann löst er seinen Griff, hält mich wieder in Armlänge auf Abstand und sieht mich nur ernst an.

Dieser ernste Blick ist ein Schlag mit dem Meißel, der in größerer Tiefe als ein Lächeln oder ein Kuss etwas zerbrechen lässt. Er hat mich mit seinen Augen markiert. Ich stürze vor und reiße ihm Jacke und Hemd herunter, wir fallen übereinander her wie zwei Kämpfer, ich streiche mir die Haare aus den Augen, um besser zu sehen, denn er zerrt mir den Rock vom Leib, und ich stoße ihn gegen die Wand, um seine Schultern und den Gürtel besser packen zu können. Ein roter Seidensarafan fällt von der Wand zu Boden, ein Stapel Schürzen kippt vom Stuhl auf den Sarafan, und zuletzt stürzt auch der Stuhl um, da sind wir schon nackt, fest gegen die Wand gedrückt, als versuchten wir, durch sie hindurch nach draußen zu verschwinden. Er stammelt etwas wie ein Kind, denn ich küsse ihn und beiße ihn in den Hals, mit der einen Hand drücke ich ihn gegen die Wand, mit der anderen halte ich sein Glied, und da stößt er sich mit dem Rücken von der Wand ab und schubst mich so, dass wir beide quer auf das schmale Bett fallen.

Wir kriechen eng zueinander, denn dieser Kampf ist noch nicht zu Ende. Habe ich in der Sauna über die Schramme geklagt, die jene Frau mir über Rücken und Seite zog? Aber dann, dann …

Ich hatte mir immer vorgestellt, seine Berührung würde leicht und gekonnt sein, denn seine Hände sind so zierlich und schön geformt, aber wie die Berührung wirklich ist, das weiß ich gar nicht mehr, denn zuletzt ist mein Gesicht überströmt von Schweiß und Tränen, ich bin nass von der Stirn bis zu den Knien, halte mich mit einer Hand am Kopfteil des Bettes fest, hämmere mit dem Kopf gegen die Wand und schreie. Er hat die Arme von hinten um mich geschlungen und gräbt mir seine Zähne in die Schulter, sein Bein unter meinem stützt sich an der Wand ab. Wir haben uns ineinander verkrallt vor dem Augenblick des Todes.

Und der Tod ist etwas sehr Leises. Ich liege auf der Seite und sehe auf die Wand, aus einer Balkenritze kriecht ein kleines Insekt hervor. Es hat die Sintflut überlebt. Ich möchte es mit dem Zeigefinger streicheln, denn ich bin so klein, leicht und arm. Vorhin bin ich mit einer Fackel in der Hand und einem unruhig blinkenden Goldhelm durch die Nacht geritten.

Er liegt neben mir auf dem Rücken, auf dieselbe Weise stehen auch bei Leichen die Augenlider ein wenig offen, und die blauen Augen unter den Lidern sind abgewandt, schauen zur Seite. Gibt es keine wogende Bewegung an Brust oder Hals? Sie sind fleckig von roten Quetschungen, und die gepflegten Haare sind endlich einmal durcheinander, denke ich fast schadenfroh.

Er bewegt sich wie im Wasser, schiebt mir langsam und mühsam wie ein Kranker den Arm unter die Schultern und zieht mich an sich. Ich lasse meine Hand auf seinem schlanken, festen Schenkel ruhen, der mit blonden Haaren bewachsen ist. Jaakko Kuisma ist mir ebenbürtig, denke ich. Wir gehören zusammen.

Dann schlafen wir.

»Der Tag hätte natürlich Schneeregen bringen, windig und kalt sein müssen, so sehnsüchtig ist er erwartet worden, und so viele Hoffnungen hat man darauf gesetzt«, sagte Anton Semjonowitsch, während er hinter Homanens Haus die Skier holte. Aber nein, er war genauso wie der vorherige und der diesem vorausgegangene Tag, still, mild und sonnig und bestens geeignet für das Schlüpfen der Nebelsteinfliegen.

Afanassjew hatte es übernommen, den Lappenschlitten zu ziehen, in dem die Fischereigerätschaften verstaut wurden. Er befestigte die Zugdeichseln mit Riemen an seinem Gürtel und sah seine Gefährten an, die mit ihren Skiern beschäftigt waren.

Jaakko Kuisma war ausdruckslos wie immer, mitunter lächelte er knapp und rasch und sagte etwas zu Maria Renfors. Der Mann ist kalt wie ein Fisch, überlegte Anton Semjonowitsch und dachte dann, dass diese Charakteristik für den Fisch vielleicht unangemessen sei. Die regelmäßigen Züge lagen ihm wie eine glatte Maske auf dem Gesicht – aber ein Mann mit der Gabe der Rede! Er hatte die Tischgesellschaft bis tief in die Nacht hinein unterhalten.

Dieses Fräulein aus Kajaani dagegen ... Der Kaufmann schüttelte hilflos den Kopf. Einer Frau sieht man immer an, was passiert ist. Jetzt war nichts mehr zu machen, denn ihr Gesicht glühte wie bei einem Erzengel, der im Bewusstsein seiner Kraft vom Himmel herabgestiegen ist, um die Menschheit zu retten. Anton Semjonowitsch empfand Zärtlichkeit und Mitleid, und er hatte Angst. Irgendwie werden wir hier wohl wieder herauskommen, dachte er und bekreuzigte sich verstohlen. Hätte er in Paanajärvi doch darauf dringen sollen, dass sie zurück nach Westen fuhren?

Aber das wäre unmöglich gewesen, das hatte Anton Semjonowitsch jedes Mal verstanden, wenn er Maria Renfors' Augen betrachtete. Darin glühte ein Licht, das alles zu erleuchten schien, was sie ansah, es war wie ein langer, durchdringender Lichtkegel, und Anton Semjonowitsch wunderte sich, warum er ihr dann nicht die Wahrheit zeigte, so wie sie war, nackt und furchterregend.

Von jenem Tag hat Maria mir nie etwas erzählt, obwohl später im Lauf der Jahre fast alles andere peu à peu zur Sprache kam, was in jenen Wochen geschehen war.

Dennoch sehe ich sie auf ihren Skiern hintereinander den Oulanka-Fluss entlanggleiten. Wenn ich mir je etwas aus dem Leben meiner Schwester in Gedanken ausgemalt habe, dann jenen Ausflug zum Fischen kurz vor Ostern 1892.

Als Erster läuft Jaakko Kuisma, sicherlich barhäuptig, weil es ein warmer Tag ist. Der leichte Frost der vorhergehenden Nacht beflügelt die Bewegung, und Kuisma läuft so, wie die Leute aus Kuusamo es können, mit kräftesparenden, effektvollen Zügen und Stößen. Ein schöner Mann. Schlank, zierlich, wohlproportioniert.

Nach ihm kommt meine Schwester Maria, von stattlichem Wuchs und schwerer gebaut als Kuisma, na, also vierschrötig; ihre Gestalt wirkt neben Kuisma gar nicht vorteilhaft, und sie läuft so kraftvoll, dass sie mit den Spitzen ihrer Skier ständig Kuisma auf den Fersen ist. Ich vermute, dass ihr das Haar trotz des sorgfältigen Frisierens am Morgen schon halb aufgelöst auf dem Rücken hängt, ihre große Nase zerteilt die Luft, und im Stillen beklagt sie, dass sie nicht selbst die Loipe eröffnen kann. Sie hat es eilig, denn die ganze Zeit hat sie auch das gewollt: am Nebelsteinfliegentag unterhalb der Kivakka-Stromschnelle des Oulanka mit der Cholmondeley-Pennell von Hardy fischen.

Jemand, der meine Schwester oder die Fischerei nicht so kennt wie ich, könnte vielleicht sagen, dass der Tag unterhalb der Stromschnelle nur ein Nachspiel dessen ist, was zwischen ihr und Kuisma geschehen war. Ha, eine Zigarre und ein Glas Kognak nach einer guten Mahlzeit!

Doch so kann man die Fischerei niemals von irgendeiner anderen Lebensfunktion trennen. Dann grenzt man sie zu sehr ein, degradiert sie zu einer bloßen Nebensache. Sie ist kein Nachspiel und kein Vorspiel, sie ist keine Draufgabe und kein Zierat, kein Gewürz und auch kein Hauptgericht. Sie passt in keine Schablone. Ist sie doch lediglich ein Weg, Nahrung zu beschaffen, aber ebenso ist sie …

Die Fischerei ist ein reines Spiel, ein kurzer, närrischer Augenblick auf schwankendem Stein, wenn die Gischt die Knöchel umrauscht, und dennoch ebenso wahr wie die Geburt eines Kindes oder der Tod eines Menschen oder ein Liebesakt oder ein Mord oder ein Sündenbekenntnis.

Sie ist, was sie immer war, ist und sein wird – was klingt das doch feierlich. Vor zwei Monaten fragte ich Agnes, ob sie errate, welches meine Lieblingsstelle in der Bibel ist. Agnes lachte kurz auf, es war fast ein Krähen, sie stand auf, ging zu meinem Bücherregal und zog die Bibel heraus. Ein Weilchen blätterte sie darin, rückte ihre Brille zurecht und las dann mit triumphierender Stimme: »Als nun Jesus am Galiläischen Meer entlangging, sah er zwei Brüder, Simon, der Petrus genannt wird, und seinen Bruder Andreas, die warfen die Netze ins Meer; denn sie waren Fischer.«

Dies ist nicht der geringste unter den Gründen, wegen deren ich bis ans Ende meines Lebens mit Agnes Castrén leben möchte.

Danach wird im Text berichtet, wie noch zwei weitere

Fischer hinzugerufen wurden, Jakob und Johannes, die am Ufer desselben Sees ihre Netze flickten. Ich sagte zu Agnes, dass ich mir auch diesen Tag vorstellen könne, einen windigen, sonnendurchglühten, ich sehe, wie die schwarzgelockten, bärtigen Männer etwas verblüfft, aber ohne zu zögern ihre Netze auf den Bootsrand werfen und eilen, dem Fremden zu folgen. Ich glaube, dass sie sich in den schwierigsten, verworrensten Zeiten oft nach ihrem früheren Leben zurücksehnten, nach den Morgen vor Sonnenaufgang am Ufer des Sees Genezareth.

Fischerei zwei Stunden oder neun Tage oder siebzig Jahre lang. Allein oder zusammen mit zehn anderen. Als Fünfjähriger oder im Alter von achtzig Jahren. Als Gleichgewichtskünstler von zwanzig Kilo oder als halbgelähmter Stolperer. In Schottland am Spey-Fluss oder in Kainuu an der Stromschnelle Lentuankoski. An den Catskills in Amerika, an der Stromschnelle Kalkkistenkoski in der finnischen Provinz Häme oder in Roscommon, Irland.

Und immer heißt das Fischerei. Was kann man sonst darüber sagen?

Ich sehe, wie als Letzter, hinter den anderen zurückbleibend und als der Schwerste von allen, Anton Semjonowitsch Afanassjew läuft. Er konnte erst später aufbrechen als die anderen, und er zieht den Schlitten, die schwerste Last. Und das gilt nicht nur für den Proviant und die Fischereigerätschaften dieser drei Menschen.

Wie oft habe ich doch später im Leben gewünscht, ich wäre dem Mann aus Uhtua begegnet, und sei es nur ein einziges Mal und durch Zufall.

Von den vielen hundert Malen, die ich in meinem Leben gefischt habe, stelle ich dieses Mal abseits von den anderen auf die Regale meiner Erinnerung. Ich trete dorthin, als öffnete ich die Tür zu einem Zimmer, das mit schönen, wertvollen Gegenständen ausgestattet ist.

Den anderen werde ich immer nur sagen: Und am nächsten Tag fischten wir dann unten am Stillwasser. Ich weiß, dass Herman mich dann lange ansieht. Ich weiß, wie sehr ihn interessieren würde zu hören, wie es an der Stromschnelle aussieht, wie die Pennell sich bewährt hat, welche Fliegen wir benutzten, wie wir die Forelle bekamen, die Inha fotografiert hat. Aber er wird niemals etwas fragen. So ist mein Bruder Herman.

O bitte, sehen Sie mich an, dort: Ich stehe in der Sonne und binde mir vergeblich die immer wieder losflatternden Haare zusammen. Es gibt kaum Wind, aber das Pochen meines Pulses bringt mich zum Schwingen. Ich erhebe mich zum Firmament wie eine Göttin.

Anton Semjonowitsch mustert mich mehrmals wortlos, so wie später dann Herman. Jaakko Kuisma sieht mich überhaupt nicht an. Aber das kümmert mich nicht, denn ich bin stark in meinem Glauben.

Wir haben unterhalb der Stromschnelle Halt gemacht, wir mussten bis ganz ans Ufer auf Skiern, denn es liegt immer noch verflixt viel Schnee, wie Anton Semjonowitsch sagt. Es ist später Vormittag, und Afanassjew entlädt seinen Schlitten. Dieses letzte Stillwasser ist groß, es ist der Kivakka-Stromschnelle ebenbürtig. Beziehungsweise, die Einheimischen nennen sie nicht Kivakka, sondern Patuna. Später habe ich viele Reisebeschreibungen über diese Stromschnelle gelesen; auch Ilmari Kianto ist dort gewesen, jener Ilmari Calamnius, dessen Zukunft seine Eltern in jenem Winter in Suomussalmi im Pfarrhof Karhulanvaara so sehr beschäftigte.

Er kann eloquenter berichten als ich, wie der weiße Schaum über die seit Urzeiten geschliffenen Felsplatten schießt, wie eine wütende Fontäne hoch aufgischtet und wie das Monster von Flut mit einem Satz in das brodelnde Becken hinunterspringt, in das sich gleichzeitig Hals über Kopf noch eine andere, die kleinere Puvas-Stromschnelle, stürzt, wie um der Hauptbestie trotzig den Weg zu versperren. In matter werdender Umarmung wälzen sich dann beide vom Ort ihres Zusammenstoßes fort und arbeiten sich temporeich mit vereinten Kräften die sanft abfallende, starke Hämeenkoski-Stromschnelle hinab.

Kianto folgt in seiner Erzählung dem an dieser Stromschnelle entlang führenden schönen Pfad zusammen mit der »gesundbrüstigen« Uljana, die »entzückend ist, wenn sie lacht, obwohl sie sonst die recht derbe Erscheinung einer Jungfer ist«, und begibt sich mit dem Mädchen aus Vartiolampi, das ihn rudert, auf eine Bootsfahrt den prächtigen Oulanka-Fluss hinab, wobei er einen Spinner hinter sich her zieht und von einer Zehn-Kilo-Forelle träumt.

Wir drei, Maria, Anton und Jaakko, stehen stattdessen als Gefangene des Spätwinters auf dem Eis des Stillwassers, auf dessen knisterndem östlichem Rand, aber wir sind nicht weniger glücklich als später Kianto. Ich glaube, es gibt Orte, die sind so vollkommen, dass sie aus ihrer Nähe sogar die Vorzeichen der Trauer vertreiben ... So sehe ich immer das letzte Stillwasser der Kivakka-Stromschnelle in der Aprilsonne daliegen.

Es ist genauso ein tiefes, langsam strömendes und einigermaßen windgeschütztes Stillwasser mit weichem Grund, wie es die Nebelsteinfliegen, diese Steinfliegenart mit nebelgrauen Flügeln, und auch die sie als Nahrung begehrenden, auf Sparflamme sich durchschlagenden Forellen anlockt.

Anton Semjonowitsch ist schon einmal hier gewesen, ebenso Jaakko Kuisma. Sie wissen so gut wie ich, dass das Schlüpfen der Wasserinsekten zwischen frostigen Eisschollen ein Wunder ist und dass deren Unberechenbarkeit zu jenen, die Leidenschaften erweckenden Dingen gehört, die die Fischer gleich im Frühjahr mit jener eigenartigen Zwangsvorstellung verbinden, die dann viele Monate andauert – oder eigentlich währt sie das ganze Leben. Sie nennt sich Fliegenfischerei.

Wir sprechen nicht miteinander, denn obwohl der Tag warm und still und ideal für das Kalkül des Fischers und das Schlüpfen der Nebelsteinfliege zu werden verspricht, muss das aus Sicht der Forelle nicht unbedingt so sein. Es ist kurz nach elf, dies ist die einzige Gelegenheit, auf dieser Reise zu fischen, und wir alle drei tun so, als wären wir ruhig.

Anton Semjonowitsch holt aus dem Schlitten die Beutel mit unseren Seidenschnüren, unsere Vorfächer und die Schnurtrockner, denn wir nehmen an, dass wir die Schnüre später im warmen Sonnenschein trocknen können, wenn wir die Reserveschnüre benutzen. Die Fliegenetuis kommen aus ihren Verstecken gepurzelt, sie gleiten achtlos auf die glatte Schneefläche, die der Nachtfrost mit seinem mondschimmernden Lappen poliert hat, und wir machen uns über unsere Ruten her wie die Säufer über die Flasche. Wir setzen sie sofort zusammen, obwohl wir wahrscheinlich noch bis zum Nachmittag warten müssen.

Homanens Frauen haben uns Teezubehör, auch einen Samowar, eingepackt, gefüllte kleine Brote und als unbegreifliches Zugeständnis Kringel. Auf den Proviant werfen wir kaum einen Blick, obwohl wir wissen, wie gut er uns später schmecken wird.

Ich werfe den Pelz als Bedeckung über die Proviantbündel und sehe mir an, was Jaakko Kuisma und Anton Semjonowitsch tun. Das habe ich auch früher schon bei Ausflügen zum Fischen erlebt: Ich bin die einzige Frau in der Gesellschaft. Und bin doch keine Frau. Ich habe oft versucht, Herman dieses Gefühl zu erklären, dass es irgendwo einen Punkt gibt, wo das Geschlecht seine Bedeutung verliert, aber nicht so, dass wir körperlos würden, nein, es ist viel wonniger und erstaunlicher: dass ich mir so vollkommen meiner selbst bewusst bin und dessen, was ich bin, und dass ich andererseits nahtlos mit den anderen verschmelze, die von ganz anderer Art sind.

Herman sieht mich dann immer mit blanken Augen an und nickt. Er versteht, denn er hat dasselbe erlebt, aber er versucht gar nicht erst, das mit einer solchen Flut von Worten zu erklären wie ich.

Wir von der Familie Renfors haben die Nebelsteinfliege von klein auf unter dem Namen *Potnapekka* gckannt. Anderswo in Finnland wird sie liebevoll *Koskisonni*, Stromschnellentier, oder *Putunpekka* genannt. Ihre Larven entwickeln sich den Herbst und den Winter über im Kalten, und es zieht sie in langsame Strömung, sogar in stehendes Wasser. Zum Schlüpfen kriechen die Larven dann auf festen Grund, ans Ufer, auf den Rand des Eises, auf Schilfrohr, das aus dem Wasser ragt. Ein Teil kriecht klamm bis zum Waldrand. Es ist faszinierend, die hundertköpfige krabbelnde Insektenarmee zu beobachten, wenn sie einem unbewaffnet auf dem Uferpfad entgegengekrochen kommt, und die Larvenhäute zieren den Schnee von der Uferlinie bis ins Inland.

Den Augenblick des Schlüpfens habe ich selten, kaum jemals an einem kalten und windigen Tag erlebt. Deswegen beben wir jetzt hier vor schlecht verhohlener Leidenschaft. Die Sonne wärmt immer mehr, einige Larven, die zum Schlüpfen kriechen, trippeln über den Schnee, sollte das der Beginn von etwas sein …

»Ein leichter Windhauch ist aufgekommen, das ist eine feine Sache«, murmelt Anton Semjonowitsch. Er öffnet sein Fliegenetui und prüft es nachdenklich. Es ist, als hätte der Leiter eines Marionettentheaters an den Fäden gezogen, denn auch Jaakko Kuisma und ich beugen uns sogleich über unsere Etuis. Von diesem Augenblick haben Anton Semjonowitsch und ich auf der Reise so oft geschwärmt, dass wir uns in freundschaftlichem Streit auch über die Fliegen geeinigt haben. Zuerst würden wir March Brown, February Red, Partridge & Orange, Black Palmer und Red Palmer einsetzen.

Ich habe die Vorfächer für uns in Hinblick auf das tiefe und klare Stillwasser schon geknüpft. Das Wasser ist hier klarer als im Kajaanifluss, es ist wie eisiger Spiritus. Ich hatte gesehen, dass die beiden Männer Vorfächer aus Rosshaar hatten, und sagte, die aus Seide sollen jetzt ein Geschenk von Herman sein. Anton Semjonowitsch und ich befestigten die Fliegen an einem Paternostervorfach mit drei Springern, ich habe zuoberst eine Red Palmer, er eine Black Palmer. Jaakko Kuisma sieht uns mit seinem kalten Blick an und bindet an sein Vorfach eine Silver Grey. Auch das ist keine schlechte Wahl, wenn man an das eisige Stillwasser denkt. Wer mag die Fliege wohl gebunden haben? Sie ist nicht vollkommen, sie ist zu mager, aber doch ganz brauchbar.

Die Sonne hat mir ihre warme Hand auf den Nacken gelegt, und ich lächle einfältig, kriege das Lächeln einfach nicht vom Gesicht gewischt. Der Nachmittag ist angebrochen, und mir ist heiß in meinem kurzen Schafpelz, aber ich bemerke gar nicht, dass ich ihn zu Boden werfe, denn ich starre unablässig auf das Stillwasser: Jetzt geschieht das, was wir uns die ganze Zeit gewünscht haben. Immer mehr Nebelsteinfliegen erscheinen. Von den Rändern der Steine und des Eises und von den Schachtelhalmen weht es in Wolken frisch geschlüpfte helle Steinfliegen auf die Haut des Wassers, und die ans Ufer gestiegenen Larven beginnen ihren zielbewussten Marsch zum Waldrand, ihrem Lieblingsplatz.

So als finge die stumme Natur plötzlich an zu rumoren, zu sprechen und zu singen. Jetzt brauchen wir nur noch die Solisten des gewaltigen Chores, die Forellen.

Gleich nach unserer Ankunft beim Stillwasser sagte ich Afanassjew und Kuisma, ich wolle an die schwierigste Stelle gehen, auf den langen, schmalen Eisausläufer, der aus der südöstlichen Ecke des Stillwassers herausragt. Ich sagte, er werde kaum ein schweres Gewicht tragen, egal, ob darunter nun ein Sandhügel oder nur Wasser war, und dass, wenn Kuisma auch leichter sei als ich, ich es dennoch ausprobieren möchte, denn mit der Pennell könne man wahrscheinlich weiter werfen als mit den Greenheart-Ruten. Damit fanden sich die Männer ab.

Anton Semjonowitsch bleibt in der Nähe des Schlittens. Er erklärt, er wolle sich auf den vereisten Steinen tummeln, die aus dem Uferwasser ragen, und später den Teemeister geben. Kuisma geht stromabwärts nach Süden zum Waldrand, wo es kaum Raum für den Rückschwung gibt.

So ist die Bühne fertig. Der leichte Windhauch verstärkt sich für Augenblicke zu Böen, und ständig werden gerade geschlüpfte Steinfliegen in immer größerer Zahl ins Wasser geweht. Das Schlüpfen der Steinfliege ist eine äußerst mühsame Sache – sie wirft nicht einfach den Mantel von den Schultern so wie ich vorhin, sondern windet sich mühsam in ihre neue Daseinsform, und bei vielen werden dabei die Flügel beschädigt.

Und jetzt, jetzt betreten die Starsolisten die Bühne! Gierige Augen haben, den Blicken verborgen, im Wasser die Unglücklichen verfolgt, die sich beim Schlüpfen verletzt haben oder ihre Flügel noch nicht entfalten konnten oder es nicht schaffen, sich in die Luft zu schwingen. Das Interesse der Forellen ist erwacht, und an der Oberfläche des Stillwassers beginnen sich Steigringe auszubreiten. Die Fische sind vom See dorthin gekommen, um in dem erwärmten Wasser zu speisen und sich das große Wunder des Frühlings anzusehen.

»Wie in aller Welt ist das alles endlich einmal fast auf die Minute genau so gegangen, wie wir es gehofft und kalkuliert haben«, wundert sich Anton Semjonowitsch später beim Teetrinken. Niemand von uns hat jemals zuvor ein so reichliches Schlüpfen erlebt.

Das Nebelsteinfliegenfischen ist nicht besonders schwierig, aber es erfordert Präzision und Geduld. So sehen wir jetzt, wie auch die blinkenden Fische im kalten Wasser langsam und empörend ruhig sind. Steinfliegen und Steigringe treten in Phasen auf, die manchmal nur ein paar Minuten dauern, und dann ist es das Sicherste, man nutzt die Zeit zum Beobachten und konzentriert sich darauf, den sich zeigenden Fischen eine Fliege anzubieten.

Von der schmalen Eiszunge aus ist das Fischen gar nicht so leicht – ich überlege kurz, ob ich die Stelle nur ausgewählt habe, um etwas zu beweisen. Man steht dort unsicher, und in dem großen Stillwasser muss man ziemlich weit werfen, und jetzt, wo die Fische wählerisch von der Oberfläche fressen, auch präzise. Mit der 14-Fuß-Rute komme ich hier wunderbar zurecht, im Grunde würde auch eine kürzere genügen, auch wenn man die Wurfdistanz nicht verkürzen kann, indem man ins eisige Wasser watet.

Ich werfe ruhig ein wenig flussaufwärts von der Steigringstelle, hole die Fliegenschnur ein, der oberste Springer dümpelt im Wasser, tanzt ein wenig auf der Stelle, die beiden unteren kommen versteckt unter der Oberfläche hervor – sie sollen Nebelsteinfliegen imitieren, die gerade schlüpfen. Aus dem Augenwinkel sehe ich, dass etwas entfernt auch eine Wasseramsel knickst, die gleichfalls auf Fische lauert, wir beide haben jetzt einen gleich stechend scharfen Blick, aber das Herz des Vogels klopft kaum so laut wie meins, denn ich sehe, wie der Rücken einer großen Forelle sich langsam rollend an der Oberfläche wendet.

Der Fisch nimmt die Fliege ruhig ins Maul, so als hätte er gerade auf sie gewartet, sie sorgfältig unter allen lebenden, zappelnden Steinfliegen ausgewählt. Mein Anhieb ist ebenso ruhig, denn unter diesen Umständen kann es leicht geschehen, dass der Fischer die Fliege aus dem Rachen des Fisches herauszieht.

Eine Kämpfernatur ist diese Forelle nicht, obwohl sie von ansehnlicher Größe ist, aber erst, als ich sie zu meiner Eiszunge gespult und sie im Kescher habe, wage ich es, mich zu freuen: Ich habe beim dritten Wurf meine erste Forelle dieses Frühjahrs bekommen. Obendrein ist sie schön und stramm und wiegt über vier Pfund, ist also nicht vom Winter erschöpft und ausgemergelt!

In demselben Augenblick, da ich die Forelle totschlage, erhebt sich die Wasseramsel in die Lüfte. Vielleicht wollte sie nur diesen Moment bezeugen: Maria Renfors am Stillwasser der Kivakka-Stromschnelle, glücklich in der Sonne fischend.

Die Forelle ist sehr hell, und ihre schwarzen Tüpfel sehen so aus, als hätte der Schöpfer sie erst gestern mit seinem in dunkle Farbe getunkten Mittelfinger sanft der Fischhaut aufgedrückt. Ich nehme mein kleines, für die Hausherrin gefertigtes Finnenmesser, das ich immer am Gürtel trage, und öffne den Fisch. Er hat im Magen einige Kleine Maränen und einen Stint. Er hatte genug Nahrung gefunden!

Ich nehme den Fisch aus und richte mich auf. Das Schlüpfen der Steinfliegen hat aufgehört, jedenfalls für dieses Mal, und nach vereinzelten Steigringen senkt sich Stille über das Wasser. Der Fliegenzug mit drei Springern hat sich bewährt – ich winke Anton Semjonowitsch, der als Antwort begeistert mit beiden Händen gestikuliert wie ein Schiffbrüchiger, der nach einem Jahr das erste Schiff sieht.

Als Nächstes will ich eine Trockenfliege ausprobieren, von der wir vor zwei Jahren erfahren haben. Die soll jetzt meine Geheimwaffe, das Verderben der Fische sein. Ja, später waren alle von der »Trockenfliege« begeistert ... Aber in diesem Frühjahr habe ich damit etwas, wovon die anderen kaum etwas gehört haben.

Jaakko Kuisma wirft weiterhin, obwohl keine Steigringe mehr zu sehen sind. Vielleicht trainiert er nur seine den Winter über steif gewordene Wurfhand. Sein Stil ist schön und langsam genug, er ist völlig konzentriert, aber mich stört daran eine gewisse Leblosigkeit. So als wäre er teilweise doch irgendwo anders. Ich sehe, wie er ein ums andere Mal die Fliege zu früh herauszieht, er lässt sie nicht weit genug am Fisch vorbeitreiben, bevor er einen neuen Versuch macht, aber davon werde ich ihm nichts sagen.

Und ich werde auch zu Anton Semjonowitsch nichts sagen! Sein Stil zu fischen ist, gelinde gesagt, originell: Fliege, Vorfach, Schnur und Rute nehmen einen irgendwie haltlosen Weg, so als steckte in seinem Arm ein von ihm unabhängiger, unbeherrschbarer Wille, der bei jedem Wurf sein Verhalten neu beschließt. Aber er hat offenbar schon vor mir einen Fisch bekommen – und er hat ja schon in Paanajärvi gelacht, dass es auf die Schönheit des Wurfs nicht ankomme, wenn man nur die Fliege ungefähr dahin bekommt, wo man sie haben will. Das, was ich auf dieser Reise in den Weißmeer-Kareliern gesehen habe, gilt also auch für die Fliegenfischerei.

An einem solchen Tag kann die Stille zwischen den Schlüpfphasen lange dauern. Dann bin ich eine Meisterin darin, in Gedanken zu versinken – ich kenne keine andere Beschäftigung, wo das Zeitgefühl ebenso verschwindet wie beim Fischen. Es gibt keine Zeit mehr, es gibt nur das strömende Wasser, dasselbe und doch jeden Augenblick ein anderes … Die weisen Griechen sagten, der Mensch steige niemals in denselben Fluss. Ebenso verändere auch ich mich ständig. Über solche Dinge denke ich oft mit der Rute in der Hand nach. Die Männer glauben, ich denke ständig darüber nach, wie man die klassischen englischen Forellenfliegen für die Stromschnellen in Kainuu abwandeln könnte!

Jetzt kommt es mir so vor, als sei nicht viel Zeit vergangen, als eine neue Welle schlüpfender Insekten sich ins Wasser stürzt. Steigringe zeigen sich auch direkt am Rand der eisfreien Fläche, weniger als einen Meter von der funkelnden Klinge des dünnsten Eises entfernt. Beharrlich biete ich den Fischen meine Fliege an, aber sie sind nicht daran interessiert. Na, ich habe also auch das ausprobiert …

Als die Steigringphase endet und immer noch Steinfliegen schlüpfen, bin ich auf meinem glatten Standort schon so selbstsicher, dass ich für einen Augenblick den Halt verliere und tief ins eisige Wasser trete. Mit Müh und Not bekomme ich den rechten Fuß auf die Eiszunge, bevor ich womöglich ganz vom Eisrand abrutsche.

Aus Erfahrung weiß ich, dass jetzt die Zeit gekommen ist, eine Pause zu machen und einen neuen Standplatz zu suchen. Ich habe nie die Fischer verstanden, die Stunde um Stunde, ohne sich zu rühren, auf derselben Stelle stehen, denn die Aufmerksamkeit des Menschen lässt nach und stumpft unausweichlich ab. »Tritt nur einen halben Meter in eine andere Richtung, und du siehst alles klarer«, sagte Herman einmal an der Ämmäkoski-Stromschnelle zu mir, als wir noch sehr jung waren.

Ich gehe jetzt weiter, bis zum Schlitten, wo Strümpfe zum Wechseln und trockene, gut gefettete Reservestiefel warten. Anton Semjonowitsch hat ein Lagerfeuer gemacht, mit mitgebrachter Kohle den Samowar geheizt, als Polsterung Nadelzweige abgebrochen und Schaffelle darüber gebreitet. Was hat Karelien an ihm doch für eine Bäuerin verloren … Aber er hat auch zwei Forellen an einen Ast gehängt – der Wurfstil ist also wirklich nicht der Schlüssel zu allem!

Mit den Pelzen über der Schulter haben wir schon ein Weilchen dagesessen, als Jaakko Kuisma mit leeren Händen kommt. Die Rute hat er wohl an seinem Standplatz zurückgelassen. Was hat er nur für kalte und ausdruckslose Augen, wundere ich mich wieder. Sein verhangener Blick verrät nichts, keine Freude über diesen wunderbaren Tag, keine Enttäuschung über die nicht vorhandene Fischbeute. »Ich habe die Silver Grey ziemlich bald weggelegt und es mit mehreren anderen versucht«, sagt er kurz und bündig. »Aber das hat alles nichts genützt.«

»Auch bei mir war es schwierig«, beeile ich mich hastig zu sagen. Tut es mir wirklich leid, dass ich einen Fisch bekommen habe und er nicht?

Jaakko Kuisma fängt an, Afanassjew lebhaft eine lange Geschichte zu erzählen, wie er vor einigen Jahren an einem kalten und schneeregnerischen Nebelsteinfliegentag am Kitka fischte, wie es da ebenso viele Steigringe gab wie heute und die Beute reichlich war. Er redet und redet und sieht mich kein einziges Mal an, so als wäre er mit Anton Semjonowitsch allein. Gedankenverloren schüre ich mit einem trockenen Ast das Feuer. Das Teeglas in meiner Hand wird kalt.

Als er seine Geschichte zu Ende erzählt hat, dreht Kuisma sich plötzlich um und berührt vertraulich mein Knie, so als erinnerte er sich plötzlich, dass ich auch noch da bin. Er schaut mir in die Augen und lächelt. Ich bin erleichtert und hasse mich selbst dafür.

Anton Semjonowitsch wage ich nicht mehr anzusehen, denn ich bin sicher, dass er ein Gedankenleser ist oder zumindest meine Gedanken lesen kann. Ich hatte mir immer eingebildet, dass abgesehen von meinem Bruder nur hässliche Männer scharfsinnig und aufgeweckt sind.

Wir wickeln unsere Schnüre auf Schnurtrockner, aber zuerst zieht Kuisma sie durch Sämischleder, um das Trocknen zu beschleunigen. Afanassjew und ich befestigen an unseren Ruten andere Rollen, Kuisma wiederum bindet an seine alte Rolle eine Reserveschnur. Mit zwei Schnüren kommt man an so einem relativ kurzen Tag sehr gut aus.

Wie lustig die Seidenschnur in den Rutenringen sirrt! Ich finde, das ist eines der schönsten Geräusche, die es gibt. Einmal, als ich an Hermans Arbeitszimmer vorbeiging, hörte ich, wie er schwärmerisch zu einem Gesprächspartner sagte: »… diese Musik soll mir noch auf dem Sterbebett in den Ohren klingen …« Ich musste lachen, die Herren hatten vielleicht ein oder zwei Grog getrunken, und mein lieber Bruder hatte sich inspirieren lassen, einen unbekannten Dichter zu zitieren.

Und dann singen auch unsere Rollen: Ich bekomme noch eine Forelle mit der Silver Doctor ganz im Südzipfel des Stillwassers, in der Nähe des Eisrandes, und auch Kuisma fängt schließlich etwas weiter weg eine mit seiner Silver Grey. Es ist keine besonders spannende, Anstrengung erfordernde Fischerei, aber wir sind sehr guter Dinge …

Der Nachmittag ist schon weit fortgeschritten, und die Sonne hat sich in die Achselhöhle des Berges Kivakkatunturi begeben. Die Vorfächer erstarren zu Eis, die Seidenschnüre werden steif, und unsere Finger sind so klamm, dass es uns nicht mehr gelingt, die Fliegen zu wechseln. Es ist Zeit, Schluss zu machen. Ich sehe, wie ein Steinadler hoch droben über dem Berg auf der Stelle schwebt, und die Sonnenstrahlen vergolden ihn zu einem Himmelsvogel. Zum letzten Mal auf dieser Reise empfinde ich reine, ungetrübte Freude.

Kuisma hält seine Rute locker waagerecht in der Hand und sieht mich an, ohne sich zu rühren. Ich kann von seinem Gesicht nichts ablesen, obwohl ich es auch aus der Distanz deutlich sehe. Seine Haltung und seine Pose dagegen drücken etwas aus – so als flehte oder bäte er um etwas?

In Worte kleidet er das nie. Nur die Ereignisse werden in der Folge vor mir ausgebreitet wie ein schwerverständliches Buch, das ich in meiner Angst entziffern muss, so als läse ich es in einem halbdunklen Raum, im Licht einer kurz vor dem Erlöschen flackernden Kerze.

Im Haus des reichen Homanen gingen unter dem aufkommen Wind allmählich die Lichter aus. Es war die Zeit des Tages, an die Maria sich immer gern erinnerte: Als ihre Mutter und ihre Großmutter noch lebten, verbrachten sie gemeinsam das *Dunkelmunkeln,* die Zeit zwischen Tageslicht und Finsternis, bevor die Dämmerung so dicht wird, dass man das Licht anzünden muss.

Das Dunkelmunkeln war magisch – dann saßen zwei Frauen und ein kleines Mädchen wortlos da oder hatten sich, in Gedanken versunken, lang ausgestreckt. Die Uhr an der Wand tickte gleichmäßig. Manchmal fiel im Zimmer hier und da ein einzelner Satz, aber eigentlich ging es darum, zu schweigen, zu ruhen und zu warten, dass das Dunkel tief genug wurde. Dann stand schließlich jemand auf und zündete Lampen und Kerzen an. In der Dämmerung für sich und doch zusammen, ich glaubte, für immer und ewig zusammen, dachte Maria, während sie den von Wasser und Schnee nassen Rock auszog und sich auf den Rand des schmalen Betts in der Kammer setzte. Und jetzt bin nur noch ich übrig …

Die Rückkehr vom Stillwasser hatte Kraft gekostet, obgleich der Weg kurz war. Der warme Tag hatte die Schneedecke nass werden lassen, und jeder der drei war auf der mühsamen Tour den Kivakka hinauf einmal bis zum Bauch in einer nachgebenden Scheewehe versunken.

Ein Kameradschaftsgefühl ist zwischen uns dreien nicht entstanden, abgesehen von dem kurzen Mittagsmahl am Feuer, wunderte sich Maria. Wir haben Fische gefangen, der Tag ließ wirklich nichts zu wünschen übrig, und doch war irgendwo ein großes Loch.

Noch deutlicher als am Abend zuvor hatte sie bemerkt, wie reserviert Anton Semjonowitsch sich Jaakko Kuisma gegenüber benahm, obgleich er versuchte, das durch künstliche Ausbrüche von Fröhlichkeit zu verdecken. Kuisma wiederum scherte sich anscheinend nicht sonderlich um die Stimmungslage seiner beiden Gefährten. Mal war er völlig in seine Fischerei vertieft und dann geschäftig und wortkarg, dann wieder für einen Moment ein sprühend witziger Gesellschafter. Es war, als hätte es die vergangene Nacht gar nicht gegeben – sollte er nun doch schüchtern sein, überlegte Maria.

Ausflüge zum Fischen verliefen durchaus nicht immer paradiesisch. Hatte sie doch schon so manches Mal in zerstrittener Gesellschaft gefischt. Im Gespräch mit Herman erinnerte Maria sich oft an die beiden Adligen, einen Engländer und einen Schotten, die sich gegen Ende des Tages an der Niskakoski-Stromschnelle fast zu Handgreiflichkeiten hatten hinreißen lassen, weil sie in allem unterschiedlicher Auffassung waren, angefangen von der Wahl des Hakens bis hin zur Politik Großbritanniens in Schottland.

»I dare say, oh I dare indeed«, hatte der zarte Engländer ein wenig gelispelt, wenn er sich aufregte, und der rotgesichtige, untersetzte Schotte hatte ihn angestarrt und nachgeäfft: »You do, don't you? Why don't you have a try!«

Schließlich war der erzürnte Engländer in sein Zelt gegangen und hatte sich geweigert, herauszukommen. Nur sein Flachmann war klirrend gegen den Rand des Silberkorkens gestoßen. »Von jetzt an hat das Wort *Lachslord* für mich eine ganz eigene Bedeutung«, hatte Maria zu Hause geprustet.

Doch hier war es um etwas anderes gegangen. Es war, als schmerzte irgendwo ständig ein kranker Zahn, gar nicht einmal heftig, aber mit jenem abscheulichen feinen Pochen, das man im Hintergrund ständig als störend wahrnimmt, auch dann, wenn man meint, den Schmerz vergessen zu haben.

Auf dem Rückweg hatte der Wind gedreht, von Nordosten hatte sich ein graublauer Schleier verdichtet, zunächst die schräg herabgefallene Sonne ertränkt und dann den ganzen Himmel in Besitz genommen. »Zum Abend kommt Sturm auf«, hatte Anton Semjonowitsch gesagt. »Wir Glückspilze …«

Die Forellen – obwohl Winterfische, dennoch wohlgenährt; sie hatten nicht im Fluss überwintert, sondern sich unten im See gemästet – waren Homanens Frau übergeben worden, die sie, flüssig ihren Dank hervorsprudelnd, entgegennahm. Eine Fastenspeise! Die Leute verstanden sehr wohl, dass dies besondere Fische waren und dass die große, dunkle Frau eine geschickte Fischerin war, noch besser als Anton Semjonowitsch und der finnische Mann.

Inha hatte unter großen Anstrengungen seine Fotoausrüstung auf einem Wasserschlitten zu dem Stillwasser gezogen und geschoben. »Sehen Sie, mir wurde klar, dass ich von Ihnen überhaupt kein … und auch nicht von Anton Semjonowitsch …«, hatte er errötend und stotternd erklärt.

Viel später, etliche Jahre danach, kam das Foto, das Inha an der Kivakka-Stromschnelle gemacht hatte, zu den Renfors' in die Brahestraße. Ihm beigefügt hatte I. K. Inha mit seiner schönen Handschrift einen Gruß: Er hatte im Sommer 1894 eine große Rundreise durch Weißmeer-Karelien gemacht und all das fotografieren können, wovon er zwei Jahre zuvor geschwärmt und was er geplant hatte. Er dankte Maria Renfors für die »inspirierende« Gesellschaft auf der ersten Reise. Jetzt entstand aus den Bildern und seiner Reisebeschreibung ein Buch mit dem Titel »Von den Liederfluren des Kalevala«. Das werde er der Familie des Konsuls schicken, sobald es erschienen war.

Auf dem Foto stehen Afanassjew, Kuisma und Maria in der Frühlingssonne, die Haare vom Wind zerzaust. Jeder lässt eine Lachsforelle von vier bis fünf Pfund aus der Hand herabhängen, Maria hält ihre Pennell senkrecht, und Kuismas und Afanassjews Greenheart-Ruten sind gekreuzt. Sie sehen aus, als wollten sie einen Fechtkampf beginnen.

Links blickt Maria, schräg von unten lächelnd, in die Kamera, und gerade in dem Moment, da der Auslöser klickt, fliegt ihr eine dunkle Haarsträhne ins Gesicht. Neben Maria lacht breit, die Augen schmale Striche, Anton Semjonowitsch; sein gutes Gesicht strahlt vor Freude über den Tag und den Augenblick.

Später erinnerte sich Maria, wie er ihr den Arm um die Schultern gelegt hatte, während Inha seine Kamera einstellte, wie er sie kräftig gedrückt und gesagt hatte: »Fräulein Renfors, hätte ich Sie doch vor meiner strengen Okahvi kennengelernt!«

Am rechten Rand ist Jaakko Kuismas abgewandtes, schönes Profil zu sehen. Er steht ein wenig abseits von seinen beiden Gefährten und starrt ernst auf irgendetwas außerhalb des Bildes, tief in Gedanken versunken. Da wusste er es schon.

Ich bin viel erschöpfter als sonst, wenn ich von Morgen bis Abend gefischt habe. Ist es so, wenn man zwischen zwei Männern steht, die einem beide lieb und teuer sind, aber auf unterschiedliche Art?

Das Bett in der Kammer ist einladend, aber ich möchte nicht einschlafen, ich will jede Minute, die noch übrig ist, wach erleben. Ich habe in meinem Leben so viel Zeit vertan. Ich muss Afanassjew fragen, was er eigentlich gemeint hat …

Ich liebe Jaakko Kuisma. Ich liebe ihn mit jedem Atemzug. Mein Herz presst Blut in die Adern nur, damit ich lange genug lebe, um ihn wiederzusehen. Ich wäre bereit, sofort in den Vorraum hinauszustürzen und an jede geschlossene Tür dieses geheimnisvollen Hauses zu trommeln und zu schreien: Hört her, hör auch du da her! Ich liebe Jaakko Kuisma!

Ich versuche mir vorzustellen, wie unser Leben sich jetzt verändert. Was wird Herman denken?

Tatsächlich erhebt sich ein Sturm, so wie Anton Semjonowitsch es vorausgesagt hat. Das Geräusch, das er verursacht, ist irgendwie grauenerregend – ein ebensolches Gefühl hatte ich im Haus des Landhändlers Ervasti, als er die Fahrt nach Paanajärvi und Vartiolampi vorschlug. So als klopfte der an den Wänden rüttelnde Wind den Menschen im Haus eine Botschaft, die man verstehen würde, wenn man den Schlüssel zu der Geheimsprache enträtseln könnte.

Aber in Ervastis Haus hat sie sich jedenfalls nicht erschlossen – ach, mit welcher Leichtigkeit machte ich mich doch mit Inha als Zweigespann auf die Reise und zog auch noch Anton Semjonowitsch mit. Seit Februar ist mehr mit mir geschehen als früher in zehn Jahren.

Auch dieses Frühjahr hätte ich Bürger aus Kajaani, den Marktplatz, Straßen und Stromschnellen fotografiert, Wetterbeobachtungen gemacht, meine Schichten in der Bibliothek abgesessen und die Kinder in der Schule den ausgestopften Habichtskauz abzeichnen lassen. Von Jaakko Kuismas Bild hätte ich mir einen eigenen Abzug gemacht, den ich unter dem Fliegenbindezubehör versteckt hätte, und abends beim Binden hätte ich es verstohlen hervorgeholt, angeschaut und mich gewundert ... Und dann hätte ich an Erik geschrieben, meine Schüchternheit bitter bereut und zugehört, wie Anna mit ihrem Tafelklavier ringt. Wahrlich, der Mensch hat die Freiheit zu wählen, wie der Mann aus Uhtua sagt.

Ich darf nicht vergessen, Herman zu erzählen, dass die Pennell eine großartige Rute ist, selten funktionieren die auseinandernehmbaren so gut. Nicht ausgeschlossen, dass Hardy sich in der Rutenherstellung als Allcock überlegen erweist, obwohl Allcocks Vorsprung ...

Gleich kommt er. Ich weiß, dass er sich schon irgendwo in meine Richtung bewegt.

Lang, unbeweglich, wie die Statue einer vor Zeiten verstorbenen Königin auf dem Grabsarkophag lag Maria ausgestreckt auf ihrem Bett. Sie hatte sich mit einem Schal zugedeckt und die Hände auf der Brust gekreuzt. Aber als ein

Grab empfand sie das Bett nicht mehr. Jetzt war es voller Erinnerungen, Bewegungen, Gerüche, Berührungen – es war voller Bedeutung.

Gleich kommt er. Maria schloss genießerisch die Augen. Der Wind nahm immer noch zu, das Blockhaus stöhnte unter seiner Kraft, und er erstickte alle anderen Geräusche.

Als sie dann erwachte, war es schon ganz dunkel. Das ewige Lämpchen vor der Ikone leuchtete als einziger Lichtfleck, und Maria hatte keinerlei Vorstellung, welche Abendstunde es sein mochte. War schon Nacht, hatte sie stundenlang geschlafen? Ihr Schlaf war sehr tief gewesen, von der Art, aus dem der Schläfer nur langsam und bedrückt auftaucht. So ist vermutlich einem Menschen zumute, der von den Pforten des Todes ins Leben zurückkehren muss, dachte Maria.

Jemand war in ihrem Zimmer gewesen und hatte eine dickere Decke über sie gebreitet. Der Sturm draußen war noch heftiger geworden, er ließ das Haus erzittern, als hätte er endgültig beschlossen, es zu zerstören. Maria richtete sich auf, setzte sich auf den Bettrand und zündete tastend die Kerze an. In deren Licht sah sie ihre kleine, um den Hals zu tragende Uhr auf dem Tisch: schon elf! Sie hatte, ohne sich zu rühren, fast fünf Stunden geschlafen.

Ihr knurrte der Magen, sie hatte seit dem frühen Nachmittag nichts gegessen. Die Hausbewohner waren sicherlich schon schlafen gegangen, aber vielleicht hatten ja die gastfreundlichen Frauen etwas auf dem Tisch in der Stube bereitgestellt …

Der Rock war auf der Stuhllehne getrocknet, Maria zog ihn an und ging in ihren dicken Strümpfen leise in den Flur. Am Fußboden standen zwei Samoware für den nächsten Tag bereit, und neben den Samowaren schliefen, eng ineinander verschlungen, menschliche Gestalten, Gesinde des

Hauses. Maria schlich vorsichtig durch den Raum, um die Schläfer nicht zu wecken, und streckte die Hand aus, um die Stubentür zu öffnen. Leicht knarrend ging sie auf.

Die Stube war fast ebenso dunkel, aber ein klug Vorausschauender hatte zwei Ölfunzeln stehen lassen, um den langen Tisch und zwei mit einem Tuch bedeckte Schüsseln zu beleuchten. Unter den Tüchern wurden mit Kartoffeln und Rüben gefüllte Brote sichtbar, die vom Abendessen übrig geblieben waren, und Maria setzte sich mit der Fischschüssel auf dem Schoß in den Schatten des warmen Ofens. Der schwere Schlaf bedrückte immer noch ihren Körper. Sie lehnte den Kopf gegen den weiß verputzten Ofen und horchte auf den Sturm. Ob wohl Fräulein Komulainen solche Piroggen würde backen können, wenn ich nach dem Rezept frage? Und wo ist Ohta, den hat man wohl nicht ins Haus gelassen …

Ihre sprunghaften Gedankengänge wurden von einem Geräusch unterbrochen: Auf der anderen Seite des Ofens ging die Tür des Hinterzimmers. Maria, die gerade ein Stückchen von einem gefüllten Brot abgebissen hatte, versuchte, das sehr leise zu kauen, damit ihre Kiefer keinerlei Geräusch verursachten. Sie fühlte sich verlegen wie ein Kind, das ohne Erlaubnis in der Speisekammer erwischt wird.

In die Stube trat die Witwe von Homanens verstorbenem Sohn, deren Namen Maria jetzt kannte: Die Frau, die ihr den Kratzer beigebracht hatte, hieß Uljana. Immerhin nicht Katti, dachte Maria und sah zu, wie die kleine Frau in ihrer flinken Art vor die Ikone des Allmächtigen trat, sich dreimal bekreuzigte und tief verneigte. Ihre Kopfbedeckung hatte sie anscheinend irgendwo verloren, und die halbgelösten Haare hingen ihr wirr durcheinander auf den Rücken herab. Die Füße waren nackt, das langärmelige Hemd hing irgendwie schief zwischen den Trägern ihres Rocks.

Ich habe danach andere Schrammen von jemand anders bekommen, an die ich mich lieber erinnere, dachte Maria boshaft. Vielleicht war die Frau irgendwie durchgedreht, verrückt, weil sie schon jung ihren Mann verloren hat und jetzt kinderlos im Haushalt des Schwiegervaters schuften muss?

Uljana trat zum Tisch, um nun ihrerseits in die Schüssel zu gucken. Sie nahm ein kleines, mit Kartoffeln gefülltes Brot in die Hand, drehte sich um und wollte es gerade ganz in den Mund schieben, als sie die fremde Frau bemerkte. Sehr langsam, wie mit allem Bedacht, legte sie die Pirogge zurück auf den Tisch und starrte Maria unter ihren wirren Haaren hervor an. Sie verzog keine Miene, und ihre früher vor Hass sprühenden Augen waren irgendwie erloschen. Es war, als weilte sie irgendwo anders.

Die ist verrückt, verrückt, dachte Maria noch, als die Frau zu erwachen schien und in ihre Augen der frühere gehässige Blick zurückkehrte. Sollte ich die da fürchten, obwohl sie so klein und zart ist?

Kaum hatte dieser Gedanke sich formiert, da machte Uljana eine merkwürdige Gebärde: Sie berührte mit der Hand ihren Rock, den Schoß zwischen ihren Beinen, hob dann den Mittelfinger an den Mund und streichelte langsam und zärtlich ihre halboffenen Lippen, dabei starrte sie Maria fest an. Ihr Lächeln war unverschämt, wissend und spöttisch, ja, wahrhaft spöttisch.

Dann warf sie den Kopf zurück, sodass auch die restlichen Haare aufgingen und ihr wie ein schwarzer Mantel über den Rücken fielen, drehte sich rasch um und ging durch die Stubentür hinaus auf den Flur.

Maria war der Hunger vergangen. Angestrengt stand sie auf, sie wollte zurück in ihre Kammer, um in deren Dunkelheit über das seltsame Zeichen der Frau nachzudenken –

denn ein Zeichen war es, ganz klar, wenn sie sie nur deuten könnte, diese Unverschämtheit …

Auch dieser Gedanke wurde unterbrochen, denn wieder ging die Tür des Hinterzimmers auf. Diesmal blieb die Person nicht stehen und bemerkte Maria in der Ofenecke nicht. Jaakko Kuisma hatte es eilig, hinauszukommen, und während er die Stube durchquerte, zog er sich hastig seinen schönen Wollmantel über. Die Hemdknöpfe standen fast bis unten offen, und er strich sich das Haar schnell mit der Hand nach hinten. Wenn er nach links geschaut hätte, dann hätte er im Ofenwinkel eine dunkle Gestalt gesehen, deren Gesicht ebenso blutleer war wie der weiß verputzte Ofen.

Wie schmeckt Betrug, wie fühlt er sich an? Tut er sehr weh? Vielleicht ist das Schrecklichste daran, dass er zunächst so gut wie gar nicht schmerzt. Er ist nur eine Blessur unter anderen, denkt da der Mensch, die widerfahren einem, manchmal fällt aus Versehen eine Vase auf den Fußboden, ein teures Andenken an die Mutter, und manchmal hört man aus Versehen, wie im Nachbarzimmer jenseits der Wand schlecht über einen geredet wird, und manchmal ist man am hässlichsten gerade an dem Abend, wo man alle bezaubern sollte.

Aber ein unbedeutender Stoß ist nur der erste Augenblick des Betrugs, die allerbarmherzigste, leichte Ouvertüre.

Maria blieb gefühllos, fast blind an ihrem Platz. Kann das so leicht sein?, wunderte sie sich. Alles Blut war aus ihr gewichen, sie war wie eine Puppe, geschnitzt aus Rinde oder geflochten aus Stroh, die, da man sie an die Wand geschoben hatte, von allein stehen blieb. Sie war der innerste, ruhige Kern der Dunkelheit. Jetzt darf ich tot sein, dachte sie. Jetzt darf ich endlich tot sein.

Mit steifen Schritten ging sie durchs Zimmer zu der Bank

und setzte sich, und da schlug der Schmerz ohne Vorwarnung so heftig zu, dass sie sich zusammenkrümmen und ihren Körper wiegen musste. Sie stützte die Arme auf die Knie, faltete die Hände und wimmerte leise. Sie hatte das Gefühl, man habe ihr ein stumpfes Schwert ins Zwerchfell gestoßen, und sie wiegte sich weiterhin, damit es schneller und tiefer eindrang, sie schneller tötete.

Sie hatte keine Kraft mehr, aufzustehen und irgendwohin zu gehen – und wohin hätte sie auch gehen können? Sie schnappte nach Luft, denn die Lungen waren gelähmt und zusammengefallen. Es gab keinen Ort.

In einiger Entfernung lag auf der Bank regungslos ein schwarzes Bündel in festem Schlaf. Es war der Pope, der am Tag ins Haus Homanen zu Besuch gekommen und wegen des Sturms für die Nacht geblieben war. Er hatte sich in seine Kutte gewickelt, und von den Lippen kam ein kleines Schnarchen als rhythmischer Luftstrom, so als versuchte er, ohne sich anzustrengen, die Kerze auszublasen.

»Schlaf, Pope, schlaf«, flüsterte Maria und drückte Wange und Schläfe an die Blockwand, darin war ein kleiner Grat, den die Axt hinterlassen hatte, an dem sie nun mit geschlossenen Augen den Kopf rieb. Das tat weh, aber sie drückte immer entschiedener Wange und Schläfe dagegen und scheuerte, scheuerte und rieb so, dass sie spürte, wie die Haut abgerieben wurde. Dann beugte sie sich wieder vor, um sich zu wiegen, und klagte: »Mutter, Mutter, Mutter, Mutter …«

Von diesem Wort kamen ihr die Tränen, und sie musste aufstehen und in der Stube im Kreis gehen – die Menschen rauften sich also wirklich die Haare und zerrissen sich die Kleider, dachte sie noch fast verwundert – und da musste sie sich wieder setzen, mit haltlos zuckenden Schultern, und sich mit beiden Händen an der Bank festhalten, um nicht zu

Boden zu fallen. Ihr Gesicht war nass, wie kann aus einem Menschen nur so viel Wasser fließen, und aus dem Mund kamen ihr keine klaren Worte mehr. Das Äußerste hatte sie schon gerufen: Mutter.

Aber nichts, kein Laut und keine Bewegung, riss ihr das Herz aus der Brust, denn davon hätte sie sich jetzt trennen wollen, es los werden, es irgendwohin werfen, so wie man ein Raubtier fortschleudert, das unerbittlich mit grausamen Zähnen an seinem Opfer hängt, das gerade noch am Leben ist.

Seltsam, dass der Pope nicht aufwacht, dachte Maria schon ein wenig abgestumpft. Als Nächstes machte sich Betäubung in ihr breit, aber die war fast noch schlimmer als vorhin der Schmerz. Daraus gab es keinen denkbaren Ausweg mehr. Maria sank neben der Bank zu Boden und legte den Kopf auf die Arme. Verrückt, verrückt, verrückt …

Der Pope wurde nicht wach, dafür aber ein anderer: Anton Semjonowitsch stand, nur in Hemd und Hose, in der Stube, das dicke, lockige Haar strubbelig. Er stützte sich, leicht gebeugt, schwer gegen den Tisch und stammelte: »Nicht doch, was machen Sie …«

In dem spärlichen Licht sah Maria, dass sein Gesicht bläulich-blass war und vor Schweiß glänzte. »Was haben Sie …«, stotterte er immer noch mit Mühe. Eilig wischte Maria sich Wangen und Nase mit den Händen ab. »Habe ich Sie geweckt, Anton Semjonowitsch, das wollte ich nicht«, sagte sie mit angehaltenem Atem. »Wie blass Sie sind, geht es Ihnen nicht gut?«

»*Etoo*, mir brennt der Magen«, nickte Afanassjew matt und stützte sich weiterhin mit beiden Händen auf den Tisch. Sein Kopf pendelte in langsamem Bogen von links nach rechts und zurück, als suchte er mit den Augen etwas, was er nicht richtig erkennen konnte. Dann richtete er sich mit einem Ruck auf und ging energisch in Richtung Tür.

Als Maria sah, wie unsicher der Mann ging, rappelte sie sich rasch vom Fußboden auf und ging ihm nach. Anton Semjonowitsch ging etwas gebeugt, halb laufend, sonderbar nach einer Seite geneigt, und wäre fast auf die am Fußboden des Vorraums Schlafenden getreten. Am oberen Ende der Treppe lehnte er sich an die Wand und schluckte. Speichel rann ihm aus den Mundwinkeln.

Ich muss den Mann nach draußen bekommen, dachte Maria und ging als Erste die Treppe zu dem Viehunterstand hinunter. Sie ging vorsichtig, mit dem Rücken voran und hielt mit einer Hand den Kaufmann aufrecht, während sie mit der anderen versuchte, ihn hinunterzulotsen. Auf halber Treppe wäre der große Mann beinahe auf sie gestürzt, aber unter Aufbietung aller Kräfte konnte Maria ihn zurückschieben. Sie erkannte, dass es, wenn sie beide die steile Treppe hinabfielen, großer Anstrengung bedürfen würde, wieder auf die Beine zu kommen.

Unten stürmte Anton Semjonowitsch mit dem Kopf voran durch die Diele, und Maria konnte gerade noch rechtzeitig den Türhaken öffnen, sodass der Mann hinausstürzte und ohne Halt direkt auf den Hof rannte. Er fiel auf alle viere nieder in den Schnee und schrie vor Erleichterung.

Oder schrie er vor Schmerzen? Ein Weilchen war Maria überzeugt gewesen, Anton Semjonowitsch habe insgeheim in einem der vielen Winkel des Hauses mit jemandem gebechert, der das lange Fasten ebenso schlecht ertrug. Jetzt war sie wahrhaft entsetzt, als sie bemerkte, dass Afanassjews Körper von haltlosen Krämpfen geschüttelt wurde. Es musste sich um etwas anderes als Schnaps handeln, denn der Mann stützte sich mit einer Hand auf eine Schneewehe und schaufelte mit der anderen Schnee in sich hinein, als verbrannte ihm etwas den Mund. »Aahh, aaahhh«, stöhnte er.

Anton Semjonowitsch war barfuß, Maria stand auf dem zu Eis getrampelten Hof in Wollsocken. Der Sturm ließ nach oder schöpfte zumindest Atem, und an den Rockschößen der in wildem Tempo dahineilenden, zerfetzten Wolken glänzten verstreut kalte Sterne. Als kehrte eine zerlumpte Königin vom Ball zurück, dachte Maria und sah sich auf dem Hof um. Nirgends war eine Bewegung zu erkennen, und sie wagte es nicht, den Mann allein zu lassen, um Hilfe zu holen.

Afanassjews Arme gaben nach, und er fiel mit dem Gesicht in den Schnee. Maria kniete neben ihm nieder und schaffte es mit großer Anstrengung, den Mann umzudrehen. Sie nahm seinen Kopf und die Schultern in die Arme, er war entsetzlich schwer, aber die Krämpfe hatten aufgehört. »Gleich wird es besser«, flüsterte sie und wischte mit dem Handrücken den schwarzen Bart trocken. Blinkte da in den dunkelblauen Augen ein vertrautes Lachen?

Anton Semjonowitschs Gesicht wirkte im hilflosen Licht der Sterne weißer als der Schnee, auf dem er lag, und aus dem Mundwinkel rann ihm eine schmale Schaumspur, die sich im Bart verlor. Nur seine Augen lebten, wahrhaftig, in ihnen lag ein fast amüsiertes Funkeln. »Tja, Fräulein Renfors«, flüsterte er. »So ist das nun. Das Buch hätte ich gern gelesen, das, von dem Sie sprachen, vergessen Sie nicht *Forelle und Wahrheit …*«

Ganz offenkundig delirierte der Mann, war doch seine Hand in Marias Händen heiß wie glühende Kohle. »Sie dürfen sich nicht anstrengen«, flüsterte Maria ängstlich. »Ich bemühe mich darum, dass jemand den Brautführer holt, er kennt sich aus …«

Anton Semjonowitsch bewegte einmal den Kopf von einer Seite zur anderen. Er lächelte immer noch, ganz wenig. Es dauerte ein Weilchen, bis Maria begriff, dass die Augen des Mannes starr irgendwohin über ihre linke Schulter starrten. Sie bewegten sich überhaupt nicht, es war, als wäre etwas in die Luft geschrieben, dessen Prüfung sehr viel Zeit erforderte.

Zwei Wochen vor Ostern hatte ich einen bösen Traum. Ich erwachte daraus mit klopfendem Herzen und schlief in dieser Nacht nicht mehr. Der Traum beschäftigte mich wochenlang, und ich sprach mit niemandem darüber. Ich träume oft, aber meistens ist es ein harmloses Vergnügen, ich wundere mich nur, was in dem armen Kopf des Menschen für ein Leben anhebt, wenn der Körper schläft.

Dies war etwas anderes. Ich stand im Traum an einem grauen Wintertag auf einer schneebedeckten Ebene unter einem großen Baum, dem einzigen, der dort wuchs. In der Ferne am Horizont war das gleichmäßige Band eines Flusses zu sehen.

Mir war kalt, denn über die Ebene blies ein eisiger Wind, und ich war sehr leicht bekleidet, nur mit Hausjacke und Pantoffeln. Auf dem Arm hielt ich ein kleines Tier, im Traum wurde nicht klar, ob das ein junger Fischotter oder ein Katzenjunges war oder was sonst. Ich versuchte, es mit dem Jackenaufschlag vor der Kälte zu schützen. Dabei rauchte ich auch eine Zigarre, quasi zum Zeitvertreib, denn ich wusste, dass ich auf etwas wartete.

Dann sah ich, wie in der Ferne ein Wanderer sich auf der Ebene näherte, er ging langsam und mit Mühe. Ich hob das Fischotterjunge hoch, damit es auch sehen konnte. Nach einer Weile erkannte ich, dass die Person meine Schwester

Maria war, bekleidet mit einem triefend nassen, weißen Gewand, das an ihrem stattlichen Körper klebte. Sie sah so aus, als sei sie in ihrer Toga schwimmen gegangen.

In der Hand hielt sie die Pennell von Hardy. Ahaa, sie war also an dem Fluss dort fischen, dachte ich und wollte gerade nach der Pennell fragen, als ich sah, dass sie gar nicht vorhatte stehen zu bleiben. Sie ging nur an mir vorbei, und die von ihren schwarzen Haaren herabhängenden Eiszapfen klingelten leise. Aus einem Nasenloch lief ein Blutrinnsal auf die Oberlippe, das Blut hatte die Lippen schon ganz befleckt und tropfte auch aufs Kinn.

In meiner Angst machte ich ihr Zeichen mit der Hand, denn ich war stumm, und meine Beine waren gelähmt. Ich glaubte schon, sie würde an mir vorbeigehen, ohne mich anzusehen, doch da wandte sie beim Gehen für einen Moment den Kopf und schaute mich direkt an. Schaute – das Wort ist falsch. Sie hatte überhaupt keine Augen, an ihrer Stelle waren weiße Eiskugeln.

Maria spürte, wie ihr eigener Körper schneller abkühlte als der tote Mann, den sie immer noch in ihren Armen wärmte, so lange hatte sie auf dem nächtlichen Hof gesessen und Anton Semjonowitsch gehalten. Zuerst hätte sie am liebsten den Mann geschüttelt und gerufen: »Anton Semjonowitsch, hören Sie auf mit diesen Possen! Es stirbt doch niemand von übermäßigem Erbrechen!«

Aber Anton Semjonowitsch hatte nur still dagelegen. Sein haltloser Hals hatte nachgegeben, sein Kopf war zur Seite gefallen und hatte sich schwer auf Marias rechte Brust gelegt. Der eine Arm hatte sich auf den festgetretenen Schnee gestreckt mit hilflos geöffneter Hand, die andere war Maria um die Taille gelegt wie der Griff des allerzärtlichsten Liebhabers. Die nackten Füße und die großen Zehennägel hatten aus dem Schnee geragt, und vom Himmel, der sich wieder bewölkt hatte, waren große Schneeflocken darauf gefallen. »Flöckchen, Fußlappen«, hatte Anton Semjonowitsch in Ervastis Haus gelacht. Das war doch erst ganz kürzlich gewesen. Jetzt wurden seine Augen schon starr bis zur Unkenntlichkeit, und Maria hatte die Lider vorsichtig mit dem kleinen Finger zugedrückt.

Maria hatte nicht aufstehen und den Kaufmann aus ihrem Schoß schütteln wollen, sie hatte den Augenblick des letzten Beisammenseins verlängern wollen, bevor aus ihm offiziell eine Leiche wurde, Gegenstand des Entsetzens, der Fürsorge und Beobachtung der anderen. Sie hatte Anton Semjonowitsch leise im Schoß gewiegt, ihre Wange gegen das kräftige, lockige Haar gedrückt und etwas geflüstert. Wo wanderte Anton Semjonowitsch jetzt, wie sah der Weg aus, der sich nach dem Tod öffnet? Spürte er noch, dass jemand ihm das Geleit gab? Wenn sie ihn ordentlich fest drückte, könnte ein Gruß ihn noch erreichen …

Maria hatte gespürt, wie sie selbst langsam an einen dunklen, unbekannten Ort versank, und sie war fast dankbar, als die Ruhe des Hofs gebrochen wurde. Einer der Männer des Hauses war, mit der Tür klappend, herausgekommen, um sein Wasser abzuschlagen, und Maria hatte mit zitternder Stimme gerufen: »Helfen Sie mir! Wir müssen Anton Semjonowitsch hineintragen!«

Und er war hineingetragen worden von vielen Männern, die man aus dem Tiefschlaf gerissen hatte, und in die hintere Ecke zwischen Tisch und Seitenbank gelegt worden. Da lag er nun und würde nie wieder erwachen.

Man hatte alle Hausleute von ihren Schlafstätten geholt, auch die Kinder und die in anderen Stuben und Speichern Schlafenden. Sie versammelten sich schweigend, stehend oder sitzend, zu beiden Seiten von Anton Semjonowitsch. Als Inha versuchte, sich ans Kopfende bei der Hinterbank zu stellen, hatte man ihn schnell zur Seite geführt: Zu Häupten des Toten durfte man sich nicht aufhalten, denn dort saßen noch die unsichtbaren Männer aus dem Totenreich Tuonela, die den Toten holen sollten, und auch zu seinen Füßen hatte man nichts zu suchen, denn aus der linken Ferse war *surma,* der magere Tod, gekommen, der auf einem grauen Pferd reitet und mit der Sense den Lebensfaden abschneidet. Alle diese Glaubensvorstellungen erfragte Inha in den darauffolgenden Tagen vorsichtig bei den Hausleuten, denn jetzt gab es viel Seltsames zu sehen.

Anton Semjonowitsch hatte seinen letzten Atemzug getan, das konnte jeder sehen, und so wurde ihm eilends *ripakko,* ein weißes Stück Stoff, auf den Mund gelegt, damit der Böse nicht durch den Mund hineinschlüpfen konnte. Er war gerade jetzt anwesend und sehr umtriebig. Ebenso energisch wurde damit begonnen, Weihrauch abzubrennen: In das Weihrauchfass wurde Räucherharz gelegt, und während es heiligen Rauch verströmte, segneten alle nacheinander Kopf und Brust des Verstorbenen und sprachen Gebete.

Auch der Pope war schon auf den Beinen, mischte sich aber nicht in das Tun der Hausleute ein, sah nur von der Seite zu, wie der Tote nach der Segnung auf sauberes Stroh gebettet wurde, das man für die Waschung in Türnähe auf den Fußboden gebreitet hatte. Schmutzig durfte der Tote nicht begraben werden: Einer der Männer goss Wasser aus der Schöpfkelle, ein anderer wusch ihn mit Seife und Badequast, ein dritter Gehilfe bewegte ihn.

Eine herzzerreißende Waschpsalm-Klage erfüllte die Stube. Die Worte konnten Maria und Inha nicht verstehen, aber sie erfassten das Wesentliche, die Zärtlichkeit, die verzweifelte Sehnsucht und den untröstlichen Schmerz, und sie drängten sich aneinander, als müsste ihnen das Herz brechen. Die Klagefrauen, Savina Homanens Schwester und seine älteste Tochter, saßen, einander umarmend, auf der Bank zu Häupten des Verstorbenen und bedeckten beide mit der freien Hand ihre Augen mit einem weißen Tuch. Sie sangen ohne Tränen:

»*Valkoalkoa valkeijen valtajoutšenuisien vallallisiks valkie hyväseni, jotta ei valkuolentasien vaivasissa valkeijen ilmojen pältä vallan puutuis valkeih syntysih ... Kaunis-*

selkoa kaunehien karjalintusien kajollisiks kaunis hyväseni …«

Später übersetzte der Pope Maria und Inha die Worte, die sich alles aufschrieben. Dabei rannen ihnen die Tränen in schweren Tropfen herab, sodass die Tinte auf dem Papier verlief, und sie konnten niemals mehr Schwäne betrachten, ohne sich an Anton Semjonowitsch zu erinnern:

Wascht mein liebes Väterchen, dass er so weiß werde wie die mächtigen Schwäne, damit er nicht ungesäubert aus dieser hellen Welt in das künftige Leben gerät. Verschönert mein schönes Väterchen, damit er werde wie die schönen Schwarmvögelchen und damit mein weißes Väterchen bei den allerersten Frühlingsanfängen als weißer, mächtiger Schwan zu den allerersten freien Wasserstellen kommt. Dann würde ich Arme, Elende dort seine Schönheit betrachten …

So begab sich Anton Semjonowitsch Afanassjew, Vater von vier Söhnen aus dem Dorf Lamminpohja im Kirchspiel Uhtua, im Alter von vierunddreißig Jahren auf den Weg ins Himmelreich, bekleidet mit einem Hemd, Leinenhosen und einem ganzen Anzug samt Schuhen, Handschuhen und Mütze. Er wurde vorsichtig auf die Totenbahre gehoben, mit einem weißen Leinentuch bedeckt und dann auf die Seitenbank beim hinteren Fenster gelegt, mit dem Kopf unterhalb der Ikone.

Der Klagegesang verklang, der Aussegnungsrauch hing als dicker Teppich unter der Stubendecke, und Schwiegertochter Tarja verteilte dünne Wachskerzen an alle, solange der Vorrat reichte. Maria zündete ihre an der Flamme der Nachbarin an, Inha legte seine Hand auf Marias, die die Kerze hielt, und der Pope stellte sich mit dem Buch in der Hand neben den Verstorbenen. Er hatte seine langen Haare zu einem ordentlichen Knoten im Nacken gebunden, an seiner Aussprache hörte man, dass er Russe war, aber er sprach verständliches Finnisch mit leiser, klangvoller Stimme:

»Heiliger Gott, heiliger Starker, heiliger Unsterblicher, erbarme dich unser. Heiliger Gott, heiliger Starker, heiliger Unsterblicher ...«

Der Morgen graute schon, als Savina Homanen selbst in den Schuppen eilte, um die Totenkammer, den Sarg, zu zimmern. Aus seinem Haus war jetzt ein Totenhaus geworden, in dem man keinerlei Arbeit tun durfte.

Ein wolkiger, finsterer Tag brach an. Der Sturm hatte nachgelassen, aber die Winde wogten unruhig.

»Auch die Lüfte stellen jetzt Fragen«, sagte Inha und lehnte nachdenklich den Kopf gegen den Fensterpfosten. Er und Maria waren in der Stube geblieben. Sie sprachen nichts miteinander, aber beide hatten den unausgesprochenen Gedanken, dass man Anton Semjonowitsch nicht allein lassen durfte.

Allein war er in dem Sinne nicht, weil sich in der Stube ständig Menschen aufhielten. Man hatte ihn schon in den Sarg gelegt, denn der fast hundertjährige Oleksi Niska war in den Schuppen gegangen und hatte Savina Homanen verboten, eine Totenkammer zu zimmern: Er würde seinem Freund aus Uhtua seine eigene geben, die schon lange fertig war. Der Alte hatte sich seinen Sarg selbst gemacht, und so machten es auch einige andere, weil eine Ruhestätte, die man im Schweiße seines Angesichts selbst geschaffen hatte, besser sein sollte und einem nicht so fremd vorkam.

Oleksi hatte seinen Sarg draußen unter der breiten Traufe des Hauses an Schnüren aufgehängt und ihn an jedem Feiertag mit heiligem Rauch beweihräuchert. Jetzt würde der alte, fromme Mann bald anfangen, sich eine neue Totenkammer zu schreinern – man hatte den Eindruck, dass er das noch gut schaffen würde. Und Savina Homanen war nichts weiter übriggeblieben als einzuwilligen.

Maria und Inha hatten neben dem ungestrichenen Sarg gestanden, und Inha hatte die Spuren von Axt und Schälmesser angestarrt, denn es war ihm unangenehm gewesen, Anton Semjonowitschs Gesicht anzusehen, das sich schon so sehr verändert hatte. Maria dagegen bemühte sich, den Toten genau zu betrachten, obwohl sie fürchtete, dass sie später von seinem Gesicht nichts anderes als diese verschlossene, fast abweisende Miene in Erinnerung haben würde, die dem lebenden Afanassjew so fremd gewesen war.

Man hatte dem Toten in den Sarg in die rechte Hand ein Handtuch, ein Stückchen Seife ins Kissen und ein Taschentuch in die Tasche gesteckt. Die würde er im künftigen Leben brauchen. Eine Ikone wurde ihm auf die Brust unter die Hände gelegt.

Als man eine weiße Decke über ihn breitete, stand Maria einen Augenblick nachdenklich da. Dann ging sie in ihre Kammer und kam von dort nach einem Weilchen mit einer Lachsfliege in der Hand zurück. »Silver Doctor«, flüsterte sie, zwinkerte Inha zu seinem Entsetzen zu und ließ die Fliege unter die Decke gleiten. »Ich glaube, dass die Fische in den himmlischen Lachsflüssen auf Blau und Silber gehen … Jetzt ist es für ihn nicht so traurig, sich von hier zu verabschieden.«

Der Sarg stand auf Bänken im Heiligenwinkel, der Deckel daneben aufrecht gegen die Seitenwand gelehnt. Inha hatte seit jeher gewusst, dass man einen Verstorbenen drei ganze Tage in der Stube aufgebahrt liegen ließ. Wenn auch das übliche Treiben in der Stube nachgelassen hatte, waren die Morgenstunden doch unruhig, denn die Nachricht vom plötzlichen Tod des Kaufmanns hatte sich herumgesprochen, und Nachbarn und Dorfbewohner kamen in langer

Schlange in das Totenhaus, um den Verstorbenen zu sehen. Jeder Ankömmling segnete den Toten mit dem Weihrauch, bekreuzigte sich und verbeugte sich drei Mal bis zur Erde. Die Worte prägten sich Maria und Inha bis an ihr Lebensende ein: »Vergib mir, mein Lieber, Verstorbener, alle großen und kleinen Sünden, an die du dich erinnerst und an die du dich nicht erinnerst, die dir bekannt sind und die dir nicht bekannt sind.«

In die Bitten um Vergebung mischten sich immer neue Schritte, die hellen Stimmen der Kinder, Klagelieder, die für die Besucher gesungen wurden, und das Klappern von Geschirr, denn die Besucher wurden mit Speise und Trank bewirtet, und sie hatten auch selbst Mitbringsel. Obwohl es ziemlich laut zuging, war die Stimmung in der Stube ruhig und würdig, aber nicht besonders steif oder beängstigend.

Inha verspürte das heftige Verlangen, seinen Fotoapparat zu betätigen, der am Abend zuvor in einem Winkel des Vorraums stehen geblieben war – ach, diese drei alten Frauen auf den Knien, die Stirn am Boden –, aber er bezwang sich heldenhaft: In dieser Situation schickte es sich einfach nicht. Oder, na ja, vielleicht doch später …

Maria und Inha saßen verwaist nebeneinander auf der Seitenbank, und die Leute ließen sie in Ruhe, als sie sahen, dass sie keinen Bissen hinunterbekamen. Sie gingen davon aus, dass Andersgläubige anders trauerten.

»Gut, dass Anton Semjonowitsch auch als Toter noch Mittelpunkt eines Festes sein darf«, murmelte Inha. »Obwohl er sich ins Jenseits aufgemacht hat, verweilt er vielleicht noch hier und sieht auch uns. Es drückt mir fast das Herz ab … Ich hatte diesen Kaufmann gern, ich mochte ihn sehr«, flüsterte er und senkte den Kopf. Die langgewachsenen Haare verdeckten sein Gesicht, das Wasser tropfte ihm aus den Augen auf die Hosen, und Maria ergriff seine Hand.

Sie selbst hatte keine Träne vergossen seit der vergangenen Nacht, da Anton Semjonowitsch erwacht und in die Stube getaumelt war. Das Blut zirkulierte wohl nicht mehr in ihren Adern, und ihr Inneres war so hohl und leer, als hätte Afanassjew bei seinem Fortgang vom Hof Homanens alle Gefühle, Gedanken und auch ihren Verstand mitgenommen. Jetzt bin ich wirklich eine Frau aus Stroh, dachte Maria. Es ist nur noch die raschelnde Hülle übrig.

Zuletzt wussten Maria und Inha nicht, wie lange sie so, beieinander Schutz suchend, auf der Stubenbank gesessen hatten. Beide begriffen, dass Afanassjew auf der Reise ihr Führer und Dolmetscher gewesen war, der Stützpfeiler, an den beide sich mehr angelehnt hatten, als ihnen bewusst gewesen war. Und jetzt war Anton Semjonowitsch wie ein Blitzstrahl in das unbekannte Weltall gefahren – überraschend wie der Prophet Elia in seinem feurigen Wagen, klagte Inha, und hatte auf der Erdoberfläche nur einen schwarzen, verbrannten Fleck hinterlassen. Auf diesem kargen Platz waren Maria und Inha zu zweit bestürzt und schwankend zurückgeblieben, irgendwo in dem ungewohnten, fremden Schatten von Ikonen und Verschlägen, Ärmelhemden und Kringeln.

Irgendwann ging Inha vom Tisch für beide Kartoffeln und Stockfisch holen; obwohl sie nicht hungrig waren, hatte er eine Vorahnung gehabt, dass sie ihre Kräfte noch brauchen würden. Auch Inha war der Gedanke gekommen, Anton Semjonowitsch im Sarg etwas mitzugeben, und er hatte begonnen, sein silbernes Konfirmationskreuz vom Hals zu nesteln. Schwiegertochter Tarja sah, was Inha vorhatte, und schüttelte energisch den Kopf. »Kein Silber zu dem Verstorbenen in die ewige Ruhestätte! Dann nimmt ihn die Erde nicht an, und er muss ruhelos wandern und umherirren.«

Das Silber im Sarg hätte also zur Folge, dass Afanassjew spukt, dachte Inha fast besorgt. Hoffentlich galt Maria Renfors' Silver Doctor nicht als ebensolcher Fluch. Er spürte, dass er bald das Bewusstsein für die seriöse lutherische Lehre verlieren würde, die Probst Lundström im Lyzeum von Hämeenlinna den Bengels eingetrichtert hatte. Ob er mit dem rechtgläubigen Popen sprechen und um noch mehr Weihrauch bitten sollte? Ohne die Lachsfliege hätte Anton Semjonowitsch es im Himmel viel langweiliger.

Allmählich wurden die Leute in der Stube weniger, und die, die blieben, saßen in kleinen Gruppen auf den Bänken und plauderten leise. Draußen wurde der Tag immer dunkler, drinnen hörte man, wie der Schneeregen dumpf gegen Wände und Fenster prasselte, und auch Maria erwachte allmählich aus ihrer Erstarrung.

Vor dem Heiligenbild oberhalb von Afanassjews Kopf brannte eine dünne Kerze und auf dem Tisch eine dickere, und Inha holte gerade vorsichtig seinen Fotoapparat aus der Diele in die Stube. Das Licht würde vielleicht gerade noch reichen ... Sollte sie gehen und ihm helfen? Er hatte deutlich die Absicht, ein Foto von dem Verstorbenen zu machen. Es schauderte Maria – sie hatte diese Sitte nie gemocht. Die Toten gehörten schon einer anderen Welt an, zu einer, die man nicht mit der Kamera festzuhalten versuchen sollte.

Sie lehnte Rücken und Kopf gegen die Wand. Auch der Pope war wieder im Zimmer, ein schlanker, jüngerer Mann, der am Morgen, nachdem er seine Kapitel gelesen hatte, eine Weile in der Gesellschaft von Maria und Inha gesessen hatte. Seltsam, wie der Dorfpolizist samt seinem Schreiber verschwunden war wie Rauch im Winde. Als der Körper des Toten in den Sarg gelegt worden war, hatte der Polizeichef sich mit dem Rücken voran zur Tür begeben, sich, finster dreinblickend, ängstlich bekreuzigt und dann eilig selbst sein Rentier angespannt.

»Ist es nicht gut, mit dem Verstorbenen in derselben Stube zu sein?«, hatte Homanen gelächelt. Jaakko Kuisma hatte sich den ganzen Tag nicht blicken lassen.

Jetzt kam der Pope zu Maria und setzte sich neben sie. Die Seelenhirten in Weißmeer-Karelien waren meistens einsprachige Russen, aber der Pope von Oulangansuu und Vartiolampi bildete eine Ausnahme: Obgleich er aus dem Gouvernement Tula bei Moskau stammte, sprach er ausgezeichnet Karelisch und auch einigermaßen Finnisch. Bei den Gottesdiensten verwendete er, so gut er konnte, einen Mischmasch aus Finnisch und Karelisch, damit die Dorfbewohner wenigstens etwas verstanden.

Er hatte Zeit gehabt zum Sprachenlernen, denn man hatte ihn bald nach Abschluss des Priesterseminars, vor über zehn Jahren, hierher in die Wildnis geschickt »und bald darauf sicherlich auch vergessen«, hatte er gelächelt ohne jede Bitterkeit. Russische Popen mit Kenntnissen des Karelischen waren dünn gesät. Er wurde in den Dörfern irgendwie geduldet ... Allerdings wurde sicherlich auch ein bisschen über ihn gelacht.

Vater Miihkula, wie die Dörfler ihn nannten, hatte freundliche hellgraue Augen und ein glattes, weiches Gesicht. Sein hellbraunes Haar trug er als Knoten im Nacken, der schüttere Bart reichte ihm bis auf die Brust hinab, und beim Sprechen pflegte er sich nachdenklich Strähnen um den Finger zu wickeln und den Gesprächspartner ruhig, mit irgendwie abwesender Miene, anzusehen, so als versuchte er das, was immer hinter der Stimme des Menschen mitschwingt, das Wahre, herauszuhören.

Der Pope war offensichtlich sehr arm – sein schwarzer Kaftan war vom vielen Tragen glänzend grau und an Ärmeln und Saum ausgefranst, und seine Hände waren von den kalten Außenarbeiten aufgesprungen und schwielig. Er sagte, er habe bemerkt, wie Maria rasch eine Fliege zu Afanassjew in den Sarg legte, und erzählte, er sei auch selbst ein begeisterter Fischer und unternehme lange Touren zu weit entfernten Stromschnellen.

»Ich habe vier Kinder, und das fünfte ist unterwegs ... Hier muss man sich selbst an jeglicher Art von Nahrungsbeschaffung beteiligen«, lächelte er. »Ich fische, stelle Fallen, mähe Gras, breche grüne Zweige ... Zu melken brauche ich immerhin nicht.«

Vierhundert Rubel im Jahr, als Draufgabe die Geringschätzung der Gemeindemitglieder, als Wohnung eine verlauste Hütte – welche Demut!, wunderte Maria sich im Stillen.

Dann sagte der Pope lange Zeit nichts, saß nur schweigend auf der Bank und beobachtete still Inhas Treiben, ohne sich um die Frau neben sich zu kümmern. Maria fühlte sich von diesem Schweigen bald bedrückt, obwohl sie oft selbst gerne schwieg. Leise, mit so streitlustiger und heftiger Stimme, dass es sie selbst erstaunte, sagte sie: »Zweifeln Sie manchmal nicht doch an Gottes Auffassungsvermögen, ganz zu schweigen von seiner Liebe, wenn Sie das Elend in Weißmeer-Karelien sehen? Oder das von heute: Ein guter Mann im besten Alter stirbt auf dem Hof wie ein Hund in der Pfütze seines Erbrochenen?«

Vater Miihkula schwieg eine Weile und sagte dann, während er weiterhin Inha beobachtete: »Ich zweifle nicht, aber ich wundere mich.«

»Sie wundern sich«, lächelte Maria. »Meinen Sie, Sie bewundern verwundert oder Sie erschrecken verwundert?«

»Weder noch«, erwiderte der Pope. »Es ist nicht meine Sache ... Schlussfolgerungen zu ziehen. Wie sehen denn Sie Gott, Fräulein Renfors? Haben Sie ein ganz klares Bild vom Allmächtigen?«

»Es ist nicht klarer als das, was meine Mutter mich als Kind gelehrt hat, und ich glaubte, das enthalte alles«, zischte Maria. »Wissen Sie, was das Abendgebet eines Kindes bedeutet? *Gud som hafver barnen kär, se till mig som liten är?*«

»Ja, das Gebet kenne ich, obwohl ich kein Schwedisch kann«, lächelte Vater Miihkula und fuhr nachdenklich fort: »Ich habe oft daran gedacht, wie einmal hier oben in den Norden ein Liedersammler kam. Er sagte, er komme sicherheitshalber, obwohl ja allgemein bekannt sei, dass im nördlichen Teil von Weißmeer-Karelien keine großen Liedersänger und auch nicht deren Traditionen lebten ... Eines Abends unterhielt er mich, indem er mir eine eigenartige Geschichte von einem Jüngling namens Kullervo vorsang: Untamo, der Onkel des Jünglings, tötet die Familie seines Bruders und verkauft den Sohn als Sklaven an Ilmarinen, in dessen Haus er aufwächst, von allen gehasst und schlecht behandelt. Ilmarinens Frau backt in ein Brot, das Kullervo als Proviant zu seiner Arbeit als Hirte mitnimmt, einen Stein ein, an dem Kullervos Messer, das einzige Erbe seines Vaters, zerbricht ... Ich finde, das ist eine großartige Stelle, sie sagt so viel über die Bosheit des Menschen aus ... Verbittert darüber bläst Kullervo in sein Horn aus Birkenrinde und verwandelt das Vieh in Wölfe und Bären. Die treibt er nach Hause, wo sie Ilmarinens Frau in Stücke reißen. Aber ihn selbst ereilt ein noch furchtbareres Schicksal.«

Der Pope schwieg wieder einen Augenblick, richtete dann den Blick seiner auffallenden, lichtstrahlenden grauen

Augen auf Maria und fragte leise: »Glauben Sie, dass Gott in das Brot des Menschen einen Stein einbäckt?«

Die schlichte Frage berührte Maria so, dass sie spürte, wie die Tränen, die sie schon versiegt geglaubt hatte, irgendwo hinter ihren Augen lauerten. »Jedenfalls ist das Brot hart«, erklärte sie lapidar.

»Ja, ja«, nickte der Pope. Sein Haarknoten stand kurz davor, sich aufzulösen. »Manchmal fragt man sich, ob es wirklich zur Nahrung taugt …«

Das Gespräch verläuft überhaupt nicht so, wie es sollte, dachte Maria fast amüsiert. An dieser Stelle hätte der Pope sagen sollen: Aber wir bekommen dann im Himmel unseren Lohn, weiches weißes Brot, danach müssen wir streben, und darauf lohnt es zu warten.

Sie saßen auf der Bank und sahen zu, wie Inha regungslos neben seinem Fotoapparat stehen geblieben war. Er starrte den Sarg und Anton Semjonowitsch an und schien in Gedanken versunken. Aus dem Fotografieren wurde offenbar nichts; ab und zu wischte er sich die Augen und sah sich dann um, als schämte er sich.

»Unser Gott ist Weizengebäck«, sagte der Pope. Maria fuhr zusammen und wandte sich ihm zu. Konnte der Mann Gedanken lesen? Der lachte fast schelmisch und fuhr fort: »Oder ein großes Schmuckstück … Wir Menschen halten unseren Gott in den Händen wie ein Geizkragen, der einen mühsam zusammengerafften Goldschatz in den Fingern dreht. Er starrt ihn mit brennenden Augen an und wiederholt dauernd: so groß, so schwer, so prachtvoll, so glänzend … Aber Gott ist Dunkelheit, etwas Dunkles, das sich ins Dunkel zurückzieht, damit wir ihn nicht für weiches Brot oder für ein goldenes Schmuckstück halten. Er ist uns nichts schuldig.«

»Und mit der Dunkelheit kann man also nicht verhandeln«, flüsterte Maria heiser. »Wir haben das immerwährende Bedürfnis nach Belohnung, können ihm aber nichts geben, um als Gegengabe etwas zu bekommen …«

Vater Miihkula wandte den Kopf und sah Maria scharf an. »Was haben Sie doch für eine rasche Auffassungsgabe! Die meisten verstehen dies in ihrem ganzen Leben nicht. Aber erst da beginnt die Wahrheit – und die Gnade, bei der Leere und dem Dunkel, die Gott selbst ausfüllt.«

Er beugte sich leicht vor und nahm Marias Hand, die in ihrem Schoß geruht hatte, in seine. In demselben Moment machte Inha, der seine Kamera leise näher herangetragen hatte, von ihnen ein Foto, aber das bemerkten sie nicht, so vertieft waren sie in ihr Gespräch und in ihre Gedanken.

Das Bild bekamen sie selbst nie zu sehen, und auch Inha vergaß, das Glasnegativ zu entwickeln; es reiste Monate und abermals Monate mit ihm herum und kam schließlich nach Finnland. Als er es dann zufällig entwickelte und einen Abzug davon machte, erinnerte er sich zunächst überhaupt nicht, wo das Foto entstanden war. Er musste es lange anstarren und verstand trotzdem nicht, was geschehen war.

Bald fiel ihm jedoch ein, dass es kurz vor Ostern in der Stube des reichen Homanen, am ersten Tag nach Anton Semjonowitschs Tod, entstanden war. Da war der Pope mit dem Haarknoten im Nacken, der sich zur Seite wandte, er hatte sich gerade vorgebeugt, um Maria Renfors' Hand zu ergreifen, die mit krummem Rücken und gesenktem Kopf dasaß und zusammengefallen wirkte. Inha erinnerte sich gut an diesen Augenblick. Er hatte es aufgegeben, den Toten zu fotografieren, teilweise deshalb, weil die Hausleute deutlich ihre Abneigung bekundet hatten; stattdessen hatte er fast beiläufig und zufällig ein Bild von dem auf der Bank sitzenden Paar gemacht.

Wer aber war der Dritte, der auf dem Bild auf der anderen Seite von Maria Renfors saß? Inha hatte in der Stube niemanden dieses Aussehens bemerkt, und auch auf der ganzen Reise nach Kuusamo und Weißmeer-Karelien nicht. Es war ein Mann, den man, hatte man ihn einmal gesehen, garantiert wiedererkannte. Auf dem Bild war deutlich ein sehr alter Mann mit feinen Gesichtszügen zu sehen, der ernst direkt in Inhas Kamera blickte. Seine Augen waren klar und die Haare silberweiß, die linke Hand hielt er schützend auf Maria Renfors' Schulter, die rechte ruhte im Schoß auf einem weißen Skizzenblock. Zwischen den Fingern sahen zwei Stifte hervor, ein großer und ein kleiner. Am Mittelfinger trug er einen platten Ring mit Muster.

Lange betrachtete Inha den Ring mit einem Vergrößerungsglas, er wirkte wie ein Adelsring, und er versuchte durch eine Vergrößerung des Abzugs zu erkennen, was für ein Wappen auf dem Ring war, doch vergeblich. Die Familie des Mannes blieb unbekannt.

Stattdessen bemerkte er, dass das, was er zuerst für einen größeren Stift gehalten hatte, etwas anderes war. Der alte Künstler hat auf seinem Skizzenblock neben dem Stift ein anderthalb Spannen langes Messer.

Inha bewahrte das Bild auf und betrachtete es manchmal verwundert. Er zeigte es niemandem, und es wurde in keinem der zahlreichen Bücher mit seinen später berühmten Fotos veröffentlicht, *Uhtuan kaunis Toarie, Varahvontta Lesonen jäähdyttelee, Okahvi ja Seni noppaa pelaamassa – Die schöne Toarie von Uhtua, Varahvontta Lesonen kühlt sich ab, Okahvi und Seni beim Würfelspiel.*

Sie nannten es *Durchwachen der dunklen Nacht.* Den Toten darf man niemals allein lassen, nicht in der Nacht und nicht am Tage, er könnte ja aufstehen und wer weiß was für Unheil anrichten. Wer immer will, kann bleiben und die drei Tage und Nächte durchwachen, die der Verstorbene in der Stube liegt.

Ich kommandierte alle hinaus, auch Inha, ich vertrieb sie fast von dem Leichnam, indem ich sagte, ich wolle wachen, und zwar allein. Drei Rechtgläubige hatten zuerst mit dem Wachen begonnen und zwei Stunden hier gesessen. Ich erklärte, ich habe auch die christliche Taufe empfangen und sei eine nahe Freundin von Anton Semjonowitsch, und die Rechtgläubigen gaben sich damit zufrieden und entfernten sich schnell. Sie waren müde und verwundert.

Das sind auch wir, Inha und ich. Mehr noch. Wir haben Angst. Aber nicht den Verstorbenen fürchten wir, sondern etwas anderes.

Inha hatte man erzählt, dass einmal vor langer Zeit ein Verstorbener allein gelassen worden war, und da war dieser aufgestanden, hatte Balken, Tische, Pritschen und Bänke zernagt, alle zu Spänen, denn ein Toter hat eiserne Zähne. Dann hatte er sich wieder in seinen Sarg gelegt.

Ich stelle mir vor, ich hoffe, dass neben der Angst vor dem Spuken der Wunsch steht, dabei zu sein und dem

Toten das Geleit zu geben. Aber auch dafür gibt es einen Lohn, wusste Inha. Wer an drei Stellen drei dunkle Nächte durchwacht, kommt ins Himmelreich, während demjenigen, der bei Lebzeiten keine einzige dunkle Nacht durchwacht hat, das Himmelreich nicht gezeigt wird.

Mich interessiert das Himmelreich herzlich wenig … Oder vielleicht interessiert es mich, als Ort zum Fischen. Sind Sie schon am Fluss, Anton Semjonowitsch? Wie sieht es da aus? Sehen Sie dort diejenigen, über die wir am Stillwasser sprachen?

Wie merkwürdig. Gestern, erst gestern haben wir über den Ort gescherzt, zu dem Sie sich dann sofort aufgemacht haben.

Ich sagte, ich wolle eine kleinere und zahmere Stromschnelle als den Kivakka, und Sie sagten, dass man im Himmelreich nicht an einer einzigen Stromschnelle fische, sondern dass man auch dort den wahren Fischer daran erkenne, dass er immer neue Stellen zum Fischen suche.

Ich halte Sie einen Augenblick bei der Hand, bei Ihrem komischen Handschuh, Anton Semjonowitsch. Wir durften einen wunderbaren Tag lang zusammen am Stillwasser fischen. Die Silver Doctor ist für Sie, ich glaube, wir sehen uns noch … Die Nacht ist so schwarz und stumm, es geht überhaupt kein Wind mehr. Werde ich so den Rest meines Lebens verbringen: wachend bei Kerzenschein, ins Dunkel starrend?

Ich möchte nicht mehr auf der Erde sein, Anton Semjonowitsch. Es ist Sünde, so zu denken. Herman hat einmal gesagt, die einzige Pflicht des Menschen sei, genug Interesse an seinem eigenen Leben zu haben, in irgendeiner Art bis an sein Lebensende neugierig zu sein. Ich bin letzte Nacht von dieser Pflicht befreit worden. Jetzt sitze ich hier, die Hand am Rand Ihres Sarges, so wie eine Mutter an der großen Wiege ihres großen Kindes. Ich habe Sie schon eingewiegt, möchte aber noch einen Augenblick mit Ihnen allein sein.

Inha ist in seine Kammer gestürzt, der arme Junge ist völlig erschüttert. Bis ins Mark, würde er sicherlich zu Ihnen sagen!

Anton Semjonowitsch ... Worüber sollten wir jetzt sprechen? Über die Liebe?

Anton Semjonowitsch, ich habe ihn geliebt. Er war so schön ... Wenn ich sicherer und erfahrener gewesen wäre, hätte ich Ihnen in Rajala alles erzählt, als Sie aus der Sauna kamen und mich weckten. Aber ich hasste Sie, Sie und Reetta, und bemäntelte das mit Missbilligung. Ich habe Sie ja nicht missbilligt, sondern gehasst und beneidet! Ich fürchtete, selbst nicht dasselbe zu bekommen. Und es vergingen keine zwei Tage, da riss ich schon dem Mann, den ich überhaupt nicht kannte, die Kleider vom Leib.

Vater Miihkulas dunkler Gott ist unberechenbar. Manchmal gibt er dem Menschen das, was er sich wünscht, und überlässt es ihm, mit den Folgen fertigzuwerden, so gut es geht. Auch meinen Wunsch hat er erfüllt: Ich bekam eine heiße, klare Nacht, ich bekam einen kalten, glühenden Tag. Und in der nächsten Nacht hielt ich schon Ihren toten Körper in den Armen.

Vorhin habe ich Ohta hereingelassen, obwohl die Leute hier das sicherlich schrecklich finden. Ein Hund am Sarg eines Verstorbenen. Ich nehme ihn auf die Arme, er ist schon sehr schwer, und hebe ihn hoch, damit er Sie ein letztes Mal ansehen kann. Er ist ebenso finster wie immer. Wenn Ohta Ihr Hund wäre, würde ich ihn töten und mit Ihnen in dasselbe Grab legen. Dann wären Sie am FLUSS zusammen.

Maria hörte alles, hörte, aber begriff nicht, denn sie hatte sich in zwei Personen aufgespalten. Die eine, die innere, saß gebeugt am Sarg und strengte sich an zu erspüren, wo der Verstorbene jetzt weilte.

Unsicher schlug sie das Kreuz, so wie sie es den Kaufmann hatte tun sehen: Daumen, Zeigefinger und Mittelfinger aneinandergelegt, damit an die Stirn, die Brust, die rechte Schulter, die linke Schulter. Entstand daraus ein besonderes Gefühl? Geschah etwas? Sie strengte Ohren und Augen ihrer Seele an, um die andere Seite zu erreichen, die jetzt so nahe war. Plötzlich begriff sie, warum die Rechtgläubigen sich bis zur Erde verneigten und mit der Stirn den Boden berührten. Angesichts des Unbegreiflichen kann man nichts anderes tun.

Aber zumindest Ohta hatte eindeutig verstanden, dass er jetzt am falschen Ort war. Er hatte sich im hintersten Winkel der Stube verkrochen, unter der Bank neben der Tür, und machte sich so klein und unbemerkbar wie er konnte. Unter der niedrigen Pritsche hervor fixierte er mit seinen schrägen gelben, matt glühenden Augen unablässig Maria. Es waren unsichere Zeiten. Anton Semjonowitsch war schon irgendwohin fortgegangen; wenn der Nächste gehen würde, wollte Ohta selbst dabei sein.

Das Haus war nicht so stumm gewesen, wie Maria zunächst gedacht hatte. Hinter der Wand knarrte es, dann ging jemand durch die Diele, und jemand anders kam, um Holz im Ofen nachzulegen. Wegen des Toten wurde die Stube kühl gehalten, dennoch musste der Ofen ein bisschen geheizt werden. Türen wurden geöffnet und geschlossen, man hörte Flüstern und Schluchzen. Auf dem Hof klingelte eine einsame Rentierglocke, die erstickt wurde, ohne sich zu wiederholen. Jemandes gegen die Wand gelehnte Skier stürzten polternd auf den vereisten Boden.

Jetzt wurde die Tür von der Diele in die Stube geöffnet, und herein trat leise Schwiegertochter Tarja und deren zwei halbwüchsige Töchter. Sie bekreuzigten sich vor Ikone und Sarg und setzten sich auf die Pritsche neben dem Fenster, ohne Maria auch nur anzusehen.

Es ist wohl Zeit für die Wachablösung, dachte Maria und stand langsam auf. Sie wusste nicht, wie sie vom Sarg fortgehen sollte, verbeugte sich dann aber tief vor Anton Semjonowitsch und nach einem Augenblick des Überlegens noch einmal vor den drei wachenden Frauen. Diese neigten würdig den Kopf.

Ohta erhob sich fragend in seiner Höhle unter der Bank, aber Maria hob warnend den Zeigefinger: noch nicht. Sie blickte auf die Frauen, sie wandten den Blick nicht ab, sondern starrten reglos auf den Sarg. Das jüngere der Mädchen spielte nervös mit dem Zopfende. Sie hatte offensichtlich Angst.

Maria ging zu dem äußersten Fenster und sah gedankenverloren hinaus. Am frühen Abend hatte sie sich an die nämliche Schwiegertochter Tarja gewandt, sie am Hemdsärmel beiseitegezogen, als diese den Fisch auftrug. Sie hatte versucht, höflich nach Afanassjews Erkrankung zu fragen: ob sonst noch jemandem übel geworden sei, sie hatten doch alle dieselben Speisen gegessen. Es musste noch mehr Kranke geben.

Tarja hatte sie ausdruckslos angestarrt, die schöne, vollblütige Frau, auf deren Gesicht die seelischen Regungen sich bisher abgezeichnet hatten wie Sonne und Wolken auf der Wasseroberfläche. Dann hatte sie den Kopf abgewandt und etwas auf Karelisch gemurmelt, wovon Maria überhaupt nichts verstand, und für einen Augenblick die Hand Maria auf die Schulter gedrückt. Die Geste war keine leichte Bezeigung ihres Mitgefühls, sondern ein nachdrücklicher Hinweis: Mischen Sie sich nicht weiter in die Sache ein. Danach war sie schnell zum Tisch getreten, um die Decke unter der Kerze zu richten.

Nachdem Maria sich von der Totenwache erhoben hatte, war sie wie von einer Zauberkraft befreit, und jetzt erinnerte sie sich an die vielen Geräusche, die sie während der Wache gehört hatte. Warum war das Haus mitten in der Nacht so unruhig? Man sollte doch meinen, dass alle schlafen ... In diesem Hause war nicht alles so, wie es sein sollte.

Der Gedanke drängte sich einfach und klar auf. Maria erkannte, dass er die ganze Zeit irgendwo verborgen gewesen war, und jetzt, wo alles vorbei war ... Sie spürte, wie es in ihrem Kopf zu pochen begann, und das Blut wallte ihr so durch die Adern, dass sie sich gegen den Fensterpfosten lehnen musste. Ihre kurzen Nackenhaare schienen zu leben, sich in der Nackengrube zu kräuseln, es fror sie an den Armen. In diesem Hause war nicht alles so, wie es sein sollte.

Mit geschärfter Aufmerksamkeit spähte sie hinaus und sah, wie in dem aus dem Fenster auf den Hof fallenden schwachen Lichtfleck eine Gestalt stand, die zu den Fenstern heraufstarrte. Maria drückte das Gesicht an die Scheibe, um besser zu sehen. Die Gestalt machte den Eindruck eines kleinen, untersetzten und dunklen Mannes, und als er den Kopf wandte, blitzte am Hals etwas Glänzendes auf. Der Mann trug einen Ohrring.

Mehr sah Maria nicht, denn unten wurde die Haustür geöffnet, ihr Kreischen war deutlich durch die Fensterscheiben bis oben zu hören, und der Mann ging von seinem Standort unter dem Fenster zur Tür, ohne nochmals nach oben zu sehen. Vielleicht war das ein Dorfbewohner, der gekommen war, um die dunkle Nacht zu durchwachen.

Maria glitt vom Fenster zur Tür und warf noch einen Blick auf die Frauen. Sie saßen in aufrechter Haltung reglos da wie Standbilder. Für das Himmelreich lohnt sich die Anstrengung, dachte Maria und gab Ohta schweigend ein Zeichen. Frau und Hund gingen quer durch die Diele – dieselben Menschenbündel lagen wieder zwischen den Samowaren – und schlüpften zur Kammertür hinein. Maria fiel aufs Bett und hob mit ihrem starken Arm den Hund neben sich.

Ich würde doch meinen, Ohta ist ein wirklich furchterregender Wachhund, dachte sie und drückte die Wange tief ins Kissen. In dieser Nacht werden wir keine Minute schlafen.

Maria hatte jedoch einige Minuten geschlafen, als sie plötzlich wach wurde. Es war nicht viel Zeit vergangen, das wusste sie, aber etwas hatte sie geweckt, sie plötzlich aus der Schlucht des Schlafes zurückgerissen, in die sie, schwer wie eine Bleikugel, gerade hatte versinken wollen, obwohl sie beschlossen hatte, wach zu bleiben.

Die Kerze war überhaupt nicht kürzer geworden, und Ohta neben ihr lag auf dem Bett mit wachen Augen. Aus seinem Hals ertönte ein gleichmäßiges, dumpfes Knurren, und er starrte unablässig auf die geschlossene Tür. Die Luft im Zimmer war kalt und abgestanden, so als hätte die Zeit aufgehört zu existieren und die darin befindlichen Wesen wären irgendwohin nach außerhalb der Zeit und außerhalb des Lebens gefallen.

Maria erinnerte sich nicht, den Hund jemals knurren gehört zu haben, und das allein war schon schaurig. Gewöhnlich grollte das Tier stumm, zog eine Grimasse oder bellte wütend wie ein Höllenhund. Jetzt sträubten sich ihm die Nackenhaare zu einer schwarzen, steifen Bürste, und das Knurren dauerte an wie ein ununterbrochenes Lied für den Fürsten der Dunkelheit.

»Still, du Dummkopf«, zischte Maria, stützte sich auf den Ellbogen und schlug den Hund fest auf die Schnauze. Der drehte erschüttert den Kopf wie ein alter Pfarrherr, dessen Kaplan plötzlich eine überraschende, frivole Geste gemacht hat, und legte dann den Kopf zurück auf die Pfoten. Er beschloss, in die einvernehmliche Lösung einzuwilligen: Das Knurren dauerte an, aber gedämpft.

Maria setzte sich im Bett auf und streckte die Hand in Richtung Tisch aus, um die Spangen und Kämme zu nehmen und sich die Haare aufzustecken. Es war das Beste, das Tier hinauszubringen, anscheinend war es durch den in der Stube liegenden Leichnam und die seltsame, gespannte Stimmung im Hause irritiert.

Die Haarbürste befand sich auf dem Tisch an ihrem Platz, auch das Wasserglas und der Granatring der Mutter, dessen Stein von winzig kleinen, funkelnden Diamanten umgeben war. Aber dieses Messer ... Das hatte bestimmt nicht auf dem Tisch gelegen, als Maria vorhin ins Zimmer gekommen war.

Sie stand auf, betrachtete erstaunt das Messer und nahm es in die Hand. Die Klinge war ganz sauber, ziemlich kurz und schön geformt. Maria prüfte es mit dem Daumen und bemerkte, dass es frisch geschliffen war. Um den weißen Griff aus Rentierknochen wand sich ein in den Knochen eingelegtes Silberband, das war allerfeinste Handarbeit, und das Messer hätte sehr gut finnische Arbeit sein können, aber gleichzeitig war daran etwas Fremdes. Klinge und Griff waren deutlich durch Gebrauch abgenutzt, sie hatten diesen matten, feinen Schimmer, den nur die Berührung durch die menschliche Hand in Jahrzehnten bewirkt.

Maria starrte das Messer lange an, sie betrachtete es die ganze Zeit, während sie sich schnell die Haare flocht und sie mit Kämmen und Spangen hochsteckte. Als sie damit fertig war, nahm sie das Messer wieder vom Tisch, wog es einen Augenblick in der Hand und steckte es dann ohne Zögern in den Gürtel. Die kleinen Nenzenmesser, Metallteile und Knochenstücke klingelten leise. So als hießen sie es willkommen, lächelte Maria und öffnete dem Hund die Kammertür.

Die frische Luft auf dem Hof wirkte befreiend. Der Wind blies aus Südost, vom See Pääjärvi her, und brachte schwere Wolken mit, aber auch einen gelinden Hauch: Der Frühling war nicht mehr fern. Mit dem Hund ging Maria rasch in Richtung Fluss, so weit sie auf dem Pfad vorankam. Nichts erschien ihr wichtiger als Homanens Haus für eine Weile zu verlassen. Ob ich wohl jemals das Geräusch fließenden Wassers mehr gebraucht habe als jetzt, dachte sie.

Noch weiter abwärts, dorthin, wo der Kivakka donnerte, kam man nicht ohne Skier. Maria lehnte sich gegen eine am Ufer wachsende Birke und blickte zurück, um das Haus hinter sich zu betrachten. Aus den Stubenfenstern leuchtete das matte Licht verschiedener Kerzen. Alle anderen Fenster waren dunkel.

Dunkel? Nein ... In den Fenstern der Diele bewegte sich einen Augenblick Licht, so als trüge dort jemand beim Gehen eine Laterne. Dann verschwand auch das.

Das Haus des reichen Homanen, das einige Tage zuvor den aus Paanajärvi ankommenden Reisenden gemütlich und faszinierend einladend erschienen war, wirkte auf Maria jetzt nur noch furchteinflößend. Die Geheimnisse, die sie anfangs in seinen vielen Irrgängen erahnt hatte, schienen sich allmählich zu offenbaren. Waren sie wirklich in Gefahr, Inha und sie?

Mit der Schnauze am Boden steppte Ohta auf dem Ufereis des Flusses seinen geschäftigen Hundelauf. Hier ist eindeutig ein Fischotter entlanggelaufen … Bisweilen blieb er stehen, hob den Kopf und sah Maria forschend an. Dann bekam er eine interessante Witterung und rannte in heftigem Trab den Hang zum Fluss hinunter.

Maria schloss die Augen und spürte, wie der Nachtwind ihr über das Gesicht strich. Er war wie eine kühle Hand, die den Kummer des Tages fortwischte. Jetzt! Wenn sie hier die Kleider auszöge und bis an den Rand des dünnsten Eises vorginge, wo die Stromschnelle sich als schwarzer Schlund mit weißer Gischt öffnete – würde sie ihr nicht allen Kummer aus dem Körper waschen? Und dann dürfte sie endlich schlafen, mit einem Stein der Stromschnelle als Kopfkissen, unter der kalten und tröstlichen Decke des ewig strömenden Wassers.

Ob Erik das verstehen würde? Würde er ein Lied darüber komponieren? Ein Lied über die Frau, deren Haare im Stillwasser wallen, gekämmt von dessen Fingern?

Maria lehnte regungslos gegen die Birke, den Kopf gesenkt, als wartete sie auf ein Zeichen. Dann öffnete sie langsam die Augen und hob den Blick zum Himmel. Er war von einer lückenlosen, grauschwarzen Wolkenmauer bedeckt. Dort blinkte kein einziges Licht, stattdessen begann es eisigen Schneeregen zu sprühen.

Ihre Schuhe waren völlig durchnässt.

Langsam ging sie Richtung Haus zurück, machte einen kleinen Bogen nach rechts und spähte beim Gehen wieder in mehrere Fenster. Das Licht, das sich vorhin dort bewegt hatte, war nirgends mehr zu sehen. Dafür stand jetzt am äußersten Fenster der Stube, durch das Maria vorhin selbst hinausgeschaut hatte, eine andere schlanke, hell gekleidete Gestalt. Inha war es nicht, sein dunkles Haar wäre zu sehen gewesen. Die Gestalt hob die Hand zum Gruß. Maria konnte nicht anders als mit der Hand zurückgrüßen. Dort stand jemand, der sie kannte.

Ich trete wieder in Savina Homanens Haus. Ziehe dieselbe oben bogenförmige, breite Tür auf, durch die ich mit I. K. Inha und Anton Semjonowitsch Afanassjew vor einigen Tagen eingetreten bin. Gerade erst war ich in Gedanken dem Tode nah. Jetzt bin ich ihm, ohne es zu wissen, noch näher.

Die Nachtstunden im Hause des reichen Homanen werden die entscheidenden Augenblicke meines Lebens. Später, wenn ich daran zurückdenke, sagt Herman, immer, wenn er die Geschichte höre – und er will sie oft hören, auch noch am Ende seiner Tage –, also, Herman sagt, er sehe immer seine hochgewachsene, schlanke Schwester mit nassen Schuhen und ihren dunklen, wirr auf den Rücken gefallenen Haaren in das labyrinthische, dunkle Haus eintreten.

»Wusstest du, was dich dort erwartete?«, fragt er noch einmal, auch noch mit der gebrochenen Stimme des alten Mannes, denn so schrecklich und aufregend ist meine Erzählung.

»Nein«, antworte ich jedes Mal. »Ich hatte gedacht, zusammen mit Anton Semjonowitsch sei alles in mir gestorben, in mir seien der Mut und der Wille, mein Leben fortzusetzen, gestorben … Es war wenig, was ich wusste!«

Ich erzähle die Geschichte, und während ich erzähle, stehe ich immer wieder im Viehunterstand, dem stockfinsteren unteren Vorraum, und die schwere Haustür knallt hinter mir zu. Nun, da der Nachtwind die Luft nicht mehr bewegt, legt sie sich mir gegen das Gesicht wie ein kalter, steifer Stoff. Vorsichtig strecke ich die Hand vor, um das Geländer der nach oben führenden Treppe zu ertasten. Die Hand tappt ins Leere – der Weg ist doch weiter, als ich ihn in Erinnerung habe.

Die erstarrte Luft des Viehunterstands riecht nach Tieren, alten Kartoffeln, vereister Erde, und da ist auch noch ein anderer Geruch, den ich nicht erkenne. Ich hebe die Nase und weite die Nüstern, während ich vorsichtig weitergehe, aber die Vorsicht hilft nicht, denn meine Schuhspitze stößt gegen einen am Fußboden vergessenen Kartoffelkorb, und ich taumle vorwärts und strecke die Hand noch weiter aus.

Da ist immer noch kein Geländer, sondern etwas anderes: eine kalte, trockene Menschenhand. Sie presst meine Finger zusammen wie ein Bündel Reiser, und ich schnappe nach Luft, stöhne vor Schmerz. Jemand lacht unsichtbar.

Hand und Stimme sind so unerwartet, dass ich ganz kraftlos werde. »Ich stand im Dunkeln wie eine Säule aus weißem, kaltem Teig«, lauten meine Standardworte an dieser Stelle der Erzählung, aber es gelingt mir nie, Herman das Gefühl der Hilflosigkeit zu schildern, das mich im Viehunterstand lähmte. Ich sage immer nur: »Ich stand im Dunkeln wie eine Säule aus weißem, kaltem Teig.«

Vielleicht rettet mich das. Da ich keinen Widerstand leiste, lässt der Griff, der mir die Gelenke zermalmt, ein wenig locker. Sofort reiße ich meine Hand los, werfe mich zur Seite und sause dann vorwärts: Jetzt fällt mir ein, wo der Kartoffelkorb am Tage stand, und ich weiß, wo die unterste Treppenstufe ist. Mit zwei gewaltigen Sätzen bin ich auf der Treppe und fliege, fliege hinauf, und dabei spüre ich, wie eine unbekannte Hand mich unten am Rocksaum packt. Der Rock reißt zischend, ich drehe mich um, winkle das rechte Knie an und trete mit aller Kraft nach unten, ins Leere.

Frei, aber mit zerrissenem Rock stürme ich die letzten Stufen hinauf in die Diele. Ich sehe, dass die Tür zu meiner Kammer spaltbreit offen steht, auf dem Tisch brennt dieselbe Kerze wie zuvor, und sie wirft Licht auf den Dielenboden, wo vorhin drei Schläfer gelegen hatten. Abgesehen von den Samowaren ist er jetzt leer.

Ich stehe horchend und drehe den Kopf wie ein Tier. Ich recke wieder die Nase hoch und ziehe die Luft ein, nur um mich an den seltsamen Geruch zu erinnern, den ich unten verspürt hatte. Er war metallisch und kalt, aber zugleich kräftig und dick.

Aus dem Viehunterstand ist kein Laut zu vernehmen. Meine eine Hand zittert sinnlos, sie fühlt sich an wie der unbeherrschbare Körperteil von jemand anders, als ich sie in den Gürtel schiebe und das Messer herausziehe, das ich nach dem Erwachen auf dem Tisch gefunden habe. Der Griff aus Rentierknochen legt sich mir in die Hand, als wäre er dafür gemacht. Einen Augenblick schließe ich die Augen, hebe die Klinge an die Lippen und küsse sie.

»Hast du wirklich die Klinge geküsst?«, fragt Herman interessiert. Wahrscheinlich fällt es ihm schwer, sich seine zurückhaltende Schwester mit einem Messer an den Lippen vorzustellen. »Ja«, antworte ich. »Ich weiß nicht, warum. Ich war wohl dem Geber einfach dankbar, wer er auch immer gewesen sein mag.«

»Und hast du den seltsamen Geruch erkannt?«, fährt Herman fort. Es ist wichtig, dass die Geschichte mit immer denselben Worten erzählt wird. »Damals nicht«, sage ich. »Aber später, in einer anderen Situation, da erkannte ich, dass es der Geruch von gerinnendem Blut war.«

Ich bücke mich in der Diele, ziehe vorsichtig die nassen Schuhe aus und stelle sie auf den Fußboden der Kammer. Dann schließe ich geräuschlos die Tür von außen und schleiche, das Messer immer noch in der Hand, über die Diele zur Tür des Heubodens. Leicht wie ein Schatten schlüpfe ich in den großen Lagerraum – ich vermute, dass es leicht sein würde, sich einige Zeit zwischen den Heuhaufen zu verstecken. Während ich den Raum durchquere, ziehe ich mit einem kräftigen Ruck am Fußbodenring die Luke auf, durch die das Heu in den Viehstall hinabgeworfen wird.

»Du hast sehr vernünftig gehandelt«, bemerkt Herman.

»Das habe ich wohl dir zu verdanken«, antworte ich. »Während ich mich zwischen die Heuballen drückte, wurde mir plötzlich bewusst, dass wir dasselbe Spiel als Kinder tausend Mal mit den Söhnen von Lundvall gespielt hatten – ich wollte doch immer die Räuberkönigin sein, die vor dir und den Lundvalls flieht und sich versteckt. Die Räuberkönigin! Ein Messer und alles! Der Rock in Fetzen, die Haare in den Anhängseln des Nenzengürtels verheddert. Ich hätte gelacht, wenn ich nicht so schreckliche Angst gehabt hätte. Aber in diesem Spießrutenlauf war ich wirklich Expertin …«

Ich, die ehemalige Räuberkönigin, nachmals Fräulein Renfors, zittere so, dass ich fürchte, die Heuhaufen könnten umstürzen. Ich höre, wie die Fußbodenbretter der Diele knarren, wie die Tür meiner Kammer sich öffnet und schließt. Dann streicht ein leichter Luftstrom durch den großen, dunklen Heuboden. Jemand ist durch die Tür gekommen, jemand, der errät, dass ich mich gerade hier versteckt habe.

Wenn Betrug den Menschen schrumpfen lässt, an ihm nagt, sodass er dünn und leicht und unscheinbar wird wie die Haut aus abgestorbenen Blättern, die im Frühjahr die

Erde bedeckt, macht die Angst ihn stark. Ich stütze mich mit einer Hand gegen den Balken, der das Dach des Heubodens trägt. Die Haare fallen mir ins Gesicht, aber ich kann sie nicht wegwischen, denn ich stehe leicht gebückt und umklammere mit der anderen Hand den beinernen Griff des Messers. Mein ganzer Körper schwankt im Rhythmus des Atmens. Die Klinge des Messers weist nach oben und nach vorn – ich weiß, dass ich trotz des Zitterns meiner Hand die Klinge in den stoßen kann, der mir jetzt in den Weg tritt. Von unten nach oben, wiederhole ich bei mir. In den Bauch, von unten nach oben …

»Ich kann fast sehen, wie deine Augen vor Kampfeslust blitzen«, murmelt Herman voller Bewunderung. »Meine herrliche und furchtbare Schwester!«

»Der Himmel klarte allmählich auf«, fahre ich fort. »Sehr gut möglich, dass meine Augen blitzten, denn durch die kleine Fensterklappe des Heubodens schaute jetzt der Mond herein. Auch die blanke Spitze meines Messers blinkte. Stell dir vor, Herman, das war Verzückung … Ich war bereit zu töten, ohne Bedenken. Plötzlich wollte ich nichts anderes als leben.«

Sieht mein Verfolger, der sich auf den Heuboden geschlichen hat, das Blinken, oder hört er das Heu rascheln, als ich langsam aus meinem Versteck hervorkomme? In der Luft liegt jetzt der Geruch von Schweiß und schmutzigen Kleidern, und der Ekel schüttelt meinen ganzen Körper. Das wirkt wie ein erfrischender Schnaps. Die Schritte des Unbekannten werden zielstrebig und schnell, und gerade, als ich beschließe, von einer Verfolgten zur Angreiferin zu werden – ich bin jetzt so voller Wut, dass mir das Blut im Kopf dröhnt und brüllt –, ertönt ein Aufschrei und ein lautes Poltern. Aus der offenen Fußbodenluke dringt das klagende Brüllen der Kühe herauf. Ihr Rinderschlaf ist von dem nächtlichen Überraschungsgast gestört worden, der in ihre Bucht gepurzelt ist.

Ich halte mich nicht damit auf, mich zu freuen, obwohl wir – Herman, Agnes und ich – später, wenn ich die Geschichte im Laufe der Jahre in Kajaani immer von neuem erzähle, an dieser Stelle immer unser Glas mit Malzwhisky, Macallani, erheben, den ein dankbarer Fischer jedes Jahr aus dem Hochland vom Ufer des Spey schickt. Die offene Heuluke hat mich gerettet, und darauf trinken wir, auf das Wohl der Räuberkönigin.

Aber jetzt, wo die Geschichte noch keine Geschichte ist, sondern der blanke Horror, jede einzelne Minute Flucht, renne ich in den hinteren Teil des Heubodens, dass die Bodenbretter krachen. Aus Anton Semjonowitschs Erklärungen erinnere ich mich daran, dass man von dort in einen schmalen Gang kommt, der in den hinteren Teil des Hauses und von dort durch das Hinterzimmer in die Stube führt. Dort würde ich in Sicherheit sein. Niemand würde es wagen, die Ruhe des Toten zu stören.

Der Gang ist schmaler und länger, als ich es mir vorgestellt hatte. In seiner Außenwand gibt es eine Reihe winziger schmutziger Fenster, kaum zwei Hand breit, durch die diesiges Mondlicht hereinfällt. Ich schließe die Tür des Heubodens hinter mir und lehne mich einen Augenblick mit der Schulter gegen die Wand. Mein heftiger Atem beruhigt sich allmählich, und ich presse mir den Arm und die zur Faust geballte Hand gegen die Brust. Mein Verfolger, der in die Kuhbuchten gefallen war, würde mich jedenfalls nicht sofort finden.

Die Wärme des menschlichen Körpers, und sei es die eigene, wirkt tröstlich. Als ich das Messer zurück in den Gürtel stecke, erscheint mir die leere Hand sofort hilflos, und ich schiebe sie in den Nenzengürtel. Die Stirn gegen die

Wand gelehnt, die Augen geschlossen warte ich so lange, bis ich ganz ruhig bin.

»Hast du die Hand die ganze Zeit im Gürtel gehalten?«, fragt Herman eindringlich. Der Nenzengürtel interessiert ihn sehr, denn später geht er verloren, und Herman bedauert bis an sein Lebensende, dass er ihn nie genauer untersucht hat.

»Ja«, antworte ich. »Dort auf dem Gang dachte ich, dass er irgendwann fern von hier in der unbekannten Tundra jemandem auf einer Reise geholfen hat, die genauso gefährlich war wie meine. Ich schloss meine Finger um ihn wie um einen Zügel. Als ich in die Stube trat, war ich so verblüfft, dass ich gar nicht mehr daran dachte.«

Ich gehe also bis zum Ende des Ganges, wo die Tür zum Hinterzimmer ist. Allerdings ist das Wort »gehen« falsch, denn je weiter ich dem Gang folge, desto länger scheint er zu werden. »Ich gehe, gehe, gehe, und der Gang scheint nie zu enden«, murmle ich und sehe träumerisch vor mich hin, und Herman und Agnes verstehen, dass in dem Gang zwischen Heuboden und Hinterzimmer etwas Merkwürdiges seinen Anfang nimmt.

Endlich bin ich an der Tür – so als wäre ich hundert Jahre den Gang entlanggegangen, so als wären alle anderen in dieser Zeit alt geworden, gestorben und vom Erdboden verschwunden, und nur ich wäre noch übrig. Ich bin so allein.

Im Hinterzimmer stehen viele Kerzen auf dem Tisch, und sie beleuchten das Bett, in dem Homanens Schwiegertochter Uljana mit ausgebreitetem Haar schläft. Eine kleine, magere Schulter und ein Arm schauen unter Laken und Decke hervor, die schwarzen Haare liegen wie ein Fächer auf dem Kissen, und die Schatten der langen Wimpern ruhen unbeweglich auf den roten Wangen. Uljanas Stirn ist auch im Schlaf gerunzelt, und ein flaumiger Streifen dunkler Härchen auf der Oberlippe verläuft bei den Mundwinkeln abwärts. Uljanas Schlaf ist weder ruhig noch glücklich.

Ich sehe, wie die Decke sich auf die Taille und den Hüftbogen hinaufgeschoben hat, und in der Höhle der Decke zeichnen sich die stark angeschwollenen Brüste und der noch größere, fast riesenhafte Bauch ab, auf dem die Haut so straff gespannt ist, als wäre sie kurz davor, zu reißen. Die Frau ist hochschwanger, dieselbe Person, die, spindeldürr, am Tage, die nackten Füße in Schuhen aus Birkenrinde, quer durch die Stube gelaufen war, um die Kerzen vor der Ikone auszutauschen.

Mir wird klar, dass ich etwas sehe, was erst in der Zukunft geschehen wird, und ich sehe mir die schlafende Frau einen Augenblick lang gleichgültig an wie eine Unbekannte. Dann gleite ich vor das Bett und bücke mich, um die Decke über Bauch und Brüste herabzuziehen. Die Frau seufzt schwer, hebt ein wenig den Kopf, kraust die schmale Nase und versucht, die Augen zu öffnen. Dann fällt ihr der Kopf zurück aufs Kissen. Ihr tiefer Schlaf dauert fort.

Ich öffne die Tür zur Stube, die jetzt ebenfalls von vielen Kerzen erhellt ist, und sofort sucht mein Blick den Sarg und den darin liegenden Anton Semjonowitsch. Alles ist so wie zuvor, so wie es war, als ich mit Ohta aus der Stube in die Kammer ging. Nur die Frauen, die am Sarg gewacht hatten, sind fort. Ihren Platz hat ein weißgekleideter, silberhaariger Greis eingenommen, der den Blick von dem Verstorbenen aufhebt, als ich ins Zimmer trete.

Sparre …

Der Graf sagt nichts, sieht mich nur lange und traurig an. Dann betrachtet er wieder die Leiche im Sarg, berührt die Decke mit der Hand und wendet sich zum Gehen. Mitten in der Stube bleibt er erneut stehen und sieht mich wieder an, wendet dann aber den Kopf ab und blickt zum Ofen. Seine kummervolle Miene weicht einem feinen Lächeln.

Auf dem Ofen sitzt Anton Semjonowitsch.

Ich hatte wohl von Inha gehört, die Einheimischen glaubten, dass der Geist des Verstorbenen sich nach der Trennung vom Körper auf den Ofen setze. Inha hat anscheinend eine bemerkenswerte Sprachbegabung, hatte ich schon wiederholt gedacht, als er mit huschendem S Savina Homanen imitierte: »… und da sitzt er und sieht zu, wie der Tote gewaschen und ein Sarg besorgt und was da getan und gemacht wird.

Drei ganze Tage, die Zeit des Durchwachens der dunklen Nacht, sitzt der Geist auf dem Ofen«, sagte Inha und plapperte: »… und wartet, wo man ihn hinschickt, weil das Urteil noch nicht gefällt ist, wo er hinsoll.«

Mich war das Lachen überkommen, aber ich hatte mein Lächeln unterdrückt und ernst zugehört, denn Inha nahm die karelischen Glaubensvorstellungen offenbar sehr ernst. Der Ofen ist für den Geist wohl ein ruhiger Sitzplatz; es heißt ja, er höre und sehe alles, was in der Stube geschieht.

Aber immerhin spricht er nicht mehr, denke ich jetzt. Ich blicke auf den Toten im Sarg und dann wieder zu Anton Semjonowitsch, der mit gelenkig gekreuzten Beinen auf dem Ofen sitzt und dieselben Kleider trägt, die ihm nach dem Waschen angezogen wurden. Quer auf den Knien hält er eine Fliegengerte, nicht die Greenheart, mit der er an der Stromschnelle gefischt hatte, sondern eine unglaublich schöne gespließte Bambusrute. Werden solche bei der Reise ins Himmelreich verteilt?, wundere ich mich.

Anton Semjonowitsch berührt leicht die silbern und blau blinkende Fliege, die fest am Haken an der Rute oberhalb der Spule sitzt, nickt und lächelt mir ein wenig zu.

Dann wenden er und Sparre, wie von einer einzigen Schnur gezogen, den Blick zur Bank neben der Tür.

Dort sitzt Jaakko Kuisma: Lässig hat er die Beine lang über den Boden ausgestreckt, und – Rücken und Kopf gegen die Wand gelehnt – sieht er mich mit einem Lächeln auf den Lippen an. Vielmehr, das ist kein Lächeln, sondern ein kaltes Grinsen, und davon gefriert mir die Seele.

Herman erkläre ich später, dass das Schrecklichste Kuismas Miene war. »Keinen Augenblick haben die beiden anderen im Zimmer mir Angst gemacht, Afanassjew und Sparre, obwohl ich natürlich sehr wohl verstand, dass sie keine lebendigen Menschen waren. Aber dieses entsetzliche Lächeln …«

Und ist denn Jaakko Kuisma real? Wie es sich damit verhält, wird mir niemals recht klar, denn als er die Hand hebt, um sich über den Bart zu streichen, sehe ich, dass seine Hand dick voll Blut ist, Blut tropft auf seine Hose, und etwas davon bleibt auch in seinem hellen Bart hängen. Seine andere Hand, die auf der Bank liegt, hinterlässt auf dem Holz einen schwarzroten Fleck, der dort auch später noch zu sehen ist, und Homanens Frauen bekommen ihn nie ganz weg.

Der Mann steht langsam von der Bank auf, zögernd, und macht ein paar Schritte ins Zimmer hinein. Er lächelt die ganze Zeit, jetzt freundlicher, und Blut ist nirgends mehr zu sehen, er ist so sauber wie frisch gewaschen, und die blauen Augen funkeln schelmisch.

»Fräulein Renfors«, sagt er weich. »Fräulein Renfors …«

Ängstlich weiche ich ein paar Schritte zurück, irgendwohin zwischen Sparre und Anton Semjonowitsch, und lege die Hand wieder an den beinernen Griff meines Messers.

Damit endet meine Geste, denn mit lautem Krach öffnet sich die Tür des Schlafplatzes am Ofen und fliegt fast aus den Scharnieren. Aus dem Verschlag klettert I. K. Inha in die Stube, die Haare voller Spinngewebe, den Anzug mit Erde beschmutzt.

»Fräulein Renfors!«, ruft er. »Fräulein Renfors, ich glaube, Sie sind in großer Gefahr!«

In demselben Augenblick leert sich die Stube – ich bemerke, wie Jaakko Kuisma sich hastig wie ein Schatten durch den Türspalt entfernt, und dort, wo hinter meinem Rücken Sparre und Afanassjew gewesen waren, ist nur noch der schwankende Schein der Kerzen. Übrig sind nur ich, Inha und der Verstorbene im Sarg.

Sind da überhaupt andere in der Stube gewesen?

»Was meinst du selbst?«, fragt Herman mich später. Er hat immer ein wenig an die Geisterwelt geglaubt, letztendlich ist er gar nicht so ungeheuer vernünftig, wie man meinen würde.

»Ich weiß, dass ich beschützt wurde«, antworte ich ihm langsam. »Das war Liebe, das war Fürsorge, ich habe das die ganze Zeit gespürt, so schrecklich die Augenblicke in der Stube auch waren. Denk nur ... Graf Sparre war mir von Ervastis Haus bis Vartiolampi gefolgt, vielleicht auch schon früher. Und dass ich Anton Semjonowitsch mit der Rute in der Hand, am Vorfach die von mir gebundene Silver Doctor, habe lächeln sehen, das tröstet mich für den Rest meines Lebens.«

Aber jetzt hat I. K. Inha in der Stube, die sich rasch geleert hat, den Auftritt seines Lebens. Er kommt zu mir geeilt und stößt hervor: »Ich bin in meiner Kammer davon erwacht, dass ich Poltern und Schreien hörte! Das kam aus dem Kuhstall, aus Richtung der Kühe, und da zog ich mir rasch etwas an und stürzte auf den Hof, zur Tür des Kuhstalls. Ich war jedoch nicht schnell genug, denn die Tür schwang auf, und da lief eine dunkle Gestalt, die mich heftig gegen die Brust stieß, sodass ich in den Schnee fiel, und dann rannte die Gestalt, oder der Mann, um die Hausecke und verschwand im Dunkeln. Fräulein Renfors«, fährt Inha fort, beugt sich ganz nahe zu mir und sieht mir fest in die Augen, »der Mann stank ganz fürchterlich nach Kuhmist. Aber ich glaube, dass er trotzdem sehr gefährlich ist!«

»Das glaube ich auch«, sage ich mit schwacher Stimme. »Ich habe nur dieses Messer ...«

»Aber ich habe die hier«, ruft Inha kampfeslustig aus. In der einen Hand schüttelt er den schweren Schaft von Afanassjews Greenheart-Rute, und in der anderen – ja, einen Kegel!

»Für Sie kämpfe ich bis zum bitteren Ende! Ich kam vom Kuhstall zurück in die Stube und stieg gewitzt durch die Tür des Schlafplatzes hinab in den Verschlag, wo ich mich zwischen Handmühle und leeren Kisten versteckte, bis ich fand, dass der rechte Augenblick gekommen war! Was also ist unsere Kriegslist?«

Mit der Hand suche ich Halt an der Wand – der Mensch kann also sich zu gleicher Zeit fürchten und lachen müssen, wundere ich mich. Dann reiße ich mich zusammen und sage ernst zu Inha: »Gehen Sie auf Wacht in den Viehunterstand ... Ich werde mit einer Laterne in alle Räume der Wohngeschosse einen Blick werfen, auch in den Heuboden. Wir müssen den Mann erwischen.«

Wir trennen uns an der Stubentür. Inha schleicht die Treppe hinunter, ich mache mich auf meinen Rundgang, in der Hand die Laterne, die ich vom Fußboden der Diele aufnehme. Neben den Samowaren liegen wieder zwei fest Schlafende – wie manche doch bei so einem Lärm derart tief schlafen können, wundere ich mich.

»Hast du dich nie über die Schläfer am Fußboden gewundert?«, fragt mich der post festum schlaue Herman. »Du erzählst, dass dort mal Menschen lagen, mal wieder nicht. Bist du wirklich nicht darauf gekommen, dass jedermann sich dort unter seinem Umhang zu Boden werfen und den schlafenden Knecht spielen konnte?«

»Das ist mir nie in den Sinn gekommen«, schüttele ich den Kopf. »Im Haus des reichen Homanen wimmelte es ständig von Leuten. Das Haus war ebenso voll von Leuten wie von Sachen, die überall herumlagen. Herman, wenn du all den Kram gesehen hättest, der Treppen, Türpfosten und Hof zierte ... Und wenn du all die Leute gesehen hättest, die durch die Tür kamen und gingen ... Wir in Finnland leben in einer stillen Wildnis.«

Ich wandere von einem Zimmer ins andere. Ich hebe die Laterne am Sarg, in dem Anton Semjonowitsch liegt, das Gesicht aus Wachs und Holz – er stellt sich schlafend, denke ich jetzt –, und gehe ins Hinterzimmer, wo Uljana liegt. Wieder wird mir Zukünftiges gezeigt, was noch nicht Wirklichkeit ist: Uljana hat entbunden, in ihren Armen liegen zwei Jungen, die mich mit ihren klugen Säuglingsaugen anstarren. Die Kinder haben helles, schimmerndes Flaumhaar und strahlend blaue Augen, und ach, wie schön geschwungen ihre Nasen doch sind ...

»Werdet ebenso kühne Jäger wie euer Vater«, flüstere ich. Uljana liegt zwischen den Kindern und sieht mich ebenso unentwegt an wie die Neugeborenen. Ihre schwarzen Knopfaugen funkeln im gelben Licht der Laterne vor Hass.

Ruhig setze ich meinen Weg durch das Zimmer zur Tür des Ganges fort. Dies hier geht mich nichts mehr an.

Ich öffne die Tür und trete hinaus auf den Gang, der vom Hinterzimmer zum Heuboden führt und der jetzt voller Menschen ist. Leicht berühre ich einen jeden mit der Hand: Gallén, der gutaussehende Mann mit dem Schnurrbart, verbeugt sich artig mit dem Pinsel in der Hand, in seinem farbenbekleckstem Kittel. Er hebt sein Bild hoch, das er, wie er erzählt, in Lentua in der Kätnerei von Renne Matokangas gemalt hat: *»Mädchen, das den Psalm vom Rindenbrot singt«*, flüstert er und streichelt mir die Wange. Neben ihm steht seine Frau Mary, die die rotwangige Impi Marjatta in ihrem blauen Kleid an sich drückt, und sie weint, denn Impi Marjatta wird bald sterben.

Renne Matokangas umarme ich lange und fest und wundere mich selbst ein wenig darüber, denn solche Gesten entsprechen überhaupt nicht meinem Wesen. Dann gehe ich weiter, wie eine Königin, die ihre Besucher begrüßt.

»Bildhauer Emil Wikström, Sie können mich Wikka nennen«, flüstert neben Renne Matokangas schelmisch ein hagerer Mann und säuselt: »Graf Sparre haben Sie ja schon gesehen … Er lässt Ihnen ausrichten, dass er Sie nie verlassen wird.«

Und dann, ganz am Ende des Ganges, steht vor mir ein Mann mit aufrechter Haltung, dessen Kopf von einem rotgelben Haarschopf gekrönt ist. Gegen seinen Arm lehnt sich eine anmutige, dunkle Frau. Der Rothaarige hebt meine Hand an die Lippen: »Wenn Sie *Kullervo* hören, den ich bald fertig habe, werden Sie sich immer an Ihre Reise nach Karelien erinnern. Die verbindet uns alle, sie pulst auf ewig in unseren Adern.«

»Und Jean hatte ja die Freude, Ihren Neffen Erik Melartin zu treffen, der auch Komponist wird. Nur wird man seine Größe erst viel später erkennen«, lächelt die junge Frau.

Als ich meinen Weg unbeirrt fortsetzen will, hält die Frau mich am Ärmel zurück und flüstert ganz leise: »Fräulein Renfors, beneiden Sie mich niemals um meine Liebe.«

Ich erschauere, denn so viel verborgene Trauer liegt in

den Worten der Frau, und ich bleibe, schmerzlich berührt, einen Augenblick stehen und setze erst dann meinen Rundgang über den Heuboden fort. Jetzt ist es nur eine Scheune, kein Versteck mehr, und meine Schritte sind von Gewissheit und Frieden beflügelt.

Was könnte mir noch Angst machen?, überlege ich. Später sage ich zu Herman: »Ich gehe um die offene Fußbodenluke herum, komme in die Diele, werfe einen Blick in meine leere Kammer und in Inhas Kammer. Ich bin so leicht, so leicht, ganz sorglos. Als ich im Gang an jenen Menschen vorbeiging, geschah etwas ... Sie gaben mir ihre Kraft, ein zweites Leben. So als hätte die Erde sich unter dem Pflug des Pflügers gewendet.«

Ich stehe in der Diele, auf deren Boden jetzt nur ein einziger Mensch liegt. Vorsichtig stupse, schiebe ich meine Schuhspitze gegen die Flanke des Bündels, stoße dann kräftiger und flüstere: »Wachen Sie auf, wer sind Sie eigentlich, was machen Sie ...?«

Ein bärtiges, verschlafenes Gesicht dreht sich nach oben, und ein fast zahnloser Mund öffnet sich zu einem Entsetzensschrei: Der verrückte Simana glaubt, im Schein der Laterne ein Gespenst zu sehen, das mit aufgelösten schwarzen Haaren gekommen ist, um ihn ins Totenreich zu holen.

In demselben Moment, da Simanas Schrei sich entlädt, ertönt auf der Treppe ein fürchterliches Poltern und das Geräusch von Fallen und Kullern, dann ein Krachen und Schmerzensgeheul. Inhas Stimme schallt von unten herauf: »Du sitzt in der Klemme, du Schuft!«

Als ich, immer noch mit der Laterne, in den Viehunterstand eile, sehe ich, dass Inha zu Füßen bewusstlos ein untersetzter Mann liegt, die Stirn voll Blut, über und über voller Kuhmist und fürchterlich stinkend. In einem seiner Ohren blinkt ein goldener Ohrring.

Inha kreuzt die Arme über der Brust und sieht mich triumphierend an:

»Sie werden mir verzeihen, Fräulein Renfors, dass ich mich erkühnt habe, ein paar von Ihren Vorfächern aus Seidendarmschnur zu stibitzen und daraus auf der Treppe für den Schurken eine Falle zu bauen! Wahrhaftig, das Gespinst der Seidenraupen ist haltbar, Sie haben es gegenüber Anton Semjonowitsch nicht umsonst gelobt! Der Schurke ist über meine Konstruktion gestolpert und Hals über Kopf die Treppe runtergefallen. Dann habe ich meiner Arbeit den letzten Schliff gegeben, indem ich ihm mit der Greenheart eins über den Schädel gegeben habe. Rute und Vorfach, Vorfach und Rute, Fräulein Renfors … Was für Waffen bietet doch die Fischerei im Kampf gegen die Kriminalität!«

Es vergingen zwei Tage. Nachdem Inha dem Verfolger einen Schlag versetzt hatte und der aus dem Bett gerissene Savina Homanen den Dorfpolizisten geholt hatte, damit er den Mann fortbrachte, war das Haus wieder in nächtliche Stille versunken. Maria war auch am Morgen noch im Bett geblieben und nicht so wie die anderen Hausleute aufgestanden.

Von diesem Tag blieben Maria wirre Bilder in Erinnerung; sie wusste wohl, dass sie während dieser Zeit im Gästezimmer gelegen hatte, sich bisweilen auf den Bettrand gesetzt hatte, um etwas zu essen, was man ihr brachte, aber den größten Teil der Zeit hatte sie geschlafen oder gedöst. Ihr war klar, dass sie irgendwie krank war und Ruhe brauchte. Inha kam ab und zu und setzte sich an ihr Bett, und dann fragte sie ihn manchmal unruhig: »Sind die drei Tage schon vergangen? Geht man schon daran, Anton Semjonowitsch zu begraben?«

Dann versicherte Inha ihr immer, er werde ihr Bescheid sagen, wenn es so weit war, und werde sie dann sogar eigenhändig aus dem Bett heben.

Auch Inha fühlte sich anscheinend wohl in ihrer Kammer, er saß oft auf einem kleinen Stuhl, ohne ein Wort zu sagen, wiegte sich ein wenig hin und her und überlegte etwas. Manchmal, wenn er des Schweigens überdrüssig wurde, und wenn er sah, dass Maria wach war, fragte er: »Soll ich Ihnen wieder etwas von Lönnrot vorlesen?«

Es hatte sich herausgestellt, dass Inha Elias Lönnrots Erzählungen aus Weißmeer-Karelien bei sich hatte, »als seinen besten Reiseführer«, wie er sagte. Jetzt schlug er das Buch bald hier, bald da auf, an Stellen, von denen er annahm, sie würden Maria zerstreuen, und begann zu lesen. Maria hörte gierig zu, anfangs nur, um für eine Weile von den eigenen Gedanken loszukommen, und dann, weil Lönnrots Erzählungen anfingen sie wirklich zu interessieren. Ihr wurde immer klarer, was für eine Großtat der Kreisarzt vor sechs Jahrzehnten vollbracht hatte.

Inha hatte eine ziemlich hohe, klare Stimme, und er las langsam. Vielleicht hinterließen die vielen Einzelheiten des Buches bei Maria auch deshalb einen so nachhaltigen Eindruck, darunter die Erzählung von dem fast hundertjährigen Vasselei aus Alijärvi, dem blinden, fröhlichen Alten, der Lönnrot von der Entstehung der Kantele, der Erschaffung der Welt, dem Schmieden des Sampo und davon gesungen hatte, wie Kullervo sich mit den Jungfrauen der Insel vergnügte.

Maria zwang ihr fiebriges Hirn, etwas von jenen erstaunlichen Stimmen zu erfassen, die schon ganz verstummt waren: »Er sang sein Lied am Feuer, und es war so seltsam leicht, lebhaft und leuchtend, dass ich fand, ich hätte noch nie ein anderes, so schönes gehört. Beim Singen variierte und wiederholte er die Melodie auf vielfältige Weise und wechselte die Tonarten, sodass es niemals eintönig wurde. Mitunter sang er eine längere Versfolge so, dass die Melodie immer einfacher wurde, und als wollte er die Erzählung beschleunigen. Zuletzt schaukelte er nur zwischen zwei Tönen hin und her, bis er, während sich der Ruhepunkt des Gedankens näherte, die letzten Verse mit vollem Ton sang und noch dazu mit erstaunlich klangvollen Verzierungen ausschmückte, die mein Ohr unmöglich festhalten konnte, obwohl ich ihre Schönheit lebhaft empfand.«

Manchmal unterbrach Maria Inha gleich zu Anfang, hob in ihrem Bett leicht die Hand und sagte mit leiser Stimme: »Lesen Sie bitte noch einmal, wie Lönnrot Arhippa Perttunen kennenlernt.«

Und Inha las gehorsam: »Ich kam von Tšenaniemi, wo ich einen Tag geweilt hatte, nach Kivijärvi …«

Dann brach der Morgen an, an dem Anton Semjonowitsch auf den Gottesacker geleitet werden sollte. Inha kam an die Kammertür, und er hatte noch nicht den Mund geöffnet, da warf Maria schon die Decke ab und sprang mit einem Satz aus dem Bett. Sie stand barfuß und mit aufgelöstem Haar in einem langen weißen Nachthemd da, sah Inha an und sagte: »Jetzt? Ich bin bereit. Sind Sie es auch?« Inha nickte. Er schloss die Tür, und Maria konnte sich ankleiden.

Der Sarg sollte zum Friedhof getragen werden, denn der lag nicht weit entfernt am Rande des Dorfes, hatte Savina Homanen Inha am Tag zuvor erklärt. Er sagte auch, dass als Sargträger sich alle betätigen konnten, die gekommen waren, manchmal auch junge Frauen und Mädchen. Nur die nahen Verwandten beteiligen sich nicht am Tragen, und von denen war ja jetzt niemand da.

Daraufhin hatte Inha eilig gestammelt, dass Fräulein Renfors und er unbedingt mit tragen wollten, und Homanen hatte ernst genickt. Der Leichnam musste schon am Vormittag auf den Friedhof gebracht werden. Danach, wenn die Sonne sich nach Westen wendet, darf der Verstorbene nicht mehr ins Grab gelegt werden, denn dann wird dem Begrabenen im Totenreich nicht mehr die Sonne gezeigt, und er muss in ewiger Dunkelheit weilen.

Wie seltsam, überlegte Inha. Hier im Norden machte man sich Gedanken über die Organisation von Afanassjews Beerdigung, und seine weitläufige Familie unten in Uhtua wusste noch nicht einmal, dass eines ihrer Mitglieder fortgegangen war. Die Witwe und vier Waisen ... Maria Renfors und Inha kannten Anton Semjonowitsch noch keine zwei Wochen, und jetzt würden sie gleich die Tragstange seines Sarges schultern. Ob ihnen wohl jemals ein Mensch aus Uhtua begegnen würde, damit sie ihm von Afanassjews letzten Tagen erzählen konnten und davon, wie sie ihn zu Grabe getragen hatten?

Als Maria die Stube betrat, sah sie, dass der Tisch dort mit allerlei Essbarem, auch mit Tee und Kaffee, gedeckt war. Der Abschiedstisch wartete da auf die Menschen, die vom Friedhof zurückkehren würden. Der Sarg war mitten in die Stube gestellt. Jetzt erst bemerkte Maria, dass auf seiner rechten Seite in Augenhöhe ein kleines Fenster gesägt war, in das man ein Stückchen Glas eingesetzt hatte. Dadurch beobachtete der Verstorbene offenbar die Außenwelt. Jetzt hatte man zu beiden Seiten des Kopfendes Seile gebunden und daran Schlaufen, in die längs zum Sarg eine Stange geschoben worden war. Die war so lang, dass jeweils sechs Personen gleichzeitig tragen konnten, drei an jedem Ende.

Während der Sarg für den Weg vorbereitet wurde, hatte man geweint, und als die Stimmen verstummt waren, wies Savina Homanen den Trägern ihre Plätze an: Er selbst ging mit seinen beiden starken Söhnen ans Kopfende, und an das andere Ende wurden Inha, Maria Renfors und Ontrei, der Bruder des zweiten reichen Mannes im Dorf, beordert. Die Rechtgläubigen bekreuzigten sich, die Stange wurde auf die Schultern genommen, und so machte man sich auf den Weg. Schon an der Stubentür liefen Inha die Tränen über die Wangen.

Still und leicht ging das Tragen nicht vonstatten, das merkten Maria und Inha sofort. Beim Hinaustragen des Sarges durch die Tür verabschiedete man sich mit Klageworten, bat für den Verstorbenen um Verzeihung, denn er war zu Lebzeiten vielleicht mit bösen Worten durch die Tür gegangen. Auch in der Diele wurde um Verzeihung gebeten, und als der Sarg zur Haustür hinausgetragen war, wurde er auf der Schwelle des Schuppens abgesetzt. Der Verstorbene könnte gekränkt sein, wenn man ihn allzu eilig forttrug.

Draußen schneite es leicht, und das war ein gutes Zeichen, der Verstorbene komme ins Himmelreich, sagte der als Letzter tragende Ontrei Jaakkonen hinter Maria. »Wir bringen den Verstorbenen jetzt ins Himmelreich, weil die Götter so die Spuren zudecken. Und Anton Semjonowitsch ist auch nicht schwer geworden. Es war leicht, ihn von den Bänken auf das Brett zu heben.«

Der Sarg wurde dieselben Pfade und Gassen entlanggetragen, die die Dorfbewohner auch sonst benutzten. Ganz vorn wurde ein Kreuz getragen sowie der Sargdeckel, danach der Sarg, und darauf folgten nebeneinander die Begleitpersonen, Männer und Knaben zuerst, danach die Frauen, denn in Karelien gingen die Frauen niemals voran. Immer mehr Menschen schlossen sich unterwegs dem Leichenzug an. Ob wohl auch Altgläubige darunter sind?, fragte sich Maria.

Außer der Verabschiedung hatte der Geleitzug noch ein anderes, nützliches Ziel: »So viele Menschen, wie dich ins Totenreich geleiten, so viele werden dich dort auch empfangen, wenn du einmal dorthin kommst«, sagte Ontrei Jaakkonen.

Der Trauerzug kam langsam voran bei dem Schneefall, den dann und wann überraschend ein fahler Sonnenstrahl durchbrach. Das erleichterte das Gehen, und auch, dass an jedem

Gatter, das man passierte, angehalten und Weihrauch gespendet wurde, und auch im Hof jedes Hauses, über den man ging, wurde Halt gemacht, der Sarg abgestellt und das Weihrauchfass geschwenkt. Der Verstorbene war viele Male über diese Höfe gegangen, und dort fand ein Abschied sowohl von dem Weg als auch von den Menschen statt, die diese Wege entlanggingen, es wurde geklagt, um Verzeihung gebeten, wieder weitergegangen, gehalten und geweihräuchert.

Maria verstand, dass Anton Semjonowitsch dieselbe Behandlung zuteil wurde, wie wenn er zu Homanens Hausleuten gehört hätte oder ein Einwohner des Dorfes Vartiolampi gewesen wäre. Von hinten, von der Seite, sah sie, dass Inha unausgesetzt weinte, der Schnee verschmolz mit den Tränen auf seinen Wangen und dem Rotz, der ihm aus der Nase rann und den er ab und zu mit einem Taschentuch abwischte, das er aus der Tasche zog. Ein paar Mal bebten seine Schultern so, dass er aus dem Tritt geriet und stolperte, und Maria und Jaakkonen verlangsamten besorgt ihre Schritte.

Maria selbst fühlte sich fast leicht – sie hatte sich schon von dem Kaufmann aus Uhtua verabschiedet, und jetzt sah sie nur das sonnige Stillwasser der Kivakka-Stromschnelle und Anton Semjonowitsch, wie er lachend mit seiner Fliegenrute ausholte.

»Ich beginne an die Auferstehung zu glauben«, murmelte sie leise vor sich hin, fast verlegen, »… gestorben und begraben, niedergefahren zur Hölle, am dritten Tage wieder auferstanden, aufgefahren gen Himmel …«

In der Kirche hatten die Sterbeglocken geläutet, als der Sarg von Homanens Haus fortgetragen wurde, und ihr Grüßen wurde stärker, als der Zug sich dem kleinen Gebäude näherte, dessen Zwiebeldach kunstvoll aus gebogenem Spanholz geformt war.

Der letzte Teil des Weges führte sanft bergab und war

unter der leichten Schneedecke vereist, sodass die Stiefel der Träger keinen ordentlichen Halt fanden. Die Tragstange auf den Schultern, den Sarg zwischen sich rutschten sie wohl oder übel der Kirche entgegen, aber sie rutschten aufrecht, mit Würde, ein Fuß vor dem anderen und das Gleichgewicht haltend, so als befürchteten sie keinen Augenblick, dass einer von ihnen stürzen und die anderen dadurch zu Fall bringen könnte.

Wie eine Schleppe kamen die Begleitpersonen hinterdrein, einige gerieten ebenfalls ins Rutschen und versuchten unter schrillen Schreien einer den anderen aufrecht zu halten. Ein paar ältere Frauen plumpsten denn auch mit dem Hinterteil in den Schnee am Wegrand.

Während das Tempo sich verlangsamte, glitten Sarg und Träger vor den an der Tür wartenden Vater Miihkula hin, so als wäre diese eindrucksvolle Darbietung in dem durchsonnten Schneegestöber vorher vereinbart und geübt worden.

»Diese Stelle hätte Anton Semjonowitsch besonders gefallen«, flüsterte Inha Maria zu. Er weinte nicht mehr.

In der Kirche wurde der Sarg von den Seilen befreit und auf den Boden gestellt. Es drängten sich so viele Menschen herein, wie in dem kleinen Heiligtum nur Platz fanden. Von Hand zu Hand wurden Kerzen entzündet, wieder hielten Maria und Inha gemeinsam eine dünne, lange Kerze, und Maria wärmte Inhas eiskalte Hand mit der ihren, die ein wenig zitterte.

Vater Miihkula legte dem Verstorbenen ein aus Stoff gewebtes Kranzband auf die Stirn und steckte ihm einen Zettel mit einem Gebet zur Vergebung der Sünden in die Hand. Dann nahm er sein Buch, und seine gedämpfte, gleichförmige Stimme ertönte klar in der ihn umgebenden Menschenmauer.

Vater Miihkula hatte sich zu einer aufmerksamen Geste entschlossen: Er sprach eine Sprache, die auch die Gäste aus Finnland verstanden. Diese vermuteten, dass der Vater die Zeremonie nicht in slawischer Sprache abhalten wollte, und vom Karelischen hätten sie selbst kaum etwas verstanden.

Maria fuhr aus ihren Betrachtungen hoch, als Vater Miihkulas leise, eindringliche Worte an ihr Ohr drangen: »Du fürchtest nicht die Schrecken der Nacht und nicht den am Tage fliegenden Pfeil, nicht die Pest, die im Dunkeln umgeht, nicht die Krankheit, die am Tage wütet. Und wenn neben dir tausend Mann fallen und um dich herum zehntausend, du wirst verschont. Du wirst mit eigenen Augen sehen, wie die Rache den Gottlosen trifft.«

Welch ein Versprechen, wunderte sich Maria. Ich verstehe wohl, dass der Allmächtige uns zumindest manchmal vom Strick des Jägers und von der verderblichen Pest errettet – aber dass wir den Augenblick der Rache mit eigenen Augen sehen dürfen … Wer führt die Rache aus, und wie, und wo? Ich kann an Anton Semjonowitschs Sarg keine Rache schwören, das wäre gottlos. Aber wie schwer ist es doch, die Dinge auf sich beruhen zu lassen! Und diesen Rat hat Afanassjew selbst mir in Rajala gegeben.

»Geleite, o Herr, die Seele deines entschlafenen Dieners zur Ruhe«, sang Vater Miihkula. »Nimm auch die Seele deines Dieners, o Christus, unter die rechtschaffenen Seelen derer auf, die dir gedient haben und sich der Herrlichkeit des Paradieses erfreuen …«

»Anton Semjonowitsch, wir sehen uns wieder an den Stromschnellen des Paradieses«, flüsterte Maria, und Inha rief zusammen mit den anderen Kirchenbesuchern, allerdings mit fast ungehörig lauter Stimme, denn er schrie es fast: »Deiner sei auf ewig gedacht, auf ewig gedacht, auf ewig gedacht!«

Vater Miihkula bückte sich, um das Heiligenbild auf der Brust des Toten zu küssen, und dann folgten ihm die Begleiter in langer Reihe. Maria und Inha sahen zu, wie die Köpfe sich einer nach dem anderen hinunterbeugten und wieder hochkamen, und von neuem war zu hören: »*Prosti milma, pokoiniekka*! Leb wohl, mein Lieber, Entschlafener!« Dann wurde der Sarg wieder an der Tragestange aufgehängt, und man machte sich auf, um ihn von der Kirche zum Friedhof zu bringen.

Die Schar der Begleiter folgte mit ihren Kerzen, die sogleich erloschen, denn der Schneesturm hatte zugenommen, und die Sonne kam überhaupt nicht mehr heraus. An die Stelle der Zeremonien der Rechtgläubigen waren wieder die schrillen Klagelieder der Frauen getreten. Jetzt wurden die auf dem Friedhof ruhenden Toten aufgerufen, den Ankömmling in Empfang zu nehmen.

»Was für ein Geschrei hier doch die ganze Zeit herrscht«, flüsterte Inha über die Schulter. Anscheinend hatte er sich in der Kirche wieder erholt. Es schauderte Maria, sie hatte das Gefühl, ständig zwischen zwei Welten zu pendeln, und sie konnte nicht mehr auseinanderhalten, welche heilig und welche heidnisch war: »Kommt aus dem Totenreich, um mein liebes Väterchen heute in das künftige Leben aufzunehmen, Verwandte und Nachbarn und alle Bewohner des Totenreichs.«

Der Friedhof war ein prachtvoller Fichtenwald auf einem Hügel am Rande des Dorfes, eine dunkle Waldinsel, die an den heiligen Opferhain der alten Zeiten erinnerte. Felder umgaben ihn von drei Seiten, und über das westliche Feld schritt jetzt mühsam der Trauerzug. Das, was vielleicht ein Weg gewesen war, hatte der Schneesturm mit weichem, dickem Schnee zugeweht, in dem es schwierig war, den Sarg zu tragen. Maria stolperte über ihre langen Röcke, zweimal griff sie nach Inhas Schulter, der vor ihr ging, und manchmal spürte sie, wie Ontrei Jaakkonen sie am Ellbogen stützte. Angestrengt keuchend langten die Träger schließlich auf dem Friedhof an.

Den düsteren Fichtenwald umgab ein Holzzaun, und der Boden war voller niedriger hölzerner Grabkammern, von denen ein Teil schon vermodert war. Manche hatten nur ein Flachdach, der Länge nach dicht bei dicht mit Stangen belegt, aber die meisten hatten ein Firstdach aus längs oder quer angebrachten Brettern. Bei einigen war das Dach aus Birkenrinde, bei anderen aus Spanholz, und jedem zu Füßen stand ein Grabmal, ein aus Holz geschnitztes Kreuz. Es waren Grabkreuze im karelischen Stil, der Pfosten viereckig oder rund, mit mehr oder weniger Schnitzwerk verziert, am oberen Ende eine manschettenartige Verzierung und ein Dach, ein Firstholz und lange, herausstehende Holznägel, und an die Dachränder waren verzierte Windbretter genagelt. Manche hatten außerdem ein Querholz oder zwei, ein waagerechtes und das andere nach russischer Art schräg.

Der Mann, der vorn das Kreuz trug – jetzt erst erkannte Maria in ihm den Brautwerber Varahvontta –, führte die Prozession zu einem offenen Grab, das von Nordost nach Südwest gegraben war; so wird der Tote nach Nordosten, in Richtung des aufsteigenden Sommertags blicken, denn im Sommer geht die Sonne im nördlichen Teil des Nordostens auf. Das Grab war drei Ellen tief gegraben, und jetzt wurde der Sarg auf die Stangen gestellt, die quer über das Grab gelegt worden waren.

Dann begann eine seltsame Geschäftigkeit, die Maria und Inha verwundert beobachteten: Aus den Mänteln und Tüchern der Hausgenossen Homanens, die dem Sarg das Geleit gaben, kamen kleine Spanschachteln, Tontöpfchen und Körbchen aus Birkenrinde zum Vorschein, die runde Sauerteig- und andere Piroggen, gefüllte Kartoffelklöße, kleine Fisch- und andere Brote sowie teures Salz enthielten. Diese Mitbringsel wechselten würdevoll den Besitzer.

Ontrei Jaakkonen bemerkte die Verwunderung der Finnen und sagte leise, dass da die Gedenkgaben verteilt wurden, vor allem für die Minderbemittelten und die Armen. Man müsse mindestens für drei Personen etwas zu verschenken haben. Aber sie würden nicht hier, sondern erst zu Hause im Gedenken an den Verstorbenen verzehrt werden. »Im Totenreich wird all das vermerkt, es ist, als würde in einem Buch eingetragen, dass hier Gutes über ihn gesprochen wird … damit auch er helfen kann, wenn wir auf Fischfang oder Vogeljagd gehen oder was auch immer.«

Vater Miihkula segnete das Grab und den Verstorbenen, und man begann, die untere Stange fortzuziehen. Da eilte Inha herzu und rief: »Warten Sie ein wenig, auch Fräulein Renfors und ich möchten irgendwie … nach unseren Riten etwas von unserem Eigenen geben …«

Die Männer, die mit den Stangen zugange waren, hielten inne, richteten sich auf und blieben abwartend stehen.

Inha wandte sich an Maria: »Wir könnten etwas singen, einen Psalm? Fällt Ihnen einer ein?«

Maria fiel nicht sofort ein passendes Lied ein. Einen Augenblick stand sie ratlos da und stellte sich dann neben Inha ans Grab. Die Einwohner von Vartiolampi standen auf der anderen Seite als schweigende, schneebedeckte Menge und starrten erwartungsvoll über den Sarg hinweg. Da flüsterte Maria Inha etwas zu, dieser nickte, und Maria stimmte mit ihrer Altstimme fest den alten, bekannten Psalm an, in den der hohe Tenor des Fotografen ein wenig zittrig einstimmte:

»Wo die Sterne glühn im Norden still in Gottes Hand, jenseits aller Stern' und Mühen liegt das Anderland …«

Regungslos lauschten die Trauergäste dem melancholischen Gesang der Finnen. Der Schnee stiebte immer dichter, er hatte Anton Semjonowitsch schon so zugedeckt, dass nur noch Nase und Bart ein wenig unter der weißen Decke hervorsahen. Als die Sänger zu den letzten Versen kamen und endeten, gab Inha den Männern mit der Hand ein Zeichen, und diese begannen wieder die Stange unter dem Sarg hervorzuziehen. Der Sarg wurde an Seilen ins Grab hinabgelassen, und Savina Homanen sprang erstaunlich behände hinab, um den firstdachförmigen Deckel zuzunageln. Danach bedeckte er ihn mit Platten von Birkenrinde, die man ihm von oben zureichte.

Als er wieder heraufgeklettert war, fegten die Begleiter mit abgebrochenen Ästen Erde vom Rand des Grabes – wenn man dem Verstorbenen dreimal Erde auf die Augen streute, gab es danach für ihn keine Rückkehr mehr aus dem Totenreich, und es war auch leichter, ihn dort zu vergessen.

Während eines langen Klageliedes wurde das Grab zugeschaufelt. Ontrei Jaakkonen reichte auch Inha einen Spaten, der mehrmals Erde ins Grab warf und ihn dann Maria reichte, die seinem Beispiel folgte. Dann wurde der Hügel geglättet.

So war Anton Semjonowitsch begraben, »zur Verschönerung der schrecklichen Friedhofserde«, wie Vater Miihkula lächelnd sagte.

Auch ein Kreuz hatte der alte Oleksi Niska für sich gemacht und gab auch das her zu vorzeitigem Gebrauch. Es war die sorgfältige Arbeit eines Meisters, erkannten Maria und Inha: Das geschnitzte Firstholz hatte die Form eines Vogels. Seine ausgebreiteten Flügel bildeten die Dachbretter des Grabmals und waren am unteren Ende so geschnitten, dass sie an auseinanderstehende Flügelfedern erinnerten.

Sicherheit bietend ruhte der Vogel oben auf dem Grabmal und breitete seine schützenden Flügel über dem Toten aus. In die Flanke des Grabmals waren Anton Semjonowitschs Initialen eingeschnitten.

Oleksi wickelte um den Fuß des Kreuzes ein Stück Birkenrinde, das den Moderungsprozess verlangsamen sollte. Dann rammte er es mit einer einzigen starken Bewegung der Schultern in das dafür ausgehobene Loch. Das Heiligenbild, das auf der Brust des Verstorbenen gelegen hatte, befestigte Vater Miihkula am Pfosten, und die Frauen banden mit Bändern weiße Tücher, Handtücher, zum Schmuck an das Querholz des Kreuzes. Das waren »Handtücher des Verstorbenen«.

So viele schreckliche Dinge auf dieser Reise auch passiert sind, eines folgte dem anderen, immer finden wir uns letztlich, am Esstisch sitzend, wieder, dachte Maria. Sorgt Gott dafür, dass wir regelmäßig ordentliches Essen bekommen, damit wir die nächste schreckliche Prüfung ertragen?

Der Gedanke amüsierte sie so sehr, dass sie sich an den neben ihr sitzenden Inha wandte und ihn mit tiefer Stimme aussprach. Der Fotograf runzelte die Stirn, schüttelte den Kopf und sagte müde: »Sagen Sie nicht so etwas. Sie beschwören nur neue Schlaflosigkeit herauf, die wir vielleicht nicht mehr überstehen.«

Alle Trauergäste hatten sich in Homanens Stube zur Beerdigungsfeier versammelt. Wieder hatten die Männer am Tisch den ersten Durchgang und den ersten Platz für sich beansprucht, aber aus Ehrerbietung für die Finnen war Maria auch dazu gebeten worden. Neben ihr war ein leerer Sitz, Anton Semjonowitschs Platz. Dort hatte man auf den Tisch einen Löffel gelegt.

Auf dem Tisch standen Speisen der heiligen Fastenzeit,

aber von allem war reichlich, ja überreichlich vorhanden: Fischbrote mit vielerlei Fischen wie Forelle, Felchen, Aland, Äsche, Barsch und Kleine Maräne, dazu Kartoffel-, Graupen- und Rübenpiroggen, Roggenteigpiroggen mit Beeren, österliche Roggenmalzspeise, ungesäuerte Fladen und Kringel.

Für die Totengedenkfeier hatte Savina Homanen Vater Miihkula ein Schaf gegeben, das der Vater, zufrieden schmunzelnd, hinter sich herzog, als er zu seiner Hütte aufbrach. Er wollte es sofort schlachten. Jetzt würde zu Ostern Fleisch auf dem Festtisch stehen.

Savina Homanen hatte darum gebeten, außer Teegläsern auch kleine Schnapsgläser auf den Tisch zu stellen, und in diese schenkte er an seinem Platz unter der Ikone aus einer großen, kantigen Flasche klaren Branntwein. Maria verstand, dass Anton Semjonowitsch mit einem Abschiedstrunk geehrt werden sollte, der auf dem Friedhof nicht getrunken worden war. Homanen hob sein Glas und sagte mit fester Stimme: »Gedenke, Herr, des Verstorbenen! Lass, Gott, den Rufer über den Totenfluss Tuonela!«

Maria kippte den Schnaps auf ein Mal hinunter. Das brannte, brannte und schmerzte, so als hätte sie Feuer verschluckt, aber dann breitete sich in der Brust eine weiche Wärme und in ihrem Kopf Frieden aus. Ruhig blickte sie auf ihre auf dem Tisch liegenden Hände, und ihr wurde klar, dass sie gern noch ein zweites Gläschen trinken würde.

»Überquert Anton Semjonowitsch jetzt den Totenfluss Tuonela?«, fragte sie Inha leise, ohne zur Seite zu blicken.

»Entweder wird er mit einem Boot hinübergebracht, oder er muss über eine feine Schnur ans andere Ufer gehen, er muss hinüberwaten oder wird ans andere Ufer getragen«, zählte Inha auf, der bei der Rückkehr vom Friedhof den gesprächigen Oleksi Niska ausgefragt hatte.

»Aber ich kann mir Anton Semjonowitsch bei niemandem huckepack vorstellen ... Ein Fischer schafft es, den Tuonela-Fluss watend zu durchqueren, auch wenn es windig ist.«

Dann hob er sein Glas, das Homanen zum zweiten Mal gefüllt hatte, sah Maria an, ruckte den Kopf ein wenig zur Seite und sagte, zischend vor stiller Wut: »Aber ab und zu sollten die Hunde des Totenreichs einem Ankömmling Augen, Hände und Zunge wegbeißen.«

Dann leerte er sein Glas und knallte es auf den Tisch.

Gegenüber von Maria und Inha saß Jaakko Kuisma am Tisch. Auch er hatte sein Glas erhoben, als er sah, dass Inha ein paar Worte sagen wollte. Kuisma hörte die Worte des Fotografen nicht, aber er sah dessen Miene und stellte sein Glas sofort zurück auf den Tisch. Dann wandte er sich an den neben ihm sitzenden Sohn von Šavina Homanen.

Es war, als waberte über dem Tisch langsam dickes, klares Wasser – es wurde Maria bewusst, dass der Branntwein ihr zu Kopf gestiegen war. Aus der Entfernung hörte sie, wie Kuisma dem jüngeren Homanen erklärte, dass er nichts von Afanassjews plötzlichem nächtlichem Tod gewusst habe. Er sei gleich nach dem Angelausflug ins Nachbardorf Oulangansuu gefahren, um die Felle dieses Winters zu bezahlen und Vereinbarungen für die Zukunft zu treffen. Von dort sei er erst diesen Morgen zurückgekehrt und habe die entsetzlichen Neuigkeiten gehört.

»So war es nicht«, knurrte Inha. Im selben Moment ging seine Stimme in einem fürchterlichen Krachen unter. Aller Augen wandten sich zur Tür: Wollte der Verstorbene schon an die Festtafel? Das neben dem Eingang zur Stube hängende Waschgeschirr aus Metall war zu Boden gefallen, weil die Kette, an der es hing, gerissen war.

Maria trat unter dem Tisch Inha auf den Fuß. »Seien Sie

still«, flüsterte sie. »Es ist noch vieles unaufgeklärt. Lenken Sie nicht die Aufmerksamkeit auf sich.«

Sie hatte Jaakko Kuisma heimlich von Beginn der Beerdigungsfeier an beobachtet, ihn immer angesehen, wenn er woanders hin schaute. Kuisma war sehr blass, Haar und Bart wirkten ungepflegt und auch seine Kleider irgendwie unsauber, so als hätte er zwischendurch darin geschlafen. Seine blauen Augen hatten rote, entzündete Ränder.

Dann trafen sich ihre Blicke über dem Tisch und blieben für einen Augenblick aneinander hängen, und Maria konnte an seinen Augen nichts anderes bemerken als denselben verhangenen, kalten und ein wenig hochmütigen Ausdruck, der sie in Kajaani so fasziniert und beschäftigt hatte.

Maria fröstelte, und es schwindelte sie. »Die Fantasie des Menschen ist sein Fluch«, sagte sie, immer noch flüsternd, zu Inha, hob aber nicht den Blick von dem bestickten Tischtuch. »Man kann einen Heiligen und einen Mörder sehen, ganz, was jeweils zum eigenen Wissensstand passt und was die eigenen Bedürfnisse erfordern.«

»Ein Fluch und ein Segen ist die Fantasie«, seufzte Inha. »Denken Sie jedoch immer daran, dass der von vorgestellten Dingen ausgehende Trost kein trügerischer Trost ist.«

Dann wandte er sich Maria zu und fragte fast schelmisch: »Fräulein Renfors, sind Sie ebenso betrunken wie ich? Savina Homanens Abschiedsschnäpse werden wohl auch uns an den Tuonela-Fluss bringen.«

Ich liege die letzte Nacht in meiner Kammer. Ich habe Inha und auch Savina Homanen gesagt, dass ich am nächsten Tag nach Paanajärvi zurückfahren will. Ich habe darum gebeten, Afanassjews Sachen zusammenzusuchen, denn ich würde sie auf meine Fahrt mit dem Rentierschlitten mitnehmen, um sie Anton Semjonowitschs Familie nach Uhtua zu schicken.

Die Beerdigungsfeier dauerte den ganzen Tag und den Abend. Als die Gesellschaft der Männer sich vom Tisch erhoben und in kleineren Gruppen, wer weiß, wohin, zerstreut hatte, setzten sich die Frauen des Hauses und aus dem Dorf ihrerseits zu Tisch. Inha ging mit den Männern mit, er deutete mit der Hand vage in Richtung Diele und murmelte, er wolle »Erkundigungen« einziehen.

Ich ging mit Ohta in meine Kammer, zündete in der dichter werdenden Dämmerung eine Kerze an und stapelte Kissen am Kopfende des Bettes. Der Hund sprang als Erster aufs Bett – er wird immer frecher, dachte ich, als ich bemerkte, dass Inha in der Kammertür stand. In der Hand hielt er Anton Semjonowitschs Stutzen, den er mir reichte: »Zur Sicherheit ... Es kann jedenfalls nicht schaden. Ich würde mich nicht wundern, wenn Sie auch schießen könnten.«

Ich lächelte und legte die Waffe auf den Schemel neben

dem Bett. Nachdem Inha gegangen war, stand ich einen Augenblick in der Kammer, ging dann zur Tür, verschloss sie und rückte von der Wand unter die Klinke einen Stuhl, dessen Lehne verhinderte, dass man sie herunterdrücken konnte.

Der Hund liegt seitlich auf dem Bett. Eines seiner wachsamen gelben Augen beobachtet mich, ich lehne mich gegen die Kissen in halb sitzende Stellung und starre nachdenklich in die Kerzenflamme. Ohta hat offenbar beschlossen, sich nicht auf den Fußboden vertreiben zu lassen und dass in der Kammer Friede und Eintracht herrscht, und er dreht sich, genüsslich seufzend, auf den Rücken, die Pfoten angewinkelt über dem Bauch.

Ich kraule den Hund unter der Achsel. Es kommt mir so vor, als seien die zwei Schnäpse überhaupt nicht verflogen. Sie sind im Kopf geblieben und rufen die Ereignisse des Tages in ihrem eigenen Rhythmus wieder hervor, so als betrachtete ich ein großes Bilderbuch, dessen Seiten jemand anders schnell umwendet.

Immer noch spüre ich den Biss der Tragestange in meiner Schulter und in der Nase den modrigen Geruch der Kirche, in den sich der angenehme, starke Duft des Räucherwerks und der sommerliche Hauch der Bienenwachskerzen mischen. Vor meinen Augen taucht flüchtig Anton Semjonowitschs schneebedecktes Gesicht auf, das vor der Welt schon verborgen ist, und Vater Miihkulas Lied, das mir in den Ohren klingt, wird bald von den Klageliedern übertönt, die vor- und zurückrudern, sie schwellen an und ab, schwanken, werden leiser, nehmen an Stärke zu. Sie erzählen von den tausend Türen des Todes.

Ich lege mich auf dem Bett bequemer zurecht und nehme vom Tisch einen Stift und einen kleinen Stapel Papier. Schon am Tage, als ich am Tisch saß, habe ich beschlossen, Herman am letzten Abend in Karelien zu schreiben – es macht nichts, wenn er den Brief erst bekommen sollte, wenn ich schon wieder zu Hause bin. Mein schlechtes Gewissen hat mir manchmal Vorwürfe gemacht, und ich möchte zeigen, dass ich doch an meinen Bruder gedacht habe, auch wenn ich keinen Brief zustande brachte.

Ich ziehe die Knie an, stütze das Papier gegen die Schenkel und sehe alsbald ein, dass aus dem Schreiben nichts wird ohne ordentliche Unterlage. So stehe ich auf, nehme das Bild von Zar Alexander von der Wand und kehre aufs Bett zurück. Auf dem kleinen Bild schreibt es sich vortrefflich – es macht nichts, dass der Stift durch das Papier hindurch dem Zaren Buchstabenmuster auf die Stirn drückt. Mag auch von mir ein Zeichen in diesem Haus zurückbleiben.

Herman, die Liebe ist ein schrecklicher Engel. Er lässt sich mit wehenden Haaren herab und durchbohrt den Menschen mit seinem brennenden Blick. Er packt ihn mit der einen Hand, und in der anderen hält er ein Schwert, ja, ein Schwert, Herman! Genau so, wie es mit den Bildern in der Kirche von Paltaniemi erzählt wird. Denn mit dem Schwert schlägt er das Herz des Menschen in zwei Teile. Wenn du um Gnade bittest, steht er die ganze Nacht an deinem Bett und drückt dich an deinen Platz, er wirft sich auf dich, bedeckt dich mit seinen Flügeln und flüstert: So ist es bestimmt.«

Die folgenden Zeilen sind fleckig, so als wären Tränen auf das Papier gefallen. Einzelne Worte sind erkennbar, wie »verurteilt«, »Leichnam«, »Forelle«. Dann geht der Text leserlich weiter:

»Ich habe Anton Semjonowitsch dazu bewogen, hierherzufahren, und er hat deswegen sein Leben verloren. Das wird mir bis an mein Lebensende keine Ruhe lassen. Er hat jedermanns Respekt und Liebe verdient, dieselbe große Liebe, die er allen erwies, die ihn umgaben …«

An dieser Stelle ist das Papier ein wenig zerrissen, so als hätte der Stift es heftig durchbohrt und dann die Zeile fortgesetzt.

»Die Liebe ist nicht die lebenslange Rente, von der du in

Kajaani sprachst, und sie ist kein Wecken, den man vorsichtig essen muss, damit er für ewig vorhält, oder, noch besser, überhaupt nicht weniger wird, so wie auch der Goldschatz des Geizkragens nicht weniger werden darf.

Die Liebe ist ein starker Strom und ein großer Wind, sie ist Bewegung, Bewegung nach vorn, und deshalb ist sie so schwierig und unberechenbar, weil man sie nicht festhalten und irgendwo einfangen kann. Sie ist unsichtbar, und keine Hand kann sie ergreifen. Sie ist unberührbar, und dennoch kann man sie überall spüren.

In meiner Unvernunft habe ich versucht, sie zu fassen, ich habe die Hand geschlossen, denn ich glaubte, ich hätte sie gefangen. Aber sie floh, sie blieb mir nicht in den Fingern. In meiner Trauer löste ich den Griff, und da sah ich sie sogleich auf meiner Hand. O seltsames Geheimnis …

Das hat er mich noch gelehrt, bevor er meines Irrtums wegen starb.«

Die nächste Zeile des Briefes ist sorgfältig getilgt – die Schreiberin ist eindeutig unzufrieden mit ihren Worten, aber dann geht der zierliche, klare Text weiter:

»Möge der Herr der Lutheraner und der Rechtgläubigen geben, dass wir lebend von hier fortkommen. Ich hatte noch niemals so viel Angst wie jetzt. Deine dich immer liebende Schwester Maria.«

Abend und Nacht vergehen langsam. Einmal gehe ich mit Ohta hinaus, damit er an der Zaunecke das Bein heben kann, dann kehre ich mit ihm in die Kammer zurück, verschließe die Tür ebenso wie zuvor und werfe mich wieder aufs Bett, ohne mich auszukleiden. Es gibt viel zu bedenken – einen lebenslangen Gedanken, den man vielleicht nie wird zu Ende denken können.

Aus der Stube ist bis tief in die Nacht hinein das gleichmäßige Stimmengewirr der Menschen zu hören, so wie auch anderswo im Haus. Dort wird gesungen, gesprochen, auch gelacht. Sollte ich versuchen, irgendwie zu beten? Von meinem Kissenberg starre ich mit erschöpften, trockenen Augen die Tür an. Die Benebelung vom Branntwein ist verflogen, und übrig ist nur noch ein Gefühl der Erschöpfung. Kein Wort kommt mir in den Sinn, kein Satz des Dankes, der Bitte oder der Reue, nur ein einziger: Wenn dies doch schon vorbei wäre …

Ohta schnarcht leise zwischen meiner Hüfte und der Wand. Auch mir fallen die Augen zu, einen Augenblick liege ich im Halbschlaf. Dann öffne ich die Augen wieder, denn diese Nacht eignet sich offenbar nicht zum Schlafen. Ich werfe einen Blick auf den Hund, sehe, dass auch er jetzt nicht schläft, sondern zur Tür blickt, wo die Klinke sich ein wenig bewegt, sie versucht, sich nach unten zu drehen, aber die Stuhllehne verhindert das. Ich lege die eine Hand dem Hund in den Nacken und die andere auf den Stutzen, der auf dem Hocker liegt.

Die Klinke bleibt heruntergedrückt, lange, es erscheint mir wie eine Ewigkeit. Jemand versucht von außen, sie gewaltsam zu betätigen. Meine Hand spürt, wie das Fell des Hundes langsam zu vibrieren beginnt und seine Muskeln sich spannen, und ich muss meine Finger um seine Schnauze zusammenpressen.

Schließlich geht die Klinke langsam hoch, und dann sind aus der Diele sich entfernende Schritte zu hören. Der Hund hört auf zu zittern und legt mir schwer seinen Kopf auf den Bauch. Die heruntergebrannte Kerze zuckt in ihrem Ständer zweimal auf und wirft unruhige Schatten an die Wände des Gästezimmers, wo der Schein in roten und gelben Blusen und Seidensarafanen schillert.

Dann erlischt das Licht gänzlich. Ich wache mit dem Hund im Dunkeln.

Seit der Todesnacht hat niemand in Homanens Haus irgendetwas über die Sache sagen wollen. Manche Leute zuckten immerhin die Achseln: Der Mensch wird krank, kränkelt seine Zeit und stirbt. Und es gibt ja viele Krankheiten, sie verbreiten sich durch die Luft oder mit Reisenden überall hin.

Nur Savina Homanens Mutter, die Altgläubige Oksenia, dieselbe Greisin, die Maria in ihrer ersten Nacht im Hause Homanen im Traum mit dem Sieb gesehen hatte, hörte man murmeln: Böse Menschen haben dem Kaufmann etwas Schlechtes zu essen gegeben. Wer Friedhofserde oder den Daumen eines Toten oder überhaupt etwas essen muss, was einem Toten gehört, ist unweigerlich zum Tode verurteilt.

Inha konnten keinerlei Reden überzeugen. »Als wäre Anton Semjonowitsch der hundertjährige Oleksi Niska, von dem man erwarten kann, dass er jeden Moment tot umfällt, wo er geht und steht«, schnaubte er am anderen Morgen im Gespräch mit Maria.

Maria und Inha hatten sich mit ihren Teegläsern zu zweit allein auf die Wandbank gesetzt, und niemand beachtete sie. Die Hausleute hatten sich an ihre alltäglichen Arbeiten begeben, als wären sie erleichtert darüber, dass der Verstorbene auf dem Friedhof unter die Erde gekommen war und man die Beerdigungsfeier überstanden hatte. Wieder einmal staunte Maria über die Karelier, deren Stimmung so rasch umschlagen konnte – die Trauer über den Tod des Mannes aus Uhtua war echt und herzzerreißend gewesen, aber jetzt machten die Menschen sich heiter und geschäftig an die vielen Arbeiten des Vorfrühlings und an die Vorbereitungen für die große Fastenwoche. Das größte Fest des Jahres, Ostern, stand vor der Tür, und viele kostbare Tage waren durch die unerwarteten Ereignisse verloren.

Inha hatte einen ganz schlimmen Kater. Savina Homanens Abschiedsschnäpse hatten ihn beflügelt, sich vom Esstisch aus auf einen Erkundigungsgang zu begeben, mit der festen Absicht herauszufinden, was an dem auf den Angelausflug folgenden Abend und in der Nacht im Hause geschehen war. Dabei hatte er jedoch nichts herausbekommen, denn über den Verstorbenen war kein einziges Wort gefallen im Hinterzimmer, wo Inha stundenlang gesessen hatte. Es war ihm nicht gelungen, dem Gespräch die von ihm gewünschte Wendung zu geben.

»Altgläubige waren das jedenfalls nicht, dazu waren sie allzu fröhlich«, murmelte er Maria zu und bekannte, dass er zuletzt sturzbetrunken in seine Kammer gestürzt sei, die er zuvor mit Anton Semjonowitsch geteilt hatte. Nicht einmal die Frage hatte er klären können, wohin der unheimliche Kerl gebracht worden war, der im Haus herumgeschlichen war und den er im Viehunterstand niedergeschlagen hatte, obwohl der Dorfpolizist gleich herbeigeholt und gebeten worden war, den Schurken zwecks späterer Ermittlungen hinter Schloss und Riegel zu setzen. Man hatte den Mann offenbar entwischen lassen.

Niedergeschlagen, mit krummem Rücken saß Inha auf der Bank, starrte seine Hände an und sah Maria mit seinen wie bei einem Rotauge geröteten Augen an. »Eine Sache muss ich Ihnen aber doch erzählen, etwas, was ich selbst in jener Nacht sah, als Anton Semjonowitsch tot in die Stube gebracht worden war …«

Er sah Maria lange und ohne ein Wort zu sprechen an, plinkerte verlegen mit den Lidern, so als nähme er an, dass sein Gegenüber allein aus seinem Blick alles entnehmen konnte, was er sagen wollte.

Als Maria ungeduldig mit der Hand winkte: So reden Sie doch, um Gottes willen!, räusperte er sich einen Augenblick, fuhr sich dann mit den Fingern durch sein struppiges Haar, sodass er es noch mehr zerraufte, und begann dann mühsam:

»Ja, sehen Sie, ich hatte versucht, zum Kopfende der Totenbahre vorzudringen, als Anton Semjonowitsch dort in die Ecke gestellt worden war, und da zerrten sie mich sofort weg, weil dort angeblich die Männer aus dem Totenreich … Na, ich wusste nicht recht, wohin ich gehen sollte, und suchte schließlich Zuflucht bei dem Fenster, von dem aus man den Blick auf den Hof und den Platz vor der Haustür hat. Dort stand der dicke russische Polizeidirektor, sein Schlittenrentier war angeschirrt, und daneben diese halbe Portion von Schreiber mit seinem eigenen Rentier …«

Inha schwieg wieder, wand sich auf der Bank unter Marias erwartungsvollem Blick und fuhr dann fort: »Aber da war noch ein dritter Mann, und das war Jaakko Kuisma mit seiner Schaffellmütze. Ich sah, wie der Polizeichef ihm ein Bündel in die Hand gab.«

»Was für ein Bündel?«, fragte Maria kalt.

»Ein kleines, rechteckiges, eine halbe Spanne dickes, in braunes Papier gewickeltes …«, murmelte Inha mühsam.

Eine Weile sagten beide nichts. Dann flüsterte Inha: »Der aus Kuusamo blickte nach oben und sah mich am Fenster stehen.«

Als nähme er all seinen Mut zusammen, flüsterte er noch leiser: »In diesem Bündel könnte auch Geld gewesen sein.«

Maria sagte noch immer nichts. Dann stand sie auf, strich ihren Rock glatt und sagte: »Ich gehe meine Sachen packen. Es gibt keinen Grund, noch länger hierzubleiben. Könnten Sie darauf achten, dass Anton Semjonowitschs Sachen in denselben Schlitten gepackt werden?«

Mit diesen Verrichtungen vergingen der Vormittag und ein großer Teil des Nachmittags. Inha trug alle Sachen von Afanassjew zusammen und achtete besonders sorgfältig auf dessen Fischereigerätschaften, denn Maria hatte gesehen, dass sie von hoher Qualität waren. Dafür würde die Witwe einen guten Preis erzielen, wenn sie sie verkaufte, wenn sie sie nicht für die Söhne des Verstorbenen als Erbe aufbewahren wollte.

Maria trug Afanassjews und ihre eigenen Sachen in den Schlitten, der an den von Piessa gezogenen Schlitten angehängt werden sollte. Maria wollte selbst Elias Rajalas starkes Rentier nach Paanajärvi zurückbringen; die übrigen Tiere, die aus Rajala mitgekommen waren, würden später dorthin zurückgebracht werden, denn es war nicht nötig, dass Fräulein Renfors sich mit einem Rentierzug auf den Weg machte, sagte Savina Homanen.

Maria, Inha und Ohta standen an der Hauswand und sahen zu, wie Homanen summend die Riemen des Fahrzeugs befestigte, prüfte, ob die Ladung gleichmäßig verteilt war, und dafür sorgte, dass alles für die Reise in Ordnung war. Maria hatte dem Alten eine beträchtliche Geldsumme als Entschädigung für die tagelange Bewirtung gezahlt, denn sie vermutete, dass der Aufenthalt der drei Personen im Hause dessen Wirtschaft schwer belastet hatte, so reich Homanen in dem armen Dorf auch sein mochte.

Inha seinerseits hatte erklärt, er wolle noch bleiben und

Ostern in Vartiolampi und Oulangansuu fotografieren. Zum Sommer würde er nach Paanajärvi gehen und sich erst zu Herbstbeginn auf den Weg nach Süden machen, denn jetzt war es an der Zeit, eine große Reise durch Weißmeer-Karelien zu planen. Er sagte, er glaube fest daran, dass die Schrecken dieser Reise hinter ihnen lägen.

»Ich bin ausgezogen, um einen Traum zu suchen, aber er hat sich in einen Albtraum verwandelt«, sagte Maria, wandte sich Inha zu und sah ihm direkt in die Augen. »Jetzt setzen wir dem Albtraum ein Ende. Man muss nur vernünftig sein, denn letztlich ist es die Vernunft, die die Welt rettet. Durch sie kann der Mensch vieles im eigenen Leben und im Leben der anderen bewirken.«

Inha nickte etwas zögerlich. Er selbst hatte nicht sonderlich viele Erfahrungen mit seiner eigenen Vernunft – genau genommen hatte er viele Male gedacht, dass zu viel Vernunft für viele große Ereignisse, Erfindungen oder Kunstschöpfungen ein Bremsklotz sei ... Aber der Lebensalltag funktionierte wohl dank der Vernünftigen. Sonst würde in der Welt Chaos herrschen.

Inha war verwundert und in Sorge, ob Maria wirklich vorhatte, allein mit dem Rentier von Vartiolampi nach Paanajärvi zu fahren. Maria zuckte die Achseln. Die Entfernung war gering, die Route klar. Aus Vartiolampi fuhr niemand in dieselbe Richtung, und man konnte auch niemanden dazu verpflichten. Schließlich ging es hier nicht um eine Nordpolexpedition!

»In einer Woche trinke ich den Morgenkaffee schon in der großen Küche der Brahestraße unter dem wachsamen Blick von Anna und Fräulein Komulainen«, fuhr Maria fort. »Auf dieser Reise habe ich nichts so vermisst wie den Kaffee! Fräulein Komulainen hat Rosinenbrötchen gebacken, ich tunke sie in den Milchkaffee und lasse sie gerade so lange darin, dass sie weich und zu einem herrlichen braunen Brei werden, sodass man ihn fast mit dem Löffel zum Munde führen muss …«

Inha musste lachen. Er nahm Marias Hand und sagte: »Es fällt mir schwer, mich von Ihnen zu trennen, Fräulein Renfors. Vielleicht sehen wir uns nicht wieder … Oder sehen wir uns wieder?«

»Wer weiß«, erwiderte Maria. »Aber zumindest fotografieren Sie, und schreiben Sie uns über alles, was Sie sehen. Wenn ich könnte, würde ich selbst Karelien fotografieren. Ihr Plan ist glänzend.«

Sie umarmte Inha fest, löste dann ihren Griff und streichelte dem Fotografen die Wange. Die Reisegefährten sahen einander ernst an, dann wandte Inha sich jäh um, winkte Maria noch hinter seinem Rücken ungeschickt zu, wandte aber nicht mehr den Kopf, sondern ging mit eiligen Schritten ins Haus. Dabei wischte er sich die Augen.

Auch Savina Homanen verabschiedete sich von Maria. Der sonst so aufrechte und kläräugige alte Mann stand jetzt irgendwie zusammengesunken da. Er wirkte, als wäre er in den wenigen Tagen um zwanzig Jahre gealtert, und als er die Hand ausstreckte, sah er beiseite, fast zu Boden.

»Bleiben Sie gesund, Savina Homanen«, sagte Maria leise und ernst.

»Gesundheit auf die Reise, Tochter Finnlands«, sagte Homanen noch leiser. Er sah der Scheidenden immer noch nicht in die Augen, aber seufzte rätselhaft, während er sich abwandte: »O himmlischer Vater, du kannst dir nie und nimmer vorstellen, lieber Gast, wie das Leben des armen Mannes in der Wildnis aussieht …«

Maria kletterte in ihrem Pelz in Piessas Schlitten. Vor Begeisterung tobte das Tier so, dass Homanen es mit aller Kraft festhalten musste. Maria lachte, nahm den Fahrriemen und half mit der anderen Hand Ohta, der über den Rand klettern wollte, sich ihr zu Füßen zu legen. Der Welpe durfte mitfahren oder nebenher laufen, je nachdem, wie seine Kräfte reichen würden.

Piessa zog den Schlitten mit einem Ruck freudig von der Stelle, das Tempo nahm zu, und Maria drehte sich noch einmal um und winkte Savina Homanen zum Abschied. Der alte Mann stand aufrecht, der Davonfahrenden regungslos hinterherblickend, vor seinem Haus, um dessen Ecke gerade ein zweites, vor einen Schlitten gespanntes Rentier bog. In dem Schlitten saß Jaakko Kuisma in Schaffellmütze und Pelz.

In wenigen Augenblicken trieb er sein keuchendes Zugtier bis zum Galopp und neben Maria, packte in sausender Fahrt mit einer Hand den Rand ihres Schlittens und sagte lächelnd: »Am besten reist es sich in Gesellschaft … Ich wollte heute auch nach Paanajärvi zurückkehren.«

Die Angst krampfte Maria den Magen zusammen, und der Atem ließ sich nur mühsam aus den Lungen pressen. Je schneller Vartiolampi zurückblieb, desto leichter würde es sein, zu leben und zu atmen. Eine Rückkehr gab es nicht, alles andere war besser als in Homanens Haus zurückzukehren … Das war eine Falle, das starke und schnelle Rentier aber die Rettung, dachte sie.

Sie bildete sich ein, sie würde das Dorf, den Oulanka-Fluss, das Stillwasser des Kivakka, kurz – alles, was geschehen war, nachdem sie, Inha und Afanassjew sich von Paanajärvi auf den Ausflug nach Osten begeben hatten, den sie sich als Vergnügungsreise vorgestellt hatte, aus ihren Gedanken verdrängen können. Während sie im Schlitten saß, malte sie an diese Stelle ihrer Erinnerung einen leeren Fleck, wo nichts wuchs, wo eigentlich nichts zu erkennen war. Dort würde nur ein alles zudeckender heller Dunst sein.

Im Frühjahr sind die Rentiere meist schwach und sehen elend aus: Die Larven der Bremsen an ihren Flanken schwellen an, das Haar geht ihnen flächenweise aus, das Geweih fällt ab. Wie ein zerlumpter Bettler aus dem Volk der Rentiere wirkte auch Piessa, aber er hatte noch genug Kräfte, um seine Last zu ziehen. Maria sah sich dann und wann um, denn sie war besorgt, wie der nachfolgende Lastschlitten folgte, aber der glitt an seinem Befestigungsseil schön über den Schnee wie eine riesige Erbsenschote. Savina Homanen hatte auch die Fliegenruten sehr geschickt daran festgebunden.

Das Rentier lief komisch mit gespreizten Beinen und gekrümmtem Nacken, hob aber ab und zu das Maul in die Luft und witterte nach allen Seiten, um festzustellen, ob von irgendwo der Geruch von Rentierflechte kam. Um den Hals hatte es eine Lederschlaufe, an dessen unterem Ende der Zugriemen unter Brust und Bauch und zwischen den Hinterbeinen hindurch in einen aus einer Rute gedrehten Ring, den *käsäs,* verlief. Um das Maul hatte es ein Halfter, von dem zu den Händen des Fahrers ein starker Riemen aus Rentierleder verlief, den man über den Rücken von einer Seite zur anderen warf, dorthin, wohin man das Rentier lenken wollte.

Maria nahm an, sie würde mit dem Lenken von Piessa respektabel zurechtkommen, zumal da Jaakko Kuisma angekündigt hatte, er werde vorausfahren. Er hatte gesagt, das Rentier, ein außerordentlich dummes Tier, laufe ruhiger, wenn es einem anderen folgt, und er kenne die besten Abkürzungen, falls der Schnee an den Hängen von der Sonne noch nicht zu weich geworden war.

Der Tag war feucht, schwer und wolkenverhangen. Die Kuppe des Kivakka lag im Nebel, und graue Fetzen segelten immer weiter herunter, um auch die Bergsäume zu betasten. Ob sie sich wohl demnächst bis zum Flussufer ausbreiten würden?, fragte sich Maria. Sich nach Paanajärvi zu orientieren würde dennoch nicht schwierig sein, denn der Fluss lag als Fremdenführer immer links von ihnen.

Zu Beginn der Fahrt hatte sie bewundert, wie geschickt Piessa sich vor gefährlichen Stellen in Acht nahm, er wich Bäumen und Stubben so weiträumig aus, dass die Schlitten das gut mitmachten. Aber auf halbem Wege, als sie etwa fünf Werst am Flusslauf entlanggefahren waren, kamen einige Hindernisse, von denen das Tier annahm, es könne sie unmöglich umgehen, und da wurde es ganz nervös, verlor die Beherrschung, verfiel in heftigen Galopp und preschte ohne auszuweichen vorwärts.

Maria mit ihren Schlitten überstand das irgendwie; sie warf Piessa den Lenkriemen über den Rücken und versuchte nur, Kuismas grauen Rücken weiter vorn im Blick zu behalten. Von der Route, die er wählte, verstand sie nichts, sie erinnerte sich nur, dass Afanassjew die Gesellschaft auf der Hinfahrt viel weiter oben durch den Birkenwald, weiter entfernt vom Fluss, geführt hatte.

Die schwere Schneedecke trug nirgends, obwohl die Fahrt gerade jetzt zügig voranging. Maria überlegte gerade, ob Kuisma sich irgendwann auch auf das Eis des Oulanka wagen würde, als das vorn laufende Rentier plötzlich einen Satz direkt in den Wald machte, und Piessa hinterher, so als hätten sie wortlos eine gemeinsame Intrige vereinbart. Wie besessen rannten sie über Stock und Stein eine so gewundene Route entlang, dass nicht viel fehlte, und Maria wäre ganz aus dem Schlitten geschleudert worden. Jetzt jagten sie mit zunehmender Geschwindigkeit über einen Sumpf dahin, und Maria sah, wie Kuisma mit aller Kraft am Riemen zog, damit das Tier nicht direkt in das sich vorn abzeichnende Dickicht raste. Im letzten Moment drehte das Rentier ab und blieb quer zur Fahrtrichtung stehen.

Kuisma kletterte mit dem Lenkriemen in der Hand aus dem Schlitten und ergriff das Halfter von Piessa, der bereitwillig stehen blieb, als er sah, dass die Verfolgungsjagd zu Ende war. Maria musste über die Tricks der Tiere lachen, aber sie verbarg ihr Lächeln, als sie sah, wie wütend Kuisma wirkte. Die Intrige der Rentiere schien ihm gegen die Ehre zu gehen. Er trat ein paar rasche Schritte auf Maria zu, blieb stehen, stand einen Augenblick wie erstarrt ganz still da und knurrte dann kurz: »Zurück quer über den Sumpf! Seien Sie vorsichtig, wenn Sie sich in den Schlitten werfen. Dieses beschränkte Vieh wird sofort in Galopp verfallen und flüchten, sowie es merkt, was Sie vorhaben.«

Die Rentiere stellten sich widerborstig, als die Fahrer sie nach Kräften hinter sich her zogen. Die Lenkriemen auf der Schulter spannten sich, ebenso die Hälse der Tiere, als sie auf den Sumpf zurückgeführt wurden. Dann sprang Kuisma ohne ein Wort leicht in seinen Schlitten, sein Rentier preschte sofort los, und wenn Maria nicht gewarnt gewesen wäre, wäre sie zurückgeblieben. Piessa flog davon wie ein Vogel.

Maria und Ohta schwangen sich in letzter Sekunde in den Schlitten, und eine sitzende Stellung konnten sie nicht mehr einnehmen. Maria fiel bäuchlings in ihr Fahrzeug, auf ihren Hund, und ein Bein hing über den Rand hinaus. Ein Handschuh und ihre Mütze flogen in den Schnee, als das Rentier über einen zu Boden gestürzten Kiefernstamm setzte, und die Hand der Fahrerin schleifte über den Boden. Ein vom Stamm abstehender Ast versetzte dem Schlitten einen üblen Stoß, der aber kippte immerhin nicht um.

Maria hielt den Lenkriemen aus Leibeskräften fest und wagte gar nicht, hinter sich zu blicken; sie vermutete, dass von dem anderen Schlitten nichts mehr übrig war. Jemand müsste später kommen und dessen Überreste und die über den Boden verstreuten Ausrüstungsgegenstände einsammeln. Die Pennell jedenfalls würde sie nicht zurücklassen, nach all den Prüfungen …

Einen Augenblick lang tauchten die Hufe von Kuismas Rentier direkt vor ihren Augen auf, und dann waren ihr die Augen geblendet von dem Schnee, der ihr ins Gesicht flog.

Auf der nächsten Lichtung wandte das vordere Rentier sich wieder zur Seite, aber diesmal bog es nicht in den Wald ab, sondern wollte anscheinend zum Vergnügen auf der Lichtung eine kleine Runde drehen. Maria sah noch das wütende Funkeln von Kuismas blauen Augen und den über den Rücken des Rens schwingenden Lenkriemen, aber sonst nichts weiter, denn Piessa setzte seinen Weg geradeaus fort, ohne abzubiegen.

Als das zurückgebliebende Tier merkte, dass sein Trick auf das andere Zugren nicht die gewünschte Wirkung hatte, beschloss es, sich wieder auf den Weg zu machen. Es begann eine fürchterliche Wettfahrt. Die Tiere rasten wie wahnsinnig über die steinige Waldstrecke, aus dem Wald heraus, den Uferhang hinab und quer über den Fluss ans andere Ufer. Piessa galoppierte mit dem Maul in der Luft, den Kopf von einer Seite zur anderen werfend, und jedes Mal sah Maria, wie es wild die Augen rollte.

Das Maul von Kuismas Rentier lag ein Weilchen auf Marias Höhe, blieb dann zurück, erschien von neuem, und Maria hörte, wie der Mann dem Tier immer wieder mit dem Lenkriemen auf den Rücken schlug. Der arme Mann erträgt es nicht zu verlieren, zumal nicht gegen eine Frau, dachte Maria. Jetzt musste sie alle Kraft darauf konzentrieren, so lange im Schlitten zu bleiben, bis irgendeine Gewalt die Tiere zum Halten brächte. Konnte ein Rentier durchgehen wie ein Pferd?

Maria hatte keinerlei Vorstellung davon, wo sie sich mit den dahinjagenden Rentieren befanden, denn ringsum stiebte nur weißer Schnee. Sie vermutete jedoch, dass Kuisma nicht in Sorge sein konnte; sonst hätte er sein eigenes Zugren nicht zur Wettfahrt angestachelt, sondern versucht, es anzuhalten und so auch Piessa zu beruhigen. Der Stolz des Mannes amüsierte sie, und zugleich tat er ihr ein bisschen leid.

Jetzt wurden Amüsiertheit und Mitleid wieder von einem schwereren Gefühl überschattet. Mit der Angst hat es also niemals ein Ende, dachte Maria. Sie hebt immer wieder irgendwo das Haupt wie ein Fischotter, der zwischendurch eine lange Strecke im Fluss unter der glatten Wasserhaut schwimmt, ohne dass jemand seine Bewegung wahrnimmt.

Von Marias Bein, das außerhalb des Schlittens geblieben war, riss ein aus dem Boden aufragender Ast den Stiefel. Sie spürte, dass seine scharfe Spitze ihr eine brennende Wunde in die Wade riss. Ob von dem Bein überhaupt noch etwas übrig war … Piessa, der Fürst der Finsternis, erwies sich wirklich als seines Namens würdig. Er lief, wo es ihm passte.

Und er lief auch an Stellen, wo er es nicht hätte tun sollen. Er lief wiederholt aufs Eis des Flusses hinaus, als er begriffen hatte, wie leicht und einfach es war, dort zu galoppieren, und geriet vor ein klafterbreites, längliches Eisloch. Ohne zu zögern, sammelte er seine Kräfte zum Sprung und flog über die offene Wasserstelle, wie um hochmütig zu zeigen, wie viel Kraft noch in ihm steckte. Dann stürmte er weiter direkt am Rande des Uferhangs, und die Schlitten folgten ihm irgendwie.

Hinter sich hörte Maria Kuisma rufen: »Frau, halt das

Tier an! Der Nebel wird dichter, und das Eis wird hier immer dünner!« Sie drehte sich um und sah, dass Kuismas Rentier das Eisloch umgangen hatte, jedoch Piessa getreulich folgte, ohne sich darum zu kümmern, dass wütend an seinem Lenkriemen gezerrt wurde.

Piessa hatte in seinem Galopp ein wenig nachgelassen, aber die Fahrerin hatte daran keinerlei Anteil. Maria lag mit aufgelösten Haaren im Schlitten wie eine Stoffpuppe. Mit einer Hand hielt sie sich am Rand des Schlittens fest, in der anderen hielt sie straff den Riemen. Lenken ließ sich in dieser Haltung nicht. Ob Ohta schon unter ihr erstickt war? Sein schwarzes Fell drückte und wärmte ihr die Brust, und er rührte sich nicht.

Tatsächlich war der Nebel von den Hängen ganz heruntergekommen. Es war ziemlich dunkel, obwohl es noch nicht einmal sieben Uhr sein konnte. Maria schätzte, dass das östliche Ende von Paanajärvi nicht mehr fern war, aber sie entdeckte keine bekannte Stelle in der Landschaft, denn nach vorne und seitlich konnte man nur einige Klafter weit sehen. Sie mussten darauf vertrauen, dass die Rentiere ihren Weg zum See und zu der Siedlung finden würden.

Den Nebel fürchten alle, die auf dem Wasser und in der Wildnis unterwegs sind, gleichermaßen, denn er sperrt den Menschen in einen geräuschlosen Sack. Kein Licht, kein Zeichen weist den Weg, und für die Himmelsrichtungen gibt es keinerlei Anhaltspunkt. Ein Wanderer im Nebel ist taubblind und in eine unbekannte Landschaft geworfen, wo er aus einer Laune des Zufalls überlebt oder zugrunde geht. Das war Maria klar, und sie blieb in ihrem Schlitten liegen. Der Hund dagegen drehte ein wenig den Kopf, und ein gelbes Auge kam zum Vorschein. Er war tatsächlich noch am Leben.

Das Rentier hatte in seinem Galopp ein wenig nachgelassen, es raste nicht mehr blindwütig dahin, aber seine Geschwindigkeit war immer noch beträchtlich. Maria fragte sich, ob es vom Nebel nervös war oder ob dieses irrwitzige Dahinstürmen bei Rentieren ganz normal war. Die wenigen Rentierfahrten, die sie in Hyrynsalmi gemacht hatte, waren ruhig und sehr zivilisiert verlaufen. Was war jetzt nur in die Tiere gefahren ... War von den schlimmen Tagen in Vartiolampi etwas an ihnen hängen geblieben, das sie unruhig machte und Panik auslöste?

Piessa folgte einem schmalen Pfad – er war eindeutig von Menschen getreten! – den Hang hinan und setzte oben seinen Weg fort. Der Schlitten lag so schief, dass Maria sich mit dem einen Arm mit aller Kraft am Rand festhalten musste, um nicht in den Schnee zu kullern. Unten brauste unverkennbar eine Stromschnelle. Maria seufzte auf vor Erleichterung. Das Tier war doch nicht ganz dumm, es hatte das strömende Wasser umgangen. Jetzt war das Seeufer sicherlich ganz nahe, denn diese Stromschnelle musste die erste sein, die sich aus dem Paanajärvi nach Osten ergoss.

Es wurde immer dunkler. Der hinten angebundene Schlitten war gerade noch zu erkennen, erstaunlicherweise war er noch da, obwohl er sicherlich mehrmals umgekippt war. Kam Kuisma irgendwo hinterher? Piessas Keuchen, das Dröhnen seiner Hufe im Gestrüpp und das Rascheln des Schlittens im Schnee waren die einzigen Geräusche. Die anderen gingen im Nebel unter, so als wäre die Welt ringsum ganz und gar verschwunden.

Eine Viertel Werst trabte das Rentier ziemlich ruhig, denselben Hang entlang, der allmählich eben wurde und langsam abwärtsführte. Das Rauschen des Wassers war nicht mehr zu hören. Maria war gerade dabei, sich aufrecht hinzusetzen, sie dachte, dass sie doch lieber nicht haltlos auf dem Bauch liegend in den Hof von Rajala einfahren wollte, als

Piessa schon unruhig das Maul hob und im selben Moment wieder losraste.

Wieder fiel Maria lang hin. Auf die Würde ist was gepfiffen! Jetzt kam es darauf an, den Rest der Fahrt irgendwie zu überstehen. Der abwärtsführende Hang war sicherlich das Ufer des Paanajärvi. Wahrscheinlich spürte das Tier den Rauch der Häuser in den Nüstern, würde sich daran orientieren und zum Ziel laufen. Wahrscheinlich hatte auch Piessa einen Sinn für die Wärme des heimischen Herdes.

Es geht um den Tod, allein um den Tod.

Ich werde seinen Namen nie wieder aussprechen. Möge er auf meinen Lippen verdorren!, wie wir vor langer, langer Zeit in unseren Spielen schworen. Oder noch besser: Möge er in meinem Herzen verdorren.

Zum letzten Mal in meinem Leben wiege ich mich im Gefühl der Sicherheit. Das Rentier läuft den Abhang hinunter und auf den Paanajärvi, ja, es ist der See, ich habe ganz richtig vermutet. Aber mein Vertrauen in den gesunden Verstand des Tieres ist verfrüht, ebenso die Annahme, es wittere irgendwie die Gefahr. Es war so klug gewesen, der Stromschnelle auszuweichen, aber nicht dem, was uns weiter vorn erwartet.

Die Dunkelheit ist dicht, die helleren Farben, die im Schwarz sichtbar werden, sind die Schneedecke des Sees und die uns entgegenschwebenden Nebelfetzen. Unter leichtem Gerumpel gleiten wir vom Waldrand auf den See, und ich möchte vor Freude schreien. Irgendwo dort im Nordwesten liegt das Haus Rajala, und dort gibt es ein loderndes Feuer im Ofen, freundliche Menschen, ein warmes Bett. Aber mir graut ja nicht vor der Mühsal dieser Reise, sondern vor dem, was mich verfolgt.

Bin ich hier wirklich erst vor ein paar Tagen mit klingelnden Glöckchen im Sonnenschein gen Osten gefahren, habe gelacht und Anton Semjonowitsch versichert, ein Fliegenzug mit drei Springern sei ein sicheres Mittel, um diese Jahreszeit unterhalb des Kivakka Fisch zu bekommen? Ich beschuldigte den Kaufmann aus Uhtua, ungläubig zu sein, worauf er eine Braue hob und versetzte: Lieber ungläubig als gutgläubig.

Heute, nach unserm Aufbruch aus Vartiolampi, als wir auf den Sumpf geraten waren und die Rentiere mit Gewalt anhalten mussten, damit das Dickicht uns nicht zerfetzte, war ich sicher, dass der Augenblick gekommen war. Ich weiß nicht, was Kuisma letztlich im Sinn gehabt hatte, denn die Wut, die das Ausrasten der Tiere bei ihm ausgelöst hatte, begrub alles andere unter sich. Er wollte niemandem unterliegen, weder einer Frau oder einem Mann noch einem Tier. Auf jeden Fall habe ich endlich sein Gesicht nackt gesehen.

Wie weit ist es noch? Eine halbe Meile, eine knappe Meile? Ich halte mich nicht mit Schätzungen auf, denn ich höre, wie sich von hinten endlich das andere Rentier nähert. Das genügt Piessa als Zeichen – gerade, als ich wieder versuche, mich hinzusetzen und den Hund unter mir wegzuschieben, zieht das Rentier mit einem Ruck an, und beide Schlitten sausen los. Wieder falle ich auf den Bauch und versuche auch nicht mehr aufzustehen. Wieder rasen wir wie ein Schneesturm dahin. Das schneebedeckte Eis ist ja so eben, so tragend.

Ob Piessa wieder Lust auf ein Wettrennen hat oder sich vor den Nachkommenden erschreckt hat, diesmal erlaubt er dem Rivalen nicht, ihn einzuholen, und das rettet mir das Leben.

Ich liege flach, ganz platt, da und klammere mich mit beiden Händen an den vorderen Bogen des Schlittens. Der Lenkriemen flattert wie ein Kampfwimpel an der rechten

Seite des Rentiers. Wenn ich mutiger wäre, würde ich laut lachen, der Hund liegt unter mir, und seine Schnauze weist direkt nach vorn, sie teilt den Wind ebenso energisch wie meine Nase. Wir sind aus einem Märchen: Eine schwarze Hexe fliegt mit ihrem schwarzen Hund über das winterliche Eis durch die Dunkelheit.

Da verändert sich das Geräusch unter den Klauen des Rentiers. Das Eis saust seltsam, dröhnt hohl, und gleich darauf ertönt ein herzzerreißendes, ekelhaftes Krachen. Das Eis unter uns steht kurz vor dem Brechen. Wir sind dabei, in eine Eisspalte zu fahren.

Aus den folgenden Sekunden lässt sich keine lange Geschichte machen. Ich würde lügen, wenn ich behauptete, ich hätte auch nur drei Sätze gedacht. So geht das: Ein starkes Rentier, das sich von Vartiolampi an ausgetobt hat und doch noch bei Kräften ist, setzt zu einem fürchterlichen Sprung an, sobald es begriffen hat, dass das Eis nachgibt. Es nimmt einen Anlauf mit so enormer Anspannung, dass ich, Ohta und beide Schlitten in die Luft steigen und mit Hilfe der Muskeln des Rentiers und der schweren Last über die breite Spalte im Eis fliegen wie aus der Kanone geschossen. Der Absprungrand bricht, und es bricht auch der Rand der Spalte, auf dem wir landen, aber das Tier rennt noch etliche Schritte weiter, sodass wir auf festem Eis stehen.

Dann stürzt das Ren, und auch wir kippen um. Ohta und ich liegen auf dem Eis und sehen verständnislos zu, wie das Tier sich aufrappelt, davongaloppiert und die sich hin und her drehenden Schlitten hinter sich her zerrt. Die Pennell und Afanassjews Rute fallen immer noch nicht runter und auch sonst nichts von den Sachen, die Savina Homanen verpackt hat, stelle ich fest, während ich auf der Seite liege, an einem Bein einen Stiefel, das andere Bein nackt, mit dickem, geronnenem Blut bedeckt.

Ich stütze mich auf alle viere und sehe, wie das nachfolgende Rentier direkt in die Eisspalte fährt. Verzweifelt schlägt es mit den Vorderfüßen das schwarze Wasser, in dem nichts glitzert, nicht der Mond, nicht die Sterne und nicht einmal die Schneepartikel, die vom Eis in die Luft gestoben sind. Der Mann ist aus dem Schlitten gekullert, sobald der durch die dünne Eisschicht eingebrochen ist, und es gibt keine Spur von ihm.

Der Schlitten dümpelt einen Augenblick auf dem Wasser, dann geht er rasch unter und zieht das Rentier in die Tiefe. Es strampelt sich immer noch zäh vorwärts, und ich erkenne, dass, wenn es nur dicht genug an den dickeren Rand herankäme, ich versuchen könnte, den Zugriemen durchzuschneiden und es am Lenkriemen aufs Eis zu zerren. Ich ziehe aus dem Gürtel das Messer – o Sparre! – und beginne, auf dem Bauch vorwärtszukriechen.

So als begriffe das Tier, was ich vorhabe … Es versucht, näher zu kommen, ich sehe, wie es in Todesangst verzweifelt die Augen rollt, und bleibe an meinem Platz liegen. Ich schätze, es wird sich so weit nähern, wie es kann und wie der brüchige Rand der Eisspalte nachgibt. Ich selbst wage mich nicht weiter vor.

Und dann ist es nur noch etwa eine Armlänge entfernt. Ich krieche eine Spanne weiter vor, strecke tollkühn den Arm aus und packe es am Halfter. Ich weiß, dass der Rand des Eises jetzt gleich bricht und ich zu dem Rentier ins Wasser falle. Es liegt fast auf der Seite und stiert mich treu mit einem Auge an. Die eine Hälfte des Kopfes ist im Wasser, und es sieht so aus, als würde es jeden Augenblick darin versinken.

Herman hat mich immer dazu angehalten, dafür zu sorgen, dass die Messer ordentlich scharf sind. Auch jetzt habe ich vor der Abreise aus Vartiolampi Sparres Messer gewissenhaft geschliffen, und ich brauche nur einmal auf den Halsriemen zu schlagen, da ist er auch schon durchtrennt, der Zugriemen gibt nach, und der Schlitten versinkt allein. Ich bekomme den Lenkriemen zu fassen und fange an, mich wieder zurückzuziehen.

»Zurückzuziehen« – ja, ich rolle und wälze mich fort von der Eisspalte und ziehe am Lenkriemen, so sehr ich kann. Als das dünne Eis nicht mehr unter dem Rentier bricht, kommen sein Kopf, die Schulter und eine Vorderklaue aus der Eisspalte auf das dickere Eis. Dann kann ich nicht mehr ziehen. Ich bleibe rücklings auf dem Eis liegen, der Lenkriemen ist straff gespannt, aber das Tier hat noch so viel eigene Kraft, dass es auch sein Hinterteil in Sicherheit scharrt, zappelt und strampelt. Ich habe ein Rentier gerettet und muss schrecklich lachen.

Immer noch lachend erhebe ich mich wieder auf die Knie. Ich bin völlig durchnässt, mein Wolfspelz ist schwer vom Gewicht des Wassers, und die Haare hängen mir in triefenden Strähnen ins Gesicht. Der Hund neben mir bellt wie verrückt. Das Rentier liegt erschöpft, mit ausgestrecktem Hals auf dem Eis, seine Flanke hebt und senkt sich langsam, und das dumme Auge starrt reglos inmitten seiner grauen, struppigen Behaarung. Eine Hälfte seines Geweihs ist abgefallen, und in der anderen hängen Eisstücke. Gerade als ich denke, jetzt stirbt es hier doch noch, dreht es sich mühsam auf den Bauch und schiebt die Beine unter sich. Wahrscheinlich plant es, sich auf den Weg zu machen und Piessa, seinen Rivalen, noch einmal herauszufordern.

Wieder lache ich, aber das Lachen erstirbt mir auf den Lippen, als ich sehe, was hinter dem sich aufrichtenden Tier sichtbar wird. Eine menschliche Hand klammert sich an den Rand des Eises. Weiß hängt sie da, und mir wird klar, dass ich nun noch einmal zur Eisspalte kriechen muss.

Ich ziehe meinen nassen Pelz aus und lasse ihn auf dem Eis liegen, denn er behindert mich nur. Ich schiebe auch meine Halsuhr in die Kragenöffnung meines Kostüms, ich denke wohl, sie darf nicht nass werden! Ich ziehe auch den Nenzengürtel von der Taille und wickle mir das Ende um die rechte Hand. Dann lege ich mich wieder auf den Bauch und schiebe mich langsam in Richtung Hand. In der linken Hand habe ich Sparres Messer, das ich ins Eis schlage, um etwas zu haben, woran ich mich ordentlich festhalten kann.

Die ganze Zeit, in der ich die kurze Strecke in Richtung Eisspalte krieche, hoffe ich, der Hund möge ruhig bleiben. Mir droht der Mut zu sinken, und ich habe das Gefühl, dass der Rest davon besser beisammenbliebe, wenn der Hund still, die ganze Welt lautlos wäre. Aber der Hund bricht in sinnloses, heiser-schrilles Gebelfer aus, schleicht mir, seltsam gekrümmt, nach und unternimmt kurze Angriffe auf meinen Rock, um ihn zu zerfetzen. Das ist seine Methode, mich darauf aufmerksam zu machen, dass ich mich wahrscheinlich umbringe.

An der Stelle des Spaltenrandes, wo der Mann hängt, ist das Eis dick und glatt. Ich bin erleichtert, als ich erkenne, dass es zumindest nicht gleich unter mir einbrechen wird. Als ich bei der Hand ankomme, liege ich einen Augenblick ganz still und sammle Kraft. Dann schiebe ich mich noch ein wenig weiter und spähe, die Wange am Eis, über den Rand.

Ich sehe sofort, dass er schon ganz erstarrt, aber noch bei Bewusstsein ist. Seine andere Hand hält sich weiter unten am Eis fest – deshalb sah ich anfangs nur die eine Hand. Er hängt mit ausgestreckten Armen und versucht gar nicht mehr, Schwimmbewegungen zu machen. Nur sein Gesicht ist über der Wasseroberfläche, die blonden Haare wogen leicht darum herum, und in den blauen Augen liegt ein ruhiger Blick.

Zum Glück ist er nicht außer sich, denke ich und lasse den Nenzengürtel hinab. Sicherlich kann er ihn fassen, und dann ziehe ich ihn herauf wie vorhin das Rentier.

Ich schiebe den Gürtel immer weiter und konzentriere mich darauf, mit Hilfe des ins Eis geschlagenen Messers an meinem Platz zu bleiben. Gerade, als ich mich darüber wundere, warum an dem Gürtel kein Rucken spürbar wird, denn es ist ja nicht schwer, ihn zu ergreifen, schnellt eine Hand aus dem Wasser und krallt sich oberhalb des Handgelenks in meinen Arm. Der Schlag ist so heftig und der Griff so stark, dass der Gürtel meiner Hand entgleitet und ganz ins Wasser fällt.

»Sie Unglücklicher, Sie sollten doch den Gürtel ergreifen!«, stottere ich heiser und beuge mich wieder vor, um hinabzuschauen. Der Gürtel versinkt schon im Wasser, ich sehe gerade noch das heitere Blinken der Metallstückchen und kleinen Messer, bevor sie für immer auf den Grund des Paanajärvi sinken.

Dann sehe ich ihm ins Gesicht. Es ist immer noch ruhig, aber in seinen Augen liegt der Hauch eines Lächelns. Nickt er mir tatsächlich zu, während er an der Schwelle des Todes liegt? Mein Handgelenk knackt, ich spüre, wie ich gleich gefährlich weit über den Rand der Eisspalte gleite, und klammere mich mit aller Kraft an den Knochengriff des Messers. Ich versuche, die Klinge noch tiefer in das Eis zu bohren.

Mir wird klar, dass der Mann gar nicht versucht, aus dem Wasser herauszukommen. Er will mich mit sich hinabziehen.

Der Hund hat jetzt in allem Ernst mit seinen Zähnen zugebissen, er zerreißt mir den Rock und beißt mir in die Schulter, und das tut weh, o, wie das wehtut. Ohta zerrt und zerrt, der Kleiderstoff gibt nach, gleich wird mir das Fleisch von den Knochen gerissen, und ein fürchterlicher Schmerz setzt sich schneidend durch meinen Arm bis zum nassen Ende des Ärmels fort, um den herum wie ein schauriger Armreif die weiße Hand liegt. Ich sehe, dass deren Knöchel blutig gescheuert sind und dass über seinen Handrücken eine lange, alte Narbe verläuft. Wieso habe ich diese Narbe nicht gesehen, als die Hand mich in Homanens Gästezimmer streichelte?

Tief beuge ich den Kopf hinab und schlage die Zähne in das Handgelenk, das sich mit Hand und Fingern um meinen Arm geschlossen hat wie auf einem Glanzbild. Aber Rosen, Schoßtiere und Täubchen sind nicht zu sehen. Ich sehe ihm in die Augen, während ich beiße, das angedeutete Lächeln wandelt sich in Verwunderung, aber der Griff lässt nicht locker.

Da beiße ich noch fester zu, ich will versuchen, meine Eckzähne durch das Handgelenk hindurch zusammenzuführen wie ein Erdhund, und ich werfe auch meinen Kopf noch ein paar Mal von einer Seite zur anderen wie ein Tier.

Und ich bin ein Tier. Ich spüre, wie die Knorpel und kleinen Knöchel knirschen und die Adern zwischen meinen Zähnen glitschen. Dann löst sich der Griff der Finger, und als ich die Augen schließe und loslasse, gleitet die Hand lautlos hinab, ohne dass das Wasser auch nur platscht.

Blut rinnt mir aus dem Mund, und ich bleibe liegen, um zu schlafen, die Wange gegen das Eis gepresst. Ich überlege, ob meine Haare wohl an dem kalten Bett festfrieren werden.

Herman Renfors saß am offenen Fenster und starrte in den Garten hinaus.

Das gleichförmig vom Himmel fallende Wasser polierte dessen Grün, sodass es glänzend und tief wurde. Der Sommer war kalt und regnerisch gewesen, es drohte ein neuer Hungerwinter, aber den Rest dieses Augustnachmittags wollte er sich stehlen, nur um zu genießen: Die Rosen glühten, als hätten sie vom Regen immer noch nicht genug bekommen, und sie entsandten ihren berauschenden Duft freigiebig in die Zimmer. Ein Gruß für uns Elende, dachte Herman. Wie konnte an den Johannisbeersträuchern nur so eine Unmenge von Trauben hängen?

Herman lehnte den Kopf gegen den Fensterrahmen, und die weiße Spitzengardine legte sich gegen seine Stirn wie das Kleidungsstück eines fremden Stammes. Betrübt dachte er daran, dass er noch nie zuvor so wenig gefischt hatte wie in diesem Sommer. Die Arbeiten an dem neuen Fabrikgebäude und an seinem künftigen Zuhause hatten Zeit gekostet, es hatte mehr Schwierigkeiten gegeben, als er vorausgesehen hatte, und auch an den Hochzeitsvorbereitungen hatte er sich beteiligen müssen, obwohl Agnes mit Hilfe ihrer energischen Mutter die größte Last getragen hatte. Es ging also um etwas sehr Geheimes, ganz Kleines …

Sein Sommerhemd war ohne Schleife, der Kragen stand

offen, und gedankenverloren legte Herman sich die Hand auf den nackten Hals, aufs Schlüsselbein. Die eigene glatte Haut gab ihm ein warmes und sicheres Gefühl. Ich fühle mich überhaupt nicht mehr wie ein rotwangiger Bräutigam, lächelte er in sich hinein. Sollte das Glück jetzt nicht einfach wachsen, ständig zunehmen, bis wir an der Schwelle zum Hochzeitstag ganz davon benommen sind? Waren uns nur die wenigen kurzen, wonnigen und heißen Monate vergönnt …? Hat schon der lange Alltag des Lebens begonnen?

Im Laufe des melancholischen Sommers hatte er abends im Bett die Selbstbetrachtungen von Marc Aurel gelesen. Das Buch war ihm zu Sommerbeginn aus England geschickt worden, und Hermann hatte hungrig danach gegriffen. Was wäre das Leben ohne Bücher … Er hatte geistige Nahrung benötigt in seinem Zuhause, das ihm in jenen Wochen nur wie die Kulisse des früheren erschienen war, wie eine brüchige, schwankende Pappwand, auf die eilig etwas gemalt worden war, das entfernt an Vergangenes erinnerte.

Der römische Kaiser, der selbst an den Grenzkriegen gegen die germanischen Stämme teilnahm, hatte in seinem Zeltdorf am Rande des Schlachtfelds gesessen und an Herman geschrieben – bei plätscherndem Regen, im nassen Zelt?, überlegte der Fabrikant, als die schweren Tropfen gegen sein Fenster prasselten –, auf Pergament mit einem Stift, dessen Spitze und Form Herman sich nicht vorstellen konnte:

»Wer möchte nun in diesem Strome, wo man keinen festen Fuß fassen kann, irgendeines von den vorübereilenden Dingen besonders wertschätzen? Das wäre gerade so, als wenn sich jemand in einen vorüberfliegenden Sperling verlieben wollte, der ihm in einem Augenblicke wieder aus den Augen entschwunden ist.«

Herman hatte jeden Abend im Bett einige Seiten gelesen, hatte das Buch auf seinen Bauch sinken lassen und die Augen geschlossen. Langsam, Tag für Tag hatte er den Seelenfrieden und die Ruhe zurückgewonnen, die in seinem bisherigen Leben das Geheimnis seiner Lebenskraft gewesen war. Seine alte Form erlangte er nicht wieder, aber immerhin etwas, was es ihm ermöglichte, seinen Verpflichtungen nachzukommen.

Agnes sagte er nichts von seinen Stimmungen, und noch weniger Anna, denn er erkannte, dass die Frauen jetzt in einer großen, bunten Prozession unterwegs waren, deren Ziel Agnes' und Hermans Hochzeit war, der Umzug auf den Zollfelsen, die ganze Ehe. Diese Prozession durften Außenstehende nicht stören.

Herman bemerkte wohl, wie Agnes ihn manchmal lange ansah und schon den Mund auftat, um etwas zu sagen, aber wenn sie die Miene ihres künftigen Mannes sah, die wie eine abwehrend erhobene Hand wirkte, schwieg sie und vertiefte sich wieder in ihre jeweilige Beschäftigung. Herman hatte das Empfinden, als liebte er Agnes dann fast noch mehr.

Wie konnte ein Mann wie Marc Aurel einen Sohn wie Commodus bekommen, den man ein menschliches Ungeheuer nannte?, überlegte Herman jetzt, während er in den Garten starrte. Über familiäre Unglücke aus grauer Vorzeit konnte man nachdenken, das erschien ihm erträglich. Es gibt also keine Gewähr, keine Maschinerie, die eine bestimmte Sorte Mensch, bestimmte Ereignisse erzeugt ... Für mich, der ich von klein auf das Erfinden, Planen und Bauen geliebt habe, dürfte die Sache besonders schwierig sein. Das Leben ist wahrlich keine Knopffabrik.

Schwer stampfend kam Fräulein Komulainen ins Zimmer und stellte auf den kleinen Fenstertisch eine Teekanne, eine

Tasse dampfenden Tee und Haferkekse. Als Herman sich umdrehte, um ihr zu danken, verneigte Fräulein Komulainen sich wortlos, langsam und würdig, sie knickte in ihrer dicken Taille ab wie der tadelloseste englische Hofmeister. Oder sollte man sagen, wie ein Totengräber, dachte Herman. Die Atmosphäre im Hause war manchmal so schwermütig, dass nicht viel gefehlt hätte, und auch die Hunde hätten es gelernt, sich mit langem Gesicht am Türpfosten zu verneigen.

Fräulein Komulainen war auf der Stelle stehen geblieben, die Hände vor ihren gewaltigen, wogenden Brüsten zusammengepresst. »Ob das Frollein wohl heutte zum Essen in den Speissessaal kommt?«, fragte sie in ihrem östlichen Grenzdialekt, von dem Herman im Lauf der Jahre begriffen hatte, dass man darin so viele Konsonanten wie möglich verdoppelte. Herman zuckte die Achseln.

So oft schon hatte Maria gesagt, an diesem Abend würde sie kommen. Und doch war der Platz am Esstisch immer leer geblieben. Er war wie eine schmerzende Wunde und drängte die am Tisch Sitzenden, schnell zu essen, einander einige wenige nachlässige Sätze hinzuwerfen, an die später niemand irgendeine Erinnerung hatte. Vornehme Herrschaften, die auf eine unbewohnte Insel geraten sind, halten bis zuletzt an ihren kultivierten Sitten fest, hatte Herman im Juli zu Agnes gesagt.

Oder lebten sie jetzt in der Wüste, im Sand der Sahara? In diesem Sommer war es Herman klar geworden, was für ein unauffälliges, aber einflussreiches Zentrum seine stille Schwester in der Familie gewesen war. Verstand und innere Kraft sind im Haus wie Musik, an die man sich gewöhnt, und erst, wenn sie verstummt, bemerken die anderen die Hohlheit ihrer Tage. In was für einem Luxus habe ich doch gelebt! Kein Wunder, dass ich mich erst mit vierzig Jahren richtig verliebt habe. Es musste jemand kommen, der Agnes war.

Herman trommelte mit den Fingernägeln auf den Rand der Untertasse und lauschte, in Gedanken versunken, dem kleinen, fröhlichen Klirren. Sollte ich selbst gehen und Maria fragen? Nein, das lasse ich. Sie macht auch dies auf ihre Weise, so wie bisher immer auch alles andere.

Maria hatte die Sommermonate in ihrem Zimmer in der Brahestraße mehr oder weniger im Krankenbett verbracht. In der Abenddämmerung, dann, als sich nach Johanni die Dämmerung wirklich spät an der Schwelle zur Nacht herabsenkte, konnte man sie manchmal auf dem Flechtrohrsofa in einem Winkel des Gartens, in einen großen Schal gewickelt, sitzen oder zwischen den Beeten mit den mehrjährigen Pflanzen auf und ab gehen sehen. Die Haare hatte sie irgendwie zusammengebunden, aber lose Strähnen hingen ihr auf die Wangen, die so schmal geworden waren, dass ihre imposante Nase noch größer wirkte. In ihren Augen lag ein fiebriges Starren – den verblühenden Flieder sah sie nicht, sondern etwas ganz anderes.

Niemand wagte es dann, sie zu stören. Als Agnes einmal zu ihr gegangen war und sie gefragt hatte, ob sie in dem feuchten Gras festeres Schuhwerk brauche, hatte sie einen so wilden Blick zur Antwort bekommen, dass die furchtlose Agnes sich auf der Stelle zurückgezogen hatte.

»Entweder überlebt sie das, oder sie wird vollkommen verrückt«, sagte Agnes im Arbeitszimmer trocken zu Herman.

Diejenigen, die mit irgendeinem Anliegen in Marias Zimmer gingen, lernten bald, dass sie den Sommer über kein Wort über die Fahrt nach Vartiolampi verlor. Manchmal nahm sie all ihre Höflichkeit zusammen und fragte ihren Bruder, wie die Bauarbeiten und die Hochzeitsvorbereitungen vorankamen. Wenn Herman dann, erfreut von ihrem Interesse, wortreich über den Lauf der Dinge berichtete, bemerkte er bald, dass seine Schwester schon in ihre eigenen Gedanken versunken war. In dieser Welt gab es keine Hochzeit und keine neuen Häuser.

Ein andermal hatte Maria darum gebeten, man möge ihr das Material zum Fliegenbinden bringen. Herman hatte sofort alles Notwendige auf den großen Tisch am Fenster stellen lassen und sich seiner Schwester gegenüber erstaunt über die Forelle geäußert, die er in der Woche zuvor an der Koivukoski-Stromschnelle gefangen hatte, wo man nie zuvor einen Fisch bekommen hatte. Als er ihr dann noch eifrig all die erstklassigen, mit der letzten Sendung aus England gekommenen Federn vorgestellt und Maria sich aufmerksam davor niedergelassen hatte, war sie plötzlich in ein so fürchterliches Weinen ausgebrochen, dass Herman in seiner Not, unterstützt von Fräulein Komulainen, alles Material wieder fortschaffte. Es hatte den Anschein, als würden der Schopf des Goldfasans, die Federn des Eisvogels und des blauen Hahns Maria an den Rand des endgültigen Zusammenbruchs bringen.

Die Ereignisse in Kuusamo und Weißmeer-Karelien während des Vorfrühlings lagen also ziemlich im Dunkeln. Die letzte Nachricht hatte Herman aus Paanajärvi bekommen, und sie hatte ihn ganz außerordentlich erzürnt. Es war die, in der seine Schwester schrieb, sie fahre mit ihren Reisegefährten nach Vartiolampi zum Fischen.

Einige Tage nach Ostern war in Ervastis Landhandel Mikko Karppinen aus Rajala erschienen, der erzählte, dass Fräulein Renfors in Paanajärvi sehr krank darniederliege. Die Genesung würde Wochen, wenn nicht Monate dauern. Ervasti hatte vorgeschlagen, er werde die Rauchwaren rasch mit einem Rentierzug nach Süden bringen lassen und

Mikko Karppinen solle mit Virkku nach eigenem Zeitplan und mit seiner eigenen Fracht dorthin fahren und nicht länger auf seinen Fahrgast warten. Fräulein Renfors würde nachkommen, sobald sie reisefähig war.

Und schließlich kam Fräulein Renfors, Anfang Juni. Aus Rajala hatte Elias Rajalas jüngster Sohn sie begleitet, der in Oulu zu tun hatte. Jetzt nahm er für die Fahrt den längeren und mühsameren Weg. Als Herman das dankbar anmerkte, hatte der Mann aus Kuusamo klipp und klar erwidert: »Nun sehe ich endlich auch diese Gegend. Ich hatte immer überlegt, wie die großen Stromschnellen des Kajaani-Flusses aussehen mögen.«

Der Weg konnte nicht mehr anders als zu Wasser zurückgelegt werden. Schnee und Eis waren geschmolzen, und so hatte man an den Quellflüssen des Kianta-Sees ein schmales, langes Boot in den Emäjoki-Fluss geschoben und war damit über Paltamo nach Kajaani gefahren. Der erleichterte Herman hatte Heikki Rajala am Abendbrottisch und in seinem Arbeitszimmer bewirtet. Der wollte nur eine Nacht bleiben und dann weiter nach Oulu fahren, um seinen Geschäften nachzugehen.

Heikki Rajala war ein bärtiger, hochgewachsener, blonder und schlanker Mann mit grauen Augen. Am Esstisch war er steif und schweigsam gewesen, und Herman versuchte auch nicht, zu viel zu fragen. Er vermutete, ein paar Glas Wein und später ein Kognak würden ihn gesprächiger machen. Als er auch in Hermans Arbeitszimmer noch fast stumm dasaß und sein Glas in den Fingern drehte, fiel Herman ganz von selbst der andere Mann aus Kuusamo ein, an den Heikki Rajala äußerlich stark erinnerte und der ihn im März so gut unterhalten hatte. Aber dieser Mann hier hatte doch seine Schwester nach Hause zurückgebracht und das Boot geschickt durch die Stromschnellen gesteuert, an dessen Boden Maria gelegen hatte wie der Leichnam einer Wikingerkönigin.

Die Gesprächsthemen schienen ihnen ausgegangen zu sein. Schon am Tisch hatte Rajala erzählt, dass man Maria Renfors am Morgen des Palmsonntags auf dem Eis des Paanajärvi gefunden hatte. Aus Rajala hatten sich Sucher mit einem Hund auf den Weg gemacht, nachdem zwei durchgedrehte Rentiere auf den Hof gestürmt waren, das eine davon Piessa, der zwei Schlitten hinter sich her zerrte, das andere ein völlig nasses, unbekanntes Zugren mit einem zerfetzten Halfter, das ihm vom Hals herabhing. Die Leute von Rajala hatten angenommen, dass irgendwo ein Unglück geschehen sein musste.

Heikki Rajala in seiner bedächtigen Art hatte erzählt, dass die Schwester des Fabrikanten bewusstlos und vor Kälte erstarrt am Rand einer Eisspalte gelegen hatte. Oberbekleidung hatte sie nicht angehabt, und an einem Bein hatte der Stiefel gefehlt. Neben sich hatte sie ein Messer gehabt, und ein Stück weiter entfernt hatte auf dem Eis ihr völlig durchnässter Pelz gelegen.

Um Maria herum war ein schwarzer Welpe, ein Bärenhund, herumgelaufen, und der wollte jeden beißen, der versuchte, Maria in den Schlitten zu legen. Zuletzt hatte er sich neben die bewusstlose Frau geworfen, und derselbe muntere Troll war jetzt in Kajaani aus dem Boot ans Ufer gesprungen, als Maria langsam mit Hermans Hilfe über den Bootsrand kletterte. »Ohta hat das alles überstanden wie ein höchst amüsantes Abenteuer«, hatte Maria leise zu Herman gesagt, während sie, schwer auf den Arm ihres Bruders gestützt, auf ihr Haus zuschritt.

Ganz gesund war der Hund allerdings nicht, hatte Herman im Lauf des Sommers gedacht. Er hatte seltsame kurze Anfälle von Bewusstlosigkeit bekommen, war umgefallen, hatte gezittert wie bei einem Fieberanfall, und weißer Schaum war ihm zwischen den Zähnen hervorgequollen. Dann war er langsam zu sich gekommen und hatte sich auf die Beine gestellt. »Ob auch ein Hund die Fallsucht haben kann?«, hatte Herman sich gewundert. »Der bekommt ja genau solche Krämpfe wie Kämäräinen in der Fabrik.«

Ohta lag auf dem Fußboden des Arbeitszimmers vor dem Kachelofen in tiefem Schlaf. Rajala aus Paanajärvi bringt alle zum Einschlafen, dachte Herman. Dann kam ihm der Gedanke, dass der Mann vielleicht doch versuchte, etwas zu sagen, denn es lag eine Art Anstrengung in der Luft. Rajala nahm einen Schluck aus seinem Glas, blickte über dessen Rand hinweg den Hausherrn zögernd an, und wieder begann das stumme Drehen des Glases.

»Ist Ihnen vielleicht noch etwas eingefallen, was einem nicht sofort ganz klar wird?«, fragte Herman vorsichtig. »Das zweite Rentier wundert mich ...«

Da endete das Glasdrehen. Rajala hatte offenbar auf den Startschuss gewartet. Einen Augenblick wand er sich auf seinem Stuhl, seufzte, warf Herman einen Blick zu und starrte dann wieder in sein Glas:

»Ja, darüber haben wir uns auch gewundert ... über das zweite Rentier. Es hatte eine fremde Ohrmarke, aus dem Süden, aus Kuusamo. Zuerst dachten wir, es sei ein Ausreißer, der Piessa gefunden und sich ihm angeschlossen hatte. So etwas ist nichts Außergewöhnliches, manchmal habe ich auch selbst mehrere Tiere wie eine Schleppe hinter mir her gezogen. Die suchen ja Gesellschaft, besonders die weiblichen Tiere.«

Herman wartete geduldig. Jetzt würde er doch noch etwas erfahren.

»Na, es vergingen ein paar Wochen, und bei uns kamen die ersten fliegenden Händler von jenseits der Grenze vorbei, die es am eiligsten hatten. Darunter waren auch Männer aus Vartiolampi, die bald gehört hatten, dass im Hause Rajala das vor Ostern aus ihrem Dorf abgereiste Fräulein aus Kajaani krank lag, aber schon auf dem Wege der Besserung war. »Und wo ist der andere?«, fragten sie sofort. »Ist der Mann schon nach Süden gefahren?«

Tatsächlich stellte sich heraus, dass zwei Fahrschlitten von Vartiolampi nach Paanajärvi gefahren waren. Aber es sah so aus, als wären nur die beiden Rentiere und die Fahrerin ans Ziel gekommen. Als Elias Rajala Fräulein Renfors vorsichtig nach dem Schicksal des zweiten Reisenden gefragt hatte, war die Antwort nur ein kurzes Wort gewesen: Nebel. Damit waren ihre Worte versiegt.

Rajala wirkte von seinem langen Erguss ganz erschöpft, und Herman füllte sein Glas aufs Neue. Der Kognak war nicht vertan, dachte er. Rote Flecke waren auf den hohen Wangen des Mannes erschienen, und die grauen Augen leuchteten klar. Seine Zunge hatte sich noch für einige Sätze gelöst: »Der Nebel hielt damals in der Karwoche tagelang an, er hing fast bis auf den Boden. Auch gegen Mittag war es nahezu dunkel. Als wir das den Kareliern erzählten, nickten sie mit dem bärtigen Kopf: Mit dem Erlöser zusammen leidet und ängstigt sich auch das ganze Land.«

Damit hatten Heikki Rajalas Informationen und sein Bericht geendet. Mit dem Erlöser zusammen leidet und ängstigt sich auch das ganze Land … Herman begann etwas von dem zu ahnen, was seine Schwester durchgemacht hatte.

Danach war der Sommer langsam vergangen, ein kümmerlicher, unangenehmer und trostloser Sommer. Auch jetzt, wo der Regen mit dem Dunkeln des tristen Augustabends schwächer wurde und ganz aufhörte, blieb in der Luft wieder der Herold des Nachtfrosts wohnen, eine eisige Feuchtigkeit, die den ganzen Sommer über dasselbe verkündet hatte: Wo wollt ihr in diesem Jahr nur euer Brotgetreide hernehmen? Nach dem Abendessen zündete Herman im Ofen seines Arbeitszimmers das allabendliche Feuer an und saß in seinem großen Lehnstuhl daneben. Bald ist aller Kognak ausgetrunken, überlegte er mit dem Glas in der Hand. Wenn das so weitergeht, werde ich zum Säufer.

Wie um sich selbst zu trotzen, nahm er aus einem Kasten auch noch eine Zigarre, an einem gewöhnlichen Alltagsabend. Die Zigarre war sehr stramm, und Herman hatte mit dessen fester Spitze einen Augenblick zu tun, bevor er sie ordentlich zum Glühen brachte. Als er dann den Blick hob, stand Maria, in ein großes Schultertuch gehüllt, in der Tür, neben sich den Hund. »Darf ich mich einen Augenblick setzen?«, fragte sie mit tiefer Stimme.

Wortlos sprang Herman, mit der Zigarre im Mund, auf und zog einen zweiten großen Stuhl herbei, auf den Maria sich setzte. Immer noch schweigend schenkte er ihr Kognak in ein Glas und stellte es auf einen kleinen Tisch zwischen den Stühlen. Dann setzte auch er sich.

Maria hatte sich sorgfältig frisiert, und das blaugraue Sommerkostüm hatte einen gestärkten, hübschen weißen Spitzenkragen. Sie war so abgemagert, dass das Kostüm ihr zu weit über Schultern, Armen und Taille hing, wo es von einem roten Ledergürtel in Falten zusammengehalten wurde. Einem roten! Herman spürte, wie Hoffnung in seinem Herzen aufkeimte, und zugleich schnürte ihm Mitleid die Brust ein. Seine Schwester sah furchtbar aus. Sie erinnerte an ihre Mutter, als diese vor acht Jahren auf dem Sterbebett lag.

Die Geschwister saßen schweigend da, und Herman kraulte mit der Spitze seines Pantoffels dem Hund die Flanke. Maria streckte ohne ein Wort die Hand aus, Zeige- und Mittelfinger gespreizt, und Herman schob die Zigarre dazwischen. Das war eine jahrzehntealte Gewohnheit von ihnen, ein Ausdruck wortlosen Einvernehmens. Zeichen des Bundes … Herman spürte, wie seine Augen feucht wurden. Außer der Trunksucht steht offenbar auch die Senilität vor der Tür, dachte er und zwinkerte heftig.

Maria rauchte gedankenverloren, blinzelnd, und nahm einen kleinen Schluck aus ihrem Glas. Eine dunkle Locke war ihr auf die Stirn gefallen. Sie könnte eine Pariser Kokotte in einem Café am Montparnasse sein, die das Leben gesehen hat und verbraucht ist, dachte Herman.

Dann reichte Maria ihrem Bruder die Zigarre zurück und betrachtete das Buch auf dem Tisch. »Mark Aurel …«, sagte sie langsam. »Was sagt der Kaiser zu Unglücksfällen, die den Menschen getroffen haben?«

Herman sah in die Luft und suchte dort nach Sätzen, lächelte ein wenig und murmelte: »Entweder lebst du hier fort und bist alsdann schon daran gewöhnt, oder du gehst fort von hier und wolltest dann eben das, oder du stirbst, und dann hast du deine Aufgabe erfüllt. Ein Viertes aber gibt es nicht. Sei also nur guten Mutes.«

Maria ließ einen Laut hören – sollte das ein Lachen gewesen sein? Dann neigte sie tief den Kopf, krümmte den Rücken und starrte ihre Hände an, die im Schoß einander kneteten und auch den Stoff des Kostüms. Jetzt erst bemerkte Herman, dass sie um das rechte Handgelenk einen dicken, steifen Verband trug. Er deutete fragend darauf, sagte aber nichts, als er sah, dass seine Schwester tat, als bemerke sie das nicht.

Maria lächelte. »Ich muss also einfach leben …«

»Leben«, wiederholte sie dann. Das Wort entrang sich ihrer Kehle. Dann richtete sie sich auf und hob das Kinn. *Ich will, dass ihr mich so seht,* dachte Herman. Laut sagte er: »Möchtest du über Vartiolampi und Paanajärvi sprechen?«

Seine Schwester warf ihm einen Blick zu, der so herrisch und feurig war, dass ein geringerer Mann in seinem Stuhl versunken, durch die Ritze zwischen Sitz und Lehne geflossen wäre. Herman wartete geduldig. Er drehte Ohta mit dem Fuß ganz auf den Rücken. Der Pantoffel fuhr fort, dem Hund kräftig den Bauch zu kratzen.

Lange dauerte die Stille an, und Herman hob nicht den Blick. Das Feuer prasselte im Ofen, der Hund gab leise Laute des Wohlbehagens von sich, und aus einiger Entfernung war zu hören, wie Fräulein Komulainen und die Magd Hanna den Frühstückstisch deckten. Die vertrauten Geräusche belebten in Herman die Hoffnung. Vielleicht würde alles wieder so werden wie früher, oder wenn nicht wie früher, so doch erträglich.

Dann hörte er, wie seine Schwester flüsterte: »Inha und ich – nur wir sind am Leben geblieben. Und ich eher durch Zufall.«

Die gemütliche Stimmung verflog, so als wären die Kulissen der Bühne plötzlich verschwunden. Es war nur dunkel. Einen schweren Widerstand überwindend brachte Herman heraus: »Rajala aus Paanajärvi erzählte von einem Rentier ohne Schlitten ... Aber es stellte sich bald heraus, dass es nicht Inhas war. Und nach Johanni kam dann der Polizeidirektor von Kuusamo und erkundigte sich nach dem verschwundenen Jaakko Kuisma. Seine Familie, die offenbar nicht unbedeutend ist, war sehr in Sorge und hoffte, Klarheit zu bekommen. Aber dir ging es damals so schlecht ...«

Herman hob den Kopf und sah endlich seine Schwester an. Diese blickte zurück, starrte ihn direkt an, und ihre Augen waren kalte schwarze Steine in ihren Höhlen. Sie funkelten so, als wäre im Schoß der Erde lange Zeit Wasser auf sie getropft.

Dann brach Maria in Gelächter aus, sie lachte mit so

schauriger Stimme, dass ihrem Bruder fast angst wurde. Maria hatte im Oberkiefer hinten einen Zahn verloren, das bemerkte Herman erst jetzt. »Siehst du, ich war letztlich eine Beute, nichts als eine Beute. Oder ich war das von Anfang an, obgleich ich glaubte, eine Verfolgerin zu sein. Einen Augenblick lang stellte ich mir auf der Reise sogar vor, dass es auch dich interessierte zu sehen, wie ich damit zurechtkommen würde. Aber ich bin ja überhaupt nicht zurechtgekommen …«

Die Worte versanken und erloschen in dem Zimmer, das dunkel geworden war, denn das Öl in den Lampen war fast ausgebrannt. Herman stellte plötzlich verwundert fest, dass Hanna es am Tage nicht kontrolliert hatte.

Dann räusperte er sich die Kehle frei und fragte heldenmütig: »Und der Kaufmann aus Uhtua? Ich habe deinen Brief gelesen, den Agnes unter deinen Sachen fand. Anton Afanassjew starb also plötzlich und unerwartet? Und du beschuldigst aus unerfindlichen Gründen dich selbst?«

Die Antwort ließ lange auf sich warten. Dann war aus dem Halbdunkel eine leise Stimme zu vernehmen: »Wir haben uns das Hirn zermartert in dem Bemühen, zu verstehen, Inha und ich … Was waren wir doch für erbärmliche Karelianer! Wir mussten an einem großen Tisch ein Spiel spielen, weißt du noch, das, bei dem auf dem Tisch ein Dutzend Tassen mit der Öffnung nach unten stehen. Gewinner ist derjenige Spieler, der als Erster den unter einer Tasse versteckten Ring findet. In unserem Spiel war es die Wahrheit. Inha und ich, wir waren dabei sehr langsam, sehr ungeschickt … Ach Herman, wenn du irgendwann nach Weißmeer-Karelien kämst, würdest du das verstehen … Und als ich die Spielregeln verstand, war es schon zu spät.«

Herman drehte sich um und betrachtete Marias Profil. Vor der Glut des Ofens zeichnete es sich dunkel und scharf ab. Er legte die aufgerauchte Zigarre in den Aschenbecher, beugte sich vor und nahm die Hand seiner Schwester. »Alles, was geschehen ist, hat seinen eigenen Verlauf genommen. Das wirst du später verstehen und aufhören, dich zu zerfleischen. Denk daran, dass Sinn und Verstand alles zu durchdringen vermögen, was sich ihnen entgegenstellt ... Der Mensch wird nur besser, wenn er die Hindernisse, die sich ihm entgegenstellen, richtig nutzt.«

Maria schüttelte ihre Hand los und stand auf. Einen Augenblick sah sie auf Herman hinab und holte dann aus der Tasche ihres Kostüms ein Bündel Papiere, das sie ihrem Bruder reichte. »Dies ist vor ein paar Tagen von Inha gekommen. Auch er hat es zurück nach Paanajärvi geschafft. Wundere dich nicht, er schreibt auf Deutsch! Inha glaubt, dass die Spitzel und Schurken, von denen es in Karelien nur so wimmelt, nicht die edle Sprache der Germanen beherrschen.«

Sie ging zur Tür und sah sich noch einmal nach ihrem Bruder um. Auch im Halbdunkel sah man, dass sie ein wenig lächelte. »Ich sehe, dass du den Sommer für die Selbstbetrachtungen des römischen Kaisers genutzt hast. Die Zeit ist also nicht verlorengegangen. Fällt dir noch ein passendes Zitat ein?«

Herman lachte auf. Das Geräusch war so fremd, dass er fast zusammenzuckte. Kann man im Leben also auch noch lachen? Er prostete Maria zu und sagte:

»›Von dir selbst hängt es ab, ein neues Leben zu beginnen. Betrachte nur die Dinge von einer anderen Seite, als du sie bisher ansahst. Denn das heißt eben: ein neues Leben beginnen.‹«

Herman lag die ganze Nacht wach. Zuerst las er Inhas Brief. Es war der erste von vielen weiteren, die in die Brahestraße kamen, denn damit begann Inhas und Marias Jahrzehnte dauernder Briefwechsel. Obwohl die Reisegefährten sich niemals wiedersahen, wurden bis zu Inhas Tod Briefe von und nach Kajaani gesandt, und zwischen den Zeilen, die vom Befinden und von Neuigkeiten berichteten, standen immer andere, unsichtbare Buchstaben, die von lebenslangem Vertrauen und von Freundschaft sprachen.

Auf Deutsch schrieb der Fotograf später allerdings nicht mehr. *Meine liebe Schwester Fräulein Renfors* begann dieser Brief und fuhr dann fort mit wortreichen Bitten um Verzeihung dafür, dass er, Inha, erst jetzt bei seiner Abreise aus Kuusamo zum Schreiben komme. Er war unterwegs nach Oulu und von dort per Eisenbahn nach Helsinki, *mit der tiefsten Selbstzufriedenheit.* Der Sommer war in Bezug auf die Arbeit sehr ergiebig gewesen, er hatte Ståhlberg jetzt eine Menge zu zeigen, und eine neue, spätere Reise war unbedingt notwendig.

Dann ging der Brief vom Plaudern zu einem feierlicheren Ton über. *›Doch wundern Sie sich nicht, dass ich auf Deutsch schreibe! Die Briefe werden geöffnet und gelesen … Die größte Vorsicht ist heute nötig. Im Ergebnis beharrlicher Arbeit habe ich Dinge herausbekommen – oder* *sollte ich sagen, im Ergebnis beharrlicher Unterhaltungen. Ich werde wohl für den Rest des Jahres bezüglich starken Branntweins Abstinenz üben müssen.‹*

Herman musste lächeln. Dann wurde er ernst. *»Aufgrund der Ermittlungen sieht es stark danach aus, dass dieser Kuisma – dem gegenüber ich, ich bitte um Verzeihung, aber ich sage es kühn heraus, dem gegenüber ich von Anfang an das größte Misstrauen empfand – in Weißmeer-Karelien eigentlich mit ganz anderen Absichten herumreiste denn als Pelzhändler. Welch ein Schnüffler! Das Mannesauge hat seine Falschheit sogleich durchschaut, aber das einer Frau … Ich bitte um Verzeihung, vielleicht überschreite ich die Grenzen der Freundschaft!*

Während meiner abendlichen Zusammenkünfte – die also keineswegs freudlos waren und auch nicht die Abstinenz von Genüssen erforderten – hörte ich später über den Mann aus Kuusamo manch bitteres Wort. Allmählich stellte es sich heraus, dass er zu genau jenen Handlangern des Zaren gehörte, die mit ihrem eisernen Absatz den reinen Busen Weißmeer-Kareliens zertreten. Es dürfte Ihnen ja wohl kaum entgangen sein, dass auch unser seliger Freund Anton Semjonowitsch sich äußerst zurückhaltend ihm gegenüber gab? Ich hörte, dass der Kaufmann aus Uhtua lange erwartet worden war, denn es war eine Intrige gesponnen worden … Man hatte ihn nach Vartiolampi locken wollen. Sie haben ja wohl bemerkt, wie vorsichtig er war? Schon bei Ervasti hat er etwas Schlimmes ahnen müssen! Und dennoch fuhr er uns zur Gesellschaft mit nach Osten, so wie es kalkuliert worden war, sagten mir … Ach, die Namen kann ich hier nicht nennen.

Es zerreißt mir das Herz, wenn ich mir vorstelle, in welch schwieriger Lage die Leute im Hause Homanen leben mussten, die Unschuldigen, denen die Handlanger des Tyrannen im Nacken saßen. Ach! Den Polizei-Inspektor und den Schreiber habe ich leider nicht fotografieren können … Aber als Teuerstes werde ich die Erinnerung an den Augenblick bewahren, wo ich den kleinen, stinkenden Mann mit meinem Schlag fast ins Jenseits befördert habe, den Komplizen, der uns beiden den Garaus machen sollte, als Zeugen des Verbrechens. Wenn ich doch fester zugeschlagen hätte!

Ich war verrückt, dass ich nicht früher energisch gehandelt habe«, klagte Inha. Herman lächelte: Von allen Seiten hagelte es jetzt Selbstbezichtigungen, Messer, die in die eigene Brust gestoßen wurden.

Die folgenden Zeilen starrte er lange an: *»Datura stramonium, Fräulein Renfors! Von Stechapfelsamen war die Rede, nachdem die Gläser geleert waren. Ja, Gift ist das Mittel der gemeinsten Schurken, aber passend für diejenigen, die sich vor dem Hof Iwans des Schrecklichen verneigen! Und ich sah ja den Moment, da das Blutgeld gezahlt wurde … Blutgeld war es, das für den Tod Afanassjews bezahlt wurde.«*

Dann endete der Brief kämpferisch: *»Anton Semjonowitschs Bemühungen werden nicht umsonst sein! Die große karelische Volkserhebung zeichnet sich schon am Horizont ab, und die Gerechtigkeit wird alles Blut abwaschen!«*

Es fröstelte Herman. Er stand auf, ging zum Ofen und drückte die Stirn gegen die warmen Kacheln. Das Schauspiel, von dem er nur einige unzusammenhängende Szenen gesehen hatte, erst etwas vom Anfang und jetzt den Schlussakt, begann Gestalt anzunehmen. Es gab also eine Heldin, es gab einen Schurken und einen Helden, es gab einen edlen Freund, auch einen Hund, und reichlich Dorfbewohner, Männer und Frauen …

Und dann einen plötzlichen Tod, und dann das geheimnisvolle Verschwinden im Nebel sowie die wunderbare Errettung der Heldin in letzter Sekunde … Und zu Hause den treuen Bruder. Hilfsbereit und vernünftig. Herman zerknüllte Inhas Brief in der Faust und warf ihn auf die feurige Glut im Ofen.

Dann ging er in den Vorraum und zog sich den dicken Mantel über. Der Hund rannte eifrig mit ihm mit, und erstaunlicherweise hatte er die Ausdauer, Herman während all der Stunden zu folgen, die dieser die gewundenen Sandwege zwischen den Blumenbeeten entlangwanderte. Von unten drang das Rauschen der Stromschnelle herauf, aber dieses Mal horchte Herman nicht darauf.

In der nasskalten Nacht führte er ein langes Gespräch mit sich selbst, das keine klare Richtung und keine besondere Form und auch keinen festen Inhalt hatte, ihm jedoch als der wichtigste Gedankengang erschien, den er in seinem Leben zu entwickeln versucht hatte.

»Ich habe heftiger denn je, wenn ich über eine Erfindung nachdachte, versucht, das Wesentliche zu sehen, zum Kern der Dinge vorzudringen«, sagte er am nächsten Tag zu Agnes.

»Welche Dinge waren das?«, fragte Agnes neugierig.

»An Maria habe ich nicht gedacht, sieh mal, an ihr gibt es nichts zu überlegen, und an der Frau generell nicht, wenn man einmal begriffen hat, wie viele Gestalten in ihr wohnen, aus was für Gegensätzen eine einzige Frau besteht. Und insofern alle Frauen … Diese Überlegung steht außerhalb von allem anderen. Ein bisschen ist es, als versuchte man darüber zu spekulieren, was die Heilige Dreifaltigkeit ist! Die muss man einfach so nehmen, wie sie ist.« Herman verstummte und schüttelte den Kopf.

Agnes lächelte, sagte aber nichts. Sie wartete auf die Fortsetzung. Herman saß da und starrte auf den Teppich, wo die roten Rosen zwischen den grünen Blättern im Lauf der Jahrzehnte immer mehr verwelkt und verblasst waren.

»Zuerst dachte ich an die Freundschaft. Weißt du, die Römer benutzten den Ausdruck ›Wolfsfreundschaft‹, die als das Allerschändlichste galt. Aber ist denn überhaupt jemand als Menschenkenner gut genug? Mark Aurel sagt, Schlichtheit und Güte sollten sein wie ein Mann, der nach Ziegenbock stinkt, sodass der Vorübergehende es sofort merkt, wenn er näher kommt, ob er es will oder nicht. Warum gibt es so wenig Bocksgeruch und so viele Wölfe?«

»Vielleicht sollten wir, anstatt zu klagen, einen sensibleren Geruchssinn, einen schärferen Blick und einen genaueren Instinkt kultivieren, damit wir in dieser Welt zurechtkommen?«, fragte Agnes.

Herman antwortete nicht. Dann setzte er seinen eigenen Gedankengang fort: »Das Vortäuschen von Schlichtheit ist ein Rasiermesser – angesichts dessen sind wir alle schutzlos. Und ich naiver Dummkopf war immer versessen auf Geistreiches, habe immer die Gesellschaft wortgewandter Leute gesucht, die beschwingte Rede geliebt, den wendigen Verstand und den Humor … Wenn ich doch an das geglaubt hätte, was ich in den Augen des Mannes las.«

Für einen Augenblick sprach Herman nicht weiter und sah dann Agnes mit hochgezogener Braue an: »Ich war wie Odysseus, der über die Meere segelte und vom Lied der Sirenen gefesselt wurde. Aber ich hatte mir immer vorgestellt, die Sirenen seien tanzende, wenig bekleidete Frauenspersonen, nicht Pelzjäger aus Kuusamo.«

Agnes brach in herzliches Gelächter aus, das so lange andauerte, bis auch Herman lachen musste. Agnes stand auf, nahm Hermans Kopf fest zwischen die Hände und flüsterte ihm ins Ohr: »Komm, ich erzähle dir eine Geschichte von Ritter Blaubart.«

Zwei Stunden später hatte sich ein Sturm erhoben, der erste in diesem Herbst, der die noch übrig gebliebenen kränklichen Getreidehalme peitschte, noch weiter hinabbeugte und schließlich ganz flach legte, sodass die Ähren ihren Kopf in die schlammige, eisige Erde legten und sich nicht mehr aufrichteten. Der Sturm ließ die Fenster von Hermans Schlafzimmer klirren, heulte im Rauchfang des Ofens und wirbelte auf das weiße Laken Ruß, den Agnes gedankenverloren mit dem kleinen Finger fortwischte. Auf dem Laken blieb ein schwarzer, dünner Strich zurück.

Halb lag Agnes, halb saß sie gegen den Kissenberg gelehnt. Vor die Fenster waren die schweren Seitenvorhänge gezogen, und die Tür war sorgfältig verschlossen, denn dieser Anblick sollte sich niemandem bieten, der zufällig hereinschaute: Der Fabrikant Renfors lag da, die Wange auf der nackten Brust seiner Verlobten, die Hand vergessen zwischen ihren weißen, weichen Schenkeln. Die Finger der anderen Hand drehten entspannt die Locken ihres schwarzen Haars – davon bekam er anscheinend nie genug. »Die arme Agnes muss tagaus, tagein mit einem Zottelkopf wie eine Hetäre herumlaufen«, hatte Anna sich ihrer Freundin Fräulein Palmgren gegenüber beim Nähkränzchen der Missionsgesellschaft beklagt.

»Du wolltest von Blaubart erzählen«, murmelte Herman und bewegte die Hand. Agnes seufzte, schob die Hand fort, legte Hermans Kopf beiseite und setzte sich aufrecht auf den Bettrand. Ihr langer, schöner Rücken wölbte sich, als sie den Arm ausstreckte, um sich vom Fußende des Bettes den Morgenmantel zu nehmen. Ohne sich umzudrehen, schlüpfte sie hinein, band ihn zu, stand auf und setzte sich in den Sessel, der zwei Meter vom Bett entfernt stand. Vom Stuhl aus betrachtete sie den auf dem Bett liegenden Herman mit einem Anflug von Lächeln in den Mundwinkeln. Sie wippte mit dem übergeschlagenen Bein, und der Pantoffel auf der Zehenspitze war die ganze Zeit kurz davor herunterzufallen.

Sie sieht mich an wie ein interessantes Probestück, dachte Herman. Etwas, das zum Ergötzen der Mitglieder der Königlichen Geografischen Gesellschaft herbeigeschafft worden ist.

Agnes lachte in sich hinein und strich sich mit der Hand die wirren Haare aus dem Gesicht. Der Ärmel ihres seidenen Morgenmantels glitt herab und entblößte den weißen, rundlichen Arm. Herman stöhnte verhalten auf, regte sich und wollte schon aus dem Bett aufstehen, aber Agnes hob lächelnd den Finger wie gegenüber einem unartigen Schüler: »Herman! Hör zu! Die Geschichte beginnt so: Vor langer, langer Zeit lebte fern von hier – die Erzählerin dieser Geschichte sagte, das sei in einem Land geschehen, das heute Ungarn genannt wird, in einem Ort namens Dombóvár – dort lebte also ein Mann von beträchtlicher Größe, der einen Blick für weibliche Schönheit hatte. Es hieß, er sei ein gescheiterter Magier, ein Weiser. Und weil er einen blauen Bart hatte, genauer gesagt, einen indigoblauen, blau wie das dunkle Wasser im See, blau wie der Schatten, den das nächtliche Eisloch wirft, nannte man ihn Blaubart.«

Herman kuschelte sich in die Decken und seufzte glücklich wie ein Kind. Stand er wirklich kurz vor der Hochzeit mit dieser Frau?

»Es war bekannt, dass er gleichzeitig um drei Schwestern freite. Aber diese fürchteten sich vor seinem blauen Bart und dessen eigentümlichem Schimmer, und sie versteckten sich immer, wenn er zu Besuch kam … Blaubart belagerte sie hartnäckig, und schließlich dachte die jüngste Schwester, wenn der Mann so bezaubernd war, dann konnte er nicht sehr böse sein. Je mehr sie sich das einredete, desto weniger schrecklich wirkte der Mann und desto heller das Blau seines Bartes. So wurde bald die Hochzeit gefeiert, und die jüngste Schwester ritt mit Blaubart durch die Wälder zu seinem Schloss.«

»Ich kann mir schon denken, worauf du hinauswillst«, murmelte Herman vom Bett her. Agnes bedeutete ihm zu schweigen und fuhr fort:

»Eines Tages kam der Mann zu seiner jungen Frau und sagte: ›Ich muss für einige Zeit verreisen. Lade deine Verwandten ein, wenn du willst, macht Reitausflüge, veranstalte festliche Abendessen, tu, wozu immer du Lust hast. Hier hast du meinen Schlüsselbund! Du darfst jede Tür öffnen, nur diesen ganz kleinen Schlüssel mit dem Ring als Anhänger darfst du nicht benutzen.‹«

Agnes hatte sich in ihre Geschichte hineingelebt. Sie brummte mit tiefer, dunkler Stimme, so wie sie sich Blaubarts Sprechweise vorstellte. Dann rief sie aus: »Kaum hatte sich der Staub hinter den Hufen von Blaubarts Pferd gelegt, als die Schwestern auch schon mit ihren Schlüsseln in die Gänge stürmten. Die Lebensmittelvorräte! Die Schatzkammer! Die Bibliothek! Der Wintergarten! Zuletzt, als sie die Wunder in allen Zimmern bestaunt hatten, kamen sie in den Keller und dort am Ende eines Ganges zu einer glatten Wand.«

Agnes schwieg und wickelte den Morgenmantel fester um sich. Sie schien in Gedanken zu versinken, und Herman mit seinen verwuschelten Haaren winkte ihr vom Kissen zu: Erzähl weiter, erzähl weiter! Agnes senkte die Stimme fast zu einem Flüstern:

»Die Schwestern wunderten sich über den letzten Schlüssel, den kleinen, der mit einem Ringanhänger aus Metall verziert war, und sprachen darüber, dass der sicherlich zu keiner Tür passen würde. Während sie so sprachen, hörten sie ein seltsames Knarren. Als sie um die Ecke spähten, erblickten sie – o Wunder! – eine kleine Tür, die sich gerade schloss. Vergebens versuchten sie, sie wieder zu öffnen, sie blieb geschlossen. Eine der Schwestern rief: ›Kleine Schwester, kleine Schwester, dies ist bestimmt die geheimnisvolle Tür, zu der der letzte Schlüssel passt!‹ Und da steckte die kleine Schwester ohne Zögern den Schlüssel ins Schloss und drehte ihn um, das Schloss gab nach, die Tür öffnete sich, aber drinnen war es so dunkel, dass sie nichts sehen konnten.

›Schwester, Schwester, hol eine Kerze!‹ So wurde eine Kerze angezündet und das Licht in die Türöffnung gehalten. Als die Kerze den Raum erleuchtete, schrien die drei Frauen vor Entsetzen auf: Der Fußboden war eine einzige Blutlache, in die geschwärzte Menschenknochen geworfen worden waren, und in den Ecken lagen Schädel aufgestapelt wie Apfelberge. Auch von den Wänden lief das Blut herab. Die Schwestern schlugen die Tür zu, zogen den Schlüssel aus dem Schloss und klammerten sich entsetzt aneinander. Großer Gott!«

Agnes streckte die Hand aus und tat, als prüfte sie etwas an ihren Fingern: »Die junge Ehefrau betrachtete den Schlüssel und sah, dass er mit Blut befleckt war. In ihrem Schrecken wischte sie ihn an ihrem Rock ab, aber das Blut ließ sich nicht entfernen. Entsetzt schrie sie auf. Auch die anderen Schwestern versuchten den Schlüssel sauber zu bekommen, aber das Blut blieb haften. Die kleine Schwester steckte den Schlüssel in die Tasche und lief in ihrer Angst in die Küche, um vom Koch Rosshaar zu holen. Als sie zurückkehrte, war ihr ganzes weißes Kleid rot gefärbt von dem Blut, das aus ihrer Tasche sickerte, es lief den Rock hinab bis auf den Fußboden. Und auch das Rosshaar konnte den Schlüssel nicht trocknen, von dem regelmäßig Blutstropfen herabfielen.«

Agnes' Augen waren noch dunkler geworden. Auch sie starrte jetzt den bluttriefenden Schlüssel an und schüttelte den Kopf. »Schließlich versteckte die junge Frau den Schlüssel im oberen Fach des Kleiderschranks, denn sie hoffte, alles wäre nur ein böser Traum, alles würde sich zum Guten wenden.«

»Und dann kommt Blaubart nach Hause und erbittet sein Schlüsselbund zurück. Er sieht sofort, dass ein Schlüssel fehlt«, schlägt Herman vor.

»Richtig«, erwiderte Agnes. »Als die Frau versuchte zu lügen, brüllte Blaubart: ›Du Treulose! Du hast die Tür JENES Zimmers geöffnet, nicht wahr?‹ Blaubart packte seine junge Frau bei den Haaren, schleuderte sie zu Boden und öffnete den Kleiderschrank, denn aus dem Spalt zwischen Tür und Fußboden floss ein dünnes, langes Blutrinnsal. Der im oberen Fach versteckte Schlüssel hatte alle Seidenkleider befleckt und durchnässt. ›Jetzt bist du an der Reihe, meine Liebe‹, schrie der Mann und schleifte das Mädchen die Treppe hinunter in den Keller.«

Wieder schwieg Agnes, stand vom Stuhl auf, trat ans Fenster und öffnete ein wenig die Vorhänge. »Der Sturm nimmt noch zu. Dieser Sommer war in vielerlei Hinsicht schrecklich ... Meinst du, ich hätte nicht bemerkt, wie dir zumute war?«

»Agnes!«, klagte Herman. »Jetzt musst du doch erzählen, dass das Mädchen gerettet wurde!«

Agnes zuckte die Achseln und sagte gleichgültig, das Mädchen habe um Aufschub gebeten, um sich im Gebet auf den Tod vorbereiten zu können, und in dieser Zeit seien ihre Brüder gekommen und hätten Blaubart in Stücke gehauen. Die Raben hackten am Körper des Mannes, und Füchse und Wölfe zerrissen in der Nacht das, was noch davon übrig war.

»Nur sein blauer Bart war noch da, und den bewahren die frommen Nonnen jetzt in ihrem Kloster in Dombóvár zum schaurigen Andenken auf«, lachte Agnes und kroch wieder ins Bett. Sie drückte sich an Herman und sah ihm in die Augen: »Das Wichtigste an dieser Geschichte ist der kleine Schlüssel, und das, was sich über dieses Zimmer herausstellte, sagte die alte Anni, die jedes Jahr zu uns zum Weben, Nähen und Flicken kam. Wir warteten auf sie wie auf Weihnachten. Sie erzählte uns die Geschichte von Blaubart an Abenden, wenn es draußen stürmte und der Regen gegen das Fenster prasselte. Wir wollten sie immer wieder hören, du kannst dir vorstellen, dass wir nur auf die Stelle warteten, wo das Schloss sich öffnet und die Kerze das grausige Zimmer erhellt. Sie war eine bemerkenswerte Frau, unsere Anni aus Hiitola, klein, mager, oft wirkte sie fast böse, aber wir kleinen Mädchen versammelten uns in einer bunten Traube um ihren Rock, und wenn sich die Tür zu dem geheimen Zimmer öffnete, verbargen wir das Gesicht in ihrem Schoß und schrien vor Grauen, überglücklich.«

Agnes drehte sich auf den Rücken und sagte, während sie zur Decke hinauf sah: »Ihre Erzählungen haben sich uns tiefer eingeprägt als die der Bibel, die wir hoffnungslos tugendhaft und langatmig fanden. Blaubart interessierte uns viel mehr als Jesus. Seht mal, Kinder, pflegte Anni zu sagen, manchmal muss der Mensch den verbotenen Schlüssel eines geheimen Zimmers zur Hand nehmen, damit die Tür öffnen und das Hässliche, Böse anschauen, etwas, das er am liebsten vergessen möchte. Man muss tapfer die Kerze hochheben und das Dunkel erleuchten.

Bist du Blaubart begegnet?, fragten wir Anni mit runden Augen. Früher, als wir noch kleiner waren, stellten wir uns sogar vor, dass Anni selbst jene junge Frau war, die nicht Opfer des schaurigen Zauberers geworden war, und dass sie überlebt hatte, um anderen die Geschichte zu erzählen. Anni lachte herzlich und sagte, Blaubart sei überall, in dem Menschen und außerhalb des Menschen, und wenn man aufmerksam genug sei, könne man ihn wittern. Blaubart ist derjenige, der einem verbietet, die Wahrheit über sich und die anderen zu sehen.«

Agnes sah Herman aus dem Augenwinkel an: »Du wunderst dich über das Blut … Das Verbergen der Wahrheit tut so weh, dass das Blut vom Schlüssel rinnt, und der Schlüssel wiederum bedeutet Fragen, die der Mensch sich selbst stellen muss, erklärte uns Anni und wiederholte ernst: Merkt euch, das Wichtigste ist es, das zu ertragen, was man sieht … Nur so bleibt der Mensch am Leben.«

Agnes schwieg und sagte dann leise: »Auch Maria.«

Agnes und Herman lagen schweigend nebeneinander auf dem Bett, Hand in Hand. Der Wind war abgeflaut zu einem gleichmäßigen Sausen, und es hatte wieder angefangen zu regnen. Wenn ich doch bis ans Ende meines Lebens so daliegen könnte, dachte Herman. Und auch danach, im Dunkel des Grabes, Hand in Hand mit Agnes.

In dieser Nacht ging der Sommer oder das, was von ihm übrig war, endgültig zu Ende. In Kajaani war man sich bewusst, dass ein Hungerwinter bevorstand, der schlimmer sein würde als der vergangene, und zusätzlich zu all seinen anderen Aktivitäten setzte Herman Renfors sich auch dafür ein, das Nothilfekomitee zu stärken. Die monatelange Niedergeschlagenheit und Kraftlosigkeit waren verschwunden – Katastrophen passen doch besser als Glück oder gleichbleibendes Unglück zu Herman, dachte Agnes, als sie den früheren Funken in seine Augen zurückkehren sah.

Wenn Herman selbst sich später daran erinnerte, wie Melancholie und Schwermut in jenem Sommer endeten, sah er immer Mark Aurel, Blaubart und die kleine alte Frau aus Hiitola sich drehen wie in einem Kaleidoskop – er hatte den Gestalten auch Gesichtszüge gegeben, denn er hatte irgendwie das Empfinden, dass sie zusammenhingen, zu einer großen Erzählung gehörten, in die er erst flüchtige Einblicke bekommen hatte.

Von seinen Überlegungen teilte er Agnes niemals etwas mit, denn er genierte sich etwas wegen seines kindischen Spiels. Dennoch geschah es manchmal während der Zeit, die Herman und Agnes zusammenlebten – insgesamt waren ihnen fünfunddreißig gemeinsame Jahre vergönnt –, dass Agnes, wenn sie eine Kerze anzündete, sie ein wenig hochhob, wie um etwas zu beleuchten, und sie Herman mit dem Schalk im Auge ansah.

Maria kam jetzt so wie früher an den Abendbrottisch. Sie sprach wenig, hob kaum den Blick vom Teller, aber aß immerhin etwas. Ab und zu nahm sie am Gespräch mit einigen Sätzen teil, denen die anderen andächtig und dankbar lauschten, »wie der Stimme eines Propheten«, lachte Agnes später.

Herman beobachtete seine Schwester verstohlen, nicht mehr aus Sorge, ob sie ihren Verstand behalten würde, sondern aus anderen Gründen. Er wusste, dass ein Schlag ihr noch bevorstand: Ohtas seltsame Krampfanfälle traten immer häufiger auf, und er wurde fast zusehends schwächer. Ob Maria wohl einsah, dass es nur eine einzige Lösung gab?, überlegte Herman.

Dennoch empfand er keine Erleichterung, sondern eher Panik, als Maria eines Morgens zu ihm in den Vorraum kam, als er gerade in die Fabrik gehen wollte, und ruhig sagte: »Du hast sicherlich bemerkt, wie schlecht es Ohta geht. Er wird wohl nicht mehr lange leben – vielleicht hat er durch den Mangel, den er als Welpe in Hyrynsalmi litt, bleibenden Schaden genommen.«

Maria zögerte einen Augenblick – sie wusste, wie tierlieb ihr Bruder war, obwohl er seine Gefühle mit Sachlichkeit zu bemänteln suchte. »Ich kann …«, fuhr sie fort, schwieg jedoch, als Herman eine Handbewegung machte:

»Ich bringe am Abend aus der Fabrik eine Waffe mit«, sagte er matt und ging aufrecht zur Tür hinaus.

Gegen Abend, als die schrägen Strahlen der Septembersonne scharf in den Renfors'schen Garten fielen, wo Phlox und Hornveilchen noch glühten, ging Maria mit Ohta auf dem Arm zu den Fliederbüschen. Der Hund konnte nur noch schlecht laufen, und er lag Maria schwer auf der Schulter, sodass sein Kopf ihr auf dem Rücken pendelte. Seine gelben Augen sahen munter und interessiert den hinter ihm gehenden Herman an, der sich den Revolver in die Tasche gesteckt hatte. Ich verstehe, warum die Henker sich das Gesicht bedecken, dachte Herman kläglich.

Maria setzte sich auf den Boden, ohne sich um das nasse Gras zu kümmern. »Schnell«, sagte sie und sah zu ihrem Bruder auf. In ihrem Blick lag eine so gewaltige Trauer, dass Herman einen Augenblick erwog, sich umzudrehen und fortzugehen.

Da fasste Maria den Hund mit festem Griff bei der Schnauze und schlang den anderen Arm um ihn. Sie betrachtete noch einmal sein wildes, finsteres Profil, spürte das dicke, seidige Fell warm unter ihren Händen, und eine aus der Tiefe aufsteigende Welle ließ ihren Körper erbeben. Das spürte der Hund und wollte gerade seine Kräfte zusammennehmen und sich herauswinden, als Herman sich geschickt auf die Knie fallen ließ und die Mündung der Waffe neben das Ohr des Hundes schob, den Lauf etwas schräg hielt und abdrückte.

Das Tier zuckte einmal, dann war es ganz still. Die Kugel, die auf der anderen Seite des Kopfes ausgetreten war, hatte den Schädel zertrümmert, und auf Marias Ärmel waren rotes Blut und eine hellgraue, breiige Masse gespritzt. »Gut geschossen«, sagte sie mit steifen Lippen zu Herman und legte den Hund vorsichtig auf den Rasen. In seinen halboffenen Augen blinkte noch etwas, die letzten Strahlen eines Blicks, obwohl das Leben schon aus ihnen gewichen war. Man hätte sich noch ein Weilchen mit der Vorstellung quälen können, dass er nur schlief.

»Gut geschossen«, wiederholte Maria und zog sich den Schal von den Schultern. Die Bewegung blieb unvollendet; das Tuch in der Faust zusammenknüllend stützte sie beide Hände auf den Rasen und brach in Tränen aus. Dann versuchte sie, sich zu beruhigen, und mit vom Schluchzen bebenden Schultern wickelte sie den Schal um den toten Hund und stand mühsam auf.

Sie nickte zum nordöstlichen Winkel des Gartens, der zur Stromschnelle abfiel, hinüber und bedeutete Herman: dahin. Sie hatte dort am Tag ein tiefes Grab gegraben. Langsam gingen die Geschwister quer über den quatschenden Rasen, Herman hielt seine Schwester bei der Hand und dachte: Das ist schrecklich, schrecklich, schrecklich. Er wiederholte das wie ein beruhigendes Mantra, denn er spürte, dass er selbst gleich in Tränen ausbrechen würde.

Maria ging seltsam gebeugt, den Oberkörper über dem Schalbündel zusammengekrümmt, und aus ihrem Mund waren kurze, heisere Laute zu hören, so als würde sie gemartert oder hätte beschlossen, nicht zu viel zu klagen. Der Weg von zwanzig Metern schien eine Ewigkeit zu dauern, so langsam kamen sie voran, gingen gebeugt wie zwei gebrechliche Greise.

Am Rand der Grube ließ Maria sich von neuem auf die Knie und legte ihr Bündel vorsichtig hinein. Herman hockte sich neben ihr nieder und murmelte mit zitternden

Lippen: »Begraben wir ihn jetzt?« Und ohne die Antwort abzuwarten, begann er langsam mit der Handkante Erde auf den Schal zu schieben. Eine Schaufel war nirgends zu sehen.

»Leb wohl, Ohta«, flüsterte Maria. Jetzt weinte sie laut, und Herman spürte, dass auch er sich der Tränen nicht mehr erwehren konnte. Sie fielen als dunkle Flecke auf den grauen Schal, der stellenweise noch unter der nassen Erde hervorsah. Er wischte sich mit der erdigen Hand über die Wangen und beweinte, ohne sich zu schämen, den Hund – dachte er, aber unter diesem Vorwand das ganze Leben.

Lange knieten die Geschwister Renfors auf dem Rasen und schaufelten mit den Händen Erde, bis das Grab gefüllt war. Jetzt ist das begraben, was im Februar begann, dachte Herman. Das Weinen hatte nachgelassen, beide schwiegen, und beider Gesichter waren erd- und tränenverschmiert. Aber ist es das wirklich?

Er stand auf und blickte verstohlen auf seine Schwester, die in ihrem mit Erde beschmutzten Rock neben dem Hügel saß und ausdruckslos vor sich hin starrte. Sie räusperte sich ein wenig und sagte vorsichtig:

»Man könnte sich denken, dass die Trauer ein wenig wie eine Fliege ist ... Du stehst an einer fremden Stromschnelle und wirfst sie, viele, viele Male. Du versuchst, die Stromschnelle zu lesen und an verschiedene Stellen zu werfen, vergebens, bis du nach beharrlichen Versuchen in der Hand spürst, wie die Rute sich biegt und die Schnur sich spannt. Schließlich bekommst du eine Forelle in den Kescher, eine helle, schwarzgefleckte ...«

Auch Maria stand auf und sah Herman an, ohne eine Miene zu verziehen. »Und die Forelle öffnet den Mund und sagt mit erstaunlich klangvoller Stimme: ›O Menschenkind, ich habe deine Trauer verschluckt, und sie hat sich in einen goldenen Ring verwandelt, den du in meinem Bauch findest!‹«

Die Geschwister brachen in Gelächter aus und klammerten sich aneinander. Die Arme umeinandergelegt bogen sie sich vor Lachen, und wieder liefen ihnen Tränen über das verschmierte Gesicht. Das Gelächter war bis ins Haus zu hören, und Anna, die mit Fräulein Komulainen die ganze Zeit durch das kleine Fenster der Speisekammer gespäht hatte, bemerkte: »Was habe ich gesagt?! Das war doch nur ein gewöhnlicher Hund.«

Maria Renfors schickte im Spätsommer 1911 sowohl an I. K. Inha als auch an Erkki Melartin ein Foto, das Herman von seiner Schwester aus dem Fenster des Speisezimmers in der Brahestraße gemacht hatte. Darauf schäumt der Garten vor Spätsommerblumen, und in der Mitte des Bildes, wo die Sandwege sich um ein hohes Asternbeet herum vereinigen, steht Maria mit dem Rücken zum Betrachter und starrt die Astern an. Es scheint, als starrten die zurück, mit rundem Gesicht, im Bewusstsein ihrer Kraft frech und blühend.

Marias Gesicht ist nicht zu sehen, nur ein wenig von Wange und Schläfe, und die dichten ergrauenden Haare, die oben auf dem Kopf zusammengefasst sind. Sie trägt einen langen, dunklen Halbrock, aus einem weich fallenden, leichten Stoff, und eine karierte Seidenbluse, deren weite Ärmel in engen, an den Handgelenken anliegenden Manschetten enden. Sie ist von schlanker Statur, ihr Rücken sehr gerade – wenn es nicht die grauen Strähnen in ihrem Haar gäbe, könnte man sie für eine junge Frau halten.

Maria schrieb auf die Rückseite des Fotos: »… damit ihr seht, was für ein Betätigungsfeld ich im Garten habe.« Sowohl Inha als auch Melartin lehnten, ohne voneinander zu wissen, jeder das Foto gegen eine Blumenvase auf ihrem Arbeitstisch. Jahraus, jahrein schauten sie darauf und wunderten sich. Auch Briefe waren in jenem Sommer hin und her gegangen, und sie waren schon seit Monaten angstvoll, ja fast gequält: Hermans und Agnes' sechzehnjährige Tochter Else, ein schon früh hoch aufgeschossenes, nachdenkliches und stilles Kind, war an Tuberkulose erkrankt und wurde schwächer und schwächer. Herman war außer sich vor Angst und Sorge, versuchte, seine an Erstickungsanfällen leidende Tochter mit den Beeren des Sommers zu füttern, und bestellte bei Freunden und Bekannten Postkarten, um die Kranke zu erfreuen.

Am Weihnachtstag starb Else. Die Nachrichten, die Maria danach an Erkki schrieb, sind verschollen, aber aus späteren Briefen kann man erahnen, dass etwas in der kleinen Gemeinschaft zerbrochen war, die auf dem Zollfelsen und in der Brahestraße so fest zusammengehalten hatte.

Herman Renfors' Kaleidoskop hatte sich in eine neue Stellung gedreht und ein neues Muster bekommen. Soviel man es auch schüttelte, das alte Muster erschien darin niemals wieder, denn es genügt, wenn ein Teilchen aus der Spiegelwand des Kaleidoskops herausfällt.

Das Wachstum der Geschäftstätigkeit des Fabrikanten war allmählich gleichmäßiger geworden und hatte um die Jahrhundertwende ganz aufgehört. Das ungestüm galoppierende Pferd, auf dessen Rücken er – wie er es empfunden hatte – Anfang 1892 dahingestürmt war, verlangsamte sein Tempo zum Traben und dann zum Schritt; er musste sich anstrengen, damit der Ertrag wenigstens auf dem erreichten Niveau blieb. Als im Jahr 1904 die Eisenbahn nach Kajaani kam, stiegen die Einkünfte der anderen Geschäftsleute deutlich an, aber Hermans zu versteuernde Einkünfte waren 1910 nur noch so hoch wie Ende der 1870er Jahre.

Anderswo blühte der Handel, auch in Kuusamo. Dort gab es damals schon seit mehr als zehn Jahren das Unternehmen des fanatischen Nationalisten Paavo Semjonowitsch Afanassjew aus Uhtua, einen erfolgreichen Pelz- und Lederhandel. Allmählich kamen aus Uhtua auch andere Mitglieder der Großfamilie dorthin, um ihren eigenen Handel aufzubauen, und der russische Familienname wurde zu Ahava fennisiert.

Die Saat der nationalen Idee, die von den fliegenden Händlern aus Finnland nach Weißmeer-Karelien getragen worden war, begann aufzugehen. Paavo Afanassjew war 1906 Gründungsmitglied des Bundes der Weißmeer-Karelier, und auch viele fanatische Finnen beförderten die Sache, darunter Ilmari Kianto, der im selben Jahr seinen schwedischen Familiennamen Calamnius verwarf.

Weißmeer-Karelien war sowohl durch das Recht seines Volkes als auch durch das seiner Sprache mit Finnland zu verbinden, nicht mit Russland. 1916 reiste auch Hermans und Agnes' zweiundzwanzigjähriger Sohn Hemmi nach Deutschland und kehrte zwei Jahre später als Jägerfeldwebel zurück. Innerhalb der mit Waffengewalt festzulegenden Grenzen Großfinnlands würden alle vom russischen Joch befreiten verwandten Völker leben.

Dem Getöse des Ersten Weltkriegs gesellte sich ein zartes Nebengeräusch hinzu, als im Juli 1917 in Uhtua eine große Provinzversammlung abgehalten wurde, die für die Gebiete von Weißmeer-Karelien und Aunus (Olonez) eine weitgehende Selbständigkeit forderte. Im Januar verkündete die Versammlung der Karelier in Uhtua die karelisch-wepsische Republik Karelien für selbständig und losgelöst von Russland.

In Russland war schon die Revolution ausgebrochen und in Finnland der Bürgerkrieg, und der verknüpfte auf eigenartige Weise noch einmal die Fäden der Familien Afanassjew und Kuisma. Über das seltsame Zusammentreffen hat kein Mensch jemals etwas erfahren; nur ein Steinadler war Zeuge, der hoch droben über dem Tuntsajoki-Fluss seine Kreise zog und mit kalten, gleichgültigen Augen das Geschehen unter sich verfolgte.

Die Roten aus Nordfinnland waren nach den verlustreichen Kämpfen von Tornio, Kemi und Rovaniemi über Kuusamo nach Russland gezogen, wo sich an der Baustelle für die Murmansk-Bahn während des Krieges Tausende von Roten versammelt hatten. Dort befand sich auch Paavo Afanassjews Sohn Iivo Ahava, der zum großen Erstaunen der Einwohner von Kuusamo zu der roten Garde von Murmansk ins Sammelzentrum von Kantalahti gegangen war. Da die Gesinnung der nach Kuusamo gezogenen Afanassjews stark karelisch-national war und der Widerstand sowohl gegen die finnischen Roten als auch gegen die russischen Bolschewiken für sie eine Frage von Tod und Leben war, konnten sie sich auf Iivos Entscheidung keinen Reim machen.

So geschah es dann, dass der Rotgardist Iivo Ahava am Fluss Tuntsajoki beim Anwesen Nivala mit seiner sich auf Skiern fortbewegenden Truppe direkt in einen Hinterhalt der Weißen geriet. Er überlebte knapp, anders als die blauäugigen, blonden Zwillingsbrüder Wasselei und Jakow Homanen aus Vartiolampi, die auf der Gegenseite gekämpft hatten. Sie fielen unter den Kugeln von Ahava und seinen Kumpanen und färbten den weißen Schnee mit ihrem Blut rot. Iivo Ahava wurde 1919 zwischen den Linien erschossen, als er auf die Seite der Bolschewiken wechseln wollte.

Im Jahr zuvor hatte der weiße General Carl Gustaf Emil Mannerheim verkündet, er werde das Schwert nicht eher in die Scheide stecken, als bis auch Weißmeer-Karelien zu Finnland gehöre. Das Versprechen erwies sich jedoch als unhaltbar, denn weltpolitische Gründe diktierten etwas anderes.

Nach den letzten Versuchen Weißmeer-Kareliens, die Unabhängigkeit zu erringen, schloss sich die Grenze 1920, zunächst nur nominell. Es gab noch einen von den Kareliern selbst initiierten Volksaufstand, im Wald wurde ein Partisanenkrieg geführt, einige Jahre noch überschritt man die Grenze, wie man es jahrhundertelang getan hatte, besuchte Verwandte und trieb Handel, aber dann wurde die Grenze endgültig geschlossen.

Zum letzten Mal versuchten die Finnen, Karelien zu befreien, als 1941 die Kriegsfront des Fortsetzungskrieges die Weißmeer-karelischen Dörfer erreichte. Sollte Groß-Finnland doch noch zustandekommen? Von den Mitgliedern der Familie Renfors erlebte nur Agnes das Endergebnis, die zwei Jahre nach dem Friedensschluss starb, als Karelien endgültig verloren war.

Die Dörfer Paanajärvi, Vartiolampi und Oulangansuu hatten aufgehört zu existieren, und das Grabmal von Anton Semjonowitsch Afanassjew war unter den auf den Friedhof gestürzten Fichtenstämmen schon vermodert.

Nach Elses Tod lebte man in der Brahestraße noch zurückgezogener, anders jedoch auf dem Zollfelsen: Herman entwickelte eine fieberhafte Reisetätigkeit und verweilte lange Zeit in Helsinki, wo er sich um seinen Pelzhandel kümmerte. Ebenso reiste auch Agnes, kreuz und quer durch Europa, und eilte von einem Land ins andere; sie bekämpfte ihre Trauer mit Sprachstudien und verfasste ein englisch-schwedisches Wörterbuch.

Ihr Sohn Hemmi, Herman Erik, war das Gegenteil seiner verstorbenen Schwester, ein reizendes und zügelloses Kind, das zu einem reizenden und wilden Jüngling heranwuchs.

Während seiner Jägerausbildung in Deutschland erlernte er den Gebrauch von Branntwein und kultivierte diese Kunst gründlich bis an sein Lebensende.

In Elses letztem Sommer wurde Maria neunundfünfzig Jahre alt, und da hatte sie schon ein Vierteljahrhundert mit Erkki Melartin in Briefwechsel gestanden. Von Marias Abenteuer in Weißmeer-Karelien erfuhr Erkki ganz allmählich das eine und das andere, dann und wann aus Halbsätzen in Briefen, aber niemals fragte er seine Tante nach der Reise. Er machte sich jedoch eine Menge Gedanken darüber. Und dann kam es so, wie es kommen musste: Sie verwandelten sich in Töne.

Anfang der 1920er Jahre komponierte der Direktor des Helsinkier Konservatoriums Erkki Melartin sein Streichertrio opus 133. So hörte er die Geschichte und bannte sie auf Notenpapier: zuerst ein langsames *Andante.* Dann ruft der Teil *Andante funèbre,* der von der Stimmung her üppig romantisch wirkt und durch kühne Harmonien fasziniert, zu unbekannten Wassern. Die eigenartigen Intervalle des *Scherzo* und die zischenden Tremoli schaffen eine vage, unwirkliche Atmosphäre, zu der das *Pizzicato-Trio* lustig kontrastiert. Zuletzt kommt das heftige Finale, *Vivace,* das den Hörer in seine Strudel zu saugen scheint.

»Eine der interessantesten Schöpfungen der finnischen Kammermusik«, tuschelte das Publikum achtzig Jahre später beim Kammermusikfestival in Kuhmo, als das deutsche Echnaton Trio es spielte. Endlich wurde Erkki Melartins Musik entdeckt.

Zwei Jahre nach Entstehung des Streichertrios starb Anna, und vier Jahre nach Anna, 1928, starb Herman im italienischen Merano. Seine letzten Lebensjahre waren ein Hin und Her von einem europäischen Sanatorium ins andere gewesen, und in Kajaani hatte man ihn nur noch manchmal im Fond des großen Autos vorbeirauschen sehen. Den Wagen fuhr eine junge Krankenschwester, Fräulein Gerda Söderlund, die ihn auch ins Ausland begleitete und sich vollständig dem alten Fabrikanten widmete.

Agnes, die in andere Richtungen, in andere Länder reiste, war eifersüchtig und verbittert, und das Verhältnis zwischen Maria und Agnes war für einige Jahre vollkommen vergiftet. Maria war von dem böswilligen Hass ihrer Schwägerin erschüttert: In der Beziehung zwischen Herman und Fräulein Söderlund war sicherlich nichts Unschickliches gewesen …

Das Begräbnis des Fabrikanten war pompös, und im darauffolgenden Jahr fand in dem Haus auf dem Zollfelsen eine Versteigerung statt, bei der das Renfors'sche Mobiliar verkauft wurde. Maria eilte zur Stelle, um für sich kleine Erinnerungsstücke beiseitezulegen, aber Hemmi wurde nach Vaala geschickt, denn Agnes fürchtete, der Junge könnte bei der Versteigerung im Rausch einen Skandal verursachen. Die Geschichte der Familie Renfors ging zu Ende.

So blieb zuletzt nur Maria übrig. Agnes, die nach Helsinki in die Runeberg-Straße gezogen war und das Pelzgeschäft in der Mikon-Straße führte, war kühl und entrückt. Hemmi gab sich dem Trunk hin, wenn er nicht beim Fischen oder auf der Jagd war. Marias Dienerin Tyyne war lieb und hilfsbereit, aber sehr kindisch, vergesslich und gedankenlos.

Immer noch, wie eh und je, strömte der Kajaanifluss unter den Fenstern des Hauses in der Brahestraße dahin, und Maria wurde nicht müde, dem jahrtausendealten Flüstern der Stromschnelle Koivukoski zu lauschen. Sie war wortkarg, aber wach. Ach, es zerriss ihr das Herz zu sehen, wie die Pferde unter Aufbietung aller Kräfte die schweren Wasserfässer die vereiste Anhöhe hinaufziehen mussten …

An Erkki schrieb sie bei dreißig Grad Frost: »Hier drinnen habe ich viel Freude an meinen stillen Freunden, den blühenden Pflanzen: dem Jasmin, dem weißen Kaktus, den Lilien, Fuchsien, Pelargonien, Gloxinien und sogar einigen Rosen …«

Sie hatte auch die Fliegen und die Fotos.

Und Geldsorgen. Schon näherte sie sich ihrem achtzigsten Lebensjahr, renovierte aber das Haus, denn zur Beschaffung des Lebensunterhalts musste sie vermieten. In die Giebelzimmer zog der sympathische Lehrer Nyström mit

Familie. Einige Einkünfte warf noch die Pelzverarbeitungswerkstätte ab. Die große Küche wurde zu einer Mangelstube umfunktioniert, die die Städter mieten konnten. Und Erkki Melartin sandte seiner Tante Geld, nicht weniger als 1500 Mark, damit das Leben nicht so karg wurde, dass es ihr die Luft abschnürte.

Ihre Briefe unterschrieb sie jetzt mit »Maija«, das war ihr Kosename aus Kindertagen, mit dem Eltern und Geschwister sie vor langer Zeit gerufen hatten.

Das Geschäft für Fischereibedarf bestand weiterhin, es war während der Saison geöffnet. Einen Sommer lang war dort die kleine Kaisa Heikkilä als Verkäuferin tätig, die kaum im Konfirmandenalter war, und sie betrachtete, stumm vor Respekt, das elegante Fräulein Renfors, die auch im Alter dichtes weißes Haar, eine stolze Haltung und an ihrem Stehkragen einen schönen Goldschmuck hatte. »Ich habe gesehen, dass gestern die Frau des Goldschmieds Juntunen hier war«, sagte Fräulein Renfors kalt zu Kaisa. »An sie darf nichts verkauft werden, sie bindet selbst Fliegen und kopiert unsere Modelle.«

Ein einziges Mal begann sie an Erkki einen Brief, den sie nicht abschickte. Der Nachlassverwalter fand ihn 1935 auf dem Regal, wo er unachtsam zwischen Bücher und Regalbrett geschoben worden war. Er war schon mit sehr zittriger Hand geschrieben, und es fanden sich große Tintenkleckse darauf.

Der Nachlassverwalter dachte, der Brief gehöre nun auf jeden Fall Melartin, und sandte ihn nach Helsinki:

»Lieber Erik, ich habe gedacht, dass alles im Leben schwinden und verblassen kann, aber nicht die lebendige Erinnerung: Ich stehe am Rande der Stromschnelle, hebe den Arm mit der Rute, und die Schnur fliegt, nach hinten, nach vorn, und von der Fliege, dem Vorfach, der Schnur und der

Rute wandert mir durch den Arm der Strom des Lebens ins Herz, ohne den wir nicht wissen, dass wir leben.

Das genügt mir ... Ich weiß, dass du verstehst. Daran erinnere ich mich. Wie glücklich wir doch sind!«

Und wie erging es dem Buch *Forelle und Wahrheit*, über das Maria so viel mit Anton Semjonowitsch gesprochen hatte? Man weiß, dass sie es begonnen hat, vielleicht sogar viel davon schrieb, denn einzelne lose Blätter und Notizen machten noch lange nach Marias Tod in Kajaani die Runde.

Es waren Männer wie Oskari Rönkä, Toivo Mäkinen und Erkki Vaalama, leidenschaftliche Fischer und Fliegenbinder, die die Papiere fanden und lasen. Aber allmählich verschwanden auch die Notizen.

Nur einzelne Redewendungen und Sätze lebten fort, deren Ursprung man nicht mehr kannte. Fliegenfischer aus Kainuu verwenden sie untereinander immer noch, wenn sie in der Abenddämmerung an ihren Feuern am Rand der Stromschnellen sitzen, wenn sie ihre Forellen in die Bäume gehängt haben.

In dieser Nacht bin ich an der Reihe, im Garten zu wachen. Langsam wandere ich im kurzen Schafspelz den Kreis entlang, der die Hauswand, Ohtas Grab, die Außengebäude, den Kuhstall, den Zaun und die Pforte im südwestlichen Winkel berührt. Armeen von Wolken jagen über den Himmel, und zwischen den grauen Fetzen leuchtet die fahle Wange des abnehmenden Mondes hervor. Dann legt sich der Wind, der Himmel klart auf und wird allmählich zu einer tiefschwarzen, sternenbestickten Kuppel, und die Luft kühlt um mehrere Grade ab. Die Grashalme werden steif, und der märchenhafte Schimmer des Raureifs legte sich auf sie. Der Nachtfrost geht um und befingert zerstreut alles, wohin er tritt.

Ich breche die letzten Rosen, die sich in der Hand kalt wie Glas anfühlen, und werfe sie und ein paar Stiefmütterchen auf den durchweichten Grabhügel. Im Frühling werde ich hier einen Strauch pflanzen. Vielleicht eine Malve …

Ich stehe, die Arme über der Brust gekreuzt, und betrachte den Grabhügel, wende mich dann ab und gehe langsam in Richtung Zaunlücke, von wo man zum Fluss hinuntersehen kann. Dort ist schon vor langer Zeit eine Pforte angebracht worden, damit wir nicht den Umweg über die Straße machen müssen, wenn wir zum Ufer hinunter wollen. Ich lehne mich gegen die Pforte und starre in das schwarze Wasser.

So sollte der Mensch leben dürfen, frei von Kummer und Wünschen, Träumen und Illusionen. In diesem Frieden sieht man alles klar, und dann kommt vielleicht auch die Freude, tiefer als irgendein vorübergehender Jubel. Warum aber dauert die Ruhe immer nur so kurze Zeit? Auch jetzt weiß ich schon, dass gleich eine eiserne Kralle beginnt, mir die Brust aufzureißen.

Ich verliere mich in Betrachtungen und bemerke nicht gleich, dass sich vom Stillwasser der Koivukoski-Stromschnelle her ein geteertes Boot nähert. Ich erschrecke ein wenig: Wer ist denn da mitten in der Nacht unterwegs? Der Fluss ist im Dunkeln auch für einen erfahrenen Bootsführer gefährlich. Ich krause Stirn und Augenwinkel und versuche, genauer zu sehen.

Das Boot bewegt sich geräuschlos, und in seinem Heck sitzt ein Mann, ein Bein sorglos unter dem anderen, den schwarzen, abgeschabten Hut tief in die Stirn gedrückt. Er hält ein langes Paddel mit festem Griff auf der rechten Seite des Hecks.

Im Bug sitzt ein schwarzer Bärenhund, seine Schnauze weist in Richtung Ämmäkoski-Stromschnelle, die als Nächstes passiert werden soll. Mein Herz hämmert, und ich umklammere das obere Brett der Pforte. Könnte das ... Der weiße Brustfleck schimmert auf, als der Hund den Kopf wendet und mich ansieht.

Im selben Augenblick senkt sich das Paddel des Steuermanns tiefer ins Wasser, macht eine geschmeidige Wendebewegung und wird dann herausgezogen. Der Bug wendet sich für einen Augenblick zum Ufer, und der im Boot sitzende Mann hebt lächelnd die Hand zum Gruß.

Ungeheurer Jubel erfüllt mir die Brust, und ich hebe als Antwort die Hand. Ich sehe noch den Blick der gelben Hundeaugen und die blitzenden Zähne des Ruderers in dem schwarzen Bart. Dann wendet sich das Boot wieder in Fahrtrichtung, und Anton Semjonowitsch und Ohta verschwinden im Dunst des Kajaaniflusses.

Lange schaue ich dem Boot nach. Dann drehe ich mich um und gehe langsam zum Haus. Im Vorraum hänge ich den Pelz an die Garderobe und lehne mich gegen den Pfosten der Küchentür, starre wieder lange den Fußboden an, ohne die Streifen des Flickenteppichs zu sehen. Schließlich stoße ich mich mit der Hand vom Türpfosten ab, drehe mich um und trete ins Speisezimmer.

Ich gehe direkt zu dem hohen Schrank, dessen Türen geschliffene Glasscheiben haben, öffne eine davon und nehme vom Regal ein Kristallglas mit langem Stiel. Dann bücke ich mich, ziehe vom unteren Bord eine auf einem Holzgitter liegende Flasche Wein – auf dem Etikett steht der anmutige Name *Latricières-Chambertin* –, entnehme der Schublade einen Korkenzieher und trage Glas und Flasche auf einem kleinen Tablett in mein Zimmer.

Ich setze das Tablett auf dem langen Tisch vor dem Fenster ab und ziehe den Flaschenkorken heraus. Ich zünde zwei Öllampen an, die den Tisch ordentlich erhellen. Dann zünde ich die Kerzen auf den kleinen Tischen und das ewige Lämpchen im Regal vor der Gottesmutter von Konevitsa an und mache Feuer in dem weißen Kachelofen in der Ecke.

Das große Zimmer strahlt und funkelt vor Licht. Zufrieden sehe ich mich um und gehe zu dem hohen Schrank, der in der Türecke steht und dessen Doppeltüren mit einem Haken geschlossen sind. Ich hebe den Haken, öffne weit die Türen und beginne, das Material auf den Tisch zu legen, das Herman und Fräulein Komulainen vor ein paar Monaten in ihrem Kummer dort hineingestopft haben: Haken, Seidenfaden, Silber- und Goldspiralen.

Danach füllt sich der Tisch mit Federn wie die funkelnde, glühende Bude eines orientalischen Basars: Goldfasan, Königsfischer, Pfau, gelbe, rote und blaue Gans, schwarzer und brauner Hahn, hellblauer Hahn, weißer und brauner Truthahn, Stockente, Krickente, graues Perlhuhn, schwarzer Strauß, Schwarzreiher, Tukan.

Ich setze mich und mache am Haken schnell die Grundwickelung mit schwarzem Garn, aus den Haaren fallen mir Locken auf Stirn und Wangen, als ich rasch einen feinen, runden Silberfaden um den Haken als hinteren Abschluss wickle. Meine Hände sind ruhig, als ich ein Stück gelben Seidenfaden nehme und weiterwickle. Dann fasse ich ein paar Federn vom Goldfasan und Streifen vom Rotkehlkotinga und fange an, sie mit Strauß zu befestigen.

Einen Augenblick bleibt die Jock Scott so unfertig liegen, als ich Wein in das Kristallglas schenke und durch dessen Glühen die Kerzenflamme auf dem Fensterbrett betrachte. Dann hebe ich das Glas noch weiter, als Gruß in Richtung Fluss, und führe es an die Lippen.

NACHWORT

Im Frühjahr 2000 begann ich Material für eine ausführliche Geschichte über Fliegenfischerei für die Monatsbeilage der Tageszeitung *Helsingin Sanomat* zu sammeln. Bald stieß ich auf zwei Personen, an denen ich nicht vorbeikam: auf den Fabrikanten Herman Renfors (1849–1928) aus Kajaani, den Schöpfer der finnischen Fischerei-Industrie und vielseitigen Erfinder, und seine Schwester Maria (1852–1934), die als junge Frau die Kunst des Fliegenbindens von England nach Finnland gebracht hatte.

Während ich Material über die Renfors' im Museum der Provinz Kainuu in Kajaani suchte, stellte es sich heraus, dass das Museum über Kopien der Briefe verfügte, die Maria Renfors an den Sohn ihrer Schwester, den Komponisten Erkki Melartin, geschrieben hatte; der Briefwechsel hatte fast fünfzig Jahre gedauert, vom Anfang der 1880er bis in die 1930er Jahre. Ich war an diesen Briefen sehr interessiert, und freundlicherweise kopierten die Museumsmitarbeiter sie für mich.

Die Geschichte über das Fliegenfischen ist seinerzeit erschienen, aber ich plante schon damals die Herausgabe von Maria Renfors' Briefen als Buch, denn ich vermutete, dass sie für viele Menschen interessant sein würden. Sie erzählten außer von der äußerlich abgesicherten Welt einer unverheirateten Frau von Stand auch von einer klugen Frau mit reichem Gefühlsleben, die sich selbst beobachtete und gegen ihre eng gesetzten Grenzen rebellierte, sich im Laufe der Jahre aber vornehm in ihr Schicksal fügte.

Für das Buch beantragte ich auch ein Stipendium vom Kulturfond, aber zum Glück bekam ich es nicht, denn meine Pläne hatten sich schon geändert. Bei der Lektüre der Briefe hatte ich angefangen zu überlegen: Und wenn ich nun …

Der Dichter Tomas Tranströmer spricht von Menschen, die die falsche Tür öffnen und einen Schimmer des Unerkennbaren sehen. Wie nun, wenn es auch in Maria Renfors' Leben einen Tag gegeben hätte, an dem »der dunkle Wald sich in Bewegung setzt« und unvorhersehbare Ereignisse über sie hereingebrochen wären?

Ich machte mich an ein faszinierendes Spiel: Ich baute in Maria Renfors' Leben eine imaginierte Phase von einigen Monaten ein, von der dieses Buch erzählt. Seine Ereignisse spielen in der Provinz Kainuu, in Kuusamo und Weißmeer-Karelien im Jahr 1892. Ich habe mich an die Tatsachen, die mit der Epoche und den Orten verbunden sind, so genau gehalten, wie ein Amateurhistoriker es nur tun kann.

Bei diesem Abenteuer, das mir ungeheuer viel Freude bereitet und Überraschungen beschert hat, waren meine Reiseführer u. a. Samuli Paulaharju, Ilmari Kianto und A. W. Ervasti. Es ist ehrenvoll, zu derselben Berufsgruppe zu gehören wie der Journalist August Wilhelm Ervasti (1845–1900), der mit seinen vorurteilslosen, aufregenden und journalistisch sorgfältigen Reportagereisen sowohl den Karelianern und der goldenen Zeit der finnischen Kunst den Weg ebnete als auch die Not und das Elend zeigte, in das die Russen die mit den Finnen verwandten Stämme gestürzt hatten.

Erfundene Personen sind in dem Buch Jaakko Kuisma

aus Kuusamo und Anton Semjonowitsch Afanassjew aus Uhtua. Ich hoffe, dass die Afanassjews, nachmals Ahavas, aus Kuusamo mir dieses Fantasiemitglied ihres Clans nicht verübeln, das freilich jeder Familie zur Ehre gereichen würde.

Der Landhändler Sihveri Herman Ervasti wiederum ist der »Stammvater« der Ervastis aus Kuusamo, und in der vorliegenden Geschichte gestaltete sich sein Charakter aus Gründen des Handlungsverlaufs viel negativer als in der Wirklichkeit. Ich musste also einfach beschließen, auf den Sinn für Humor und die Belesenheit der heutigen Ervastis zu vertrauen.

I. K. Inhas gewaltige Leistung kennen natürlich alle. Das, was man über seinen Charakter und sein Leben weiß, lieferte für die Erzählung reichlich Stoff. Maria Renfors ist er niemals begegnet, aber er machte die im Buch erwähnten Reisen nach Weißmeer-Karelien und die Fotos, von denen im Buch die Rede ist.

DANK AN DIE LEBENDEN

Der Historiker Seppo Ervasti aus Kuusamo eröffnete mir in zwei langen Interviews den Blick auf das nordöstliche Land der alten Zeit, und dafür bin ich ihm außerordentlich dankbar, ebenso wie die von ihm verfasste Geschichte Kuusamos *(Kuusamon historia)*, die mir eine unersetzliche Quelle war und mich beim Schreiben unterstützte.

Von Herzen danke ich meinem Freund Jyrki Jahnukainen, der mir seinerzeit eine Fliegenrute zeigte und mich an den Rand der Stromschnellen schubste in eine Welt, wo außer Zähneknirschen auch nicht endende Freude und Erholung herrscht.

Ich danke Anssi Uitti, der in dem Buch alles überprüft hat, was mit der Geschichte der Fliegenfischerei zu tun hat, und auch sonst manches Treffende zum Text angemerkt hat. Ich hätte mich wohl kaum an dieses Projekt gewagt, wenn er mir nicht seine Unterstützung zugesagt hätte.

Mein Schwager Tapani Salmi hat mir eine seiner selbstgefertigten Bambusruten geschenkt (eine PH Young Driggs River special, 7'2"), und jetzt weiß ich also ein wenig besser, wie die Rute sich in Maria Renfors' Hand angefühlt hat.

Hasse Härkönen und Simo Yli-Lonttinen haben mich unterstützt, wie nur gute Männer es können. Sie haben keine Mühe gescheut und mich fraglos angespornt.

Ohne die Fliegenfischer wäre dieses Buch also gar nicht entstanden; wenn ich so schreibe, denke ich besonders an einen der hervorragendsten, an Antti Vanninen aus Kuhmo.

Eeva-Kaarina Aronen
Mai 2005

NAMENS- UND SACHREGISTER
erstellt von Angela Plöger

August Benjamin Calamnius
ab 1879 Pfarrherr in Suomussalmi auf dem Pfarrhof Karhulanvaara, Vater des Schriftstellers Ilmari Kianto, siehe unten

Minna Canth
(1844–1897), Schriftstellerin, herausragende finnische Dramatikerin, die ebenso große Bedeutung als Frauenrechtlerin erlangte

Charles Cotton
(1630–1687), Schriftsteller und Angler, verfasste gemeinsam mit Izaak Walton das Buch The Compleat Angler, ein grundlegendes Werk der Fliegenfischerei, das viele Male neu aufgelegt und in zahlreiche Sprachen übersetzt wurde

August Wilhelm Ervasti
(1845–1900), Schriftsteller, Zeitungsredakteur, vertrat die Idee der Stammesbrüderschaft von Finnen und Kareliern

Akseli Gallen-Kallela
(ursprünglich Gallén; 1865–1931), bedeutendster finnischer Maler der Nationalromantik. Besonders bekannt wurden seine zunächst realistischen, später von Jugendstil und Expressionismus geprägten Werke zum Kalevala. Gab Impulse auch der finnischen Baukunst durch Planung seiner Atelierhäuser Kalela und Tarvaspää.

Arvid Genetz
(1848–1915), Sprachforscher und Dichter, Professor für finnische Sprache und Literatur sowie für finno-ugrische Spachforschung. Unternahm mehrere Forschungsreisen zu finno-ugrischen Völkern.

Renne Haverinen von der Kätnerei Matokangas
Kätner, Fischer und Jäger. Diente dem Maler Akseli Gallen-Kallela als Fremdenführer und Modell für mehrere Porträtzeichnungen. Die beiden Männer verband eine enge Freundschaft. Graf Sparre errichtete ihm ein Denkmal auf dem alten Friedhof von Kuhmo.

Into Konrad Inha
(urspr. Nyström; 1865–1930), außergewöhnlich produktiver Fotograf, Schriftsteller und Journalist von legendärem Nachruhm. Auf seinen Reisen dokumentierte er in künstlerisch erstklassigen Fotos Landschaft und Leben Finnlands und Kareliens, die er durch Texte ergänzte. Sein Leben nahm durch Schicksalsschläge, ruheloses Reisen und psychische Erkrankungen einen tragischen Verlauf. Im Jahr 2006 wurde überraschend eine größere Menge bisher unbekannter Aufnahmen Inhas entdeckt.

Kalevala
Finnisches Nationalepos, geschaffen von Elias Lönnrot auf der Grundlage der alten Lieder, die er in der ersten Hälfte des 19. Jahrhunderts in Weißmeer-Karelien und Finnland gesammelt hatte. Es erschien i. J. 1849 in seiner bis heute gültigen Form und umfasst rund 23 000 Verse, die in fünfzig Lieder oder Gesänge gegliedert sind.

Aurora Karamzin
(1808–1902), Stifterin und bedeutende Persönlichkeit des gesellschaftlichen Lebens in Finnland, wirkte bahnbrechend auf dem Gebiet der Sozial- und Diakoniearbeit. Ihre Stadtvilla Hakasalmi beherbergt heute das Museum der Stadt Helsinki.

Karelianer
Vertreter der Literatur, der Musik und der bildenden Kunst in Finnland, die in den 1890er Jahren gegenüber Karelien ein bewunderndes Interesse entwickelten und sich auf den Weg dorthin machten, um sich vom Geist des Ortes inspirieren zu lassen. Ihre Werke sind von nationalromantischen Ideen geprägt.

Ilmari Kianto
(ursprünglich Ilmari Calamnius; 1874–1970), Dichter und Schriftsteller, Vetreter eines tragischen Realismus. Lebte einige Zeit als Lehrer und Journalist in Kajaani.

Julius Krohn
(1835–1888), Dichter, Literatur- und Folkloreforscher

Kullervo, Untamo, Ilmarinen
Zentrale Gestalten aus dem Kalevala-Epos. Kullervo gilt als die tragische Figur des Kalevala, die Jean Sibelius zu seiner Kullervo-Symphonie und Akseli Gallen-Kallela zu einem berühmten Gemälde inspiriert hat.

Laestadianer
Noch heute lebendige Erweckerbewegung im nördlichen Skandinavien, benannt nach ihrem geistigen Führer Pfarrer Lars Levi Laestadius (1800–1861). Er kämpfte in seinen drastischen Predigten gegen die Trunksucht und andere Laster.

Elias Lönnrot
(1802–1884), Arzt, Sprachforscher, Volksliedsammler und Verfasser des Nationalepos Kalevala. Die meisten der darin verwendeten epischen Lieder zeichnete er von Weißmeer-karelischen Sängern auf. Seine Arbeiten trugen entscheidend zur Entstehung einer finnischen Identität bei.

Carl Gustaf Emil Mannerheim
(1867–1951), Marschall, Staatspräsident Finnlands 1944–46; eine der herausragendsten Persönlichkeiten der finnischen Geschichte. Machte Karriere in der zaristischen Armee und nahm 1904–05 als Oberstleutnant am Russisch-Japanischen Krieg teil. Ging im Jahr der finnischen Unabhängigkeit 1917 nach Finnland und wurde Oberbefehlshaber der finnischen Regierungstruppen. Führte im Bürgerkrieg die Truppen der Weißen gegen die Roten zum Sieg. Zu Beginn des Winterkriegs 1939 Oberbefehlshaber der finnischen Armee.

Erkki Melartin
(Ursprünglich Erik Melartin; 1875–1937), Komponist mit umfangreichem Werk, u. a. sechs Sinfonien und mehr als 300 Lieder. Trat auch als Kunstmaler und Aphoristiker hervor.

Paanajärvi
23 km langer See im Fluss Oulankajoki sowie ein Dorf an dessen Ufer, gelegen nordöstlich von Kuusamo auf dem Gebiet, das nach

dem Fortsetzungskrieg an die Sowjetunion abgetreten werden musste. Von dem Dorf ist heute nichts mehr vorhanden. (Nicht zu verwechseln mit dem Dorf Paanajärvi am Fluss Kemijoki in Weißmeer-Karelien, das das alte Bild eines karelischen Dorfes bewahrt hat und von der Organisation World Monuments Watch mehrmals auf die Liste der hundert am meisten bedrohten Kulturstätten der Welt gesetzt wurde.)

Arhippa Perttunen
(1754–1840), bedeutendster Liedersänger Weißmeer-Kareliens aus dem Dorf Latvajärvi. Von ihm hat Lönnrot Lieder mit über 4000 Versen aufgezeichnet, die für den Inhalt des Kalevala von großer Bedeutung sind.

Samuli Paulaharju
(1875–1944), bedeutender Sammler finnischer Folklore, Schriftsteller. Zeichnete Tausende von Seiten auf über alte Sitten und Gebräuche, Zaubersprüche und Geschichten aus alter Zeit, zeichnete und fotografierte Landschaften, Menschen, Gebäude und Gegenstände und publizierte zahlreiche volkskundliche Werke.

Johan Ludvig Runeberg
(1804–1877), Schriftsteller, Nationaldichter Finnlands. Schrieb in schwedischer Sprache. Im Gedicht Elchjäger beschreibt Runeberg in dramatischer Weise Leben und Weltanschauung, Moral und Tugend, das soziale und psychische Gleichgewicht des Volkes, exemplifiziert am Leben in einem einsam gelegenen Gutshaus.

Jean Sibelius
(1865–1957), bedeutendster finnischer Komponist von der Grenze der Spätromantik zur Moderne, der auch international bekannt wurde

Graf Louis Sparre
(1863–1964), schwedischer Kunstmaler und Grafiker nationalromantischer Ausrichtung, der von 1890–1908 in Finnland lebte

Tornio
Nördlichster Hafen am Bottnischen Meerbusen, an der Mündung des Torneå

Väinämöinen (verkürzt auch:) Väinö
Hauptgestalt des Kalevala-Epos, Magier, Sänger und Fürst

Emil Wikström
(1864–1942), Bildhauer, der aus dem kulturellen Erbe Finnlands und vor allem aus der Volksdichtung schöpfte

Zacharias (auch Zachris, Sakari) Topelius
(1818–1898), finnlandschwedischer Schriftsteller, Dichter und Historiker, der in schwedischer Sprache schrieb

Der Sommer vor meinem Fenster

Roman

PERSONENVERZEICHNIS

Hagar Edith Wikström, geb. 1944, Ich-Erzählerin, Dolmetscherin und Radiojournalistin

Hagars Nachbarn in Kanaansland

Ilkka Kärkkäinen, von Hagar heimlich **Koba** [ehemaliger Spitzname Stalins] genannt, freischaffender Historiker

Suvi-Liina Vehmas-Kärkkäinen, Besitzerin der expandierenden Nahrungsmittelkette *Schrot und Korn* und der Inneneinrichtungskette *Fannys Welt,* heißt eigentlich Raili Kerttu Aulikki Vehmas-Kärkkäinen, verheiratet mit Koba

Mikko Tsutsunen, Autohändler, der aus Sortavala/Karelien stammt, und **Alissa Tsutsunen**, Armenierin aus Moskau, Designerin von Unikatkeramiken der Fabrik *Kairo*, verheiratet mit Mikko Tsutsunen

Antti Knookala und seine Frau **Anna Knookala**, wohlhabende Unternehmensberater aus Österbottnien

Tauno Susi, 86 Jahre alt, Ureinwohner von Kanaan, Klempner und Kommunist, »der rote König«

Sylvi Susi, Tauno Susis dritte Frau

Timo Uusitupa, Schauspieler, von Hagar **Casanova** genannt

Ulla Uusitupa, von Hagar **Brezel** genannt, Erbin einer Konditorei, Geschäftsfrau

Hagar nahestehende Männer

Gravenberg, von Hagar **Grab** genannt, Hagars Verlobter, Theologe
Koskela, Fahrer des Bibliotheksautos, Hagars Geliebter
Keränen, Hagars Zimmermann

Die Hundeleute

Antero, von Hagar **Kesselraummann** genannt, Klempner im Kulturhaus, dem Hauptquartier der Kommunistischen Partei Finnlands
Kaisa, Hilfspflegerin im Altenheim
Salme, von Hagar **Salome** genannt, Angestellte im Sozialamt

Weitere Personen

Kaari Kotkas, Kobas Schwester, reiche Geschäftsfrau
Valte Hagert und seine Frau **Saaga**, die letzten Roma von Kanaan
der **Glückseligkeitsforscher** und seine Exfrau, die **Gleichberechtigungsforscherin**
Ratte, Stadtgeografin
der **Verrückte Sonderforscher**, heruntergekommener Soziologe
die von Hagar sogenannte **Familie Wickel**, Steiner-Anhänger, Vater Lehrer, fünf Kinder
die von Hagar sogenannten **Anständigen Nazis**, eine Familie in Kanaansland
Eevi Laulajainen, Autorin von Büchern über Frauengeschichte
Märta Moraeus, alte finnland-schwedische Schauspielerin
Imbi, Estin, Chorleiterin

Hagars tote Verwandte

Rune und **Maija Wikström**, Hagars Eltern
Raakel Pimiä, Hagars Großmutter mütterlicherseits
Martta Pimiä, geb. 1906, vier Jahre ältere Cousine von Hagars Mutter Maija, Kommunistin, kam in einem sowjetischen Straflager um
Kaarina und **Yrjö Pimiä**, Marttas Eltern, beide Kommunisten

Ich erinnere mich an alles. Ich erinnere mich auch an das, was ich weder habe sehen noch hören können. Es wird zu Tönen und Bildern, zu Worten und Musik. So ist die Geschichte letztlich vollkommen.

Jetzt stehe ich noch am Anfang. Ich betrachte fragend das kleine, stumme, silberfarbene Gehäuse. So muss ich wohl die Anfangsworte sagen:

Anfangs ging es nur um die Fenster.

Karen Blixen hatte die Syphilis, die sie sich bei ihrem Mann Baron Bror Blixen geholt hatte. Manchmal betrachtete ich das Bild der Baronin: Was für ein Skelett sie war, wegen ihrer Eitelkeit und ihrer Krankheit, wie geschickt sie ihre dünner werdenden Haare unter schönen Hüten versteckte und wie sie ihre strahlenden Augen schamlos schwarz umrandete. Sie hätte wie ein Gespenst aussehen müssen. Auf dem Bild mit Marilyn Monroe und Arthur Miller ist sie nichts als eine angenagte, brüchige Hülse, und dennoch sieht sie von den dreien am lebendigsten aus.

Ich war eher ein leicht vertrockneter Baum, aus dem je nach Körperteil Verschrumpeltes, Lockiges, Geschmeidiges und Steifes herausragte, wenn ich neben dem Kesselraummann daherkam, hinter uns Kaisa und Salome mit dem Dackel und der Promenadenmischung.

Poika und Sulevi verhielten sich dem schlappohrigen Schäferhund des Kesselraummanns gegenüber gnädig. Aber der sechsmal kleinere Dackel legte sich mit diesem Schäferhund gern an. Er bestimmte über unsere Formation. Wir fühlten uns wohl, wenn wir zusammen waren, weil wir so wenig sprachen. Kaum, dass wir unsere Vornamen und Berufe kannten.

Der Kesselraummann arbeitete irgendwo, wo es sehr heiß war, »jeden Tag so um die vierzig Grad«, sagte er einmal. Seine Frau schloss sich niemals unserer Streife an. Sie arbeitete bei *Kairo* und kontrollierte dort die Qualität der Teller, eine langhaarige, magere und gebeugte Frau, die, ohne sich zu rühren, auf dem Berg stand, mit immer neuer Zigarette im Mundwinkel, und stumm zu Boden starrte. Außer dem Hund führte sie dort auch zwei rotznasige Kinder aus, die sich im Schlamm wälzten und kreischten.

Der rotgesichtige, untersetzte Kesselraummann aber schritt zügig und ohne zu trödeln die Straßen entlang, und das gefiel mir. Er hatte bemerkt, dass mein linkes Auge blind ist beziehungsweise ein Glasauge, ein gut gemachtes Glasauge, und dass ich mit dem linken Ohr kaum etwas höre. Mir gefiel auch, dass er nichts sagte, einfach nur immer auf meiner rechten Seite ging und mir manchmal ohne ein Wort die Leinen von Poika und Sulevi abnahm, wenn ich die rechte Hand brauchte. Mein linker Arm ist ein leicht nach innen gekrümmter Ast, dessen Finger kaum Kraft haben. Um der Balance willen spreize ich ihn oft vom Körper ab. Deswegen sehe ich aus wie ein wandelnder Baum.

Sie können sich also vorstellen, warum ich Karen Blixen genau betrachtete. Die Syphilis hatte ihr Rückgrat so zerfressen, dass sie die letzten Geschichten rücklings am Boden liegend ihrer Sekretärin diktierte. Aber sie hatte einen heilen Kopf und darin ein sprühendes Hirn, das mit einem eleganten Turban verhüllt war, in ihrem vertrockneten Schädel strahlende Augen und ein leicht frivoles, schiefes Lächeln.

An mir war nichts so Glänzendes. War ich doch nur eine Hälfte. Halb Licht, halb Dunkel. Halb Stimme, halb Schweigen.

Ich mochte mir das Haar nicht bedecken und in jenem Sommer auch nicht mehr färben. Das ist ein bedeutender Wendepunkt im Leben einer Frau, bedeutender als der Beginn der Menopause oder der bestürzende Morgen, an dem ein steifes graues Haar am Bogen der Oberlippe erschienen ist: In mir hat sich die ganze Zeit ein Mann verborgen.

Unermüdlich hatte ich den ganzen Winter über, ohne meinen Entschluss zu revidieren, von Monat zu Monat im Spiegel beobachtet, wie mein Kopf die Farbe verlor und unansehnlich wurde. Ich sah, wie mein Schädel nie da gewesene, stahlfarbene, storre Fäden trieb, die nach allen Seiten abstanden wie Breschnews Augenbrauen. Als die Fäden lang genug waren und sich an den Spitzen kaum noch ein Hauch Farbe fand, flocht ich sie im Nacken zu einem Zopf und schnitt mir einen Pony. Ich war wieder ein Mädchen.

Mit baumelndem Zopf kletterte ich jeden Mittwochabend die schmalen, rutschigen Stufen zu Koskela hinauf. Ich denke im Guten an ihn, auch deshalb, weil damals, als das Rätsel in Kanaansland unerklärlich wurde, er die entscheidenden Worte sprach.

In jenem Sommer vergrößerte Keränen meine hofseitige Terrasse. In jenem Sommer waren meine Haare schließlich doch grau. Und in jenem Sommer verschloss Koskela, der Fahrer des Büchereiautos, an jedem Mittwochabend am Rand des Galiläaplatzes die Türen seines Fahrzeugs, wenn die Ausleihzeit zu Ende war und die letzten Leser von Kanaansland mit ihren Büchertüten gegangen waren.

Drinnen löste ich mir die Haare und zog mich aus. Seine nackte Brust wurde fleckig von meinem Lippenstift.

Mich umfingen im Auto viertausend Bücher, größtenteils noch unausgeliehen und ungelesen, und Koskela, der aus irgendeinem Winkel der Provinz Häme stammtc. Ich habe ihn niemals gefragt, ob der Anfangsbuchstabe seines Vornamens J, A oder V war. Auf einem kleinen, abgeschabten Schild neben dem Armaturenbrett prangte das Logo der Stadtbücherei, und darunter stand Koskela, Fahrer des Büchereiautos. Der Anfangsbuchstabe des Vornamens war nicht zu entziffern.

Mit unserer Hundestreife waren wir die Patrouille der Dunkelheit, Legionäre des Kaiserreichs der Hunde. Das klingt prahlerisch; ebenso gut könnte ich sagen, dass unsere Patrouille aus drei einsamen Frauen und einem Mann bestand, die allabendlich mit ihren Hunden in Kanaansland Gassi gingen, allein oder zusammen. Ich glaube, den Kesselraummann kann man trotz seiner Frau und der Kinder als Alleinstehenden bezeichnen.

Die Worte schallen wie der Ton einer fernen Glocke aus der Kindheit herüber: *Am Sonntag verschwand von zu Hause …*

So wie Astrid Lindgrens Bo Vilhelm Olsson schauten auch wir in die beleuchteten Fenster, hinter denen Familien beim Abendessen saßen und plauderten oder ihre Gäste mit immer komplizierteren Speisen und immer teureren Weinen bewirteten. Die ersten Weinkellergewölbe waren in manchen Häusern von Kanaansland schon gemauert worden.

Mag sein, dass wir gar keine Krieger waren, sondern einfach nur Sehnsucht verspürten. Wenn wir auch sehr wohl wussten, dass wir uns nicht danach sehnten, an diesen Tischen zu sitzen, sehnten wir uns doch nach dem Geheimnis, dass Familien vielleicht umgibt.

Darüber sprachen wir nie. In einer Welt, in der ohnehin zu viel geredet wird, gab es immerhin unsere Hundestreife, in der wir uns nur über die Wesensmerkmale von Hunden, über Leute, die ihre Hunde nicht gut erzogen oder behandelten und deren Dreck nicht beseitigten, und über ein gewisses Ehepaar unterhielten, dem der Amtstierarzt die Welpen weggenommen hatte, um sie in Sicherheit zu bringen. Ob man sich einen zweiten oder dritten Hund anschaffen sollte? War es richtig, sich einen Welpen von einem finnischen Züchter zu holen, während die Räumlichkeiten des Tierschutzvereins oder solcher Städte wie St. Petersburg, Moskau und Tallinn voller herrenloser Hunde waren?

Auch Keränen wusste nicht, was für eine zweite, verborgene Welt in Kanaansland existierte. Während er die morsche Wand meiner Veranda abriss, sah er auf dem Hof nur die Hunde, den am Boden liegenden Poika, den ich aus Moskau mitgebracht hatte, wo er die U-Bahn-Station Tekstilschtschik für sein Zuhause gehalten hatte, und Sulevi, den ich als Dauerleihgabe von dem Dichter bekommen hatte.

»Poika und Sulevi!«, rief er im Weggehen und schämte sich nicht, sich zu bücken und ihnen den haarigen Schädel zu küssen. So war Keränen.

Keränen, der sich tagsüber abrackerte und dann Gas gab und mit seinem Kleintransporter davonstob, wusste nicht, dass in Kanaansland auch der Abend und die Nacht anbrachen. Wir, die wir dann unterwegs zu sein pflegten, zogen uns um.

An den endlosen Tagen des Frühsommers waren wir durchsichtig, wenn wir durch die Straßen und Gassen wanderten. Wir waren Geister, die sich mit Licht und Luft vollgesaugt hatten, und die uns entgegenkommenden Jogger, Inlineskater, Radfahrer, Skateboardfahrer und einander umschlingenden Liebespaare gingen alle direkt durch uns hindurch.

Aber nicht davon will ich erzählen, sondern vom Herbst und vom Winter, wenn wir als dichte, schwere Schatten zwischen Häusern und Fenstern dahinwanderten. Der Schneeregen richtete uns übel zu, der helle Mond durchbohrte uns mit seiner Lanze, und wenn uns – immer seltener – der weiße Schnee vom Himmel auf die Schultern und den Hunden auf den Rücken rieselte, dann waren wir besonders glücklich. Niemand beachtete uns, aber unserer Aufmerksamkeit entging nichts. Die Fenster der Häuser waren voller Licht. Und was geschah nicht alles hinter den erleuchteten Fenstern …

Der Kesselraummann, Kaisa und Salome aus der Eigenheimsiedlung Kanaansland kannten nur einige wenige Hundehalter, andere Hausbesitzer überhaupt nicht. Sie waren in derselben Position wie seinerzeit die Mieter der Pimiös, der Susis oder der Rusanens, die Ziegelträger und Näherinnen und Ladengehilfen von vor siebzig Jahren. Der Kesselraummann in seinem Kesselraum, Kaisa, die Hilfspflegerin in der Abteilung für Demente des Altenheims, und Salome vom Schalter des Sozialamts.

Die Klassengesellschaft ist keineswegs verschwunden, sie hat sich nur etwas sorgfältiger getarnt, hatte Tauno Susi angeblich zu einem Sozialwissenschaftler gesagt, der ihn als Ureinwohner von Kanaansland und alten Kommunisten interviewt hatte. Ich war ganz seiner Meinung. Bei meinen Radiosendungen hatte ich bemerkt, wie Sprache, Worte und Stimme die Position, Bildung und Vermögensverhältnisse eines Menschen von Jahr zu Jahr immer deutlicher verrieten.

Im Winter hatte ich einmal die Regel der Hundestreife verletzt. Ich war mit Kaisa allein auf dem Rundgang, über der Stadt hatte es in der vorherigen Nacht eines der seltenen, heftigen Wintergewitter gegeben, und Kaisa hatte erzählt, wie die nahende elektrische Entladung die bereits in den Schlaf gesunkene Abteilung für Demente in Aufruhr versetzt hatte. Blitze waren in den großen Fenstern aufgeflammt, und die Schlafenden waren, von einer starken Kraft gehoben, aufgestanden wie Lazarusse aus ihren Gräbern. Die alten Männer hatten sich die Katheter herausgerissen, dass ihnen der Penis blutete, die alten Frauen waren, die schweren Windeln bis zu den Knien herabbaumelnd, durch die Gänge gestürmt, und dazwischen war Kaisa hin und her geflitzt, die in dieser Nacht allein für dreißig Leute verantwortlich war und sich bemühte, die wilde Schar in die Betten zurückzubekommen.

»Der Strom fiel aus, und nur die schwache Notbeleuchtung brannte. Ich schnappte mir aus dem Medikamentenschrank genügend Beruhigungsmittel und verabreichte sie den Leuten halb mit Gewalt. Das war ein Ringkampf im dunklen Schützengraben mit einer weiß gekleideten, kreischenden Horde von Feinden«, sagte Kaisa.

Es war das erste Mal, dass Kaisa von sich oder ihrer Arbeit erzählte. Sie erzählte gut. Später äußerte sie sich noch ausführlicher, aber an jenem Abend ließ auch ich mich hinreißen: Während wir an den erleuchteten Fenstern vorbeigingen, zeigte ich Kaisa die Hausbewohner und erzählte von ihnen – was ich wusste, was ich gesehen hatte.

Sie hörte schweigend und aufmerksam zu. Mir wurde klar, dass auch sie sich über die Geheimnisse der Familien Gedanken gemacht hatte.

»Und es wird Gestank statt Wohlgeruch sein und ein Strick statt eines Gürtels und eine Glatze statt lockigen Haars und statt des Prachtgewandes ein Sack, Brandmal statt Schönheit.«

Die Prophezeiung eines Urteilsspruchs! Ich muss Jesaja lesen. Es bedarf der Raserei von Propheten.

Das habe ich zu Grab gesagt. Er drückte mir seinen Mund ans Ohr und flüsterte:

»Da steht auch dies: ›Da flog einer der Seraphim zu mir und hatte eine glühende Kohle in der Hand, die er mit der Zange vom Altar nahm, und rührte meinen Mund an und sprach: Siehe, hiermit sind deine Lippen berührt, dass deine Schuld von dir genommen werde und deine Sünde gesühnt sei.‹«

Sühne! Gibt es die? Nein.

Out, out, brief candle! *Das ist: Aus, aus, du kleine Kerze!*

Die Gleichberechtigungsforscherin hatte den Glückseligkeitsforscher verlassen.

Keränen, der geringe Unglücksbote, brachte mir eines Morgens die Nachricht von diesem Vorfall. Der Merkur aus Kainuu fuhr, die Schirmmütze schief auf dem Kopf, mit dem Anhänger, der mit schwankenden Bündeln von Profilbrettern beladen war, rückwärts auf den Hof. Leicht hinkend stieg er aus, setzte sich auf die japanische Bank und zog aus der Tasche seiner Windjacke eine kleine Pappschachtel, bot auch mir daraus an und ließ dann beiläufig seine Neuigkeit fallen.

Wir zündeten uns die stinkenden Zigarillos an. Erörterten die Sache.

Ich erinnere mich gut an den Tag im Juni, denn im Stillen beginne ich die Geschichte immer mit Keränens Satz. Damals wurde meine hofseitige Veranda vergrößert, die Bank war gerade fertig geworden, und wir hatten begonnen, das Wüstenfest zu planen.

Die Gleichberechtigungsforscherin hatte den Glückseligkeitsforscher verlassen. Ich war ebenso erschüttert wie Keränen, der doch als Zimmermann das Leben in Kanaansland jahrelang beobachtet hatte. Sein Beruf machte ihn unsichtbar. Keränen wusste von allen viel mehr als ich, aber er sprach kaum jemals über das, was er gesehen hatte. Ich meinerseits war außer einäugig auch noch gutgläubig und naiv. Kanaansland war für mich lange der Traum von Rettung.

Aber »japanische Bank« sagte ich nun doch nicht zu Keränen. Er stammte aus Suomussalmi*, aus der Nachbarschaft der berühmten Kätnerei Ryysyranta, und aus Scham verheimlichte ich vor ihm meine Fantasie und Schwärmerei – vielleicht unnötigerweise, denn einmal im Juli war er singend auf meinen Hof gekommen und hatte die elektrische Kreissäge und sein Geschenk, einen blühenden Jasminstrauchsetzling, mitgebracht. Beim süßen Duft des Jasmins hatten wir die Maschine kreischen lassen und den Stapel Abfallbretter abgetragen.

Aber in jenem Sommer wurde die Veranda vergrößert. Die »tschechowsche Veranda« – das sagte ich allerdings nicht einmal zu mir selbst, denn waren die Herzen jener Menschen nicht von Gift zerfressen? Wollte irgendjemand so etwas, und sei es als Zitat? Nur in den Frauenzeitschriften, in denen es Geschichten über die Häuser und Einwohner von Kanaansland gab, war die Rede von »tschechowscher Atmosphäre«. Ganz offenkundig kannten sie die Literatur nicht, denn das war keine Ironie.

Ich hatte Keränen schon genug genervt, indem ich ihn bis nach Südsavo zu einem kleinen Sägewerk geschickt hatte, das noch sogenanntes Fingerpaneel herstellte.

Letztlich wollte ich doch nur einen Ort, wo Grünpflanzen hinpassten und wo ich im Schaukelstuhl sitzen konnte. Hatte ich begonnen zu ahnen, was es heißt, alt zu sein? Ich fotografierte jetzt schon immer meinen Weihnachtskaktus, wenn er blühte. Nach jenem Sommer begann eine andere Zeit.

Keränen hatte im Vorbeifahren die Motorsäge auf dem Hof des Glückseligkeitsforschers abgegeben, nachdem er gesehen hatte, dass dort jemand war. Der Glückseligkeitsforscher hatte unter dem aufblühenden Fliederbusch gestanden, ein kleiner Mann, wie ein kleiner, lahmer Vogel,

* siehe Namens- und Sachregister im Anhang

eine kleine, spitze Nase, kleine, spitze Ohren, gerötete Wangen, das fusselige, hellbraune Haar vom kahl werdenden Schädel abstehend, die flaschenbödendicken Brillengläser etwas schief auf der Nase.

Ich stellte mir vor, wie die Motorsäge ihm zu Füßen gelegen hatte wie ein niedergegangener Meteor: Die Gleichberechtigungsforscherin war einem anderen Mann gefolgt. Auf der Treppe zum Haus saß ein schmächtiges Mädchen, dem die Haare über die Augen fielen und dessen lange Beine über drei Stufen reichten. Es sollte jetzt abwechselnd eine Woche beim Vater und eine bei der Mutter wohnen und mit dem Rucksack auf dem Rücken von Forscher zu Forscher wandern.

Diese Situation schilderte Keränen nicht wortreich, aber seine Wortwahl war sehr lebendig. Man hörte, dass sein Mitgefühl dem Glückseligkeitsforscher galt. Hier verstand der Mann aus dem Volk problemlos den Akademiker, auch wenn man sich in Suomussalmi anders trennte.

Auf meine Bitte hatte Keränen die Trennungsgeschichte aus dem Dorf Pesiökylä mindestens dreimal wiederholt. Das Ehepaar aus meiner Nachbarschaft hatte sich in leer stehenden Pferde- und Kuhstallgebäuden ein kleines, erfolgreiches Urlaubsbusiness aufgebaut. Dann fand der Mann in der Gegend eine andere Frau, die außer blühend und lebhaft auch voller neuer Ideen war. Ein alljährlicher Ilmari-Kianto-Doppelgänger-Wettbewerb in einem Badehotel namens Rauschender Kiantasee! Moskau-Reisen auf den Spuren der Hinterwäldler-Kommunisten! Eine Woche Überlebenstraining beim Flößen! (Pferde werden vom Veranstalter gestellt.)

Die alsbald besiegte Gattin packte ihre Sachen, bestellte ein Taxi und spaltete beim Fortgehen dem norwegischen grauen Elchhund im Zwinger auf dem Hof den Schädel. Das Beste überlässt man nicht dem Verräter.

Das war beeindruckend, ohne jenes ausgedehnte Gewimmer, das bei uns im Süden die Regel ist. Auch der Verflossenen ging es später gut, wusste Keränen. Sie wurde eine im ganzen Land bekannte Attraktion in einem kleinen Dorf an der Ostgrenze, das früher für seine weißmeerkarelischen Runensänger berühmt gewesen war. Sie färbte sich die langen Haare rot, nähte sich aus Fellen und Haaren ein weites Gewand, das sie mit Metallringen, Knochenstückchen und Federn verzierte und bestellte sich in Inari eine Schamanentrommel. In einer Kote ließ »Darja« die Trommel erdröhnen, heulte in einer unbekannten Sprache und gab den Touristen Moosbeersaft zu trinken, den sie mit Selbstgebranntem verschärft hatte, und zwar so stark, dass die Leute mit Sicherheit eine Reise in die Unterwelt machten.

Sie war eine der Ersten, die die wirtschaftlichen Möglichkeiten des *Esoterischen* erkannten. Im darauffolgenden Winter erschienen in drei Zeitschriften Interviews mit der Schamanin, in einer auch eine Titelgeschichte über sie. In den roten Haaren der Schamanin steckten Adlerfedern, und ihre Lider waren dunkelgrau bemalt. Der Lippenstift war zu dick aufgetragen. »Schwere Enttäuschung führte Darja über tiefe Depression zu höherem Sehen«, titelte das Blatt.

Ich las die Geschichten so interessiert, wie ein Kenner der Hintergründe es nur tun kann. Auf den Fotos sah man, dass an der Außenwand der Kote Tierschädel hingen, aber ich vermutete, dass »Darja« sie über den lokalen Jagdverein bezogen hatte. Der Schädel des Elchhundes war sicherlich bei dem betrügerischen Mann verblieben.

Kanaansland. In früheren Zeiten gaben die Menschen Orten, die sie als abgelegen empfanden, biblische Namen; auf irgendeiner Dienstreise war ich sogar in Ägyptenwald. Der Name Kanaansland entstand so, dass vor langer Zeit der schwedische König Gustav Wasa in einer schlammigen Bucht des Binnenmeers eine Stadt gründete, deren Ländereien er einem gewissen Carl-Filip Canander schenkte. Der gab seinem Anwesen den Namen Canandal. Daraus wurde dann viel später ganz einfach Kanaansland. So weit entfernt vom Zentrum der winzigen Hauptstadt Finnlands.

Kanaansland wurde in dem vom Bürgerkrieg geschundenen Land der Traum der Arbeiterschaft, als sie durch das Rote Meer dem Gelobten Land, fünfhundert Quadratmeter Pachtgrund in der Vorstadt, zustrebten.

Die Wüstenwanderung war eine Plackerei: Rot waren die verbrannten Rücken, als die Fundamente gegossen und aus eigener Kraft Balken, Nägel, Ziegel, ungehobelte Bretter und Zement beschafft werden mussten. Rot war auch der Schleier des hohen Blutdrucks, der die müden Augen trübte. Und rot waren die Wahlzettel.

In der Hundestreife war ich die Einzige, die hier ein Haus besaß, nicht aus eigenem Verdienst, sondern weil ich in das leer stehende Haus meiner Kindheit eingezogen war. Die anderen hatten es nicht ebenso üppig: Ich wusste, dass der Kesselraummann mit seiner Frau, den zwei Kindern und dem Hund in einer Zweizimmerwohnung am Rande von Kanaansland neben der Autobahn zur Miete wohnte, so wie auch Kaisa in ihrer Einzimmerwohnung. Salome hatte eine nicht mehr genutzte Sauna am Ende des Kanaanwegs gekauft und mit Plüschteppichen und Gobelins ausgekleidet. Dort tanzte sie mit den steifen Beinen der alten Jungfer und gab seltsame Geräusche von sich, so musste es sein, und erwartete sicherlich den Kopf Johannes des Täufers in einer Schale oder sogar am Ende eines lebenden Halses, um seine Lippen küssen zu können.

Als sich das Alte Testament abgelebt hatte, kam die Zeit des Neuen. Weh uns! Denn die Zeit des Neuen Bundes war schlimmer als die des Alten.

Ich stand am Fenster der oberen Etage, als Keränen, der seine erschütternde Neuigkeit bei mir abgeladen hatte, sich auf den Weg zu neuen Akquisitionen machte. Ich betrachtete die Dächer von Kanaansland. Dort stand ich oft in Gedanken versunken, heimgekehrt von unseren Gassigängen, bei denen es ringsum Höfe, Wände, Menschen gab. Die Leute warfen mir Dutzende von Papierschlangenblicken zu, und sie blieben hängen wie durch die Luft schwebende Spinnwebfäden. Man musste grüßen, nicken, winken, irgendwelche Laute erzeugen – meine Rundfunksendung war damals schon berühmt, und Berühmtheit erfordert leider immer Höflichkeit.

Mein Haus lag am Ende des Dorfes am Hang eines Hügels, sodass man vom oberen Stockwerk aus die Höfe der nächsten Häuser und drei sich kreuzende Straßen überblicken konnte, aber dann waren da nur Dächer, Bäume und weit hinten der große Koloss der Fabrik. Ich ließ mein gutes Auge in weitem Bogen von links nach rechts wandern, und in meiner Hand fehlte nur der Funken schlagende Zauberstab, mit dem ich über all das hingedeutet hätte: Werdet glücklich, ihr Elenden! Denn von manchen Dächern stieg Trauer auf wie Rauch.

Zu jener Zeit erlebten wir die zweite Welle von Ehescheidungen. Die fünfzigjährigen Männer nahmen sich eine neue, junge Partnerin, und auch mit sechzig gingen sie irgendwohin, voll von eingebildeter Kraft, Kinderwagen schaukeln und mit Klappern klappern. Die Gleichberechtigungsforscherin hatte immerhin einen gleichaltrigen, anderen Gleichberechtigungsforscher erwählt.

Die erste Welle ein Vierteljahrhundert zuvor hatte ich nicht miterlebt. Ich hatte nur dort, wo ich damals wohnte, gehört, dass junge Familien, die Intelligenz, in die halb verfallenen Häuser von Kanaansland einzogen. Die müden Rentner verkauften sie, um sich zur Ruhe zu setzen. Der Stadtteil aus Holzhäusern, seinerzeit von Neusiedlern erbaut, erforderte schon eine gründliche Sanierung und Renovierung; eine ähnliche Wüstenwanderung gen Kanaan, einen Traum, so wie ein halbes Jahrhundert zuvor.

Die Wanderung musste erneut unternommen werden, aber nicht alle kamen ans Ziel, denn ein Teil des Volkes murrte, und vom Himmel regnete es nicht Manna, sondern Verwünschungen. Einige Jahre später wurde aus den Ehen, den halb fertigen Instandsetzungen und den Segelbooten aus Holz – weil Kunststoff Sünde war – ein Bermudadreieck: Einer nach dem anderen verschwanden die Familienväter auf geheimnisvolle Weise wie die Schiffe in der Sargasso-See.

Zurück blieben kleine Kinder und einsame Frauen, der robuste Kern des erwählten Volkes. Manche Frauen waren wie streunende Katzen, mager und struppig, andere wiederum futterten sich in endlos dehnbare Trainingshosen und zeltartige Anoraks hinein. So hinterließ die Wanderung bei allen ihre Spuren.

In diese Schar kehrte ich schließlich heim, neugierig, als Außenseiterin und dennoch Beteiligte. War ich doch Ureinwohnerin, geboren hier auf dem Hof vor dem Gartentor an jenem Sommertag des Fortsetzungskrieges, als die Front auf der Karelischen Landenge einbrach.

Irgendwo waren Zehntausende von Soldaten stolpernd davongestürzt, fort aus Karelien, darunter auch mein Vater, der, gelinde gesagt, spät beschlossen hatte, aus der Armee zu flüchten und wegen gewisser Orientierungsfehler im Rücken der Russen in Richtung Heimat taumelte.

Zur gleichen Zeit taumelte meine Mutter in Kanaansland, sich den gewaltigen Bauch haltend, der Gartenpforte zu, vor der das Auto ihres Schwagers wartete. Sie blieb stehen, seufzte tief und hockte sich auf den Rasen hin. Ich glitt hervor, rosa und weiß wie die Päonienknospe, die hinter dem Rücken meiner Mutter gerade versuchte, sich zu entfalten.

In Kanaansland war es erlaubt, am Fenster zu stehen und direkt und rücksichtslos hinzusehen, wenn man gleichzeitig winkte. Nur sehr alte Leute, von denen es nur noch wenige gab, spähten nach alter Art hinter der Gardine hervor. So stützte ich mich mit dem gesunden Arm aufs Fensterbrett und verbeugte mich leicht, denn unten auf der Straße ging Uusitupa vorbei.

Uusitupa oder Neuhaus, mit wirklichem Namen Casanova. Ich sah mir den Schauspieler interessiert an, denn er war auch schräg von oben gesehen hinreißend: ein stattlicher, breitschultriger Mann, das braune Haar als lockere Löwenmähne von der Stirn auf Schläfen und Nacken fallend – wie viel Sorgfalt ist vonnöten, die Mähne ständig in der richtigen Länge zu halten? Die Augenbrauen wirkten wie herausgemeißelt aus einem wilderen Schopf, die Augen hellgrau, verschattet von langen, dichten Wimpern. Über der Oberlippe die Woche für Woche getrimmte schmale, ebenmäßige Linie des Schurrbarts. Zu einer Zeit, da Hässlichkeit für einen männlichen Schauspieler einen großen Vorzug bedeutete, war Uusitupa Errol Flynn, Errol, bevor sein schönes Gesicht letztlich in der Whiskeyflasche zerfloss.

Jetzt aber hatte er noch Zeit, und so war er wieder unterwegs, um seine Frau Brezel zu betrügen, er schritt dahin mit jenem freudigen, leicht wiegenden und eiligen Schritt, der dem Herzlosen eignet.

In Uusitupas Augen lag das Bild einer Frau, jetzt wie meist auch sonst ein anderes als das von Brezel, die zur selben Zeit in der Konditorei stand, die sie von ihren Eltern geerbt hatte. Sie verkaufte am laufenden Band die Kuchenbrötchen, Gebäckstücke und Brote, die auch ihre Großeltern verkauft hatten, und siehe, plötzlich hatte sie die Zeit auf ihrer Seite: Zuerst entdeckten die Wochenbeilagen der Zeitungen den Stadtteil und dann die Konditorei.

Brezel kam mit dem Kanaanlaib und dem Mannagebäck auf die Fotos, die kleine, magere Frau mit dem glatten Haar, über deren Wangen quer wie mit dem Brotmesser geschnitten die Streifen der Bitterkeit verliefen. Sie war tatsächlich eine Bill aus *Pelle Schwanzlos*, dünn und zerbrechlich.

Gott des Volkes Israel! Gib Brezel Frieden, flüsterte ich und sah zu, wie Uusitupa in seiner Sodomgasse verschwand.

Ich habe beschlossen, auf meinen Rekorder zu sprechen, weil das Schreiben mir schwerfällt. Dies ist mein geheimes Tagebuch. Eines meiner kleinsten Missgeschicke war, dass ich ursprünglich Linkshänderin bin. Die rechte Hand gehorcht mir beim Schreiben nicht so recht, die Buchstaben geraten zu haltlosen Krakeln, und es kann sein, dass sich das auch auf meine Gedanken auswirkt. Wer verrückt wirkt, ist verrückt.

Wenn ich spreche, so ganz leise ins Mikrofon hier an meinem Fenster, ist alles klar. Die Leute sagen, ich habe eine schöne, tiefe und sonore Stimme. Der Wipfel des Apfelbaums reicht fast bis zu meinem Fensterbrett heran. Es gibt zehn wunderbare Dinge auf der Welt. Eines davon ist die sich gerade öffnende Knospe der Apfelblüte.

Dies ist ein guter Rekorder, einer von denen, die ich mir im Rundfunk ausgeliehen habe. Ich habe beschlossen, dass ich ihn nach dem Aufnehmen immer verstecken werde – wo? Im Blumentopf unter der Erde, unter den Wurzeln des Kaktus.

Ich habe mir die Aufnahme noch mal angehört, und es ist wahr. Ich klinge vernünftig, ruhig, habe alles im Griff. Endlich. Es gibt keine Räuber im Wald!

Aber ich muss sogleich hinzufügen: Er guckt manchmal so komisch. Auch jetzt habe ich ihn ganz kurz gesehen, als er die Wasserkaraffe auf den Tisch stellte. Er blieb stehen und zog das Rollo hoch, stand lange da, blickte nach oben. Er sah mich nicht. Aber er guckt so komisch.

Das macht mich unruhig.

Gleich möchte ich die Hände ringen: Hier ist doch noch ein Fleck! Weg, du verdammter Fleck! Weg, sag ich!

Sollte ich die Geschichte unseres letzten Sommers nicht doch ein wenig unheilverkündend beginnen, so wie Karen Blixen ihren berühmten Roman *Ich hatte eine Farm in Afrika ...?* Nicht am Fuße der Ngong-Berge, nicht in Afrika, sondern in Kanaansland, am Rand des Tals, an dessen anderem Ende sich die Porzellanfabrik *Kairo* befand, einige Kilometer nordöstlich vom Kaufhaus Stockmann.

In jenem Sommer war es achtzig Jahre her, dass man mit dem Bau der ersten Häuser von Kanaansland begonnen hatte. Schon im Winter hatten wir beschlossen, zu Ehren dieses Jubiläums ein großes Fest zu feiern und dass es dabei einen festlichen Umzug, eine Freilichtbühne und eine Pantomime geben sollte. Die Weltwirtschaftskrise, die Prohibition, die Kriegsjahre, die Landflucht, der Aufschwung, der Niedergang, die neue Blütezeit, zählte ich auf.

»Wir sind also die neue Blütezeit«, sagte ich zu Koskela im Bibliotheksauto und küsste ihn auf den Nacken, als er den Computer herunterfuhr.

»Oder der Beginn eines neuen Niedergangs«, antwortete er.

In jenem Sommer wohnte an meiner Straße nur noch ein einziger Ureinwohner von Kanaansland, Tauno Susi, ein ehemaliger Klempner, sechsundachtzig Jahre alt.

Die Geschichte von Taunos Haus ist die Genesis, die wohl auf jedes Haus von Kanaansland zutrifft: Taunos Vater Armas war als Steinhauer bei der Stadt gewesen und bekam in den Zwanzigerjahren eines jener städtischen Pachtgrundstücke, die vom lehmigen Feld Kanaanslands abgeteilt wurden. Kanaansland war ursprünglich eine Notzeitlösung, gedacht als provisorische Arbeitersiedlung aus Holzhäusern, die die wachsende Steinstadt später unter sich begraben würde. Deshalb wurden die Grundstücke nicht verkauft, sondern nur verpachtet.

Auf seinem Grundstück hatte Armas Susi eigenhändig aus sorgfältig ausgewählten Felsblöcken ein steinernes Fundament gefügt und gemauert, bis zum unteren Rand der Fenster des oberen Stockwerks eine Balkenkonstruktion hochgezogen und den letzten Teil aus Brettern gezimmert. Das Holz stammte aus dem finsteren Fichtenwald, der direkt hinter den Grundstücken auf dem Hügel aufragte, wo sich heute der sorgfältig gelichtete Stadtpark befindet. Ins Erdgeschoss des Hauses kamen um den Schornstein herum zwei Zimmer und die Küche, in die obere Etage ein Zimmer und eine weitere Küche, in die Wände wurden zwei Eingänge gebrochen, einer ins untere, der andere ins obere Geschoss, und rundherum zwei Veranden gebaut, an der Südwand eine geschlossene, an der Westwand eine offene.

In Armas Susis Hausbuch waren das Jahr, der Monat und der Tag vermerkt, an dem die Männer von der Stadt das Haus abgenommen hatten. Für einen Kommunisten kannte er das Alte Testament erstaunlich gut, und so wurde bei den Susis jedes Jahr am Tag der Abnahme unter den Fliederbüschen das Laubhüttenfest gefeiert und bis zum Umfallen Schnaps getrunken.

Jetzt pflegte Armas Susis Sohn Tauno abends im weißen Netzhemd auf der von seinem Vater erbauten offenen Veranda zu sitzen, die große Kartoffelnase rot leuchtend, das graumelierte Haar zur Bürste geschnitten, die Hosenträger herabhängend, die nackten Füße in abgetragenen karierten Pantoffeln. Die Neubürger von Kanaansland bewunderten seine Originalität und das Elementare an ihm. Die Schauspieler prägten sich seine Handbewegungen ein, wenn er mit einem spöttischen Lächeln das Glas an die Lippen hob, ein Sozialwissenschaftler hatte ihn besucht *(Der Zerfall der kommunistischen Bewegung in den Arbeitersportvereinen nach dem Zweiten Weltkrieg)*, desgleichen eine Dokumentarfilmerin *(Die Kraft der Wahrheit)* und auch ein Volksmusikforscher mit seinem Rekorder.

Ich hatte Tauno Susi schon in seinen Mannesjahren gekannt. Das lebende Relikt, bei der Durchquerung des Roten Meers dabei gewesen, war kein veredelter Patriarch, sondern ein zänkischer, niederträchtiger alter Kerl mit böser Zunge, der sich nach der Sauna Branntwein hinter die Binde kippte, Akkordeon spielte, und zwar gut, und sich gern daran erinnerte, wie Anfang der Dreißigerjahre in einem der Zimmer des Erdgeschosses die Familie Susi mit ihren fünf Kindern gewohnt hatte. In dem anderen wohnte mal diese, mal jene Familie, meistens Arbeiter aus der Fabrik. In der Küche schlief auf dem Holzsofa Armas Susis schwachsinnige Schwester Alma, die man ständig im Auge behalten musste.

»Auf diese Weise hatten wir es im Erdgeschoss ziemlich ruhig«, sagte Tauno mit schiefem Lächeln. »In die kleinen Zimmer im oberen Stockwerk wurden alleinstehende junge Frauen, Ziegelträger, Näherinnen und Porzellanmalerinnen aus der Fabrik aufgenommen, die man an die Luft setzte, sobald sie heirateten oder sich einem unzüchtigen Lebenswandel ergaben.«

Im Hausbuch stand unter Armas Susi: *Hauseigentümer, Steinhauer*. In erster Linie dürfte Susi jedoch Steinhauer gewesen sein. Da die Häuser von eigener Hand auf den Pachtgrundstücken errichtet worden waren, hatte ihre Anschaffung keine besonderen Ersparnisse verlangt. Dennoch hatte man reichlich Mieter aufgenommen, und viele Eigentümer kamen nie dazu, ihr Haus selbst zu bewohnen. Die Wirtschaftskrise ruinierte auch damals die Hausbesitzer, Arbeitsplätze gingen verloren, und die Rechnungen für die Sägeware wurden nicht bezahlt. Auch Hauseigentümer Susi war in den Dreißigerjahren in seiner Not mit der Familie in Metsäpirtti am Ladogasee gewesen und hatte das Wohnen in der Urheimat ausprobiert, war aber unmittelbar vor Ausbruch des Winterkriegs 1939 zurückgekehrt, um sein Haus vor der Verwüstung durch die Mieter zu bewahren, sagte Tauno.

Zu Spitzenzeiten wohnten im Hause der Susis gleichzeitig sechzehn Personen, und das war noch nicht einmal der Rekord in Kanaansland. Vor den Kriegen strömten Menschen vom Lande in die Stadt, noch war nicht die Zeit der großen Völkerwanderung, aber die Fabrik, *Kairo*, brauchte Hände, und es herrschte großer Mangel an Wohnraum. Die Mieter bezahlten Susis Haus so wie auch die Häuser der anderen. Die Susis waren fast ebenso arm wie ihre Mieter, aber zwischen ihnen bestand ein großer Unterschied: Den Susis gehörte das Haus.

Tauno Susi wurde von fast allen vergöttert, hatte ich Kaisa erzählt. Außer von mir, die ich im Auge das verhexte Stück Glas hatte, das die Größe des roten Königs verzerrte. Und außer Taunos dritter Frau Sylvi, die so viel Zeit wie möglich in ihren Blumenbeeten verbrachte.

»Tauno ist und bleibt ein großer Arsch«, sagte sie einmal lapidar, als sie mir im Hausflur entgegenkam, sich die erdigen Hände an der Schürze abwischte und mit stechendem Blick in den Garten schaute, wo Tauno für die Schar seiner Bewunderer sein Akkordeonrepertoire zum Besten gab.

Valte wiederum, der Nachbar der Susis, war tatsächlich königlicher Herkunft, machte aber nicht viel Aufhebens davon. Er war gelb wie ein Topas und schwarz wie Ebenholz, aber in all seiner Schwärze reinen Herzens und die rechte Hand der Nachbarn in allem, was mit schwerer körperlicher Arbeit zu tun hatte.

Valte und Saaga Hagert waren die letzten Roma von Kanaansland, sie hatten nicht die Arche Noahs bestiegen, die zwei Jahrzehnte zuvor, mit Pferden beladen, in die Nachbarschaft der neuen, großen Trabrennbahn in die nächste Stadt gesegelt war.

Valte und Saaga Hagert kannten überhaupt keinen Rassenhass, anders als ihre ständig bei ihnen zu Besuch weilenden Stammesbrüder, die mit ihren königlichen Volvowagen vor das Gartentor der Hagerts geschaukelt kamen und die Vorübergehenden direkt, schweigend und ausdruckslos ansahen. Bei vielen von ihnen baumelte am Rückspiegel eine kleine Krone. Man war geneigt, vor ihnen zu knicksen.

Die größte Erschütterung im Leben der Hagerts war vor ein paar Jahren ihre Rückkehr von einer Schwedenreise. Valte hatte sein leeres Haus an eine Band vermietet, die sich »Brüder des Geistes« nannte. Valte hatte gemeint, es handele sich um eine religiös gesinnte Gemeinschaft, und lebte in Schweden, zufrieden mit seinen frommen Mietern, nur um bei seiner Rückkehr erschüttert ein verdrecktes Haus vorzufinden, aus dem sich der Haschgeruch noch nicht verzogen hatte.

»Ich bin ein reinlicher Mann, auch wenn ich Zigeuner bin«, wiederholte er bestürzt und trug zusammen mit Tauno und Sylvi die psychedelischen Wandpappen, die er heruntergerissen hatte, auf den Hof.

Der boshafte, greise Arbeiter und der redliche Zigeuner. Auch sie sollte man zum Mitmachen bei dem Wüstenumzug bewegen, hatte ich im Winter zu Kaisa gesagt. Tauno Susi könnte Akkordeon spielen und singen. Valte könnte einen Zigeunerchor auf die Beine stellen. »Junge, beschlage doch du das schwierige Fohlen …« Und Kaisa könnte die Hundestaffel anführen. Ich schätzte, dass wir dafür dreißig Tiere zusammenbekommen würden. Sie würden marschieren wie die Kriegshunde der sowjetischen Armee über den Roten Platz.

Ich könnte endlos weiterlesen. »Und der Herr sprach zu mir: Nimm dir eine große Tafel und schreib darauf mit deutlicher Schrift: Eilebeute-Raubebald.«

Eilebeute-Raubebald! Das ist Poesie.

»Und ich nahm mir zwei treue Zeugen, den Priester Uria und Sacharja, den Sohn Jeberechjas.« Gott sprudelt eine Prophezeiung der Eroberung von Samaria und Damaskus hervor.

Aber dann erzählt Jesaja, dass er seine Frau, eine Prophetin, aufgesucht habe, die schwanger wurde und einen Sohn gebar. Gott befahl, ihm den Namen Raubebald und so weiter zu geben ... Die Propheten waren also miteinander verheiratet, so wie die Architekten und Ärzte. Und ihr Sohn hieß Raubebald. Ein bisschen so wie der estnische Vorname Raivo. Das war die Prophezeiung einer Vernichtung.

Auf diesem Humus begann der Same unserer Zivilisation zu keimen.

Ich habe zu laut gesprochen, dann laut gelacht, denn die Familie unten auf dem Nachbarhof zuckte zusammen und verstummte in ihren Gartenstühlen. Der alte Onkel, ein Zahnarzt, ließ sein Glas fallen, und es zersprang auf dem Pflaster. Ich wagte nicht hinauszuschauen.

»Rüstet euch, ihr müsst doch fliehen, rüstet euch, ihr müsst doch fliehen! Beschließt einen Rat, und es werde nichts daraus, beredet euch, und es geschehe nicht!«

Das gesammelte Schweigen. So hieß meine Rundfunksendung. Sie kam jeden Dienstagabend um sieben im ersten Programm von Yle. Der Name war von Heinrich Böll entliehen, von dem Titel *Doktor Murkes gesammeltes Schweigen*. Das Erste von Yle ist der Sender der ernsten älteren Menschen und der Gebildeten, aber aus irgendeinem Grund wurde meine Sendung recht bald ungeheuer populär. Die abgestumpften Fernsehzuschauer und auch solche Radiohörer, die sonst Radio Suomi oder die Popmusikprogramme hörten, hatten bei Hörerumfragen angegeben, dass sie Dienstagabend auf das Erste umschalteten.

Ich sprach bei dieser Sendung nur wenig. Ich versuchte nur, mir vorher einige wesentliche Fragen zurechtzulegen. Die Hauptrolle spielten der Gast, der in der Sendung auftrat, und sein Schweigen. Das Schweigen verriet viel, ich ließ es zu, dass es sich in die Länge zog, und versuchte nicht, mich mit eigenen Worten einzumischen. Wenn die Stille drückend wurde, stützte ich den Gast nicht mit kleinen, anspornenden Fragen. Nur wenige ertragen das Schweigen lange, sondern offenbaren sich dann, beginnen zu sprechen.

Ich wollte Menschen finden, von denen ich glaubte, sie könnten das Schweigen ertragen – und, mehr noch, sie würden davon inspiriert. Ich dachte, Feiglinge verderben die Sendung.

Mit dem *Gesammelten Schweigen* war ich versuchsweise betraut worden, kurz nachdem ich aus dem Krankenhaus gekommen war. Der Programmchef war ein Freund von

Grab gewesen. Der Mann wollte mich anständigerweise auf andere Gedanken bringen. Er warnte mich: »Das ist nur vorübergehend, eine Sendung von vielleicht ein paar Wochen oder vielleicht drei Monaten, bis der Volksmusikabend wieder zurückkehrt.«

Der Volksmusikabend, der wegen der alten, frivolen Schlittenlieder aus Österbottnien zurückgestellt worden war – der neue Chef von Yle war ein konservativer Laestadianer, obwohl er sich als moderner Geschäftsführer gerierte –, kehrte niemals an den Dienstagabend zurück. Er wurde auf Donnerstag verlegt, denn ich hatte schon angefangen, mit meinem kleinen Rekorder erfolgreich herumzuziehen und Schweigen zu finden, auf das die Hörer ungeduldig warteten.

An jenem Abend, als wir in Kanaan um den großen Tisch der Knookalas herumsaßen, gab es im *Gesammelten Schweigen* meine Entdeckung, die ich in fast unmittelbarer Nachbarschaft gemacht hatte.

Ich hatte an der Bushaltestelle des Kanaanswegs oft einen kleinen, drallen Mann mittleren Alters mit affektierten Gesten und unnatürlich weizengelb gefärbtem Bürstenhaarschnitt gesehen. Schweigen!, dachte ich.

Bald darauf saß ich eines Morgens in dem kleinen Zimmer der Dragqueen Mymmeli Myy, in dem nichts als ein gewaltiges Doppelbett, zwei Paillettenkleider und ein Kleiderständer voller Federschmuck Platz fand. Mymmelis Fensterbrett war voller Ständer mit Perücken – wie Skalpe. Mymmeli gehörte zu den Menschen, die Fächer aus verschiedenen Ländern sammelten und sie an der Wand anbrachten. In die winzige Küche war jemand hineingestopft worden, dessen Zigarettenrauch durch die Ritzen der geschlossenen Tür quoll.

Ich saß am Rand des schwankenden Wasserbetts und hielt meinen Rekorder Mymmeli hin, der mir eine Flasche mit Moltebeerlikör und Dominokekse reichte. Seine Wangen waren mit dunklen Bartstoppeln bedeckt, und in seinen Augenwinkeln hielt sich noch ein Rest Lidschatten vom vergangenen Abend.

Er hielt das Schweigen gut aus, denn er hatte nichts zu verlieren. Später habe ich niemals mehr Moltebeerlikör trinken und Dominokekse essen können, denn einen Monat nach der Sendung wurde Mymmeli erstochen aufgefunden. Er hatte es noch geschafft, auf den Treppenabsatz vor seiner Wohnung zu kriechen, wo er verblutete. Das Blut war bis ins Erdgeschoss getropft, wo die Fußmatte vor der Haustür unter den Füßen der Polizisten quatschte. Der Mörder wurde niemals gefasst. Vielleicht raucht er inzischen in der Küche von jemand anders Kette.

Das Omen war schlecht. Ich dachte später oft daran: dass gerade an jenem Abend, bevor bei den Knookalas die vorbereitende Zusammenkunft für das Wüstenfest begann, Mymmeli Myy das Schweigen in den Äther gepiepst hatte, voll von ängstlichen Sätzen, deren Tonverlauf zuletzt zu einem Krähen anstieg. Um das Schweigen hatte er sich nicht geschert, im Gegenteil, er war ganz aufgekratzt gewesen. Das war das *Gesammelte Gekreisch* gewesen.

Die Sendung war chaotisch, nichts als schrille Töne. Den Knookalas hatte es trotzdem sehr gefallen. Es stellte sich heraus, dass sie den Mann, der Frauenkleider trug, sowohl faszinierend als auch abstoßend, aber überhaupt nicht langweilig gefunden hatten.

Das Ehepaar Knookala, beide Unternehmensberater, war ein paar Jahre zuvor aus Ylistaro zugezogen und hatte sich geschäftig in das Leben von Kanaansland hineingedrängt. Mit österbottnischer Energie hatten die beiden in verblüffendem Tempo das schöne alte Haus mit einem Wintergarten verunstaltet, der sich von der einen Wand bis fast an den Zaun drängte. Anna Knookala erklärte allen Unwissenden, dass so ein Ding in England *conservatory* hieß.

An beiden Seiten des Dachfirstes waren zwei flügelartige, gewaltige Dachvorsprünge angebaut worden, die in die Schlafzimmer der oberen Etage mehr Licht bringen sollten. Den kleinen Garten füllte ein aus Ziegeln gemauerter Grill, so groß wie eine Einzimmerwohnung, in dem es auch ein Gewölbe im spanischen Stil gab. Ein hoher Schornstein qualmte oberhalb dieses Einzimmergrills zum Zeichen dafür, dass die Knookalas dort ständig Schweinefeste feierten. Sie besaßen zwei Autos, die sie alle zwei Jahre wechselten, in diesem Jahr einen Stadtjeep und einen Kombi, beide von Volvo. Der Vorname ihres Sohnes enthielt ein c. Es kann natürlich sein, dass wir ein bisschen neidisch waren auf all das Geld.

Wir nannten den Grillraum *Tschernobyl*, aber das erfuhren die Knookalas nie. Auch jetzt saßen wir, ohne mit der Wimper zu zucken, an ihrem Tisch und tranken ihren Fünfzehn-Euro-Rotwein, wir fünf anderen: ich, Koba, Kobas Frau Suvi-Liina, Uusitupa und Brezel sowie die Tsutsunens.

Wie soll ich diese Leute beschreiben?

Ich habe die Namen unnötig leicht aufgezählt, denn in jenem Sommer bekamen sie Gewicht. Koba, das heißt der Wissenschaftler Ilkka Kärkkäinen. Suvi-Liina Vehmas-Kärkkäinen, die Martha Stewart von Kanaansland, die ihr expandierendes Inneneinrichtungs- und Nahrungsmittelimperium ausbaute. Der Schauspieler Timo Uusitupa, der in dem kurz vor dem Abschluss stehenden, im Bürgerkrieg von 1918 angesiedelten Megafilm *Die Helden von Hennala* die Hauptrolle spielte (Uusitupa ermordet in Hennala, dem Lager für rote Gefangene, den weißen General Mannerheim). Seine Ehefrau Brezel, Konditoreierbin. Autohändler Mikko Tsutsunen, der Tenor der Sänger von Kanaan, ein Tsutsunen aus Sortavala. Alissa Tsutsunen, früher Moskauerin, jetzt Designerin von Unikatkeramiken der Fabrik *Kairo*. Und die Knookalas aus dem Flachland, Antti und Anna.

Tsutsunen äußerte einmal die Vermutung, dass der Erfolg der Knookalas als Unternehmensberater darauf beruhte, dass sie ihren Kunden Furcht einjagten. Aber dumm waren die Knookalas nicht, sondern sie sahen sich selbst irgendwie von außen und hatten die gute Idee gehabt, aus ihrer Herkunft und ihrem Wesen ein Markenprodukt zu machen. Anders als bei ihrem Sohn gab es in ihrem Namen überhaupt keinen fremden Buchstaben: die Knookalas aus Ylistaro.

»Äh, na ja, ein Fisch«, sagte Keränen, als er Anna Knookala zum ersten Mal gesehen hatte, eine dunkle Frau mit mächtigem Rumpf und vorstehenden braunen Augen. Sie bewegte ihr weißes Fleisch langsam wie ein großer, zielstrebiger, aber würdiger Hecht. »Wir vereinigen uns regelmäßig, wir sind glücklich«, hatte sie mir einmal ihre schon aus dem Konfirmandenunterricht herrührende Beziehung beschrieben, während der Morgenstern das schon seit zwölf Stunden andauernde Schweinefest im *Tschernobyl* beleuchtete.

Vereinigen uns, sind glücklich – ja, es geht vorrangig um Familien und um Paare. Ich muss wieder hinter jene erleuchteten Fenster zurückkehren. Und die Rechenoperation ist dies: zwei plus eins, oder vier plus eins, oder sechs plus eins und eins und eins. Ich bin die Eins und natürlich auch einige andere.

Im fortschrittlich gesinnten Kanaan wurden kaum Abba-Partys veranstaltet, zu denen A und B dann B und A einzuladen pflegen und zwei plus zwei und vielleicht noch plus zwei sich immer wieder an den Esstisch setzen, um ihre Refrains zu singen.

Wegen des Fortschritts und der Bildung – Fortschritt und Bildung bedeuten, dass von den Mitgliedern der Paare keines jemals offen eifersüchtig oder misstrauisch ist – waren auch ich und andere, wir Unpaarigen, oft mit dabei. Mir machte die Mathematik nichts aus. Ich war allerdings überraschend auf Koskela gestoßen – und auch wir vereinigten uns regelmäßig, und ich lebte in äußerster Zufriedenheit, denn er kam mit seinem Bibliotheksauto jeden Mittwochabend auf den Galiläa-Platz. Das war alles. O Freiheit!

Aber mein Blick war scharf geworden. Je mehr Schweigen ich sammelte, umso scharfsichtiger wurde ich, und darum geht es ja jetzt. Es wurde mir zur Last. Ich sah mit meinem einzigen Auge allzu viel. Wer ein Auge hat, der sehe. Wer ein Ohr hat, der höre.

Denn letztlich geht es nicht um Familien und Paare, sondern um die Zahl eins. Mein Blick war ein Keil, der die Teile auseinanderschlug. Als Paare hatten wenige etwas zu geben, weil oftmals der eine Teil etwas war, was der andere überhaupt nicht war. Für einen Außenstehenden waren die Kombinationen oft nur im Namen von Höflichkeit und Eintracht zu ertragen.

Eine Ausnahme bildeten in Kanaan die Tsutsunens. Über Glück kann man sich nicht wundern, denn wenn man es sieht, ist es so selbstverständlich. Bei den anderen Paaren überlegte ich manchmal, was sie zusammenhielt, aber ich verstand immer sofort, dass mich das nicht betraf, dass ich keinen Anteil daran hatte und auch nicht haben wollte.

Viele Details bemerkte ich aber doch gleich: die Drehhebel des Alltags, die sich vor und zurück bewegenden Kolben der Gewohnheit, die gut geschmierten Räder gleichbleibender Zuneigung, die Achse von Schutzlosigkeit und Einsamkeit sowie die Spulen der Eifersucht und die Gelenke der Angst, die alles in Gang hielten. So als hätte man am Bahnsteig unter eine alte Dampflokomotive geschaut, während sie langsam vorbeifuhr.

»Zu Beginn eine kleine Korrektur«, sagte Uusitupa. »In *Die Helden von Hennala* stirbt Mannerheim natürlich nicht, so wie einige im Dorf schon spöttisch gelacht haben. Im Drehbuch wirft sich zwischen ihn und die Kugel unter Aufopferung seines Lebens sein treuer kalmückischer Diener, der Mannerheim aus St. Petersburg seit den Zeiten des Regiments der Chevalier-Garde begleitete.«

Uusitupa hob den Zeigefinger: »Und auch damit endet der Film nicht, sondern voraussichtlich mit einer prophetischen Vision, einer kurzen Einblendung von den ersten Tagen des Winterkriegs, wo Mannerheim dasteht, sein Pferd am Zaum hält und neben einem einfachen Soldaten im

Schneeanzug nach Osten blickt. Der Regisseur hat daran gedacht, die Gestalt des Antero Rokka als einen geistreichen Hinweis auf die Zukunft und den großen Väinö Linna zu verwenden ... ›Hör mal, Marski, wir werden schon durchhalten in diesem Krieg!‹«

Uusitupa war ziemlich dumm, so wie es selbst gute Schauspieler oft außerhalb der Bühne oder des Films sind. An Dummheit und Verschlagenheit übertraf ihn nur der Regisseur und Drehbuchautor, der auch die Filmmusik komponierte. Als Thema würde eine sinfonische Bearbeitung von *Der Eid der roten Waise* mitlaufen. Uusitupa würde im Gefangenenlager mindestens drei Lieder singen, und zwar mit dem berühmten Kampfliederquartett aus den Siebzigerjahren als Hintergrundchor; das Quartett würde in authentischen Lumpen auftreten. Die dicke Sopranistin versuchte verzweifelt abzunehmen, denn man hatte schon eine Weile im Gefangenenlager geschmachtet.

»Dieser Film ist die Abtragung meiner Schuld gegenüber der finnischen Geschichte«, hatte der Regisseur im Fernsehen gesagt und zärtlich seine kleine blonde Frau an sich gedrückt. Mehr wollte ich nicht wissen.

Uusitupa rückte mir oft auf die Pelle, biederte sich bei mir an wegen des Schweigens, flirtete und schmeichelte mir so geschickt, dass ich schon ein paar Mal nahe daran gewesen war, ihn in meine Sendung einzuladen. Ich hatte mich jedoch immer ermannen können und es geschafft, ihn weiter, bis ans Ende der Welt, zu quälen, um mich auch für Brezel an ihm zu rächen, die jetzt, belebt von Knookalas teurem Wein, nickte.

Je gleichgültiger man Uusitupa ansah, desto besser, denn Brezel beobachtete feindselig die anderen Frauen, egal, welche. Sie verfügte nicht über den Fortschritt und die Bildung von Kanaan, die zu tolerantem und großzügigem Verhalten in der Öffentlichkeit verpflichten. Aber

Brezel verzettelte vergeblich ihre Kräfte, denn ich hätte meinen Zeigefinger heben und ihr ein in der Ferne zwischen Fliederbüschen schimmerndes, mit Mineritplatten gedecktes Haus zeigen können. Es war direkt von dem Fenster aus zu sehen, an dem wir saßen.

Das Räuber-und-Gendarm-Spiel in Uusitupas und Brezels Ehe befand sich an diesem Abend in einer ruhigen Phase, in der der Bösewicht einen Augenblick lang auf freiem Fuß mit der Polizei fraternisiert. Zärtliche Blicke, Liebesschwüre, Geflüster von einem weiteren Kind, bis das nächste Verbrechen auffliegen und Uusitupa wieder ertappt werden, und Brezel, die in der Familie außer der Rolle der Polizei auch die des Kassenwarts spielte, über Errol Casanova die allerstrengste Strafe verhängen würde: Sie würde den Geldbeutel der Familie wieder zuschnüren, und der Verräter würde auf unbestimmte Zeit an den Bettelstab geraten. Beides war für Uusitupa schwer: die Einehe und das Leben ohne Geld.

Verdrossen wandte ich mein blindes Auge in Richtung Konditorei. Das Glasauge funktionierte oft als gute Irreführung: Es war so gut gemacht, dass ich aufmerksam und höflich wirkte, obwohl jedermann erkannte, dass das Auge kein richtiges war und nichts sah. Dennoch wachte es und beobachtete statt meiner. Ich war Jahwes unverwandtes Auge.

Fürchtete mich Koba, respektierte auch er mich? Er war von uns außer der unauffälligen Brezel der Einzige, der auf den alten Fotos hätte dabei sein können, auf denen Ureinwohner, die ersten Erbauer von Kanaan, zu sehen waren.

Wir anderen waren zu sehr … alles Mögliche. Wenn uns etwas fehlte, dann Genügsamkeit, Bescheidenheit, Stillschweigen. Wir waren selbstbewusste, voluminöse, gut situierte, nach reichlich Nahrung verlangende Hybride, entwickelt aus jenen einheimischen Gewächsen, die früher diese Gärten füllten. Deshalb war es unsinnig, die Knookalas zu verspotten, die einfach genügend Geld und Willen und einen anderen Geschmack hatten. Also, einen schlechten Geschmack.

Das neue Kanaansland war verlogener als Österbottnien. Der dezente und aufgesetzt bescheidene, elegante Stil des heutigen Kanaans setzte regelmäßige, eher solide Einkünfte voraus. Die Häuserpreise waren gestiegen und nur noch für solche Käufer erschwinglich, die zwei Autos besaßen. Und ich wusste, was Sägeware kostete, selbst wenn man sie billig von einem kleinen Sägewerk, das in der Dunkelheit abgelegener Wälder lag, herbeischaffte. Ich hatte ausgerechnet, was es kosten würde, das Dach streichen zu lassen, von einem neuen Blechdach ganz zu schweigen. Ich hatte begriffen, dass Klempner die neue Arbeiteraristokratie darstellten. In meinem Besitz befand sich immer noch eine Quittung über Farben aus der Fabrik, die Traditionsfarben herstellte. Mir wurde klar, dass die Fortführung der

Tradition ein kleines Erbe erforderte. Die Möbel in meinem Hause waren seit siebzig Jahren kaum je gewechselt worden, nicht weil meine Eltern das Alte zu schätzen gewusst hätten, sondern weil niemand in der Familie sich neue leisten konnte.

Armut wandelt sich stilmäßig und wirtschaftlich oft zu einem Gewinn für die nächste Generation. Suvi-Liina war bei mir und bot mir Geldscheine für jeden Geschirr- und Küchenschrank, jeden Tisch und Stuhl. Ich hatte ausgerechnet, dass ich mit dem Verkauf des alten Schreibtischs notfalls Keränen für den Umbau der Veranda und mit dem über hundert Jahre alten Essservice der *Kairo*-Fabrik einen neuen Öltank bezahlen könnte.

Das Geschirr hielt ich wohlweislich versteckt, denn ich hatte den Verdacht, dass Suvi-Liina ebenso habgierig war wie die richtige Martha Stewart. Ich konnte nirgends die alte Milchkanne meiner Mutter finden, die ich auf der Veranda als Blumenvase benutzt hatte.

Es hatten sich erstaunlich viele Fotos vom alten Kanaan erhalten, denn die Stadt hatte bis zu den Kriegen ihr Pachtgrundstücksgebiet fleißig fotografiert. Frauen in den Gärten neben dem Phlox in Kleid und Schürze, mit hervorstehenden Schlüsselbeinen, misstrauisch unter dem Rand des in die Stirn gezogenen Kopftuchs hervorlugend, die Augen tief in den Höhlen. Die Männer um das Fundament herum in Schirmmütze und Stiefelhosen, zum Zeichen der Hitze ohne Hemd, die Hosenträger herabgelassen von den nackten, krummen Schultern. Helfer bei der gemeinsamen Nachbarschaftsarbeit. Hohe Wangenknochen, kurze, magere, ein wenig verzogene Körper, große Hände, ungeduldig wegen der Umstandskrämerei des Fotografen, schon ein wenig aufgestanden, bereit, die nächste Arbeit anzupacken.

Menschen, die so aussehen, bringt die neue Zeit nicht mehr hervor. Auch die Nahrungsmittel sahen fremd aus, denn auf den Tischen erkennt man Milch in Flaschen, einen halben Weizenzopf, einen Kaffeekessel, Roggenbrotscheiben – und Bücklinge? Oder sogar Schweinerippchen?

Außer Koba und Brezel hätten wir anderen nicht mehr in diese Bilder gepasst. Nicht wir, nicht unser Essen und auch nicht die Ausstattung unserer Häuser, sosehr viele auch versuchten, das alte Kanaan nachzuahmen, sodass Suvi-Liina davon sogar reich wurde.

Ich war nicht der Standard, ich sah zu eigenartig aus. Hätte ich auf einem Foto eine Verwandte auf Heimurlaub aus der Irrenanstalt sein können? Uusitupa hätte wie ein Heldendarsteller von *Suomi-Film* ausgesehen, der im Vorbeifahren lediglich einen Abstecher gemacht hatte, um gnädigerweise seine Fans in der Arbeiterschaft zu begrüßen. Suvi-Liina hätte verlangt, dass in der Bildunterschrift ihr Warenzeichen *Schrot und Korn* erwähnt wird, sowie außerdem ein so hohes Fotohonorar, dass man sie überhaupt nicht auf dem Bild hätte haben wollen. Tsutsunen wäre damals Besitzer eines Schuhgeschäfts in Sortavala gewesen. Ihm hätte man selbst in Verkleidung den schuftenden Arbeiter nicht abgenommen, denn er war ein fröhlicher, kleiner Karelier, der es nicht geschafft hätte, die Zementmühle auch nur eine halbe Umdrehung zu bewegen. Er sah immer so aus, als wollte er gerade anfangen zu singen. Alissa? Russen wurden damals überhaupt nicht geduldet. Die Sippe der Knookalas wiederum klirrte zur selben Zeit in Österbottnien mit den Waffen.

Es blieb also nur Brezel übrig, denn unauffällige Menschen haben immer Brot gebacken. Und Koba. Dieser Ilkka Kärkkäinen, der in seinem späteren Leben die Gestalt von J. Dshugaschwili annahm, er wäre auch im Kanaan der Dreißigerjahre heimisch gewesen. Er wäre der Arbeiter gewesen, der nachts in der Bodenkammer Bücher verschlang und sich von der Masse immer dadurch unterschied, dass er wie nur wenige Menschen in jener Zeit eine Brille besaß.

Ich hatte gelesen, was der Revolutionär N. Wereschtschak in seinen Memoiren über das asiatische Gefängnis der Stadt Gory Anfang des 20. Jahrhunderts geschrieben hatte. Dort gab es einen kleinen, schwarzhaarigen und pockennarbigen georgischen Häftling, der in Erwartung der Verbannung durch Handschellen mit einem Kameraden zusammengeschlossen war. »Als er mich bemerkte, lächelte er. Er hatte ein eigentümliches Lächeln, das einem manchmal einen kalten Schauer über den Rücken jagte.«

Wie gut der Revolutionär doch Josef Wissarionowitsch beschreiben konnte, der sich dann in sowjetischer Zeit den Namen Stalin zulegte. Stal wie Stahl. Aber ich war es, die darauf kam, Kärkkäinen den heimlichen Namen Koba zu verpassen, den in Kanaan niemand sonst kannte. Als ich einmal mit Tauno sprach, rutschte mir aus Versehen »Koba« heraus, und der kluge Alte sah mich einen Moment prüfend an, ohne etwas zu sagen.

Sonst hat wohl kaum jemand den Zusammenhang bemerkt: Er hatte dieses Lächeln und das gutmütige, immer schmunzelnde, entrückte Zusammenkneifen der Augen, das dem Gesicht eine freundliche, väterliche Wärme gab. *Sei gegrüßt, Ukraine, woge im Winde, goldene Kornkammer Russlands du! Ich aber dünge derweil das Vaterland mit meinem Blut.*

Der junge Ilkka Kärkkäinen war jedoch alles andere als klein, schwarz und pockennarbig gewesen. Er war ein rundgesichtiger, bebrillter Student der Politikwissenschaft mit Bürstenschnitt aus Viitasaari, der stille und begabte Sohn einer Kleinbauernfamilie. Ich hatte ihn im Studienkreis der akademischen Sozialistengesellschaft kennengelernt, wo er trockene und kluge Vorträge über die Spaltung der kommunistischen Partei und die Bedeutung des Klassenkampfes im Finnland der Gegenwart hielt.

Kärkkäinen verblasste jedoch bald in meiner Erinnerung, weil ihm die siegessichere, wütende Glut fehlte, die in den anderen Jünglingen der Bewegung vorhanden war und die wir damals mit Erotik verwechselten. (In der Glut der Trotzkisten und Maoisten lag keine Erotik.) Er geriet auch deshalb in Vergessenheit, weil die AUFGABE so viel Zeit in Anspruch nahm. Als sie dahinschwand – bei mir war es der Verkauf der Zeitschrift *Fackel* vor der Nationalen Aktienbank am Mannerheimweg –, schwand auch die Erinnerung an Kärkkäinen.

Da uns aber die Geschichte immer im Nacken sitzt, kehrte auch Kärkkäinen in mein Leben zurück.

Die Politikwissenschaftler interessierten sich umso mehr für die ersten Jahrzehnte des jungen Finnlands, je älter und krummer das Jahrhundert wurde. Die allmählich verschorfende, schwärende Wunde des Bürgerkriegs war keineswegs geheilt, und allmählich musste man einsehen, dass die Entzündung nur dadurch zum Abklingen gebracht werden konnte, dass man diejenigen Dinge, die falsch berichtet oder interpretiert, verschwiegen oder vergessen worden waren, mitsamt den Wurzeln ausgrub. Auch die Kirche begann, die Denkmäler und namenlosen Massengräber der unterlegenen Roten zu segnen. Die Männer der Arbeiterbewegung wiederum begannen zu mutmaßen, dass man auch für den roten Terror um Verzeihung bitten könnte.

Diesem langsam wachsenden, vielstimmigen Chor schloss sich auch Ilkka Kärkkäinen mit seinem Gesang an.

Bekanntlich flüchteten die unterlegenen Roten nach dem Bürgerkrieg von 1918 in hellen Scharen nach Sowjet-Russland, vor allem in die Karelische Sozialistische Sowjetrepublik, und verschwanden dann in den Dreißigerjahren während des stalinschen Terrors spurlos. Dieses Thema war für die Kommunistische Partei Finnlands, die nach den Kriegen aus dem Untergrund auferstanden war, gelinde gesagt, heikel. Über das Schicksal der Gesinnungsbrüder und -schwestern – manche von ihnen waren richtige Verwandte – war lange geschwiegen worden, weil es schwierig war, sich in die inneren Angelegenheiten des Nachbarn einzumischen und weil es unter denjenigen, die die eigenen Leute denunziert hatten, allzu viele bekannte finnische Namen gab.

Kärkkäinen begann, sich mir von Neuem zu zeigen, zuerst nur auf Pressefotos und in Zeitungsartikeln, denn er promovierte in den Achtzigerjahren über diese Flucht der Roten nach Sowjet-Russland. Die Dissertation war Qualitätsarbeit, umfassend, detailliert, insgesamt von hohem Niveau. Kärkkäinen hatte im Lauf der Jahre alle verfügbaren Quellen in Moskau, in der DDR und in Finnland gesichtet. Die Untersuchung wurde mit »sehr gut« bewertet, und eine Zeitlang erregte sie überall Aufmerksamkeit, auch dort, wo ich damals wohnte.

Es hätte wohl so kommen können, dass Kärkkäinen danach zu einem Wissenschaftler unter vielen anderen abgesunken wäre, zu einem U-Boot, das dann und wann auftaucht, um seine Forschungsergebnisse vorzustellen. Aus dem »Forscher« und »Sonderforscher« wurde gerade zu jener Zeit eine respektierte, das gesellschaftliche Denken befruchtende Kraft, eine Quelle für die Information und das Vertrauen der Medien, da aber deren Anzahl sich ungeheuer vermehrte, war es mitunter schwierig, sie voneinander zu unterscheiden. Im neuen Kanaan wohnten vierzehn Wissenschaftler, einschließlich der Sonderforscher.

Aus Kärkkäinens U-Boot wurde tatsächlich – na, ein Zeppelin, eine Weltraumrakete, ein Satellit? Auf jeden Fall etwas, das man nicht übersehen konnte. Kärkkäinen bekam Wind von einer achthundert Seiten umfassenden Studie, die die Kommunistische Partei der Sowjetunion der Führung der Kommunistischen Partei Finnlands im Jahre 1960 hatte zukommen lassen. Darin waren die Schicksale der in den Zwanziger- und Dreißigerjahren in die Sowjetunion ausgewanderten finnischen Kommunisten und Überläufer detailliert und mit Nennung der Namen aufgeführt, soweit sie hatten geklärt werden können.

Später bestätigte sich das. Die finnische KP hatte tatsächlich schriftlich quittiert, die Studie von der Bruderpartei bekommen zu haben. Die hatte den Wunsch geäußert, dass den Verwandten der Verschwundenen deren Schicksal erklärt wurde. Mehr Aufhebens brauche man von der Sache nicht zu machen.

Für die Partei war die Sache peinlich, denn sie hatte die Traumata der Stalinzeit nicht einmal in dem Tempo aufarbeiten können, wie es in der Sowjetunion geschah. Diejenigen, die in der Partei Ende der Fünfzigerjahre versuchten, die Mauer des Schweigens zu durchbrechen, wurden brüsk abserviert. Es gab zu vieles, über das nicht diskutiert werden konnte. Die Papiere mit der Studie, die die Russen übergeben hatten, wurden niemals gefunden, denn sie waren aus dem Hauptquartier der Partei, dem Kulturhaus in Helsinki, verschwunden.

Koba hatte eine detektivische Jagd auf diese Papiere begonnen, die umso heftiger war, da einige andere dasselbe taten. Sein ganzes Leben lang hatte Koba Stipendien erbettelt und von befristeten Tätigkeiten gelebt, und gerade jetzt hatte er ein Stipendium der Finnischen Akademie der Wissenschaften für ältere Forscher bekommen. Das garantierte ihm wieder für einige Zeit die Ruhe zum wissenschaftlichen Arbeiten – die neuerlich geschlossenen Archive öffnete es freilich nicht.

Über sein aktuelles Forschungsvorhaben verlor er niemals ein Wort, aber allgemein herrschte die Vorstellung, dass Dozent Kärkkäinen eine Spur hatte. Eine Spur!

Auf Pressefotos hatte ich gesehen, dass er sich einen Schnurrbart hatte wachsen lassen und dass die dicken Brillengläser auf den meisten Fotos verschwunden waren. Trug er tatsächlich Kontaktlinsen? Oder hatte er sich seine kurzsichtigen Augen in Moskau operieren lassen, wo solche Operationen schon in den Achtzigerjahren gemacht wurden? Als wir uns vor ein paar Jahren zum ersten Mal in Kanaan trafen, pflegte er schon die Augen zusammenzukneifen und schmunzelnd zu lächeln. Er blinzelte wie jemand, der schon so lange eine Brille getragen hat, dass er ohne das auf der Nase schwankende Gestell nicht mehr ordentlich sehen zu können glaubt. Die alte Entrücktheit und Reserviertheit waren jedoch noch da. Koba näherzukommen war ebenso schwierig wie früher.

An mich erinnerte Koba sich nicht, denn ich hatte mich noch mehr verändert. Und jetzt bei den Knookalas schmunzelte er auch nicht, sondern machte, die Stirn in Falten gelegt, eine Liste der Sponsoren des Wüstenfests oder, besser gesagt, von den Leuten, die Kontakte hatten. Koba war kein altmodischer, unpraktischer Intellektueller. Er wusste, dass die beiden Unternehmensberater Knookala mit ihren Geschäftsbeziehungen gute Mittelbeschaffer waren, und so hob er höflich sein Riedl-Rotweinglas und bewunderte die Farbe des Weins. Auch Koba hatte sich zum Weinkenner gemausert, sachkundig kostete er den südafrikanischen Cabernet und nickte anerkennend. Er war der Erste, der sich in seinem Haus einen Weinkeller hatte mauern lassen, als nach dem Übergang zur Fernheizung im Keller Platz geworden war. Ich heizte immer noch mit

Öl und scherte mich nicht um die Möchtegern-Weinverkoster, aber auch ich konnte mich bei Bedarf schmeichlerisch geben.

Schmeichlerisch! Das waren wir alle an jenem Abend. Wir fanden, dass das Wüstenfest immer wichtiger wurde. Vielleicht tilgten wir damit unsere Schulden bei der Geschichte.

Heute gießt es in Strömen, ich liebe regnerische Tage, aber die Tropfen schlagen gegen mein Fenster wie warnende Finger: Poch, poch, poch auf Holz! Ein Unglück kann nahe sein. Hüte dich! Die Apfelblüten fallen ab. Ich bin in den Zimmern zerstreut auf und ab gegangen und beim Sitzen hin und her gerutscht, ohne meinen Platz zu finden. Eine seltsame Unruhe hat sich in meinem Körper eingenistet.

Ich bin auf der Suche nach Lebensmaximen und habe mir in Koskelas Bibliotheksauto ein Buch mit Betrachtungen ausgeliehen: Man sollte nicht in die Räume der Vergangenheit zurückkehren, unabhängig davon, ob die damit verbundenen Erinnerungen glücklich oder unglücklich sind.

Es geht nicht um Treulosigkeit oder Gleichgültigkeit, sondern nur um eine Diät. Die Seele erträgt keine ranzige, verdorbene Nahrung! Die Seele muss man mit Neuem, Frischem nähren.

Der Welt gegenüber muss man solidarisch sein, aber sich daran erinnern, dass man ihre Gesetze in keiner Weise ändern kann, denn die Welt ist hoffnungslos.

Außerdem erfüllt sich das Schicksal anders, als man denkt.

Kein Donner, keine Flammen, Blitze, Posaunen oder Hörner. Jesaja ruft, dass dann die Sterne des Himmels und der Gürtel des Orions nicht mit ihrem Licht leuchten und die Sonne beim Aufgehen dunkel sei … Sie taugt also nur zur Vernichtung Babels.

Aber wir, wir müssen vielleicht feststellen, dass das Schicksal sich zu benehmen weiß.

Ich hatte mir aus Kanaansland ein Glanzbild geschnitten, das ich während all der Jahre hegte und pflegte, als ich woanders wohnte. Das ist nötig, wenn man weg ist, denn ich glaubte, dass, wenn man irgendwo ankern muss, die Ankerklaue sich an den Erinnerungen festhaken muss. Wenn die Gegenwart ständig schwindet wie Rauch und es die Zukunft noch nicht gibt, dann fällt es mir schwer, diejenigen zu verstehen, die ihre Vergangenheit, die Menschen, das Land oder den Ort, wo sie gelebt haben, verleugnen. Wir haben nur die Vergangenheit. Wenn man sie nur erst überstanden hat. So habe ich damals am Anfang zu Grab gesagt.

Erst wenn man wieder in das Glanzbild eintreten und es leben muss, kommen Schwierigkeiten. Das verstand ich sehr bald, nachdem ich zurück nach Kanaan gezogen war. Trotz des Hauses, das mich zwischen seinen Wänden aufnahm wie eine lang Ersehnte, trotz Grab, der zufällig in einem der Zimmer des Obergeschosses saß wie ein Erlöser, überraschend aufgetaucht wie aus einem Osterei, kein Talmiring, sondern ein echter. Trotz jenes unverhofften Gefühls von Freiheit, das sich in einem bestimmten Alter einstellt.

Ich hatte nur nicht begriffen, dass die Rückkehr Zugeständnisse und Schwierigkeiten bedeutete, denen Leute eines bestimmten Alters nicht recht gewachsen sind. Zunächst irritierende Kompromisse zwischen Geselligkeit und Alleinsein. Bald Ernsteres: unvorhergesehene Geldströme, die in den Unterhalt des Hauses fließen – ich hatte ständig Schulden bei meinem großzügigen Zimmermann Keränen –, dann das Erbitten von Hilfe bei den Nachbarn und ebenso, ihnen Hilfe zu leisten. Dann Grabs Tod, dann die wachsende Beliebtheit der *Schweigen*-Sendungen, die mich bald durch die Stadt und schließlich durch ganz Finnland hinken ließen, sodass ich, um mein Gleichgewicht zu bewahren, begann, immer tiefer ins Glas zu gucken.

Schließlich hinkte ich, tastete mich voran und verdrehte mein sehendes Auge in hektischer Geschäftigkeit, denn das Glanzbild begann, sich zu verändern, zu verzerren, anzuschwellen und zu schrumpfen. Ich war mir nicht mehr sicher, wo ich war. Woran erinnerte mich das? An das einzige Mal vor langer Zeit, in meinem Abitursommer, als ich eine halbe LSD-Pille genommen hatte und eine meiner Fingerspitzen anstarrte. Sie dehnte sich aus zu einer erstaunlich rosafarbenen, gewellten Hügel- und Tallandschaft, durch die sich regelmäßige hellbraune Ackerstreifen schwangen. Vor Wut heulend flog ich los, diese Streifen entlang, dem am Horizont glühenden, blutroten Sonnenuntergang entgegen – dort würde der Vietnamkrieg sein. Beziehungsweise der Rand meines lackierten Fingernagels.

Am Abend der Planungsversammlung hatte ich drei Glas Rotwein getrunken und war von den Knookalas fortgegangen, fast unmittelbar nachdem wir uns über die Personen und Firmen geeinigt hatten, von denen das Geld beschafft oder erbettelt werden sollte. Ich wusste, dass Poika und Sulevi wie ein unproportioniertes, struppiges Sphinxenpaar aus der Hölle nebeneinander auf der Matte des Vorraums liegen und vorwurfsvoll die Haustür anstarren würden.

Zu Hause sah ich, dass Keränen schon die ganze alte Veranda abgerissen und einen Teil des Rahmens für die neue gezimmert hatte. Die alten Fenster hatte er fein säuberlich unter dem Fliederbusch gelagert. Ich würde deren Rahmen reinigen und neu kitten und streichen. Wir hatten einen Zeitplan, Keränen und ich, eine Arbeitsordnung, in der erst Ende Juli eine Pause eintreten würde, wenn Keränen in seine Heimatgegend in die Moltebeersümpfe fahren würde, um Geld zu verdienen.

»Um mit Thailändern und Russen zu konkurrieren«, sagte er. Keränens Talent, Geld zu machen, war phänomenal, zum Glück, denn, wie gesagt, er fungierte als meine Bank.

Vorsichtig kletterte ich die Stufen hinauf, denn Wein zu trinken war für eine Einäugige und Halbtaube fataler als für andere. Man kann nicht das eine Auge zusammenkneifen, um besser zu sehen. Ich hätte die Anfangszeiten im neuen Kanaan niemals überlebt, von denen die Legenden berichteten, dass in jedem Hause der selbstgemachte Apfelwein der jungen Paare in trüben, starken Strömen floss und dass die im staatlichen Alkohol-Laden gekauften Getränke namens Stierblut und Ungarischer Weißwein die normale Weinkenntnis und Beaujolais deren höchste Stufe darstellten.

»Die ursprüngliche Hochzeit von Kana war im Vergleich dazu wie eine halbe Flasche Bier nach der Sauna«, erläuterte Tauno Susi.

Jetzt kam ich ganz gut zurecht, weil die Weine der Leute zum Verschwenden zu schade waren. Trotzdem zog ich mich manchmal am Treppengeländer zu meiner Tür hinauf, denn oftmals fanden sich doch noch irgendwo die Sechs-Euro-Flaschen, die man dem Besuch nicht als Erstes anbot. Oder es gab noch Vana Tallinn oder japanischen Sake oder eine seltene Delikatesse aus einer kleinen schottischen Brauerei, die hinten im Wäscheschrank für einen wirklich wichtigen Anlass versteckt worden war, der sich genau dann ergeben hatte.

Drei Neusiedler von Kanaan hatten Abstinenzler werden müssen, weil die Ärzte ihnen mit Hirnschäden oder der Verwüstung ihrer Leber Angst gemacht hatten. Die Leisetreter und diejenigen, die ihrer Ansicht nach mäßig tranken, bedauerten sie insgeheim oder auch offen, so wie Tauno, der das Nachbarhaus durch das erste Glas goldbraunen Branntweins spöttisch zu betrachten pflegte.

»Man muss es verstehen, so zu trinken, dass man nicht aufzuhören braucht«, zitierte er seinen Lieblingsschriftsteller, der aus Rovaniemi stammte. Der Glückseligkeitsforscher wiederum sagte dasselbe andersherum: »In welchem Alter kann man anfangen, ordentlich zu picheln?« Es sah so aus, als hätte er in diesem Sommer das Alter erreicht.

Das Glanzbild. Wenn es nicht die Leute gäbe, würde es unversehrt und glänzend bleiben, mit seinem Goldstaub und allem.

Ich wickelte mir die Leinen von Poika und Sulevi ums Handgelenk und machte mich hinkend auf den Weg in die von blühendem Flieder und Apfelblüten schäumenden Straßen. Die Fenster waren leblos und erloschen, denn die Dunkelheit war noch nicht gekommen, und auch die Dämmerung dauerte in den frühen Morgenstunden so gegen drei nur einen Augenblick. Es war einer der beiden Monate des Jahres, in denen die Zeit ihre Bedeutung verliert. Im Juni ist das Licht so gewaltig und im Dezember die Dunkelheit so undurchdringlich.

Der süße, wunderbare Schmerz bedarf sehr besonderer Umstände, damit man ihn hervorholen und vorsichtig streicheln kann. Es war Zeit, Grabs zu gedenken.

Zunächst einmal schicke ich gleich voraus, dass Grab gestorben war. Er war nicht deshalb Grab, weil er tot war, sondern deshalb, weil er Gravenberg hieß und weil er sich am Telefon fröhlich mit »Grab!« zu melden pflegte.

Grab war so tot, dass ich von ihm nur noch einen einzelnen Schuh besaß, dessen Spitze von einem damals schon bräunlichen Blutfleck geziert wurde. Grab war also eigentlich SCHUH.

Wir saßen eng umschlungen in einem Zug der Metro, der von Hakaniemi nach Sörnainen fuhr. Ich lehnte meinen Kopf gegen seine Schulter. Er trug ein löwengelbes Gabardinesakko, um den Hals ein grünes Halstuch, an den Beinen schwarze Hosen aus feiner Wolle und braune Schnürschuhe. Das waren Brogue-Schuhe. »Brogue« heißt: ein fester Schuh mit runder Spitze, dessen Oberleder mit Lochmustern verziert ist. Einen davon hatte ich also jetzt in meinem Schuhgestell, über dem an einem Haken die Halsbänder längst gestorbener Hunde hingen.

Er wurde aus meinen Armen geschleudert wie jemand, dessen Abgang einen definitiven Zweck und ein genaues Ziel hat, so als hätte jemand anders ihn irgendwo sehr weit fort im Weltraum aus meiner Umarmung fortgesaugt, jemand, der ihn für eine unbekannte, aber sehr wichtige Aufgabe brauchte, die uns anderen Reisenden des Metrowaggons – und auch der ganzen übrigen Welt – niemals offenbart werden würde.

So wollte ich mir das vorstellen während jener langen Monate, da ich im Krankenhaus lag und zu einer Hälfte wiederhergestellt wurde. Ich wurde also nicht nur zur Hälfte, sondern immerhin zur Hälfte wiederhergestellt.

Grab wurde nicht einmal ein Sechzehntel oder ein Zweiunddreißigstel, denn von ihm und zwei weiteren Metrofahrgästen blieben nur einige Fetzen übrig, die man in die Särge einsammeln konnte.

Grab wurde ins Grab gelegt. Grab in der zweiten Potenz. Ich bekam einen Schuh, weil, nachdem man die Spuren der Bombe in der Metro beseitigt hatte, bei der Polizeiverwaltung alle möglichen Sachen für die Angehörigen zusammengetragen worden waren. Etwas anderes gab es nicht, nicht einmal das grüne Halstuch, das ich gern getragen hätte, weil sich in dessen Fäden der Puls seiner Halsschlagader erhalten hätte.

Seht mich an. Ich hinke schief, eine Einäugige und Einohrige, ein verdorrender Baum, der Kopf ein grauer Schopf wie ein wuchernder Flechtenbusch. So kam ich schließlich heraus aus jenem Metrowaggon, allein, in der Hand einen braunen Brogue-Schuh.

Betreten hatte ich den Waggon als Teil eines Paares, aber unversehrt. Am Finger hatte ich den ersten Verlobungsring meines Lebens getragen und mich kindisch darüber gefreut. Ich hatte meine Jugend in einer Zeit verlebt, da die Verlobung ein kleinbürgerliches Symbol war und die Klassengesellschaft unterstützte, die bald untergehen würde.

Die Gesellschaftsform ging nicht unter, meine späte Verlobung dagegen schon – nicht einmal der Ring verblieb mir, denn er musste mir im Krankenhaus vom Finger geschnitten werden, als meine Hand operiert wurde. Dann verschwand er gänzlich. Eine OP-Gehilfin bestahl die Patienten.

An jenem Juniabend war ich schon eine routinierte Hälfte, vielleicht könnte man sagen, eine getrimmte, und ich richtete mein einziges Auge auf den Garten des schön verblassenden blauen Hauses. Die das Haus umgebende Fliederhecke war alt und üppig, und die Blütendolden standen aus den Büschen hervor wie weiße, längliche Lampen, die die Sommernacht mit ihrem verschwenderischen Duft beleuchteten. Poika blieb stehen und starrte träumerisch einen Igel an, denn seine Kindheit auf einer Moskauer Metrostation hatte ihm Anreize anderer Art geboten. Er hatte neben seinem Rückgrat Brandnarben von Zigarettenstummeln.

Koba und Suvi-Liina standen in ihrem Garten einander gegenüber, zwei hochgewachsene Menschen, gespannt aufgerichtet, sodass sie noch größer wirkten. Jetzt beugten sie sich vor, sodass sie einander ganz nahe kamen, und sprachen mit so leiser Stimme, dass ich nur ein heftiges Zischen hörte. Suvi-Liina vollführte mit der Hand in der Luft eine eigenartig schneidende Bewegung, kurz und heftig, und ihr weißer Haarhelm schwang in die Luft wie in der Shampoowerbung. *Suvi-Liina Veh-mas vertraut nur auf Schrot und Korn. Schrot und Korn verleiht auch ihren Haaren den goldenen Schimmer eines tavastländischen Weizenfelds. Die ätherischen Öle von Schrot und Korn, die aus dem heimischen Boden erwachsen, streicheln die Haare der finnischen Frau wie die Hand des Hausherrn von Niskavuori.*

Koba stand nicht im Banne von *Schrot und Korn* – erhältlich auch als fertiges Brot, als garantiert frisches Mehl einer kleinen Mühle, demnächst auch als Hautpflegeserie – er stand schweigend da, und nur seine Hände verrieten etwas: Sie ballten sich zur Faust und öffneten sich wieder. An seiner rechten Hand glänzte ein dicker Trauring aus Weißgold. Koba war vor ein paar Jahren zur Orthodoxie konvertiert und hatte seinen Ring vom linken Ringfinger an den rechten gesteckt. Getreulich hielt er sich an den geheimen Namen, den ich ihm gegeben hatte: Auch der Georgier, dessen Lächeln einem kalte Schauer über den Rücken jagte, hatte als Priesterseminarist begonnen.

Aus meinem Fenster im oberen Stockwerk sah ich an den Abenden direkt hinunter in das Wohnzimmer der Kärkkäinens, wo Koba sich vor seinem Ikonostas verneigte und die silbernen Beschläge der Ikonen bald aufblitzten, bald erloschen, wenn Kobas ergrauende Bürste davor schwankte. Gib, Herr!

Jetzt aber hob er die rechte Hand, jedoch nicht, um über Suvi-Liinas Gesicht das Kreuz zu schlagen, sondern um seiner Frau eine Weizenhaarsträhne aus dem Gesicht zu streichen. Er strich, beugte sich noch näher zu ihr, schlang seinen dicken, dicht mit blonden Härchen bewachsenen Arm Suvi-Liina um den Hals und drückte seinen Mund auf den seiner Frau. Ein zärtlicher Kuss war das nicht, vielmehr ein langer Biss. Ich sah, dass Suvi-Liina sich losreißen wollte und versuchte, den Kopf zurückzuziehen, doch vergeblich, sie streckte die steifen Arme seitlich aus, um das Gleichgewicht zu bewahren, gab dann aber nach und entspannte sich, stand ganz still da.

Ich, die Spionin im Hause des Hasses, wagte nicht, mich zu rühren. Die Hunde standen da wie Salzsäulen. Als Koba schließlich seinen Griff löste, sah ich, dass von Suvi-Liinas geplatzter Lippe ein kleiner Blutstropfen in ihr niedliches Kinngrübchen rann.

Damit begann der Sommer, sich zu entrollen, so als würde vor uns ein großer, bestickter Teppich ausgebreitet, den wir betreten sollten. Er begann am Johannistag und endete Ende August mit dem Wüstenfest. Alles, was wir planten, wurde verschwenderisch und vielfältig umgesetzt, daraus entstand viel mehr, als wir uns auch nur hatten vorstellen können. Unter den Fliederbüschen zeichnete sich im Juni schon die goldgelbe Ähre ab, verziert mit roter Farbe.

Komm, dicke Nacht, in schwarzen Höllendampf gehüllt ...

Endlich einmal kann ich aussprechen, was mir in den Sinn kommt. Bloßes Zuhören ist Luxus, aber es verändert den Menschen: Ich beginne zu vergessen, wie man Stimme erzeugt. Mir schnürt sich die Kehle zu, die Lippen kleben aneinander. Ich verachte allmählich die Produktion von Lauten, weil die Stille so volltönend ist und man so genau auf sie hören muss, weil sie die Wahrheit spricht.

Worum geht es hier? Hat dieser schöne Koffer einen doppelten Boden? Wird darin etwas Geheimes transportiert?

Oder es gibt nur das Leben, keinen Pfeil, keinen Wegweiser, der irgendwohin zeigen würde, kein Leitthema.

Ich war lange heraus aus so einem Alltag. Ich sollte flexibler sein.

In Anlehnung an den Ungarn: Man sollte nicht leugnen, dass man Schweinerippchen mit Bohnen und Pommes mag, obwohl man auch die Wolken liebt. Der Mensch ergötzt sich an anderer Leute Qualen, aber auch an Zeichentrickfilmen von Disney. Wir kehren immer wieder in die herbstlichen Wälder zurück, aber meistens sitzt der Mensch doch in Gesellschaft, bei jemandem in der Küche, auf der Tischkante, mit einem Glas in der Hand, fern von den gelben Flammen der Birken und der roten Glut des Ahorns.

Ich sehne mich nach Licht, aber die Stromrechnung lässt mich aufbrüllen. Mein Herz sehnt sich nach Unendlichkeit, aber ich strenge mich unmäßig an, um in der Straßenbahn schwarzzufahren, sooft ich nur kann.

In Afrika ist ein körperlicher Schaden ein Nebenprodukt des Lebens, keine Schande. Es ist besser für dich, als Einäugiger ins Leben zu gehen, als …

Aber sind ein blindes Auge, ein taubes Ohr und eine unbrauchbare Hand nicht doch nur die halbe Wahrheit? Ich weiß, dass ich ihrer Ansicht nach erbärmlich wirke. Doch nie höre ich Mitleid in ihrer Stimme, höchstens munteres Mitgefühl. Das ist der offizielle Sprechstil von Anstalten. Im besten Fall.

… der Himmel nicht, den Vorhang der Finsternis zerreißend, rufe: Halt!

Halt inne!

Wie viel ich noch auswendig weiß.

Wieder starrt er, jetzt am Fenster seiner Veranda.

Wir gehörten zur Intelligenz. Ein Zeichen dafür konnte auch die Tatsache sein, dass viele Neu-Kanaaniter einen akademischen Abschluss hatten, und in mehreren Häusern gab es auch schon Doktoren, die mit über fünfzig promoviert hatten. Selbst Uusitupa war Magister der Bühnenkunst, und auch Tsutsunen hatte die Handelshochschule absolviert, bevor er sich an die Vergrößerung des Geschäfts seiner Eltern machte, das sie nach den Kriegen in Helsinki neu eröffnet hatten. Dessen Name wurde niemals geändert. Die deutschen Autowerke hätten als Namen sehr gern »Autohaus Tsutsunen« gehabt, doch nein. Er lautete »Schuhe und Autos aus Sortavala«.

Die Bescheidenheit und seine Treue zum Karelien der Väter gereichte Tsutsunen zu Sieg und Erfolg. Außer deutschen Autos wurden dort, des Namens wegen, teure Schweizer Wander- und Freizeitschuhe verkauft.

Ein Kennzeichen der Intelligenz war es auch, dass wir uns den noch lebenden Ureinwohnern gegenüber interessiert, freundlich, wenn nicht sogar betont wohlwollend gaben. So als argwöhnten wir, unbemerkt von uns selbst, dass nur das alte Kanaan wirklich real gewesen und das neue Kanaansland doch nur eine sorgfältig aufrechterhaltene Kulisse sei und dass wir uns ähnlich wie die Einwohner von Suomenlinna zwischen historischen Requisiten bewegten, deren Kulissen aus Stein und dreihundert Jahre alt sind.

»Deshalb denken hier alle, dass sie irgendwie ein bisschen außergewöhnlich sind«, hatte einmal ein auf der Insel lebender Künstler in der *Schweigen*-Sendung lachend gesagt.

Und sicherlich deswegen sah uns der Klempner Tauno Susi mit schiefem Lächeln an. In seinem Wohlwollen lagen vierzig Prozent Bitterkeit, und das hielten wir gut aus, denn es steigerte sein Charisma. Das und seine große Allgemeinbildung. Mit Koba konnte er stundenlang gleichberechtigt streiten, Fakten kombinieren, jede Menge Details und noch kleinere Einzelheiten so lange beisteuern, bis Kobas Sei-gegrüßt-Ukraine-Schmunzeln gänzlich verschwand, er im Gesicht ganz rot wurde und so heftig blinzelte, dass er eher an Stan Laurel erinnerte.

»Genosse Kärkkäinen«, sagte Tauno Susi spöttisch, ein wenig gleichgültig, und entkorkte knarzend die zweite Branntweinflasche, »in der Moskauer Parteischule gab es in den Fünfzigerjahren vermutlich bessere Lehrer als später. Wenn du, Genosse, die Politik von Yrjö Leino nicht besser begründen kannst …«

Nicht, dass Tauno irgendeine Parteischule besucht hätte, aber er war oft genug mit Delegationen des Arbeitersportvereins TUL im Nachbarland gewesen und hatte fließend Küchenrussisch gelernt, sodass er sich auch mit anderen Leuten als Hammerwerfern verständigen konnte.

Keränen hatte einmal diese Pseudo-Erinnerungen belächelt und mit einem kleinen Lacher Tauno zur Weißglut gebracht. Da trafen Suomussalmi und Helsinki unter heftiger Reibung aufeinander, denn Keränens Mutter Aino war schon mit fünfundzwanzig Jahren eine der Spitzenfrauen der Ortsgruppe der Volksdemokraten gewesen und in der zweiten Hälfte der Fünfzigerjahre tatsächlich für ein Jahr in die Sowjetunion in eine Parteischule gekommen. Erst von der Schulküche in die Sirola-Bildungsstätte und von dort gleich als Kreissekretärin auf die Rednertribüne.

Keränen zitierte seine selige Mutter: »Alles war schwierig. Aus mir is keine Theoretikerin geworden. Die Entstehungsgeschichte des Menschen, als er da so aus'm Meer kam! Und in der Sirola-Bildungsstätte sollte ich mich gleich zu Anfang ans Rednerpult stellen und sprechen. Und all die Großkopferten hörten zu. Aber ich hab da auch was mitgekricht.«

Und dann nach Moskau.

»Im Dezember hatte sie von dem Stipendium schon das Geld für einen Moskwitsch gespart, als sie zu den Weihnachtsferien nach Hause kam. Sie kam wie der Weihnachtsmann, sie brachte eine Uhr mit, Schlittschuhe und ein Grammophon zum Aufziehen«, erinnerte sich Keränen an das glücklichste Weihnachtsfest der Hinterwäldlerkommunisten.

Aber Taunos Belesenheit war tatsächlich blendend, und er schämte sich nicht, noch mehr zu lernen. Die Susis schafften sich eigens eine Digibox an, als der Themakanal von Yle mit der Ausstrahlung von Klassikern des sowjetischen Kinos anfing. Tauno arbeitete sich durch das Handbuch durch, das ein Diplomingenieur aus der Nachbarschaft vor Wut zerrissen hatte (brüstete sich Tauno), und lernte tatsächlich, wie man aufzeichnet. Sylvi Susi erzählte, dass Tauno sich den nach Scholochows Roman gedrehten dreiteiligen Film *Der stille Don* innerhalb von einer Woche viermal angesehen habe. Oder, wie Tauno sagte, Тихий Дон.

Ein ganz spezielles Kennzeichen der Intelligenz war es natürlich, dass wir uns im mittleren Alter wieder den Traditionen zuwandten. Wir holten die Jahre auf, in denen nur der Erste Mai und der internationale Frauentag, der Jahrestag der Oktoberrevolution und Neujahr akzeptierte Feste waren. Wir machten einen geschmeidigen Sprung zurück und dann einen vorwärts, und sieh mal an, was wir mitbrachten: alles, was wir einmal verworfen hatten, Weihnachten, Ostern, den Muttertag, Mittsommer, den Vatertag, den Unabhängigkeitstag und Fastnacht. Die Geburtstage hatten wir allerdings immer gefeiert; da wir nichts anderes gehabt hatten, veranstalteten wir vom dreißigsten an von Jahrzehnt zu Jahrzehnt immer üppigere Feste, deren Ausmaß und Kosten gemeinsam mit den Lebensjahren wuchsen.

Vom letzten Mittsommerfest in Kanaan gibt es eine Videoaufzeichnung. Das letzte Mittsommerfest und das vorletzte Fest in Kanaan. Nach dem Wüstenfest haben wir uns nie wieder versammelt.

»Es kam die Vernichtung des Tempels von Jerusalem«, sagte Tauno Susi.

»Das erwählte Volk wurde zerstreut. Es blieb kein Stein auf dem andern, so im geistigen Sinn.«

Es war Uusitupas Idee, in dem Sommer zu filmen – das Tilgen unserer Schuld bei der Geschichte nahm verschwenderische Ausmaße an, denn wir planten, erfüllt von unserem eigenen Dampf, die Aufzeichnungen dem Stadtarchiv zu schenken. Dorthin gelangten sie jedoch niemals, sondern landeten bei mir im Keller unter der Hobelbank. Im Keller, unten, am Grund, im Dunkeln, bis man würde anfangen müssen, die Bilder, Träume und Erinnerungen zu deuten.

Wir bewegen uns auf einer Straße,
unter Menschen im Sonnenglast.
Doch genauso viele oder noch mehr,
die wir nicht sehn,
sind in den dunklen Gebäuden,
die zu beiden Seiten aufragen.
Manchmal tritt einer von ihnen kurz ans Fenster
und wirft einen Blick auf uns hinab.

Man sollte nicht zurückblicken und das Erlebte immer wieder durchkauen. Aber es ist doch reizvoll, das Wiederkäuen. So holte ich denn auch im Frühjahr, Monate nach der Zerstörung des Tempels, das Video vom Mittsommerfest hervor, als ich glaubte, es habe schon Unterhaltungswert. Ich war schon hier, wo ich jetzt wohne, das Bein schmerzte mich mehr als sonst, und ich hatte den Schmerz mit Medikamenten betäubt.

Mein neuer Hund, ein feuerroter finnischer Spitz namens Pätsi, beäugte mit seinen klaren Augen missbilligend mein Whiskeyglas, denn auch der Hund wusste, dass man Medikamente und Alkohol nicht kombinieren durfte. Aber ich war schon gebrechlich genug, und es war so viel Zeit vergangen, dass ich ein wenig neugierig war.

Ich glaubte, die Vergangenheit sei ein amüsantes Spielzeug geworden. Ich stellte mir vor, dass man aus dem Boden nur etwas sorgfältig Ausgewähltes zum Betrachten ausgraben und alles andere dort vermodern lassen könne, sodass niemand mehr etwas davon zu erkennen vermochte. Aber ich lernte noch, dass, wenn man sich als Archäologe betätigt, man nirgendwo pfuschen darf: Jede Bodenschicht muss genau gesiebt werden, jeder Fund muss untersucht werden, und es gilt zu schlussfolgern, was man da vor sich hat.

Als Erstes lernte ich, dass, mögen Fotos auch im Herzen einen süßen Schwall von Zärtlichkeit erzeugen, ein bewegtes Bild doch einen Sturm auslöst. Es ist um so vieles mehr wahr.

Ich war auf dessen erste Schläge nicht gefasst. Sobald an der Wand ein etwas zittriges Bild vom Hämeenweg erschien, erinnerte ich mich, wie ich neben Keränen im Kleintransporter die Straße entlanggefahren war und für das Filmen beim Mittsommerfest geübt hatte. Und die Erinnerung daran tat weh. Ich presste mir die linke Faust fest gegen die Brust. In jenem Sommer gab es so vieles, was nur schön wirkte. Die Landkarte in meinem Kopf war faszinierend, aber falsch. Später musste ich einiges ausradieren und neu zeichnen.

Und damals hatte ich noch nicht das Gefühl, am Ende meines Lebens angekommen zu sein. Es war heldenhaft faszinierend, noch nicht heldenhaft traurig.

Keränen saß am Lenkrad, auf dem schwankenden Bild erscheint bisweilen flüchtig ein Ärmel der Windjacke und etwas, das eine unrasierte, bartstoppelige Wange sein könnte. Ich sitze da und halte die Kamera auf Keränen und dann auf den hohen Ziegelturm einer Kirche, aber manchmal schwenkt das Bild tief hinab zu meinem Turnschuh und dann hinaus nach rechts, in einen Schrebergarten des Tals, dessen kleine Häuschen zwischen den grünen Flecken der Apfelbäume hervorschimmern.

»Fahren wir hier lang?«, fragt Keränen auf dem Video, und der Wagen fährt im Bogen eine Rampe hinunter.

Danach ist der Pick-up auf dem Gehsteig geparkt. Poika sitzt würdevoll, mit gesträubtem Fell, am Boden neben der Tür des Fahrers, Keränen hat ihm befohlen, den Wagen zu bewachen. Und jetzt ist Keränen ganz zu sehen, die vertraute, zerschlissene Schirmmütze der Heckmotorenfabrik schief auf dem Kopf, geht er, leicht watschelnd, in die *Helsinkier Farben und Eisenwaren* und kommt gleich darauf hinter dem dicken Besitzer wieder heraus, ich erinnere mich sogar an das Hemd des Mannes, denn es ging niemals zu, nicht mal oberhalb des Bauchnabels. Die Männer tragen Farbeimer. Keränen und ich haben die Farben für die Veranda im Sonderangebot gekauft.

Dann mache ich einen Schwenk auf das Nachbargeschäft *Hermanns Werkzeuge und Maschinen*. Die Hand zittert mir nicht mehr so stark. Wieder geht Keränen hinein, dann erscheinen an der Wand Sulevi in der Fahrerkabine und Poika auf der Straße und dann im Bild wieder Keränen, der mit einer Bandschleifmaschine in der Hand aus dem Werkzeugladen herauskommt. Die war da zur Reparatur gewesen. Keränen winkt in die Kamera, sagt etwas, was nicht bis zur Kamera zu hören ist, lacht, und rechts in der Zahnreihe des Oberkiefers klafft eine zwei Zähne breite, schwarze Lücke.

Ich drückte auf den Schalter, und die Wand wurde schwarz und leer. Keränen starb im darauffolgenden November an einem Herzinfarkt. Meine Veranda war seine letzte Arbeit, er stürzte nicht direkt neben deren Ecke hin, aber doch so nahe davon, dass es immer noch an mir nagt. Wie auch die Tatsache, dass ich ihm siebenhundert Euro schuldig blieb.

Im Halbdunkel trank ich einen Whiskey, eine kleine Lampe beleuchtete meine unerwartete Totenwache, in der Pätsi und die anderen Hunde eingeschlafen waren wie die törichten Jungfrauen, nein, wie die törichten Junggesellen. Pätsi zuckte und träumte von Birken, deren Zweige sich von Birkhühnern bogen, auf die Keränen im Himmel mit seiner Flinte zielte.

Ich öffnete das Fenster und schob die Erinnerung an den Verstorbenen hinaus. Ich zündete mir eine Zigarette an. Ich hatte angefangen, ein bisschen zu rauchen, weil ich schon alt genug war. Ich ließ den Film weiterlaufen.

Da ist jetzt das Mittsommerfest und der Garten der Kärkkäinens. Jetzt filmt jemand anders, denn dort bin ich und trage hinkend eine leere Bowle auf den langen Tisch. Ich lache mit weit offenem Mund, mein Glasauge starrt in die falsche Richtung, ich habe also schon ein paar Glas Wein getrunken. Hinten schaut Koba in die Räuchertonne, und der Glückseligkeitsforscher salzt und pfeffert den hohlen Bauch einer Renke. Eine junge, dunkle Frau lehnt neben der Räuchertonne gegen eine Birke und streckt ihre Handfläche aus, auf der Zuckerstücke liegen, sie ist die Mittsommerfreundin des unlängst verlassenen Glückseligkeitsforschers. Es ist Freitag. Der Vorabend.

Die Mittsommerfeste waren Kobas und Suvi-Liinas alljährliche Kraftprobe, Megapartys, die durch die wirtschaftliche Unterstützung von *Schrot und Korn* zustande kamen. Das war Suvi-Liina: »Ich bin ein Mensch aus dem Osten, ich möchte, dass die Gäste sich wohlfühlen. Ich möchte nicht protzen, sondern das, was ich habe, mit anderen teilen.«

Die Türen wurden am Donnerstagnachmittag geöffnet, und die letzten Gäste gingen am Montagmorgen. Manche kamen für ein paar Stunden, andere genossen alle vier Tage lang die Gastfreundschaft der Kärkkäinens, die nur im weiteren Sinne östlich war.

Ich sah mir das bewegte Bild an, so als hätte ich vom Löffel etwas geschluckt, dessen im Mund sich ausbreitende Süßigkeit den bitteren Beigeschmack hatte, der es als Medizin entlarvt. Das Leben wurde später viel stiller und ernster. Aber ich will nicht sagen, dass ich mich darin nicht besser gefühlt hätte.

Jetzt zoomt die Kamera direkt auf die Person aus dem Osten, die an der Tür ihrer zum Hof gehenden Veranda steht und in den Händen ein großes Tablett mit Sektgläsern hält. In den hellen Haaren hat sie einen Blumenkranz (immer aus dem feinen Laden *Runebergs Blumen*), sie hat sehr regelmäßige, klare und harmonische Gesichtszüge, ihre Haut schimmert hell, und auf den Wangen trägt sie ein kleidsames Rot, sie ist stattlich und breitschultrig, eins achtzig und ein paar Zentimeter groß und trägt ein feines weißes Kleid aus einem dünnen Stoff (vielleicht von Jil Sander), das im leichten Wind flattert. Der stramm gezogene Gürtel betont lustig die unverhältnismäßig breiten Hüften.

»Suvi-Liina hat vielleicht einen breiten Arsch«, sagte Keränen einmal. Er beherrschte nicht den Wortschatz à la Bergman.

Hier wird jetzt zwischen zwei Markenzeichen, *Schrot und Korn* und *Fannys Welt*, geschwankt, aber da beide Suvi-Liina gehörten, beherrschte sie auch die einander überschneidenden Stile. *Schrot und Korn* war Erde, der glühende Humus des Vaterlands, zwar nicht aus Paraguay, aber den Rest hatte Suvi-Liina von Kobas Vinylscheibe von einem Kampfpoeten aus den Siebzigerjahren geklaut. *Fanny* wiederum war Gedanke, Ästhetik, bergmanscher Zauber. Er stammte aus irgendeiner hirnlosen Zeitschrift.

Ich machte gar nicht erst den Versuch, ihr zu erklären, dass der »bergmansche Zauber« oft eine Familienhölle und ein Albtraum von Anfang bis Ende des Films war. Ich ließ Suvi-Liina sich in wallenden Stoffen und dämmerigen Zimmern tummeln, wo die Lampen glühten.

Aber jetzt, jetzt flattern die gewaltigen Tischtücher auf die Tische wie in einem Märchenfilm, wenn im Königsschloss das Festgelage beginnt, und dann stehen ich und Sylvi Susi, die Arme einander um die Taille gelegt, da und sehen lachend zu, wie Suvi-Liina die Treppe herabkommt und in der vertrauten Weise die Haare wirft, sodass sie einen Moment durch die Luft fliegen, sie nickt und lächelt mit ihren schönen weißen Zähnen. Ihr Vater, ein Lehrer aus einer Kleinstadt in Savo, hatte keine Kosten gescheut und für die Korrektur der Zahnstellung seiner Töchter gesorgt, als die Zähne der anderen Kinder noch unkorrigiert im Mund hierhin und dorthin wuchsen. Ich hatte gehört, wie Suvi-Liina Vehmas mit der Bahn von Kuopio in die Hauptstadt zum Zahnarzt fuhr, in der Tasche als zusätzliches Honorar einen Hasenbraten für Onkel Einar. *(Die Bedeutung der Wildspeisen verstand ich schon im Heim meiner Kindheit,* schreibt sie im Vorwort zu ihrem Kochbuch *Land und Tisch.)*

Sie war unschlagbar. Irgendwo gab es jedoch einen Sprung, und manchmal wurde er erkennbar, mal in ihrer Rede, mal im Nebensatz ihrer Kolumne *Mein Heim, mein Stil*, manchmal in dem langen, stillen Blick, den sie Koba bei einem seiner Schmunzelanfälle zuwarf.

Wegen dieses Sprungs, wegen dessen verheimlichten, aber hervordrängenden Schmerz wurde sie toleriert, nein, gemocht. Und auch deshalb, weil sie unvollkommen war. Die Kinderlosigkeit war ein Mal auf ihrer Stirn, eine beklagenswerte Sache, weil aus *Schrot und Korn* und aus *Fannys Welt* ein Kind hätte hervorgehen sollen – oder besser vier Kinder. Eine stattlichere Zahl als eins oder zwei, ein angemesseneres Zeichen für Fruchtbarkeit und Wohlstand. Aber die Besetzung von Suvi-Liinas Oper war unvollständig.

Ich spule zurück und lasse sie nochmals vor der Tür stehen. In einem alten Kinofilm streift die Hand des Todes manchmal den Betrachter. Ich spürte ihre leichte Berührung an der Schulter, am Gelenk meiner Hand, die die Zigarette hielt. Jetzt kommt sie wieder herunter, das Tablett schwankt leicht, sodass die Gläser fast überschwappen, wieder fliegt das Haar auf, und sie wendet ein wenig den Kopf und lächelt jemandem zu, der sich außerhalb des Bildes befindet.

Die Kamera schwenkt zurück auf den Garten. Es sind schon viele Leute da, und im Vergleich zu Suvi-Liina wirken sie wie Wichtelmännchen, die sich Kleider von Menschen angezogen haben und blinzelnd zum Fest der nachtlosen

Nacht angekrochen kommen. Dort ist der rotgesichtige Kesselraummann mit der blonden Bürste in einem vor Neuheit steifen, zu großen blauweiß gestreiften Marimekko-Hemd, neben sich die kleine, scheue Salome und die untersetzte, unerschütterliche Kaisa. Ich weiß noch, wie ich bei den Kärkkäinens auch für diese beiden eine Einladung erbat. Ich hatte den Wunsch verspürt, ihnen die Menschen zu zeigen, an deren erleuchteten Fenstern sie immer wieder auf den Straßen vorbeigingen. Jetzt standen sie im Garten der Kärkkäinens, in der Hand russische Kristallgläser. Dort trank man nicht aus Plastikbechern.

Die Kamera schwenkt in den Wipfel einer Birke hinauf, auch die wurde zufällig festgehalten, denn die Birke stürzte später im Sommer bei einem Sturm um und zertrümmerte Tschernobyl; dann wieder herab, die großen, dunklen Knookalas in Volkstracht, Antti, den schwarzen Krempenhut trotzig schräg auf den Hinterkopf geschoben, prachtvoll, Tauno auf der Bank mit dem Akkordeon auf den Knien, Sylvi, im geblümten Kleid und mit neuer, steifer Dauerwelle, füllt die Bowle, jetzt zieht Tauno den Balg und macht den Mund auf, der Ton des Videos ist also verloren gegangen, Uusitupa wirft seine Löwenmähne zurück und lässt sein Errol-Flynn-Lächeln aufscheinen, offenbar singt er mit, hält den rechten Arm ausgestreckt in der Luft, fast stößt er gegen die hinter ihm stehende, angespannt wirkende Brezel, an deren Hand ein quengelndes kleines Mädchen mit großer Nase hängt, Mikko Tsutsunen tritt von links herzu und verdeckt das Bild für einen Augenblick ganz und gar, legt den Arm dem wesentlich größeren Uusitupa auf den Rücken und singt auch (das Haar hängt ihm in die Augen, er hat also schon am Donnerstag angefangen), auf einer Bank Alissa Tsutsunen in einem orangefarbenen Kleid, die schwarzen Haare als hohe Krone auf dem Kopf.

Wieder hielt ich den Film an. Das hatte Alissa Tsutsunen verdient. Ich wollte in Ruhe ihren riesigen russischen Dutt, der sich um den westlichen Stil nicht scherte, die länglichen Bernsteingehänge in ihren Ohren, ihre dunkelbraunen, leicht schrägen Augen, die wunderbaren Wangenknochen, die kühn geschwungene Oberlippe und die freigiebige Unterlippe, die Lippen, die mit rubinrotem, niemals schmierendem Lippenstift geschminkt waren, bewundern. Ihr Mund lächelte fast immer, kein höfliches, künstliches Lächeln, sondern weil die Tsutsunens so glücklich waren.

So sah Alissa uns immer an, oft mit einer im Übrigen übel riechenden russischen Zigarette zwischen den allerliebsten Lippen. Das Glück von uns anderen war gemischt, aus Scherben gekittet oder aus kleinen Flicken zusammengenäht. Wir liefen in dröhnenden, schlimm schwankenden Kulissen herum, und Alissa saß lächelnd im Zuschauerraum. Sie war eine schöne Moskauerin, nein, vielmehr eine Armenierin, und sie verstand nicht alles, was gesprochen wurde.

Ich hatte manchmal gedacht, dass, falls ich die Neigung hätte, eine Frau zu lieben, Alissa meine Leidenschaft geweckt hätte. Aber so war es nicht. Unmittelbar neben Alissas orangefarbenem Ärmel befindet sich ein zweiter aus blauem Jeansstoff. Da sitzt Koskela, aber er ist nicht aufs Bild gekommen. Koskela wurde immer eingeladen, denn alle kannten ihn, war er doch das Bildungsmaskottchen von Kanaan.

Zum Bibliotheksauto gingen alle, die gehen konnten, damit er fahren durfte. Trotzdem wurde im Herbst diese Aktivität eingestellt, aber Koskelas Ärmel hatte ich noch im Bild. Ich bin eine Frau, die Teile hat. Ich bin ein Partitiv. Ich habe ein Auge, ein Ohr, einen Schuh, einen Ärmel. Die Kurzwaren von Kanaansland.

Koskela war der Abgesandte aus der Welt der Bücher, und er allein mit seinem Auto war mehr als die viertägige Buchmesse in der Riesenhalle. Ich wusste sehr wohl, wie er aussah, das dichte, graue Haar wie der Pelz eines gealterten Tiers, die lange, ein wenig schiefe Nase, der breite, geschwungene Mund, ach, ich verbiss mich in diesen Mund, und wir fielen auf die Luftmatratze, die im Bibliotheksauto hinter das Regal *Psychologische Romane* geschoben war, wir zerrten sie so heftig hervor, dass zwei psychologische Romane zu Boden fielen, und warfen unser Lotterbett vor das Regal mit der Gutshofromantik. Guck mal, Barbara Cartland!

Ich schwöre bei der Stiefgroßmutter von Prinzessin Diana, dass ich die Wollust erlebt habe. Doch die Erinnerung daran ist nach meinem Empfinden schneller verblasst als das Bild vom Bibliotheksauto, das mit erleuchteten Fenstern die dunklen Straßen und Wege entlangeilt.

Was wäre Koskela für ein Held? Aus einem Comic der Fünfzigerjahre: Donald, der sich in den Super Snooper verwandelt hat, der eine Dampfwalze auseinandernimmt und wieder zusammensetzt, der über den Himmel fliegt, durch dicke Ziegelmauern geht, aus einer Stahlstange einen Wolkenkratzer beißt, sich in den Boden eingräbt wie eine Riesenwühlmaus und ganze Wälder umbläst.

Ebenso preschte Koskela mit seinem Bibliotheksauto von einem Stadtteil zum anderen, von Nordost nach Nordwest, von West nach Ost. Manchmal stieg er mit seinem Auto in die Lüfte, so glaube ich, und eilte oberhalb der Ringstraßen unter den Sternen durch die schwarze Nacht wie ein weißer Pfeil, an dessen Flanke als Tempostreifen *Stadtbibliothek* gemalt war.

Alissa und DER ÄRMEL verschwinden. Zu sehen sind lange Tische, jetzt haben wir schon den Mittsommertag, denn die aufgetragenen Speisen sind in Hülle und Fülle vorhanden und dazu bestimmt, bis zum Sonntagabend zu reichen. Da sind immer noch dieselben Ureinwohner, nur etwas angeschlagener und stiller, aber auch Neuankömmlinge, Außenstehende. Ich erkannte die Redakteure für *Innenausstattung und Kochen*, das waren Busenfreunde von Suvi-Liina, namentlich erinnere ich mich an ein Architektenehepaar, das ins Künstlerdorf Fiskars gezogen war und rustikale Häuser aus Stroh und Ton plante, ich bemerkte einen umstrittenen Politikwissenschaftler, der glänzende Archivforschung betrieb, dann aber Bücher daraus machte, die seine gehässigen und verzerrten fixen Ideen wiedergaben, dort sind zwei Kinderbuchautorinnen, die aneinander Halt suchen, mit riesigen breitkrempigen, mit Mohnblumen geschmückten Sommerhüten, die damals wieder in Mode gekommen waren, und dort …

Kaari Kotkas war bei den Mittsommerfesten dabei gewesen, obwohl Koba und Suvi-Liina sie wohlweislich mieden. Bestimmt hatte ich sie aus Versehen selbst eingeladen, denn ich erinnere mich, dass ich Kaari vor Mittsommer im *Schweigen* gehabt hatte. Zu Sommeranfang war ich mit meinem Rekorder nach Lappland in ihren Blockhauspalast auf dem Pallastunturi gefahren, denn ich wollte sie sprechen hören. Nur sprechen und schweigen.

Sie hatte ursprünglich natürlich nicht Kaari Kotkas geheißen, denn sie war Kobas Schwester. Sie war Kaarina Kärkkäinen gewesen, ein kleines Mädchen aus dem abgelegenen Dorf Viitasaari, das schon an sich geglaubt hatte, als sie noch mit schmutzig dunklen Beinen in der Kuhstallecke des kleinen Bauernhofs stand. Eine Weile war sie dann verheiratet und Handarbeitslehrerin und hieß Kaarina Kotkalainen, und zuletzt, kurz und bündig, war sie die Königin des Lappland-Tourismus, die Von-Arm-bis-Reich-Produktmarke Kaari Kotkas, die dem gewöhnlichen Publikum am Fuß des Berges mit Rentiergeweihen verzierte und Tausende von Quadratmetern umfassende Bierhallen und den Reichen weiter oben am Hang luxuriöse, in der Landschaft versteckte Quartiere mit Koch und Küche bot.

Sie war so dürr wie eine Bohnenstange, färbte sich die Haare schwarz und kleidete sich immer in Weiß und Pelze. Sie wäre vielleicht einfach nur komisch gewesen, denn sie nahm sich selbst so ernst, aber angesichts ihres Geldes und Erfolges klingt ehrlicher, vernünftiger Spott nach Neid.

Zwischen *Schrot und Korn* und diesem weißen Raben wäre vielleicht auch Koba erdrückt worden. Aber die Sache war auf andere Art gelöst worden.

Die Kärkkäinens versuchten, Kaari Kotkas, die in ihrem Erfolg so stillos war, zu vergessen. Gegenüber der Presse käute sie ihre Geschichte wieder, so wie ein Sänger in alter Zeit seine Moritat: Wir waren in Viitasaari auf unserem heimischen Hof fürchterlich arm, ich hatte ein Kleid, das aus Vaters altem Soldatenmantel genäht war und das ich für die Schulfeste mit den weißen, aus der Milchseihe gezupften Baumwollflocken verzierte, und ich wurde ausgelacht, als die Flocken anfingen abzugehen, und ich hatte schon als Zehnjährige eine Pelzstola aus einem Fuchs, den mein Vater geschossen hatte, und ich habe die Reise meines kleinen Bruders Ilkka nach Helsinki zu den Aufnahmeprüfungen der staatswissenschaftlichen Fakultät finanziert, indem ich vor dem Genossenschaftsladen Beeren und selbst gestrickte kleine Puppen und Bären und Schweinchen verkaufte, und das war der erste Schritt auf dem Weg, der zur Gründung von *Pallasland* führte, aber ich werde es nie vergessen, dass ich arm war, arm, arm, arm.

Arm! Ein beeindruckendes Mantra. Das Schweigen nutzte Kaari Kotkas geschickt. Das wurde mir noch deutlicher bewusst, als das Yle-Archiv die *Schweigen*-Sendungen später wiederholte. Währenddessen machten sich die Hörer ein eigenes Bild – und so auch ich, als ich Kaari zum zweiten Mal zuhörte.

Ich sah den Bergbach durch die Tausend-Quadratmeter-Glas-und-Holzburg fließen und darin Bachforellen schwimmen, ich sah das warme Badewasserbecken und bewunderte den aus einer russischen Kirche herbeigeschleppten, riesigen Kronleuchter, der an der Decke der aus dem Berghang herausdrängenden, gewaltigen Glasveranda funkelte.

Ich weiß noch, wie perplex ich beim ersten Mal war, als Kaari plötzlich heiser auf Saami flüsterte:

»*Bieggolmma'i … Leaibmolmma'i …* Windgott, Blutgott …«

Ich weiß nicht, ob sie die Götter richtig aussprach. Aber sie war begabt. Sie nahm ihre Knetmasse aus echtem Material und drückte, knetete, zog und formte daraus etwas, und sie schaffte es, dass es nach etwas Richtigem und Ursprünglichem aussah. Ich benutzte das Schweigen dazu, sie zu betrachten. Ich war ganz Ohr und bestand nur aus ein paar leisen Fragen. Wahrlich, ich brauchte kein Wort zu schreiben, nicht zu schildern, was ich sah. Wie ehrlich ist es doch, zu schweigen. Schweigen ist keine Schande.

Ich sah, wie der rote Lack von ihren langen, gelben Nägeln absplitterte, wie das farbige Make-up und der Puder in den Furchen des mageren Gesichts zusammenklumpten, wie von der Oberlippe strahlenförmig senkrechte Falten aufstiegen, in denen der Lippenstift verlaufen war, und wie schwielige, graue Hornhaut den aus der italienischen Sandale hervordrängenden großen Zeh umgab. An der weißen Kleidung hingen Schmutz und Fusseln, und an der Zobelweste war der Saum aufgegangen.

Während eines einzigen Schweigens nahm sie gedankenverloren aus der Handtasche eine kleine, scharfe Schere, zog die Sandale aus und schnitt in dünnen Streifen die Hornhaut ab. Die grauen Stückchen fielen auf den weißen Marmorboden, und ich dachte, dass sie ein altes, verlassenes Kind war, das es nie schaffen würde, die Armut von sich abzuwaschen oder abzuschneiden.

Kaari hatte davon gesprochen, dass sie sich in Kanaan eine Stadtwohnung kaufen wollte, und das nicht nur, um den Kärkkäinens Angst zu machen. Sie hatte begonnen, die Einsamkeit zu fürchten. Aus dem Umzug wurde dann aber nichts, denn sie erblindete allmählich. Kaari blieb am Pallastunturi wohnen, ließ sich von ihrem Gesinde bedienen und betrachtete mit ihren sich trübenden Augen den immer undeutlicheren Umriss des Berges. Mit ihrem großen Vermögen gründete sie eine Stiftung zur Förderung der Sprache und Kultur der Saami.

In Kanaansland stand tatsächlich ein schönes kleines Steinhaus, eine leer stehende ehemalige Bäckerei, zum Verkauf. Das schnappte sich dann ein junger Optionsmillionär als Anlageobjekt. Dort kamen per Sondergenehmigung Dachfenster rein, innen die Zwischenwände raus, hier ein neuer Eingang … Warum verirrten sich nach Kanaan keine harmlosen Reichen, sondern immer nur solche, die sofort anfingen, im Garten mit Maßband und Schaufellader zu wüten?

Der Fantasie waren keine Schranken mehr gesetzt. Nach Weihnachten, als im Fernsehen noch einmal Ingmar Bergmans Monumentalfilm *Fanny und Alexander* zu sehen war, hatte Suvi-Liina mit dem Millionär gesprochen und ihm gesagt, der Stil der Einrichtung im Hause des frommen, sadistischen Bischofs Vergérus passe haargenau in das neue Steinhaus des Mannes.

Tauno, dessen Mutter Lyyli in der Bäckerei gearbeitet hatte, wäre fast erstickt vor Verachtung. Aber es stand ihm nicht zu, sich zu beklagen, denn er war ein größenwahnsinniger Kommunist und von demselben Schlag wie die gutsherrlich-bergmansche Kapitalistin Suvi-Liina: Eines schönen Sommers war im Park eine Bühne aufgebaut worden, die von dem dreißigköpfigen Akkordeon- und Balalaika-Orchester der Veteranen des Arbeitersportbunds erklommen wurde. Davor tanzten fünf achtzigjährige Knasterbärte Trepak, und der Chor sang auf Russisch Katjuscha. Drei andere stellten ihr Kunstturnen zur Schau, und zum Schluss des Programms bildete die ganze Truppe eine Pyramide und sang den Arbeitermarsch.

Das Ende des Mittsommervideos ist ein vernieselter Sonntagabend. Das Fest endet lahm, die Kamera schwenkt schräg über ein erleuchtetes Fenster, hinter dem sich einige schwankende Gestalten bewegen. Die übrigen Gäste liegen irgendwo, den Blicken entzogen, bewusstlos im Kaminzimmer der Kärkkäinens.

Ich jedenfalls sitze mit Suvi-Liina auf dem Hof unter der Markise an einem kleinen Tisch. Ich habe eine gelbe Regenjacke an, die nass glänzt. Durch die Markise fällt alle fünf Sekunden Suvi-Liina ein Wassertropfen auf den Kopf. Ihr zusammengeklatschtes Haar klebt ihr an Wangen und Nacken, und das nasse weiße Kleid haftet ihr an Armen und Brüsten. Beide haben wir eine Bierflasche in der Hand. Wortlos starren wir zu Boden, und mit meiner verhutzelten halte ich Suvi-Liinas zitternde Hand. Dann erlischt das Bild.

Auf dem Mittsommervideo war ich eine unter anderen, aber nach Kanaan kam ich ohne irgendjemand anders. Ich hatte keinen einzigen lebenden Verwandten mehr. Deshalb befand ich mich in einer gefährlichen Lage. Wenn die Verwandten einem etwas bedeuten, dann einen Puffer oder Wallgraben zwischen dem Menschen und der unbekannten Außenwelt. Nein, keine Sentimentalität! Nur die nackte Wahrheit, dass auch ein langweiliger, dummer oder sogar böser Verwandter vom selben Fleisch und Blut, also aus dem gleichen Holz geschnitzt, ist, und allein schon das Wissen um die Existenz der Banausen, Dummköpfe oder Spitzbuben schafft im Bewusstsein des Menschen einen Schutz. Wenn nicht gerade eine Mauer, so doch eine im Wind flatternde Zeltbahn.

Man braucht sie nicht einmal unbedingt zu treffen. Das Verwandtschaftsgefühl ist ein Relikt, eine Spur aus ferner Vergangenheit, da Klan und Stamm für Überleben und Auskommen eine wirkliche Bedeutung hatten.

»Wenn unsere Angehörigen im Jenseits uns beobachten, wenn zwischen uns nur ein unsichtbarer Vorhang ist, dann wird er sich wohl bauschen, wenn die Truppe im Totenreich beobachtet, was sich hier abspielt«, sagte ich zu Grab, kurz nachdem wir uns kennengelernt hatten. »Ja, es ist ja ein Vorhang«, antwortete Grab, »voller Löcher, und durch diese Löcher beobachten sie uns aus den dunklen Kulissen.«

In jedem Loch jemandes Auge, dachte ich, das von Pimiä aus Kivennapa und das von Wikström aus Vaasa. Und vielleicht noch das jener Mieter, die länger in dem Haus wohnten oder darin nur eine Stippvisite von ein paar Monaten machten. Ich sah einen gewaltigen Samtvorhang, hinter dem die Schlosser, Küchenhilfen, Porzellanmalerinnen, Näherinnen, Restaurantgehilfen, die ungelernten Arbeiter, Zimmerleute und Gießer standen. Sprachen sie jemals etwas? Hörte ich manchmal im Traum Geflüster, von dem ich erwachte, obwohl ich glaubte, dass die im Wind scheppernde Ofenklappe mich geweckt hatte?

Ich hatte nur eine Schar von Toten, und deshalb waren die Kanaaniter mir anfangs so wichtig. Dort, wo ich herkam, war es kalt und finster gewesen. *Unter ihr ist Eis und Stein, über ihr ist Stein und Eis.* Dieser Vers von Aale Tynni wird in Todesanzeigen niemals zitiert.

Dann graute der Tag. Mein altes Elternhaus in Kanaan stand leer, und das schon seit Jahren. Auch Grab, dieser Überraschungschristus aus dem Osterei, hatte das Zimmer und die Küche im oberen Stock erst seit drei Monaten bewohnt, als ich die knarzenden Stufen hinaufstieg und zum ersten Mal den Mann sah, der meine Adresse gesucht, mir geschrieben und gefragt hatte, ob er, ein alleinstehender Mann, im oberen Stockwerk vorläufig Quartier nehmen dürfe.

»Ein alleinstehender und reinlicher Mann«, schrieb er, und das klang so altmodisch und mitleiderregend, dass ich ihm mitteilte, wo er den Schlüssel zum Haus holen konnte. Vielleicht hätte ich nicht eingewilligt, wenn er erzählt hätte, dass er ein Theologe war, der seine Doktorarbeit schrieb, seine Pfarrstelle und seine dritte Frau verlassen hatte und einen Zufluchtsort brauchte. Das hätte nach Bettelei geklungen.

Ich war seit über dreißig Jahren nicht in Kanaan gewesen, abgesehen von einigen flüchtigen Besuchen, als meine Eltern noch lebten, aber jetzt hatte ich ein Asyl. Ein ganzes Haus. Ein Zuhause. Und dann einen Augenblick lang auch einen Mann, einen reinlichen Theologen.

Alle Nachbarn wussten schon, sobald ich auf der Außenterrasse stand, wer ich war und woher ich kam. In Kanaan gibt es wie in allen Dörfern ein dem britischen Geheimdienst vergleichbares Nachrichten- und Spionagesystem. Aber ich wurde gut aufgenommen. Ich betone erneut: Fortschritt und Bildung! Wenn hinter meinem Rücken getuschelt wurde, kümmerte mich das nicht. Ich wollte nur, dass man künftig freundlich zu mir war, und genau das ist ja Fortschritt und Bildung, Freundlichkeit.

Anfangs nahm ich die Gutmütigkeit der Nachbarn als Zeichen einer Art Verwandtschaft, ich glaubte, ich hätte jetzt eine Ersatzfamilie. Wenn die ersten Kanaaniter zu Kriegszeiten Ersatzkaffee aus Löwenzahnwurzeln machten, dann hatte auch ich hier meine große Zichorienfamilie.

Ich war von dem Vergleich und dem Gedanken ganz begeistert. Grab sagte, ich sei dämlich.

»Das sind nur Nachbarn. Sie sind freundlich, weil du hier bist und weil du eine interessante Vergangenheit hast. Denk daran, die Neugier ist ein starker Motor. Stärker als sie ist nur der Neid.«

Genau. Da ich niemals auch nur mit einem Wort auf die Zeit vor Kanaan anspielte, erlahmte der Eifer der Nachbarn allmählich, und ich wurde nur eine aus der Menge – das heißt, eine Menge waren wir Kanaaniter ja nicht, wir waren interessante Individuen in unseren alten Holzhäusern. Zur Menge gehörten solche Leute, die im Kiosk verkauften oder im Morgengrauen Zeitungen austrugen oder aus Estland kamen, um als Busfahrer zu arbeiten.

So dachte jedenfalls der Unternehmensberater Antti Knookala.

»Nicht ausgesprochen jeder Mensch ist ein Lied wert«, sagte er im Dauerrausch nach Mittsommer. Er hatte sich

Kaaris Gemurmel im *Schweigen* angehört und in bewunderndem Ton angemerkt, dass tatsächlich nicht alle Leute Unternehmensberater brauchten. Und die, die sind nun wirklich ein Lied wert.

»Man muss sich konzentrieren, auswählen, fokussieren. Das weißt du, da du für deine Rundfunksendung das Schweigen gewählt hast. Man muss die Dinge auf das Wesentliche reduzieren, etwas entfernen, weißt du noch, wie in der Schule in Mathematik die Brüche gekürzt wurden! Das erzähle ich ständig den Kunden: Man muss aussondern! Und das Verbliebene kann man dann erweitern und entwickeln. Nur so gelangt man zum Erfolg! (Anna, hol mal eine neue Flasche aus dem Keller. Ist da noch von dem Merlot aus Chile?) Um zu einem Ergebnis zu kommen, muss man zunächst zurücklassen, verwerfen, weißt du, man muss sogar töten.«

Antti verstummte, und tiefes Rot stieg ihm von Hals und Ohren in Wangen und Stirn. Mit übertriebenen Gesten rang er mit Korkenzieher und Korken und beugte sich tief über die Flasche.

Ich schwieg, weil ich das Schweigen gewählt hatte.

War denn die Hoffnung trunken, die dich erst so tapfer machte?

Das frage ich mich.
Sei's drum.
Sieh! Feuer, Feuer!

Anfang Juli machten wir uns daran, das Programm für das Wüstenfest zu planen und zusammenzustellen. Diejenigen, die im Urlaub waren, wurden alle Tage mit SMS und Anrufen gepiesackt. Auch wurden ständig E-Mails versandt, Nachrichten an Leute, die im Juli unter primitiven Verhältnissen Urlaub machten und bei ihrer Rückkehr im August all die Anweisungen, Bitten, Instruktionen und Vorschläge lesen mussten. Dabei änderte oder widerrief die eine Nachricht oft die vorherige, und die Empfänger wunderten sich dann. Aber wir, die wir in Kanaan waren, hatten ständig das Gefühl, dass etwas geschah, dass wir eindeutig vorankamen. Wir hatten ein großes Ziel, Samstag, den 24. August.

Ich gehörte auch selbst zu den Mitwirkenden, denn ich sang bei den Sängern von Kanaan im Alt, und die Chormitglieder diskutierten darüber, wie das Festprogramm aussehen könnte. Wir hatten drei erträgliche Tenöre und vier tüchtige Soprane bzw. zwei tüchtige und zwei sehr gute. Die Lage war also besser als in vielen anderen Chören. Außerdem träumte ich davon, Gedichte vorzutragen, aber ich wusste, dass Sylvi Susi dasselbe plante, denn sie war die ehemalige Starrezitatorin der Arbeiterbühne. Aber andererseits war Sylvi auch bei den Turnerinnen des Genossenschaftsunternehmens *Elanto* – und die Gymnastikdarbietung der Seniorinnen vor dem Chor …

Die Planungen wurden dadurch erleichtert, dass wir zu Sommerbeginn unbeständiges Wetter hatten. Auf ein paar

Hitzetage folgte Regen, dann war es eine Weile wieder warm und trocken, bis sich von Südwesten neue schwarzblaue Wolken heranwälzten. Das Wetter blieb launisch bis zum Ende des Sommers, aber das passte zu unseren betriebsamen Tagen, und als sich Ende Juli und im August über Kanaan einige schwere Gewitter entluden, hatte ich das Gefühl, sie kämen wie auf Bestellung, um die wachsende Spannung zu begleiten.

Mein Garten war keine stille Oase, denn Keränens Bauarbeiten an meiner Veranda kamen wie geplant voran, aber mein Zimmermann war seltsam wortkarg. Ich war an seine langen Monologe gewöhnt, die sich mit Regionalpolitik, Beschäftigungspolitik, den Sonderangeboten der Eisenwarenläden und dummen Frauen befassten. Ich musste mir seine Selbstgespräche immer genau anhören, denn sie enthielten Lehren, und so tat ich es auch, wobei ich manchmal insgeheim ungeduldig von einem Fuß auf den anderen trat. Jetzt aber waren unsere üblichen Kaffee- und Pappzigarrenpausen schweigsam und gehetzt. Auch zum Eisenwarenladen fuhr ich, mit Keränens Merkzettel in der Hand, allein. Früher waren wir langsam und genießerisch zwischen den Regalen der Riesenhalle herumgewandert, wie zwei Liebesleute, die für ihre erste gemeinsame Wohnung den allerschönsten Schlagbohrer suchen. Ich schenkte Keränens Stummheit kaum Beachtung, denn es gab reichlich zu tun und zu bedenken.

Ich konnte es mir nicht leisten, Urlaub zu machen, ich machte den ganzen Juli über *Schweigen*-Sendungen für den Dienstagabend im Rundfunk und hätte auch gar nicht frei haben wollen. Ich meinte, jetzt das zu perfektionieren, was mir von Anfang an vorgeschwebt hatte: dass mein Gast unmerklich und unabsichtlich mehr von sich erzählt, als er glaubt preiszugeben, und dass der Hörer das ohne besondere Erklärungen versteht. Ich stellte fest, dass meine

Theorie richtig gewesen war: Es brauchte nichts betont oder hervorgehoben zu werden. Meine stumme Gegenwart und meine spärlichen Sätze fungierten als Auslöser des Redestroms.

Ich jubelte. Bei den *Schweigen*-Sendungen hatte ich keinen einzigen Farbstift, keinen einzigen Farbenpinsel und keine Goldflittertüten, mit denen ich meine Objekte hätte anmalen, verzieren oder abdecken müssen. Das zeigte sich letztlich ganz klar bei Kaari Kotkas.

Nach der Sendung trank ich eine Flasche Weißwein, Pinot Grigio, auf den Rat von Knookala, und lag faul auf dem Rasen im Garten auf einer alten Bettdecke, die ich neben den Sträuchern der Schwarzen Johannisbeere ausgebreitet hatte. Ich gab mich in vollen Zügen der Verachtung für die gefärbten, amputierten, mit Prothesen gestützten Wahrheiten der Zeitungen und Zeitschriften hin, erhob mich ungehemmt über sie, und der Boden meines Glases blinkte den schwarzen Johannisbeeren zu: Ich, ein halb tauber, halb blinder grauer Krüppel, ich, eine ehemalige …

Ich genoss es auch, gesichtslos zu sein. Über die Autoren von Radiosendungen gab es in den Zeitungen und im Fernsehen kaum jemals Berichte, und auch die Sendungen selbst wurden mit kleinen, einspaltigen Vorankündigungen auf der letzten Seite der Tageszeitung abgetan. Gute Sendungen wurden von vielen Menschen gehört, die kaum etwas über deren Autoren oder voneinander wussten.

»Das ist in dieser Unterhaltungshölle die heimliche Armee der Herzen«, sagte ich einmal eigensinnig zu Tauno Susi, der vor Lachen so laut brüllte, dass Sylvi glaubte, er sei wütend.

Ich brauchte keine Berühmtheit mehr – im Gegenteil, ich hatte mich schon lange darum bemüht, immer weniger berühmt zu werden. Mir genügte es, dass jeden Dienstagabend im ersten Programm von Yle eine Stunde lang gesprochene Sprache kam, die ich durch meine Gegenwart und meine Fragen erzeugt hatte.

Kritisch hörte ich mir jede redigierte Sendung an, wenn sie im Radio gesendet wurde, achtete auf Nuancen und Akzente des Sprechenden, erwog die Bedeutung von Fragen und Schweigen und rügte mich selbst, wenn ich ungeduldig gewesen war und das Schweigen zu schnell gebrochen hatte.

Ich wunderte mich immer von Neuem darüber, wie die Menschen die Bedeutung der Stimme vergaßen. Wir erlebten die Zeit der Gesichter; in der Stadt, im Fernsehen, in den Zeitungen wälzten sich einem dichte Wälder von Gesichtern entgegen, die Mienen umso beherrschter und umso sorgfältiger kontrolliert und geschminkt, je imposanter die Position war, die der Mensch dahinter bekleidete. Zuschauer und Leser gaben sich mit so wenigem zufrieden, dachte ich.

Aber die Gesichter waren auch amüsant. Die Leute starrten ein Muttermal auf der Wange, ein etwas unförmiges Ohr, unlängst tätowierte Augenbrauen oder hässlich gefärbte Haare an. Gleichzeitig verwirrte sie das auf herzlich trainierte Lächeln, irritierten sie die auf intelligent geschärften Blicke, blendeten sie die Diamanten in den Ohren und an den Fingern.

Stimmen waren anscheinend für niemanden mehr von Bedeutung. Deshalb liebte ich den Rundfunk und das Schweigen meiner eigenen Sendungen, die den Menschen zum Sprechen anstachelten. Ich habe jedoch kein Schweigen gesammelt wie Doktor Murke, der sich abends zu Hause vom Band die Stille anhörte.

Mein einziges Ohr entwickelte eine ungeheuere Schärfe. Ich glaube, es entstanden darin weitere phantastisch gewundene Falten, ein neues, sensibler vibrierendes Trommelfell und noch feinerer Flaum, und mein Gehörknöchelchen veredelte sich und wurde kräftiger wie der trainierte Körper eines Sportlers. Ich hörte immer mehr.

Ich sah auch besser als früher. Nein, mein Glasauge erwachte nicht zum Leben, aber ich lernte, mein sehendes Auge umso besser zu nutzen. Zu meinem Glück starrten die Menschen oft das Glasauge an und überlegten, ob es nicht doch ein richtiges war, denn es bewegte sich mit Hilfe der Muskeln des Augengrundes fast genauso gut wie das gesunde Auge. Während die Leute über mein Glasauge nachdachten, vergaßen sie, auf das andere Auge zu achten, das sah. Das registrierte Mienenspiel, Blicke und Bewegungen, die nicht dazu bestimmt waren, offenbar zu werden.

Manchmal bemerkte ich, dass mein Gegenüber zusammenfuhr, erstarrte und mitten im Satz verstummte. Hatte das tote Auge in Reglosigkeit verharrt? Ich wusste, dass das manchmal passierte, und zwar meistens dann, wenn ich nervös war oder zu viel getrunken hatte. Die Augenmuskeln waren dann plötzlich für einen Moment gelähmt, und das Auge konnte dann in einer merkwürdigen Position verharren, hinauf an die Decke oder nach innen auf den Nasenrücken starren. Ich hatte also wahrhaftig keinen Grund, mich zu sehr aufzuplustern.

Oder vielleicht funktionierten meine Augen doch in ebenso gutem Rhythmus wie steppende Zwillinge, und das Erschrecken rührte von einer verräterischen Miene meines Gesichts her? Das konnte ich nicht wissen. Ich vermutete, dass ich mein Gesicht vielleicht doch nicht so gut verschließen konnte, wie ich es gern wollte. Aber mit meiner Stimme war ich zufrieden: Sie war tief und wohlklingend, sie lächelte schön und zärtlich, sagte Koskela, der sich die *Schweigen*-Sendungen immer anhörte, wenn er an den Dienstagabenden seine Touren fuhr.

Ich hatte für die *Schweigen*-Sendungen im Juli eine gute Liste, die ich beizeiten sichergestellt hatte: für die erste

Woche den Vorstandsvorsitzenden eines großen Medienkonzerns, der im Herbst in den Ruhestand ging, für die zweite einen wunderbaren jungen Tenor, der sich auf das Opernfestival vorbereitete, für die dritte den einzigen finnischen Sieger aller Zeiten im Boston-Marathon und für die vierte eine auf der Bühne immer noch sprühende Diva, die 75-jährige Grande Dame des finnischen Theaters.

Der Medienboss gab so selten Interviews, dass sein Auftritt im *Schweigen* eine kleine Sensation war. Der Tenor war der beste in Finnland seit Veikko Tyrväinen, und ich hoffte, er werde ein bisschen singen. Der Marathonläufer war interessant, denn im *Schweigen* traten sehr selten Sportler auf. Die große Schauspielerin wiederum hatte selbst mitgeteilt, dass sie mein Gast sein wollte, und dagegen hatte niemand etwas einzuwenden.

Aus dem Medienkonzernmann wurde eine der gelungensten *Schweigen*-Sendungen. Der alte Mann glaubte, sich dadurch zu schützen, dass er extrem wenig und überlegt sprach und die restliche Zeit dazu nutzte, mich höflich und fragend anzusehen. Er glaubte, er würde mich dadurch zum Schwatzen veranlassen, und dieses Schweigen, sowohl das des Gastes als auch das der Zuhörerin, funktionierte genau so, wie ich es kalkuliert hatte: In der zweiten Hälfte der Stunde begannen einzelne, schnelle Sätze aus seinem Mund zu strömen, in denen er sein ganzes Leben erzählte. Das war trotz seines unermesslichen Reichtums und seines Einflusses ungeheuer arm, klein und eng. Seine größten Freuden hatte er erlebt, wenn er von etwas anderem träumte. Das Mitleid drückte mir das Herz ab, und zugleich jubilierte ich. Ich war eine lebende Schlinge.

Mein Jubel dauerte nicht einmal eine Woche, denn dann war ich in Schwierigkeiten.

Der Tenor kam nicht in das *Schweigen*, nicht zum Sprechen und nicht zum Singen, denn er starb am Tag vor der Aufzeichnung. Ich entdeckte die Nachricht zufällig spätabends, als ich im Internet die aktuellen Meldungen durchsah. »Bei einem Verkehrsunfall«, meldete der Text.

Später stellte es sich heraus, dass er in der Haartmanstraße nicht unter den Achtzehnerbus geraten war, nein, er hatte sich davorgeworfen. Er war aus der HNO-Klinik gekommen, wo er erfahren hatte, dass er an den Stimmlippen eine bösartige Geschwulst hatte.

Die Macht des Schicksals. Ich ging nicht ins Bett, sondern in mein großes Wohnzimmer hinunter. Ich zündete eine Kerze an und legte Beniamino Gigli auf, öffnete meine einzige Flasche Champagner und nahm aus dem Schrank das russische Kristallglas, das ich von Suvi-Liina bekommen hatte. Ich trank auf das Andenken des Tenors. Ich hatte seine Stimme geliebt, ich hätte ihn gern lebend gesehen. Buchstäblich.

»Solenne in quest'ora giurarmi dovete …« Es blieb mir noch knapp ein Tag. Woher einen Surrogattenor oder überhaupt einen Tenor nehmen, oder einen Bariton oder Bass? Und gar nicht unbedingt einen Sänger, sondern überhaupt jemanden? Ich hatte ein am Himmel gähnendes Loch, ein schwarzes Loch, das bis zum nächsten Abend gestopft werden musste.

Ich hob mein tiefrotes Glas zur Fensterscheibe hin. *»Or muoio tranquillo. Vi stringo al cor mio!«* Alvaro und Carlo, also Gigli und Giuseppe de Luca, gehen singend dem unter den Bus Gefallenen entgegen. Er ist nicht mehr so traurig.

Die Julinacht war schon dunkel. Durch das Rubinrot des Kristallglases hindurch bewegte sich etwas, eine menschliche Gestalt. Der glutrote Koba brachte barfuß die Mülltüte zum Container neben dem Gartentor.

Koba!

Der Mond scheint hell, der Tote fährt schnell, du fürchtest dich doch nicht, mein Mädchen!

Das Licht des Vollmonds zeichnet den ganzen Garten mit glühender Nadel. Opa raschelt im Blätterkompost der Kärkkäinens. Er klettert darauf herum wie ein Partisan in Berg-Karabach, und der Saum seines haarigen Unterrocks blitzt unter dem Stachelkleid hervor. Er hat den Abstand zum Boden hoch hinauf vergrößert, bis zum Ansatz seiner lang gestreckten Beine, ich habe gesehen, wie schnell er sich über den Rasen zum Futternapf bewegen kann. Er ist wie ein zielstrebiger, kurzbeiniger Marathonläufer nach dreißig Kilometern, er weiß, dass er auf diese Weise zum Ziel kommt.

Es war Grab, der ihn Opa getauft hatte. Er ist ein großer, alter Igel, der hier jahrelang ein behütetes Leben geführt, sich die Sommer in diesen ruhigen Gärten herumgetrieben und die Winter unter dem Schuppen der Kärkkäinens verschlafen hat. Da schlafen auch noch andere Igel.

Ein Scheintod! Das ist der Winterschlaf der Säugetiere. Ihre Körpertemperatur sinkt um einige Grad, und der Puls verlangsamt sich auf ein Achtel. Sie sind am Leben, aber nur schwach, und man darf sie nicht gewaltsam wecken.

Auch ich hatte meinen Scheintod. Ich schlief wie gelähmt in meiner dunklen Höhle, fast kalt, und erinnerte mich an das Übrige nur in meinen wirren Träumen. Jetzt weiß ich, dass man im Leben ein Intermezzo, die geheimnisvolle Stille des Scheintods, braucht.

Dann brach mein Frühling an, und ich erwachte zum Leben, langsam, nach meinem eigenen Rhythmus, ohne Zwang. Ich stand in dem besonnten, noch kahlen Garten und blinzelte. Mit steifen Beinen tat ich einen Schritt, zwei, und das Blut begann, langsam in meinen Adern zu kreisen. Im oberen Stockwerk meines Hauses saß Gravenberg und schrieb.

Grab. Noch wenn ich das Zeitliche segne, möchte ich dir nachrufen, damit dein Name mich weiterhin durchströmt.

Möge mir die Zunge am Gaumen verdorren, wenn ich dich vergesse.

Koba soll der kurzfristige Ersatz für den toten Tenor sein. Er kann von seinen Forschungsthemen auswählen, was er will. Ich weiß, dass er kein dummes Zeug redet, und ich weiß auch, dass ich ihn die richtigen Sachen fragen kann. So ganz unwissend bin ich auch nicht.

Vorhin habe ich mit Poika und Sulevi eine schnelle Runde um zwei Karrees gedreht, das war ein Jubeltanz, um meine Idee zu feiern. Bisher habe ich Koba nicht zum Schweigen *einladen mögen, ich glaube, ich habe es nicht recht gewagt. Aber jetzt muss ich es. Ich weiß, dass er einwilligen wird.*

Die Hunde waren wütend, als ich sie mitten in der Nacht von der Matte hochzerrte, mit Ach und Krach nur waren sie bereit, sich vorwärtszubewegen. Dann beeilte ich mich zurück hier herauf, um den Champagner auszutrinken. Gerade kam mir die Idee, aus den Schweigen-*Sendungen ein Buch zu machen. Das Lektorat besorge ich selbst, und dazwischen streue ich meine geheimen Aufnahmen ein, auch die werde ich niederschreiben. Offenbar begnüge ich mich doch nicht damit, nur zuzuhören und zu schweigen.*

Ich holte mir von Koskela noch einmal das Buch, Doktor Murkes gesammeltes Schweigen und andere Satiren,

Otavas Delphinbücher 1962, *aus dem Deutschen von Kristiina Kivivuori:*

»Es ist natürlich einfach«, sagte der Techniker, »das Schweigen rauszuschneiden und zwölfmal Gott reinzukleben – wenn Sie 's verantworten können.«

Auf dem Kompost erscheint auch ein kleiner Igel – was mag Suvi-Liina dort hingeworfen haben? Kann man aus Küchenabfällen außer der Vergangenheit auch die Zukunft ablesen?

Sollte nicht gerade ich eine voll ausgebildete Meisterin des Vorhersagens sein?

Viermal hat der kleine Igel geschrien: Die Hexen kochen in der dunklen Höhle einen Zaubertrank. Beim dritten Mal steigt aus dem Kessel ein gekröntes Kind und prophezeit das Ende des Tyrannen: Macbeth wird unüberwunden bleiben, bis der Birnamwald heranrückt zum Schlosse Dunsinan.

Der Tor lachte über die verrückt klingende Prophezeihung, er hat nicht begriffen, als die Stunde kam, dass die Zweige, die die Armee vor sich hertrug, vom Schloss aus wie ein Wald aussahen. Hätte er sich mal angesehen, was der dem Kessel entsteigende Junge in der Hand hielt. Das war ein deutlicher Hinweis. Der Tyrann verstand es falsch und ging zugrunde.

Die Wahrheit entsteht aus Scheintoden und Missverständnissen. Und auch Bekenntnisse werden beiläufig geflüstert, beiseite, mit der Hand vor dem Mund, so wie Shakespeares Helden ihre Wahrheit aussprechen. Von ihnen kann man nicht schweigen, sie sind wichtiger als das offene Gespräch von Angesicht zu Angesicht.

Das war doch ein ideologischer Brei, das Gebräu der finnischen neuen Linken Ende der Sechzigerjahre … Es gab die offizielle Außenpolitik und die Anpassung der Linken an die sowjetische Hegemonie und dann scharfen Antiimperialismus. Aus dieser Dreieinigkeit entstand in unserer neuen Linken eine naive Sowjetophilie. Das habe ich mir nicht ausgedacht, das hat Kimmo Rentola gesagt, aber so ist es. Und daraus entstand das Taistojanertum.«

Koba war durchaus kein unerfahrener Interviewpartner. Er starrte beim Sprechen nicht misstrauisch den Rekorder an in der Vermutung, dass darin ein geheimes Gerät steckte, das die Worte verfälscht. Er lehnte sich entspannt in seinem Stuhl zurück, den Kopf im Nacken, die Arme über der Brust gekreuzt, und blickte auf die Siebzigerjahre zurück.

»In der Kommunistischen Partei Finnlands wurde dieser kindische Enthusiasmus wahrgenommen, und man wunderte sich dort ein wenig darüber. Die alten Kommunisten glaubten an das sowjetische System und traten dafür ein, aber das oft mit einer gehörigen Portion von kargem Realismus. Für die Russen aber war die wachsende Begeisterung der Jugend für die Sowjetunion noch erstaunlicher. Hatte man ihnen doch stets eingehämmert, dass ihr System allen anderen überlegen sei und dass man das früher oder später auch im Westen erkennen würde. Jetzt waren sie verblüfft, dass es tatsächlich so gekommen war. Du hast doch x-mal gehört, wie oft sich Tauno darüber mokiert hat.«

Den letzten Satz würde ich für die Sendung herausschneiden müssen, obwohl Tauno sich freuen würde, seinen Namen im Radio zu hören. Aber Koba sprach gut. Er war dabei, mich zu retten, und es klang nicht wie eine Notlösung. Dass ich ihn so kurzfristig, nur wenige Stunden vorher, angesprochen hatte, schien ihn überhaupt nicht zu stören und auch nicht die Tatsache, dass wir den Ausgangspunkt nur vage festgelegt hatten: die finnischen Kommunisten vor und nach den Kriegen. Er würde seinen Gedanken bei Bedarf in alle Richtungen freien Lauf lassen können, und den Titel der Sendung würden wir bis zum nächsten Tag für den Ansager formulieren, wenn die Sendung ausgestrahlt wurde. In den Zeitungen stand auf jeden Fall das falsche Thema, der tote Tenor.

Wir saßen einander gegenüber am Tisch auf Kärkkäinens großer Glasveranda, die direkt aus der Küche als Fortsetzung des Esszimmers schön erweitert worden war. Durch die Fenster der Veranda und der Küche hatte ich oft von meiner oberen Etage aus das soziale Leben der Kärkkäinens beobachtet, aber jetzt war ich selbst hier, Grau in Grau, Moos ansetzend und verdorrend, als pittoresker Gegensatz zu der weißen Einrichtung der Veranda. Sie stammte aus Halosenniemi. Pekka Halonen selbst hatte sie vor hundert Jahren gezimmert, sagte Koba.

Wir tranken hier in *Fannys Welt* die Zitronenlimonade von *Schrot und Korn*, und es gab auch Haferkekse auf blauweiß gestreiftem Teller. Ich hatte das seltsame Gefühl, dass ich den Teller im vorigen Sommer bei mir gesehen hatte, als ich die große Speisekammer der Küche geputzt hatte.

Es hatte mich in keiner Weise überrascht, dass Koba das *Schweigen* mit dem Ende der Sechzigerjahre beginnen wollte sowie damit, in welche Richtung sich die neue Linke in Finnland in den Siebzigerjahren entwickelt hatte. Diese bemerkenswerten Jahre schienen ihn zu beschäftigen. Nach seinem Umzug von Viitasaari nach Helsinki hatte er bis Mitte der Siebzigerjahre an der Bewegung teilgenommen, bis er von einem Tag auf den anderen jeglicher praktischen Politik entsagte, sich der politischen Geschichte widmete und in Bibliotheken und Archiven vergrub.

Anscheinend hatte Koba das ständige Bedürfnis, seine Hände wegen der Siebzigerjahre in Unschuld zu waschen. Das fand ich verwunderlich, da er doch ohne Blessuren davongekommen und aus ihm ein international anerkannter Wissenschaftler geworden war. Ich kannte aus jener Zeit viele, deren Leben danach niemals so recht in Gang kam.

Es war verrückt, dass sogar Tauno, der alte, wenn auch scharfzüngige Mann, Koba mit seinem Spott leicht zur Raserei bringen konnte. Tauno würdigte es überhaupt nicht, dass der junge Student Ilkka Kärkkäinen während des großen Streiks der Metallarbeiter von 1971 zusammen mit ihm in denselben Reihen marschiert war. Er hielt Koba für einen Heuchler, »egal, worüber er promoviert und worin er gewühlt hat«, wiederholte er immer wieder zu Sylvi und allen, die es hören wollten.

Dass Koba seine Hände in Unschuld wusch, bewies meines Erachtens ganz klar Charakterschwäche – selbst wenn er sich für die Minderheit der KPFi entschieden hatte. War doch sein Vater lange Jahre Mitglied der kommunistischen Fraktion des Gemeinderats von Viitasaari gewesen, und Kaari hatte erzählt, dass ihre Familie am ersten Mai immer hinter der roten Fahne und den Standarten der Ortsparteigruppe über die schlammige Dorfstraße marschiert war, Vater, Mutter und die Kinder, das kleinste in der Kinderkarre. Die Vierzig-Stunden-Woche für alle! Lang lebe die Freundschaft zwischen Finnland und der Sowjetunion! Es lebe der Vertrag über Freundschaft, Zusammenarbeit und gegenseitigen Beistand!

Aber Ilkka Kärkkäinen war doch empfindsamer, als man aus seinem selbstsicheren *Sei-gegrüßt-Ukraine!*-Aussehen hätte schließen können, und er wurde zumindest nicht dadurch dickfelliger, dass die Vergangenheit um die Jahrtausendwende wieder aufzutauchen begann. Sie stieg immer wieder an die Oberfläche, wie eine rote Plastikente, die das Kind in der Badewanne vergeblich unter Wasser zu drücken versucht.

Die sowjetfreundliche sozialistische Jugendbewegung, die sich vor dreißig Jahren in Luft aufgelöst hatte, nahm in der Presse, im Fernsehen und in der Mode nostalgische, romantisierende Züge an. Ich wusste, dass Koba sich davon angewidert fühlte.

Die neue Generation, die nur wenig von der Geschichte wusste, sah darin die putzige Attraktion eines neuen Trends, aber auch die zündenden Lieder der Siebzigerjahre ließen sie nicht kalt. Bei den Konzerten gebeugter, kahl gewordener Komponisten und grau und füllig gewordener Sänger füllte sich erneut Abend für Abend das Kulturhaus, jetzt jedoch mit einem Publikum, das hinsichtlich Alter und Erfahrungen äußerst gemischt war. Es wäre tragikomisch und auch ein wenig erbärmlich gewesen, wenn das nicht eine eigenartige, pervertierte Schönheit gehabt hätte. Ich dachte mir, dass man der Vergangenheit und der Erinnerung wohl doch irgendwie Respekt zollen müsse. Sei es dann in dieser Weise.

Der von Uusitupa mit Sternen bekränzte Film *Die Helden von Hennala* war die Retrospektakelkulmination einer Entwicklung, die sich um Legitimation und Verständnis bemühte, ein in die Form eines Musikfilms gepresstes, abartiges und voraussichtlich gut verkäufliches Machwerk über die roten Helden des Bürgerkriegs, mit denen durch besondere Wendungen des Plots auch das ebenso große Heldentum des weißen Generals Mannerheim verknüpft war.

Im Trubel der nostalgischen Welle tauchte der junge Ilkka Kärkkäinen oft und erkennbar in alten Filmstreifen und Pressefotos auf. Er war keineswegs ebenso erpicht darauf, interviewt zu werden. Jetzt jedoch hatte er sich ohne Zögern als mein Retter in die Bresche geworfen. Vielleicht wollte er sich doch reinwaschen, indem er seine Sünden bekannte und die Vergangenheit analysierte.

»Wir spielten ja die Rolle des Handlangers, das aber, ach, wie gern. Die Russen freilich wunderten sich über diese seltsamen ideologischen Schwenks, aber sie verstanden es, sich die politischen Folgen zunutze zu machen, die aus der sowjetfreundlichen neuen Linken resultierten. Es stellte einen Wert dar, dass die Jugendbewegung im Nachbarland Finnland der Sowjetunion bei verschiedenen außenpolitischen Initiativen letztlich viel leichter zur Verfügung stand als die Regierung des Landes. Das weiß ich sehr wohl, war ich doch auch im sozialistischen Jugendverband der Provinz Uusimaa in der letzten Phase eine Weile mit dabei«, prustete Koba und nahm vom Serviertisch die Kanne mit der Limonade, die überschwappte und auf dem Tischtuch eine Lache bildete.

Schnaubend ging er in die Küche, um Küchenpapier zu holen. Ich hatte schon früher bemerkt, dass Koba ein außerordentlich reinlicher Mann war, so einer, der ständig die Teppichfransen am Fußboden richtet. Ich schaltete den Rekorder aus und hob rasch den Keksteller hoch: Auf seiner Unterseite war tatsächlich das blaue Zeichen der bekannten Fabrik und der große, mit Schwarz gezogene Buchstabe A. Meine Mutter hatte den Teller einst von Taunos Mutter Lyyli als Geschenk bekommen. Lyyli erzählte, dass ihre schwachsinnige Tochter Alma unbedingt den Anfangsbuchstaben ihres Namens auf alle Gegenstände der Susis schmieren wollte.

»Du erinnerst dich doch sicherlich an den Herbst 1970? Wir kannten uns damals schon«, sagte Koba, als er aus der Küche zurückkam.

Er hatte sich also doch an mich erinnert und mich in Kanaan wiedererkannt. Das hatte er mit keiner Miene und keinem Wort zu erkennen gegeben, und der Gedanke war mir unangenehm, mehr noch, er war furchterregend. So als hätte Koba, von mir unbemerkt, die ganze Zeit seine Hand auf meine Schulter gelegt.

Wortlos deutete ich auf den Rekorder und schaltete ihn ein. Noch hatte es keine größeren Phasen des Schweigens gegeben. Dies würde eine richtige Radiolektion werden.

»Die Jüngsten fluteten extrem nach links – daran konnten weder der Parteivorstand der KPFi noch die Sozialdemokraten etwas ändern. Jetzt gab es Kanäle und Aufnehmende: in Helsinki für die Studenten die Akademische Sozialistengesellschaft und für die anderen den Sozialistischen Jugendverband Uusimaa. Und die begannen anzuschwellen. Während jenes Semesters bekam die ASG fünfhundertfünfzig neue Mitglieder, und bei der äußersten Linken entstand eine neue Jugendbewegung, deren Mitglieder später als Taistojaner bezeichnet wurden.«

»Ein tschechoslowakischer Freund von mir, der in Paris lebte, fragte mich immer spöttisch: ›Wie geht's den kleinen finnischen Stalinisten?‹ Die Besetzung von Prag war erst zwei, drei Jahre her. Ich fand sein Gerede damals sehr verletzend«, sagte ich leise.

Ich würde auch diesen Satz herausschneiden. Es kam mir nicht zu, teilzunehmen und etwas von mir selbst preiszugeben. Aber es war ja wahr, dass, als in Finnland als Erbe der neuen Linken eine revolutionäre Jugendbewegung entstand, die sich als extrem sowjetisch gesinnt proklamierte, man sich überall in Europa darüber wunderte, nicht zuletzt in den osteuropäischen Ländern.

Koba hatte sich immerhin etwas notiert. Anscheinend war seine Augenoperation irgendwie missglückt, denn er entnahm der Brusttasche seines blau-schwarz gestreiften Marimekko-Hemds eine schmale Brille:

»Im Oktober desselben Jahres errang die Akademische Sozialistengesellschaft bei den Wahlen zur Studentenschaft wieder einen großen Wahlsieg. Die Unterstützung, die sich in zwei Jahren verzehnfacht hatte, war auf zwanzig Prozent gestiegen und damit größer als die der Volksdemokraten bei den allgemeinen Wahlen. In der Studentenschaft führte die ASG die anderen im Zeichen der Volksfront, und ebenso geschah es in vielen Universitäten und im Bund finnischer Teenager.

Du musst dir mal vorstellen, der Teenagerbund war jetzt ein Modell, wie man es sich in der internationalen Abteilung der KPdSU für die ganze Politik erträumte: an der Macht eine allgemeindemokratische Front, an der Spitze der linke Sozialdemokrat Erkki Liikanen, die Basis und die ideelle Hegemonie in der Hand der neuen, strammen Kommunisten, die Konservativen isoliert in der Opposition. Einer Instruktion aus der Sowjetunion hatte es nicht bedurft.«

Koba nahm die Brille ab und kaute nachdenklich an einem Bügel. Er starrte auf den vor dem Fenster wachsenden Apfelbaum, denselben, dessen Zweige bis zum Fenster meines Schlafzimmers heraufreichten. Die Apfelbaumgespinstmotte hatte die Fruchtknoten, von denen die Blütenblätter schon abgefallen waren, mit einem bereiften Schleier überzogen. Dieser Baum würde im August keine Frucht tragen.

»Damit begann die Gettoisierung der jungen extremen Linken in ihrem eigenen starren Lager, obwohl anfangs alles sehr hoffnungsvoll gewesen war und die Schar immer größer wurde«, sagte Koba langsam. Er schien einem fernen Lied zu lauschen. Auch ich konnte den Text.

»Die ganze Bedeutung der Wende wurde jedoch langsam sichtbar. Ende 1970 sah es so aus, als würde die Bewegung der jungen Intelligenz nach links noch lange nicht zum Stillstand kommen ... In den Universitäten und Gymnasien erstarkte der Neostalinismus rasch. Die führenden Medien, der Rundfunk und die Zeitung *Helsingin Sanomat* begannen schon, sich von der radikalen linken Jugend zu distanzieren, als man sah, welche Richtung die Menge eingeschlagen hatte.«

Koba krempelte sich die Hemdsärmel auf. Mein Blick blieb an seinen stark wirkenden Armen hängen, die dicht mit blonden Härchen bewachsen waren. Sie hatten etwas Ekelerregendes. Warum nur wirkt dunkle Behaarung anziehend, aber blonde nicht? Erinnert blonde Behaarung an Ferkel oder Schweine? Ist es so, dass blonde Kopf- und Körperhaare beim Mann ein Zeichen für Weichheit und Hingabe sind, während sie bei der Frau ...

Grab hatte feste, sehnige Arme gehabt, Koskela dagegen kräftigere, die großen Muskeln wölbten sich stramm hervor.

Sozialistischer Bibliotheksautorealismus: Mit starken Armen drehte der Fahrer das Lenkrad seines Wagens, wenn der mit einer Bücherkabine ausgestattete Laster durch goldgelbe Weizenfelder zur Bibliothek von Uljanowsk fuhr. Als Hintergrund ein Kinderchor: »Fertig zur Abfahrt, Schiffe der Wolga, Einpeitscher warten voll Hohn! Brechen die eisigen Fesseln des Flusses, zischen die Peitschen schon. Doch ehe noch eisfrei der russische Strom, in Simbirsk, da wurde geboren ein Sohn! Doch wussten jene Treidler nicht, dass er dereinst die Peitschen zerbricht.«

Ich habe das Lenin-Museum in Simbirsk/Uljanowsk besucht. Das war ein niedliches Pfefferkuchenhaus, wie aus Südschweden. Kindermädchen und Koch hatten ein eigenes Zimmer, im Speisezimmer unter dem Kristallkronleuchter ein hübsch gedeckter Tisch, an den Fenstern weiße Spitzengardinen. Auf dem Klavier war Wagner und auf dem Hof Krocket gespielt worden, und ein eigener Gärtner hatte den Garten in Ordnung gehalten. Wie konnten in einem so liberale Ideen pflegenden Bürgerhaus, wo die Regale im Keller sich unter der Last der selbst eingemachten Konfitüre bogen, zwei Brüder heranwachsen, von denen der eine Terrorist und der andere Begründer des Archipels Gulag wurde? Der kleine Wladimir war allerdings ein ungehorsames Kind gewesen, das die anderen bösartig ärgerte und sich manchmal in ein Versteck zurückzog, um sein neues Spielzeug in Stücke zu reißen.

Wenn in dieser Sendung passende Platten gespielt würden, wäre die Auswahl unbegrenzt. Ich musste lachen. Ob Koba sich an das Lied von Lenin erinnerte, an die ganze Lenin gewidmete Platte? An Kalle Holmbergs donnernde Rezitation: *An Lenin zu erinnern ist es Zeit, doch nicht, weil uns're Trauer schon verflogen wär' …*

Wie lange hatte Koba geschwiegen? Die blaugrauen, von glühendem Licht glänzenden Augen sahen mich unverwandt an. Sie waren frappierend schön unter den sehr dunklen Brauen. Verwirrt wollte ich schon den Mund auftun, als er fortfuhr:

»Unsere westliche, neolinke Jugendbewegung schloss sich freiwillig und eifrig dem Lager der Sowjetunion an … Das hat natürlich die Dortigen verblüfft und ihnen geschmeichelt, sie aber kaum erfreut. Es kam ja der Minderheit der gespaltenen Kommunistischen Partei Finnlands zugute, anders als man es beabsichtigte. Die neue radikale Generation sollte die ganze Partei beeinflussen, und auch die Sozialdemokraten. Sie sollte das Werkzeug der in Finnland entstehenden Revolution sein.

Zur selben Zeit tendierte auch ich allmählich zu der Auffassung, dass da zu weit gegangen worden war. Ständig nagten Zweifel an mir ... Auch spielte es eine Rolle, dass es in den innersten Kreisen der Kommunistischen Partei offenbar sehr viel Bitterkeit und viele geschlossene Türen gab, die man nicht mehr öffnen wollte.«

Koba hing seinen Gedanken über die verschlossenen Türen nach. Mir wurde klar, dass ich jetzt nicht zulassen durfte, dass das Schweigen sich hinzog, denn dann wären die Hörer verloren. Sie kannten ja die jüngere Geschichte der Kommunisten nicht gut genug. Ich beschloss, einen raschen Stopfstich zu machen, mit dem ich die verschiedenen Stücke desselben Stoffs zusammennähen würde:

»Und deshalb ... ja, hast du gleichsam selbst angefangen, die Schränke hinter den Türen zu säubern? Herauszufinden, was verschwiegen worden, wovon niemals die Rede gewesen war? Da sie ja nun mal nicht selbst ...«

Schweigen, sich hinziehendes Schweigen. Kaltblütig ließ ich es zu. Dann brach es aus Koba heraus:

»Wir im Jugendverband und in der Akademischen Sozialistengesellschaft hatten sorgfältig den Gedanken der Partei gehegt, dass die Kritik an der Sowjetunion Schwarzmalerei und antisowjetische Propaganda seitens der Bürgerlichen war. Es war also nicht der Fehler der KPdSU oder der Kommunisten, dass Stalin Fehler begangen hatte und dass es Missbrauch gegeben hatte. Dieser Punkt war bereits abgehandelt worden, darauf brauchte man nicht mehr zurückzukommen. Es ging ja einzig und allein um den Personenkult um Stalin.«

Wie viel verrät doch die Stimme von einem Menschen! Wer sie einfach fließen lässt, ist schutzlos und nackt. Hinter der Stimme kann man sich nicht verstecken so wie hinter einem Gesicht. Die Stimme ist unbestechlich, sie trügt nicht. Ein überraschendes Vibrieren bekommt man nicht unter Kontrolle, ein plötzliches Abbrechen des Satzes kann man nicht vorhersagen. Aus dem Klang der Stimme hört man die Wut heraus, und die Verbitterung dringt durch, auch wenn man sie noch so sorgfältig zu verbergen sucht. Die Augen kann man verschleiern. Die Stimme nicht.

Koba presste neben dem Kuchenteller meiner Mutter die gefalteten Hände zusammen. War bei ihm im Kopf etwas nicht ganz richtig, da er unter diesen teuer gekauften oder kopierten oder gestohlenen Sachen wohnen und leben konnte? Mein Heim, mein Stil: Imitation, Fiktion, Korruption.

»Man darf natürlich nicht vergessen, dass Stalin für die Kommunisten eine so gewaltige Autorität war. Der Vater aller Völker war auch für die Finnen ein ganz realer Terminus. Er hatte ja den Krieg gewonnen. Die Existenz Finnlands hing viele Male am seidenen Faden, und nicht zuletzt an der karelischen Front, wo Stalin seine Kriegsziele dann doch nicht erreichte. An neun anderen Fronten schon, von denen die wichtigste Berlin war. In Finnland aber kam die Armee nicht bis zum Kymijoki-Fluss und auch nicht bis Helsinki, und Stalin …«

Jener Tag war der 12. Juli 1944 gewesen, davon hatte mein Vater oft gesprochen. Als die Front auf der Karelischen Landenge einbrach, war er zu Fuß gegangen, gerannt, gekrochen und schließlich irgendwie mit dem Zug nach Kouvola gelangt. An jenem Tag im Juli bemerkte die finnische Aufklärung, dass die Züge, die die sowjetischen Truppen beförderten, plötzlich in die andere Richtung fuhren. Mannerheim und das Hauptquartier begriffen, dass sich der Schwerpunkt des Krieges woandershin verlagerte. Das war der Strohhalm, mit dessen Hilfe man überlebte. Wegen des Abwehrsiegs von Tali-Ihantala respektierte Stalin Finnland und begnadigte gewissermaßen den Nachbarn, der so zähen Widerstand leistete.

Jetzt beugte Koba sich regelrecht zu dem Rekorder vor, legte sich fast darauf und sprach mit etwas lauterer Stimme zu ihm. Er wollte auch den unbelebten Gegenstand überzeugen:

»Vater aller Völker oder nicht, ich jedenfalls gewann immer deutlicher den Eindruck, dass das Schweigen über die unaufgearbeiteten Dinge Verrat war, es kam mir allmählich unmöglich vor, wenn man bedenkt, wie groß die Bedeutung der KPFi für die Geschicke des Landes war. Die Größe der Partei beruhte auf dem Bürgerkrieg und dem Jahr 1918, weil ja die Hälfte des Volkes bei dem Aufstand mitgemacht hatte. Als er mit einer fürchterlichen Niederlage endete, bei der mehr als dreißigtausend Menschen umkamen, blieb die schwere Erinnerung daran, und das war die Basis für die Anstrengungen der Partei.

Ich hab gedacht, dass ich allen Roten, die damals umkamen, und besonders denjenigen, die etwas später in Sowjet-Karelien vernichtet wurden, etwas schuldig bin. Wenn man das nicht innerhalb der Partei untersuchen kann, dann muss man es außerhalb von ihr tun.«

Die Erdkröte schreit. Ich hab Lust, mich nackt auszuziehen und zu waschen, mich mit grobem Stoff blutig zu schrubben und alle Fenster in die regnerische Nacht hinaus zu öffnen.

In die Requisiten müsste man mit Nadeln viele Löcher stechen, damit das Ödem leerläuft und man von drinnen auch einen Blick woandershin werfen kann. Da drinnen ist auch die Ikone ein Element der Inneneinrichtung.

»Guck mal, was Ilkka für ein wunderschön besticktes Handtuch in Aunus aufgetrieben hat. In Karelien pflegt man die Ränder einer Ikone mit solchen Handtüchern zu verhüllen«, zwitscherte Suvi-Liina, als ich mich zum Gehen anschickte. Es juckte mich in den Fingern, mit der Faust die Ikone zu zerschlagen. Jetzt plündern sie Karelien aus, und sie haben dort schon eine kleine Kopierwerkstatt. Im Zentrum von Helsinki wollen sie demnächst ein Geschäft namens Onega *eröffnen.*

Ich nahm den Teller. Steckte ihn kaltblütig in die Tasche, als Koba vom Tisch aufstand. Die restlichen Haferkekse kippte ich auf den Fußboden.

Es ist vorbei. Es war viel schwieriger, als ich gedacht hatte, obwohl er so flüssig, so klar, so offen war. Offen? Das nun wohl doch nicht. Er lebt unter hohem Druck, irgendwo ganz unten, so wie die Tiefseefische. Er hatte sich wohl eingebildet, ich hätte angenommen, er schwimme oben, im Licht, aber ich habe doch seine Melancholie, ja fast eine Trauer herausgehört, die dabei ist, in Hass umzuschlagen.

Als ich mich an der Haustür von ihm verabschiedete, packte er meine kaputte Schulter und sagte, um ein leichtes Lächeln bemüht, vorgeblich scherzhaft: »Mag sein, dass meine besten Jahre vorüber sind, aber ich möchte sie nicht zurück. Und zwar wegen des Feuers, das jetzt in mir brennt.«

Er zitierte Samuel Beckett, und das klang ganz … unsinnig, ja vermessen. Welches Feuer?

»Da werden Wüstentiere und wilde Hunde einander treffen, und ein Feldgeist wird dem anderen begegnen. Das Nachtgespenst wird auch dort herbergen und seine Ruhestätte dort finden.«

Jedenfalls nicht im Haus der Kärkkäinens. Ich dachte dasselbe wie früher schon manchmal: Wenn das Haus der Kärkkäinens von bergmanschem Zauber ist, dann soll der Film Das siebente Siegel *sein.*

Welchen Zauber würde Suvi-Liina darin finden, vielleicht die Stelle, wo Max von Sydow mit dem Tod Schach spielt? Oder die, wo das Mädchen, das die Leute für eine Hexe hielten, auf dem Scheiterhaufen verbrannt wurde, oder den Sensentanz am Horizont am Ende des Films?

»Mit Stroh gehet ihr schwanger, Stoppeln gebärt ihr; euer Zorn ist ein Feuer, das euch selbst verzehren wird.«

Als ich mit der alten Schauspielerin einen Termin für das Schweigen *ausmachte, sagte sie: »Ich werde versuchen, die Dämonen in der Handtasche zu behalten.«*

»Das ist nicht nötig«, entgegnete ich. Ich hasse Verstellung.

Ich sehne mich nach Donner:

Nun, ihr da, geheimnisvolle schwarze Hexen, was macht ihr da? Ein namenloses Werk.

Der Kesselraummann war von Kärkkäinens *Schweigen* begeistert. Ich hatte ihn noch nie so wortreich reden hören. Er glühte an dem regnerischen Juliabend so rot wie ein Gartenzwerg.

Zum Verhaltenskodex des Hundeausführens gehörte es, dass über Arbeitsstellen, Familien, Kinder und den sonstigen Alltag extrem wenig gesprochen wurde. Ich hatte dem Kesselraummann, Kaisa und Salome – deren richtiger Name Salme war – gesagt, dass ich als Broterwerb Radiosendungen machte, das war alles. Kaisa und ich unterhielten uns immerhin manchmal über Bücher oder über die schwere Arbeit der Hilfspfleger in der Demenzabteilung des Altenheims, aber ich war erleichtert darüber, dass niemals auf etwas, das meine eigene Arbeit betraf, angespielt wurde. Ich glaubte nicht einmal, dass sie das Erste Programm von Yle hörten. Ich war nur ein Hundemensch unter anderen Hundemenschen, die die Straßen und Gassen entlangwanderten.

Hundemenschen haben den Körper eines Menschen, aber einen Kopf, der allmählich einem Hund zu ähneln beginnt. Der Kopf denkt immer mehr wie ein Hund. Die Hunde werden zum wichtigsten Rudel des Hundemenschen – in diesem Sinne ist der Hundemensch wie die Scheinschildkröte, die vergebens versucht, als richtige Schildkröte zu gelten, oder wie ein Auerbirkhuhn, das sich nicht ganz sicher ist, wie es sich verhalten soll. Wie wäre es aufzuhören, ein Hundemensch zu sein?

Aber diesmal wurden die Analdrüsen von Salomes Promenadenmischung Fransu mit keinem Wort erwähnt. Ich hatte davon so viel gehört, dass ich Salome schon ein wenig mied. Jetzt führte der sonst so schweigsame Kesselraummann ständig das Wort, sobald das Anzünden neuer Zigaretten es zuließ, während wir um den Genezareth-Platz herum- und auf den Berg hinaufgingen.

Es stellte sich heraus, dass er schon mal von Dozent Ilkka Kärkkäinen gehört hatte, jetzt aber zufällig auf Hörweite des Radios gewesen war, weil seine Frau auf das Interview mit dem Tenor gewartet hatte, dessen Tod zu Beginn der Sendung bekannt gegeben wurde. Die Frau des Kesselraummanns war eine Bewunderin des Tenors, denn der hatte auch eine Platte mit den größten Hits von Olavi Virta eingespielt.

Auch über Politik hatten wir nie gesprochen, abgesehen von damals, als Kaisa oder Salome die kraftlosen Führer ihrer Gewerkschaften kritisiert hatten. Ich wusste, dass Kaisa einen irrsinnig geringen Lohn für ihre anstrengende Arbeit bekam, und hatte viele Male von Salomes immer wieder verlängerten Verträgen über eine befristete Beschäftigung am Schalter des Sozialamts gehört. Der Kesselraummann schien eine solidere wirtschaftliche Grundlage zu haben. Ich hatte es so verstanden, dass er Fachmann in einer der traditionell männlichen Branchen war, die mit Rohren und Wasserleitungen zu tun hatte.

»Kärkkäinen wollte gerade erst zu seinem Thema kommen, da war die Sendung zu Ende«, sagte der Kesselraummann begeistert. Er hatte ziemlich dünnes, blondes Haar, das er mit Frisierschaum verwuschelt hatte, farblose, kleine Augen und eine große Warze auf der Wange, fast direkt neben der Nase. Die Warze glühte ebenso rot wie das übrige Gesicht. »Hättest du ihm doch mehr Zeit gegeben, dann hätten wir alles gehört.«

Ich erklärte dem Kesselraummann und auch Kaisa und Salome, die schweigend zugehört hatten, dass ich immer anderthalb Stunden für die Sendung aufnahm. In dieser Zeit kann jeder das sagen, was er auf dem Herzen hat, das hatten meine Erfahrungen gezeigt, und auch, dass, obwohl die Länge der Radiosendung genau eine Stunde betrug, beim Aufnehmen jeweils die zusätzliche halbe Stunde entscheidend war. Bei der eigentlichen Sendung war deren Inhalt oft wichtig.

In der letzten halben Stunde ist der Mensch warm geworden, es sprudelt aus ihm heraus, er ist voller Vertrauen und fürchtet nicht mehr das Schweigen der auf der anderen Seite des Tisches sitzenden Einäugigen, sondern nutzt das Schweigen als Sprungbrett.

Das Schweigen nährt die Gedanken und die Offenheit. So funktioniert es, das hatte ich zu meiner Verwunderung festgestellt: dass das Schweigen als Sympathie und Unterstützung verstanden wurde. Das lag daran, dass so viel ununterbrochenes Gerede, Small Talk, in die Welt gekommen war, das einen müde machte. Schweigen war ein Geschenk, Schutz und Kraft, und es regte einen zum Sprechen an.

Ich verstand auch, dass mein seltsames Aussehen meine Gäste beeinflusste. Ich war verkrüppelt genug.

In anderthalb Stunden hatte ich fast immer alles auf die Minidisc bekommen, was ich wollte: Sätze, lange Pausen, Seufzer, Ächzen, Stuhlknarren, neue Anfänge, Korrekturen, die Rückkehr zu dem, was der Betreffende zuvor nur angerissen hatte und was er wirklich sagen wollte. Bald danach ließ die Konzentration nach, und wir begannen zu plaudern. Einmal, als ich eine Aufnahme abhörte, stellte ich fest, dass ich mit einem Videokünstler am Ende eine Viertelstunde über die Farbwahl für meinen Hausanstrich gesprochen hatte und dass er sich eifrig an der Lösung des Problems beteiligt hatte.

»Außerdem wollte Kärkkäinen gar nicht zur Sache selbst kommen«, sagte ich. »Du hast vielleicht nicht bemerkt, dass er die ganze Zeit sein Forschungsthema hütete und nur vage Andeutungen dazu machte.«

Der Kesselraummann nickte. Wir hatten auf der Anhöhe Halt gemacht, deren Name auf den Karten Ölberg war, und ließen die Hunde frei. Auf dem felsigen, mit Krüppelkiefern bestandenen, ebenen Platz leuchtete am Ende eines hohen Mastes eine orangefarbene Straßenlaterne wie der Scheinwerfer eines Konzentrationslagers. In ihrem fahlen, aber alles scharfzeichnenden Licht ließ der Kesselraummann langsame Sätze aus dem Mund fallen wie Schotter, der ohne Nachhall zu Boden prasselte:

»Kärkkäinens Reden haben mich deshalb interessiert, weil der Bruder meines Großvaters vor dem Winterkrieg in Sowjet-Karelien verschwand. Man wusste, dass er ins Lager gebracht worden war, und von dort kam auch über eine Reihe von Mittelsmännern ein einziger Brief. Dann nichts mehr. Aatto hatte zu denjenigen Roten gehört, die den Bürgerkrieg überlebt hatten und nach der Niederlage sofort aus Hämeenkyrö geflohen und ins Nachbarland gegangen waren. Er hatte nicht zu den Anführern gehört, er war ein gewöhnlicher Mann aus dem Volk. Nicht die finnischen weißen Schlächter haben Aatto umgebracht, sondern die eigenen Leute in der Skifabrik von Kontupohja. Und den Rest besorgte Staalin.«

Der Kesselraummann sagte Staalin, mit langem a, er zog den Namen so lang, dass er ihn mit bitterer Galle sättigte. Schweigend hörte ich zu.

»Aatto ist in unserer Familie niemals vergessen worden. Dafür sorgte der Großvater, Aattos Zwillingsbruder. Und der Alte, ich meine, mein Vater, hat diese Erinnerung dann geerbt. Er sagte immer, das Einzige, was der arme Mann tun kann, ist, sich zu erinnern. Und im Gedächtnis zu behalten.«

Der Kesselraummann wiederholte, was auch Koba in der *Schweigen*-Sendung gesagt hatte: dass in der Sowjetunion mehr Kommunisten oder sonstige rote Finnen vernichtet wurden, als Soldaten im Winterkrieg umgekommen waren, nämlich mehr als zwanzigtausend. Im ganzen Land hatte es sie gegeben, selbst in Sibirien und den südlichen Republiken, aber die meisten hatten in den Gebieten Leningrad, Petrosawodsk und Moskau gewohnt.

»Die Rationalität, mit der so viele Finnen getötet wurden, lässt sich wohl nicht anders erklären als durch Stalins Argwohn, dass, wenn es hart auf hart kommen würde, sie doch Verrat üben und sich auf die Seite Finnlands schlagen würden. Die Vernichtung war kein reiner Irrsinn, es war Zweifel an ihrer Loyalität, hatte aber kaum reale Grundlagen«, fuhr der Kesselraummann fort. »Der Terror, der die Finnen vernichtete, war Vorbereitung auf den nahenden Krieg. Zur Sicherheit wurden diejenigen eliminiert, die verdächtig waren. Und dabei halfen die eigenen Leute.«

Die Finnen waren nach Sowjet-Karelien gegangen, um eine bessere Welt zu bauen. Das wusste ich. Sie brachten Karelien zum Blühen, die Republik entwickelte sich besser als die anderen, denn die geschickten finnischen Fachleute, die Kerntruppe der Finnischen Kommunistischen Partei, bauten unternehmerische Aktivitäten und Fabriken auf. Die russischen Parteileute blickten neidisch auf die von den Finnen geführte Partei und auf ihren Erfolg in Karelien. Die Ideologie, die dort angewandt wurde, entsprach wahrscheinlich nicht ganz der reinen Lehre – es waren auch Kommunisten aus den USA und Kanada dabei.

»In gewisser Weise kann man natürlich verstehen, dass es so lief«, sagte ich zu dem Kesselraummann. »Und wir sind niemals gefragt worden, und man wird uns wohl auch niemals fragen, ob wir das akzeptieren oder nicht. Es ist nur eine so entsetzliche Sache. Dass sich nämlich aus Sowjetrussland letztlich nur die Führungsfiguren der KPFi nach Finnland retten konnten und überlebten, und natürlich diejenigen, die in Finnland im Gefängnis gesessen hatten. Sie wurden in Finnland nicht erschossen und in Russland nicht verfolgt. Und diese harte Kerntruppe führte dann die kommunistische Partei nach dem Krieg zu ihrer Größe.«

Die Hunde rannten auf dem Berg in einem großen Kreis herum und jagten einer den anderen. Außerhalb des Lichtkreises raschelten und knackten die Büsche, und einer der Hunde ließ ein wütendes Bellen hören, das kein Ende nehmen wollte. Gleich würde es zum Knall kommen: Kaisas Dackel würde mit dem Promenadenmischungsschäferhund des Kesselraummannes eine Balgerei beginnen. Zwischen ihnen gab es einen ständigen Kampf um die Herrschaft.

Ob auf diesem Berg jemals solche Gespräche geführt worden waren? Vor den Präsidentschaftswahlen und danach hatte man die beiden Hauptkandidaten verglichen, aber das war ein matter Wortwechsel gewesen. Der Kesselraummann war jetzt außer sich und hochrot angelaufen.

»Das kann und darf man nicht verstehen! Es stimmt, dass bei Stalin immer noch die Platte lief, der Feind stehe nebenan und die Macht sei nur dadurch zu erhalten, dass man eine Säuberung nach der anderen unter den Leuten in Karelien veranstaltete. Aber dass die Verhaftungen aufgrund der Denunziationen durch die eigenen Leute funktionierten und dass die Protokolle erfunden waren! Und dass darüber noch Jahrzehnte danach geschwiegen werden musste, auch dann noch, als die Entstalinisierung in der Sowjetunion begann, wo auch Otto Ville Kuusinen dabei war und denselben Wandel auch unter den finnischen Kommunisten anleierte! In Russland wollte man diese finnische Angelegenheit untersuchen und öffentlich machen, als zu Zeiten Chrustschows das Tauwetter einsetzte und es den Gedanken eines wahren Sozialismus mit menschlichem Antlitz gab, den Gorbatschow …«

Der Monolog des Kesselraummannes, der eigentlich für länger angelegt war, brach ab, und wir stürzten alle vier in die Büsche. Der Dackel Attila gab ein rotzig gurgelndes, ununterbrochenes Knurren von sich, er schrie, während er an Aatus Halsbehaarung hing, wütend und aufhetzend sein »jraaaaah! jraaaaah!« und bemühte sich, mit seinen Säbelzähnen tiefer in Aatus Haut einzudringen. Der war nahe daran, seine Kaltblütigkeit zu verlieren.

Geschickt packte Kaisa ihren Hund im Nacken – wenn er in Rage war, konnte es passieren, dass er auch seine Besitzerin biss, das hatte ich gesehen – und schlug ihm mit einem Stock, den sie vom Boden aufgelesen hatte, schmerzhaft auf den Schädel. Der Hund öffnete die blockierten Kiefer, und Kaisa trug das knurrende und sich windende Tier zur Seite, ließ es in der Luft hängen wie eine haarige Schlangenhaut. Das Drachenjunge zeigte seine fürchterlichen Zähne, beruhigte sich aber allmählich, das Knurren ließ nach, und es lugte verstohlen, sodass das Weiße in seinen Augen blitzte, nach seiner Herrin. Es hatte sich in reine Anmut verwandelt. Aatu saß weiter entfernt und mutmaßte, dass er bei dem Zusammenstoß gesiegt hatte.

»Streiten nicht alle Emigrantenparteien immer ganz fürchterlich«, sagte Kaisa und setzte den Hund zu Boden. »Ich kannte Chilenen, die kamen nach Pinochets Machtergreifung als Flüchtlinge nach Finnland, das war eine winzige Schar, aber ihre ständigen Streitereien waren umso größer. War das nicht auch bei den finnischen Kommunisten so, die ihre Partei nach dem Bürgerkrieg in Moskau gründeten, nachdem sie ihr Heimatland verlassen hatten und isoliert in der Emigration lebten?«

Wir nahmen die Hunde an die Leine und gingen den breiten Weg hinab, der zum Kanaansweg führte. Ich fing an, ihnen von Martta Pimiä zu erzählen.

Wo ist der Rand der Erinnerungen, von dem sich das Dunkel öffnet?

Als ich inmitten unserer Hundestreife den bekannten Weg entlangging, dachte ich an etwas, was mich schon früher beschäftigt hatte: dass wir dort nicht allein gehen. Neben, vor und hinter uns wandert als Schatten ein gewaltiges Rudel, all die Hunde, die irgendwann gelebt haben. Die vorausliefen, wenn in alter Zeit die Elchjäger mit ihrem Speer und ihren unterschiedlich langen Skiern im Schnee Schwung holten, sich mit dem kürzeren Ski abstießen und auf dem längeren vorwärtsglitten … Jetzt sind von ihnen nur noch die Felsmalereien übrig. Und all die Hirtenhunde, die in den Tälern der Pyrenäen um die Schafherden herumliefen, die Palasthunde, die auf den seidenen Sofas der Kaiser von China lagen, und die Wolfshunde der irischen Könige, die vor Urzeiten gestorbenen dicken Spaniels der alten Omas und die Köter der sibirischen Steppen, so schnell wie der Wind, die streunenden Hunde auf den Metrostationen von Moskau und St. Petersburg, die in den Tierlabors zitternden und auch die bis zum letzten Haar gewaschenen und getrimmten Pudel auf ihren Samtkissen.

Aus dem Dunkel schieben sich immer neue Gestalten hervor, auch Menschen, gespenstische Wanderer. Sie sind erkennbar, denn das dunkle Schwarz schimmert seidig. Irgendwoher scheint Licht. Das ist unsere Erinnerung. Und dann entsteht zwischen uns und denen, die gelebt haben, ein

Strom, und der windet sich um alles wie ein schwarzer Gürtel. Wir erinnern uns.

Sargesnagel, der Polarstern! Das nun doch nicht. Wenn wir unsere Erinnerungen haben, können wir die Arme in den Weltraum recken und zwischen die Sterne fahren, sie in den Händen schütteln, dass es klimpert, sie plätschernd durch die Finger rieseln lassen. Denn es ist unsere Pflicht, dass wir uns erinnern.

Wenn das *Schweigen* vielleicht irgendwann einmal als Buch veröffentlich wird, werde ich es möglicherweise so beginnen wie H. Rider Haaggard *Die Herrscherin der Wüste*: »Indem ich hiermit die folgenden, nur wie Abenteuer wirkenden Vorfälle veröffentliche, die indes meines Erachtens zu den erstaunlichsten und geheimnisvollsten gehören, die je ein Sterblicher erlebt hat …«

Im Verlauf jenes Sommers lernte ich Bedeutungen sehen. Ebenso, wie ich auf meinem Rekorder gesprochene Sprache speicherte und mein Ohr und mein Auge immer sensibler und feinfühliger wurden, registrierte ich auch genauer das mich umgebende Kanaansland. Ich verstand nicht alles. Aber ich kann nicht behaupten, dass ich keine Zeichen wahrgenommen hätte. Ich lernte, sie zu lesen, natürlich erst hinterher, denn zunächst wurden sie von hinten und auf dem Kopf stehend gezeigt, aber dann hatte ich meine Lektion gelernt.

Bei uns zu Hause hatten wir anfangs sehr wenige Bücher. Bevor ich überhaupt lesen lernte, stellte ich in mein kleines Regal zwei davon, die sich ein paar Jahre später als *Haaggard* und als Artturi Järviluomas Schauspiel *Österbottnier* erwiesen.

Meine ersten Bücher. Ich las sie jedes Jahr von Neuem, und in den Sommern führten wir mit den Kindern von Kanaan auf dem Ölberg die Ereignisse von *Harris Haus* oder Szenen aus der *Herrscherin der Wüste* auf. Wir konnten die Repliken auswendig – ich war der Peitschen knallende, böse Polizist, die Sihvonen-Kinder aus dem oberen Stockwerk waren die Messerhelden, Kuje, der Karelische Bärenhund der Sihvonens, und unser Jagdhund Aku waren Tagelöhner. Taunos Tochter Terttu, die sich später umbrachte, indem sie sich im Apfelbaum der Susis erhängte, musste immer die weinerliche Liisa sein, die am Schluss mit dem sterbenden Jussi im Arm ruft: »Meine Augen sind nicht mehr blau!«

Um Jussis Rolle wurde gekämpft, denn er war der Held, den der Polizist erschießt. Weil ich in *Pecos Bill* die Calamity Jane sein durfte, war ich niemals Jussi. Aber ich durfte die Herrscherin der Wüste sein, Die-der-man-gehorchen-muss. Große Blumentöpfe, in denen Blutströpfchen oder Stiefmütterchen wuchsen, verschwanden auf geheimnisvolle Weise von den Höfen, denn Ayesha tötete Aufständische, indem er dem Verbrecher einen glühenden Tontopf auf den Kopf drückte. Wir verwendeten immerhin kalte Töpfe.

Ich weiß und spüre immer noch den Genuss, den das Knallen der Peitsche erzeugte. Wir liehen sie von dem Droschkenkutscher aus, der in dem Gutsmuseum einen Kilometer entfernt logierte. Jetzt weiß ich, dass der Genuss durch ein Gefühl gesteigert wurde, für das wir als Kinder kein Wort hatten: Es war Erotik. Ich sah, dass die anderen ihre Angst genossen und ich meine Macht, obwohl ich wusste, dass ich nicht zuschlagen würde. Es war Erregung, es war Leidenschaft, der scharfe, saugende Knall, mit dem die Peitsche des Polizisten heftig am Felsen leckte, ebenso der Schreckensschrei des Verurteilten, wenn Die-der-man-gehorchen-muss den Unglücklichen mit dem Blumentopf unter dem Arm jagte, dass die Büsche krachten.

Ich war ein Wesen, das man nicht definieren und nicht überwachen konnte. Ich war ein Kind, ich war ein Mann, ich war eine Frau. Ich gehörte niemandem. Ich wusste, dass ich jetzt wieder denselben Weg ging, denn wenn das Leben sich dem Ende zuneigt, finden wir das, was wir am Anfang waren.

Erinnern ist Luxus, für den Kesselraummann und seine Verwandten war es der Luxus der Rache. Unser ganzes Leben bekommt durch das Gedächtnis eine Form, denn nur mit Hilfe des Gedächtnisses wandern Orte und Menschen mit uns. Dann, wenn es kein Gedächtnis und keine Erinnerung mehr gibt, ist da nur noch das unbegreifliche Rauschen des Windes.

Wir hatten am Abend als Hundestreife eine große Runde gedreht, ast zwei Stunden lang. Der Kesselraummann hatte durch Kobas Schweigen Feuer gefangen, und seine Rede hatte ihrerseits in mir eine seltene Glut entzündet: Ich hatte fast die ganze Zeit das Wort geführt, als wir am stillen Flussufer entlanggegangen waren.

Die Reihe war an mir zu erzählen – während ich sprach, verstand ich, dass die Geschichte davon, was ich im Winter gefunden hatte, auf Zuhörer gewartet hatte. Ich hörte, wie meine leisen Worte ans Flussufer fielen und in das strömende Wasser kullerten. Sie glitten dem Meer entgegen. Martta Pimiä erwachte zum Leben, rückwirkend. Alles Verheimlichte und Gestutzte wuchs zusammen, als ich in jene Kleiderkammer trat und sie wieder verließ.

Der Fluss, an dem wir entlanggingen, hatte seine Quellen auf Höhen fern der Stadt. Er war lehmig, graubraun und träge, gleichwohl doch lebendes Wasser. Das Flüstern des Wassers beschwor mich zu sprechen. Zwei Kilometer entfernt vom Nordzipfel Kanaans führte eine alte Eisenbahnbrücke über den Fluss, den wir überquerten, um uns dann in die Richtung zu wenden, aus der wir gekommen waren, jedoch so, dass wir einen Bogen schlugen und am Meeresufer entlang zur Südspitze von Kanaan gingen.

Das letzte Stück Wegs waren wir schweigend gewandert, weiter voneinander entfernt als gewöhnlich. Meine Erzählung und das intensive Marschieren nahe beieinander hatten Nähe erzeugt, deren wir uns dann bald schämten und das zeigten, indem wir auf Abstand zueinander gingen. Vor mir schritt der Kesselraummann aus und betrachtete nachdenklich den sich hebenden und senkenden Rücken von Aatu. Der Hund hatte einen stolzen Gang, das musste man ihm lassen, so geradlinig und schlicht er auch war. Weiter hinten schlurften Kaisa mit ihren Abnutzungserscheinungen an der Hüfte und Salome, deren Schritt auch sonst meist kurz und schlaff war.

Es hatte angefangen zu regnen, der Abend dämmerte, und die Fenster in Kanaan waren schon erleuchtet. Jetzt blickten wir hinein in die Küchen und Wohnzimmer, unterhielten uns aber mit keinem Wort über das, was wir sahen. Das wäre ungehörig gewesen, denn wir waren ungewollt als Spione unterwegs. Es wäre falsch gewesen, sich zu wundern, wie Brezel einen so geschmacklosen Kronleuchter hatte kaufen können oder ob die Freundin des Glückseligkeitsforschers jetzt ganz zu ihm gezogen war.

Dass wir fast alles sahen, hatte eine seltsame Unschuld. Niemand zog die Vorhänge vor. Diejenigen, die Jalousien oder Jalousetten besaßen, waren schwach im Glauben. Es gibt ja nichts zu verheimlichen.

Der Glückseligkeitsforscher küsste unter der Lampe neben dem Küchentisch leidenschaftlich seine neue Frau. Am anderen Ende des Tischs saß hingefläzt die Tochter des Glückseligkeitsforschers und der Gleichberechtigungsforscherin und las *Donald Duck*. Es war jetzt die Woche, die sie bei ihrem Vater verbrachte.

Hundert Meter, und Uusitupa saß auf dem Sofa in seinem Wohnzimmer gegenüber dem Fenster und starrte auf seine Hände hinab. Strähnen seiner Löwenmähne hingen ihm in die Stirn, und unter den Augen hatte er wabbelnde Tränensäcke. An diesem Abend sah er schon aus wie Errol Flynn nach tausend Flaschen Whiskey. In der Tür hinter seinem Rücken stand Brezel, lehnte mit der Schulter gegen den Türrahmen und redete pausenlos. Die Stimme hörte man natürlich nicht, aber die Worte konnte man fast als Buchstaben in der Luft sehen, denn Brezels Augen stachen wie Stricknadeln, und ihr dünner, angespannter Mund zuckte wie ein Briefschlitz.

In der Nachbarschaft war in der Kapernaumgasse ein Haus, das lange leer gestanden und über das sich die Erbengemeinschaft jahrelang gestritten hatte, endlich verkauft worden. Ein kleiner, dunkler Mann und eine deutlich größere, blonde Frau standen im Licht einer herabhängenden Hundert-Watt-Baustellenlampe im großen Wohnzimmer und deuteten auf das, was die Handwerker gemacht hatten: Die Elektroarbeiten waren begonnen, von den Wänden Tapeten und Pappen abgerissen worden, und die Balken zwischen dem braunen und dem grünen Kachelofen waren jetzt nackt.

Ich sah sofort, dass ein Teil davon morsch war, und das sah auch der Mann, denn er schüttelte den Kopf und gestikulierte zu den Wänden hin. Auf dem Hof stand ein Bagger, und vor dem Haus war ein langer Audi-Kombi geparkt. Im Dorf wusste man schon, dass beide Architekten waren.

Die Tsutsunens hatten Gäste, von denen ich keinen einzigen kannte. Um den Tisch herum waberte so dichter Zigarettenrauch, dass ich vermutete, es waren Russen. Alissa warf einen Blick hinaus, als sie am Fenster vorbeiging, sah uns und hob die Hand. In der anderen hielt sie ein kleines Kristallglas. Dann kehrte sie uns den Rücken zu und setzte sich neben Tsutsunen. Ihr schwarzes Haar war im Nacken geflochten und zu einem Knoten geschlungen, der wog bestimmt ein Kilo. Alissa zog die Schultern zurecht und beugte sich dann zu Tsutsunen, um ihm etwas an die Wange zu flüstern. Tsutsunen drückte Alissa seinen Arm auf den Rücken und schob seinen Zeigefinger in den Zopfknoten.

Im Erdgeschoss des Nachbarhauses der Tsutsunens befestigte ein Mann mit Pferdeschwanz, der mir bekannt vorkam, an der Decke eine lang ausgezogene Lampe, die wie eine tibetanische Laterne aussah. Es war der Fotograf, den wir zu Mittsommer bei den Kärkkäinens gesehen hatten. Er hatte erzählt, dass er geschieden sei und eine Mietwohnung suche. Der Mann betrieb als Hobby japanisches Bogenschießen, besuchte Kurse für Schamanentrips und begann, wenn er berauscht war, von Ober- und Unterwelten zu sprechen. Die anderen fühlten sich von den Reden des Fotografen etwas genervt, aber aus Höflichkeit sagte niemand etwas, und den Rest des Abends hatte der Mann still auf seinem Stuhl gesessen und sich, sein Mantra murmelnd, hin und her gewiegt. Er suchte den Mittelweg.

Als wir zur Straßenecke kamen, blieb der Kesselraummann stehen und zog Aatus Leine kurz. Von der Ecke zweigte ein Trampelpfad durch das Wäldchen zur Autobahn hin ab, neben der der Kesselraummann mit seiner Familie wohnte. Er wandte sich um und sah mich an, strich sein hochstehendes Haar mit der freien Hand glatt und reichte mir dann die Hand. Verblüfft ergriff ich sie.

Hundemenschen berühren einander nicht. Ich kann mir nicht den Tag vorstellen, an dem ein Schulter- oder Rückenklopfen begänne, Luftküsse neben die Wangen oder steife Umarmungen mit weit nach hinten gerecktem Hinterteil. Die wichtigste und am schnellsten reißende Bindung der Hundemenschen war der Hund, und das brauchte man mit keinerlei Gesten zu bestätigen.

Jetzt aber wollte der Kesselraummann mir die Hand geben. Unsicher drückte ich seine Finger, und er presste meine Hand so fest, dass es schmerzte.

»Danke«, murmelte er und sah verlegen an mir vorbei in den Wald. »Ich hatte immer gedacht, dass diese Dinge dich nicht …«

Mehr bekam er nicht heraus, wandte sich nur zum Gehen und zerrte den Hund fast bösartig hinter sich her. Kaisa und Salome waren noch weit hinter uns, und ich winkte ihnen zu: Auch ich biege hier ab. Ich wollte nachdenken.

Ich ließ Poika und Sulevi frei und legte das letzte Stück Weg sehr langsam zurück. Antti Knookala lehnte in seinem Garten, ordentlich angeschickert, gegen Tschernobyl und rauchte, zum Himmel starrend, eine Zigarre. Sein Kopf erglühte dann und wann wie das Signallicht einer Boje, die leise im sanften Seegang tanzt.

In der Ferne am Ende der Gasse sah ich zu meiner Verwunderung meinen Zimmermann Keränen, der sich auf das die Straße absperrende Gatter stützte und die Beine hinüberschwang wie ein junger Mann. Er war also am frühen Abend gar nicht nach Hause gefahren, wie ich angenommen hatte. Aus dem Garten der Kärkkäinens hörte man durch die Fliederhecke hindurch das Geräusch eines Spatens. Koba grub endlich seinen alten Kompostgrund um, um dort ein Rosenbeet anzulegen.

»Da wird auch die Natter nisten und legen, ihre Eier aufhäufen und ausbrüten und sich im Dunkeln zusammenrollen. Auch die Raubvögel werden dort zusammenkommen.«

Wer klagt da? Vorhin zerschnitt eine laute Stimme die Dunkelheit, ein Schrei, der plötzlich abbrach. Eine Katze war das nicht. Die Igel erstarrten unten auf dem Hof an ihrem Hundefutternapf, und auch ich fuhr zusammen, die Härchen auf meinem Arm sträubten sich. Hier ist es immer so still. Niemals hört man lauten Streit oder Schlägereien so wie in manchen anderen Wohnvierteln.

Die wenigen Male, wo Streit gesucht wurde, sind wie aus Vilkunas Jahreschronik: Bei einem Mittsommerfest betrat einmal ein eifersüchtiger Journalist Kärkkäinens Grundstück, um Uusitupas Fahrradreifen zu durchstechen, während Uusitupa allzu inbrünstig mit der Frau des Journalisten tanzte. Aber das wurde am nächsten Tag mit Handschlag und Gelächter quittiert.

Der Spaten gräbt nicht mehr. Die Grube ist fertig.

Sie interessiert sich für Dinge, die sie nichts angehen. Und kommt in Schwierigkeiten, denn Gutgläubigkeit ist das Los derjenigen, die nach den Werten der alten Bildung erzogen worden sind.

Ich höre immer noch Lyyli Susis Stimme aus unserer Küche. Taunos Mutter pflegte dort an den Samstagnachmittagen mit meiner Mutter vor dem Heizen der Sauna zu sitzen und mit schallender, hoher Stimme Prophezeiungen zu verkünden, die mein künftiges Leben betrafen.

Aus mir ist niemals eine richtige Kanaaniterin geworden. Grabs Tod und meine eigene Beschädigung vernichteten das, was noch heil und fähig zum Lebenskampf gewesen war, und mein anfänglicher Traum von einer idyllischen Großfamilie, von einer Art Holzhausklan, erwiesen sich als so kindisch, wie Grab es warnend vorhergesagt hatte. Ich war als Außenseiterin gekommen, und am Rand, auf der Kreislinie, befand ich mich immer noch, aber dass ich in Kanaan geboren worden war, buchstäblich, und dort meine ganze Kindheit und einen Teil meiner Jugend verbracht hatte, gab mir eine Sicht, die ich bei mir als historisch bezeichnete.

Meine Generation, die in den Siebzigerjahren nach Kanaan gezogenen jungen Paare mit ihren Kindern, waren aus meiner Sicht Neuankömmlinge, obwohl sie so alt waren wie ich. Als sie kamen, war ich schon fort, aber ich wusste, was das bedeutete: wenn verschuldete, junge Menschen mit geringem Einkommen beieinander Zuflucht und gegenseitigen Beistand suchten. Damals hatte vielleicht ein Klan existiert … Aber jetzt, fast dreißig Jahre später, war er zerfallen, und nur noch Splitter davon waren übrig.

Die in der Sargasso-See Verschwundenen waren in neuen Erdteilen aufgetaucht: Sie waren jetzt Mitglieder des Vorstands der *Bank von Finnland*, Besitzer von Architektenbüros, Chefredakteure, Museumsleiter, Professoren. Aus den übrig gebliebenen Alleinerziehenden, den

Patchworkfamilien und den bei der nächsten Umzugswelle Gekommenen setzte sich die Schar zusammen, zu der ich voller Hoffnung zurückkehrte. Aber ich kam Jahrzehnte zu spät und konnte nicht einmal Nostalgie empfinden, weil ich das, wonach ich mich hätte sehnen können, gar nicht erlebt hatte. Ich sehnte mich nach einer Illusion.

Die Menschen, Familien, Paare, in deren gleichförmigem Lebensablauf vielleicht die Ehescheidung oder das zu frühe Ableben eines Verwandten die einzigen Bruchstellen bilden, können die Tiefe eines totalen Unglücks und die aus dieser Tiefe aufsteigende lange Schallwelle, die einer Explosion folgt, nicht kennen. Sie bleibt und braust in den Kammern, Höhlen und Gängen des menschlichen Körpers, sie wandert mit den elektrischen Hirnströmen in die Glieder und gibt dem Blutkreislauf einen seltsamen Impuls. Man kann nicht anders, als ihr lauschen, ebenso wie ein Krebskranker ständig auf die in seinem Körper wachsende Geschwulst lauscht.

Das ist keine Starrheit, keine versteinerte Trauer, Bitterkeit, und auch kein sprödes Dahinsiechen oder Welken. Nein! Es ist ein großes Vibrieren, das sich durch die Lebenstage wie ein nie abreißender Faden zieht, der ohne Halt durch den Webstuhl flitzt. Welche Hand führt das Weberschiffchen, wessen Fuß tritt die Fußhebel? Ich weiß es nicht. Aber manchmal, wenn die Stille im Schweigen besonders eindrucksvoll war, sah ich, ja schaute fast zu, wie die Schallwelle von mir gegen den anderen prallte, und bemerkte, wie er das verstand und zu sprechen begann.

Ich habe diesen Stoff nicht gewebt. Ich wusste, dass ich verwebt wurde, und das gab meinen Tagen ein Gefühl von Leichtigkeit. Nur die Nächte waren schwierig.

»Fährst du schon wieder hin?«, fragte Sylvi, als ich auf meinem Fahrrad bei der Gartenpforte der Susis in die Pedale trat, das Tempo beschleunigend. Ich hatte ihr mal erzählt, dass ich etwa einmal im Monat zum Friedhof Malmi fuhr oder vielleicht doch etwas seltener. Ich hatte an der Lenkstange des Fahrrads einen Picknickkorb und auf dem Gepäckträger einen zusammenlegbaren Regiestuhl, wie auch die Eisangler ihn verwenden, und daher wusste Sylvi, wohin ich wollte. Einmal hatte sie mich gebeten, mitkommen zu dürfen, aber ich hatte geradeheraus gesagt, dass ich dort keine Gesellschaft ertrage. Ich hatte meine eigenen Grabrituale, die keine Änderung zuließen.

Ich aß und trank am Grab, manchmal sang ich, sprach Gedichte und weinte. Das war lange so gelaufen, und es war verblüffend: als hätte sich jemand anders in meinem Körper eingenistet. Ich verstand, dass ich Trauerschuhe bekommen hatte, die ich zuvor nicht gehabt hatte. Sie führten mich, heftig in die Pedale meines Fahrrads tretend, immer wieder zur Kreuzung des Viikin-Wegs, dann wandte sich der Lenker nach links Richtung Pihlajamäki, und für mich war es das Beste zu gehorchen, ein ums andere Mal, damit die Trauer am Ende vielleicht eine andere Gestalt annahm. Ich war nie jemand gewesen, der an Gräbern herumsteht, denn ich wusste, wie die Erinnerung an Orten und in Gegenständen lebendig bleibt. Ich pflegte Redewendungen, Fotos und meine eigenen geheimen Rituale. Jetzt aber strampelte ich immer nur hin zu dem kalten Stein.

Ich führte mein Rad die gewundenen Gänge entlang, 4, 8, 17 waren die Codes für die Wegweiser, und ich sah mir die Namen längs der Wege an. Sie waren entfernte Bekannte geworden, Wegweiser. Auf einem großen Friedhof verirrte man sich leicht, und ich hatte bemerkt, dass es mir Freude machte, die Namen und Jahreszahlen auf den Steinen zu lesen. Ich hätte auch selbst schon unter einem Stein liegen können, aber ich hatte das Leben dreimal geschenkt bekommen. Zum ersten Mal von meiner Mutter und dann zwei Mal danach wie durch Zufall. Nur als Gnade, nur aus Gnade, hatte Grab gesagt.

Grabs Vorfahren, die in die Hauptstadt gezogen waren, hatten im alten Teil des Friedhofs von Malmi ein schönes Familiengrab erworben. Eine große Rosskastanie beschattete den hohen grauen Granitstein, auf dem untereinander die Gravenbergs aus Österbottnien eingehauen standen. Kaappo Alarik, Jaako Erkinpoika, Lahja Rauha Orvokki und Kyösti Immanuel. Wenn ich vor dem Stein auf meinem Stuhl unter dem Baum saß, musste ich Grab aus der großen Schar seiner gesichtslosen Stammesgenossen, die ihn wie Dunkel umgab, hervorrufen. Unter ihnen leuchtete er wie eine Flamme.

Als Grab gestorben war, wusste ich, dass ich Unersetzliches verloren hatte. Die anderen bezeichnet man nur als Männer. Das zu verstehen bescherte mir das Gefühl großer Gelassenheit. Obwohl der Umzug unter Stein und Eis hervor direkt nach Kanaansland für mich einem Wirbelsturm gleichgekommen war, hatte doch in seiner Mitte ein stilles Auge gestrahlt, Grab, und dann Kein-Grab, eine still brennende Sehnsucht und das Wissen, dass nichts dergleichen jemals wiederkommen würde. Grabs Nachfolger Koskela verstand ich als Gigolo, und das machte unser Verhältnis zärtlich und verständnisvoll.

Irgendwo aber gab es im Verlauf der Wege von Grab und Koskela doch eine Kreuzung, und da stand ich. Ich hatte meinen starken Willen, ich hatte die Ehe gewollt, dann hatte ich Grab gewollt, dann hatte ich Koskela gewollt, und dennoch fragte ich mich, ob ich jemals am richtigen Ort gewesen war. Das Problem der Frau ist vielleicht unlösbar – ich war nicht die Erste, die sich darüber wunderte. Sexualität – das »Ks, ks«, mit dem man eine Katze ruft, der Schrei »Aah!« und das lange, gedehnte »Täät« –, mein Furor, mein Verlangen, war das Zerstörung, die zugleich kuriert und heilt, oder bloße Revolte, leeres Gefuchtel, Gesten? Oder war es Schicksal? Und weidet das Lamm immer im Schatten des Löwen?

Einmal schrieb ich die Worte auf und prüfte sie genau. Das war wie ein Lied, das man sich immer wieder anhört und dabei versucht, den Text und den Verlauf der Melodie zu verstehen, damit die Botschaft klar wird. Es gab niemanden sonst, den ich hätte bitten können, sie zu interpretieren.

Jedes Mal bereitete ich mein Grabritual sorgfältig vor. Ich war eine Seherin, die eine Handvoll Gegenstände auf den Grabhügel wirft wie auf das Fell einer Trommel und aus den Mustern die Botschaft abliest. Ich hatte immer frische Blumen mit, diesmal die letzten Pfingstrosen aus dem Garten, die ich in einer Keramikvase auf den Rasen stellte. Dann nahm ich das Tuch von den Büffelmilch- und Ziegenkäsesemmeln und den ersten Erdbeeren, faltete es zusammen, legte es neben den Stoffstuhl und setzte mich mit dem Korb auf dem Schoß auf den Stuhl. Im Korb waren eine Flasche Schaumwein, ein Stielglas und ein Buch. An kühlen Tagen trank ich Rotwein, im Winter Glühwein aus der Thermosflasche oder Kaffee mit Weinbrand. Zuerst schüttete ich immer einen kleinen Schluck auf den Grabhügel, so wie es früher auch die Karelier auf dem Friedhof taten.

Ich las Gedichte, denn ich war nicht so bekloppt, dass ich laut vor mich hin geplappert hätte. Leute, die behaupten, am Grab zu sprechen, lügen, denn die an einen Toten gerichtete Rede des Menschen kann man in keine der existierenden Sprachen übersetzen. Es bleibt also nur die Dichtung.

Aber vielleicht gibt es eine Sprache der Toten, die vor undenklichen Zeiten von der Erde verschwunden ist?

Ich stelle mir eine geheime Grabkammer im Innern der Erde im Zweistromland vor, wo die Bücher mit der Sprache der Toten ruhen, als vergessene, zerfallende Rollen voller Sand.

Als ich vor Jahren in Mississippi auf das Grab von William Faulkner auf dem Friedhof seiner Heimatstadt stieß, lag auf dem Grabhügel eine leere Bourbon-Flasche. Ich fand, das war eine kraftvolle Sprache, und sie nährte auch meine eigenen Rituale dann, wenn ich sie brauchte.

Ich entkorkte die Flasche, goss etwas von dem Inhalt zu Boden und ins Glas und begann mit einem Gedicht. Ich sprach es nicht murmelnd, sondern laut und deutlich und hob das Glas dem Stein entgegen. Das war das Auffallendste an meinen Ritualen. Danach aß und trank ich nur noch und hing meinen Gedanken nach.

Meine Stimme rasselte, so als hätte ich sie seit hundert Jahren nicht benutzt. »Sagst du noch, dass die Luft, die durch die Ritzen der Fensterrahmen kalt wie der Tod mir die Wange kratzt, dass die Luft ohne dich, ohne deinen Geist sein sollte ...«

Hinter mir auf dem Kiesweg knirschten Schritte. Ich hätte mich nicht darum kümmern und weiterlesen sollen, aber ich musste mich einfach umdrehen, denn immer wieder war ich, die ich einem Grabstein vorgetragen hatte, doch begierig auch auf irdische Zuhörer.

Eine hochgewachsene, magere, weißhaarige Frau und ein etwas grauerer Mann gingen an den Hecken entlang auf ein großes Familiengrab zu. Die Frau trug Begonien, der Mann eine schwere Gießkanne und einen Sack mit Erde. Sie sahen mich an, aber nur mit kurzen Blicken aus dem Augenwinkel, so wie zivilisierte Menschen zu gucken versuchen.

»Das ist von Tomi Kontio«, sagte ich etwas verlegen und hob das Buch hoch. Ich wandte mich zurück.

»Lässt du noch die schwarzen Trauben der Welt, der Nacht und die langsamen Flügel des Lichts neben meine Welt …«

Aber der Augenblick war zerrissen, er flatterte fahl wie die Gebetsfahne eines verlassenen Tempels. Das Ritual war verdorben, denn ich betrachtete es schon wie eine Außenstehende, die sich auf die Seite des grauen Ehepaars geschlagen hat. Eine der tiefen Bedeutungen von Ritualen ist, dass sie sich ungestört immer gleich wiederholen. Musste ich auch darauf verzichten?

Der Krüppel vor der Heiligenfigur aus Stein. Es ist schwierig zu singen, wenn man seinen abgeschlagenen Kopf in der Hand hält.

Ich hatte alles sorgfältig strukturiert, aber es war eine sorgsam kontrollierte Arbeit im Schutz der Dunkelheit gewesen. Jetzt waren die Zeremonien ein bloßes Rollenkostüm, das dem Tageslicht und dem Betrachten aus der Nähe nicht standhält, eine aus dem Kulissenfundus hervorgezogene Hintergrundwand aus einem vor langer Zeit aufgeführten Schauspiel.

Auf dem Foto des Theatermuseums ist die berühmte Schauspielerin in einer komischen Pose erstarrt – damals, zu ihrer Zeit, sollte ihre Pose tiefe Trauer ausdrücken …

Ich leerte das Glas und füllte es erneut, ich aß die Brötchen und die Erdbeeren, warf den Vögeln die Krumen hin, ich trank das Glas aus und schenkte mir wieder ein. Ich hörte, wie die Begonienpflanzer mit ihrer Arbeit fertig wurden und wieder hinter mir dem Friedhofstor zustrebten.

Mir wurde klar, dass ich nicht wieder zum Grab kommen würde. Sollte ich auch den Schuh wegwerfen?

Gibt es also eine irgendwo insgeheim bemessene Zeit, deren Ablauf vonnöten ist, damit die Kontinuität irgendwann endet?

Als Kind hatte ich mir Gott als Mann in weißen Malerkleidern mit Schirmmütze vorgestellt, denn in Kanaan arbeitete damals oft eine Gruppe von Malern, von denen einer ein stattlicher, gut aussehender, älterer Mann mit prachtvoller Nase und weißem Haar war. Jetzt sah ich den Gott-Maler, wie er mit einer langen Schnur Maß nahm: So viel und so viel, aber das Ende wird dir nicht gezeigt ... Bis zufällig ein Ehepaar kommt, das hinter dir vorbeigeht, sodass du ihre Schritte auf dem Sandweg hörst.

Der Gottesgelehrte Grab sprach immer von Glaubensvorstellungen und von Glauben, und er unterschied zwischen beiden sehr genau. Aus den Glaubensvorstellungen bezieht der Mensch viel Sicherheit, aber der Glaube ist Unsicherheit, sagte er. Dann ist der Mensch offen für die Wahrheit und kümmert sich nicht um die Folgen, obwohl er nicht weiß, wohin die Wahrheit führt.

Dies ist die Wahrheit. Mag sie also leicht sein. Das Maßband der Ödnis und das Senkblei der Leere.

Anfangs, nach Grabs Tod, nachdem ich aus dem Krankenhaus gekommen war, begann ich zu trauern, indem ich träumte. Tagsüber war ich zu krank und so voller wahnsinniger Schmerzen, dass ich nicht an seinen Tod denken konnte. Das Unglück und die Tat, die dazu geführt hatte, waren schon an sich so fürchterlich, dass ein Toter oder auch mehrere mir zunächst nur als ein kleiner Teil davon erschienen. Die ganze Stadt war monatelang durcheinander, denn zum ersten Mal hatte eine fremdländische Terroristenorganisation hier zugeschlagen.

Aber nachts träumte ich, und in diesen Träumen trat die Trauer, die ich tagsüber mit unbegreiflicher Willensstärke und starken Medikamenten im Zaum hielt, immer von Neuem grausam und alles sprengend hervor, sodass ich nach Luft schnappend und jammernd, im Gesicht die Wasser der Qual, erwachte.

Da war der junge Grab, der schöne, langhaarige, strenge dunkle Mann, den ich niemals gekannt hatte, aber er war nicht bei mir, er war nur auf dem Foto, das ich vermeintlich im Heim meiner Kindheit betrachtete. Auf dem Foto, das ich in der Hand hielt, lag er todkrank auf dem Bett, ich wusste das, so wie man es im Traum weiß, und der Schmerz begann, in meiner Brust zu bohren. Ich suchte auf dem Foto etwas, von dem ich wusste, dass es dort war, und immer fand es sich, das reizende Gesicht eines kleinen Mädchens unter einem Pony, halb versteckt in den Falten einer Decke.

»Da bin ich«, sagte ich triumphierend und zeigte mich selbst jemandem, der sich im selben Zimmer befand. Ich drehte mich um und wollte ihm das Foto zeigen, und hinter mir sah ich meinen Vater im Bett. Auch er lag im Sterben.

Allmählich ließen die Träume Gnade walten, und der Mann auf dem Foto der Träume wandelte sich von dem strengen zu einem freundlicheren, gesünderen Mann des Alters, in dem ich ihn zu Lebzeiten gekannt hatte. Zugleich wurde seine Gestalt undeutlicher, konturloser und strahlte eine Art mattes Licht ab. So ähnlich wie Gandalf, sagte ich einmal zu Tsutsunen.

Da beschloss ich, dass ich aus Mordor zurückgekehrt war.

Jetzt packte ich die Reste meines Proviants, den Gedichtband, die leere Flasche und das mit Lippenstift befleckte Weinglas unter das Tuch in den Korb und befestigte ihn an der Lenkstange des Fahrrads. Langsam und sorgfältig schob ich das Rad die Friedhofswege entlang zurück zum Tor. Ich blickte nicht zurück, denn das Gehen war mühsam. Ich hatte ordentlich einen sitzen.

Kleines Rad, wohin trägst du die tote Frau? Ich weiß nicht mehr, wie ich vom Friedhof den alten Weg von Viikki entlang nach Kanaan kam. Ich war tieftraurig, weinte, blieb manchmal stehen, um mir das Gesicht mit dem Brötchentuch abzuwischen, fuhr dann taumelnd ein paar Hundert Meter, bis ich wieder abstieg, um das Rad zu führen. Ich verstand, dass dem ersten Schlag, dem ersten Ende ein zweites folgt, das das letzte und wahre ist. Von meinen Nägeln war an dem kalten Stein keine Spur geblieben.

»Na bitte, Wein! Auf die Märtyrer«, prostete ich eine Stunde später Suvi-Liina in der Laubhütte der Kärkkäinens zu. Ich war nach Kanaan gekommen, indem ich die letzten hundert Meter trotzig in die Pedale getreten war, obwohl das Rad auf dem schlechten Pfad ständig umzukippen drohte. Beim Strampeln sang ich, das gab mir Kraft, aber auf der Zielgeraden erschlaffte ich, und mein Gefährt stürzte in die Fliederhecke der Kärkkäinens, das Vorderrad ragte so hoch auf, dass sowohl Kobas als auch Suvi-Liinas Zupacken vonnöten war, um es aus der Hecke zu lösen.

Koba verschwand kopfschüttelnd im Haus und ließ sich nicht mehr blicken, aber Suvi-Liina brachte einen von kaltem Schweiß triefenden Cava und zwei russische Kristallgläser in die Laubhütte. Nach einem vorsichtigen Blick zu den Fenstern zündete sie sich eine Belomorskoje an und bot auch mir eine an.

Einen Augenblick lang rauchten wir schweigend. Dann fragte Suvi-Liina: »Was ist passiert? Du siehst schrecklich aus. Hast auch geweint …«

Zuerst sagte ich nichts, sog nur an meiner russischen Zigarette. Ich fand keine Worte. Dann stieß ich nur knapp hervor: »Ich hab beschlossen, nicht mehr zum Friedhof zu gehen. Das hilft mir überhaupt nicht mehr.«

Wie sollte ich das große, trockene Loch irgendwo in meinem Innern erklären? Nichts strömte mehr daraus hervor, keine Worte, keine Gedichte, keine Lieder, keine Musik und kein Weinen. Auch die Erinnerungen schienen sich erschöpft zu haben. Grab hatte mich endgültig verlassen. Aus meinem toten Partner war einfach der tote Grab geworden.

Suvi-Liina sagte nichts, schenkte nur Cava nach und nickte. Ich bewunderte sie für ihr Schweigen – ich hatte einen wortreichen Erguss über die verschiedenen Phasen der sogenannten Trauerarbeit erwartet.

Trauerarbeit. Das klingt ebenso beherrscht und systematisch wie das Aufstapeln einer Brennholzmiete. Aber das Trauern ist doch ein Schwimmen im wogenden Meer einer Rettung entgegen, die gar nicht einladend wirkt: Sie ist eine steinige, baumlose Klippe, auf der eine Schiffbrüchige auf jeden Fall umzukommen erwartet. Dennoch muss sie sich bemühen, dorthinzukommen, wenn sie sich nicht selbst umbringen will. Die Rituale und Zeremonien sind Bretterstücke, die sich von dem zerschellten Schiff gelöst haben und an die man sich in seiner Not klammert, um an der Oberfläche zu bleiben.

Diese Klippe hatte ich jetzt erklommen und sah, wie Suvi-Liina mir Raum ließ, mich nicht mit einem mitfühlenden Redeschwall an die Wand drückte und auch nicht ihre Stirn gegen meine drängte. Mir wurde klar, dass ich Suvi-Liina unterschätzt hatte. Sie verstand es zu schweigen.

Da ich aber ein wandelndes Schlingengarn war, fuhr mir alsbald auch der Gedanke durch den Kopf: *Gesammeltes Schweigen* und Suvi-Liina? Gesagt, getan: Mit den ausladenden Gesten der Betrunkenen kramte ich den Rekorder aus meinem Fahrradkorb hervor. Den hatte ich neuerdings immer bei mir.

»Spielen wir *Schweigen*?«, fragte ich. »Wenn das gut wird und du einverstanden bist, wird das irgendwann im Herbst gesendet. Aber kein Wort von *Schrot und Korn*. Sprechen wir über Familien. Denn du bist die Fachfrau für die glückliche Heim- und Familienwelt.«

Ich bekam einen Schluckauf und füllte mein Glas aus der Zitronenlimonadekanne von *Schrot und Korn* (schönes, billig aus der Tschechei importiertes Kristall). Mit Ach und Krach konnte ich sprechen, ohne zu lispeln. Wenn unser Gespräch tatsächlich irgendwann ins Radio käme, müsste ich meinen Part neu aufnehmen.

Suvi-Liina nickte. Ich war froh, dass ich keine spontane Interviewserie mit der Videokamera für das Fernsehen machte, denn dem hätte Suvi-Liina niemals zugestimmt. Unser stolzes Gartengewächs, die Königin der Heim- und Stilwelt, der überzeugendste Herold ihrer eigenen Ideen, wirkte wie ein Troll auf der Suche nach einer Entziehungskur.

Ihr sonst wie eine dichte Wolke schwebendes Getreidefeldhaar war wer weiß wie viele Tage ungewaschen und lag ihr am Kopf an wie ein Otternfell. Ihr Gesicht glänzte von einer Fettschicht, die verriet, dass auch das Gesicht seit ein paar Tagen nicht mit Wasser in Berührung gekommen war. Unter den Augen hatte sie so große Tränensäcke, dass die schöne Nase fast klein wirkte. Sie trug einen verschossenen Wickelkittel, dessen Saum unter dem Arm aufgegangen war und der sich von dem Kuhstallkittel, den in alter Zeit die armen Frauen trugen, nur durch das elegante italienische Muster unterschied. Er gehörte zur *Mumbai*-Serie von *Fannys Welt*.

»Wart mal, ich hör mir nur eben an, wie die vorige Aufnahme endet«, sagte ich, spulte zum Anfang zurück und dann ein Stückchen vor.

»... wie schwer meiner Hände Geschichte, wenn sie von dir erzählt, dich sucht, dich entbehrt.«

Meine eigene Stimme sprach das Gedicht von Kontio zu Ende. Suvi-Liina sah mich fragend an, sagte aber noch nichts. Sie schenkte beide Gläser voll Sekt.

»Sprich jetzt, was du willst«, sagte ich heiser und räusperte mir die Kehle frei. Ich klang selbst wie ein Kobold aus einer Bierbar von Kallio. »Dies ist ein Spaß. Aber wahr. Das ganze Leben ist im Spaß wahr, stimmt's, Liinchen?«

Ich schämte mich meines Satzes und drückte schnell den *rec*-Knopf. Ich gab Suvi-Liina keinerlei Zeichen, sah sie nicht einmal erwartungsvoll an, aber sie legte sofort los.

»Ich habe bestimmt jede einzelne *Schweigen*-Sendung gehört. Ich sag das nicht, um dir zu schmeicheln, denn ich höre auch sonst viel Radio. Ilkka behauptet, deine Sendungen interessieren ihn nicht, obwohl ich sehr wohl sah, wie er versuchte, seine Freude zu verbergen, als du ihn einludst, wenn auch nur als Vertretung für einen ausgefallenen Gast. Ich finde es wichtig zu sprechen.«

Wichtiger ist das Schweigen, dachte ich, sagte es aber natürlich nicht laut. Fast alle, die in der Sendung zu Wort kamen, vergaßen deren Namen – oder wollten ihn vergessen.

Suvi-Liina sprach ebenso sicher wie zuvor ihr Mann, sie sah mir die ganze Zeit in die Augen, außer dann, wenn sie aus ihrem Glas trank oder im Schatten der Zweige der Laubhütte langsam nach Worten suchte. Ob sie schon lange darauf gewartet hatte, das Wort zu ergreifen?

»Rede ist Wissen, und Wissen ist Macht. Wissen und Rede geben Macht, aber das hat auch ein Nebenprodukt, ein ziemlich unerwartetes Raffinat. Das ist der Sex, das ist die Erotik.

Denk mal an all die Prediger, die das Wissen über Gott haben und die nach ihren stürmischen Predigten ihre weiblichen Anhänger verführen. Sobald wir glauben, jemand wisse alles, hat das einen erotischen Effekt. Und der ist hundertfach, wenn der Mensch es versteht, seine Sache gut zu erklären. Denk mal an Uusitupa, der jede Frau bekommt, die er will. Jeder Don Juan ist ein guter Redner und begabter Verbalakrobat.«

Mir fiel der Prediger aus Mukkas Roman *Das Land ist ein sündiges Lied* ein und noch ein anderer, der am Anfang von Steinbecks *Früchten des Zorns.* Auch Uusitupas Kraft zu bezaubern verstand ich, obwohl sie bei mir nicht verfing.

Verblüfft sah ich Suvi-Liina an. Dies war etwas ganz anderes als das, was ich erwartet hatte, und ich bemühte mich, meinen Rausch zu beherrschen, denn ich war interessiert.

Suvi-Liina schwieg einen Moment, aber nur, um einen Mückenstich am Knöchel zu kratzen. Sie glaubte jetzt, wirklich im Radio zu sein.

»Wir wissen, was Hitler getan hat, aber dennoch begreifen wir die erotische Ausstrahlung seiner Reden, wenn man sie hört. Millionen von Rotgardisten ließen sich von Maos Reden mitreißen. Aber da der Titel dieser Sendung *Das gesammelte Schweigen* ist, kann ich nur sagen, dass das Wichtigste doch das Schweigen ist. Stalins Schweigen wurde so interpretiert, dass er sagen konnte, was er wollte, jedoch das Schweigen wählte. Damit war er noch mächtiger.«

Ich hatte Suvi-Liinas Kolumnen in der schweren Hochglanzzeitschrift *Mein Heim und mein Stil* gelesen. Ich fand, sie schrieb sie für die Leute, die solche Zeitschriften lasen und ernst nahmen. Sie strotzten von einer Psychologie, die für Marketing und Werbewirtschaft entwickelt worden war und mit der mal die jungen Frauen, mal die mittleren Alters angesprochen wurden – und jetzt wollte man auch Rentner und Greise in diese Manipulation einbeziehen. Das heißt, diejenigen Alten, die über Kaufkraft, starkes Haar und gute Zähne verfügten und nicht übergewichtig waren.

Koba gegenüber hatte ich manchmal verstohlen angedeutet, dass mich das ärgerte, denn wir waren immerhin

Zöglinge derselben Epoche, Leute, die jetzt als überkritisch bezeichnet wurden. Aber das war tollkühn gewesen, denn in Ilkka Kärkkäinens Augen hatte ein Warnlicht geblinkt: Darüber spricht man nicht. Ich vermutete, dass der Erfolg von *Schrot und Korn* sowie von *Fannys Welt* vielleicht einen wichtigen wirtschaftlichen Faktor für seine Forschungsarbeit darstellte. Koba hatte nie ein ordentliches Amt bekleidet; bei Bewerbungen war er eigentümlicherweise immer auf Platz zwei gelandet.

Wieder füllte Suvi-Liina unsere Gläser, sie wollte nicht registrieren, dass meines immer noch halb voll war, und dann schwankte sie leicht, und etwas von dem schäumenden Wein schwappte auf die mit Lochstickerei verzierte Leinentischdecke. Der Wein war ihr schnell zu Kopf gestiegen. Der Kittel stand ihr über der Brust offen, und ich sah, dass sie im oberen Teil der einen Brust eine rote Quetschung hatte, wie ein Biss.

Suvi-Liina bemerkte meinen Blick und wickelte sich fester in ihren Mumbai-Kittel. Sie setzte sich, sackte schwer in ihren weißen Landgutgartenstuhl, sodass er knarrte, und nahm einen gierigen Schluck aus ihrem Glas. Der Kittel über der Brust wogte. Dann beugte sie sich mit weit vorgerecktem Hals über den Rekorder und sprach mir wieder direkt ins Gesicht, jetzt aber so, dass ihr großer Körper bebte, und so heftig, mit polternden Konsonanten, rollendem R und zischendem S, dass sie an eine geistesgestörte Polin erinnerte.

Hatte auch sie schon vorher gepichelt? Der Ton wechselte zumindest sehr schnell:

»Heim und Familie! Ist es das, was dich interessiert? Ich hab immer gedacht, du seist benachteiligt, aber ich habe nie herausgefunden, ob das dein Glück oder dein Unglück ist. Ich weiß, dass ihr mich bemitleidet, mich für eine unglückliche, unfruchtbare Frau haltet, aber das ist mir völlig egal. Ich habe mich niemals mit Kindern belasten wollen und dafür schon vor langer Zeit gesorgt. An Ilkkas Kindern hab ich gesehen, was für unangenehme Dummköpfe das im schlimmsten Fall sein können.«

Ich lehnte mich im Stuhl zurück, denn aus Suvi-Liinas Mund spritzten mir Speicheltropfen ins Gesicht. Dann flaute ihr Fanatismus ebenso plötzlich ab, wie er begonnen hatte, auch sie lehnte sich zurück und sagte undeutlich, sie habe ihre eigene Gedankenwelt, für die sich offenbar genügend Leute interessierten.

Ich hatte sehr wohl bemerkt, dass Kobas Kinder aus seiner kurzen, frühen Ehe Suvi-Liina immer zuwider gewesen waren. Oder vielleicht nicht ganz so schlimm, aber doch so, dass sie sie mied, irgendwie in den Hintergrund schob. Ein paar Mal hatte ich aus ihrem Mund spitze, spöttische Bemerkungen über die Dummheiten der beiden Söhne und der Tochter gehört, die sie in ihrer Jugend begangen hatten. Es stimmte, dass die Kärkkäinen-Kinder ihre Eltern nicht oft besuchten. Viele wussten gar nicht, dass Koba überhaupt Kinder hatte, denn die hatten kurz vor dem Erwachsenwerden den Mädchennamen ihrer Mutter, einen schönen und seltenen, im Erlöschen begriffenen Familiennamen angenommen.

Suvi-Liina wand sich ein paar Minuten in ihrem Stuhl und bohrte mit dem Zeigerfinger im Loch einer Naht. Der Rekorder lief so geräuschlos, dass ich mir einbildete, nur ich hörte, wie er aufnahm. Dann fiel es Suvi-Liina wieder ein, dass sie vielleicht im Radio war, sie riss sich zusammen, bemühte sich, gerade zu sitzen, und begann wieder, mit gleichförmiger, klarer Stimme zu sprechen:

»Heim und Familien und Liebe. Liebe! So, wie wir sie jetzt kennen, ist sie ein ganz neues Phänomen und geografisch begrenzt. Wir definieren die Liebe so, dass sie ein ausschließendes Verhältnis zwischen Mann und Frau ist.«

Sie unterbrach ihre so gut begonnene Lektion und versank in Gedanken. Ich wollte kein Schweigen und fragte sofort:

»Was schließt es aus?«

»Es schließt aus, dass der eine Mensch für den anderen mehr oder weniger alles bedeutet und umgekehrt«, sagte sie kurz, mit nahezu feindseliger Stimme.

»Aber genau das bewunderst du doch oft in deinen Kolumnen: Du hast dein ganzes Imperium darauf begründet, dass aus einer so kleinen Einheit, aus zwei Menschen, so viel Großes entsteht«, sagte ich boshaft.

»Du, Suvi-Liina, bist die Apostelin der Kern- und der Patchworkfamilie in der ›zersplitternden Welt, die in großer Verwirrung lebt‹, oder wie ging das doch gleich?«

»Obwohl ich eine Firmenmarke bin, bin ich doch nicht simpel«, zischte sie dagegen. Wieder leuchtete der Biss auf der Brust unter dem Kittel hervor. Sie klopfte mit einem kurz gefeilten, schönen Nagel auf den Tisch.

»Die westliche Hybris macht, dass wir uns einbilden, die Kernfamilie sei die einzige wirkliche Form, die immer da war und auch künftig in irgendeiner Form vorhanden sein wird. Ich kann dir und jedem, der es hören will, erzählen, dass die historische Kernfamilie erst vor Kurzem entstanden und nur auf bestimmte Populationen begrenzt ist.«

So wie ihr Mann vor zwei Wochen sah auch Suvi-Liina jetzt den Rekorder an und richtete ihre Worte, sorgfältig artikulierend, an ihn:

»Du wirst mir jetzt sicherlich antworten, dass es auch vor unserer Zeit Ehen und Liebesverhältnisse gegeben hat. Ganz recht, aber nicht in der heutigen Bedeutung des Wortes. Die Ehe war und ist vor allem eine wirtschaftliche Angelegenheit, die sich auf die Verteilung von Vermögen und Erbe konzentriert. Deshalb gehen die Ehe und die besitzenden Klassen Hand in Hand. Die Armen brauchen keine Ehe und haben sie niemals gebraucht.«

»Meinst du, die Ehe, so wie sie heute ist, sei erst im zwanzigsten Jahrhundert entstanden?«, fragte ich. »Dass das Gemeinschaftsprodukt von Hollywood und Vatikan sich in der Hochzeit von Grace Kelly und dem Fürsten von Monaco verkörperte?«

»Genau«, lächelte Suvi-Liina. »Und obwohl die Ehe allen möglichen Veränderungen unterlag, ist ihre wirtschaftliche Grundlage dennoch erhalten geblieben. Wozu brauchten wir sonst die modernen Eheverträge? Mit ihrer Hilfe wird eben die Verteilung des Vermögens geregelt. Genau deswegen ist die Ehe zwischen Schwulen völlig verständlich.«

Ich wusste nicht, was ich sagen sollte. Ich bewegte die Hand auf Suvi-Liina zu, die wieder in die Betrachtung des fleckigen Tischtuchs versunken war, und stieß gegen die Flasche. Polternd fiel sie um, und der Rest des Schaumweins rann, leicht plätschernd, über den Tischrand auf den Rasen.

Ohne ein Wort stand Suvi-Liina auf, überquerte den Hof und stieg die Stufen hoch ins Haus. Aus der Hecke ertönte ein Rascheln: Mikko Tsutsunen schob den Kopf durch das Laub. Ich gestikulierte hektisch und deutete auf den Rekorder. Tsutsunen nickte und zog sich zurück.

Suvi-Liina kehrte über den Hof mit einer neuen Flasche in der Hand zurück, stellte sie geräuschvoll auf den Tisch und sank schwer zurück auf ihren Stuhl. Ich hatte mir schon die nächste Frage überlegt:

»Bist du von irgendetwas enttäuscht?«

Suvi-Liina brach in Gelächter aus.

»Wie naiv du bist! Du fragst wie eine Tante, die eine kleine Verwandte ins Weihnachtsspiel geführt hat. War die Aufführung gar nicht so gut? Suvi-Liina, bist du enttäuscht von dem Weihnachtsspiel?«

Du baust dir selbst deine Schauspiele, dachte ich. Die gute Fee von *Schrot und Korn* und die Heilige Jungfrau des Puppentheaters. Mein einziges Auge sah schon ein wenig undeutlich.

Suvi-Liina saß jetzt mit sehr geradem Rücken da. Sie strich sich mit dem Finger das schmutzige Haar hinter die Ohren. In den Ohren hatte sie matt schimmernde Perlenohrstecker, die sie niemals herausnahm. Dann zog sie mit beiden Händen den oberen Teil ihres Kittels auseinander, sodass der Gürtel aufsprang, und holte die eine Brust aus dem Büstenhalter. Sie war mit Bissspuren bedeckt.

»Guck mal!«, forderte sie mich mit hitziger Stimme auf. »Ich habe geheult vor Wonne, als Ilkka mir die hier beibrachte. Unser Sex ist von einer Art, die niemand sich vorstellen kann. Du hast einmal gesagt, der Mensch brauche niemandem von seinem Sexualleben, seiner Religion und seinen Geldangelegenheiten zu erzählen, aber das, was ich für die ganze Welt hinausschreien möchte, ist Ilkka Kärkkäinen!«

Die letzten Worte schrie sie tatsächlich so laut, dass die Katze, die am anderen Ende des Holzsofas gedöst hatte, wie angestochen zu Boden sprang und im Pfingstrosenbeet verschwand. Ich war nicht ganz sicher, was Suvi-Liina meinte, und wollte sie gerade danach fragen, als Ilkka Kärkkäinen selbst auf der Treppe erschien und seine Frau schweigend durch die Brille ansah. Dann winkte er gebieterisch mit der Hand: Sofort ins Haus!

Suvi-Liina schüttelte den Kopf wie eine Stoffpuppe und versank noch tiefer in ihrem Stuhl. Schweigend saßen wir beide da, Suvi-Liina rot vor Eifer, ich fast erschöpft. Ich beschloss, auf die Wirtschaft und die Eheverträge von Schwulen zurückzukommen.

»Ist der Gedanke der ewigen Liebe nur Fantasie?«, fragte ich, nur um das Schweigen zu brechen. Koba zuckte die Achseln und ging wieder hinein.

»Ich weiß es nicht«, antwortete Suvi-Liina. »Aber ich habe so viel bekommen, wie eine Frau es sich nur vorstellen kann. Ich bin befriedigt, hörst du, befriedigt wie eine Katze, deren Wangen und Magen rund sind von viel Sahne.«

Sie beugte sich wieder über den Tisch, ganz nahe zu meinem Gesicht, und wie um ihre Rede zu unterstreichen, zitterten und bebten beide Brüste von der Kraft ihrer Worte über dem fleckigen Tischtuch. Ich hielt die Stellung und wich nicht zurück, sondern erwiderte ihren Blick.

Und jetzt, was für ein Schweigen!, dachte ich.

Ein Schweigen wurde es nicht, denn Suvi-Liina kam immer mehr in Fahrt.

»Du bist vorhin vom Friedhof gekommen. Du trauerst um deinen Geliebten. Dir ist ja wohl klar, dass es immer um zwei Dinge geht: um Tod und um Sex.«

»Und dann auch um Macht«, versuchte ich einzugreifen. »Zumindest wollen wir die Macht über den Tod, wir hoffen, dass es auch jenseits des Todes noch Leben gibt. Warum würde man sonst …«

Ich hatte irgendwo gelesen, dass der Mensch erst dann zum Menschen wurde, als er ein Grab schaufelte, um einen anderen Menschen zu begraben. Ich sah mich selbst neben dem Grabstein im Regen, bei Hitze, im Januarfrost, wenn die Blütendolden der Rosskastanie schwankten wie lebende Zuckerhüte und wenn der Baum seine harten, braunen Früchte fallen ließ.

Die Trostlosigkeit presste mir mit ihren knochigen Fingern die Brust zusammen wie ein lüsterner, brünstiger Greis.

»Aber beim Sex wird der Machtkampf zwischen Männern und Frauen ausgetragen«, hörte ich Suvi-Liina predigen. »Das hat die Geschichte bewiesen: Es geht um die Macht, die Männer gegenüber Frauen ausüben und die oftmals rohe Gewalt ist. Juden, Christen und Muslime haben jeweils mit ihren eigenen Mitteln die Frau und die

Erotik auf irgendein Vorwerk verbannt. Das hat dann alle möglichen Folgen gehabt, wenn es den Frauen allmählich irgendwie gelang, von dort zu fliehen. Rat mal, was die erste und wichtigste Folge ist? In den Männern sind Verwirrung und Zweifel erwacht. Sie sind aggressiv und versuchen, sich in vergangene Zeiten zu flüchten.«

»Über ganz ähnliche Dinge spreche ich in der neuen *Canander*«, murmelte sie dann undeutlich. Sie meinte unser viermal jährlich erscheinendes Lokalblatt.

Auch die zweite Flasche Cava war geleert, und die Oberpriesterin der Befreiung wirkte volltrunken. Sie saß vorgebeugt da und starrte stumpf auf ihre Hände, die auf dem Tisch lagen. Ihr Kopf pendelte von einer Seite zur anderen, während sie fast unhörbar etwas murmelte.

Der Rekorder war immer noch eingeschaltet, aber ich dachte kaum noch daran. Trotzdem nahm er alles auf. Wir waren in dem Stadium der Trunkenheit, in der die Zeit eine Metamorphose durchmacht. Sie wird zu einer Un-Zeit, zeitlos und unermesslich, so wie in einem Segelboot auf dem Meer. Eine Stunde ist wie eine Minute, oder ist eine Minute wie drei Stunden? Ist jetzt schon morgen Abend oder ein ähnlicher Abend vor einem Jahr?

Die Sommernacht senkte sich herab. Wir saßen stumm, wer weiß, wie lange, und der Rekorder rotierte unhörbar vor sich hin. Nur eine muntere Amsel im Apfelbaum versuchte, ihm etwas zu erzählen.

Schließlich bin ich wohl nach Hause gegangen, denn am anderen Vormittag erwachte ich auf dem Sofa in meinem Wohnzimmer. Die Tür zur Veranda und die Haustür standen offen, und die Hunde lagen auf dem Hof in der Morgensonne. Ich wusste, dass der Tag schlecht, langsam, trocken und schmerzhaft sein würde.

Als ich mir später die Aufnahme von Anfang bis Ende anhörte, stellte ich fest, dass ich da ein glänzendes *Schwei-*

gen gehabt hätte – wenn wir nicht so betrunken gewesen wären. Die Phasen des Schweigens, die jetzt versehentlich dazugekommen waren, ohne meine Zurückhaltung, bestanden aus schwerem Atmen, aus Rülpsern, aus dem Knarren der Landgutstühle, aus Seufzern und Hicksern. Suvi-Liina begann jeden Satz mindestens zwei Mal. Manche Sätze brachen ab. Einmal lallte ich dem alten Igel etwas vor, der geschäftig an der Laubhütte vorbeigetrappelt war.

Ich hätte Suvi-Liinas Reden gern den Hörern des Ersten Programms von Yle zu Gehör gebracht, wenn, wie gesagt, die Umstände anders gewesen wären. Sie hatte die Konventionen der Hochglanzzeitschriften abgeschüttelt, ihre flatternden bergmanschen Kleider und Tücher in Brand gesteckt und ihren *Schrot-und-Korn*-Wecken gegen Roggenbrot eingetauscht.

So hatte ich sie nie zuvor gesehen. Und sah sie auch danach niemals wieder so.

Wir waren etwas Wichtigem auf der Spur, das wir aber nicht erreichten, obwohl sie später alles auf ihre Weise zum Abschluss brachte. Wir standen uns gar nicht so fern, die mit ihren Bissen aus ihrem Kittel hervorquellende, befriedigte Suvi-Liina, die in ihrem Suff, mit den ungewaschenen Haaren und dem ungewaschenen Gesicht so verzweifelt war, und ich, die von ihrer Trauer kahl geschabte Halbblinde.

Ich sagte Suvi-Liina, dass ich nach Grabs Tod nach einer Verbindung zu ihm suchte. Die Tatsache, dass sie immer dünner wurde und schließlich abbrach, war ebenso traurig wie der Tod. Damit war er endgültig gegangen. Wo er war, hörte ich mich schluchzend fragen.

»Immer will der Mensch etwas von dem anderen, und das hört offenbar auch mit dem Tod nicht auf«, sagte Suvi-Liina langsam und lispelnd.

»Und es genügt nie. Du willst immer etwas, was noch darüber hinausgeht, etwas vom Innersten des Menschen, und auch das ist nicht genug. Was also willst du wirklich? Weder von einem Lebenden noch von einem Toten bekommst du das Gefühl der Verbindung und der Einheit, die es einstmals gab, als du im Leib deiner Mutter warst.«

Ich hörte mir den Schluss viele Male an. Ihre S waren Matsch, aber das machte nichts. Sie sprach davon, dass die Liebe niemals völlig befriedigend sei.

»Eines unterschreibe ich«, lallte sie. »Rat mal, was einer der größten Mythen der Gegenwart ist? Dass man sich einbildet, das Erreichen größtmöglicher sexueller Befriedigung sei ein Zeichen für das psychische Wohlergehen und die Gesundheit des Menschen.«

Gegen Ende der Aufnahme war ein seltsames Keuchen und Scharren zu hören, so als stellten wir den Gartentisch oder die Bank an einen anderen Platz. Dann, als ich schon glaubte, die Aufnahme sei zu Ende, kam plötzlich nochmals Suvi-Liinas zischelnde Stimme. Sie klang, als könnte sie einen ungezügelten Lachanfall nicht zurückhalten:

»Weißt du, ich heiße in Wirklichkeit gar nicht Suvi-Liina! Ich heiße Raili, Raili Kerttu Aulikki. Wie findest du das?"

»Horch! Still! Die Eule war's, die schrie – der traurige Nachtwächter sagt uns grässlich gute Nacht.«

Ich weiß, was mich peinigt: Vergebens suche ich, die Tür zu schließen, die gewaltsam aufgestoßen wird. Nachts stehe ich mit dem Rücken dagegen und drücke mit aller Kraft. Warum habe ich Grab verloren, der mir Seele und Körper nährte wie Merodach-Baladan, Baladans Sohn, der König von Babel, und der, der verschwinden sollte, strebt immer wieder zu mir?

Was blutig anfing mit Verrat und Mord,
Das setzt sich nur durch blut'ge Taten fort!
Damit lass dir genügen! Folge mir!

Ich habe eine neue Minidisc in meinem Aufnahmegerät. Wann werde ich anfangen, all das aufzuschreiben, was ich aufgenommen habe? Noch nicht, noch ist die Zeit nicht gekommen.

Ich bin verwirrt. Ich bin erwacht, fiebrig und klitschnass. Die Luft steht, denn das Gewitter, das den ganzen Abend im Südosten braute, hat sich klammheimlich herangeschlichen. Ich öffne alle Fenster in der oberen Etage, um ein wenig Durchzug zu erzeugen. Es ist so dunkel. Ja, ja, im Himmel ist man streng: All seine Kerzen sind erloschen.

Ich hatte einen seltsamen Traum. Ich stand unten im Keller und sah, dass die Hobelbank angefangen hatte zu brennen. Der Brand war noch ziemlich klein, er flackerte wie ein Lagerfeuer um ein Bein der Hobelbank. Im Traum hatte ich überhaupt keine Angst, ich schaute nur erstaunt zu: Bei der Hobelbank entsteht ein Brand.

Die Nacht ist ein göttlicher Weg, sagte Grab, als wir gemeinsam wachten. Er brauchte sehr wenig Schlaf und liebte die Dunkelheit. Über die Dunkelheit zu sprechen ist wie Ehrfurcht vor dem Heiligen haben, sagte er. In der Dunkelheit liegt ein Hauch von Gott, und der Mensch blickt in sein inneres Leben.

So sprechen die Theologen. Ich selbst weiß nur, dass nachts im Dunkeln etwas in mich einbricht, etwas Unvermutetes und Unerwartetes.

Ich antwortete ihm, es sei eitel, von Gott zu sprechen. Alle Religionen verschwinden. Nur eine bleibt: der Mensch, der sitzt und in die Ferne schaut.

Dunkelheit, o Dunkelheit …

Dunkelheit, o Dunkelheit, zerküsst, die Dunkelheit in unseren Augen, zerküsst, alles, was wir gehofft haben, zerküsst, alles, was wir nicht gehofft haben, zerküsst, alles, was wir vermieden haben, zerküsst, alles, was wir gehofft haben, hundertfach geküsst.

Die Blätter der Apfelbäume in den Gärten hängen reglos, wie geölt. Wacht sonst noch jemand? Nirgends ein Licht, nein, da ist doch eines, beim Nachbarn unten schwankt eine schwache Kerzenflamme. Das Fenster der Veranda öffnet sich, das, aus dem er immer zu schauen pflegt. Ich sehe nicht hinunter. Hier bin ich vielleicht in Sicherheit.

Seit meiner Geburt bin ich befrachtet mit Bibelwissen und Dichtung. Meine Mutter trug selbst den Familiennamen eines Dichters, sie hieß Pimiä, und sie las – es wäre ungerechtfertigt zu sagen: schrieb – Poesie. Sie sagte, Gedichtbände im Regal seien besser als Geld auf der Bank. Sie vergötterte Edith Södergran, bewunderte Ediths und Hagar Olssons Freundschaft und machte einmal die Bemerkung, eine lange, treue Freundschaft zwischen zwei Frauen gehöre zu den Dingen dieser Welt, die einen erstaunen, denn sie kommen so selten vor.

Mein Name ist Hagar. Ich heiße Hagar Edith Wikström. Mein Name hat in Kanaan, wo es nur wenige Schwedischsprachige gab, immer Verwunderung erregt. In der Schule wurde ich anfangs wegen meines Namens gehänselt, und zwar umso mehr, je stärker ich offenkundig darunter litt. Das hörte erst auf, als wir in der Religionsstunde das Alte Testament und das Erste Buch Mose lasen. Unser Religionslehrer Ferkel, ein alter, dicker Mann, war seiner Zeit um Jahrzehnte voraus: Er sagte, die Kebsfrau des Urvaters Abraham sei eine ebenso wichtige Person gewesen wie die eigentliche Ehefrau Sara.

Hagar ist Hebräisch und bedeutet »Fremdling«. Eine interessante Geschichte: Hagar war die ägyptische Sklavin der kinderlosen Urfamilie, des Urvaters und der Urmutter der Juden, die auf den Rat des Herrn zum Kindermachen eingesetzt wurde, weil Sara, die Herrin der Familie, unfruchtbar war. So gebar Hagar dann Abrahams ersten

Sohn Ismael. Später wurde erstaunlicherweise auch die alte Sara schwanger – das ist die berühmte Stelle: »Warum hat Sara gelacht?« – und gebar Isaak.

So begannen die Familienstreitereien. Die Stiefbrüder kamen nicht miteinander aus, und auch Abrahams Frauen nicht, die erste und die zweite. Wie modern. Abraham fasste einen männlichen Entschluss und schickte, natürlich wieder auf Anraten des Herrn, Hagar und ihren Sohn in die Wüste, wo beide fast verdurstet wären.

Aber die *Indiana Jones*-Wendungen hatte man auch damals schon im Griff. Der nämliche Herr erschien passend im letzten Moment, um Hagar zu retten, als sie schon von ihrem sterbenden Sohn geflohen war, weil sie dessen Leiden nicht mit ansehen konnte, und tröstete Hagar mit der Ankündigung, aus beiden Söhnen, sowohl aus Ismael als auch aus Isaak, werde je ein mächtiges Volk entstehen.

Das war das Beste, womit der Herr zu jener Zeit den Menschen begütigen konnte: dass er sich vermehrt und vermehrt und vermehrt von Generation zu Generation. Über ein Detail wurde später viel gestritten, sowohl unter den Juden als auch unter den Muslimen: Welchen Sohn Abraham als Test für seinen Gehorsam gegenüber Jahwe beinahe geopfert hätte.

Doch das, was mich, beziehungsweise ursprünglich meinen Religionslehrer Ferkel, am meisten beschäftigte, war die Vision, die Hagar in der Wüste hatte. Eine schwarzhaarige, schöne ägyptische Frau – ich denke, etwa so wie Penelope Cruz oder die junge Elizabeth Taylor – steht später im leinenen Kleid unter einer Palme und wundert sich: »Habe ich hier ganz kurz ihn sehen dürfen, der mich sieht?«

Ferkel sagte: »Merkt euch die wichtige Stelle. 1. Mose 16:13.«

Die Frage ist so alltäglich und klein. Kein blendender Lichtblitz, kein Donner, ganz zu schweigen von brennenden Sträuchern oder aus dem Felsen hervorsprudelnden Quellen, keine Drei-Tage-Blindheit und –Stummheit – die ist in beiden Testamenten den Männern vorbehalten, denn die von ihnen erlebten Visionen sind immer von erstklassigem Cecil-B.-DeMille-Niveau.

Ferkel erklärte, Hagar habe das beschrieben, was eine Vision tatsächlich sei. Sie sei der Moment eines inneren Verstehens, die große Änderung des Blickwinkels, die die entscheidende Frage wachruft.

Ich war Hagar, die Fremde, und aus der Entfernung von Tausenden von Jahren wurde mir – von Jahwe? – durch Vermittlung Ferkels die Befreiung von der Tortur geboten. Ich war eine Frau, die etwas gesehen hatte. Hagar Olssons Glorie brauchte ich später nicht mehr so sehr, aber natürlich vertiefte ich mich gründlich in die Sache.

Alles hatte auch meine Mutter nicht gelesen, vielleicht deshalb, weil Ediths Briefe an Hagar nicht ins Finnische übersetzt worden waren. Sie hatte die Dinge vereinfacht, so wie Bewunderer es oft tun. Später, in der Zeit nach Ferkel, durfte ich eine weitere Befreiung von meinem Namen erleben, allerdings erst als Erwachsene, als ich las, was Hagar Olsson über ihre Freundin, die Dichterin, schrieb:

»Ich wurde für sie unverzichtbar, nicht nur als nahe Freundin und verwandte Seele, sondern auch als eine Art Idol, als Inspirationsquelle, die sie für ihr Fantasieleben brauchte, und als lebender Garant dafür, dass alles, wovon sie träumte, ihr auch geschehen würde. Auf diese Weise geriet ich unter einen despotischen Schöpfungswillen, und es war für mich schwierig, wirklich ich selbst zu sein.«

Ich war nicht mehr Hagar Edith, sondern sowohl Hagar als auch Edith, entweder Hagar oder Edith, wie auch immer. Die reinste Erleichterung nach alldem war, dass mein Familienname einfach nur Wikström lautete. Einen Namen wie Runeberg oder Diktonius hätte ich nicht mehr verkraftet. Ich hoffte sehr, dass es sich um dieselben Wikströms handelte, die im schwedischsprachigen Österbottnien eine florierende Fabrik für Außenbordmotoren gegründet hatten und ihre ein- und zweizylindrigen Maschinen ohne einen Hauch von biblischem Gedankengut oder Poetik verkauften.

Wie es sich damit verhielt, hat sich mir nie erschlossen. Mein Vater Rune sprach niemals über seine Kindheit oder Vergangenheit. Ich wusste nur, dass er aus Vaasa stammte und das Finnische mit falscher Intonation und etwas mangelhaft sprach. Von den Pimiäs wusste ich viel mehr, aber anscheinend doch nicht alles.

Vom Haus meiner Vorfahren, der Pimiäs, in Kanaan hatte ich Zahlen, die verblüffend waren.

Mein Vater hatte in das Haus eingeheiratet, falls man das von einem Monteur sagen kann, der während der Notzeit der Dreißigerjahre ins halb fertige Elternhaus seiner jungen Frau, das auf einem Pachtgrundstück der Stadt stand, einzog und dort ein Zimmer bewohnte. Das Haus hatte die Mutter meiner Mutter, die früh verwitwete Raakel Pimiä, gebaut, die mit ihrem Cousin zweiten Grades Sulo Pimiä gerade einmal vier Jahre verheiratet gewesen war und jetzt das Leben des jungen Ehepaars von dem ausziehbaren Holzsofa in der Küche aus, auf dem sie auch starb, belauerte.

Großmutter war Geschäftsfrau gewesen. Ihr Handarbeitsgeschäft war in den Zwanzigerjahren in Viborg so gut gelaufen, dass ihr Traum, der Umzug in die Hauptstadt und der Bau eines eigenen Hauses, sich erfüllte.

Das eigene Haus sollte allerdings in Anführungszeichen gesetzt werden. Eher könnte man von einer Mietskaserne sprechen; als ich Jahrzehnte später nach Leningrad ging, wurde mir klar, dass meine Großmutter und auch alle anderen Leute in Kanaan unter kapitalistischen Bedingungen die von der sozialistischen Sowjetunion entwickelte Gemeinschaftswohnung verwirklicht hatte.

Seit 1928, vom ersten Jahr des Hauses an, war alles ins Hausbuch eingetragen worden, das an der Schwelle meines Greisenalters ein Blasen werfendes und schmuddeliges Namens- und Jahreszahlenarchiv mit abgestoßenen Ecken war. Daraus konnte ich ersehen, dass bis zu dem Sommer, da das Wüstenfest und achtzig Jahre Kanaansland gefeiert wurden, in meinem Haus siebenundsiebzig Personen gewohnt – oder sich mindestens zwei Monate lang vorübergehend darin aufgehalten – hatten, mich selbst, meine Eltern und Grab eingerechnet.

In dem Haus wurden dreizehn Kinder geboren, und sechs Bewohner waren darin gestorben. Als mein Vater 1936 in das Haus zog, wohnten dort dreizehn Personen, zusätzlich zu meiner Großmutter und meiner Mutter also elf Mieter, sowohl Familien als auch Alleinstehende. Ich möchte hier daran erinnern, dass es sich um ein nur zweistöckiges Holzhaus handelte, dessen Geschossfläche knapp siebzig Quadratmeter betrug. Ins Kellergeschoss kamen erst in den Sechzigerjahren ein Öltank und eine Sauna. Bis dahin heizte man mit Holzöfen und besuchte die öffentliche Sauna im Kanaansweg, obwohl es im Keller eine alte, verbeulte Badewanne gab.

Die Hausbesitzerin, deren Gliedmaßen langsam von der Gicht krumm gezogen wurden, hielt von ihrem Holzsofa aus eine eiserne Disziplin aufrecht, verachtete als erfolgreiche Karelierin ihren stillen finnland-schwedischen Schwiegersohn, den Monteur, und war stolz auf die Wasserleitungen und Innentoiletten ihres Hauses, die dem Quartier zweifellos ein modernes Gepräge gaben.

Die Dreißigerjahre waren schuldenreich und schwer. Der nahende Krieg reckte von Osten seine langen Schattenfinger, die sich zuletzt zur Faust ballten, und obwohl nur wenige das bemerken konnten, war das Jahrzehnt seltsam, auch in seiner Armut fanatisch, prahlerisch und gewalttätig.

Unser Haus stand in Kanaan in der noch kahlen Landschaft am Rand eines dunklen Fichtengehölzes. Es war lange ein unverkleidetes und ungestrichenes Blockhaus, dann bekamen die angegrauten Balken eine Bretterverschalung, und die Wände wurden in einem leichten Hellgrün gestrichen. Für die Fenster schnitzte und drechselte mein Vater schöne hölzerne Verzierungen, die er ober- und unterhalb davon anbrachte. Deren Weiß gab dem Haus einen leicht herrschaftlichen Anstrich.

Die Prohibition hatte den Schmuggel nach Kanaan gebracht, und die Gärten waren voller Schnapsverstecke. Am Ufer der Kanaansbucht, wo der Fahrer des Bibliotheksautos Koskela jetzt sein mit einem Innenbordmotor versehenes Boot vom Typ Fischerkahn liegen hatte, waren lange die Ladungen der Schnapsboote aus Estland angelandet worden, bevor die Polizei das entdeckte. Noch lange nach dem Tod meiner Großmutter hielt sich in Kanaan die sichere Kunde, sie sei die Geliebte des berühmten Schnapskönigs Algot Niskanen gewesen. Falls es so war, haben sich die schwer hinkenden Geliebten in unserer Sippe gehalten.

Die Erinnerungen an die ursprünglichen Besitzer der Häuser verblassten im Lauf der Jahrzehnte zu Schatten, und wir Nachkommen der Ureinwohner waren wichtige Informationsträger. Tauno mochte mich, weil ich mich an seinen Vater Armas und seine Mutter Lyyli erinnerte. Auf Armas' Knie sitzend hatte ich die erste Banane meines Lebens gegessen, die nach den Kriegen mit ihren drei Gefährtinnen per Dampfschiff von Stockholm nach Helsinki gekommen war.

Als der Krieg gegen die Sowjetunion ausbrach, ging auch mein Vater aus seinem neuen Zuhause an die Front, erst in den Winterkrieg und dann in den Fortsetzungskrieg, nicht mit geschwellter Brust und schwungvoll marschierend, aber er ging. Vielleicht war es eine Erleichterung, zuerst für hundert Tage in vierzig Grad Frost zu kommen, um die Eindringlinge zurückzuwerfen, und dann auf einen Eroberungsfeldzug in Richtung Ural, oder um wenigstens Karelien aus den Klauen der asiatischen Barbaren zu retten. Die Alternative war die Tyrannin aus Kivennapa auf dem Holzsofa der heimischen Küche.

Armas Susi sagte immer, das einzig Gute an den endgültigen Friedensbedingungen sei gewesen, dass Raakel Pimiä eine Woche nach der Rundfunkansprache des Präsidenten im Holzsarg durch die Kanaangasse getragen wurde.

Mein Vater sagte nichts, kehrte aber wahrscheinlich erleichtert aus dem Krieg nach Hause zurück, wo es in jeder Hinsicht freier war und wo es eine neue Bewohnerin gab, die sympathischer war als die verblichene, nämlich mich. Als viel später, irgendwann in den Fünfzigerjahren, an die Veteranen ein Brief mit der Frage verschickt wurde, ob die Winterkriegskämpfer gern eine Gedenkmedaille hätten, schrieb er in das Formular: »Na jaa.« Als die Medaille per Post eintraf, betrachtete er sie einen Augenblick in seiner Hand und schleuderte sie dann wortlos in die Ecke.

Die Bewohner des oberen Stockwerks äußerten ihre Meinung viel deutlicher. Das im Bürgerkrieg von 1918 gespaltene Volk nährte seinen Hass auch in unserem Haus. Während des Winterkriegs wohnten dort nur vier Leute, Großmutter, Mutter und die Pimiäs aus dem oberen Stockwerk, also Yrjö, der Bruder meines seligen Großvater, mit seiner Frau Kaarina. Sie waren heißblütige Kommunisten, erwarteten in Helsinki und Kanaan die Rote Armee, die die Mieter befreien sollte, und standen während der Bombardierungen auf dem Hof, um den Bombern zuzuwinken, während das übrige Kanaan in seinen Kellern und Kartoffelmieten hockte. Meine Mutter erzählte später, die Großmutter habe nicht gewusst, wofür sie heftiger beten sollte, dafür, dass das Haus von den Bomben verschont bliebe, oder dafür dass die Bombe Yrjö und Kaarina treffen sollte.

Nachts, wenn ich in meinem Bett atme, spüre ich, wie auch das Haus atmet. Seine Wände weiten sich und ziehen sich zusammen wie meine Lungen, langsam, in demselben Rhythmus, und dieser Gedanke beginnt mir Angst zu machen. Ich befinde mich im Inneren von etwas, das es schon lange gibt.

Unter dem Dach auf dem Boden wallen die Gedanken, Erinnerungen und Träume des Hauses. Sie hängen sich wie Fledermäuse an die Bretter. Die alten Ängste und Hoffnungen haften an Balken und Ziegeln, und in der Dunkelheit der Nacht erwachen sie zum Leben wie die Schaben, die sich jahrelang auf dem Bordwandbrett eines auf dem Meer schiffbrüchig gewordenen Schiffs durchgeschlagen haben und munter werden, wenn das Brett ans Ufer gelangt.

Das Ufer bin ich. Ich nehme alles an, was gewesen ist und was noch kommt. Wenn ich daran denke, entwinde ich mich rasch dem Bett und kuschele mich ich meinen Sessel, um zu wachen.

Wir müssen die ganze Geschichte Kanaans irgendwie ins Programm hineinbekommen und auch viele Einzelheiten wie die, dass bei den Bombardierungen durch die Russen zwei Menschen und einige Pferde ums Leben kamen«, erklärte ich bei der nächsten Planungssitzung, die bei den Tsutsunens stattfand. Alissa, der Armenierin, gegenüber brauchten wir kein Blatt vor den Mund zu nehmen, denn im Zusammenhang mit der Ein'gen und Mächtigen vertrat sie die untergeordneten ethnischen Minderheiten. Sie waren nur ein Teil Rossijas, so wie auch wir Finnen, abgesehen davon, dass die Erfahrungen der Armenier viel schrecklicher waren.

Alissa hatte ihre Kindheit und Jugend zunächst in Leningrad und dann in Moskau, der Hauptstadt Sowjet-Russlands, verbracht. Ich hörte mir begierig ihre lebendigen Erzählungen an, denn niemand beobachtet so genau wie ein Kind. Die ersten zwanzig Jahre irgendwo sind die Heimat – danach heißt das, wo man später lebt, nur noch Wohnort. Für Menschen, die den Ort ihrer Geburt oder Herkunft hassen, ist das schwer zu akzeptieren.

Alissa sagte, es sei unmöglich, sich Rodina, die Heimat, aus dem Leib zu reißen. Zu unserem Glück bot diese Rodina unzählige Geschichten, mit denen wir Kanaaniter in der Küche der Tsutsunens seit bald zehn Jahren gefüttert wurden. Einmal, als wir uns am Unabhängigkeitstag im Fernsehen den Film *Der unbekannte Soldat* ansahen und darin Vera für Vanhala, Hietanen und Rokka tanzte, brach es plötzlich aus Alissa heraus, dass sie eine gute Schützin sei. Sie hatte in der Schule als Pflichtfach Landesverteidigung gehabt. Zur selben Zeit, da den finnischen Schülern die Grundbegriffe des Zivilschutzes für den Fall einer Atombombenexplosion beigebracht wurden, erlernten die sowjetischen Schüler die praktischen Maßnahmen für den Fall eines westlichen Angriffs. Sie übten das Werfen von Handgranaten und wie man ein Sturmgewehr auseinandernimmt und zusammensetzt und damit schießt.

Mit sich lösendem Dutt und baumelnden Bernsteinohrringen zeigte Alissa uns, wie man über den Boden robbt, wie man eine Granate (der Vergaser aus Tsutsunens altem BMW) möglichst präzise schleudert und wie man mit dem Sturmgewehr (Tsutsunens Geißfuß) unter dem Arm über ein natürliches Hindernis springt.

Ich, die ich nur geübt hatte, gegen betrügerische Elektriker zu kämpfen, bewunderte die kampfgewohnte Alissa noch mehr dafür, dass sie schon in ihrer Kindheit die Grundlagen der Elektroarbeiten erlernt hatte. In dem gewaltigen Koloss des mehrstöckigen Hauses in einer Moskauer Vorstadt hatte der Strom in den Wohnungen dann und wann Sperenzchen gemacht, und dann waren die Bewohner in den Keller zu der riesigen Schalttafel des Hauses geeilt, hatten Sicherungen ausgewechselt und so lange elektrische Leitungen verbunden, bis der Strom in den Wohnungen wieder einige Tage funktionierte.

In Moskau hatte Alissa auch Tsutsunen kennengelernt, als die Autohändler auf einer Besichtigungstour durch die Autofabriken des Nachbarlands gewesen waren. Die als Reiseleiterin mitfahrende schöne Kunstpädagogin hatte die ganze Gruppe zum Träumen inspiriert, aber Tsutsunen war derjenige, der Alissas Herz gewann, wie die Gewonnene einmal mit bezauberndem Lächeln erzählte.

Das Haus in der Bethlehemgasse war erst nach den Kriegen in den Besitz der Familie Tsutsunen gekommen. Einige der Flüchtlinge aus dem Strom, der aus dem abgetretenen Karelien heranflutete, waren auch in Kanaan angesiedelt worden, und so kamen auch die Tsutsunens eines Tages auf der Pritsche eines Lastautos vor die Gartenpforte der Rusanens gezockelt und brachten unter anderem ein Schwein, eine Ikone und einen Schaukelstuhl mit. Im bombardierten Helsinki herrschte schreiende Wohnungsnot, und auch der primitivste Wohnraum musste unter der strengen Aufsicht des Mietausschusses den Wohnungslosen zur Verfügung gestellt werden.

Tsutsunens Vater, ein Schuhfabrikant, hatte in Sortavala ein Haus aus Stein zurückgelassen. Das betonte er oft, zum Ärger der Susis und Rusanens. Und viele Jahre lebten die Tsutsunens dann auch nicht als Mieter bei den Rusanens: Johannes Tsutsunen hatte auf der Ladefläche des Lkw etwas mitgebracht, mit dessen Hilfe er den notwendigen Grundstock für den Kauf eines Hauses und einen Kredit beschaffen konnte, als die etwas weiter entfernt in der Bethlehemgasse wohnenden Reinikainens nach Schweden gingen. Entsprechend dem Namen der Gasse wurde dort im ersten Jahr der Fünfzigerjahre an einem Heiligabend der ersehnte Erstling der Tsutsunens, Mikko, geboren, der auch ihr einziges Kind bleiben sollte. Er machte dem Schuhwerk und später auch den Autos aus Sortavala, die sich am Mannerheimweg angesiedelt hatten, alle Ehre.

Ich habe niemals ein glücklicheres Paar als Mikko und Alissa Tsutsunen gesehen. Aus ihnen leuchtete ein wortloses, natürliches Einvernehmen und Zusammengehörigkeitsgefühl – dessen Dynamo vielleicht die beiderseitige erotische Anziehungskraft war, die offenbar auch im Lauf der Jahre nicht nachließ.

»Die Tsutsunens sehen in dem anderen immer nur den Sex«, versuchte Uusitupa, die Sache zu formulieren. An ihre Umgebung strahlten sie ein herzliches, verständnisvolles Licht ab, eine so starke Einladung, dass alle ihre Gesellschaft suchten.

»Die Menschen sind Tiere«, sagte Grab einmal, als wir bei den Tsutsunens zu Gast gewesen waren. »Wir lesen die wortlosen Botschaften, die die anderen aussenden. Ohne jegliche psychologische Studien spürt der Mensch, dass man sich in der Nähe der Tsutsunens wohlfühlt, denn sie betrachten die Welt nicht mit jenem deprimierten, ein wenig bösartigen Blick, mit dem Ilkka Kärkkäinen seine Umgebung mustert.«

Auch der sich abschottende, reservierte Koba war oft zu sehen, wie er bei den Gartenfesten der Tsutsunens herumstand wie Morra aus den *Mumin*-Büchern, der nach dem Licht strebt. Vielleicht gefror tatsächlich der Boden unter seinen Füßen, egal, wo er stehen blieb? Aber auch er erlag der Anziehungskraft der Tsutsunens. Einmal hatte ich gesehen, wie er zu Neujahr seinen Arm ungeschickt Alissa um die Schultern legte und halb schüchtern, halb triumphierend Tsutsunen zulächelte. Das war herzzerreißend.

Den Tsutsunens zuliebe ertrug Suvi-Liina ihrerseits Alissas Inneneinrichtung. Immer beherrschte sie ihre Miene, wenn sie im Wohnzimmer saß, wo die türkisfarbenen, silbern gemusterten Antiktapeten geschmückt waren mit einem rosigen Bildnis des armenischen Sibelius, Aram Chatschaturjan, und einem Schwarzweißfoto der imposanten Anna Achmatowa, daneben goldbraune Gobelins, kristallene Blaker, ein Landschaftsgemälde mit dem Berg Aragats und eine Aiwasowski-Kopie.

Suvi-Liina dachte noch über eine dritte Filiale neben *Schrot und Korn* und *Fannys Welt* nach. Ob die wohl *Byzanz* oder *Anna Achmatowas Schätze* heißen würde?

Ich fuhr nie wieder nach Russland, aber Suvi-Liina und Koba und auch die Tsutsunens fuhren oft dorthin. Suvi-Liina baute an ihrem neuen Geschäftszweig und beschaffte mit Koba als Dolmetscher alte und neue Requisiten aus Karelien und von noch weiter her, keinen Touristenkitsch, sondern sorgfältig ausgewählte oder auf Bestellung angefertigte Ware. Die Tsutsunens wiederum weilten häufig bei Alissas zahlreichen Verwandten zu Besuch.

Einmal waren sie in Wolgograd gewesen, das früher Stalingrad hieß, wo an dem zu Mütterchen Russlands riesigem Standbild hinaufführenden zeremoniellen Weg Denkmäler für jeden Bedarf standen. Die roten Fahnen wehten, und in den Kiosken blühte der Handel mit realistischen Nachbildungen, aber es hatte auch Misstöne gegeben. Tsutsunen erzählte, einige aus der finnischen Gruppe hätten sich geweigert, rote Nelken, die die Fremdenführer angeboten hatten, am Denkmal für den unbekannten russischen Soldaten niederzulegen.

In einen Granitfindling war mit gewaltigen Buchstaben ein Text gefräst worden, den Alissa Tsutsunen übersetzte: »Die Deutschen wollten die Wolga sehen, und wir haben sie ihnen gezeigt!«

Da hatte Tsutsunen einen scharfen Stein vom Boden aufgeklaubt und damit auf die andere Seite des Steins gekratzt: »Und die Russen wollten Finnland sehen, aber wir haben es ihnen nicht gezeigt!«

Später sagte Tsutsunen: »Ich habe nicht geschafft, dahinzuschreiben, habe nicht erwähnt, dass wir ihnen ein beträchtliches Gebiet hervorragend fruchtbaren Baulands abtreten mussten, das sie in zügigem Tempo in eine Müllkippe verwandelten, als sie sich dort ansiedelten.«

Bei der Zusammenkunft an jenem Abend waren wir nur zu viert, die Tsutsunens, Koba und ich. Koba kam als Letzter herein und schlug das Kreuz in Richtung Ikonenecke – Ikonenecke ist allerdings ein sehr dürftiger Ausdruck, denn auf einem hölzernen Regal stand eine Triptychon-Ikone, in der Mitte Christus, an seinen Seiten die Gottesmutter und Johannes der Täufer, aber dicht gedrängt neben den Heiligenbildern gab es auch Farbfotos von Wladimir Wyssozki und Charles Aznavour, dem berühmtesten Armenier in der Welt des Entertainments, sowie von Michail Gorbatschow, Alissas politischem Idol. Koba verriet mir einmal, dass er von den Irdischen immer nur Wyssozki grüßte.

Im Voraus war vereinbart worden, dass wir befugt waren, dem übrigen Wüstenfestkomitee Aufgaben zu übertragen und eine Liste der Personen zu erstellen, die gleich Anfang August mit eingespannt werden sollten. Auf der Homepage hatten sich schon Freiwillige gemeldet – ich hatte das Gefühl, dass wir zur Vorbereitung dieses Festes nicht um Hilfe zu betteln brauchten. Es lohnte nicht, darüber nachzudenken, inwieweit Uusitupas Heldentat die Kanaaniter begeistert hatte. Uusitupa wollte das Drehbuch für einen halbstündigen Dokumentarfilm für das Fernsehen schreiben und ihn auch moderieren; er sollte irgendwann im Herbst im Vierten gezeigt werden. Der Gedanke, ins Fernsehen zu kommen, war für viele verlockend, viel verlockender als ein zweispaltiges Foto und ein Stück Text in den Tageszeitungen. Die Schauspieler von Kanaansland waren jetzt zu jeder harten Arbeit bereit.

Tsutsunen war ein hervorragender Organisator, und ich wunderte mich überhaupt nicht mehr, dass sein Autohandel blühte und gedieh. Er hatte den vorherigen Abend damit verbracht, die Programmabfolge des Wüstenfesttages, Ort und Zeit der einzelnen Programmpunkte sowie die Zuständigen und möglichen Mitwirkenden aufzulisten. Er hatte einen ungefähren Kostenvoranschlag und ein Verzeichnis der Inserenten und Sponsoren erstellt, die schon zugesagt hatten, sowie derjenigen, die noch kontaktiert werden sollten. Und er stellte sofort fest, dass unser ursprüngliches Festkomitee in vier Untersektionen mit jeweils eigenem Aufgabenbereich aufgeteilt werden müsse. Die Zeit drängte. Die Idee zu dem Fest war uns ein Jahr zu spät gekommen, klagte er.

»Ich bin für alles verantwortlich, was mit Transporten, Aufbauten und Zahlungsverkehr zu tun hat. Ilkka kann Koordinator der Untersektionen sein, quasi der Generalsekretär. Hagar macht die Öffentlichkeitsarbeit und die Kommunikation zwischen den einzelnen Sektionen. Alissa ist die Beauftragte für die Künste. Sie kümmert sich mit ihren Gehilfen um die Dekorationen.«

Das Gewitter, das sich am vorherigen Abend und in der Nacht von Nordosten her Kanaan genähert und dann innegehalten und Kräfte gesammelt hatte, plante jetzt die Rückkehr. Die schwere Luft legte sich uns drückend auf Schläfen und Brust, und Alissas feurige Piroggen und der tschechische Mikulov-Wein, den Tsutsunen freigiebig in die hohen, braunen Keramikhumpen schenkte, schienen einem in der Speiseröhre stecken zu bleiben. Wir bemühten uns, so heiter und hoffnungsvoll zu sein, wie wir konnten, aber die entscheidende Leidenschaft, die erst in den letzten Tagen aufkommt, wenn wirklich nur noch wenig Zeit ist, fehlte uns. Die großen Linien waren jetzt abgesteckt. Bis zum Wüstenfest war noch gut ein Monat Zeit.

»Aber mit eiserner Disziplin bekommen wir die Genossen aus den abgelegenen Gegenden dazu, die vom Zentralkomitee gesetzten Ziele zu übertreffen«, sagte Koba, um Scherzhaftigkeit bemüht. Tsutsunen lachte prustend, aber nicht über den Witz. Ich glaube, er war von uns der Einzige, der in Koba ständig etwas Komisches sah.

Die Beauftragten der Untersektionen, auf die wir uns schnell einigten, sollten jeder für einen Teil des Festes verantwortlich sein. Koba erbot sich, über einen Festredner nachzudenken, eine Persönlichkeit mit Einfluss in der Gesellschaft, der in Kanaan geboren worden war und dort seine Kindheit verbracht hatte. Tsutsunen versprach, gemeinsam mit Uusitupa den Festumzug mit historischen Szenen auf fahrbaren Bühnen zu planen. An Suvi-Liina wurden die Schankrechte des Bierzelts und die Organisation der Beköstigung delegiert. Ich würde die Vereinbarungen mit den einzelnen Solisten und mit dem Chor treffen und die Hundeparade von Kanaan zusammenstellen. Wer noch irgendeine Lücke entdecken sollte, würde Tsutsunen anrufen.

Danach trennten wir uns. Offenbar hatte niemand genug Zeit, um noch gemütlich zu sitzen, so als müsste man sofort, noch an diesem drückenden Juliabend, aktiv werden. Der Gewitterdonner kam immer näher, und ich ging mit Koba vom Hof der Tsutsunens den langen Heckenweg entlang, der zwischen dem Wald und dem äußersten Rand von Kanaan zu dem nordwestlichen Winkel führte, wo wir wohnten.

In den Gärten, die sich zum Weg hin öffneten, saßen entspannte Menschen, viele im Bademantel oder in ein Handtuch gewickelt, um ihren Grill oder den Gartentisch herum.

»Hast du bemerkt, wie wenig Hollywoodschaukeln es noch gibt?«, fragte Koba. »Die Menschen schaukeln nicht mehr, sie sitzen nicht mehr einfach da und sehen in den Himmel oder in die Bäume. Alle stopfen nur ständig etwas in sich hinein, Bier oder Wein und gegrillte Steaks, Wurst oder Ethnokost.«

Er ging langsam, mit den Händen in den Taschen, und beim Gehen wiegte er seinen großen Körper ein wenig von einer Seite auf die andere. Ich vermutete, er sei entspannt, und der Mikulov-Wein sprach sorglos aus meinem Mund:

»Und ich wiederum habe bemerkt, dass die Menschen früher streng hinter Vorhängen lebten, aber jetzt sind die Vorhänge vor den Fenstern verschwunden. Ich wundere mich immer darüber, wie man in Kanaan durch die Fenster direkt in das Leben der anderen hineinschauen kann. Obwohl das wohl eine Fiktion ist. Haben die Menschen doch noch ein zweites, unsichtbareres Leben, von denen nur die Familienmitglieder etwas wissen? Wenn überhaupt.«

Koba zuckte die Achseln, brach von einer Weide einen Zweig ab, verscheuchte damit die Mücken und tat so, als wanderte er einen Augenblick lang in seine Gedanken versunken. Dann sagte er mit gekünstelter Stimme: »Ich wollte dir noch dafür danken, dass das *Schweigen* so gut gelungen ist. Ich habe viel positives Feedback bekommen.«

Erleichtert begann ich, ihm wirr und mit unvollständigen Sätzen zu erklären, wie einer meiner Hundebekannten, der Kesselraummann, ein ganz gewöhnlicher Klempner oder so was, ja, sich das *Schweigen* angehört und begeistert angefangen hatte, sich daran zu erinnern, wie sein Großonkel …

Also, würde dich das interessieren, Kob-, Ilkka …

Der Kesselraummann hatte mich schüchtern gefragt, ob Kärkkäinen vielleicht ihn, den Verwandten eines in Sowjet-Karelien verschwundenen Kommunisten und Nachkommen einer Kommunistenfamilie, interviewen möchte. Ich hatte versprochen, Koba zu fragen, obwohl ich im Stillen ziemlich sicher war, dass Koba seine Interviews schon vor langer Zeit gemacht hatte. Die Detektivarbeit, nämlich herauszufinden, wo die von den Schicksalen der vernichteten Menschen erzählenden Papiere geblieben waren, interessierte Koba jetzt viel mehr. Das herauszufinden war seine Lebensaufgabe, das hatte er mir gesagt, bevor wir mit den Aufnahmen für das Schweigen begonnen hatten. Er würde wohl kaum Zeit haben für einen gewöhnlichen Klempner.

Alsbald stellte es sich heraus, dass ich richtig vermutet hatte: Koba erwärmte sich nicht für die Erinnerungen des Kesselraummannes, und er drückte das mit ein paar groben, arroganten Worten aus.

Ich war für den Kesselraummann gekränkt, verbarg das aber, so gut ich konnte, und brachte die Rede auf die Birke im Garten der Kärkkäinens; im Winter hatten wir vereinbart, dass wir uns die Kosten für ihr Fällen teilen würden. Koba war immer noch derselben Meinung: Sobald die Blätter gefallen waren, sollte der Baum gefällt werden.

Die Birke brauchte nicht gefällt zu werden. Aber das wussten wir damals nicht, wir überlegten nur, ob wir versuchen sollten, die Baumfäller bei der Stadt zu bestellen oder von privat. Und ob wir die Holzscheite zwischen uns aufteilen sollten, oder ob Koba sie als Entschädigung für das Duschbecken haben sollte, das ich im Winter von ihm bekommen hatte.

Auf Höhe der Knookalas bog Koba, etwas in den Bart brummelnd, in den Garten der Unternehmensberater ein, wo außer Anna und Antti auch Brezel, Keränen und das neue Architektenehepaar saß, das in die morschen Wände eingezogen war. Alle waren schon ordentlich betrunken.

In ihre alte Heimat war auch die Gleichberechtigungsforscherin, die den Glückseligkeitsforscher verlassen hatte, zu Besuch gekommen, eine kleine, zierliche Frau, die feuerrot gefärbtes, kurz geschnittenes Haar und in den Ohren lebhaft baumelnde *Kaleva*-Ohrgehänge hatte. Die Ofenflammen von Tschernobyl funkelten in den Gläsern der katzenhaften Brille, als sie Anna eifrig etwas erklärte.

Die Architektin schien sich über ihre unkomplizierten Nachbarn zu freuen, die ihr schon wie ganz alte Freunde vorkamen. Sie lehnte gegen Tschernobyl, sicherlich um es nicht anschauen zu müssen.

Keränen winkte und zwinkerte mir zu. Ich wunderte mich wieder, wie wohl er sich neuerdings in Kanaan fühlte. Wo schlief er eigentlich nachts, da er mich nie um ein Nachtlager bat?

»Komm doch auch her«, rief Keränen. Ich schüttelte den Kopf. Ich hatte für diesen Abend von Koba und damit von ganz Kanaan genug.

Ich hatte immer gewusst, dass Koba seine wissenschaftliche Karriere sehr ernst nahm. In den vergangenen Jahren hätte er reichlich Gelegenheit gehabt, als Sachverständiger der politischen Geschichte in Erscheinung zu treten, mal hier, mal da bei Podiumsdiskussionen, in aktuellen Sendungen oder bei Quiz-Veranstaltungen. Entspannte, medientaugliche Wissenschaftler waren gefragt, denn man hoffte, dass sie auf die merkwürdigsten Programme Intellektualität abstrahlten. Einmal erzählte Koba genervt, dass man ihn zu einer Fernsehserie eingeladen hatte, in der Prominente ihre Träume erzählten und mit Hilfe eines »vom ganzen Volk geliebten« TV-Psychiaters deuteten.

Als die neostalinistische Jugendbewegung der Siebzigerjahre im weisen Post-festum-Licht am heftigsten diskutiert wurde, hätte Ilkka Kärkkäinen sich zu einer Berühmtheit für jedermann stilisieren können, aber auch in diesem Punkt war er ganz anders als seine Frau, die keine Gelegenheit ausließ, ihre Idee von Heim und Familie, ihre *Schrot-und-Korn*-Ideologie und die bergmansche Ästhetik zu verbreiten.

Man gewann Koba für einige Zeitungsartikel und Sendungen, und das hätte eine große Lawine lostreten können, aber Koba gab sich schroff – in respektabler Weise schroff, denn seine sture Haltung war geprägt von einem fanatischen, allumfassenden Hass auf die Popularisierung der Wissenschaft.

Als ich einmal versuchte, mit ihm darüber zu sprechen, wie er vielleicht das niedrige Niveau der Popularisierung in Finnland mit dem, wie wichtig sie doch war und wie gut sie anderswo gemacht wurde, verwechselte, winkte er angewidert ab und sagte, in diesen Ameisenhaufen mische er sich nicht ein.

Ein Grund für diese Starrköpfigkeit lag vielleicht auch darin, dass Koba ein schlechter Scribent war, seine Texte waren hölzern und ohne Schwung. Die Trauben waren vermutlich wirklich sauer. Beim Schreiben gab er langatmigen, sich wiederholenden Erklärungen viel Raum, und er fügte Absatz an Absatz, wo einige dichte, geschickt zusammengestellte Sätze genügt hätten. Auch in wissenschaftlichen Kreisen waren Kobas schlechter Stil und sein steifer Gedankengang kritisiert worden, trotz all seiner Verdienste, und als einige seiner Brüder im wissenschaftlichen Wettbewerb sich im Verlauf der Jahre als vorzügliche Männer der Feder und Stilisten erwiesen, die geschickt auch Ironie und Sarkasmus kultivierten, war es kein Wunder, dass Koba es ablehnte, in der Serie *Die Tiefe der menschlichen Seele* seine Träume zu erläutern.

»Kärkkäinen zieht sich lieber noch tiefer in seinen Bunker zurück«, bemerkte Tsutsunen, als er das hörte, und bewies damit wieder einmal seinen verblüffenden Scharfblick.

Dass Koba sich für die *Schweigen*-Sendung zur Verfügung gestellt hatte, war also ein umso größeres Wunder. Wahrscheinlich lag das daran, dass ich ihm leidgetan hatte. Immerhin sprach er besser, als er schrieb, und vertraute auf die Hilfe der Interviewerin. Und war trotz allem begierig auf eine kleine, solide Publizität.

Dennoch – oder deswegen? – konnte ich Koba nicht mehr als einen gewöhnlichen Mann mit seinen Mängeln und Beschränktheiten sehen. In meiner Vorstellung hatte er sich zu einem ungewöhnlich großen Symbol für etwas ausgewachsen, das ich eher ablehnte als bewunderte.

Nach der Wüstenfestsitzung, als ich mit ihm den Heckenweg entlang ging, verstand ich zum ersten Mal, dass meine Ablehnung eine kleine Portion Furcht enthielt. Ich konnte weder im Stillen noch laut über seine menschlichen, leicht amüsanten Züge witzeln, ich sah ihn nicht mehr so, wie ich Uusitupa mit seinen rührend eitlen Gesten oder Anna Knookala in ihrer komischen Ernsthaftigkeit sah, oder Keränen, den korrekten, gutherzigen und berechnenden Alten aus dem entlegenen Dorf, der sich niemals von der Sorge des Hinterwäldlers vor dem ewig drohenden Mangel und Hunger würde befreien können.

Aus irgendeinem irrationalen Grund bildete ich mir neuerdings ein, Koba durchschaue mich, errate meine Gedanken und wisse, was ich als Nächstes überlegte oder plante. Mit seinem Schweigen reizte er mich, forderte er mich zu irgendetwas heraus – aber wozu?

Ich hatte allmählich begriffen, dass man dasselbe Mittel, dessen ich mich selbst im Schweigen bediente, auch mir gegenüber verwenden konnte. Koba schien schweigend etwas abzuwarten. Zwischen uns war ja nichts, kein Hass, auch keine schwache Zuneigung, nur lose Nachbarschaft, die wie Dunst an dem Tage verfliegen würde, da einer von uns beschließen würde, aus Kanaan fortzuziehen.

Mit seinem Schweigen hatte er mir eine Geschwulst in den Kopf gepflanzt, die sich teilte und wuchs. Dagegen konnte ich nichts tun.

Je mehr ich über Koba nachdachte, desto mehr gewann er an Gewicht. Er war nicht mehr der Sohn eines kleinen Bauernhofs in Viitasaari namens Ilkka Kärkkäinen, der Wissenschaftler, der von Stipendien lebte und zum zweiten Mal verheiratet, Vater von drei erwachsenen Kindern, ehemaliges Mitglied der KPFi und Vorsitzender unseres Verbands der Eigenheimbesitzer war.

Ich durchschaute die Mechanismen, mit denen man einen anderen Menschen beherrscht. Ich war Sachverständige und hatte für meine Lehre einen nicht geringen Preis gezahlt. Ich hatte andere Menschen gesehen, denen es im Guten wie im Bösen ebenso ergangen war: Ein anderer Mensch bekommt über die eigenen Gedanken eine unbegreifliche Macht, die in keinem Verhältnis zu seiner geringen Bedeutung steht.

Die Männer sahen etwas in einer Frau, die Frauen in einem Mann, dasselbe Überwältigende geschah auch in der Beziehung zweier Frauen. Warum war das unter Heteromännern so extrem selten? Lag das an der Konkurrenz, am ständigen männlichen Bedürfnis, auszuteilen und sich nicht zu unterwerfen?

Niemals, auch nicht in einer intensiven Freundschaft zwischen Männern, hatte ich eine Idealisierung oder Vergötterung wahrgenommen. Die gab es auch nicht in dem Bund von Antti Knookala und Mikko Tsutsunen. Der Österbottnier und der Karelier hatten sich sofort gefunden, nachdem die Knookalas nach Kanaan gezogen waren. Oft sah man den Großen Schwarzen und den Kleinen Blonden, einander umhalsend, im Tschernobyl sitzen und einen 24er-Karton oder sonstige Gebinde Bier oder auch mal eine Kanne Wein leeren. Die Bierkästen waren damals, als Tsutsunens und Knookalas Bruderschaft entstand, schon Geschichte.

Brezel hatte die beiden einmal laut etwas Unnatürlichen verdächtigt. »Also der Sünde der Homosexualität?«, fragte ich Brezel ernst, aber ich sagte auch gleich, dass es sich um etwas Größeres als Homosexualität handele. Antti und Mikko brauchten nicht miteinander zu schlafen, denn sie hatten sich in die Sphäre der Engel erhoben.

Dass jedoch Anna Knookala und Alissa Tsutsunen sich überhaupt nicht mochten, überraschte mich nicht. Der Grund dafür lag nicht im engelhaften Verhältnis ihrer Ehemänner, sondern in alltäglicheren Dingen. Anna Knookala fand, Alissa sei obskur, chaotisch und auch noch durchtrieben. Alissa wiederum sagte, wenn sie das Vokabular ihres Heimatlandes benutzen sollte, würde sie Anna Knookala als Faschistin bezeichnen.

An jenem Abend setzte ich mich nicht in den großen Stuhl in meinem Schlafzimmer, obwohl es mir unmöglich schien, Schlaf zu finden. Das Gewitter saß grummelnd über den nördlichen Vorstädten fest. Die Luft war so dick und schwer, dass man sie hätte mit Händen greifen und daraus Kugeln formen können.

Vom Garten der Knookalas hörte man die an- und abschwellende Kreissäge der Stimmen. Die Architekten waren tief in die Nachbarsfreundschaft eingedrungen. Bisweilen ertönte Gitarrengezirp, und Antti Knookalas klarer, aber unsauberer Bariton sang vom Hotel Kalifornien, in das man immer hineinkommt, aber aus dem man niemals auschecken kann.

Einen Augenblick lang hatte es sich so angehört, als wäre zwischen der Gleichberechtigungsforscherin und Anna ein lauter Streit ausgebrochen, aber dann schloss ich aus dem Poltern der Gartenmöbel, dass der Zwist sich in Annas Standardbravournummer, dem von einem Liter Wein inspirierten Tanz, aufgelöst hatte, der Spuren von Flamenco und einem afrikanischen Stammestanz enthielt. Abwechselnd schnippte sie mit den Fingern hoch über ihrem Kopf, dann wieder stampfte sie auf den Boden, ließ ihre großen Brüste erbeben und rief wiederholt: *»Hasta, hasta siempre, hasta, el comandante!«*

Die Gegend der Entstehung dieser Worte lag weit entfernt von Ylistaro, auch ideell, aber das wusste Anna zum Glück nicht. Sie verlieh ihrem Selbst Ausdruck, wie Antti

Knookala zu sagen pflegte. Und wenn Tsutsunen auch da gewesen wäre, hätte er vorgeführt, wie er über sein eigenes Bein springt.

Ich zog mich aus, schlüpfte in mein Nachthemd und legte mich aufs Bett. Ich dachte, ich ruhe mich nur einen Moment aus in der Hitze der Nacht, aber einige Minuten später lag ich in tiefem Schlaf.

Ich träumte von Grab, der auf einer hohen, gegen die Außenwand der Uusitupas gelehnten Leiter schwankte und mit dem Hammer die vom Regen fleckig gewordenen Mineritplatten abschlug. Sie waren wie von Leberflecken bedeckt. Viele Kanaaniter hatten versucht, durch Verkleidung ihrer Häuser mit Platten die Fassade des verfallenden Gebiets zu liften, aber zwei, drei Jahrzehnte später wollte man die Platten loswerden, denn die Bretterverschalung genoss wieder hohes Ansehen.

In Wirklichkeit hatten an der Wand der Uusitupas, beziehungsweise der Rusanens, Brezels Vater Arvo und ihr Bruder Risto gestanden. Aber im Traum durfte ich wieder Grab sehen, obwohl er im Gesicht Bob Marley ähnelte. Die Enttäuschung presste mir die Brust zusammen. So als wäre Grab nicht zum vereinbarten Treffen gekommen.

Die Mineritplatten fielen klirrend zu Boden und zersprangen in scharfkantige Stücke. Darunter wurde allmählich die Wand mit ihrem erbärmlichen Farbanstrich sichtbar. Das Haus sah aus, als litte es an einer schuppenden Hautkrankheit. Aber da das ein Traum war, hatte die eine Hauswand schon von selbst ein schönes Hellgelb angenommen.

»Minerit ist Asbest, das ist Problemmüll«, rief Grab und warf einen gewaltig großen schwarzen Müllsack von der Leiter, der raschelnd, knatternd und rauschend herabgeschwebt kam. Unter der sich senkenden Wolke streckte ich meinen Arm hoch: Ich wollte, dass Grab mir einen Brief vorlas, den ich aus dem Blumenbeet ausgegraben hatte.

Das in einer fremden Sprache geschriebene Papier war in einem Phloxbeet von Tag zu Tag immer weiter emporgewachsen. Zuerst hatte ich nur einen schmalen Rand gesehen, dann ein, zwei Zentimeter mehr, immer mehr Papier, und ich hatte mein seltsames Gewächs getreulich gegossen. Beim Begießen hatte ich gesehen, dass Schrift und Sprache des Textes mir unbekannt waren, aber ich wusste, dass ich das klären würde. Man hat mir beigebracht, Sprachen zu erkennen.

»Jetzt ist er fertig«, rief ich zur Leiter hinauf, aber der herabschwebende Müllsack deckte mich und meine Stimme zu. Ich war am Ersticken. Es ertönte eine Reihe von Detonationen. Jetzt stirbt Grab wieder, dachte ich.

Der Rekorder rutscht mir durch die nassen Hände. Das Gewitter hatte mich geweckt. Das Rauschen des Müllsacks war das Prasseln des Regens gewesen, und ich sprang aus dem Bett und machte mich auf den Weg durch die Zimmer. Ich hatte die Fenster sperrangelweit offen stehen lassen, um etwas Durchzug zu erzeugen, und jetzt knallten sie im Wind. Das Regenwasser pladderte herein und machte die Böden nass. Ich lief von einem Fenster zum anderen und schob die langen Ranken des wilden Weins hinaus, die ihre gierigen Finger wie die Toten ausstreckten. Sie wollten herein. The Night of The Living Dead!

Ich tauschte mein nass gewordenes Nachthemd gegen den Bademantel und goss mir zitternd ein Glas Rotwein ein. Ich habe noch nie so viele Blitze in der Minute gesehen. Die Nacht ist voller Geräusche. Auf meinem Blechdach scheppert es, vielleicht hat sich ein Teil der Fernsehantenne gelöst. Der Wind heult in den Schornsteinen. Ich bekomme kostenlose Hintergrundgeräusche.

Hintergrundgeräusche … Mit zitternder Hand schreibe ich das Wort in meinen Notizblock. Ich muss diesen Gedanken weiterentwickeln.

Ich habe das von vorhin gelöscht und dasselbe noch einmal ruhiger aufgesprochen. Ich habe keine Angst vor Gewitter und dennoch sinnloses Herzklopfen, und ich bin außer Atem. Grab erscheint immer wieder in meinen Träumen, und das ist gut so, aber seine Gestalt ist jedes Mal falsch.

Er entfernt sich immer mehr. Eines Nachts wird an seiner Stelle vielleicht der andere sein.

Vielleicht wartet er hier schon irgendwo?

Schüttle die blut'gen Locken nicht so gegen mich!

Neben die Angst hat sich eine schwere Langsamkeit auf mich gelegt. Ich weiß nicht, wie ich all das schaffen soll, was ich im Zusammenhang mit dem Wüstenfest *übernommen habe. Ich würde es schon hinkriegen, wenn ich schlafen könnte, aber die Nächte sind zerscherbt. Sie teilen sich in Abschnitte auf, in denen ich mal wache und aufnehme, mal schlafe und träume. Ich habe keine Ruhe. Gibt es Sühne? Gibt es Vergessen?*

Das Wüstenfest hat uns alle in Bewegung gesetzt. Wir sind unruhig, das sehe ich sogar den Tsutsunens an. Es ist sinnlos, sich einzubilden, die Vergangenheit sei eine Tiefkühltruhe, der wir sorgfältig verpackte eisige Behälter entnehmen, gefüllt mit geeigneter und wohl zubereiteter Nahrung. Bürgerkrieg. Rezession. Winterkrieg. Fortsetzungskrieg. Landflucht. Die Sechzigerjahre. Die Siebzigerjahre. Kanaan auf, Kanaan ab, Kanaan auf.

Die Vergangenheit ist kein starrer Granitmonolith. Jedes Mal, wenn wir unseren Blick erneut darauf richten, hat sich etwas verändert. Sie ist wie das alte Foto in einem Album, auf dem die Abzulichtenden nicht auf ihrem Platz bleiben wollen, so wie es sich gehört, auf einem Foto zu bleiben, erstarrt für alle Zeiten in derselben Pose.

Wir sind dabei, den Strom einzuschalten. Wir sind wie Alissa im Keller ihres Moskauer Hauses neben einer riesigen elektrischen Schalttafel. Auch wir zünden das Licht in immer neuen Zimmern an. Manche davon sind offen, sodass jedermann eintreten kann. Andere sind geheim.

In einem hellen Zimmer in Kanaansland winken die Pimiäs den russischen Bombern ihren Gruß zu. In einem anderen, verheimlichten, macht eine andere Pimiä …

Aber darüber spreche ich nicht. Ich weiß schon, wie ich damit umgehen muss.

Es gilt zu vergessen und zu schweigen. Das war die Maxime meiner Familie. Oder muss man sich doch erinnern und sprechen, so wie es der Kesselraummann sagte? Ich habe Koba danach gefragt, der Fachmann sein dürfte. Er sah mich an und antwortete merkwürdig: »Also, man soll vergessen, aber sprechen? Das Vergessen kann man allerdings mit endloser Rede verbinden. Das findet bei uns ja unausgesetzt statt.«

Das Gewitter entfernt sich, aber der Regen rauscht immer noch mit gleicher Heftigkeit herab. Dazwischen sind von draußen Stimmen und Ausrufe zu hören, jemand fragt schreiend etwas, und jemand anders antwortet: eins eins zwei, eins eins zwei.

Es regnet, es regnet, die Erde wird naß. Wir sitzen im Trocknen, und das macht uns Spaß! In der Kindheit fiel es einem so schwer, ins Wasser einzutauchen, wenn man schwimmen ging. Aber der Zauberspruch machte es einem leichter, sich hineinzuwerfen, und dann wollte man gar nicht wieder hinaus.

Hinter dem Grundstück der Knookalas, jenseits des Wanderwegs, lag ein kleiner Park, in dem jahrzehntelang einige Birken gestanden hatten. Sie waren Setzlinge gewesen, als Kanaan noch von der Stadt geplant wurde. Jetzt waren die Bäume große Greise, die im Frühling immer noch lebenskräftige Blätter trieben. Eines der zehn herrlichen Dinge im Leben: der schwankende Wipfel einer Birke, wie sie den blauen Himmel grüßt.

»Die Birke wird wohl achtzig Jahre sein«, sagt Tauno Susi in Unterhemd, Trainingshosen und zerlumpten Hausschuhen neben dem gewaltigen Birkenstamm. Er strich mit seiner großen, knotigen Hand über die seidenfeine Oberfläche des Baums. Sie schimmerte im Licht des stillen, tauigen Morgens wie ein aus weißem Silber gesponnener Stoff. Die Nacht hatte darauf mit ihrem schwarzen Finger Kerben zur Erinnerung an die Trauer gezogen.

Wir alle waren traurig. Natürlich nicht wegen des Riesengrills Tschernobyl der Knookalas, den der Wipfel der vom Sturm gefällten Birke zu einem Ziegelhaufen zertrümmert hatte, sondern wegen des Baumgreises.

»Wenn ein alter Baum stürzt, ist es ein wenig so, als stürbe ein naher Angehöriger«, sagte Sylvi Susi und zog die Schürzenbänder auf dem Rücken fester.

Wir hatten uns um den Unglücksort versammelt. Die Feuerwehrautos waren abgefahren, denn bei Tagesanbruch hatte sich gezeigt, dass die Knookalas Glück gehabt hatten. Der Baum war nicht auf das Dach des Hauses gekracht, sondern seine größten Äste hatten nur die Veranda zerschlagen, und der Wipfel hatte die fürchterlichen Tschernobyl-Konstruktionen in die Geschichte gewischt. Zwischen den Ruinen des Kotelettpalastes lagen Bierflaschen und -dosen und zerdrückte Weinpackungen vom Vorabend herum. Zufällig war das Ende von Tschernobyl mit Liedern und Tänzen gefeiert worden.

Der Birkenstamm lag quer über dem Gehweg. Stromleitungen und Laternenmasten waren unversehrt geblieben, und Knookala erzählte, die Männer von der Stadt hätten zugesagt, in zwei Tagen zu kommen und den Stamm zu zerteilen. Weiter hinten in der Volksmenge äußerte jemand, die Birken seien schon seit zehn Jahren morsch gewesen, und deswegen sei schon zweimal bei der Stadt angerufen worden. So etwas werde wohl von der Versicherung abgedeckt, oder ob das zu dem Kleingedruckten am Ende der Gebäudeversicherung gehöre, das nie jemand las?

Punkt 44: Unvorhersehbare, von einer Natur- oder damit vergleichbaren Gewalt verursachte äußere Schäden am Gebäude werden von der Gebäudeversicherung nicht ersetzt. Eine unvorhersehbare Natur- oder sonstige damit vergleichbare Gewalt umfasst herabstürzende Meteoriten, Wirbelstürme und Hurrikane, als Unwetter zu klassifizierende Stürme, Heißluftballons, Fallschirmspringer, Drachenflieger, von einem Meteor usw. (s. oben) gefällte Bäume sowie Militär- und Privatflugzeuge mit Motorschaden, nicht jedoch Verkehrsmaschinen und auch nicht Schäden, die den oben genannten, sich in der Luft oder am Boden bewegenden öffentlichen Verkehrsmitteln durch Terrorakte zugefügt wurden.

»Manchmal arbeitet die Natur für den Menschen«, flüsterte Suvi-Liina mir zu. »Sonst hätten wir uns Tschernobyl bis zum großen Knall ansehen müssen.«

Suvi-Liinas Gesicht war geschwollen und wirkte übernächtigt. Sie trug denselben Mumbai-Kittel wie am Abend unseres Besäufnisses, aber er war inzwischen gewaschen worden, denn ich erinnerte mich, dass sie sich darauf erbrochen hatte, als wir den dritten Cava öffneten. Unter den Armen war das Kleidungsstück allerdings noch zerfetzter. Der bergmansche Zauber war endgültig dahin. Sie erinnerte an Maxim Gorkis alte Großmutter aus dem Film *Meine Kindheit*.

Mit den Knookalas war nach Kanaan auch die erste Mauer aus weißen Ziegeln gekommen, in deren Putz verschiedenfarbige, funkelnde Glasstücke eingelassen waren. Davor standen jetzt Hundehalter, die bei ihrem Morgengang versucht hatten, die Straße entlangzugehen. Kaisa und der Kesselraummann bedeuteten mir hinter der Barrikade, ich solle mit ihnen gehen, aber ich schüttelte den Kopf. Sulevi und Poika lagen erschöpft bei uns im Garten. Sie hatten nach dem Nachlassen des Gewittersturms entwischen können, als ich im Morgengrauen für ein paar Stunden eingeschlafen war.

Hatte ich die Haustür abgeschlossen, nachdem ich von den Tsutsunens heimgekehrt war und den Igeln im Garten Futter hingestellt hatte? Oder hatte ich nur im Sinn gehabt abzuschließen? Das ließ mir keine Ruhe. In das gleichmäßige, stabile Geflecht meines Gedächtnisses waren Löcher gerissen, sehr kleine, aber dennoch ärgerliche. So als hätte der Stoff eines vertrauten, guten Kleidungsstücks begonnen, langsam mürbe zu werden. Ich hatte es gelernt, mich mit einem Auge und einem Ohr sowie einem schwachen Gleichgewicht zu behelfen. Aber ohne mein Gehirn würde ich nicht sehr lange klarkommen. Ich hatte nur dieses Gehirn und meinen jämmerlichen Körper.

Traurig sah ich Suvi-Liina an. Obwohl ich im Stillen oft über ihre grenzenlose kommerzielle Kreativität gelacht hatte, zeigte sich darin auch ein gieriger, eifriger Zugriff auf das Leben. Ihr bewunderungswürdiges Blühen war für mich unerreichbar gewesen. Erfolgreiche Geschäftstätigkeit war irgendwie verwandt mit kreativem Furor.

»Wie ist es dir ergangen?«, fragte ich vorsichtig. Die Frage war förmlich und klang künstlich, und Suvi-Liina antwortete nicht. Sie zuckte die Achseln und wandte sich ab, um auf ihr Grundstück zurückzukehren. Ich sah, dass der Mumbai-Kittel doch nicht sauber war. Am Po war ein großer roter Fleck. Beim Sitzen war ihre Monatsblutung in den Stoff gesickert, und sie hatte es nicht bemerkt oder sich nicht darum gekümmert. Mich schauderte.

In der Menschenmenge waren viele Schaulustige, die ich vom Sehen kannte, manche auch ihrem Beruf nach. Ich hatte ihnen Namen gegeben, die ich nur in Gedanken benutzte; es waren keine eigentlichen Spottnamen, hatte ich mir erklärt. Ich wollte nur mit meinem einzigen Auge und dem umso unternehmungslustigeren Gehirn die Menschenschlange erfassen, die tagaus, tagein auf den Straßen von Kanaan an mir vorbeizog.

Kurz und annäherungsweise: Da war Ratte, eine geschäftige Frau mit Pferdeschwanz, deren Augen in unglücklicher Weise eng neben der großen Nase lagen. Ihre Ohren waren klein, schief und lagen eng am Schädel an. Der große Mund bebte unausgesetzt nervös unter der kurzen Oberlippe fast unmittelbar an den Nasenflügeln. Sie war Stadtgeografin und widersetzte sich heftig allen neuen Bauprojekten, die Kanaan veränderten. Dafür waren wir ihr dankbar.

Neben ihr stand der Verrückte Sonderforscher. Der V. S. war ein unsauberer, von Jahr zu Jahr mehr verkommender Mann mittleren Alters, dessen lange Haare und langer Bart sich ungewaschen auf der schmutzigen Lammfelljacke ausbreiteten, die er winters wie sommers trug.

Er wohnte in einem von seinen Eltern geerbten Haus am Galiläaplatz und lebte von gelegentlichen Forschungsaufträgen und ebenso obskuren Mietern, die sich in seinem Haus einnisteten und mit denen er sein Cannabis, seine berauschenden Pilze und sein mittelstarkes Bier teilte. Er war einst ein begabter Soziologe gewesen.

Dann waren da die Wickel, Steiner-Anhänger, die ihre Grippe statt mit Aspirin oder Burana mit Zitronenwasserwickeln behandelten. Der Mann, ein Lehrer, kämmte sein Bubikopfhaar hinter die riesigen Ohren, die die Welt wie ein Radar durchharkten, und ging in sackartigen Leinengewändern, die seine sehr magere, langhaarige Frau entwarf und zu Hause herstellte, während sie die fünf Kinder der Familie versorgte. Mit ihren Kapuzenkutten waren sie wie aus einem Dokumentarfilm, der das Mittelalter wiederaufleben lässt, denn sie hatten auch eine Kreistanzgruppe gegründet, die sich jeden Dienstag auf unserem kleinen Fußballplatz zum Reigen versammelte.

Beim Zeitunglesen hatte ich mich gefragt, warum die Menschen heute so oft in eine Rolle schlüpfen wollen. Die Wickel waren dafür in Kanaan ein gutes Beispiel. Ebenso häufig hatte ich mich gewundert, wie fast alles verändert und bearbeitet werden musste. Das ganz Gewöhnliche genügte nicht mehr.

Die Kinder der Wickel durften keine Bonbons essen und nicht fernsehen, aber diese Unverdorbenen standen oft vor meiner Tür, um hereinzukommen und heimlich, ohne Wissen ihrer Eltern, meine alten *Donald Ducks* zu lesen. Fromm bot ich ihnen Sojaeis an, aber ich holte vom Boden auch Pekka Lipponens Abenteuerromane, *Pecos Bill*, das *Phantom* und *Tex Willer*. Unsere heimlichen Orgien blieben geheim, und ich hatte keine Schuldgefühle, denn ich erklärte mir selbst, dass ich einer anderen, verantwortungslosen Generation angehörte.

Dann waren da noch die Anständigen Nazis, ein wohlhabendes Ehepaar, beide Journalisten. Denen sah man keinen Knacks an. Die Nazis hielten Haus und Garten vorbildlich in Ordnung, dekorierten alles elegant und geschmackvoll je nach den Symbolen der jeweiligen Jahreszeit und des Monats, wechselten die Vorhänge dreimal jährlich und waren erfolgreiche Aktienanleger.

Sie luden ihre Nachbarn im August zu perfekt ausgerichteten Krebsessen, »bei denen man fürchterlich bechern musste, um nicht umzukommen vor Langeweile«, vertraute Mikko Tsutsunen mir an, in dessen Fenstern im April Weihnachtsdekoration und im September Osterschmuck hing und in dessen Garten das ganze Jahr über ein blau-rot-grünes Lichtrentier blinkte. Bei den Krebspartys musste er finnland-schwedische Trinklieder intonieren.

Auch Koskela stand etwas abseits und betrachtete die umgestürzte Birke, obwohl er mit seiner Familie im Stadtteil Mellunmäki wohnte. Ich hatte ihn nicht gesehen seit Mittsommer, als das Bibliotheksauto in die Sommerpause ging. Er stand neben einer zarten, blonden Frau, die bei Salome auf dem Grundstück in einem niedlichen kleinen Häuschen, einer ehemaligen Waschküche, wohnte.

Ich kannte auch ihren Namen, es war Eevi, denn ich hatte ihre Bücher gelesen, gut gemachte Untersuchungen zur Frauengeschichte. Ich war ihr ein paar Mal bei den Kärkkäinens begegnet – unnötig zu erwähnen, dass Koba seine Verachtung gegenüber Eevis wissenschaftlicher Leichtfüßigkeit kaum verbergen konnte.

Wenn ich Eevi nicht gekannt oder etwas von ihr gelesen hätte, dann hätte ich sie Elfe genannt. Ich spürte, wie mir etwas einen heftigen Stich in die Brust versetzte. Ich war eifersüchtig. Diese Beobachtung schockierte mich.

Antti Knookala sprach vor der auseinanderklaffenden Veranda per Handy mit dem Vertreter der Versicherungsgesellschaft. Tsutsunen, der Glückseligkeitsforscher und Keränen kamen fast im Gänsemarsch daher, jeder mit einer Motorsäge, und erklärten, sie wollten zumindest den Garten der Knookalas von den Birkenästen befreien. Um die Straße könne sich die Stadt kümmern.

Nachdem Knookala das Gespräch beendet hatte, blieb sein Blick nachdenklich an Keränen hängen, und ich wusste, was ihm durch den Kopf schoss. Vergebliche Hoffnung! Keränen gehört mir, dachte ich. Knookala brauchte noch vor dem Winter eine neue Veranda, aber ich würde um meinen Zimmermann kämpfen.

Die Gleichberechtigungsforscherin war aus dem Innern des knookalaschen Hauses hervorgeklettert und telefonierte ein Taxi herbei, ohne den Glückseligkeitsforscher auch nur eines Blickes zu würdigen. Ihre Ohrgehänge schwangen an ihrem unruhigen Kopf wie an einem Karussell. Ich hatte den Eindruck, sie war schwanger.

Gleichzeitig kam Koba mit einer großen Astschere und versprach freiwilligen Helfern Essen, Bier und Sauna ein paar Stunden später. Tauno sagte, er würde es immerhin noch schaffen, für die Helfer Akkordeon zu spielen, und Sylvi würde Kaffee kochen und einen Weizenzopf backen.

Das Unglück schmiedete die Dorfleute zusammen, aber niemand schlug den Knookalas vor, ein neues Tschernobyl zu bauen. Leider, denn ein Jahr später stand an dessen Stelle ein großer Springbrunnen da, den Anna im Winter im Hof eines thailändischen Tempels abgezeichnet hatte. Zum Glück hatte Brezel Uusitupa, die von Koba als die Bibelzone von Kanaan bezeichnet wurde, damals ganz andere Sorgen, denn sie vermutete, dass alles Asiatische mit Götzendienst zu tun hatte. Man konnte nur ahnen, wie Uusitupas Ehebrüche und sein liederlicher Lebenswandel seine Frau verletzten.

Dann fiel mir plötzlich die Hundeparade des Wüstenfests ein, und ich rannte Kaisa und dem Kesselraummann hinterher. Ich erklärte ihnen meine Idee, und beide nickten. Hunde und deren Herrchen würde man in großer Zahl zusammenbekommen. Das Wichtigste war es, sie so zu gruppieren, dass die verfeindeten Tiere weit genug voneinander entfernt waren, und darauf zu achten, dass keine läufigen Hündinnen dabei waren. Wenn es unter den Umzugsteilnehmern zu einer Rauferei käme, würde die Parade in einem blutigen Chaos enden.

Die Hundeparade von Kanaan war die kleine Erfüllung eines Traums, mit dem ich oft gespielt hatte, als ich in Moskau wohnte: dass nämlich all die Zehntausende von streunenden Hunden an einem ersten Mai vor der Militärparade den Roten Platz eroberten. Ich sah sie vor meinem inneren Auge, wie sie alle in Reih und Glied hintereinander marschierten, die unfassbar großen Halbmonster, die sich viele Male vermischt hatten, die ausgesetzten, aber immer noch eleganten Rassehunde, die großen und kleinen hinkenden, einäugigen, struppigen oder nahezu haarlosen, die Hundemütter mit ihrem Gesäuge voller Milch, die Welpen, die alten Tiere, die sich kaum noch auf den Beinen hielten und aus ihren Löchern im Schatten des Kreml oder des GUM oder aus den Gängen der Metro hervorgekrochen waren. Da würden sie in einer riesigen Prozession marschieren, um zu zeigen, dass auch sie lebten.

Ich beeilte mich, mit Sylvi Susi über ihre Auftrittsabsichten zu sprechen. Sylvi hatte sich die Sache schon überlegt: Die Veteraninnen des Frauenturnens der *Elanto*-Genossenschaft wollten tatsächlich auftreten, und Sylvi sagte, sie würde auch gern einige Gedichte rezitieren, wenn niemand etwas dagegen hätte.

»Nein, bestimmt nicht«, versicherte ich und erfuhr, dass Tauno zwei Akkordeonstücke plante, zu denen er auch singen würde.

Ich war erleichtert. Jetzt würde ich mich auf den Chor konzentrieren können. Ich machte mich auf die Suche nach Tsutsunen, der die Telefonnummer der estnischen Chorleiterin von Kanaan hatte. Ich wollte ihr vorschlagen, gleich morgen eine Chorprobe anzusetzen. Wir würden auch eine oder zwei bekannte Bands brauchen ... Darüber würde ich mit Uusitupa sprechen. Das Hausgemachte entzückte immer die Feiernden, aber für die Massen brauchte man Namen.

»Brauchen wir Massen?«, hatte Koba Tsutsunen anzüglich gefragt. »Wir wollen doch hier wohl kein Brunnenpark-Volksfest?«

Mikko Tsutsunen hatte geantwortet, nein, aber wir könnten trotzdem versuchen, ein möglichst vielfältiges Programm für alle zu bieten.

»Seit wann hast du die Massen verworfen? Es soll hier ja wohl nicht darum gehen, die Lebensweise der wohlhabenden, gebildeten oberen Mittelklasse zu präsentieren?«, stichelte er gegen Koba. »Die Leute lachen schon jetzt über uns, weil wir in unseren teuren Holzhäusern elegant Mutter und Kind spielen.«

Tsutsunen hatte so gehässig gesprochen, dass Alissa und ich uns verlegen ansahen. Zum ersten Mal machte Mikko sich nicht die Mühe, seinen Widerwillen gegen Koba und Suvi-Liina mit Gelächter und Scherzen zu bemänteln.

Koba sagte nichts, wandte nur den Kopf ab, sodass das aus dem Fenster fallende Licht sein Gesicht im Schatten ließ. Wir konnten seine Miene nicht sehen.

»Kleine Meinungsverschiedenheiten gehören bei Festvorbereitungen immer dazu«, sagte ich später zu Alissa. Sie hatte angefangen, mir dann und wann SMS zu schicken und einen gemeinsamen Spaziergang vorzuschlagen. Darüber freute ich mich. Ich hatte in Kanaan keine einzige Freundin, nur Hundemenschen und Nachbarn, und so machten wir es uns zur Gewohnheit, gemeinsam am Fluss oder an der Meeresbucht spazieren zu gehen.

Bestimmt boten wir einen seltsamen Anblick: ich, die struppige Hälfte, die ich war, Poika und Sulevi, die sich den ersten Preis für den Titel »Hässlichster Hund der Welt« geteilt hätten, und Alissa, die orientalische Fürstin. Ich wunderte mich immer, dass die Entgegenkommenden sich nicht zu Boden warfen, um ihr die Füße zu küssen.

»Wir sind aus einem Märchen – eine Schar, die zufällig zusammengetroffen ist und sich gemeinsam auf den Weg macht, um einen verlorenen Schatz oder das Land der Ferne zu suchen. Du bist eine verkleidete Prinzessin, ich bin deine treue, dumme Dienerin, und die zwei da sind Knappen«, sagte ich zu Alissa, die mir den Arm drückte und mit ihren Rubinlippen lächelte. Sie war ein Mensch, mit dem man auch herumalbern konnte.

»Vor Alissa oder ganz Russland brauchen wir uns jedenfalls nicht wegen irgendetwas zu schämen oder verlegen zu sein. Die haben dort ganz andere Standards«, hatte Tsutsunen einmal gelacht.

Und das stimmte ja auch.

Der dritte Gast des *Schweigens* im Juli, der einzige finnische Sieger des Boston-Marathons, war ein schlagfertiger und gesprächiger Mann. Der Bergbauingenieur aus dem Norden konnte die Feinheiten des Dauerlaufs analysieren, hatte aber auch einen Blick für die vielerlei komischen Seiten des Sports, und sein Vorrat an Anekdoten war unerschöpflich. Ich musste mir das Lachen verbeißen, so gut es ging, und es gab in unserer Unterhaltung kaum Phasen des Schweigens, aber darüber konnte ich auch nicht nachdenken, denn er verstand es, einen mit seinem leichten und heiteren Geplauder mitzureißen. Das war nicht alltäglich, und ich war deswegen erleichtert, denn die nächsten *Schweigen*-Sendungen hatten schon mein ganzes Denkvermögen mit Beschlag belegt.

Martta Pimiäs Brief hatte mich seit jenem Februartag beschäftigt, da ich ihn zwischen alten Zeitungen in der Bodenkammer gefunden hatte, als ich für die Wickel-Kinder verderbenbringende Lektüre gesucht hatte. An und für sich war es merkwürdig, dass man ihn nicht entweder ganz von der Erdoberfläche getilgt oder aber an einem seriöseren Ort aufbewahrt hatte, in der Schreibtischschublade oder in der hölzernen Zigarrenkiste, von der behauptet wurde, sie habe Sibelius gehört und in der Raakel Pimiäs Perlenschnur und ihr Smaragdring aufbewahrt worden waren.

Der Brief war zwischen wertlose Zeitungen geworfen worden, so als hätte der Werfende sich nicht entscheiden können, was er damit machen sollte. Vielleicht hatte er gehofft, dass ihn doch noch jemand fand.

In einer Familie, wo niemals viel geschrieben wurde, war das eine Seltenheit.

»Und eine Seltenheit in der kurzen und schweren Geschichte der Unabhängigkeit unseres Landes«, hatte ich zu Märta Moraeus gesagt, als ich mit ihr über das letzte *Schweigen* im Juli sprach.

Ich flehte, ja, ich bettelte. Gleich nachdem ich dem Kesselraummann, Kaisa und Salome von dem Brief erzählt hatte, beschloss ich, dem Brief Leben einzuhauchen. Und bald darauf war mir die Idee gekommen, wie das zu bewerkstelligen war.

Ich erklärte der alten Schauspielerin meine Gedanken so offen, wie ich nur konnte. Märta Moraeus sah mich mit ihren hervorstehenden, kalten Echsenaugen an, die von den runzligen Lidern wie von einem langsam sich senkenden und hebenden, faltenreichen Vorhang verhängt waren. Kein Messer eines Schönheitschirurgen hatte auch nur eine einzige der stolzen, großen Falten weggeschnitten, die von ihrem Gesicht herabflossen wie ein Wasserfall aus Leder. Der breite, dünnlippige Mund verzog sich im Gesicht ihrem jeweiligen Gedanken entsprechend, manchmal bis fast zu den Ohren, in deren hängenden, schlaffen Ohrläppchen große Brillanten steckten. Die ganze Dekadenz wurde von einer großen Nase bewacht, einem Turm, der erst in der Stille des Grabes einstürzen würde.

»Aber warum wollen Sie, dass die Briefschreiberin jetzt in Erscheinung treten soll, nach all den Jahren? Das alles ist schon so lange her, die Welt und die Länder haben sich verändert, die Menschen sind gestorben. Wäre es nicht das Beste, sich auf die Schwierigkeiten von heute zu konzentrieren?«

Ich verstand, dass Märta Moraeus mich auf die Probe stellte. Kein Schauspieler kann die Geschichte geringschätzen. Märta starrte mich erwartungsvoll an und saugte mit ihren furchterregenden Augen die richtige Antwort aus mir heraus. Ihr dunkelrot geschminkter Mund schien sein eigenes Leben zu leben. Er war das seltsame Faltentier in einem Naturfilm, er lutschte an den gewaltigen gelben Zähnen, die er verbarg, mümmelte hinauf, hinab, vor und zurück. Dann wurde er ebenso unbeweglich wie die Augen.

Ich musste sofort und direkt antworten, denn das hatte sie verdient. Das, was ich vorschlug, war für die Schauspielerin eine Enttäuschung: dass Märta Moraeus im *Schweigen* gar nicht Märta Moraeus sein durfte. Aber ich wusste auch, dass ich ihr eine faszinierende Rolle anbot.

Zu meinem Bedauern klang meine heisere Rede wie flehentliches Gewimmer:

»Ich möchte ihr eine Stimme geben. Ich möchte, dass sie endlich reden darf.«

Die Echsenaugen fuhren fort, mich nachdenklich anzustarren, so als hätte die Frau kein Wort gehört. Dann streckte sie ihre langen, mageren Finger von ihrer Sessellehne her aus und berührte leicht meine Hand. Die Berührung war eiskalt, noch kälter als ihre Stimme.

»Dann müssen wir möglichst bald anfangen. Die Zeit ist sehr knapp, wenn Sie an den letzten Dienstag im Juli denken.«

Aber die Zeit reichte, dank des leichtfüßigen Marathonläufers, dem man keinen Gedanken zu opfern brauchte.

Aus Märta wurde Martta, die im *Schweigen* ihren Brief vorlas und sich mit mir unterhielt. Ich hatte Märta alle Informationen gegeben, und auf meine Fragen schrieb sie aufgrund meiner Entwürfe Antworten, an denen man nichts zu ändern oder zu korrigieren brauchte außer ein paar Objektfehlern. Als ich mich darüber wunderte, bemerkte sie trocken, dass sie ihr ganzes Leben die Repliken von Manuskriptschreibern, Dramaturgen und Regisseuren redigiert habe.

Dann schwieg sie einen Augenblick und fügte wie beiläufig hinzu:

»Meine Mutter kam ums Leben, als die Russen die Entbindungsklinik in Wyborg bombardierten. Sie rannte auf die Straße mit meinen beiden neugeborenen Zwillingsbrüdern auf dem Arm.«

Ich hatte mir vorher darüber Gedanken gemacht, ob es richtig war, eine finnland-schwedische Stimme zu wählen. Sie würde nicht ihre Muttersprache sprechen, und dann sind nur wenige Menschen imstande, die fremde Intonation oder ein wenig fremd artikulierte Vokale gänzlich zu vermeiden. Märta Moraeus hörte sich an wie eine Frau, die in der Kaptensgatan, nicht in Karelien, geboren war.

Aber meine Sorge war unnötig: Aus ihren Falten grub Märta ihr gesamtes Arsenal aus, das nicht gering war. Es kam so, dass weder ich noch irgendein Hörer auf Intonation oder Vokale achteten. Märta Moraeus war Martta Pimiä, sie nahm Martta Pimiä in Besitz, und Märta und Martta nahmen mich in Besitz.

Über Martta war in unserer Familie niemals gesprochen worden. Mein Vater Rune hatte sie niemals gesehen, aber meine Mutter Maija erinnerte sich natürlich gut an ihre vier Jahre ältere Cousine. Mutter war ungefähr zwanzig gewesen, als Martta ging, und da hatten sie schon rund zwei Jahre in dem halb fertigen Haus in Kanaansland gewohnt.

Martta war ein Wort, das immer verschwiegen worden war. Lange glaubte ich, das liege an der Gleichgültigkeit meiner Mutter. Ich dachte, Martta sei nur eine Cousine gewesen, die die Mutter eine Zeitlang gekannt hatte, aber später verstand ich, dass Raakel Pimiä die Nichte ihres verstorbenen Mannes gehasst und verachtet hatte. Und dass sie versucht hatte, ihr Gift über meiner stillen Mutter auszugießen, die sich jedoch insgeheim bis an ihr Lebensende mit dem Gedanken an Martta auseinandergesetzt hatte. Sie hatte die Schwester betrauert, die sie spät bekommen hatte und die dann so bald verschwunden war, denn mir fielen mit der Zeit ein paar wie beiläufig hingeworfene Sätze ein, aus denen eine stille Sehnsucht raunte.

Den Schandfleck hatte man dennoch nicht völlig abwaschen können, denn es gab jemanden, der sich erinnerte, jemanden, der einen Brief und ein Foto für einen künftigen Finder zurückgelassen hatte. Rune? Mutter? Kaarina? Die bis zum Kriegsende geglaubt hatte, dass, wenn die Rote Armee in Helsinki einmarschierte, in ihrem Kielwasser mit wehenden Haaren auch ihre siegreiche Tochter Martta erscheinen würde, die auf einem Panzer ritt und den vom Krieg ausgemergelten Kinderchen Bonbons zuwarf.

Aus diesem Haus war Martta mit ihrem kleinen Koffer vor über siebzig Jahren fort, den Weg entlang und über den Hügel und die Gutsfelder zur Kanaansbucht gegangen, wo das Boot eines ehemaligen Schnapsschmugglers die Leute erwartete, die nach Osten wollten. Für die Fahrt hatte sie fünfhundert Mark bezahlt.

Eine ganze Schar von Mitgliedern der im Untergrund wirkenden, verbotenen Kommunistischen Partei Finnlands ging nach Moskau, wo die Partei ihr Hauptquartier hatte. Sie waren keine gewöhnlichen roten Überläufer wie diejenigen, die erst von der Niederlage im Bürgerkrieg und dann, in den Dreißigerjahren, von Wirtschaftskrise, Arbeitslosigkeit und Hunger zu Tausenden nach Russland getrieben wurden in dem Glauben, sie würden es dort besser haben. Martta gehörte zum Kader, war unterwegs nach Moskau an die Lenin-Schule, sie besaß alle erforderlichen Papiere zur Vorlage an der Grenze, und in Moskau würde sie in die Elite aufsteigen.

Das alles förderte ich leicht zutage, nachdem ich auf dem Boden Marttas Brief gefunden hatte. Detektivische Arbeit war dabei nicht vonnöten – die seinerzeit Abgereisten waren schon lange in den Archiven der Zentralen Geheimpolizei, der späteren Staatspolizei, registriert. Sowohl über die Überläufer als auch über diejenigen, die die Parteischule besucht hatten, gab es Presseberichte und Rundfunksendungen, die ich im Programmarchiv des Senders fand, und die Politikwissenschaftler hatten Bücher über sie geschrieben.

Alles war vorhanden gewesen, außer in unserer Familie. Martta war nur ein Name in unserem alten Hausbuch, die Tochter von Kaarina und Yrjö Pimiä, Martta Elviira, geboren am 10.5.1906 in Kivennapa, Beruf: Fotoateliersgehilfin.

Sie war die Schande unserer Familie, die schweigend von einer Generation zur nächsten geschoben worden war. Wortlos hatten Raakel, Yrjö, Kaarina, Rune und Maija mir Martta als ungeöffnetes Paket weitergereicht, das mir keine Ruhe ließ. Und jetzt war ich dabei, mein Danaergeschenk Märta Moraeus zu übergeben, die damit nichts zu tun hatte.

»Wie viele Jahre habe ich noch zu leben? Drei, neun, zwanzig Jahre?«, hatte ich mich der Schauspielerin gegenüber gefragt.

Ich hatte einen hemmungslosen Anfall von Pathos bekommen, aber zum Glück erst, als die *Schweigen*-Sendung fest abgemacht war und wir in ihrer Wohnung in der Meerstraße saßen – die Kaptensgatan war in Wirklichkeit die Havsgatan.

Ich hatte niemanden, dem ich Martta Pimiä weiterreichen konnte, kein eigenes Kind, dem ich stumm die schändliche Botschaft hinterlassen und dann rasch ins Grab schlüpfen konnte.

»So überantworte ich sie den hunderttausend Radiohörern, wo Sie nun einmal eingewilligt haben«, sagte ich.

»Die tatsächliche Öffentlichkeit bedeutet immer höchstens dreihundert Leute«, sagte die Schauspielerin bedeutungsschwanger und sog an ihrer französischen filterlosen Zigarette. Jetzt sah ich das, wovon es in den Büchern immer heißt: *Sie klaubte mit den Fingern Tabakskrümel von Lippen und Zunge.*

»Meine Liebe, beklagen Sie sich nicht. Es gibt kein apfelbäckiges Glück«, setzte sie dann hinzu.

Ich dachte, sie sei von ihren zwei Gin Tonics betrunken, aber der Blick der Echsenaugen war klar. Ihr Gedankengang hatte nur einen Satz gemacht. Er war von der Öffentlichkeit zum Bösen gesprungen. Darum ging es ja in unserer Sendung.

»Es gibt einen bestimmten Menschentyp, so einen freundlichen, liberalen humanistischen (sie sagte: hümanistischen), der sich entweder weigert oder unfähig ist, ein sehr wichtiges Merkmal der menschlichen Wirklichkeit zu sehen: die Kraft des Bösen. Solche Menschen sehen nur die einzelnen bösen Tage eines Individuums, die natürlich den bewussten Entschlüssen des Menschen entspringen. Aber die satanischen Kräfte, die Dämonen ...«

Sie beugte sich vor in ihrem gustavianischen Stuhl, so nahe, dass ich die hellblauen Äderchen sah, die sich in dem gelben Weiß, das ihre aufgerissenen blauen Augen umgab, verästelten. Es war, als starrte man ein altes Stück Porzellangeschirr an.

»Die satanischen Kräfte sind keine freien Entscheidungen, Irrtümer, Entgleisungen oder bedauerliche Lösungen eines schwachen Charakters, um deren Vermeidung wir anderen uns mit glühenden Wangen bemühen können. Nein, die sind überall eingebaut. Und deshalb kann man ihnen nicht entfliehen. Deshalb glaube ich an Gott.«

Dann berührte sie mein Knie mit ihrer sehnigen Hand, die wie das Skelett der Tatze eines großen Tiers war. Die Ringe blitzten, und die roten Nägel drückten sich in mein Fleisch.

»Liebe Freundin, Sie haben die richtige Entscheidung getroffen. Ich werde Ihnen erzählen, was ich auf der Bühne gelernt habe: Zu leben bedeutet, gezeichnet zu werden, sich zu ändern, nach Worten für die Geschichte zu suchen, und es ist die einzige Art, mit der wir Sterblichen wirklich Freude und Frieden finden können. In der völligen Stille gibt es nur Trauer.«

So beschaffte ich die Worte für Martta Pimiäs Geschichte und markierte sie. Ich markierte mich selbst.

In jenen Tagen stockte alles andere. Ich verschwendete keinen Gedanken an das Wüstenfest, denn ich war wie im Fieber. Ich meldete mich nicht am Handy und beantwortete keine E-Mails. Einmal sah ich Suvi-Liina spät am Abend unten vor meiner Tür gestikulieren und klopfen, aber nach einem raschen Blick nach unten zog ich die Vorhänge vors Fenster, so als wollte ich gerade schlafen gehen. Ich hatte keine Zeit für Gorkis Großmutter.

Ich schlief wenig und mit Unterbrechungen, ich saß nachts im Obergeschoss in meinem großen Sessel, trank Wein und nickte für ein paar Stunden ein wie ein Baby oder ein Greis. Ich horchte auf das Knarren, das Heulen und die Seufzer meines Hauses. Es sprach jetzt zu mir, und ich deutete seine Rede, so gut ich konnte. Ich hatte angefangen, französischen, im Mund zerbröselnden Tabak zu rauchen, denn tagsüber bearbeitete ich mit Märta den *Schweigen*-Text.

Märtä war jetzt ein mit voller Kraft übers Meer segelndes Schiff, beladen mit Raketen. Nichts würde sie aufhalten.

»Das Schweigen müssen wir wohl arrangieren, wenn die Sendung nun einmal so heißt«, sagte sie.

Wir hatten Brüderschaft getrunken, und danach wurde ihr Finnisch immer eigentümlicher.

Wir hatten einen einfachen Plan: Sie würde als Martta den Brief vorlesen, das Lesen aber in passenden Abständen unterbrechen, damit ich Fragen stellen konnte. Ich konnte überhaupt nicht abschätzen, wie das in der Sendung funktionieren würde, aber etwas Besseres war mir nicht eingefallen. Ich war es nicht gewöhnt, Features zu machen.

»Martta ist also aus den Toten auferstanden und in dein Haus gekommen?«, fragte Märta.

»Von den Toten«, korrigierte ich. »Ja, so kann man sich das denken. Mag sie zum Beispiel ein Geist sein. Angeblich glauben die Saami, dass der Mensch außer seinen wirklichen Fußspuren in der Welt eine unsichtbare Spur hinterlässt, die niemals verschwindet.«

Hier war sie entlanggegangen, die Treppe hinab, die immer noch vorhanden war. Dort hatte ich schon lange Geflüster gehört. An einem Junimorgen in aller Herrgottsfrühe drückte sie die Tür hinter sich zu. Die Vögel sangen in den Apfelbaumsetzlingen, Åkerö, Sävstaholm, Antonovka, hatte Maija im Herbst die Namen der Sorten gerufen, während sie die Gruben für sie aushob.

Die Setzlinge reichten Martta bis an die Schultern, als sie, mit dem Koffer in der Hand, an ihnen vorbei zur Gartenpforte ging. Sie sang beim Gehen. Auf ihrem Bett hatte sie einen Brief hinterlassen. Am Ufer erwartete sie ein Boot, und in der Tiefe der Bucht des Meerbusens die Sowjetunion, Moskau, die Freiheit.

Ich gehe an denselben Bäumen vorbei. Jetzt schlagen ihre Äste über mir einen Bogen und beschatten mir das Gesicht. Die Sonne funkelt durch das Laub, und ich prüfe: viele unreife Früchte. Ich singe nicht, denn ich habe als Vermächtnis Martta bekommen.

Was hätte ich getan, wenn Märta Moraeus mir nicht ihre schrecklichen Finger gereicht hätte? Wäre ich entmutigt gewesen? Schmerz kann man teilen und einzig durch das Lesen der mit einem dicken Bleistift eilig hingeworfenen, verblassenden Zeilen leben, aber genügt das?

Hier ist sie entlanggegangen. Hier, wo jetzt Märta Moraeus und ich gehen, und hier, wo der Kesselraummann mit seinem einfachen Schäferhundmischling entlanggeht.

Ich zeigte Märta zwei Fotos, die einzigen, die ich von Martta besaß. Wir hatten in der Familie kein altes Fotoalbum voller alter Fotos. Nein, wir hatten ein neues Fotoalbum voller alter Fotos. Jetzt ging mir auf, dass daraus alle falschen Fotos entfernt worden waren. Sie war nicht aus den Fotos entfernt worden, die Persona non grata; das ganze Foto war vernichtet worden.

Nur eines ist geblieben, nämlich das, das später in den Brief gesteckt worden war. Auf dem Umschlag war vermerkt: *Angekommen Jan. 1948.*

Auf dem Foto sitzen Martta und Maija im Stadtteil Kallio im Fotoatelier in der Helsinkistraße am Tisch, und der ist mit einem karierten Tischtuch mit Fransen bedeckt. Die Cousinen sehen sich so ähnlich, dass man sie für Schwestern halten könnte, nur ist meine hochgewachsene Mutter viel stattlicher. Aber sie haben einen ähnlichen ondulierten, dunklen Bubikopf, dieselbe breite Stupsnase und denselben schön geschwungenen, sorgfältig rot geschminkten Mund. Beide tragen ein dunkles Kreppkleid mit rundem, weißem Kragen und in der Mitte des Kragens eine kleine Brosche. Auf dem Tischtuch halten sie einander bei der Hand. Beide haben den gleichen Ring am Finger. Auf der Rückseite des Fotos steht mit Bleistift: *Martta und Maija Pimiä im Winter 1930.*

Das andere Foto, das ich erst kürzlich bekommen habe, ist ein paar Jahre danach entstanden. Es ist etwas unscharf, denn es wurde heimlich geknipst und dann zerrissen, damit die eine der Frauen, die auf dem Foto zu sehen sind, es später in kleinen Stücken in ihrem Kleiderfutter nach Finnland bringen konnte.

Fünf Frauen stehen in ihrer aus Lumpen zusammengestellten Arbeitskluft nebeneinander und blicken in die Kamera. Die eine trägt einen großen, zerlumpten Männersteppmantel, die anderen eine Art von Arbeitsjacke. Vier sind in lange, bist fast an die Knöchel reichende, schmutzige Röcke gekleidet. Die in Schuhen aus Birkenrinde steckenden Füße sind mit Lappen umwickelt. Drei von ihnen tragen eine Pelzmütze, zwei ein im Nacken gebundenes Tuch.

Alle sind mager in jener schrecklichen Weise, die den Ausdruck in den Augen der Menschen verändert. Jedoch liegt nichts Flehendes im Blick dieser Frauen. Ruhig schauen sie in die Kamera, so als wären sie sich endlich ihres eigenen Wertes bewusst geworden.

In der Mitte erkennt man Martta, vielleicht deswegen, weil die Überbringerin des Fotos sie mir gezeigt hat und weil ihr Name in einer Bildunterschrift in dem Buch auftaucht, in dem das Foto veröffentlicht wurde: »Junge finnische Frauen in ihren zerschlissenen Birkenrindenschuhen bei der Arbeit in Nishni Tagil 1938.«

Martta steht da wie ein Mann, ein wenig schief, fast forsch, eine Schulter hochgezogen und die Hände in den Hosentaschen. Sie ist auf dem Bild die Einzige, die lange Hosen trägt. Der untere Teil des Gesichts wirkt irgendwie verzerrt, ist es nur ein Schatten, oder ist ihr der Kiefer irgendwann gebrochen? Sieht es deshalb so aus, als hätte sie ein kleines Lächeln auf den Lippen?

Märta Moraeus sah sich die Fotos lange an, reichte sie mir dann zurück und ließ ihre dunkelgrauen Lider auf ihre Echsenaugen sinken, sodass ich ihren Blick nicht sah.

»Die drei Glücklichen haben irgendwo eine *pälsmössa* aufgetrieben.«

»Workuta«, sagte sie dann. »Workuta, das klingt doch wie ganz komisches Kindergeplapper.«

Ich neige mich tief vor deiner lautlosen Exzellenz, o Zeit, ich feiere dich inbrünstig und schweigend.

Aus der Tiefe der Nacht schieben sich Tropfen, die Nacht träufelt Sekunden, die sich aus ihren Kupferadern gefüllt haben.

Draußen rauschte der Regen, und ich hatte die Lautstärke voll aufgedreht, damit mir auch kein einziger Atemzug entging. Es war der letzte Dienstag im Juli, und wir saßen um das Radio herum, so als wäre es gerade erst erfunden. Ich hatte den Kesselraummann und Kaisa eingeladen, sich Marttas und Märtas *Schweigen* anzuhören, denn meiner Ansicht nach waren sie Betroffene – als die Ersten, denen ich die ganze Geschichte erzählt hatte.

Wie ein Fächer lagen hinter uns Sulevi, Poika und Aatu lang ausgestreckt, der Kopf zwischen den Vorderpfoten auf dem Boden. Auch sie blickten auf das Radio, denn sie spürten das Bedeutsame des Augenblicks. Wenn auch der alte Zwist zwischen den Streithähnen nicht begraben war, so äußerte er sich doch jetzt nur in vorsichtigen zornigen Blicken aus dem Augenwinkel. Kaisa hielt Attila auf dem Schoß, der dort so saß, dass Schnauze und Nacken einen Bogen bildeten, würdig wie ein ägyptischer Pharao.

»Sollen sie sich doch später gegenseitig umbringen, wenn sie nur jetzt eine Stunde durchhalten«, sagte Kaisa. Ich sah, dass der Becher mit dem Kaffee in ihrer Hand ein wenig zitterte. Meine Anspannung hatte sich auf sie übertragen. Den ganzen Nachmittag war ich unruhig durch die Zimmer des Hauses gewandert, so als wollte ich ihm versichern, dass jetzt das geschehen würde, was schon lange an seinen Wänden geschrieben stand.

Die Neunzehn-Uhr-Nachrichten, kurze, nichtssagende Sommermeldungen, und danach die Ansage, als deren Titel sich Märta *Das gesammelte Schweigen, die letzte Rolle der Märta Moraeus* gewünscht hatte. Aus dem neutralen Ton der Ansagerin hatte ich meine eigenen Gedanken herauszuhören gemeint: Die letzte Rolle der Märta Moraeus würde noch viele, viele Male angekündigt werden.

Zuerst sprach ich. Ich sagte einfach, dass bei dem folgenden *Schweigen* ein Mensch zu Wort komme, der vor langer Zeit im nördlichen Ural spurlos verschwunden sei. Kurz rekapitulierte ich Marttas Geschichte in Finnland: dass sie Fotoateliersgehilfin in der Helsinki-Straße und so wie ihre Eltern Mitglied der verbotenen kommunistischen Partei gewesen war, dass sie als Hobby gesungen und musiziert und sich, als sie in Kanaansland wohnte, der Vereinigung linksgerichteter Kulturmenschen *Die Kohlen* angeschlossen hatte und dass sie von der Partei 1930 für ein Studium an der Lenin-Schule in Moskau ausgewählt worden war, als dort eine speziell finnische, von Yrjö Sirola geleitete Sektion eröffnet worden war.

Ich schilderte, wie Martta sich im Frühsommer 1930 mit dem Boot eines Verwandten von der Kanaansbucht über den Finnischen Meerbusen auf den Weg nach Osten gemacht hatte und wie gut dieser Verwandte zu jener Zeit mit solchen geheimen Fahrten verdient hatte. Der Bootsführer setzte die Überläufer auf einer Insel ab, wo die sowjetischen Grenzschützer sie in Empfang nahmen. Damit begann Marttas kurzer Kurs des Stalinismus.

Und dann – Märtas tiefer, sonorer Alt. Er ergoss sich ins Zimmer wie mattes, goldenes Licht. Ihre Stimme war nicht die eines alten, aber auch nicht die eines jungen Menschen, und dass sie einen leichten Akzent hatte, verstärkte nur den Zauber ihrer Worte. Die Stimme schien von weit her zu kommen, von einem fremden, unbekannten Ort. Ich hatte mich umsonst gefürchtet.

»Nishni Tagil im Nordural, den zweiten August 1938.

Liebe Mutter und lieber Vater dort in der Ferne.

Ich schreibe euch jetzt schon zum dritten Mal. Ich weiß nicht, ob ihr nach Petrosawodsk, nach meiner Verhaftung, überhaupt einen Brief von mir bekommen habt. Einen habe ich aus dem Schpalernaja-Gefängnis in Leningrad geschrieben, wo ich fünf Monate festgehalten wurde, und einen von hier, aus der Nähe von Tscheljabinsk, wo mir mein Urteil verkündet wurde.

Liebe Eltern, falls ihr etwas von den Genossen gehört habt, die nach Finnland zurückgekehrt sind, so glaubt ihnen nicht, falls sie etwas Schlechtes von uns behauptet haben. Viele von uns, die wir an der Pädagogischen Hochschule Petrosawodsk waren, wurden nach dem Mord an Kirow verhaftet. Sicherlich ist euch nicht bekannt, wie die Arbeit der Genossen in Karelien sich veränderte. Bald begann Genosse Stalin, die Angehörigen der nationalen Minderheiten eines Mordkomplotts zu verdächtigen. Unsere eigenen Leute verwandelten sich in Wölfe und denunzierten ihre Kameraden. Ich habe meine Strafe von zehn Jahren Zwangsarbeit für konterrevolutionäre Tätigkeit bekommen.

Liebe Mutter, ich weiß nicht, ob ich euch jemals wiedersehe.«

Schweigen.

Hagar: Du hast Anfang der Dreißigerjahre an der Pädagogischen Hochschule und bei der Parteiorganisation in Petrosawodsk gearbeitet, nachdem du einen einjährigen Kursus an der Moskauer Lenin-Schule absolviert hattest. Warum bist du nicht nach Finnland zur Untergrundarbeit der kommunistischen Partei zurückgekehrt, so wie viele andere Kursteilnehmer?

Martta: Nach Finnland wurden diejenigen geschickt, von denen man annahm, sie würden die geheime Tätigkeit am besten verkraften, denn viele flogen schon bald auf und kamen ins Gefängnis. In Finnland waren wir ja Landesverräter, in Moskau die politische Elite.

Aber mich hat man in Moskau sicherlich von Anfang an nicht für stark und zuverlässig gehalten, und ich war dann bis Anfang 1935 in Sowjet-Karelien in Petrosawodsk. Der beliebte Leningrader Parteisekretär Sergej Kirow war im Dezember ermordet worden, und Stalins Terror begann in vollem Ausmaß.

Hagar: Über den Fall ist geschrieben worden wie über den Mord an Kennedy, und er ist bis heute ebenso unaufgeklärt. Kirow wurde unter obskuren Umständen erschossen – die Mutmaßungen über eine Beteiligung Stalins an dem Mord dauern an. Der Mörder, ein Einzeltäter, wurde verhaftet und fast unmittelbar darauf hingerichtet. Zumindest hat Stalin den Mord für seine Zwecke genutzt, da die Suche nach den »Schuldigen« zu einer gewaltigen Verhaftungswelle führte. Das Zentralkomitee der Kommunistischen Partei der Bolschewiki forderte unablässige Wachsamkeit.

Aber es gab unter den Finnen, die in Sowjet-Karelien lebten, von Anfang an Spannungen?

Martta: Ja, in der Kommunistischen Partei Finnlands gab es eine eigene Opposition, sogar zwei. Nach dem Mord an Kirow begann in der Sowjetunion die Vernichtung der Partei, das hatte die sowjetische Führung von Anfang an beabsichtigt. Dabei wurden diese internen Spannungen genutzt.

Die führende Position der finnischen Kommunisten in Karelien wurde gänzlich gebrochen, und dann, als der Terror zunahm, wurde damit begonnen, die Finnen unabhängig von ihrer Herkunft und ihrer politischen Einstellung zu vernichten. In dem paranoischen System hielt man sie für mögliche oder tatsächliche Spione. Denunziationen unter den eigenen Leuten waren gang und gäbe.

In Sowjet-Karelien wurde an dem berüchtigtsten Projekt des Gulag-Systems, der Baustelle des Weißmeer-Kanals, der den Onega-See mit dem Weißen Meer verbinden sollte, und an dem Kraftwerk Swirstroj gearbeitet. Ich hatte schon viele Gerüchte darüber gehört, dass Finnen in diese Lager geschickt wurden, aber ich wollte es nicht glauben.

Hagar: Im Nachhinein hatte man sicherlich die Vorstellung, dass niemand von den Schrecken des sowjetischen Staatsterrors und der Angst verschont blieb, aber das entspricht sicherlich nicht der Realität. Die Menschen sahen zwar, wie Gefangenenkolonnen die Straße überquerten und wie ein Verwandter oder Nachbar verschwand, aber für viele zeugten die Einblicke in den Gulag nur davon, dass die gesetzestreuen Bürger vor den kriminellen Elementen geschützt wurden.

Martta: Ja, je weiter die Dreißigerjahre fortschritten, desto mehr verstärkten sich die Zweifel und Wahnvorstellungen. Überall machte sich Verfolgungswahn breit. Sowohl die Sowjetführer als auch das Volk neigten dazu, immer nur den wildesten Gerüchten von Verrätern und Spionen Glauben zu schenken, und die Menschen hatten das Gefühl, Schutz zu brauchen.

Einer der unbekümmerten sowjetischen Jugendlichen war damals auch derjenige, der später das Buch *Der Archipel Gulag* schrieb. Der junge Solschenizyn verbrachte die Dreißigerjahre mit offiziellen Demonstrationen und auf Studentenfesten und ignorierte die Hinweise, die ihn zu andersartigen Überlegungen hätten veranlassen müssen.

Schweigen.

»Ich bin hierher nach Nishni Tagil aus Tscheljabinsk gekommen, wo wir mit dreihundert Frauen in einer Zelle für dreißig Personen untergebracht waren. Darunter waren außer uns Finninnen auch Karelierinnen, Estinnen, Ingermanländerinnen, Litauerinnen, Polinnen, Deutsche, Amerika-Finninnen, Georgierinnen und Iranerinnen. Kriminelle und Politische durcheinander. Es hieß, alle Spione würden aus der Grenzzone so weit fort wie möglich in den Ural und nach Sibirien gebracht. Die Russen und die GPU haben kein Vertrauen, weder zu den Überläufern noch zu den Kommunisten. Die Frauen trafen bei den Verhören finnische Männer, die für den Mord an Kirow fünf Jahre bekommen hatten.

Der Sommer war heiß, und manche starben an Hitze und Sauerstoffmangel. Man musste Schlange stehen, um sich mal hinsetzen oder auf einem eisernen Bett schlafen zu können. Ich versuchte, stark zu sein, aber als ich die Stoika bekam, hielt ich es nicht mehr aus. Es gab da einen Raum, den sie die Brüterei nannten, wo man zwei- oder dreimal hintereinander vierundzwanzig Stunden stehen musste, sodass die Beine zu Kugeln anschwollen. Diejenigen, die schon gestanden hatten, sagten, unterschreib, du kriegst zehn Jahre, ob du nun unterschreibst oder nicht.

Manche verloren den Verstand, wenn sie nach der Stoika noch in eine winzige Zelle gesperrt wurden, wo man nur stehen konnte und einem Wasser auf den Kopf tropfte.

Hier im Waldarbeitslager sind wir jetzt viele Mädchen. In der Baracke gibt es Holzpritschen ohne Bettzeug, und wir haben Tag und Nacht dieselben Kleider an. Im Winter friert das Haar nachts an der Pritsche fest. Hilma Antikainen und Saimi Purasniemi, an die ihr euch vielleicht erinnert, sind letzten Winter gestorben. Hilma hatte einen kleinen Jungen geboren, der zuerst starb.

Hier war eine gewisse Helmi, die einige Jahre nach mir aus Petrosawodsk fortgegangen war. In Karelien herrschte das vollkommene Chaos. Hunderte von Finnen waren verhaftet, die Skifabrik und die Onega-Fabrik vollkommen gesäubert worden. Die letzte Welle der Säuberungen begann in diesem Jahr, als es in Kirja, in der Papierfabrik von Kontokki und anderswo kleine Brände gab. Die Finnen wurden der Sabotage beschuldigt. Helmi sagte, sie fühle sich lebhaft an den Lapua-Sommer von 1930 erinnert. Sie konnte überhaupt nicht glauben, dass all die verhafteten Arbeiter Verräter gewesen sein sollten. Ich sagte ihr, das sei die Vollendung der Säuberung Kareliens gewesen, die schon vor dem Mord an Kirow begonnen hatte.

Letzten Winter haben wir mit einem Ochsengespann Holz von so weit her geholt, dass die Fahrt hin und zurück drei Tage dauerte. Als Proviant hatten wir Hering und gefrorenes Brot. Wir versuchten, aus dem Brühfutter der Ochsen ein paar Getreidekörner zu klauben, und Saimi hat sie den Tieren sogar noch aus dem Maul geholt. Nachts zogen die Ochsen Leichen in eine Grube. Jeden Tag starben Dutzende von Häftlingen, und sie wurden in drei Schichten von je fünf Leichen ins Grab gelegt, erzählte Hilma, die diese Arbeit machen musste.

Dann, als es mir schlechter ging, durfte ich Öfen und Decken weißeln und hackte mit der Axt das Eis von den Treppenstufen und den Toiletten. Damals bekamen wir nur dreihundert Gramm Brot am Tag und Kohl und Wasser.

Die Haare fingen an, mir auszufallen, und auch vier Zähne habe ich verloren. Wir arbeiten zwölf bis vierzehn Stunden täglich, an sieben Tagen in der Woche.

Ein etwas anständigerer Wachmann hat gesagt, in der Sowjetunion gebe es eine Hungersnot, und der Unterhalt für die Gefangenen koste zweiundachtzig Kopeken am Tag. Dazu gehört, dass die Wachhunde mit Fleisch gefüttert werden sowie die Bekleidung der Wachmannschaften.«

Schweigen.

Hagar: Nishni Tagil, der Ort, wohin du verlegt wurdest, lag am Tagil-Fluss im nördlichen Teil des Ural-Industriegebiets. Dort hatten die Ziegelei und die Waggonfabrik die finnischen Überläufer seit Anfang der Dreißigerjahre beschäftigt. Und mit der Zeit entstand in diesen Jahren die größte Konzentration von Gefangenenlagern des Uralgebiets.

Am Ural waren schon Hunderte von Lagern errichtet worden, von Workuta bis Orsk, und im Sommer 1937 begann der NKWD, das Nationale Komitee für innere Angelegenheiten, in der Tagil-Gegend ein Lager zu bauen, dessen Aufgaben in der Waldarbeit und im Bau einer Eisenbahnlinie bestanden. Damals lebten in den Arbeitslagern und Häftlingskolonien im Gebiet Swerdlowsk schon fast zweihunderttausend Personen, acht Prozent der dortigen Gesamtbevölkerung.

Der Januar 1937 wird in der Geschichte Sowjet-Russlands als Stunde Null bezeichnet …

Martta: Seit dem Jahr 1935 wütete in der Sowjetunion ein systematischer Staatsterror sowohl gegen die Feinde des Bolschewismus als auch gegen die Bürger der Sowjetunion. Er gipfelte in den Jahren 1937 und 38 in dem großen Terror, der nahe daran war, das ganze Land in Blut zu ertränken.

Ich zitiere Stalin in der Sitzung des Zentralkomitees der Kommunistischen Partei der Sowjetunion im Jahr 1937: »Es fehlt nur eines: die Bereitschaft, unsere eigene Sorglosigkeit, unsere Weichherzigkeit, unsere politische Kurzsichtigkeit zu liquidieren.«

Die früheren Oppositionen waren zu »Straßenräubern« geworden. Ende Mai holte Stalin nach sorgfältiger Vorbereitung zu einem Schlag gegen die Offiziere der Roten Armee aus, die einzige Kraft, die zumindest noch theoretisch die Chance gehabt hätte, sich dem totalen Terror zu widersetzen.

Hagar: In Sowjet-Karelien hatte es etwa zwanzigtausend Finnen gegeben, und während der Verfolgungen der Dreißigerjahre sank ihre Anzahl auf ein Viertel davon. Die Hinrichtungen und Vertreibungen erklären nicht die ganze Zahl, denn ein paar Tausend Finnen gelang es, rechtzeitig aus dem Land zu fliehen. Von den in Karelien unter Anklage gestellten Finnen wurden etwa siebzig Prozent erschossen. Warum wurdest du nicht hingerichtet?

Martta: Ich hatte die Lenin-Schule besucht und war Parteimitglied. Vielleicht waren das mildernde Umstände … Oder ich bin zufällig am Leben geblieben.

Ja, die Sowjet-Finnen wurden des Nationalismus bezichtigt. Die antinationalistische Kampagne hatte in der Ukraine begonnen und hing mit der Bedrohung durch den herannahenden Krieg zusammen. Auch wir in Karelien waren Vertreter »nationalistisch-faschistischer Theorien«. »Wir leiden immer noch an der Unfähigkeit, den Feind zu erkennen«, sagte Molotow auf derselben Vollversammlung des Zentralkomitees.

Auch damals glaubte man in Finnland noch nicht, dass ein Krieg drohte ... Tanner glaubte es nicht und auch viele andere nicht, von denen man angenommen hätte, dass sie den Durchblick hatten. Nur Mannerheim sah, was sich da zusammenbraute.

Schweigen.

»Uns glaubt man nicht, wenn wir von hier aus die Wahrheit schreiben. Ich kann euch versichern, dass ich mit eigenen Augen einen Hungertod mit angesehen habe. Hunger und Arbeitslosigkeit in Finnland haben viele dazu veranlasst, sich auf den Weg zu machen, aber hier ist es hundertmal schlimmer. Hier redet kein Mensch mehr davon, dass er aus einem zerfallenden faschistischen Staat fortgegangen ist. Aber sind wir, die wir uns um einer Idee willen auf den Weg machten, die größeren Schuldigen? Vater und Mutter, seid mir nicht böse. In Finnland ist sicherlich nicht alles bekannt.

Im Gefängnis von Tscheljabinsk war in meiner Zelle eine ältere Frau namens Fanni aus Kontupohja, deren Sohn im Krankenhaus von Molotow gestorben war. Er hieß Veijo und war achtzehn Jahre alt. Fanni hörte davon und fuhr mit ihrer Schwester hin, um den Leichnam ihres Sohnes zu holen, aber der war schon ins Anatomische Institut geschickt worden, denn im Krankenhaus wollten sie nicht die siebzig Rubel für einen Sarg ausgeben. Und Fanni fuhr auch ins Institut, weil sie dachte, sie würde sogar die Knochen ihres Sohnes erkennen.

Sie war mit dem Institutsleiter zusammen bei allen Tischen gewesen, wo Körperteile und Köpfe lagen, aber nichts davon gehörte Veijo. Auch die ganzen Skelette waren zu groß. Da sagte der Institutsleiter, dass in der Woche zuvor im Institut Knochen eingesammelt und zwei Pferdefuhrwerke voll auf den Friedhof von Molotow gebracht worden seien, vielleicht seien ja die Knochen von Fannis Sohn dorthin geraten.

Auf dem Friedhof zeigte man ihnen die Stelle mit den Knochen aus dem Institut, das Grab war noch offen und voller zertrümmerter Knochen. So stand Fanni an der etwas über einen halben Meter breiten Grube neben dem Knochenhaufen und dachte, sie werde später allein wiederkommen und sich in dieser Grube umbringen. Aber ihre Schwester weinte und bat Fanni, sie nicht alleinzulassen. Da dachte Fanni, sie werde zuerst versuchen, ihre Schwester zurück nach Finnland zu bekommen, und dann das tun, was sie sich vorgenommen hatte.

Und sie hatte einen Spaten geholt und gesagt, diese Grube werde ich zuschaufeln. Und das tat sie und zahlte fünfzig Rubel für ein Kreuz an die Friedhofswerkstatt. Fanni stand noch am Grab und sprach: »Veijo, das bin ich, Mutter. Sag etwas, bist du hier?«

Fast jede Nacht quälen mich Albträume von diesen Knochen und von Fanni. Ich habe solche Sehnsucht nach Vater und Mutter, ich weiß nicht, ob wir uns jemals wiedersehen werden. Viele hier schreiben an den finnischen Staat Anträge auf Rückführung, aber die Antworten lassen auf sich warten. Einige haben sich auf die Flucht gemacht, aber von denen hat man nichts mehr gehört. Ich weiß nicht, ob man den gewöhnlichen Überläufern gegenüber wohlwollender eingestellt ist als gegenüber uns, den Mitgliedern der kommunistischen Partei.

Ich habe hier keinerlei Wintersachen, nichts Langärmliges. Mutter, könntet ihr mir ein paar alte Kleider schicken, vielleicht meinen alten Wintermantel, falls es ihn noch gibt, und lange wollene Strümpfe und Schuhe dazupacken, ich habe ja Größe siebenunddreißig. Das ist allerdings viel verlangt, denn in Finnland herrscht Mangel. Ich weiß nicht, wie ich hier den nächsten Winter überstehen soll, und wenn sie uns nach Workuta westlich vom Ural in die Bergwerke schicken, wie das Gerücht geht, dann wird es noch schlimmer.

Haben die Apfelbäume, die Maija gepflanzt hat, schon Früchte getragen, und lebt Rekku noch? Die Bewacher hier haben nur wütende Schäferhunde. Ein Mädchen wurde zerfleischt, als sie versuchte zu fliehen.

Letzten und diesen Sommer konnten wir auf den Kolchosfeldern arbeiten. Bestimmt sind wir deshalb in der Baracke noch am Leben, weil die Bewacher für die Felder nicht ausreichten. Wir aßen rohe Kartoffeln, Wurzelwerk, Mais und andere Pflanzen, obwohl die Bewacher uns abends davor warnten. Die Nahrungsmittel sind in ganz Russland ausgegangen, sagten sie. Für die Häftlinge reichen sie nicht.

Ich habe keine Vorstellung, wie viel man in Finnland über unsere Lage weiß. Man kann gar nicht alles erzählen, was man hier gesehen hat. Wenn ihr euch doch irgendwo für uns einsetzen könntet. Jetzt muss ich Schluss machen. Ich werde versuchen, diesen Brief irgendwie nach Finnland zu schicken. Lasst es euch gut gehen, Vater und Mutter, vergesst nicht eure Tochter Martta.

Viele Grüße an Maija und auch an Raakel.

Martta.«

Schweigen.

Hagar: Du bist niemals nach Finnland zurückgekommen. Wie ist es dir nach dem August achtunddreißig ergangen, als du deinen letzten Brief nach Hause schriebst?

Martta: Das war nicht der letzte Brief, aber wahrscheinlich der einzige, der zu Hause ankam. In Kamensk wurden im darauffolgenden Jahr junge finnische Überläuferinnen, Mütter, verhaftet, die meistens zu zehn Jahren verurteilt wurden. Mit Hilfe einer Dolmetscherin bekamen die, die kein Russisch verstanden, schließlich heraus, wofür sie verurteilt worden waren. Sie waren von der finnischen Staatspolizei entsandte Spioninnen, und jede Einzelne von ihnen hatte durch ihre Unterschrift bestätigt, dass die Anklage richtig war.

Als Sprachunkundige hatten die Frauen nicht verstanden, was sie unterschrieben, sie glaubten, sie kämen zu ihren Männern. Sie wussten nicht einmal, was Spionage bedeutete, und als die Dolmetscherin es ihnen erklärte, mussten sie lachen, obwohl sie verzweifelt waren. Sie waren doch gekommen, um Arbeit und Brot für ihre Kinder zu finden, sie hätten gar nicht spionieren können.

Ich wurde mit ihnen zusammen in das berüchtigte Lager von Workuta, ganz nach Norden, geschickt. Wir fuhren über viele Zwischenetappen dorthin, und Anfang April 1940 waren wir rund dreißig weibliche Häftlinge, deren Verfassung als gut eingestuft worden war und die die letzten hundertfünfzig Kilometer nach Workuta auf dem Eis der Ussa zurücklegten. Viele, viele Tage lang schleppten wir uns an den gefrorenen Ufern der Ussa entlang, und unter uns war auch Aino Kuusinen, die ehemalige Gattin von Otto Ville Kuusinen. Sie war es, die den Frauen ihr Urteil übersetzt hatte.

Wir blieben in Workuta Vom, das war damals ein sehr kleines Lager. Der Name kommt daher, dass dort die kleine Workuta in die Ussa mündet. Dort gab es nur drei Gruppen von Wohnzelten aus Segeltuch und drei kleine Holzhäuser.

Wir begegneten einem jungen Litauer, der noch vor Kurzem in seinem Heimatland gelebt hatte. Er erzählte herzzerreißende Geschichten vom finnischen Winterkrieg. Aber unsere Herzen waren auch von großer Dankbarkeit und Begeisterung erfüllt.

Im Sommer kam ein neuer Kommandant ins Lager, der im Winterkrieg der Befehlshaber eines russischen Frontabschnitts gewesen war. Er erzählte Aino Kuusinen direkt, wie er versucht hatte, seine erbärmlich ausgerüsteten Soldaten bei dem klirrenden Frost vor den gewieften und unermüdlichen Finnen zu schützen. Zur Strafe hatte man ihn nach Workuta geschickt. »Die Russen konnten gegen die Finnen nichts ausrichten«, sagte er.

Im Spätherbst 1940 hörten wir dann dort eine ganz besondere Rundfunksendung. Otto Ville Kuusinen hielt über alle Rundfunksender der ganzen Sowjetunion eine Ansprache, in der er das estnische Volk dazu beglückwünschte, dass es »so klug gewesen war, die Vereinigung mit der Sowjetunion zu beantragen«.

Ich war damals schon sehr krank, aber ich hatte mich aus dem Bett nach draußen geschleppt. Wir standen zusammen mit Aino Kuusinen vor unserer Baracke unter dem Lautsprecher, bis an die Knie im Schnee, und lauschten der Rede ihres Mannes.

Aino sagte: »Ich versuche, mir die Gefühle unserer estnischen Schicksalsgenossen vorzustellen, wenn sie diesen Gruß hören.«

Hagar: Was dachtest du, als du dort lagst?

Martta: Ich dachte an die Worte von Kierkegaard: *Wir leben unser Leben vorwärts, aber wir verstehen es rückwärts.*

Schweigen.

Das Haus knarrt und knackt immer mehr. Ich wage es nicht, von meinem Stuhl aufzustehen. Ich hole mir keinen Wein für mein sich leerendes Glas aus der Küche – früher war das ein sicheres Mittel, die Anzahl der geleerten Gläser zu zählen und im Rahmen zu halten. Jetzt habe ich eine Flasche am Boden neben dem Stuhl. Ich möchte nicht den langen Korridor entlang – und die Treppe hinuntergehen. Ich fürchte, es gibt dort etwas, was ich nicht sehen möchte.

Ich mache selbst Geräusche. Ich, die ich die Stille liebte, möchte Geräusche. Ich spreche nicht mehr leise, flüsternd auf den Rekorder, sondern deutlich und langsam. Ich erzeuge meine Stimme selbst.

Aber ich horche auch auf eine andere Stimme: Anna Achmatowa liest mir in dieser Nacht mit ihrer majestätischen Stimme das Poem ohne Held vor.

Smerti net – eto wsem iswestno …

Es gibt keinen Tod, das wissen alle,
sich wiederholen ist fade,
Doch was es gibt, soll man mir erzählen!

Alissa hatte mir als Weihnachtsgeschenk eine Platte überspielt, auf der Achmatowa selbst ihre Gedichte liest. Im Frühling sah ich mir die vor Zeiten erschienene finnische Übersetzung an: Sie war gelungen, ich fand nur einen einzigen wirklichen Fehler.

Wie gut Achmatowa doch in diese Nacht passt.

Ich mache selbst die Regie zu meinem Film, mache selbst meine Horroreffekte. Jetzt ist Martta Pimiä in die Welt hinausgelassen worden.

Anna Achmatowa sagte: Ich seh aus dem vierzigsten Jahr wie von einem Turm auf alles herab, so als nähme ich wieder Abschied von dem, wovon ich mich längst verabschiedet hab, als hätte ich mich bekreuzigt und ginge in einem dunklen Gewölbe.

Wer klopft da?
Sind hier nicht schon alle
Versammelt? Der Gast aus dem Reich hinterm Spiegel?
Etwas, das vor dem Fenster vorbeihuscht?
Sind es die Späße des aufgehenden Mondes?
Oder steht wirklich dort schon wieder jemand
Zwischen Ofen und Schrank,
Mit bleicher Stirn und mit offenen Augen?

Ich hatte Alissa erzählt, dass ich, während ich mich in Moskau und Leningrad, später St. Petersburg, über zwanzig Jahre als Dolmetscherin und Übersetzerin selbst ernährte, die ganze Zeit versuchte, neben der Arbeit eine Dissertation über die Sprache Anna Achmatowas zu schreiben. Daraus wurde nichts, weil anderes dazwischenkam, aber ich weiß noch viel von der Dichterin.

Ich weiß noch, wie die vornehme und sanftmütige Frau schon Anfang der Zwanzigerjahre aus Achmatowas Gedichten verschwand, als Achmatowa erst in den Dreißigern war. In der furchtbaren Zeit von Stalins Vertrautem, dem Volkskommissar für innere Angelegenheiten Nikolaj Jeshow, in den Dreißigerjahren, stand ihre Heldin in der allerlängsten, schrecklichsten und hoffnungslosesten Schlange vor dem Schalter des Gefängnisses.

Achmatowas Sohn Lew Gumiljow saß siebzehn Monate im Schpalernaja-Gefängnis, demselben, in dem auch Martta Pimiä 1935 auf ihre Verlegung in den Ural wartete. Das war Gumiljows dritte Verhaftung.

Es war schwierig, in der ältlichen Frau, die, auf dem Kopf einen unförmigen Filzhut von undefinierbarer Farbe, mit den anderen zusammen in der Schlange stand, die berühmte Schönheit zu erkennen. Dennoch wurde sie erkannt.

»Die Frau, die hinter mir in der Schlange stand, die noch nie meinen Namen gehört hatte, schreckte aus der Betäubung auf, die sich über uns alle gelegt hatte, und flüsterte mir mit blauen Lippen ins Ohr (alle sprachen dort flüsternd):

›Können Sie das beschreiben?‹

Ich antwortete:

›Ja.‹

Etwas wie ein Lächeln schimmerte plötzlich da, wo einstmals ihr Gesicht gewesen war.«

Ich habe mein Handy nicht eingeschaltet, habe nach der Sendung am Abend nicht nach meinen E-Mails gesehen. Der Kesselraummann und Kaisa suchten ihre Hunde zusammen und gingen sehr schweigsam fort. Wir waren alle erschüttert, ich auch deswegen, weil das Schweigen *so gut geworden war.*

Ich bin nicht Anna Achmatowa, aber ich bin Hagar Edith Wikström. Ich ließ meine Worte in die Stille fallen.

Also ist weicher als Wachs der Granit …
Was für ein Unfug! Hör ich davon noch mehr,
Werd ich ergrauen
Oder eine ganz andere werden.
Was aber soll mir dein Winken?

Mehr höre ich mir nicht an. Vorhin war ich unten. Ich hatte mich selbst aufgehetzt, mir fast vorzustellen, dass Martta am Küchentisch sitzt. Martta, so wie damals, als sie von der Probe der Kohlen gekommen und aus unserem alten Kühlschrank erschöpft eine Salzgurke und ein Stück Roggenbrot genommen hatte. Sie sitzt, nicht in ihrem schönen Kreppkleid mit der Brosche unter dem Kinn, sondern in ihren Ural-Lumpen, sie isst und starrt durch das Küchenfenster in den dunkelnden Garten hinaus.

Ich möchte ihre Augen nicht sehen. Schon die, die ich nur auf dem zerrissenen Foto gesehen habe, lassen mir keine Ruhe.

Aber vielleicht sind da auch andere Leute, ein paar von den Hausbewohnern, deren Schritte ich seit einiger Zeit nachts höre?

Der Gießer Toivo Lampinen mit seiner Familie, der Arbeiter Skiöld und die anderen Skiölds, es waren viele. Unter Elin Matilda steht Eheweib geschrieben. Die Fabrikarbeiter Ståhlström, sicherlich Geschwister, weil der Altersunterschied nur zehn Jahre beträgt. Die Lintunens, nur ein einziges Kind. Die Herrenfriseurin Maija Ahava aus Uhtua, Bekenntnis Griechisch-Katholisch, der Gelegenheitsarbeiter Ahlberg, Gunnar, und die Puttonens, Jäppinens und Soitinahos. Die Porzellanmalerin Grönlund, Maini. Der Schuhfabrikarbeiter Jalo Nikkari aus Lapua mit Frau und einer Tochter. Der Zimmermann Henrik Pulkkinen aus Sortavala, die Bucharbeiterin Hilja Hallikainen aus Kuopio und die Arbeiterin Irma Ingrid Toffler aus Suolahti.

Oder Raakel Pimiä selbst. Sie entnimmt dem großen Geschirrschrank schön bestickte Stoffe, ihre Schätze, die sie aus ihrem Handarbeitsgeschäft in Viborg mitgebracht hat. Tischtücher, Kissenbezüge, Tagesdecken, Zierhandtücher, Spitzen, feines Leinen mit Lochstickerei.

Sie streicht mit der Hand darüber, an der der Smaragdring glüht, und sieht mich mit ihren stechenden braunen Schokolinsenaugen an. Um die herum lagen von Jugend an hässliche braune Ringe. Sie sagt, und die mit schwarzem Flaum bewachsene Oberlippe bebt dabei missbilligend:
»Die hier müssen regelmäßig gelüftet werden.«

Auch für nur eine Sekunde der Ruhe
Gebe die ewige Ruhe ich hin.

Das Martta-Märta-*Schweigen* wurde ein Erfolg.

Erfolg – ein kleines, trockenes Wort. Ich meine nicht, dass die Einschaltquote sich verdreifacht hätte oder dass ich in der Frauenzeitschrift *Eeva* hätte erzählen dürfen, was das bedeutet, »der Kampf einer Behinderten um ihr Recht, eine Frau zu sein«. Ich wurde auch nicht für das Verwandlungsspiel der über Fünfundfünfzigjährigen geschminkt, gekämmt und eingekleidet, um als elegante Einäugige mein aktives Rentnerdasein zu genießen.

Ich bekam das Beste: Erfolg bedeutete, dass ich gebeten wurde, mehr dergleichen zu machen. Der Programmchef sagte, dass ich ein »ganz offenkundiges Hörspieltalent« sei und dass wir im nächsten Jahr eine neue Reihe beginnen wollten, die ich abwechselnd mit Hannu Raittila schreiben könnte.

Ich war Anfang August viele Tage lang ganz durcheinander und freute mich riesig, so erfüllt von meinem Erfolg, dass mein einziges Auge sich trübte und fast ebenso tot war wie mein Glasauge. Auch mein Ohr hörte nicht mehr ordentlich. Es versuchte zu überhören, dass sich nachts jemand in meinem Hause zu schaffen machte.

Wegen der *Schweigen*-Sendungen im August machte ich mir keine Sorgen, denn wir hatten schon im Frühjahr vereinbart, dass an den Dienstagabenden die Favoriten der Hörer wiederholt werden sollten. Ich wollte sie mir nicht anhören, es interessierte mich nicht, welche davon gesendet werden sollten, denn ich wusste, dass ich in der

Anfangszeit sehr unerfahren und unsicher gewesen war. Damals hatte ich noch nicht begriffen, was der Name der Sendung wirklich bedeutete.

Ich hatte Bölls Novelle *Doktor Murkes gesammeltes Schweigen* viele Male gelesen, als ich die Sendereihe und ihren Namen plante. Besonders begeisterte mich die Stelle, wo Murke will, dass seine Freundin ihr Schweigen für ihn aufnimmt.

Murke erklärt dem widerspenstigen Mädchen:

»So habe ich dein Schweigen im Original.«

Aber ich war nicht mehr Murke. Ich bemerkte, dass ich zu Schweigen und Lautlosigkeit allmählich ein anderes Verhältnis bekommen hatte als früher. Ich sah meine eigene Grausamkeit, und ich begann, mit Märta Moraeus einer Meinung zu sein. In der vollkommenen Stille finden wir nichts als Trauer. Die Stille machte jetzt auch mir Angst – oder nicht die Stille an sich, sondern welche Geräusche sie zutage förderte.

Ich bemerkte noch mehr: Ich sah die Kanaaniter mit anderen Augen an als bisher. Nachdem ich meinen Klangedanken hatte aufgeben müssen, in dem die Nachbarn und Dorfbewohner eine glückliche Großfamilie ohne den üblichen Verwandtschaftsstress bildeten, sah ich mittlerweile um mich herum eine einzige Serie von komischen Sketchen, die von Karikaturgestalten aufgeführt wurden. Wie kalt ich sie doch beobachtet hatte! Und nach Grabs Tod hatte sich mein Blick in einen Eisstachel verwandelt.

Es ist wahr, dass ich weiterhin nur wenige wirklich gernhatte, die Tsutsunens, den Glückseligkeitsforscher, Antti Knookala, auch Suvi-Liina alias Raili Kerttu Aulikki. Aber nach Martta-Märta ist mein Blick weicher, verständnisvoller geworden.

Es hatte eines Abstechers in den Ural bedurft, damit ich zurück nach Kanaan fand.

Bis zum Wüstenfest waren es noch gut drei Wochen, und niemand hatte mehr Zeit zu verlieren. Auch ich versuchte, mich energisch ins Getümmel zu stürzen, obwohl ich wegen meines nächtlichen Wachens und den kurzen Schlafphasen ständig müde war.

Als ich am Mittwochmorgen nach der *Schweigen*-Sendung in die Küche hinuntergekommen war, hatte ich am Boden der kalten Kammer einen alten Keramiktopf der *Kairo*-Fabrik in Scherben vorgefunden. Es war das Hochzeitsgeschenk meiner Eltern gewesen. Ich hatte darin eingelegte Pilze aufbewahrt, und sie hatten sich jetzt als dunkle Klumpen zwischen den blauweißen Scherben verteilt. War Martta gekommen, um zu essen?

Die Haustür stand offen, und die Hunde waren zu den Kärkkäinens in den Garten entwischt. Auf seiner Verandabaustelle sägte Keränen Profilbretter und pfiff fröhlich vor sich hin. Im Lauf des Juli war aus ihm quasi ein junger Bursche geworden, er kämmte sich das Haar in die Stirn, sodass seine Geheimratsecken bedeckt waren, und rauchte teurere Zigarillos, wie man sie nicht im Kiosk bekam. Er war auch nicht nach Kainuu in die Moltebeersümpfe gefahren, und das wunderte mich am meisten. Aber Keränen war weiterhin sehr wortkarg.

Keränen kam aus einer anderen, der Tageswelt, in die ich, vor Kälte zitternd, mühselig einzutreten versuchte. Die starke Morgensonne wärmte mich nicht. Steif begann ich die Telefonnummer der estnischen Chorleiterin Imbi zu suchen. Wir müssten die Sänger von Kanaan baldmöglichst zusammentrommeln.

Abends bei der Probe geriet ich sofort in einen wütenden Streit mit Tauno Susi. Es war klar, dass er Akkordeon spielen und die *Uferbirke* und den *Abschiedswalzer* singen durfte. Wir waren uns darin einig, dass das wunderbare Lieder waren, aber Taunos dritter Vorschlag löste bei den Chorsängern ein Hüsteln aus: Er wollte als Solo auch *Glaubst du, die Russen wollen Krieg?* singen. Der Chor sollte den summenden Hintergrund bilden und mehrmals wiederholen: »Will denn das Sowjetvolk den Krieg?«

»Im Licht der letzten Jahrzehnte …«, sagte ich, und meine Stimme wurde scharf. Ich schlug die *Kraniche* vor, ein ebenso schönes, aber viel neutraleres Lied, aber Tauno gab nicht nach. Er hatte beschlossen, jetzt der erhabene Arbeiterpatriarch zu sein:

»Im Licht des Großen Vaterländischen Krieges können wir uns immerhin daran erinnern, dass Millionen von Sowjetbürgern ihr Leben gegeben haben, damit Hitler sich nicht in unserer Nachbarschaft ansiedelt. Das hat auch mit der Geschichte von Kanaansland zu tun.«

Alissa hörte uns, erhitzt vor Lachen, zu und flüsterte:

»Lass ihn doch singen. Er kann es ja auf Russisch singen. Da ist dann zumindest von keinem Sowjetvolk die Rede.«

Die Sache war entschieden, aber das führte zu einem neuen Problem: Brezel Uusitupa sagte, dass als Gegengewicht zu Taunos Solo auch der alte Psalm *Kanaansland* ins Programm aufgenommen werden müsse. Wir hatten ihn manchmal halb im Spaß, halb im Ernst gesungen. Es war ein schöner Psalm, aber … »Als ich ein schönes Himmelsheim durch Jesus' Gnad bekam …«

Brezel war ebenso unnachgiebig wie Tauno. Als sie damit drohte, ganz wegzubleiben, mussten wir nachgeben. Wurde in dem Psalm doch schön von Kanaansland gesungen, und Brezel war der beste Sopran von Kanaan. Wenn sie seinerzeit den Willen und die Ausbildung gehabt hätte, wäre aus ihr vielleicht eine zweite Soile Isokoski geworden.

Die Streitigkeiten legten sich, als Chorleiterin Imbi liebenswürdig sagte, man bekäme vielleicht das beste Endergebnis, wenn der Chor die Lieblingsmusik seiner eigenen

Sänger vortrug. Ich wagte nicht mehr, den Tenor Mikko Tsutsunen zu fragen, was er im Sinn habe.

Viele hatten am Abend zuvor Martta-Märta gehört und sagten etwas Nettes. Sylvi Susi, die Taunos Liederheft in die Probe brachte, das er vergessen hatte, erzählte, sie habe geweint. Alissa war vor der Probe zu mir gekommen und hatte mir ein außergewöhnlich schönes Geschenk gebracht. Es war eine von ihr entworfene runde, hohe Glasschale, wie hauchdünnes Eis, das mit Wassertropfen verziert war. In das Eis waren blaue Sibirische Storchschnäbel eingelassen.

»Damit wir uns an die im Eis umgekommenen wunderbaren Blumen erinnern«, flüsterte sie mit Tränen in den Augen.

Unser nicht ganz sauber singender Bassbariton Ilkka Kärkkäinen dagegen vergoss keine Träne und sagte auch nichts. Koba sah mich zu Beginn der Chorprobe unter seinen stattlichen Brauen hervor schweigend an. Sein übliches Sei-gegrüßt,-Ukraine!-Schmunzeln war völlig weg. Vermutlich hatte er es mir übel genommen, dass ich sein Revier betreten hatte.

»Lasst uns anfangen!«, rief Imbi munter. »Nehmen wir zum Einsingen *Wiegt der Wind die Bäume fern und nah!*«

Das lebhafte, wiegende Volkslied, für unseren Laienchor fast zu schwierig, riss uns mit, wir waren junge Birken, bewegten uns, spielten im Sommerwind, und die Freude zu singen erfüllte unsere Herzen. Hinter mir hörte ich Tauno und Koba energisch schmettern: »Kuhglocken läuten lieblich hier und da, und die Vööögeeel zwiiitschern la-la-lal-lal-lal-lal-la!«

Es war herrlich, am Leben zu sein.

Als ich abends im Dunkeln nach Hause kam, erwartete mich eine Überraschung. Ob ich den Kesselraummann wohl von meiner Tür gewiesen und gesagt hätte, ich habe Fieber (oder die Pest oder Lepra), wenn ich gewusst hätte, was für ein Geschenk er mitgebracht hatte?

Aber er hatte von der Treppe aus durch das Küchenfenster gesehen, wie ich bei ausgezeichneter Gesundheit am Tisch saß und *Canander* studierte, die viermal jährlich erscheinende Stadtteilzeitschrift von Kanaansland, die ich im Briefkasten vorgefunden hatte.

Die Anständigen Nazis redigierten das Blatt professionell mit ihren Komplizen. Jetzt hatte Frau Nazi Suvi-Liina, die unschlagbare Walküre des neuen Lifestyles, für ein Interview gewinnen können. Ich vertiefte mich gerade in Brünnhilds neuesten Kampfesruf, der dazu aufforderte, alles zu sammeln, als es klingelte.

Die Glühbirne über der Tür war durchgebrannt, aber ich erkannte trotzdem gut, dass dort der Kesselraummann stand, offenbar jedoch nicht mit der Hundestreife, denn Aatu war nirgends zu sehen. Auch das blonde, dünne Haar des Kesselraummannes war nicht wie sonst verfitzt von Frisierschaum, sondern klebte ihm am Kopf, als käme er vom Schwimmen.

»Darf ich hereinkommen, ich muss mit dir reden«, sagte er hastig und bewegte sich eigentümlich, indem er sich umblickte, so als fürchtete er, beobachtet zu werden.

Ich trat von der Tür zurück und lud meinen Überraschungsgast mit einer Geste ein, näher zu treten. Im Licht der Küchenlampe sah ich, dass seine übliche Radieschenfarbe verschwunden war. Blass und irgendwie geschrumpft trug er mir den folgenden Wunsch vor: Wir sollten aus dem Licht irgendwohin weiter weg vom Fenster gehen.

Wie ein bereitwilliger Verschwörer ging ich sofort auf seine Bitte ein. Ich war nicht imstande, mir auch noch über die psychische Gesundheit des Kesselraummanns Sorgen zu machen. Ich war völlig erschöpft und wollte den Mann so schnell wie möglich loswerden.

Wir gingen in die hinterste Ecke des Wohnzimmers, wo ich mein großes Bücherregal und den Plattenspieler samt Platten hatte. In beschämend theatralischer Weise zog ich den Vorhang vor das Fenster, und wir setzten uns einander gegenüber in die Sessel. Auf dem kleinen Tisch zündete ich eine Kerze an, und dann musste ich schon lachen. Wir saßen da wie in einer Szene aus den *Drei Musketieren*. D'Artagnan begegnet dem Herzog von Buckingham.

Beide sehen einander erwartungsvoll an.

»Die Sendung gestern ...«, begann der Kesselraummann. Ich sagte nichts.

Mit leichtem Poltern stellte er am Boden die Plastiktüte ab, die er die ganze Zeit sorgfältig hatte in der Luft hängen lassen, als wäre Sprengstoff darin, öffnete sie und schob die Hand hinein.

Als die Hand wieder aus der Tüte zum Vorschein kam, sah ich, dass sie ein in braunes Packpapier gewickeltes Paket hielt, um das viele Male eine Papierschnur geschlungen war. Ich fragte mich verwundert, wann ich so eine zuletzt gesehen hatte. Als ich ein Kind war, gab es gar keine andere Schnur.

»Hier sind die Namen. Alle dreihundert und auch die anderen.«

Ich sagte immer noch nichts. Ich musste überlegen, was er meinte. Dann, als es mir klar wurde, begriff ich, dass Martta Pimiä Hunderte von ihren Genossen zu mir geführt hatte. Sie alle wollte der Kesselraummann mir jetzt übergeben.

Ich hatte ein Geschenk bekommen, das zu schwer wog.

Die ganze Zeit, während der Kesselraummann sprach, hatte ich versteinert in meinem Stuhl gelehnt, die Hände auf den Armstützen, und in die Kerzenflamme gestarrt. Ich sah ihn kein einziges Mal an, denn ich hatte das Gefühl, dass, wenn ich es täte, ich noch mehr an dem beteiligt war, was er mir gegeben hatte.

Mein zweiter Gedanke war viel kindischer. Ich berechnete die Meter von der Wand meines Hauses bis zu der von Kärkkäinens. Ich versuchte herauszufinden, wie viele Meter uns trennten. Deus ex machina, also der Kesselraummann ex machina, hatte mir wie zufällig das in den Schoß gelegt, was Koba am meisten in seinem Leben begehrte: den verheimlichten Bericht über die von Stalin vernichteten finnischen Kommunisten und ihre Schicksale.

»Du bist der richtige Mensch, in jeder Weise der richtige, Hagar Wikström, dir will ich dies geben. Zum ersten Mal habe ich das gedacht, als wir im Juli die lange Tour machten und du die Geschichte von Martta, der Cousine deiner Mutter, erzähltest. Und gestern Abend, als ich mir die alte Schauspielerin mit der komischen Redeweise im *Schweigen* anhörte, da habe ich meinen Entschluss gefasst.«

Der Kesselraummann sagte auch, dass er der Sache schon lange überdrüssig sei, dass er sie vielleicht schon früher Ilkka Kärkkäinen gegenüber zur Sprache gebracht hätte, wenn der mit ihm hätte reden wollen. Aber Koba hatte seinen Wunsch nach einer Begegnung mit einer hochmütigen Handbewegung beiseitegewischt.

»Du kannst damit machen, was du willst, Hagar. Ich bin es müde, das hier zu bewachen. Wenn du es veröffentlichst, wirst du noch berühmter als jetzt, und das hast du verdient. Du kommst in die Zeitungen. Du hättest schon viel früher in die Zeitungen kommen müssen, aus einem würdigeren Grund als damals …

Du kannst ein Buch daraus machen, wenn du willst, und irgendeinen schönen Preis gewinnen oder ein Schauspiel schreiben zusammen mit der Märta Morre. Du kannst es auch Kärkkäinen geben, wenn du das für richtig hältst. Ich will das nicht länger bei mir haben. Es hat mich von Jahr zu Jahr mehr bedrückt. Mein Herz ist krank davon.«

Damit ging der Kesselraummann. Er zog die Tür entschlossen hinter sich zu, und das Schloss knackte trocken wie ein kleiner Punkt. Ich blieb mit hängenden Armen im Vorraum stehen. Sie hingen fast bis zum Fußboden. Ich war tausend Jahre alt.

Der Kesselraummann hieß mit Vornamen Antero, aber unbewusst hatte ich ihm den richtigen Kosenamen gegeben. Er war tatsächlich von Beruf Kesselraummann, und auch sein Vater war Kesselraummann gewesen. Dieser Beruf ist das, was die Amerikaner *boiler room man* nennen. Sie sind diejenigen, die über das elementarste Wissen verfügen.

Der Kesselraummann arbeitete im Keller des Kulturhauses, wo sein eigener Vater sein Vorgänger gewesen war. Dort, am Ende eines gewundenen langen Ganges, wo dicke und dünne Rohre an Decken und Wänden Darmknoten bildeten, hatten sie ein kleines Arbeits- und Aufenthaltskabäuschen gehabt, wo niemals irgendjemand sonst hinkam.

Ich stellte es mir vor: Dort gab es einen Tisch, eine Kaffeemaschine und einen zerschlissenen Sessel, dessen Sprungfedern den Bezugsstoff durchbohrt hatten, einen Fernseher und ein Radio, ein altes Metallbett mit Kissen, Matratze und Decke sowie einen kleinen Kühlschrank für Bier und einen großen Werkzeugschrank.

Tief unter der Erde, im leisen Rauschen, Brummen und Gluckern der Rohre, hatten sie zwei Generationen lang ihren Schatz gehütet. Im Innern des von Alvar Aalto entworfenen Berges hatten die Trolle schweigend auf das Jahr, den Tag und den Augenblick gewartet, an dem ein Streifen Sonnenlicht durch einen Riss in der Wand auf das Geheimnis fallen würde. Jetzt war der Augenblick gekommen.

Vater Kesselraummann hatte als junger Bursche an demselben Tag seinen Dienst angetreten, an dem Ministerpräsident Urho Kekkonen im Rundfunk eine Gedenkrede für Generalissimus Josef Stalin hielt. Als Sohn Kesselraummann seine Arbeit fortführte, gab es die Sowjetunion nicht mehr. Aber der Vater hatte sein Geheimnis an den Sohn weitergegeben. Keineswegs dramatisch auf seinem Sterbebett, sondern indem er die Sache jahraus, jahrein seinem Sohn in den Schädel hämmerte. Es galt, Onkel Aatu ein getreues Andenken zu bewahren.

Und jetzt war also ich an der Reihe. Deshalb stand ich erstarrt im Vorraum und fühlte mich tausend Jahre alt.

Für die Martta-Märta-Sendung hatte ich viel gelesen, und der Bericht des Kesselraummanns enthielt viele bekannte Namen.

Im Nachbarland war in den Dreißigerjahren mitleidlos die finnische Reserve der kommunistischen Partei vernichtet worden, von der man geglaubt hatte, sie sei dort in Sicherheit und wachse für Finnland. So waren, als der Frieden anbrach, die wenigen nach den Kriegen Übriggebliebenen in einer Schlüsselposition, diejenigen, die es geschafft hatten, das Nachbarland zu verlassen, und diejenigen, die in Finnland in Schutzhaft im Gefängnis gesessen hatten.

Im September 1944 kamen auch die neuen Parteiführer Ville Pessi und Aimo Aaltonen frei. Nach dem gegen die Sowjetunion verlorenen Krieg kam die Partei aus dem Untergrund hervor und wurde legal, obwohl sie in jenem Herbst nur knapp zweitausend Mitglieder zählte. Nachdem sie die legalen Rechte für eine Betätigung bekommen hatte, wuchs die Unterstützung jedoch rasch, und die Partei kam sofort an die Regierungsmacht.

Die kommunistische Partei war immer dramatisch mit der finnischen Geschichte verbunden, und ihre Bedeutung war nicht gering. Aber die Zeit eilt dahin, und wir mit ihr, äußerte einstmals Leonid Breschnew tiefsinnig.

Anfang der Sechzigerjahre begann man sich in der Kommunistischen Partei Finnlands von der fast vollkommenen Befehlsgewalt der großen Bruderpartei abzunabeln.

Die inneren Kreise der Partei hatten schon seit Jahren miteinander gerungen, denn die Abrechnung mit dem Stalinismus war das zentrale Motto der Reformorientierten geworden. Es wurde beflügelt außer von der Forderung nach moralischem Recht und Wahrheit auch von der taktischen Einschätzung, dass in der Diskussion über den Stalinismus die alte Parteiführung eine schwache Position innehatte.

Die Schicksale der finnischen Kommunisten in Stalins Sowjetunion waren zu schmerzlich, als dass man sie hätte totschweigen können, so viele Parteimitglieder betrafen sie durch Verwandtschaft und freundschaftliche Beziehungen, und das ließ sich nicht mehr vertuschen.

Von der Kommunistischen Partei der Sowjetunion hatte man Ende der Fünfzigerjahre einen mündlichen Bericht über die bis dato erzielten Forschungsergebnisse erhalten. Im Jahr 1960 übergaben die Russen einen achthundertseitigen schriftlichen Bericht an die Führung der KPFi. Der dafür verantwortliche Russe erzählte später den Finnen, dass der größte Teil der darin namentlich genannten Personen keine Parteimitglieder, sondern andere Finnen waren und dass die Liste zwei- bis dreihundert Kommunisten enthielt. Bei der Übergabe des Berichts forderten die Russen die Führung der finnischen Kommunisten auf, Maßnahmen zu ergreifen, um den Parteimitgliedern und deren Angehörigen die Schicksale der Verfolgten zu erläutern.

Die finnischen Parteiführer waren der Ansicht, man solle nicht mehr in den Schicksalen der in der Sowjetunion umgekommenen Kommunisten wühlen, und fuhren nach Moskau, um dort ihren Standpunkt darzulegen. Das Schweigen würde für die Partei von Vorteil sein, aber die Sache zu begraben würde dennoch nicht bedeuten, dass man Stalins Fehler akzeptierte.

Die Russen gaben sich mit dem Beschluss zufrieden, verlangten jedoch von den Finnen eine schriftliche Bestätigung, dass sie den Bericht erhalten hatten.

Die Abrechnung mit dem Stalinismus wurde also von der eigenen Führung der finnischen Kommunisten unterbunden, obwohl die Kommunistische Partei der Sowjetunion damals dazu bereit gewesen wäre. Bei Ende des Tauwetters, nach dem Sturz von Chruschtschow, fror die KPdSU ihrerseits die Untersuchung der Verfolgtenschicksale ein.

Als im Jahr 1965 der 14. Parteitag der finnischen KP vorbereitet wurde, stellte sich die Mehrheit der Parteifunktionäre überraschend auf den Standpunkt, dass ein offizieller Bericht über die Säuberungen erstellt und der Anteil der kommunistischen Parteiführer daran untersucht werden sollte. Wütend sperrte sich die Parteiführung gegen eine solche Untersuchung. Sie berief sich darauf, dass die Vorgänge der Dreißigerjahre eine innere Angelegenheit der Sowjetunion gewesen seien und dass es das Verhältnis zur Bruderpartei gefährden würde, sie aufzurühren.

Der Appell wirkte, und in der Delegiertenkonferenz selbst kam die Sache eigentlich nicht mehr zur Sprache, aber der Parteivorsitzende Aimo Aaltonen, der die Partei seit dem Waffenstillstand geführt hatte, und sein Partner in der Parteiführung wurden abgesetzt, und die Partei erlebte jetzt eine deutliche Spaltung. Der große Bruch war ein Faktum.

Das Schicksal der Verfolgten war zu Beginn des Jahrzehnts viele Male im politischen Ausschuss und im Revisionskomitee der Partei behandelt worden, aber die Sitzungsprotokolle fanden sich nicht im Volksarchiv, und dort fand sich auch nicht der achthundertseitige Bericht, obwohl die Russen dessen Existenz und dessen Übergabe durchaus bestätigt hatten.

Darüber machte man sich jahrzehntelang Gedanken und vermutete, dass die Papiere zusammen mit dem abgesetzten Aimo Aaltonen aus dem Kulturhaus, dem Hauptquartier, verschwunden waren. Das Wiederauffinden des Dokuments in Finnland könne nur durch ein Wunder geschehen, vermuteten die Wissenschaftler. Im Parteiarchiv Russlands gab es ein Duplikat davon, aber das Archiv war Außenstehenden nicht mehr zugänglich.

Vater Kesselraummann hatte seinem Sohn erzählt, dass der abgesetzte Parteichef Aimo Aaltonen im Gefängnis Schlimmes durchgemacht hatte. Aaltonen war ein ehemaliger Tischler, Boxer und der Inbegriff eines wortkargen Stalinisten, aber auch ein charismatischer und ein wenig gefürchteter Mann. Das Schlimmste war, dass, als seine Zeit vorbei war, dieser Beschluss aus Moskau kam.

Der Patriarch war vom Verrat der eigenen Leute in seinen Grundfesten erschüttert, enttäuscht von der harten Kerntruppe, die im Gefängnis gesessen und die Partei groß gemacht hatte verbittert, weil die KPdSU Verrat geübt hatte und weil alles, woran er geglaubt hatte, zusammengebrochen war.

Nach der Delegiertenkonferenz knallte Aimo Aaltonen die Schlüssel auf seinen Schreibtisch, zog die Tür seines Zimmers hinter sich zu und kehrte nie mehr ins Kulturhaus zurück.

Den Bericht der Russen hatte er jedoch nicht mitgenommen, wie angenommen worden war.

Vater Kesselraummann hatte an den Tagen der Delegiertenkonferenz in Aaltonens Arbeitszimmer die kaputten Heizungsventile repariert. Die Büros längs der Korridore waren leer und verlassen, aber unten in den Versammlungssälen gab es Sturm. Noch mehr kochte es in den Adern von Kesselraummann senior, als ihm aufging, dass er endlich etwas finden könnte. Im Namen des seligen Aatto!

»Vater erzählte immer, dass er aus Versehen auf die Papiere stieß. Er hatte nur etwas gesucht, was von Nutzen sein konnte, denn er hasste Aaltonen und seine Clique. Aaltonen hatte die Papiere in keine Kanzlei, in kein Archiv und in keinen Tresor gegeben, sondern bewahrte sie in seinem Regal auf. Er hatte wohl schon zur Sicherheit das Packen geplant. Die Papiere waren zwischen große Protokollordner gestopft, die niemand hätte durchstöbern mögen. Vater konnte immerhin so viel Russisch, dass er bald verstand, worum es sich handelte.

Vater Kesselraummann war schnell in seinen Keller geeilt, hatte aus den Papieren ein braunes Paket gemacht, es gegen die Hinterwand seines Werkzeugschranks gestopft und vor und auf das Paket noch Rohrzangen, gewöhnliche Zangen und Schraubenschlüssel gestapelt.

Er hatte beschlossen, die Papiere für einen passenden Moment aufzubewahren, aber als die Konflikte im Verlauf der Jahrzehnte die kommunistische Partei immer mehr zerrissen und sie immer kleiner wurde, war er zunehmend irritiert und hatte seine Enthüllung aufgeschoben. Schließlich hatte er sie seinem Sohn übertragen. Kesselraummann junior hatte das Versteck vervollkommnet: Er hatte neues Werkzeug beschafft und das alte im Schrank verstauben lassen, damit es die geheimen Papiere noch besser schützte.

Das Versteck war vollkommen gewesen, aber jetzt war es geöffnet, und wir waren unser zwei, die das wussten.

Wir waren Späne, die gefallen waren, als etwas gehobelt wurde, von dem wir vor langer Zeit ein Teil gewesen waren, noch vor unserer Geburt. Als wir da in einer Ecke meines Hauses bei Kerzenschein einander gegenübersaßen, verstand ich, dass die Zeit eine schreckliche Zauberin ist. Sie wirft ihr Spinnennetz weit aus, und es ist engmaschiger, als du denkst. Du bleibst darin hängen.

Man nimmt an, dass unter Stalins Terror in der gesamten Sowjetunion vielleicht zwanzigtausend Finnen umkamen, ebenso viele wie im Winterkrieg. Während der weiße Terror des Bürgerkriegs von 1918 die Generation, die ihn erlebt hatte, und auch die nachfolgende Generation schmerzte wie eine offene Wunde, in der das Messer mit Bedacht regelmäßig umgedreht wurde, spielte sich der stalinsche Terror im Familienkreis ab und hinterließ auf dem finnischen Kommunismus eine verheerende Spur – das Mahlen der gewaltigen Fleischmühle war ein schmutziges und intimes Geheimnis, das man auf die eine oder andere Art verdrängen musste.

Es war keineswegs so, dass man in Finnland nichts von den Straflagern wusste, von dort waren ja seit den Zwanzigerjahren Finnen zurückgekehrt, die erzählten, was im Nachbarland vor sich ging, und ständig waren darüber Bücher veröffentlicht worden. Nur wollte man dieses Wissen in Abrede stellen, und das wollten außer den Kommunisten auch noch andere.

Nach Finnland zurückkehren und sich erinnern konnte schließlich auch Aino Kuusinen, die als Letzte Martta Pimiä unter den Lebenden gesehen hatte.

Sie war im Jahr 1943 nach Workuta in die Krankenpflege überstellt und 1955 vom Vorwurf antisowjetischer Tätigkeit freigesprochen worden. Die Erlaubnis, die Sowjetunion zu verlassen, kam erst zehn Jahre nach Otto Ville Kuusinens Tod, und mit Aino kam endlich auch die Nachricht von Martta Pimiäs Tod in Workuta Vom im Jahr 1940.

Auf ihrem Sterbebett hatte Martta Aino gebeten, sie möge, falls sie je wieder nach Finnland zurückkehren sollte, Kaarina und Yrjö Pimiä im Helsinkier Stadtteil Kanaansland aufsuchen. In ihren Memoiren erinnert sich Aino Kuusinen an Martta, erzählt aber nicht, ob sie jemals versucht hat, Kontakt nach Kanaan aufzunehmen. Zumindest hat in unserem Hause nie jemand den Namen der ehemaligen Gattin von Otto Ville Kuusinen erwähnt.

So blieb zuletzt nur die Tochter von Marttas Cousine, Hagar Wikström, übrig.

Das Geheimnis unserer Familie könnte man in gefälliger Weise erzählen: Und dann erinnerte sich niemand mehr an Martta, das sonderbare Mädchen, das an einem Junimorgen die Gartenpforte hinter sich schloss und sich über das Querbrett beugte, um ihrem Hund den Kopf zu streicheln.

Aber es wurde ja nicht erzählt, mit keinerlei Worten. Der Anfang und alles, was danach geschah, wurde nur leicht mit dem Zeigefinger in unsichtbaren Buchstaben auf Tapete, Pappe, Brett oder Balken und auf jede Spiegeltür und jede Fensterscheibe geschrieben.

Aber dann kam es doch so, dass diejenigen, die schwiegen und Unsichtbares schrieben, nicht wussten, dass sie das Haus markierten. Ich, die ich zuletzt übrig blieb, lernte es, diese Schrift zu lesen.

Jetzt, viel später, erleben wir schon eine Opernszene. Jeder Solist singt für sich, aber gleichzeitig seinen eigenen Gedanken, vorgeblich für sich selbst. Ich mit dem Papierstapel des Kesselraummanns im Arm, etwas weiter von mir entfernt der Wissenschaftler Ilkka Kärkkäinen und dann der Kesselraummann mit der Rohrzange in der Hand, hinter ihm der Schemen seines Vaters, neben ihm sein Großonkel Aatto und Martta, Kaarina und Yrjö Pimiä, hinter ihnen Alissa, Mikko und Tauno Susi.

Was nützt das jetzt noch? Wenn auch das Lied schön ist, weil es einem so großen Schmerz entspringt.

Ich weiß nicht, was ich mit dem Schatz des Kesselraummanns tun soll. Vor dem Wüstenfest komme ich auch gar nicht dazu, darüber nachzudenken. Ich weiß freilich, was er bedeuten könnte: Bekanntheit, Renommee und Geld. Das hat er, sollte ich jetzt anfangen, ihn Antero zu nennen, doch gemeint.

Ich steckte das Paket in den Geschirrschrank im Wohnzimmer, wo ich ein über hundert Jahre altes Essgeschirr von Kairo *aufbewahre, alle hundertachtundzwanzig Teile. Darunter sind allein drei Suppenterrinen verschiedener Größe. Ich nahm den Deckel der größten Terrine ab und versteckte die Papiere darin. Wir alle haben unsere Verstecke.*

Ich suche meine geheimen Papiere aus alter Zeit heraus, den ganzen Stapel Karten. Ich bekam damals viel Post, die ich sorgfältig aufbewahrte, nicht, weil mir diese Nachrichten viel bedeutet hätten, sondern weil ich fast alles aufbewahre.

Die Nachrichten kamen von einem Verrückten, der das Alte Testament las. Besonders vernarrt war er in den Propheten Jesaja, der das Volk Israel vor der bevorstehenden Vernichtung warnte.

Grab machte mich darauf aufmerksam, dass Jesaja auch die Rettung prophezeite. Der Verrückte tat mir Warnung sowie Rettung durch den Mund Jesajas kund, die Karten kamen jeden Monat, und ich las sie mit Interesse, da es so wenig zu lesen gab.

In dieser Nacht ist es still im Haus. Durch das offene Fenster sieht man jenseits des Apfelbaums schwaches Licht, und hinter dem Vorhang wandert ein Schatten hin und her, ohne Halt zu machen. Ich höre gedämpfte Stimmen, die bald lauter, bald wieder leiser, fast unhörbar werden.

Stimmen …

Am Grund eines Boots ist man im Mutterleib, also so, als wäre man in den Mutterleib zurückgekehrt, dann nämlich, wenn man bereits lange gelebt hat und schon ein wenig sein Ende erwartet.

Zurück in den Mutterleib, nachdem man alles erlebt hat. Ich rollte mich zu der Ausgangsform zusammen, aus der ich mich einst auf den Weg in die Welt gemacht hatte, und wiegte mich, wurde gewiegt, um mich herum das Plätschern des großen Wassers. Aus Wasser und Geist sind wir geboren.

Der Mutterleib war ein zähes Gewebe aus Kiefern, die vor langer Zeit gefällt worden waren. Ich strich mit den Händen über die warme Fläche der Planken unter meiner Wange und spürte ein fernes Pulsieren. Kosmische Liturgie, hatte Grab gesagt. Ich fuhr mit dem Finger die Holzfasern entlang, denn das Muster wiederholte sich wie eine Schrift, die ich gelernt hatte zu lesen.

Ich drehte mich auf den Rücken. Es war leicht, zwischen zwei Spanten zu sitzen, das Rückgrat passte sich willig der Form der Bootswand an, und die alles versengende Nachmittagssonne würde noch eine Weile hinter dem Wipfel der gewaltigen, am Ufer wachsenden Erle verborgen bleiben. Ich stützte die Beine gegen die gegenüberliegende Bordwand und breitete die Arme seitwärts aus, so weit sie nur reichten. Ich spürte, wie dem Boot Kraft entströmte.

Ob ich eine Wunderheilung erleben würde? Mein Glasauge würde herausfallen und am Augengrund ein richtiges Auge zu wachsen beginnen, wie eine blaugraue Blütenknospe, das Gehörknöchelchen im Ohr würde sich klingend zusammenfügen, und ich würde alles wieder in Stereo hören, und dann würde mir den Arm und das Bein entlang ein belebender elektrischer Strom fließen, der den verkümmerten Muskeln einen Impuls geben und sie vibrieren lassen würde.

Ich würde ganz sein, nicht mehr nur eine Hälfte! Auch mein dunkles Haar würde wieder so dunkel werden, wie es einmal war, fast schwarz und leicht lockig.

Ich würde im Boot aufstehen, geschmeidig wie ein Wildren, und mit wehenden Haaren, stark und mit lauter Stimme vor den Strandwanderern von dem heilenden Wunder des Holzes Zeugnis ablegen und vor der tödlichen Berührung des Kunststoffs warnen.

Mein Vater hatte an der Kanaansbucht immer einen Bootsliegeplatz gehabt, und zwar schon damals, als die Boote noch nicht regelmäßig bewacht wurden und sie oftmals Objekt von Diebstahl und Vandalismus waren. Im Lauf der Jahrzehnte hatte die Stadt für sie am Ufer offizielle Stege und eine Lagerfläche angelegt, und kraft unserer Zähigkeit – und mit Hilfe von Taunos Bruder, der bei der Stadt für die Vermietung der Bootsplätze zuständig war – schafften wir es, Jahrzehnte hindurch unseren Platz zu behalten.

Jetzt lag da Koskelas langer, alter Holzkahn, Typ Fischerboot. Ich hatte ihm meinen leeren Platz geliehen, als er mir einmal im Bibliotheksauto verlegen und erfreut erzählte, dass er von seinem sterbenden Vetter ein Boot geschenkt bekommen habe und nicht wisse, wohin damit.

Koskela bezahlte für den Liegeplatz die Jahresmiete und bot mir sogar eine Draufgabe an, die uns beiden gefiel: Er würde zweimal pro Sommer mit mir zu einer Außenklippe fahren, die so karg und unbedeutend war, dass kaum jemand mit dem Boot an ihrem steinigen Ufer anlanden mochte. Bei ruhigem Wetter übernachteten wir auf der Klippe, fischten und liebten uns.

Ich war frühzeitig an den Strand gekommen, Stunden bevor Koskela eintreffen sollte, denn ich hatte es eilig, aus Kanaan fortzukommen. Schon einen halben Tag woanders zu sein erschien mir jetzt unbedingt nötig. Die Hunde hatte ich zu Tsutsunens gebracht und gesagt, im schlimmsten Fall käme ich sie erst am nächsten Tag holen. Dann ging ich noch einmal nach Hause und verschloss sorgfältig alle Türen.

Ich schüttelte die dünnen Spinnengewebe der Zerstreutheit von meinem Hirn ab und murmelte vor jeder Tür: »Jetzt schließe ich die Haustür ab … Jetzt schließe ich die Hintertür der Küche ab …«

Immerhin klebte ich kein Haar mit Spucke quer über die Spalte zwischen Tür und Rahmen, das hätte anzeigen können, dass jemand eingedrungen war. Ich stand nicht im geheimen Dienst Seiner Majestät. Ich hatte nur begonnen, mich über Stimmen im Dunkeln zu wundern, die mir Kreationen einer lebhaften Fantasie zu sein schienen.

Dennoch … In mehreren Nächten hatte es sich so angehört, als wäre ich nicht allein im Haus.

Zu Koskelas Mietvertrag gehörten auch Proviant und Getränke. Ich selbst hatte für die Fahrt nur meinen Rucksack mit Kleidung und für die Wartezeit Butterbrote, zwei Dosen Bier und *Canander* mitgebracht, dessen Lektüre der überraschende Besuch des Kesselraummannes am Abend unterbrochen hatte.

Jetzt wollte ich mir ansehen, was für ein Interview die von Frau Nazi beschäftigte Ratte mit Suvi-Liina zustandegebracht hatte.

Titel und Untertitel waren seltsam. AUCH KANAAN AN DER SCHWELLE DER NEUEN ZEIT. Suvi-Liina

Vehmas-Kärkkäinen sieht die Familien und ihre Heime unter dem Druck des Wandels. Das klang wie aus einer Publikation des Forschungs- und Entwicklungszentrums für Soziales und Gesundheit oder wie aus der Kundenzeitschrift einer Versicherungsgesellschaft. Ich blätterte die Geschichte schnell durch, sie war viele Seiten lang, aber es gab nur ein einziges Foto, gleich auf der ersten Doppelseite: Suvi-Liina im Garten der Kärkkäinens am Tisch, tatsächlich an genau derselben Stelle, wo wir im Juli gebechert hatten.

Immerhin hatte sie sich für den Fotografen die Haare gewaschen, die ihr jetzt wie ein helles, trockenes Lichtknäuel um das Gesicht lagen. Sie hatte sich geschminkt wie für einen Galaabend im Winter, jedoch nicht die dunklen Ringe unter den Augen verdecken können. In den Augen lag ein seltsamer Blick, so als hätte sie gerade eine erschütternde Nachricht bekommen, über die sie wegen des Interviews erst später würde nachdenken können. Das cremefarbene Sommerkleid mit dem geschickt aus alten Spitzenquadraten zusammengestellten Oberteil war die falsche Wahl. Es unterstrich nur die Erschöpfung und Zerstreutheit, die sich in dem früher so schönen und ruhigen Gesicht zeigten. Es wirkte jetzt wie eines, das früher in den alten Frauenromanen als »eingefallen« bezeichnet wurde.

Eilig las ich den Artikel von Anfang bis Ende. Dann öffnete ich knackend eine Bierdose und begann wieder von vorn, langsam und ohne Eile. Ich dachte, ich hätte aus Versehen etwas übersprungen, was ich im Text nicht gefunden hatte. Aber nein, kein Wort über *Schrot und Korn* oder über das Kochbuch, das im Herbst unter dem Titel *Die Kartoffel, unsere Liebste* erscheinen sollte.

Die Stadtgeografin Ratte war keine professionelle Schreiberin, aber so war es besser. Die bisweilen etwas ungeschickte Wortwahl und die zahlreichen Komma- und Grammatikfehler spitzten die Aussage nur noch zu.

Ich begriff, dass Suvi-Liinas Reden in dem Schweigen-aus-Spaß nicht zufällig gewesen waren. Sie war immer noch bei demselben Thema, sie rückte auf ihrem neuen Kriegspfad vor oder war schon im Gespräch mit Ratte vorgerückt. Das Interview hatte vor unserem Besäufnis stattgefunden.

»Zu den merkwürdigsten Mythen der Gegenwart gehört, dass es früher, in der guten alten Zeit, den Familien besser ging«, sagt Suvi-Liina Vehmas-Kärkkäinen, während sie in dem im russischen Stil angelegten Garten des Traumhauses der Kärkkäinens sitzt.

»Die Menschen vergessen, dass die traditionelle Familie damals, nach der industriellen Revolution, eine der grausamsten Institutionen der Zeitgeschichte war. Wenn die Gegenwart voller Angst und Irritation ist, beginnen die Menschen einfach nach alten Gewissheiten zu suchen«, bemerkt sie. »Aber lohnt es sich, sie zu suchen, können wir nur fragen und überlegen«, fährt sie fort.

Hört, hört. Wo ist *Fannys wunderbare Welt*? In der heitere Frauen Mamelucken benutzen und die österreichische Kaiserin Sisi für Emanzipation steht?

»Das ist an sich nichts Neues, es hat sich in der Geschichte viele Male wiederholt, leider. Zugleich halten wir auch daran fest, dass es eigentlich keine wesentlichen Unterschiede zur Vergangenheit gibt. Wir bilden uns ein, die ewigen Ideen zu erkennen, die gleich bleiben, eine Konstante, unabhängig von Zeit, Ort und Beobachter! Das schafft eine vorhersagbare Welt, in der die Angst vor dem Unbekannten auf das kleinstmögliche Format zusammengeschrumpft ist.«

Sie, die die Werte der Vergangenheit stets inbrünstig verteidigt hatte, war dabei, die Damastdecken vom Tisch zu wischen.

»Sind wir wirklich blind geworden für die Veränderungen, die sich in sehr kurzer Zeit vollzogen haben? Der Soziologe Norbert Elias hat gezeigt, dass in den Beziehungen und Regeln zwischen den Menschen in den letzten fünfhundert Jahren grundlegende Veränderungen eingetreten sind.«

Suvi-Liina zitierte einen Wissenschaftler, von dem niemand sich hätte vorstellen können, dass sie seinen Namen auch nur gehört hätte. War es dieses neue Wissen, dass sie in den ästhetischen Verfall gestürzt hatte?

»Wenn wir die Familien von heute mit denen von vor hundert Jahren vergleichen, kann man sich fragen, ob wir überhaupt von derselben Sache reden. Wenn das zentrale Wesen der Familie sich früher in der Dreieinigkeit von Geburt, Sex und Tod zeigte, so ist diese Dreieinigkeit in den vergangenen hundert Jahren fast ganz aus der Familie herausgelöst worden.«

Das hatte Suvi-Liina sich bei mir ausgeborgt. Im Winter hatten wir von der neuen Individualität der Menschen gesprochen, und ich hatte gesagt, dass damit ein weiteres Phänomen verbunden sei, die Einsamkeit. Ein großer Teil der Menschheit in den westlichen Ländern erlebt heute fast alles in Einsamkeit.

»Wenn man zum Beispiel an die Erziehung und an die Fürsorge für Alte denkt und für Kranke. (Ratte war wirklich eine jämmerliche Schreiberin.) Und an die Sexualität. Da garantierte die Familie früher einen ständigen Sexpartner, womit natürlich alle möglichen moralischen Einschränkungen und eine Doppelmoral verbunden waren. Das wird heute durch den Begriff ›serielle Monogamie‹ ersetzt.«

Serielle Monogamie. Suvi-Liina erinnerte sich gut an die Worte.

»Wo liegt der Ursprung der Familie? Die Anthropologen sagen, in der Mahlzeit, die Mann und Frau miteinander teilen. Der Tod der Familie liegt darin, dass sie nicht mehr gemeinsam isst. Das ist heute eher die Regel als die Ausnahme. Und damit kommen wir zu dem, was mich immer interessiert hat. Die Kultur der Nahrung und des Essens.«

Ich selbst hätte gesagt: der kommerzielle Charakter der Nahrung und des Essens, aber trotz meines Spotts war ich etwas verwundert. Suvi-Liina hätte auch in der Dorfzeitung in ihrer bekannten Rolle als *Schrot-und-Korn*-Genius verharren können, und niemand hätte sich gewundert.

Im *Schweigen* hatte ich im Winter einen Psychoanalytiker zu Gast gehabt, der die historischen Veränderungen in der Familie und den zwischenmenschlichen Beziehungen untersuchte. Er stellte fest, dass die Familie heute ganz anders sei als früher – es seien im Wesentlichen nur dieselben, alten Termini übrig, die weiterhin benutzt würden. Wenn man die Statistiken der Ehescheidungen und der alleinerziehenden Eltern betrachte, könne man die Existenz der Familie als solche generell in Frage stellen. Das habe seine Auswirkungen auch auf der Ebene des Individuums, und als eine der Folgen davon seien wir individualistischer als jemals zuvor in der Geschichte.

In der Architektur ist das buchstäblich zu sehen, sagte der Mann. Jeder, der es sich leisten kann, habe ein eigenes Zimmer. Zwei Generationen zuvor wäre das unbegreiflich gewesen. Obendrein sei dieser Raum nicht nur ein Schlafzimmer, sondern werde vom Grundschulalter an als Privatwohnung eingerichtet, am liebsten mit eigenem Fernseher und eigenem Computer. Wir brauchen nur ins Internet zu gehen, und die Tür kann zubleiben.

War Suvi-Liina in ihrem eigenen Reich zur Anarchistin geworden? Oder hatte sie nur das Fenster spaltbreit geöffnet, sodass die Flammen der Kerzen sich in die Waagerechte legten, als frische Luft hereingeströmt kam?

Lange war im *Schweigen* über das Essen gesprochen worden, und das war das Allerinteressanteste, denn darüber hatte ich nichts gewusst. Daran konnte auch Suvi-Liina sich gut erinnern.

»Die erste soziale Gruppe der primitiven Völker oder etwas, das wir Klan nennen, entwickelte sich aus Essenstabus. Das Wichtigste war es, die Nahrungsmittel und keineswegs den Sex zu kontrollieren, und die Tabus regulierten sehr genau, wer was wann mit wem und wie essen konnte.«

Das war faszinierend, darin war ich mit Suvi-Liina einer Meinung: Davon sind in unserer Gesellschaft nur letzte Reste übrig, eine rituelle Begrüßung mit Essen, reine und unreine Speisen, Fastenzeiten und Versöhnungsrituale. Aber die haben nichts mehr mit ihrem Ursprung zu tun.

In der Welt, in der sich zu Anbeginn der Zeiten Gruppen bildeten, wiederholte sich dieselbe Einteilung immer aufs Neue: auf der einen Seite die Mütter und Kinder, auf der anderen die Jäger, die sich zusammengeschlossen hatten, und diese beiden Gruppen unterschieden sich durch strenge Essensregeln. Offenbar hing das mit dem Nahrungsmangel und insofern mit dem Kannibalismus zusammen. Untersuchungen archäologischer Küchenabfälle zeigen, dass die Menschen notgedrungen einander verspeisen mussten, und niemandem, der sich ständig auf das Überleben konzentrieren muss, bleibt viel Zeit für den Sex.

Zwischen den Angehörigen der Untergruppen eines Klans war ein Umzugsstrom in eine einzige Richtung erkennbar, wenn die männlichen Kinder in einem bestimmten Alter von den Frauen zu den Männern umziehen mussten. Innerhalb des Klans war Sex nicht erlaubt, der war nur zwischen den erwachsenen Frauen des einen und den erwachsenen Männern eines anderen Klans möglich – das war eigentlich die einzige Beschränkung, die das Sexualverhalten betraf.

Oder zumindest erschienen diese Beschränkungen als minimal im Vergleich zu den Essenstabus, oder aus dem Blickwinkel der westlichen, europäischen Moral. Ich hatte zu Suvi-Liina gesagt, dass ich jetzt das Entsetzen der Missionsprediger verstünde.

»Die Treue zeigte sich nur darin, wie die Nahrung beschafft und im eigenen Klan verteilt wurde. Die Treue bezog sich nicht auf den Sexpartner, der einem anderen Klan angehörte, und das ärgerte die Europäer am meisten. Es handelte sich tatsächlich nicht um eine langfristige Paarbeziehung oder auch nur um irgendeine Art von Treue gegenüber einem einzigen Sexpartner. Deshalb gibt es eine Flut von Geschichten über die sexuellen Ausschweifungen der Wilden aus der Kolonialzeit – nicht nur, dass sie vorehelichen Sex pflegten, sie kannten nicht einmal die Ehe«, belehrte die Prophetin des Familienlebens die Ratte, die alles penibel notierte.

Ich verstand, wie Suvi-Liina der Gedanke behagt haben musste, dass die Familie erst entstand, als das männliche Mitglied des fremden Klans endlich in das Frauenhaus des anderen Klans zum Essen kommen durfte. Kracksend drehte sich das Rad der Geschichte einen Zahn weiter: Die Sexpartnerin des Mannes teilte mit ihm ihr Essen! Und siehe da, es entstand ein Paar, nicht deshalb, weil sie miteinander schliefen, sondern weil sie miteinander aßen und der extrem strengen Essenstabus spotteten!

Erstmals trat das Individuum in Erscheinung. Und es erhob sich eine neue, schwierige Frage, die die Menschen immer noch beschäftigt: Wem muss der Mann treu sein? Dem Klan der Sexpartnerin, dessen Nahrungsmittel er jetzt isst, oder seinem Ursprungsklan? Und was geschieht mit der Nahrung und dem Eigentum, das er bekommt?

»Denk an die Schwiegermutterwitze«, forderte Suvi-Liina Ratte auf. »Und an die Erbstreitigkeiten. Die Juristen sagen, dass über das aufzuteilende Vermögen zumeist am eifrigsten diejenigen Ehegatten streiten, die in die Familie eingeheiratet haben, nicht die eigentlichen Erben.«

Ich ließ den *Canander* auf den Grund des Bootes sinken. Ich fand, in dem, wie Suvi-Liina sich ereiferte, lag etwas Mutiges. Und etwas Erbärmliches. Was hatte sie dazu getrieben, im Dorfblatt herumzuspinnen? Warum brachte sie nicht auch hier ihre Lügen über die üppigen und warmherzigen Tafeltraditionen der Patchworkfamilie Kärkkäinen an, die in Wirklichkeit mehrmals in Tränen und Geschrei geendet hatten?

Stattdessen hätte sie in dem Blatt Tipps für die besten Flohmärkte in Uusimaa und Südfinnland geben oder beim Wüstenfest für ihre Antiquitätenbude *Der Alte Tisch* werben können, wo sie zu aberwitzigen Preisen ihre unbedeutenden Schätze verkaufen wollte.

Nein, sie sprach von den Ureinwohnern, die es vermieden, einander zu verspeisen, indem sie in verschiedenen Hütten hausten und fanatisch ihre mühsam beschafften Nahrungsmittel bewachten, es jedoch unbekümmert mit dem ganzen Nachbardorf trieben.

Wir hatten uns im Winter darüber unterhalten, weshalb eine gemeinsame Mahlzeit einen so großen Genuss bedeutete. In irgendwelchen Zellen saß die Erinnerung daran, wie wir einmal von dem Eigenen, das das Wertvollste im Leben gewesen war, etwas abgegeben hatten. Das hatte festere Bindungen zwischen den Menschen geschaffen als irgendetwas sonst. Erst sehr viel später war die Hochzeit von Diana und Charles gekommen. Oder zumindest de Beauvoir und Sartre.

Deshalb verzehren, wenn die Patchworkfamilien zusammenkommen, die Sexualpartner derselben Frau oder desselben Mannes, die aktuellen und die früheren, friedlich miteinander das angebotene Essen oder versuchen es. Das Essen ist angeblich doch immer noch wichtiger als die Frage, mit wem man geschlafen hat oder schläft.

Ich ließ die leere Bierdose zwischen den Fingern knallen. Ich dachte an Kanaansland und seine Familien und auch daran, wie ich selbst am Rand des Kreises stand und zuschaute.

An die Uusitupas, denen kaum daran gelegen war, die Kulissen eines Familienglücks aufrechtzuerhalten, aber zusammenbleiben würden wie zwei durch eine Achse verbundene, knarrende und eiernde Karrenräder kurz vor dem Abgehen, die ihre Last, das Haus, die Schauspielerkarriere, die Bäckerei, die Kinder, tragen und transportieren.

An die Tsutsunens, die von Geburt an nur aufeinander zugegangen waren, aber dann kein gemeinsames Kind bekamen, und sowohl jahrelang vor Glück strahlten als auch sich wegen ihres leeren Nestes grämten.

An die Knookalas, deren Bund mir außer als Geschäftsunternehmen ein Rätsel war.

An die Kärkkäinens und die Saga vom Erfolg, in der sich Wissenschaft und Mammon vereinten, die aber letztlich vielleicht nur vom Blick des schweigenden Koba zusammengehalten wurden.

An Brezel Uusitupa, die schneidende Klinge eines stumpf gewordenen Messers. An Alissa Tsutsunen, die von den vielen Hormonbehandlungen aufgedunsene und zerrissene Fürstin. An Anna Knookala, ach, na ja, ein Fisch, in der Flosse keine Regung, die tiefere Empfindungen offenbart hätte. Suvi-Liina? Schweigen. Mehr als Schweigen, lange Stille. Meine Nachbarin bekam ich überhaupt nicht mehr zu Gesicht.

Ich selbst würde es zu keiner Familie mehr bringen. In den vorangegangenen Jahren meines Lebens hatte ich noch zwei Sexpartner in meine Hütte bekommen, Grab und Koskela. Nacheinander hatte ich mit beiden erst mein Lager, dann mein Essen geteilt. Das war Liebe in den Zeiten der Einsamkeit.

Mein Gast im *Schweigen* hatte den Teufelskreis der Menschen so beschrieben: Ein Mann kann nie genug »haben«, um seine Männlichkeit zu beweisen, und eine Frau kann niemals fraulich genug »sein«. Die Männer konkurrieren darum, »es« zu haben, die Frauen, »es« zu sein.

Für die Frauen sind die Miss-Universum-Wahlen »dessen« Höhepunkt, aber der allergrößte Höhepunkt ist dort zu finden, wo die Männer untereinander darum konkurrieren, wer die schönste Frau ist. Transvestitentum und Transsexualismus sind extreme Beispiele für die »Flexibilität des Geschlechts«, sagte mein Gast.

Mein Interviewpartner erzählte auch, er habe bemerkt, dass, wenn Paare sich um eine vollkommene Beziehung bemühen, sie ein zwanghaftes Ritual befolgen. Jeder, der einen Mann eine gewisse Zeitlang beobachtet, sieht, dass dieser immer eine Frau desselben Typs wählt. Nach einer gewissen Probezeit gelingt es ihm, seine Partnerin in dieselbe Form zu pressen, sodass aus der neuen Frau eine Kopie der alten wird.

Das Symptom des Mannes ist seine Frau. Der Mann bedeutet für eine Frau immer den Untergang. Aber ebenso gut kann man das auch umdrehen: Das Symptom der Frau ist ihr Mann, und für viele Männer ist ihre Frau diejenige, die sie vernichtet.

Ich hatte gedacht, es sei kein Zufall, dass sich im Kielwasser der Emanzipationsbewegung eine ganz neue soziale Klasse, die gebildeten alleinstehenden Frauen, entwickelt hat. Die Frau ist alleinstehend, weil sie nicht mehr bereit ist, sich der Vernichtung zu beugen, anders als ihre Vorgängerinnen.

Von alldem waren Krumen für Suvi-Liina abgefallen. Aus irgendeinem Grund hatte sie große Angst, und sie hatte die Krumen sorgfältig vom Boden aufgelesen, sie in den Mund gesteckt und gekaut.

Mitgefühl durchflutete mich, und ich glitt kraftlos zurück auf den Boden des Bootes wie ein grauer Packen Wolle. Ich sollte wieder mit Suvi-Liina reden, und zwar bald.

Die Möwen stopften den Himmel mit ihren langen, weißen Stichen. Ich schloss die Augen und bedeckte mein sehendes Auge noch mit der Hand. Das Licht blendete mich.

Ich wünschte mir die Nacht herbei oder zumindest einen dunklen Abend, das Rufen der Ringeltaube und meinen Sessel im Schatten der Gardine und des Apfelbaums. Die Tage waren mir zu viel, nur in der Nacht gab es Ruhe und Sicherheit. Das hatte ich im Gefängnis in St. Petersburg gelernt.

In letzter Zeit bist du öfter mit Eevi zusammen«, sagte ich zu Koskela und rührte die Barschsuppe im Trangia-Kochtopf um.

Ich schämte mich des anklagenden Winselns in meiner Stimme, aber die Frage hatte wohl – so wie alle Fragen – kommen müssen. Sie fiel mir aus dem Hals so wie einer Eule das Gewölle. Ich hatte meinen Platz im Kontinuum all jener Frauen eingenommen, die seit Anbeginn der Zeiten eifersüchtig gewesen waren. Also seit dem Anbeginn jener Zeiten, da es genug zu essen gab und in das Geschlechtsleben zunächst ein verwirrender Begriff, der Wunsch zu besitzen, trat und später ein weiterer: die Liebe.

Jetzt stand ich in derselben Reihe gleich hinter Brezel Uusitupa.

Natürlich wünschte ich Eevi nichts Böses, da sind ja – bis zu einem fernen Punkt, wie ich wusste – Bildung und Moral als Bremse davor. Aber etwas Heißes hatte in meinem Inneren zu brodeln begonnen, sobald Koskela den Steg betreten und mit dem Rucksack auf dem Rücken in Richtung Boot gegangen war, in der einen Hand die Rollangel und in der anderen eine große, schwere Eishockeytasche.

Solange er nicht da gewesen war, hatte ich wohlwollend an ihn gedacht. Sobald ich ihn auf dem Anleger bemerkte, hatte eine Giftbrühe, die irgendwo geschlummert hatte, angefangen, sich aufzuheizen. Die ganze Bootsfahrt über, als der zweizylindrige Wikström über das ruhige Meer getuckert war wie ein treues Pferd, hatte das Gebräu erst einige vereinzelte Blasen aufsteigen lassen, zunächst zögernd wie Teewasser, das überlegt, ob es anfangen soll zu sieden. Dann hatte es sich allmählich zu einem Aufwallen verstärkt, das mir die Worte schließlich mit unwiderstehlicher Kraft in den Mund trieb.

Wir saßen auf dem glatten Felsen mit einem großen Stein im Rücken, Schultern und Arme eng beieinander, so wie wir es zu halten pflegten. Der sonnendurchglühte Tag reichte nicht bis aufs offene Meer hinaus, und wir hatten das Lager schnell und routiniert aufgeschlagen. Dann waren wir jeder an ein Ende der Klippe gegangen, um mit dem Blinker zu fischen.

Alles war so wie immer, und doch war es das nicht. Ich hatte im Auge den grauen Star, der den Glanz der untergehenden Sonne im Westen, die vertrauten Ufersteine, von denen einer wie ein breiter Pferderücken war, und die Freude über die Barsche, die ich mit einem kleinen Wobbler vom Rand der steinigen Stelle herauszog, trübte und verzerrte.

Oft ist die Vorfreude auf etwas, auf einen Ausflug, ein Fest, eine Begegnung oder Reise, schöner als das, was dann tatsächlich geschieht. Mit Koskela war es immer anders gewesen. Das, was eintrat, übertraf irgendwie die Erwartungen. Er gehörte zu denjenigen Tavastländern, unter deren unerschütterlicher und wortkarger Schale ein lebhafter, auf seine Art geselliger, gesprächiger und freigiebiger Mensch wohnte.

Bei meinen ersten Besuchen im Bibliotheksauto hatte ich ihn für einen prachtvoll alternden, aber ein wenig schlichten Mann gehalten. Allmählich hatte ich auch anderes gesehen, zunächst aus den wenigen Sätzen, wenn er mich ungebeten aufforderte, ein bestimmtes Buch auszuleihen.

Franny und Zooey von J. D. Salinger: »Eine vorzügliche, wenn auch oberflächliche Schilderung der religiösen Suche junger amerikanischer Universitätsstudenten, da denkt man an die Gegenwart.«

»*Neun Erzählungen,* die Novellensammlung ist allerdings besser«, hatte er auch gebrummt und gesagt, er würde sie mir aus der Zentralbibliothek besorgen, wenn ich das wollte.

Und dann: Leonid Zypkins *Ein Sommer in Baden-Baden*. Ich hatte schon in Moskau *Leto w Badenje* gelesen, und jetzt war das Buch also übersetzt. Ich war verblüfft.

Aber letztlich, als wir uns auf der Luftmatratze unter den Werken von Barbara Cartland liebten, war ich nicht mehr verwundert.

Ich war im Bibliotheksauto hängen geblieben, zwischen den auf- und zuknallenden Türen. Mir war schon klar, dass, wenn Eevi nicht gewesen wäre, ich dort gern länger geblieben wäre und nur ein bisschen gezappelt hätte, um mir die Vorstellung von Selbstständigkeit zu bewahren. An Koskelas Familie in Mellunmäki hatte ich nie auch nur einen Gedanken verschwendet, aber die kleine, blonde Forscherelfe war eine Konkurrentin. Ich war dabei, unseren Ausflug zu vermasseln.

Koskela antwortete nichts auf die Frage nach Eevi, und ich hatte auch keine Antwort erwartet. Ich hatte nur vorwurfsvoll mitteilen wollen, dass ich es bemerkt hatte.

Ich spürte, wie von ihm Wärme in meinen Körper strömte, aber auch die war jetzt die falsche. Sandte er sie absichtlich aus, um mich mit sich in unser Zelt zu locken, an dessen Boden wir zur Feier des Tages zwei Luftmatratzen gelegt hatten, oder sandte er einfach dieselbe Wärme aus, die auch Eevi gespürt hatte? Geblieben war die Streitlust.

Schweigend aßen wir die Barschsuppe und tranken Wein aus dem Elsass, einen teuren; anscheinend hatte Antti Knookala auch im Bibliotheksauto eine seiner Weinproben veranstaltet. Alles war vollkommen, außer mir, denn ich hätte das Zelt einreißen, Trangia-Kochtopf und Kocher zertrampeln, die Angelruten zerbrechen und Koskela samt seinem Boot in Richtung der estnischen Küste stoßen mögen.

Dann tat er schließlich den Mund auf:

»Hast du bemerkt, wie gut der neue Elektromagnet des Wikström-Motors funktioniert hat? Für so eine alte Maschine Ersatzteile zu finden ist nicht leicht. Der Internetladen ist wirklich gut.«

Diese Äußerung musste ich als bedeutend ansehen. Koskela hatte am Anfang bald mein Vertrauen errungen, denn er war kein Uusitupa, kein Casanova, der einen mit seinen Reden bezirzte, und er war auch nicht Koba, der durch sein Schweigen Herrschaft ausübte. Mir wurde klar, dass die drei Sätze über den Elektromagneten kein Ausweichmanöver darstellten, sondern gesagt worden waren, damit ich mich beruhigte.

Dann saßen wir wieder lange schweigend da. Nur die Löffel klapperten in den Tellern, und der Hals der Weinflasche gluckerte. Eevi war also gar nicht so wichtig.

Koskela maß den Kaffee für den Kocher ab, er hatte im vorigen Sommer einen Espressokocher für den Trangia besorgt, ohne das irgendwie herauszustreichen, als er gesehen hatte, was für Kaffee ich bei mir daheim zu kochen pflegte. Er hatte jetzt auch von demselben Armagnac mit, den ich ihm bei den wenigen Malen, die er bei mir zu Hause gewesen war, kredenzt hatte. Er selbst trank am liebsten Weinbrandverschnitt, so wie auch Tauno.

Wir stießen an und zitierten wie aus einem Mund unseren Wahlspruch: »Dies ist besser als Thailand.«

Der Weißwein und die Sätze über den Elektromagneten hatten meinen Giftkessel beschwichtigt, und ich hatte Lust, Koskela den Holzbecher aus seinen schönen Fingern zu nehmen und die irgendwo gegen meinen Körper zu drücken. Ich war eine echte Brezel, bereit, zu vergessen und zu verzeihen, nachdem ich genug gemault hatte. Ich hatte schon die Hand an den Hals gehoben und tastete nach dem obersten Knopf meiner Bluse, als Koskela die folgenden Sätze ausstieß.

»Der Plan, von dem im Winter die Rede war, scheint nun doch Realität zu werden. Die Stadt hat allen Ernstes vor, im Herbst ihre sämtlichen Bibliotheksautos aus dem Verkehr zu ziehen. Die Zahlen sind von der Art, dass entweder die Autos oder ein paar Nebenstellen der Stadtbücherei dran glauben müssen. Die Zahl der Ausleihen sinkt ständig, von Jahr zu Jahr. Und die Nebenstellen werden nur im äußersten Notfall aufgegeben.«

Wir in Kanaan hatten gewusst, dass das Bibliotheksauto, das einmal pro Woche auf dem Galiläaplatz hielt, außer für die Familien mit Kindern, die mit wenig Aufwand wöchentlich ihre geliehenen Kinderbücher gegen neue eintauschen konnten, für die anderen der reine Luxus war. In der Nähe von Kanaan gab es sogar zwei Bibliotheken, die in annehmbarer Entfernung zu Fuß zu erreichen waren und die auf Bestellung alles beschafften, was dem Kunden nur einfiel. Nur einige Hits und Unterhaltungsliteratur des jeweiligen Bücherherbstes musste man langfristig vorbestellen.

»Das Erfolgsbuch des Herbstes ist eine große Banane«, sagte einmal die hinter der Ausleihtheke sitzende Ritva-Sinikka, mit der zusammen ich seinerzeit dieselbe Schule im Zentrum besucht hatte.

»Warum nicht ein Apfel oder eine Weintraube?«, hatte ich lachend gefragt. »Das Buch ist eine Frucht, aus der guter Wein entsteht, beim Älterwerden immer noch besserer.«

»Es ist deshalb eine Banane, weil der alte Leitschimpanse im Herbst als Signal ein Schild mit dem Bild einer großen Banane hoch in die Luft hält. Dann folgen ihm alle kleineren Schimpansen«, antwortete Ritva-Sinikka kühl und schob den Karren mit den zurückgegebenen Büchern zwischen die Regale.

Für mich war Koskela die Banane, und es war natürlich umso besser, dass er nicht Öl oder Joghurt oder Bier fuhr, sondern Früchte des Geistes, die sich jahrzehntelang auf Rädern von einem Stadtteil zum anderen bewegt hatten.

Koskela. Die zweite Überraschung aus dem Ei, aber auch er kein Plunder. Ich war sehr arrogant gewesen, als ich ihn im Stillen Playboy genannt hatte.

»Die ganze Angebotspalette, oder? Aber alles nur geliehen«, hatte Tauno im vorigen Sommer boshaft unter seinem Zimtapfelbaum gesagt, als er beim Pflücken sah, wie ich mit meiner Büchertüte spätabends vom Galiläaplatz kam. Ich hatte mich noch gerader gestreckt und war zielstrebig auf mein Haus zugegangen. Mein BH und die Knöpfe meines Kleides waren auf dem Rücken offen, und ich hoffte, dass der gehässige Alte es nicht bemerkte.

Der Abend auf der Klippe begann zu erlöschen. Der Kaffee schmeckte schon bitter, und der Armagnac war gleichzeitig zu süß und zu stark. Jetzt würde ich Koskela verlieren, mit Eevi oder ohne sie.

Aus den Schatten des Herzens kommt die Kreuzspinne hervor, die ein tödliches Netz um den Menschen spinnt, hatte Runes alte Tante mir erklärt, als ich ein Kind war. Sie hatte sich an unser altes, verstimmtes Klavier gesetzt, mit ihren knotigen Fingern donnernde Anfangsakkorde geschlagen und mit ihrer brüchigen Altfrauenstimme ein pathetisches Lied angestimmt: »Dort fern in dem Dickicht der Wälder versteckt …«

Wenn Ragnhild kam, verbreitete sich die Nachricht schnell in der Nachbarschaft, und bald saßen wir Kinder mucksmäuschenstill am Fußboden im Wohnzimmer, betrachteten verzaubert Ragnhilds zahlreiche, von der Kraft ihres Gesanges wogende Kehllappen und lauschten, zitternd vor süßer Angst, der von Sibelius vertonten Horrorstory.

Der oberste Knopf meiner Bluse blieb geschlossen, und ich drückte beide Hände zwischen die Schenkel ins Warme. Die Felsplatte hinter unseren Rücken strahlte Kälte aus, obwohl die Sonne den ganzen Tag darauf gebrannt hatte. Die Kreuzspinne hatte mein Herz schon erstarren lassen.

Ich sah mein Jahr in Kanaan als einen sich schnell bewegenden Comicstrip. So, wird behauptet, sehe der Mensch im Augenblick seines Todes sein Leben, aber ich würde niemals sterben, ich würde nicht vermodern, sondern mich von jedem neuen Schlag erholen, bis ich irgendwo in der Senkrechten erstarren würde, an der Stelle, wo ich zufällig stand, als trockener und leblos wirkender, verhutzelter Baum. Ich würde eine silbergraue, glatte Baumleiche sein, und mein einer Ast würde nach Nordost, der andere nach Südwest zeigen. Und rotes, ausgeblichenes Krepppapier würde daran hängen als Markierung einer Geländeloipe.

Ich hatte meinen Traum von Kanaan verworfen, auf die Erinnerung an Grab verzichtet – wie weh es doch tun kann, auf Träume zu verzichten –, und jetzt würde ich Koskela verlassen müssen. Es war ja nur seine Arbeit gewesen, die uns zusammengeführt und zusammengehalten hatte. Jetzt würde Koskela sich einen neuen Arbeitsplatz suchen müssen. Was für einen Job würde jemand, der seinerzeit an der Universität Tampere zwei Jahre Kommunikationswissenschaften studiert hatte, in unserer Zeit überhaupt finden?

Wieder kam Eevi mir in den Sinn. Koskela hatte doch vorhin sein Verhältnis zu ihr in keiner Weise bestritten? Ich hatte nur in meiner Angst seine Worte als günstig für mich ausgelegt. Ich kehrte ins Ausgangsfeld zurück, rührte meinen brodelnden Kessel um.

War in dem kochenden Gift doch mehr wahres Leben gewesen als in der schweren Hoffnungslosigkeit?

Ich hatte meinen Holzbecher und mein Schnapsglas zum Zeichen des Endes auf einem glatten Stein abgestellt. Eines noch deutlicheren Signals bedurfte es nicht. Ich hatte auch früher schon beobachtet, wie gut Koskela die Sinnesregungen seines Gegenübers zu lesen verstand. Dazu sind Menschen, die viel reden, kaum imstande.

Einen Moment saß er unbeweglich da, stand dann ächzend auf und ging das Zelt zusammenpacken und die Luftmatratzen entleeren. Ade, unser Liebeslager! Die Erinnerung an leidenschaftliche Umarmungen zischte kraftlos ins Leere, während die Luft aus den zusammensinkenden Matratzen entwich.

Ich nahm den Trangia auseinander und packte den Kocher und die Proviantreste in Koskelas Rucksack. Ich löste die Blinker und die Spulen von den Rollangeln, zerlegte die Angelruten und packte sie in die Eishockeytasche. All das tat ich langsam und vorsichtig und wunderte mich über die Größe meiner Trauer. Ich war spröde, ich war wie leicht zerreißendes Papier.

Ich hatte mich zu eifrig an Grab erinnert. Gravenberg, der mich als Erlöser erwartet hatte, als ich aus dem Gefängnis nach Kanaan zurückkehrte. Jetzt würde ich mich an Koskela erinnern, an meine Seitenerbschaft, bis auch das schließlich enden würde.

Das Meer wogte blau und purpurn in langen, ruhigen Wellen, und ein einsamer, am Himmel aufflammender Abendstern beleuchtete unsere langsame Fahrt zurück zur Kanaanbucht. Der zweizylindrige Wikström predigte wieder seine lange, eintönige Botschaft an die Einäugige. Er erinnerte mich daran, dass das Leben häufiger stottert als ein Bootsmotor.

Wie schildert man das Ende? Eine Oper ist die schlechteste Lösung. Die beste ist die Pantomime.

Es war schon ganz dunkel, als ich vom Bootsstrand in Richtung Kanaan nach Hause ging. Ratlos hatten wir neben Koskelas Auto gestanden, ohne etwas sagen zu können. Das heißt, ich hätte schon gekonnt, aber ich wollte mich an Koskela für alles, für mein ganzes Leben, rächen.

Damit Recht geschah, hätte er mir alle seine Fehler und Irrtümer, all seine Misserfolge und bösen Taten aufzählen müssen, angefangen von den Würfelzuckerdiebstählen in der Kindheit, er hätte auf die Knie fallen und für seine irgendwie falsche Existenz und dafür um Verzeihung bitten müssen, dass er nicht mal richtig atmen konnte, hätte versichern müssen, dass er mich liebe und den Rest seines Lebens mit mir verbringen wolle, und selbst das hätte nicht genügt.

Als das Schweigen allmählich qualvoll wurde, nahm ich meinen Rucksack auf und warf ihn mir über die gesunde Schulter. Koskela streckte den Arm aus, um mir dabei zu helfen, den anderen Schulterriemen über die schlechte Seite zu ziehen, aber da streckte ich selbst die Hand vor und drückte sie ihm gegen die Brust.

Eines der zehn herrlichsten Dinge, die es gibt: eine Männerbrust unter dem Pullover. Da, wo der Brustmuskel sich zu den Rippen hin zu wölben beginnt.

Ich ließ die Hand nur einen kurzen Augenblick an dieser Stelle, einen so kurzen, dass ich nicht die Versuchung verspüren würde, mich ihm in die Arme zu werfen. Einen so langen, dass die seinem Körper entströmende Wärme Zeit hatte, sich in meiner Hand zu speichern.

Dann wandte ich mich rasch ab und ging davon, wobei ich schlimmer hinkte als jemals zuvor. Ich war ein tausendjähriges Ei. Wenn man das gegessen hatte, konnte man sterben.

Ein Ende im Stil »Uns bleibt immer noch Paris« ist Betrug, aber viele Menschen können ohne diese Lüge nicht mal bis zum nächsten Tag leben. Ich blieb nicht stehen, um den Lichtern des im Nebel davonfahrenden Autos nachzustarren, mit aufgestelltem Mantelkragen, die Hände in den Taschen, nein, ich hinkte immer heftiger den Weg entlang, der nach Hause führte, und der Rucksack pendelte mir auf dem Rücken wie ein Buckel, der sich gelöst hatte.

Die Gruppen schwarzer Häuser in den Gärten, die Ahornblätter, deren Schatten jetzt am tiefsten waren, der Duft der Rosen kurz vor seiner größten Schwere, der herbe Duft reifender Äpfel wehte schon leicht herüber, aber noch deutlicher atmeten in der Nacht Ziertabak, Himbeere, Schwarze Johannisbeere und Kräuter.

Eine solche Nacht wäre wie geschaffen gewesen für einen fünfarmigen Kerzenleuchter und seidene Bettwäsche, für einen Bettvorhang, der vom Atmen des offenen Fensters um das große Bett herumweht, für Geflüster, Ausrufe, pochendes Blut, und dafür, wie …

Ich hatte mich auf unangenehme Weise mit dem bergmanschen Zauber meiner Nachbarin infiziert.

In den Fenstern war kein Licht mehr. Im Dunkeln, so dunkel, wie sie waren, wirkten die Häuser beständig und rätselhaft. Wenn unsere Hundestreife abends an den erleuchteten Fenstern vorbeizog, waren sie durchsichtig, eindimensional wie eine Kinoleinwand, auf die die Geschichte projiziert wird. Jetzt gaben sie nichts preis.

Dennoch kannte ich die Grundrisse der meisten, ich wusste, wo die Küchen, die Wohnzimmer, die Kinderzimmer, die Schlafzimmer waren. Ich wusste, wo die Tsutsunens ihre Sauerkraut- und Kompottgläser aufbewahrten, wo sich bei den Kärkkäinens die Ersatzschlüssel der Nachbarn befanden und wo Koba den Schlüssel zu seinem Weinkeller hatte, ich hätte bei den Knookalas die Saunahandtücher aus dem Wäscheschrank nehmen und ihr besseres Kaffeeservice holen können. Ich hätte, ohne zu fragen, aus Taunos Notenschrank *Die Erinnerung an mein Grab* heraussuchen und Sylvi aus ihrer geheimen Zigarettenschachtel etwas zu rauchen holen können.

Hinter den Brettern dort schliefen Uusitupa und Brezel, viele liegen nebeneinander, aber hassen sich, Uusitupa sicherlich in seinen Boxershorts, die üppige Mähne auf dem Kissen ausgebreitet, am Morgen würde er wieder im Spiegel prüfen, ob seine Geheimratsecken sich unter der Bürste noch weiter zurückgezogen hatten, Brezel im rosa Seidentrikotnachthemd, durch das die Hüftknochen sich bohrten wie zwei weitere Brüste, zwischen sie hatte sich das jüngste ihrer Kinder gedrängt, und dessen seidige Haare kitzelten Uusitupa den Rücken.

Im Schatten jener Gardinen lagen die Knookalas, beide im eigenen Zimmer, jeweils in einem großen Himmelbett; aus Ylistaro war Annas Onkel einstmals angereist, um sie zu bauen. Die Säulen trugen Schnitzereien, und die Vorhänge waren in der Kunsthandwerkerschule eigens dafür gewebt worden. Die Baldachine hingen durch wie die in Versailles. Auf die von Gästen unausgesprochene Frage pflegte Anna zu erwidern, dass die Spannung in der Ehe sich besser erhält, wenn man in verschiedenen Zimmern schläft.

Die Ratte und ihren Rattenmann konnte ich mir nicht in ihrem Bett vorstellen – vielleicht war es ein Loch in der Zementwand der Garage? Bis zu den Tsutsunens wiederum reichte mein Blick nicht, aber ihr Bett hatte ich gesehen, es war so schmal, dass man darin nur halb aufeinanderliegen konnte.

Die kleine Salome kam mir auf ihren kurzen Beinen an der Ecke meines Hauses mit ihrem Hund entgegen. Im Garten ihres Saunahauses schlief Eevi in dem hübschen, verputzten, kleinen Häuschen jetzt sicherlich in ihrem weißen Baumwollnachthemd, nein, sie schlief natürlich nicht, ich stand da auf der Stelle wie ein einäugiger Othello: In welche Richtung hatte Koskelas Auto sich am Strand gewendet, nach Nordost, Richtung Mellunmäki? Oder direkt nach Westen, von wo man in einem Bogen nach Kanaan kam? Aus Stolz hatte ich mich nicht so weit erniedrigt, das auszuspionieren.

Der hinkende Mohr Othello Wikström vermeinte zu sehen, wie Koskela gerade Eevis weißes Hemd von den schmalen, weißen Schenkeln hob.

Ohne etwas zu sehen, ging er durch seine Gartenpforte, erwiderte nicht Salomes scheuen Gruß, dann stürzte er über sein eigenes Fahrrad, das Keränen sich am Abend zuvor geliehen und am falschen Ort abgestellt hatte. Ein Knie knallte gegen das Pedal und die Kette. Körperlicher Schmerz war immer willkommen.

Erschöpft setzte ich mich auf die Bank vor der Sauna in den Schatten der Klematis. Bald stand ich wieder auf, ging an den Kühlschrank des Saunavorraums und holte mir eine kalte Flasche Moscatel. Das kann man bei uns auch, dachte ich und trank direkt aus der Flasche. Das Getränk rann mir durch die Kehle, zwischen den Brüsten entlang, als süßer, belebender Nektar.

Von meiner Bank aus hatte ich den direkten Blick auf die Glasveranda der Kärkkäinens und in eines der Küchenfenster. Die Veranda lag in weichem Lichtschein, obwohl es schon zwei Uhr war, und das Licht bedeutete, dass auf dem großen Tisch von Pekka Halonen viele Kerzen verstreut waren. Suvi-Liina besaß eine große Sammlung von Messingkerzenleuchtern, von denen sie oft einen verschenkte. Wenn man Nachlässe besichtigt, sammeln die sich ganz von selbst an, hatte sie einmal beiläufig bemerkt.

Ich sah, dass eine in einen Schal gehüllte Gestalt mit dem Rücken gegen das Fenster lehnte. Der Schal war aus grauer, sehr feiner Wolle, wie Spitze. Die sitzende Gestalt hatte ihn sich hoch oben um den Hals gewickelt, und die blonden Haare fielen ihr wie Flaum auf das Spitzengewebe. Endlich hat Suvi-Liina es geschafft, sich die Haare zu waschen, dachte ich.

Trotz der warmen Nacht waren die Verandafenster geschlossen, von drinnen hörte man kein Geräusch. Vor mir lag ein stummes Tableau. Ilkka Kärkkäinen wanderte nervös und unruhig zwischen Veranda und Küche hin und her. Sein dunkler Schatten wanderte an den Wänden mit, das Haar des Schattens wuchs zu einer prächtigen Mähne, und die Nase wirkte noch größer als sonst. Das war furchterregend.

Dann erhob sich der graue Schal vor dem Fenster und folgte dem Schatten in die Küche. Ich wunderte mich, wie klein und abgezehrt Suvi-Liina geworden war.

Ich lehnte die halb geleerte Flasche gegen das Bein der Bank und holte aus meinem Rucksack Runes altes Vogelfernglas hervor. Ich schämte mich wegen gar nichts mehr. Ich zog mich ans Ende der Bank zurück, wo die üppig wuchernde Klematis mich besser verbarg, und wartete.

Die Veranda blieb so lange leer, dass ich schon glaubte, die Kärkkäinens seien schlafen gegangen und hätten die Kerzen vergessen. Doch dann drückte sich das Gesicht einer Frau gegen die Glasscheibe. Ich erstarrte, nur meine Hände, die das Fernglas hielten, zitterten ein wenig.

Der Feldstecher brachte Suvi-Liinas Gesicht fast auf Tuchfühlung an meines heran. Sie schien in den dunklen Garten und mir direkt in die Augen zu sehen, aber ich wusste, dass ich hinter der Klematis verborgen war.

Suvi-Liina wirkte wie eine Ertrunkene, unter Wasser Gesunkene. Sie war verschwollen, aber zugleich verschatteten die vorstehenden Augenbrauenwülste ihr die Augen, sie lagen tief in ihren Höhlen und waren von violettgrauen Ringen umgeben. Wangen und Mund waren eingefallen wie bei einer Frau, die ihre Zähne verloren hat. Sie war das Modell von Käthe Kollwitz' Zeichnungen, die halb verhungerte Arbeitermutter.

Die Veränderung seit Mittsommer war erschütternd. Litt Suvi-Liina an einer schnell zum Tode führenden Krankheit? Jetzt presste sie Stirn und Handflächen gegen die Scheibe, so als wollte sie besser in den Garten sehen. Das Fernglas in meiner Hand zitterte immer heftiger. Es war schwer, und meine schlechte Hand würde es nicht mehr lange halten können, aber ich wagte nicht, es sinken zu lassen. Die Bewegung würde Suvi-Liinas Aufmerksamkeit erregen.

Und dennoch, ebenso schwer war es, sie anzusehen. Ich verstand, warum viele Menschen überhaupt kein Mitgefühl empfinden wollen und es aus ihrer Brust reißen, sobald es anfängt zu wachsen. Warum sich der Folter unterwerfen?

Von den Stufen zur Veranda ertönte forderndes Miauen. Dort war der schwarze Kater der Kärkkäinens, Mosse, den beide vergötterten. Sofort stand Suvi-Liina auf und ging der Katze die Tür öffnen. Dann war die Veranda wieder leer. Ich konnte endlich das Fernglas sinken lassen.

Die Igel murmelten am Futternapf ihre nächtlichen Zaubersprüche. Als ich im Garten gestürzt war, hatten sie dem Napf den Rücken gekehrt und sich zu einer Stachelkugel zusammengerollt. Bald beschlossen sie jedoch, ihr geniales Versteck zu verlassen, und warfen sich wieder vor ihrem Futternapf nieder. Zwei Junge dösten schon, fast auf der Seite liegend. Weiter hinten unter den Johannisbeerbüschen kauerte ein großer schwarzer Schatten. Sollte das tatsächlich ein Dachs sein, wie Knookala behauptete? Jedenfalls einer, der nach den in Wasser aufgeweichten Leckerli für Welpen gierte.

Der taufeuchte Rasen streichelte mit seinen kühlen Grashalmen meine nackten Füße. Weiter hinauf reichte der Trost nicht. Der Kopf war mir schwer und unruhig, er fühlte sich ebenso an wie in schwerem Fieber, wenn das Hirn als loser Klumpen im Schädel klötert und schmerzhaft gegen dessen Wände prallt.

Eine gnadenlose Faust presste mir das Herz zusammen und wrang Blut und Wasser daraus wie die Faust eines Waschweibs. Die Kerzen in Kärkkäinens Veranda brannten immer noch.

Ich muss mir von der Nacht ein paar dunkle Momente leihen.

Ich komme überhaupt nicht zum Schlafen. Ich habe von der Wand in der Garage Runes alte Angelrute geholt, dieselbe, die er über der Schulter trug, als wir vor langer Zeit zusammen zur Kanaansbucht zum Angeln gingen. Ich hatte neue, noch etwas steife Sommerschuhe aus Stoff an und durfte das Glas mit den Würmern tragen.

Die Angelschnur war noch an der Rute dran, und es war genug davon vorhanden.

Ich habe einen Plan.

Ihr scheint mich zu verstehn: denn jede seh' ich den verkürzten Finger bedeutend an die welken Lippen legen. Ihr solltet Weiber sein, und doch verbietet mir euer männisch Ansehn, euch dafür zu halten.

Ade, Stille. Ade, Schweigen. Ich brauche Stimmen, damit der Schmerz in meinem Innern nachlässt.

Ich stand im Schatten meines breiten Vorhangs und schaute hinunter. Die Veranda war schon dunkel, sie haben ihr Haus doch nicht aus Versehen angezündet. Aber in einem Fenster des oberen Stockwerks waren zwei kleine Lichtpunkte erwacht, die Leselampen im Schlafzimmer von Koba und Suvi-Liina. Das Fenster stand offen, ganz weit, es war nur mit einem dünnen Vorhang verhängt.

Stimmen! Ich schob die lange, biegsame Bambusrute schräg aufwärts durch die Zweige des Apfelbaums, sodass sie von den Ästen gestützt wurde. Ihre Spitze berührt jetzt fast den Fensterrahmen der Kärkkäinens. An der Spitze der Angel, am Ende der kurzen Angelschnur, hängt einer meiner Rekorder. Der zeichnet die ganze Zeit Stimmen auf.

Ich kann die Angel und den Rekorder jederzeit zurückziehen. Von unten, vom Garten aus, bemerkt sie niemand, die Rute ist dunkelbraun, und der Baum ist dicht und hoch.

Stimmen! Ich muss herauskriegen, was da vor sich geht.

Ich holte auch Runes Fernglas herauf und schaute einen Moment hindurch, aber durch den Spalt des Vorhangs sah ich nur Suvi-Liinas Profil. Sie lehnte auf ihrer Seite gegen das Kissen und sprach und hieb dabei mit der Faust auf die Decken.

Ich setzte mich wieder auf meinen Sessel, von dem aus man nichts außer dem Wipfel des Apfelbaums und dem Himmel sieht. Ich weiß, dass mein Rekorder ganz in der Nähe, in meiner Reichweite surrt, weniger als zehn Meter entfernt. Ich weiß, dass die Batterien bis zum Morgen reichen. Ich werde bis zum Morgen wachen.

Ich war in meinem großen Stuhl hochgeschreckt wie eine sehr alte Frau, die nicht verstand, was das Zimmer ist, in dem sie erwacht, und nicht mehr weiß, wie alt sie ist. Im Moment des Einschlafens und des Erwachens erlebte ich das oft: In mir lebten jetzt gleichzeitig das Kind, das kleine Mädchen und die junge Frau und auch die, die man als reif bezeichnet, und auch diese Greisin, die jetzt mit ihrer gesunden Hand langsam ihren steif gewordenen Körper aus dem Sessel hochstemmte.

Ich wusste, dass ich an der Schwelle zum Greisenalter stand. Ich war wie Anna Knookala, die einmal betrunken von mir fortging und zur Gartenpforte taumelte, aber nicht recht wusste, wie man sie öffnet. Zuletzt beschloss sie, dass das ein Hindernis war, das man übersteigen musste. Aus dem Fenster sah ich, dass sie jedoch nicht hinüberkam, sondern mit ihrem großen Bauch am Querbrett hängen blieb und hilflos auf der Pforte zappelte, Kopf und Arme auf der Straßenseite und Hinterteil und Beine im Garten.

Als ich auf die Beine gekommen war, wurde mir schwindlig. Ich hatte gewacht und gedöst, bis die Morgensonne die Vorhänge des Schlafzimmers zu sprenkeln begann und die munteren Laufschritte des Zeitungsausträgers auf den Stufen trappelten. Mein Zopf war mir auf der Brust aufgegangen, und mein schlechtes Auge war zugeschwollen. Ich hatte die ganze Flasche Moscatel geleert. Vielleicht war ich nichts anderes mehr als Hagar, die alte Hexe.

Ich hatte schon bemerkt, dass das Leben gar nicht lang ist. Es ist niemals lang genug. Aber die Tage sind sehr lang. Wahrhaft lang. Ich stand barfuß auf dem gedielten Fußboden meines Schlafzimmers und wusste nicht, wie ich die Zeit bis zum Abend überbrücken sollte.

Ich schaute aus dem Fenster: Runes lange Teleskoprute ragte zwischen die Äste des Baums. Wenn ich mich weit genug hinauslehnen würde, bekäme ich den Griff zu fassen. Ich sah auch den silbernen Rekorder, er pendelte vor der Wand des blauen Hauses direkt an der oberen Ecke der Fensterscheibe wie ein kleiner, dicker Brief. Ich würde Post bekommen – aber wann würde ich es wagen, die Rute zurück in mein Schlafzimmer zu ziehen? Zum ersten Mal, seit ich St. Petersburg verlassen hatte, glaubte ich, tatsächlich den Verstand verloren zu haben.

Ich lehnte gegen das Treppengeländer wie jemand, der von einer Lähmung genesen ist, und stieg langsam, mit steifen Knien, ins Erdgeschoss hinunter. Die Zimmer waren still und ordentlich, keine nächtlichen Schritte, keine zerschlagenen Schüsseln und keine offen stehenden Türen. Hatte Martta Ruhe gefunden?

Die Sonne des frühen Morgens war in den Falten eines grauen Wolkenvorhangs verschwunden, und draußen nieselte es leise. Ich sehnte mich nach den Hunden, die bestimmt auch gerade jetzt bei Tsutsunens auf dem Sofa, dem Ehrenplatz, lagen, unter den Bildern von Chatschaturjan und Achmatowa. Alissa würde mit einem Wurstring zu ihnen eilen, sobald sie ein Lid hoben.

Die tonlose Sprache, die Blicke, Mienen und Gesten, durch die man sich für gewöhnlich mit Tieren unterhält, füllt die Tage so aus, dass die Stille eigentlich ständige Rede ist. Jetzt gab es nur ein schmerzendes Loch, eine Abwesenheit, die wie eine Schleppe meinem Gang folgte.

Ich erkannte die Leere, ich hatte es gelernt, die Leere zu ertragen. Heute würde ich meine Leere mit nichts füllen, nicht mit hektischen Aktivitäten und nicht mit Telefongesprächen, E-Mails oder dem, was mich jetzt am meisten reizte: einem Vorwand, mit dem ich zu den Kärkkäinens gehen konnte, um nachzusehen, was dort geschah. Ich hatte mich ja schon als Spionin betätigt, ich hatte meine Kraft schon für ein zweifelhaftes Vorhaben aufgewandt, und das reute mich nicht einmal.

Mit der Leere hatte ich in St. Petersburg umzugehen gelernt, als ich im Gefängnis auf Nachricht über mein Schicksal wartete. Ich lernte, auf wie wenige Worte letztlich alles komprimiert wird. Die Wahrheit zu lieben heißt, die Leere zu ertragen. Die Leere zu ertragen bedeutet, sich mit dem Tod abzufinden. Die Wahrheit steht auf derselben Seite wie der Tod.

Trotz meines Widerstands schickte man mir den Pfarrer der örtlichen lutherischen Kirche in die Zelle. Sobald die Tür geöffnet wurde, taxierte ich seinen Typ: ein Gauner von Prediger. Das rührte allein von seinem Aussehen und seiner Art zu sprechen her. Er hielt den Kopf leicht in den Nacken gelegt und sah mich von dort mit fröhlichen Augen an. Es gibt ja keinen Zufall, der so lustig ist, wie in ein russisches Gefängnis zu geraten. Auf Wangen und Kinn hatte er schwarzgrauen Bartwuchs und auf den vollen Lippen ein ständiges Lächeln, breit und schmeichelnd, das, wie ich es verstand, Gnade ausdrücken sollte.

Das Lächeln, das auf seinen Lippen hing wie ein anstößiges Kleidungsstück, wurde von den vielen, weit auseinander stehenden Zähnen zerstört, die wie Walbarten wirkten. Ich dachte, dass zwischen den Barten hindurch die Not seiner Gemeindemitglieder und der Menschen in ihn hineinströmte und dass die Nahrung, die an ihnen hängen blieb, für ihn ein Dauerbrennstoff wäre.

Er war Ingermanländer und sprach gut Finnisch. Er nannte mich »liebe Schwester«, und ich glaubte fast, in einer Sektenversammlung in Nordfinnland zu sein. Ich weiß nicht mehr, wovon wir sprachen, vielleicht letzten Endes nur über praktische Dinge: ob ich nach Finnland überstellt würde und ob ich Waschzeug und etwas zu lesen brauchte.

Deutlich erinnere ich mich nur an seinen Weggang. Er zögerte an der Tür, die der Wachhabende schon aufhielt, drehte sich dann um, sah mich an und sagte: »Was gibt Ihnen die Frechheit, sich einzubilden, dass Sie gescheitert sind, wenn Sie den Tod nicht aufhalten können?«

Damit ging er, und selbst wenn er noch gewartet hätte, hätte ich ihm doch nichts antworten können. Ich gratulierte ihm im Stillen zu seinem eleganten Abgang, zu der guten Replik, aber dabei blieb es natürlich nicht. Die Frage beschäftigte mich, so wie er es beabsichtigt hatte.

Jetzt, viele Jahre später, weiß ich die Antwort: die Tatsache, dass man mich gelehrt hatte, ich würde es können, wenn ich ein anständiges Mädchen sein und mich ordentlich bemühen würde.

Diesen ganzen Tag regnete es. Der morgendliche Nieselregen verstärkte sich bald zu einem endlosen Wolkenbruch, und ich ging und holte meine Angelrute ein. Sie glitt mühelos durch die Apfelbaumzweige, aber ich überstürzte nichts, zog langsam und vorsichtig immer zehn Zentimeter auf einmal, denn ich wollte nicht, dass jemand auf die Bewegung im Baum aufmerksam wurde. Das Haus der Kärkkäinens wirkte leblos. Beide Autos waren fort, und nur der Kater Mosse saß am Fenster der Veranda und starrte in den nassen Garten.

Ich beschloss, die Aufnahme erst später abzuhören. Das war eine Arbeit der Dunkelheit, eine schnöde Tat. Ich würde den Sonnenuntergang abwarten.

Alissa schickte mir eine SMS und verbot mir, die Hunde abzuholen. Sie schrieb, sie habe ein großes Geheimnis, das sie zuerst mit ihnen teilen wolle. Ich, die ich gern mit ihr teilte, und seien es auch nur meine Hunde, begnügte mich damit, allein zu sein.

Wenn ich später an diesen Tag dachte, sah ich ihn als stille Brücke, die zwei Zeiten miteinander verband. Das war Weisheit post festum, aber so will ich es mir vorstellen: Etwas ging zu Ende, als ich von der Kanaansbucht zu meinem Anwesen wanderte und mich auf die Bank vor der Sauna setzte. Da begriff ich, dass der Zeitraum nur zwei, drei Monate umfasste, dass er das Ende des richtigen Sommers bedeutete und dass der Spätsommer begann. Spätsommer – eines der melancholischen

Wörter der finnischen Sprache. Reste, Überbleibsel, der Kanten.

Aber es ging um einen größeren Zeitabschnitt, um den Anfang, der schon gewesen war. Zeitabschnitte konnte man nicht mit Monatsnamen bezeichnen, die der Mensch leicht begreift, sondern mit etwas Unbestimmtem, schwer Erklärlichem: das Vergangene, das, was dann geschah, das, was kam.

Der Anfang, der Samen, beginnt zu irgendeiner Zeit zu leben, die wir gar nicht als Anfang erkennen können. Er ist wie eine befruchtete Eizelle, die schon angefangen hat, sich im Körper der Zeit zu teilen, aber das weiß noch niemand.

Die darauffolgenden Tage in Kanaan waren ein einziges Gewimmel. Das unausweichliche Herannahen des Wüstenfestes hauchte uns nie gekannte Energie ein. Wir genossen das gemeinsame Tun, wir genossen es, dass die Anspannung uns einander näherbrachte und neue Bekanntschafts- und Freundschaftsbeziehungen schuf, dass etwas zu entstehen begann und dass, wenn alles gut ging, wir wirklich etwas vorzuzeigen und zu geben hatten.

Nur dieser regnerische Tag war lautlos stehen geblieben. Ich hielt Raakels alte Wanduhr an, die feierlich im Treppenhaus dröhnte. Ihr Ton war so dramatisch, dass immer, wenn die lauten, klangvollen Schläge endeten, der Hörer instinktiv erwartete, dass eine große Neuigkeit verlesen würde.

Später erkannte ich schon, dass ich mich auf etwas gefasst machte, obwohl ich das damals nicht wusste. Ich wanderte durch die Zimmer, kochte immer neue Kannen Kaffee, horchte auf das Trommeln des Regens auf den Fensterbrettern und zupfte die vertrockneten Blüten von den Zimmerpflanzen. In diesem Sommer blühte die Drehfrucht so üppig, dass aus ihren Trompeten triumphierendes, kriegerisches Tröten erklang.

Im Verlauf dieses Tages überlegte ich mir auch eine pfiffige Antwort an den St. Petersburger Prediger. Ich hätte gesagt, dass ich bei der Aufrechterhaltung des Lebens doch Erfolg gehabt hatte.

Wie anmaßend ich damals doch noch war.

Ich bin dort gewesen

und auf einer weiß gekalkten Wand

versammeln sich die Fliegen.

Als der Abend kam, waren Sulevi und Poika wieder zu Hause. Aus dem Fenster der oberen Etage hatte ich zugesehen, wie Alissa die Nazarethgasse entlang auf mein Haus zusteuerte, mit je einem Hund auf jeder Seite. Beim Gehen zog sie an ihrer stinkenden Machorka-Zigarette. Für Alissa waren die heutigen russischen Zigaretten nicht … Sie hatte mir erzählt, dass sie immer an ihren Vater denken würde, wenn die ersten grauen Ringe in die Luft stiegen.

Die schwarzen Haare flatterten ihr über Schultern und Rücken, sie trug ein smaragdgrünes Kleid mit weitem Rock aus einem dünnen, leicht schimmernden Stoff. Es schwang im Rhythmus ihres aufrechten Schreitens, das trotz der hohen Absätze nie abbrach oder aus dem Takt kam. Eine zerdrückte Zigarettenschachtel und das Handy hatte sie sich hinter den breiten Gürtel aus goldenem Leder geschoben. Dann und wann hoben die Hunde den haarigen Kopf und sahen die Göttin hingebungsvoll unter ihren struppigen Augenbrauen hervor an. So etwas hatte ich noch nicht gesehen.

Ich ging in den Garten hinunter, dem Trio entgegen. Wir wechselten nicht viele Worte, Alissa sagte nur, dass die Tsutsunens deutsche Automänner bei sich zu Hause erwarteten und dass sie es jetzt eilig habe, den Tisch für das Abendessen zu decken.

Dennoch fielen mir ihre Augen auf. Sie hatten einen seltsamen feuchten Glanz, der ihren Blick entrückt und ein wenig zerstreut wirken ließ, und sie atmete in kurzen, hörbaren Zügen, so als wäre sie von ihrem kleinen Spaziergang außer Atem gekommen. Ich sagte und fragte nichts. Ich hatte schon genug von den Geheimnissen der Leute.

Keränen, den ganzen Sommer so schweigsam und gut gelaunt, war den ganzen Tag nicht auf der Verandabaustelle erschienen. Auch das geschah selten, aber ich machte mir keine Sorgen. Seine Gründe waren immer von guter Art. Er hatte den ganzen Sommer in Kanaan fast gewohnt, und die Veranda stand kurz vor ihrer Fertigstellung. Den Fußboden hatte ich schon ausmessen können: Raakels alter ausziehbarer Eichentisch und Runes Schaukelstuhl würden wunderbar hineinpassen.

Ich hatte noch immer nicht daran gedacht, Keränen zu fragen, wo er übernachtete. Bei den Knookalas? Ich wusste, dass er Antti geholfen hatte, die von der Birke zerstörte Veranda abzureißen, und dass er unter seinen Bekannten freie Zimmerleute gesucht hatte, die eine neue bauen konnten.

Gegen Abend bemerkte ich auch, dass von Märta Moraeus eine lange Serie von SMS gekommen war. Sie wollte das Datum des Wüstenfestes wissen, denn sie teilte mir mit, dass sie kommen und dort auftreten würde. Sie hatte erfahren, dass Elmer Diktonius ein halbes Jahr als Untermieter im Kanaansweg gewohnt hatte. Insofern ist Diktonius ein Anteilseigner der Geschichte Kanaans, schrieb Märta, und es wäre höchst passend, bei dem Fest zwei, drei seiner Gedichte vorzutragen.

Ich selbst hatte nie von Diktonius in Kanaan gehört, obwohl die Dorfchronisten und die Redakteure des *Canander* unser Gebiet Haus für Haus unter die Lupe genommen hatten. Ich vermutete, Märta brachte irgendwelche Orte durcheinander, aber das machte ja nichts. Märta würde die Gedichte vor oder nach Sylvi Susis Katri-Vala-Rezitation sprechen können.

Wo aber sollte ich das kleine Märchenschauspiel *Brezeljunge und Brezelmädchen* unterbringen, das Uusitupas Kinder aufführen wollten? Dazu hatte ich eine Nachricht von Uusitupa bekommen, der den ganzen Sommer bei den Aufnahmen zu den *Helden von Hennala* gewesen war und sich jetzt darauf vorbereitete, im Gefangenenlager Mannerheim zu erschießen. Uusitupa wollte bei der Aufführung seiner Brezelkinder die Regie führen, aber er wies darauf hin, dass er erst im letzten Moment in Kanaan würde eintreffen können. Der russische Schauspieler, der Mannerheims treuen kalmückischen Diener spielte, hatte sich das Bein verletzt, genau in dem Moment, da er sich geschmeidig zwischen den weißen General und die Kugel werfen sollte, und so war der Zeitplan der Dreharbeiten etwas gefährdet.

Uusitupa hatte die Schießszene des Films geschildert. Da würde zu sehen sein, wie der kalmückische Diener blutüberströmt auf Mannerheim stürzt, der elegant, mit der weißen, fleckenlosen Pelzmütze auf dem Kopf, am Boden liegt. Einen Augenblick lang würden alle glauben, er sei getroffen worden.

Ich hoffte, jemand würde darauf kommen, dass die Pelzmütze nicht recht in die Sommerszene passte, so eindrucksvoll sie auf Mannerheims Kopf auch wirken mochte. Er hatte doch seine fast ebenso elegante Sommermütze, die er im Fortsetzungskrieg getragen hatte – sie hätte in einem solchen Film schon ein Vierteljahrhundert zuvor auf seinem Kopf gesessen haben können.

Einen Augenblick später würde Uusitupa in Eisen zur Hinrichtung abgeführt werden. Er würde in aufrechter Haltung und singend in seine Zelle gehen, im Kielwasser als Chor das Kampfliederquartett. Brüder, Schwestern, auf die Barrikaden! Ursprünglich hatte sich der Regisseur des Films als Lied *Dem Leben sei Dank* gewünscht, aber man hatte ihm erklärt, dass das in den ganz falschen Erdteil und in eine falsche Zeit gehörte.

In der Dämmerung zog ich die Angelrute vorsichtig in mein Schlafzimmer. Von oben sah ich, dass Kärkkäinens im Erdgeschoss jetzt Licht hatten und dass Koba in der Küche den Kühlschrank vollpackte, dann öffnete er ein Fischpaket aus der Markthalle und holte von der Wand ein passendes Messer, Mosse versuchte, an Kobas Bein entlang auf den Tisch zu klettern, und Suvi-Liinas langer Renault bog vorsichtig von der Straße in die Einfahrt ein und setzte langsam zurück auf den Hof. Alles war so wie immer.

Ich saß in meinem großen Sessel, hatte den Rekorder auf dem Schoß und machte kein Licht an. Ich zögerte das Drücken der *Play*-Taste hinaus. Jetzt war ich eine dreckige Spionin, keine unschuldige Passantin mehr, die zufällig von der Straße in die beleuchteten Fenster schaut.

Anfangs hatte das Gerät nur Schritte im Schlafzimmer der Kärkkäinens aufgezeichnet: Die Dielen knarren, der Wasserhahn rauscht, jemand zieht die Toilettenspülung. Der Apparat hätte sich ebenso gut auf der Innenseite des Fensters befunden haben können, so gut war alles zu hören. Ich wusste, dass die Kärkkäinens ihr Schlafzimmerfenster fast das ganze Jahr über offen stehen ließen. Einen Augenblick lang überlegte ich, ob ich den Rekorder zur Sicherheit doch tiefer in den Apfelbaum hätte hereinziehen sollen.

Dann heftiges Stampfen, Laufen und Suvi-Liinas Stimme: »Das werde ich niemals, niemals!«

Die Stimme wird leiser, hört aber nicht auf, heftig zu sprechen, nur sind die Worte nicht zu verstehen. Hat sie das Gesicht in etwas Erstickendes, in Stoff oder in die Hände, gedrückt?

Nur das Ende ist klar: »… dass ich es weiß und glaube.«

Meine ethischen Bedenken hatte ich schon vergessen, und ich presste mein hörendes Ohr an das Gerät, denn ich wagte nicht, es lauter zu stellen.

»Gib ihn her!«, schrie Koba so laut, dass ich erschrak. Einen Augenblick lang glaubte ich, er fordere von mir den Rekorder.

Gepolter, so als fiele etwas zu Boden, würde aufgehoben und nochmals fallen. Ein Aufschrei des Bettes, jemand wirft sich darauf. Erneutes Poltern. Ein Knarren der Gardinenstange – jetzt werden die Vorhänge vom Fenster zurückgezogen.

Koba: »Nachts wird es regnen. Hast du übrigens wegen des Fällens der Birke telefoniert, wie ich dich gebeten hatte? Auf die Männer von der Stadt muss man immer monatelang warten. Hagar kriegt es ja doch nicht gebacken, da anzurufen.«

Ich war gekränkt. Ich war ja nun nicht völlig unfähig.

Suvi-Liinas erstickte Stimme, die Worte sind unverständlich. Ein Handypiepen, einer von beiden bekommt eine SMS.

Suvi-Liina klagend: »... und das erstreckt sich auf alles.«

Koba, laut, ungeduldig: *»Ticho, ticho!«*

Ich hatte auch früher schon bemerkt, dass Koba, wenn er angeben wollte, in seine Rede etwas Russisch mischte, das er gut sprach. Er war das Gegenstück zu Tolstois russischem Fürsten, der seiner Frau gereizt befiehlt: *»Taisez-vous donc!* Seien Sie still!«

Einen Moment war es auch ganz still. Dann hörte ich die Schläge meiner eigenen Wanduhr. Sie schlug auf dem Band feierlich drei Mal.

Bald nach dem Ende der Schläge: »Ilkka!«

Der Ruf einer Frau, aber nicht Suvi-Liinas, und er schien von unten, aus dem Garten, zu kommen.

Laufschritte waren das letzte aufgezeichnete Geräusch. Ich ließ das Tonband lange leise surren, aber es war nichts mehr zu hören, am Schluss erst erwachte eine verschlafene Amsel und probierte vorsichtig eine neue Tonfolge aus, und das Auto des Zeitungsboten fuhr langsam zum Ende der Straße.

Lange saß ich da mit dem stummen Rekorder im Schoß. Ich wusste nicht, was ich denken sollte. Eines jedoch war gewiss: In der Nacht würde ich mit dem Aufnehmen weitermachen.

»Siehe, ich will den Schatten an der Sonnenuhr zehn Striche zurückziehen.«

Jetzt tue ich es. Ich nehme eine jener Karten, die ich im Gefängnis aufbewahrt hatte, und wähle die Karte mit der kleinen Katze, auf die der Verrückte Jesajas Prophezeiung geschrieben hatte:

»Und es wird Gestank statt Wohlgeruch sein und ein Strick statt eines Gürtels und eine Glatze statt lockigen Haars und statt des Prachtgewandes ein Sack, Brandmal statt Schönheit.«

Ich schneide meinen Namen und meine Petersburger Adresse heraus. Die verstümmelte Karte mag genügen. Als Unterschrift war niemals ein Name dabei gewesen. Der Verrückte schrieb immer nur: Sie Die Sieht.

Das passt auf mich. Hagar, sie, die sieht, zumindest mit einem Auge und etwas. Die Original-Hagar sah unter einer Palme Jahwe selbst.

Neuerdings hört Hagar auch.

Der Absender der Karten war ein irgendjemand, Maila Pylvänäinen aus Konnevesi oder Risto Petäjä aus Liperi. Die Poststempel wechselten, aber der Schreiber war immer derselbe. Er mag um mein Seelenheil besorgt gewesen sein und hielt meinen Glauben mit neunundvierzig Postkarten aufrecht, die alle einen oder mehrere Verse aus dem Buch Jesaja aus dem Alten Testament enthielten. Die Handschrift war unsicher, die eines Menschen, der das Schreiben nicht gewohnt ist, doch jeder Buchstabe war mit Ausdauer und Sorgfalt gemalt.

Die schönsten Texte spielten überhaupt nicht auf das beklagenswerte Leben, die Vernichtung oder die glänzende Zukunft des Volkes Israel oder auf mein noch beklagenswerteres Leben und meine elende Zukunft an. Sie waren große Poesie.

Die verworrensten waren nur Namen von Helden oder Orten, wie direkt aus J. R. R. Tolkien:

»Und der König von Assyrien sandte den Rabschake von Lachisch nach Jerusalem zu dem König Hiskia mit großer Heeresmacht. Und er trat hin an die Wasserleitung des oberen Teiches, an der Straße bei dem Acker des Walkers.«

Die Bilder dagegen waren unbiblisch. Osterhäschen, Katzen, Pferde, Welpen, eine Landschaft vom Punkaharju, fromme Mütter von Martta Wendelin, einmal sogar Sibelius' Familie im Wohnzimmer von Ainola. Ob Sie Die Sieht wohl auf einer geführten Rundfahrt in Ainola gewesen war? Auf der Karte stand ein ermutigender Text: »Und es wird dort eine Bahn sein, die ›der heilige Weg‹ heißen wird. Kein Unreiner darf ihn betreten; nur sie werden auf ihm gehen.«

Ich klebte alle Karten an die Wand meiner Zelle, und als ich von dort fortging, nahm ich sie mit.

Ich konnte nicht anders.

Sein Schattenpferd sattelt der Schatten.

Vorhin bin ich aufgewacht. Ich habe keine zwei Stunden geschlafen. Ich erhebe mich nicht aus meinem Sessel, ich schaue nicht ins Nachbarhaus, über dessen oberem Fenster mein stiller Rekorder surrt als ein silbernes Ohr. Ich habe die Angelrute wieder an ihren Platz eingefädelt, als das Fenster noch dunkel war. Im Erdgeschoss sah ich nur Kobas großen, ein wenig krummen Rücken. Er saß am Tisch der Veranda und ordnete etwas in einen kleinen Karton ein. Die Hände bewegten sich zielstrebig, sie nahmen auf, hoben hoch und legten ab. Mit meinem Feldstecher sah ich sogar die auf seinen Fingern wachsenden hellen Härchen. Manchmal legte er die Hand an die Wange und überlegte lange.

Was er wohl denkt, wenn er morgen die Katzenkarte in seinem Briefkasten findet? Sie ist eine Warnung. Noch gefährlicher kann ich nicht sein. Ich will Verwirrung, ich will, dass er versteht, da ist jemand, der sieht.

An der weißen Decke meines Zimmers sind kleine, braunrote Kleckse erschienen. Bisher habe ich sie noch nicht bemerkt, und sie waren auch nicht da, denn Keränen hat die Insulitplatten des ersten Stockwerks gestrichen, nachdem er die abgegangenen Platten wieder angeklebt hatte.

Als würde jemand auf dem Dachboden bluten.

Aber zumindest auf dem Boden ist es still. Auch jetzt meine ich zu hören, wie langsam jemand durch das Erdgeschoss geht.

Alissa hatte sich an meiner schlechten Seite bei mir untergehakt. Mit der guten Hand hielt ich Poika, und Alissa hatte Sulevi. Wie eine langsame Front rückten wir Seite an Seite auf dem Flussuferweg in Richtung alte Eisenbahnbrücke vor, auf demselben Weg, den ich mit der Hundestreife zu Sommeranfang gegangen war, als ich zum ersten Mal von Martta erzählte.

Alissas Hüfte drückte sich gegen meine und meine Schulter gegen ihre, instinktiv suchten wir beieinander Wärme, denn der Regen hatte eingesetzt, als wir schon so weit von Kanaan weg waren, dass Umkehren nichts mehr nützte. Wir wären auf jeden Fall nass geworden, und so gingen wir entschlossen weiter. Die Hunde waren über unsere Beharrlichkeit verärgert und rieben sich an unseren Beinen. Ob Poika sich nach seiner Moskauer U-Bahn-Station sehnte, die er kaum jemals hatte verlassen müssen?

Vor unserem Aufbruch hatte ich schnell das Wohnzimmer aufgeräumt, denn ich wollte Alissa nicht sehen lassen, was ich dort vorgefunden hatte, als ich am Morgen ins Erdgeschoss hinunterkam. Raakels Stoffe waren über Stühle, Tische und Fußboden verstreut, sie waren auseinandergefaltet und wütend durcheinandergeworfen worden.

Ich hatte die Tischdecken, Servietten und Zierhandtücher aufgesammelt, zusammengefaltet und wieder in den Wäscheschrank gelegt, und erst da hatte ich bemerkt, dass auch die Tür des Geschirrschranks sperrangelweit offen stand. Davor am Boden lag umgestürzt das alte Obstmessergestell, dessen Messer über den Fußboden verstreut lagen wie in verschiedene Richtungen weisende silberne Finger. Ich kniete nieder, um sie aufzusammeln, und erst, als ich mich so bückte, konnte ich in den Schrank hineinsehen, wo ich das alte Essservice von *Kairo* aufbewahrte. Es fehlte eine kleine Sauciere, ebenso die mittlere und die größte Suppenterrine.

Im selben Moment trat Alissa in den Vorraum. Sie rief, ich sei sehr unbekümmert, weil ich die Haustür offen hatte, sodass jedermann eintreten konnte. Ich murmelte, dass ich meine kostbaren Erbstücke ebenso unbekümmert behandelte, versuchte schnell, meine nassen Augen und Wangen zu trocknen, und zeigte Alissa, wo ich die Glasvase aufgestellt hatte, die sie mir geschenkt hatte.

Sie stand auf einem kleinen weißen Tisch, von dem die Farbe teilweise abgeblättert war, sodass das matte Braun des Holzes fleckenartig zu sehen war. Ein einfacher, abgenutzter, alter Tisch aus Runes Elternhaus in Österbottnien. Ich hatte einige Bedenken gehabt, was Alissa zu dem Platz sagen würde, dem ich ihrem Kunstwerk zugedacht hatte. In ihrem Heimatland herrschte ein so ganz anderer Stil.

Aber Alissa hatte keinen Einwand, sie nickte billigend und deutete auf das schmale, hohe Fenster oberhalb des Tisches:

»Von dort fällt das Licht schön herein. Ein guter Platz. Gehen wir?«

Wir wanderten den Fluss entlang, und ich dachte immer noch an ihre Glasvase und den Tisch darunter, das Meisterstück eines unbekannten österbottnischen Tischlers. In wie eigenartiger Weise die Gegenstände doch miteinander in einer geheimen, gemeinsamen Sprache kommunizierten, obwohl ihre Muttersprachen ganz unterschiedlich waren.

»Wie entsteht schöpferische Arbeit, was ist es, das sie ermöglicht?«, fragte ich Alissa.

Sie schwieg einen Augenblick und antwortete dann: »Es ist die Liebe.«

Ich fand die Antwort so banal, dass ich schon das ganze Thema fallen lassen wollte, als sie fortfuhr:

»Die Liebe basiert ja auf der Sehnsucht, und kreatives Tun ist eine Art Sehnsucht.«

Jetzt war mein Interesse erwacht. Ich wartete geduldig, während sie nach Worten suchte.

»Die Sehnsucht zu stillen ist unmöglich, und so ist es immer. Sie prägt das ganze Leben des Menschen, diese Unmöglichkeit, aber sie bedeutet auch Bewegung, das Strömen von etwas in den von der Sehnsucht geschaffenen leeren Raum. Nur daraus entsteht etwas. Auch das Geben und Nehmen, und jetzt meine ich nicht nur das, was in der Kunst ausgetauscht wird.«

Alissa erzählte, sie habe das Interview mit Suvi-Liina im *Canander* gelesen, und sagte, Suvi-Liina habe sicherlich nicht alles ganz bis zu Ende durchdacht oder verstanden, als sie von den Paaren und Familien sprach.

»Lassen wir mal die Ureinwohner und Menschenfresser beiseite. Jedes Verhältnis ist als solches zum Scheitern verurteilt. Man kann dem anderen niemals das geben, was ihm fehlt. Liebe bedeutet, dass du etwas gibst, das du nicht hast, und der andere versteht, dass er etwas bekommt, das nicht zu vergeben ist.«

»Es geht also letztlich um eine Art Verstellung?«, fragte ich ein wenig verwundert. Das Glück der Tsutsunens wirkte so echt. Mein sehendes Auge erkannte darin keine geflickte Stelle.

»In gewisser Weise ja … Aber das ist kein Betrug. Du stillst die Sehnsucht eines anderen Menschen, wenn du ihm etwas gibst, was nicht zu vergeben ist, was du im Grunde gar nicht besitzt. Der Empfänger versteht schon, dass es sich um eine Art Spiel handelt. Das ernsteste Spiel des Lebens.«

Alissa blieb stehen, übergab mir Sulevis Leine und zündete sich eine Zigarette an. Ich wartete geduldig, bis sie bereit war weiterzusprechen. Sie sah mich an, kniff die Augen in dem übel riechenden Rauch zusammen und lächelte.

»Wir sind uns dieses Spiels bewusst, lächeln darüber, genießen es. Wir wissen, dass der andere niemals imstande ist, unsere eigene Sehnsucht zu stillen und zu befriedigen. Wenn man das nicht weiß, beginnt die Hölle. Die Hölle ist Klammern, Einschränken, Ersticken. Die Vorstellung, dass der andere der genau richtig geformte Zapfen für das Loch ist, das von Geburt an in uns ist.

Die Hölle ist der Zwang. Man muss den anderen wirklich lieben, um ihn in Ruhe zu lassen. Um zu verstehen, dass man selbst niemals die Lösung für den anderen ist und dass der andere nicht das Ziel oder der Weg für einen selbst ist.«

»Dann sind wir ja alle allein«, warf ich ein.

»Na ja, so kann man es auch sagen. Allein und einsam. Aber aus dieser Liebe eröffnen sich auch zwei große Sachen: dass man einen Menschen desselben Geschlechts lieben kann und dennoch nicht unbedingt homosexuell zu sein braucht. Und dass man mehrere Menschen gleichzeitig lieben kann, ohne dass aus dem einen eine Bedrohung für die anderen Beziehungen würde. Schwierig ist das für solche Menschen, die sich sehr schutzlos fühlen, die extrem abhängig von jemand anders sind.«

Lange gingen wir schweigend. Dann fragte ich Alissa:

»Wenn du in deinem Arbeitszimmer in *Kairo* deine Arbeiten entwirfst und realisierst, bist du dann frei von dieser Sehnsucht? Kann man die Last der Sehnsucht wenigstens für einen Augenblick abschütteln?«

Alissa blieb stehen, um eine neue Zigarette hervorzunehmen, und starrte mit stechendem Blick in das schwarze Wasser des Flusses.

»Gewissermaßen bin ich dann frei«, sagte sie heftig. »Obwohl sie aus der Sehnsucht geboren ist, die große innere Befriedigung … Die kann kein Mensch geben, das heißt, er kann es wohl, aber nur für einen flüchtigen Augenblick. Das ist der Unterschied in der Kunst und in den menschlichen Beziehungen. Du, Hagar, weißt wohl, wie berühmt ich jetzt in den letzten Jahren in diesem Land geworden bin. Nur eines habe ich nicht gewagt, laut zu sagen: dass es neben der inneren Befriedigung ziemlich egal ist, ob ich Erfolg habe oder nicht, ob ich berühmt bin oder unbekannt.«

Sie hatte ihre Machorka fast aufgeraucht, bevor sie weitersprach:

»Im Grunde brauchte ich nicht einmal Mikko. Und Mikko brauchte nicht mich. So glücklich sind wir.«

Den Rest des Weges legten wir schweigend zurück. Wir waren nass bis auf die Haut, wie gerade dem Wasser Entstiegene.

Vor meiner Tür bat ich Alissa zum Aufwärmen herein. Ich bot ihr an, trockene Sachen zu suchen, im Ofen ein Feuer anzuzünden und eine Kanne Tee zu kochen. Alissa lehnte das ab und sagte, sie werde nach Hause eilen, sich umziehen und dann zum gemeinschaftlichen Malen von Plakaten bei den Knookalas gehen. Falls ich alte Laken hätte, könnte ich sie zerschneiden und daraus Transparente nähen, kommandierte sie.

Gegen Abend ließ der Regen nach, als ich mich daranmachte, meine E-Mails zu lesen. Mikko Tsutsunen wollte für den Wüstenfestumzug eine Bestätigung des Verzeichnisses der Ereignisse von Kanaan. Er hatte seine eigenen Berechnungen zur Geschichte Kanaans angestellt und acht Pferdewagen organisiert. Auf jeder sollte eine Szene dargestellt werden. Würden acht genügen, oder war das zu viel, fragte er. Würden wir also mit dem Bau von Kanaan beginnen oder schon mit Carl-Filip Canander? Ob ich statt der Pferde lieber Traktoren haben wolle? Auch das ließe sich deichseln, aber die Pferde würden besser aussehen. Er habe gesetzte, ruhige finnische Pferde in Aussicht.

Tsutsunen erzählte auch, dass Uusitupa vom Gefangenenlager Hennala aus die Szenen für die Pferdewagen entworfen und die Darsteller dafür ausgewählt habe. Bei diesen Tableaus würden nicht viele Repliken benötigt. Zurzeit wurden überall alte Kleider und andere Requisiten aufgetrieben. Ob ich zufällig noch Schnapskanister aus der Zeit der Prohibition hätte?

»Uusitupa hat bei der Organisation als Gehilfin eine gewisse Britta, die heißt mit zweitem Namen sicherlich Titta«, schloss Tsutsunen gehässig seine Nachricht.

Koba ließ wissen, dass die Kärkkäinens für beide Enden von Kanaan je ein großes Restaurantzelt beschafft hatten, in denen ein *Schrot-und-Korn*-Geschäftspartner warmes Essen anbieten würde. Die Preise sollten freiwillig so niedrig gehalten werden, dass für den Unternehmer gerade eben ein kleiner Gewinn abfiel. Außerdem könnten die Kanaaniter vor ihren Häusern zu essen anbieten, was sie wollten. Die Schankgenehmigungen für das Bier waren in Ordnung. Einweggeschirr, Müllabfuhr und transportable WCs waren besorgt. Anders als Tsutsunen ulkte Koba in seiner Nachricht nicht herum.

Die Wickel organisierten die Bühnen. Die sollten unter Keränens Leitung und mit der Arbeitskraft der Steiner-Schüler aufgestellt werden, das Projekt würde Teil eines Lernabschnitts sein, in dem es um eine die Entwicklung fördernde Zusammenarbeit ging. Ob die Eurhythmiegruppe als erste auftreten könne?

Auch auf eine E-Mail, die ich schon zu Beginn des Sommers geschickt hatte, war jetzt die Antwort gekommen. Ich hatte aus einer spontanen Eingebung heraus einen Musiker, der im Winter im *Schweigen* mein Gast gewesen war, gebeten, für Speise und Trank aufzutreten, aber ich hatte kaum die Hoffnung gehabt, dass er einwilligen würde, denn der Mann war weltberühmt, und ich hatte betont, er würde in Kanaan ein Überraschungsgast sein, als Geschenk für diejenigen, die auf jeden Fall gekommen waren. Es würde für ihn vorab keine Werbung gemacht werden, denn dann würde in Kanaan das Chaos eintreten.

Jetzt teilte er mit, er werde kommen. Ich war überrascht und erfreut. Der Abend würde wunderbar werden – so als führe man mit der Straßenbahn Drei, und plötzlich stünde Dmitri Chworostowski von seinem Platz auf und teilte mit, er werde während der ganzen Straßenbahnrunde für die Fahrgäste singen.

Ich fing an, Tsutsunens Liste mit den historischen Ereignissen durchzugehen. Sie war so ziemlich einwandfrei, aber der neostalinistische Teil fehlte gänzlich. Erinnerte sich Mikko denn nicht an die Kader von Kanaansland, auch wenn die Taistojaner ihren Verband schon vor einem Vierteljahrhundert aufgelöst hatten? Hatte noch irgendjemand Blauhemden im Schrank? Sollte man den Kadern einen eigenen Pferdewagen geben, oder könnten sie zwischen zwei Wagen marschieren? Und vor allem: Würde überhaupt noch jemand bereit sein, im Blauhemd zu marschieren?

Der Chor sollte zweimal auftreten. Würden wir mit dem von Brezel geforderten *Kanaansland*-Psalm beginnen oder enden? Wie viele Leute würden letztlich Gedichte vortragen? Wir würden auch andere als Achtzigjährige brauchen … Ich beschloss, beim Verband *Junge Kraft* anzurufen.

Während mir der Kopf vor Fragen schwirrte, schloss ich meinen Laptop und begann, Merkzettel zu schreiben. Das, woran man wirklich denken muss, hat man immer bei sich, auf Papier, mit der Hand eilig irgendwie hingekritzelt. Und das gilt für das ganze Leben des Menschen, dachte ich und öffnete weit das Fenster zum nassen Garten.

Berauschende Düfte strömten angriffslustig als Boten der Nacht herein. Ich sehnte mich nach Koskela. Ich brauchte ihn, oder zumindest den Gedanken an ihn, aber ich hatte ihn fortgeschickt wie eine kalte Stiefmutter ihren verhassten Adoptivsohn. Jetzt würde ich die Aufnahmen der letzten Nacht ganz allein aushalten müssen.

Ich hatte die Angelrute am frühen Morgen ins Schlafzimmer eingeholt und zögerte das Abhören der Aufnahme nicht mehr hinaus, war ich doch schon völlig abgebrüht. Ich schloss das Fenster, aber mir kam nicht mal der Gedanke, mich zu setzen, ich stand an die alte Kommode gelehnt und starrte auf den Rekorder, der mit seinen Enthüllungen begann.

Dieselben Geräusche von laufendem Wasser, Schritte, das Knarren von Stühlen und Betten, das Knallen von Schranktüren, so wie auch am Abend zuvor, nur mit viel längeren Pausen. Es hörte sich so an, als wäre nur eine einzige Person im Zimmer, aber ich konnte nicht erraten, welcher der beiden Kärkkäinens es war, denn beide waren von stattlicher Statur und bewegten sich geräuschvoll.

Dann neue Schritte und bald schweres Atmen, fast ein Keuchen, so als würde jemand erstickt mehrmals hintereinander nach Luft schnappen. Liebten sich die Kärkkäinens? Wie konnte der Rekorder die Geräusche aus dem Bett so genau aufnehmen?

Koba, etwas entfernt, etwas matt: »... so, nun wollen wir es genug sein lassen. Komm zurück.«

Langes Schweigen. Ich war erstarrt in meiner krummen Haltung, gebeugt über die Tischplatte, auf der der Rekorder in der sich verdichtenden Dämmerung blinkte. Dann Suvi-Liina, so hell und klar, dass sie am Fenster direkt unter dem Mikrofon stehen musste:

»Ich hab all das so gründlich satt.«

Dann begann sie wieder zu keuchen, so als hätte sie schwimmend oder laufend eine lange Strecke zurückgelegt.

Die übrigen Geräusche waren undeutlich. Dieselben Schritte, das Schließen des Fensters, fernes Hundegebell.

Als die Nacht am dichtesten war, schob ich die Angelrute zurück in den Apfelbaum. Alle Gewissensbisse hatten nachgelassen, und ich griff gierig nach meinem Fernglas, aber das Nachbarhaus war dunkel und still. Nur Mosse machte sich schleichend auf seine Beutezüge durch die Gärten.

Ich bin so tief in Blut hineingestiegen, dass die Gefahr dieselbe ist, ich mag zurückschreiten oder vorwärtsgehn.

In dieser Nacht ist es die Kaffeetassenkarte aus Posio, aus dem Kaffeetassenmuseum von Pentik:

»Daher hat das Totenreich den Schlund weit aufgesperrt und den Rachen aufgetan ohne Maß, dass hinunterfährt, was da prangt und lärmt, alle Übermütigen und Fröhlichen.«

Die Veranda liegt im Dunkeln, aber ich sehe, dass der rote Kopf einer Zigarette oder eines Zigarillos einen Augenblick lang hell aufleuchtet, dann verblasst er, um erneut hell aufzuglühen.

Warum sollte ich es bei einer oder auch nur zweien belassen? Er muss mehrere bekommen, damit er versteht. Dies ist ein Spiel, aber ich will trotzdem, dass er schon gegen Mittag ein bisschen Angst hat, dass er sich umsieht im hellen Sonnenschein an seinem Briefkasten und überlegt, wer es auf ihn abgesehen hat.

Ich hoffe, dass er seinen Blick nicht auf Brezel richtet. Obwohl Brezel das wohl besser ertragen könnte als ich. Brezel ist völlig rücksichtslos. Die Frau, die zwei Jahrzehnte lang ihren heimischen Herd gegen den Feind verteidigen musste, der neben ihr liegt.

Schade, dass ich die Karten zerschneiden muss. Warum hat Sie Die Sieht sie nicht im Briefumschlag geschickt?

Die braunen Tropfen an der Decke sind größer geworden. Ich starre sie unverwandt an, solange sie im dunkeln-

den Abend sichtbar sind. Was fürchte ich mehr, den Dachboden oder die Schritte im Erdgeschoss? Die Papiere sind zusammen mit der Suppenterrine verschwunden. Sie waren nur so kurze Zeit bei mir. Sie gehörten mir auch nicht. Wem gehören die Namen der Toten?

Mit deiner unsichtbaren blut'gen Hand durchstreiche, reiß in Stücken diesen großen Schuldbrief, der auf mir lastend mich so bleicht!

All das, was ich auf diesen Rekorder sprechen muss, ist noch ungesagt. Worauf warte ich? Darauf, dass der Dachboden von dem Gewicht meiner Sünden herabstürzt?
Killer-Dolmetscherin.

Den nächsten Tag über nähte ich auf Maijas alter mechanischer Singer im kleinen Zimmer des Erdgeschosses am Fenster die von Alissa geforderten Transparente. Ich kam mit der Aufgabe gut klar, denn die Maschine war ebenso langsam wie ich. Sie ratterte fast, wie es ihr passte, und wartete höflich ab, wenn mein schlechterer Fuß auf dem Pedal den Dienst verweigerte oder meine linke Hand unvorsichtig am Laken zupfte.

Am Ende des langen Holztischs der Singer lag Runes Feldstecher für mich bereit. Die Angelrute befand sich wieder im Apfelbaum. Der britannische Geheimdienst in Alarmbereitschaft.

Für eine Spionin hatte ich endlich einmal gut, lange und fest geschlafen, und gleich nach dem Aufwachen hatte ich per E-Mail und Handy Mitteilungen, Anweisungen und Aufträge an die Sektionen des Wüstenfestes übermittelt. Es war Dienstag, das Wüstenfest sollte am Samstag sein, und wir hatten noch vier ganze Tage Zeit. Das war wenig, erschien aber ausreichend, denn alle waren für die Aufgabe eingespannt.

»Burlaki«, sagte ich und schaute auf die alte Kopie von Repins Wolgatreidlern, die an der Wand des Zimmers hing. Es war Runes Lieblingsbild gewesen, nicht so sehr als tragisch-realistische Darstellung der gnadenlosen Arbeit der Schiffszieher, hatte er mir erklärt, sondern deshalb, weil er über einen der Treidler lachen musste.

Unter den Schuftenden war ein langer, magerer, etwas dümmlich wirkender Mann, der nicht so wie die anderen zusammengeklappt zog, sondern aufrecht, mit der Stummelpfeife im Mund, dastand und zerstreut irgendwohin blickte.

»Ein großer Künstler hat immer einen Blick für Details und Abweichungen«, hatte Rune mir erklärt.

In Kärkkäinens Garten gab es Bewegung. Ich schnappte mir das Fernglas: Koba werkelte herum, ging mit dem Spaten in der Hand auf und ab und verschwand dann in der Garage, aus der er eine Werkstatt gemacht hatte. Ilkka, der Bursche vom Lande, war handwerklich ungewöhnlich geschickt, und auch der stets so kritische Keränen bemerkte einmal beiläufig, dass an Kärkkäinen ein guter Tischler verloren gegangen sei.

Sollte die Möblierung der Veranda wirklich von Pekka Halonen sein, wie Suvi-Liina behauptet, hatte Keränen sich verwundert gefragt. Er fand, dafür sah sie zu neu aus.

»Erweist Kärkkäinen jetzt Halonen zu viel der Ehre?«, hatte Keränen gefragt.

Ich sagte nichts darauf, denn die richtige Antwort wäre die Frage gewesen: Erweist Halonen jetzt Kärkkäinen zu viel der Ehre?

Ich hatte angefangen, das ganze Nachbarhaus als Speicher zu sehen, der sich mit Waren füllte, die zu Dumpingpreisen gekauft, kopiert oder erschwindelt worden waren. Und gestohlen, dachte ich, als ich an den Keksteller meiner Mutter dachte.

Als Koba mit dem Auto irgendwohin fuhr, stolperte ich rasch die Treppe ins Obergeschoss hinauf und holte die Angelrute durchs Fenster ein. Im Schatten der Gardine stehend hörte ich mir die Aufnahme sofort an, aber sie hatte keine Menschenstimmen aufgezeichnet, nur ferne Schritte, ein Kratzen, Stampfen und Poltern. Etwas fiel zu Boden, etwas wurde über den Boden geschleift, und ich bekam allmählich genug von meinem sinnlosen Tun. Ich beschloss, dass ich in der kommenden Nacht zum letzten Mal eine Aufnahme machen würde. Dann wollte ich das Nachbarhaus in Ruhe lassen.

»Die Neugier bleibt am Menschen kleben wie Konfitüre und breitet sich aus wie Zellulitis«, hatte die Gleichberechtigungsforscherin einmal geschnaubt, als wir im Lesekreis die Wahrnehmungsfähigkeit der Frau und deren Ableitung, den Klatsch, diskutierten.

»Alles schon ausprobiert«, hatte Sylvi Susi eingeworfen. Sie sagte, sie halte es für eine Ehrensache, ihre Umgebung nicht unausgesetzt zu beobachten. »Aber diese Weisheit hat sich mir erst in relativ hohem Alter erschlossen.«

Bis dahin hatte ich Sylvi für einen irgendwie langweiligen und verschlossenen Menschen gehalten, aber jetzt sah ich sie mit etwas anderen Augen. Sie wollte ja nur sich und auch die anderen schützen. Das war keine Gleichgültigkeit, sondern Edelmut. Danach wollte ich auch streben, gleich von morgen an.

Aber zuerst, heute noch, zumindest diesen Dienstag, würde ich noch ein Geier sein oder sonst irgendein Raubtier, dessen Auge und Ohr angeschwollen und in die Extremposition gedehnt war.

Hätte ich doch damals gewusst, dass das letztlich keinerlei Bedeutung hatte, dass ich sehr gut sofort hätte anfangen können, Sylvi Susis reservierte Haltung zu erlernen. Aber der unerwartete Erfolg des letzten Juli-*Schweigens* und die fieberhaften Vorbereitungen für das Wüstenfest hatten in mir das allergefährlichste Gefühl wachsen lassen: Einige Tage lang glaubte ich, allmächtig zu sein.

»Wenn nur das Wetter mitspielt, dann wird das Ganze ein Erfolg«, prahlte auch Tauno gegen Abend in seinem Garten, als ich mit den Hunden vorbeiging. In seinem Keller, wo die anderen ihn nicht hören konnten, übte er die *Uferbirke* und den *Abschiedswalzer*, tauchte aber zwischendurch immer mal in seinem Garten auf und trank Rhabarbersaft, den seine mürrische, aber schweigsame Gehilfin Sylvi kannenweise herbeischaffte. Tauno erging sich in Andeutungen, dass er auch bei einer Überraschungsnummer mitwirken würde, die im Programm überhaupt nicht erwähnt würde.

»Die Glocken, sie läuten so leise herab, einsam nur träumt dann mein kühles Grab«, schollen Taunos Lied und sein Spiel weit über die Straße hin.

Das Programm. Daran hatte niemand gedacht, und ich war die Einzige, die den gesamten Ablauf des Festes kannte. Man müsste große Tafeln mit dem Programm überall in Kanaan aufstellen, und außerdem müsste man es auf A4 ausdrucken und an die Festgäste verteilen. Spätestens am Donnerstag müsste man auch den *Wohin-heute?*-Redakteuren der Zeitungen E-Mails schicken.

Ich humpelte rasch um zwei Karrees herum und bog wieder zu meinem Haus ein. Weiter hinten sah ich den Kesselraummann, Kaisa und Salome die Richtung zur Kanaanbucht einschlagen. Ich hatte jetzt keine Zeit für die Hundestreife.

Ich steckte in den Briefkasten eine neue Postkarte, darauf war ein Saami-Mann mit einem Rentier aus Hetta bei Enontekiö:

»Neumonde und Sabbathe, wenn ihr zusammenkommt, Frevel und Festversammlung mag ich nicht! Meine Seele ist feind euren Neumonden und Jahresfesten; sie sind mir eine Last, ich bin's müde, sie zu tragen. Eure Hände sind voll Blut.«

Vorhin habe ich das Nachbarhaus mit dem Fernglas betrachtet, aber es ist ein Stein am Grunde des Ozeans, schwarz und still. Um das Haus herum schwanken die Bäume wie Seegras. Wir sind in der Tiefe. Ach, wie tief hinab wir doch getaucht sind!

Diese Nacht ist dunkel und windig, aber der Wind ist ein gnädiger Augustwind. In dieser Nacht bläst er nicht die Namen böser Geister durch mein Haus.

Ich habe den Rekorder nicht weit genug vorgeschoben. Jetzt höre ich bis hierher, wie er an seiner Schnur gegen die Wand schlägt. Beide Autos sind weg, aber Mosse sitzt auf der Treppe. Durch die Linsen des Fernglases sehe ich seine Augen glimmen, wenn die Straßenlaterne durch die Äste der Eiche ihren Lichtstrahl wirft.

Ich sehe auch, dass die Spaten, die Schubkarre und auch die Motorsäge im Hof liegen geblieben sind. Seltsam, denn für Leute aus dem Osten haben die Nachbarn es mit ihren Sachen und der Ordnung immer sehr genau genommen.

Und was für ein seltsamer Monat für das Umpflanzen von Rosenbüschen. Hätte man vor dem Umsetzen nicht für den Kompost einen Rahmen bauen müssen? Jetzt ist er unachtsam fast neben den Briefkasten gekarrt und ausgekippt worden.

Ich sollte Sylvis Jüngerin werden. Ständige Beobachtung frisst den Menschen auf. Ich kehre so langsam zu meinem alten Schema zurück, dessen gewundenen, furchterregenden Routen ich in Russland viele Jahre gefolgt war. Beobachte! Überlege! Rate! Sieh voraus! Plane!

Nur in der Umsetzung war ich schlecht. Es gelang mir nicht zu fliehen, nicht einmal auszuweichen. Aber im Beobachten wurde ich geschickt. Eine Meisterin der ganzen Föderation.

Als mitten in der Nacht ein helles Loch im Himmel schimmert, sehe ich die Schatten von drei Spindeln, sehe ich drei Spinnerinnen …

So ist es: die Parzen, die Töchter der Nacht, Klotho, Atropos und Lachesis bei der Stoffbereitung.

Klotho kämmt und spinnt meinen Lebensfaden, Atropos webt ihn zum Gewebe meiner Taten, und Lachesis schneidet den Faden bei meinem Tod ab.

In mir lebt ja Klotho. Klotho ist der Name des Gens, das mein Altern festlegt, also auch meinen Tod. Seine Chromosomennummer ist dreizehn, seine Position 13q12. Ich kämme und spinne mich selbst.

Klopfzeichen übertragen sich von Zelle zu Zelle, und der Raum steigt als ein Strom aus dem Frostboden.

Das war so. Als ich erwischt wurde.

Ich schlief zu lange und erwachte schon in Eile. Im langen Nachthemd, mit gelöstem Haar hinkte ich zum offenen Fenster und begann, ohne weitere Überlegung eilig die Angelrute einzuholen.

In so kurzer Zeit war ich schon unvorsichtig geworden. Der schlimmste Fehler, den ein Spion machen kann.

Ich hob nicht einmal den Blick, ich hatte nur die Hand aus dem Fenster gestreckt, routiniert die Angelrute ergriffen und zugleich überlegt, was ich als Nächstes tun müsste. Eine E-Mail an die Zeitung schreiben? Alissa fragen, was auf die Transparente geschrieben werden sollte?

Die Angelrute rührte sich nicht. Vorsichtig zupfte ich einige Male daran, denn ich vermutete, dass sie an einer Astgabel festhing. Erst dann hob ich den Blick.

Am Fenster gegenüber stand Koba. Er starrte mich direkt an, ernst und ausdruckslos, so glaube ich, denn ich wagte es nicht, ihm in die Augen zu sehen, ich schaute nur auf sein Hemd und dachte, dass er sehr viele *Marimekko*-Hemden habe. Das rotweiß gestreifte hatte ich noch nicht gesehen.

Seine starke Hand hielt die Spitze der Bambusrute fest, aber nicht sie betrachtete er, auch nicht den Rekorder, der unterhalb des Fensterbretts baumelte. Ich wusste, dass er den Blick nicht von meinem Gesicht lösen würde, aber gleichzeitig fasste er mit der freien Hand weiter hinten die Rute und begann zu ziehen.

Wie kindisch ich doch gewesen war. Die ganze erdrückende Kraft des stummen Tadels strömte durch die Zweige des Apfelbaums von Fenster zu Fenster. Wie lange hatte er mich ohne mein Wissen beobachtet, als ich dachte, ich allein beobachtete, sah?

Hatte er nachts das Blinken der Fernglaslinsen im Mondlicht gesehen? Hatte er verfolgt, wie ich bei aufgehendem Mond die Angel langsam in den Apfelbaum schob?

Ich stand wieder vor meinem alten Schulrektor. Ich hatte auf meinen Testbogen Gleichungen geschrieben, die ich zu Hause auf dem Holzlineal notiert hatte, denn ich verstand nichts von Mathematik.

Die Angst spürt man im Zwerchfell, das zu einer festen Rosine zusammenschrumpft. Der Atem ist blockiert, und die Haut beginnt, einen Geruch zu verströmen, wie man ihn nicht gern in seinem Körper wohnen haben möchte. Ich verströmte Gestank. Aber trotzdem lebte und sah mein Auge, es bemerkte, wie die Klaräpfel schon zu gelben Kugeln heranreiften, die in einer Art leuchteten, dass das blaue Nachbarhaus durch sie hindurchzuschimmern schien.

Zeitweilig brachte der Wind die Zweige und Früchte so zum Schwanken, dass Kobas Gesicht verdeckt wurde. Er befand sich hinter einem beweglichen Vorhang, mal sich zeigend, mal verschwindend. Wenn die Zweige schwankten, sah ich nicht mehr den Rektor, ich bildete mir ein, den Henker zu sehen. Ich wusste, dass der Henker, wenn er sich mehr und mehr langweilt, gefährlich wird.

Nur die Hände waren die ganze Zeit zu sehen, seine starken, schön geformten Hände, auf deren Handrücken ebenso wie auf den Armen jene dichten, blonden Härchen wuchsen, die mir so zuwider waren. Da ich nicht in seine Augen zu schauen brauchte, da ich nur seine ekelhaften, von der Sonne geröteten Arme anzusehen brauchte, erwachte mein Mumm und begann, für mich zu atmen. Mit der gesunden Hand packte ich den Griff der Angelrute, so fest ich nur konnte, und versuchte, auch mit der schlechten Hand zu bremsen.

Vielleicht war ich stärker, als Koba gedacht hatte, ich weiß es nicht, aber das Blitzen seiner Augen gab mir eine Vorstellung von dem, was er vorhatte. Er wollte nicht länger spielen. Mit einer heftigen Bewegung brach er die Spitze der Angelrute ab und holte das Ende, die Schnur und den Rekorder zu sich herein. Dann schloss er das Fenster.

Sofort löste sich mein Griff. Bestürzt lehnte ich mich gegen das Fensterbrett und sah hinunter in den Hof, wohin die Rute zischend geglitten war. Sie lag im Gras, eine tote, steif gewordene Schlange, ein Werkzeug meiner dunklen Machenschaften. Ich würde sie mit der Axt in Stücke schlagen und im Saunaofen verbrennen. Heute Abend würde ich die Sauna heizen und mich waschen. Mit einem groben Schwamm würde ich mich so lange schrubben, bis meine alte Haut sich löste und stattdessen langsam eine neue zu wachsen begann.

Sollte ich mir auch die Haare abschneiden, sie wieder färben? Ich würde das Kleid bereitlegen, das ich noch kein einziges Mal getragen hatte und das ich zum Wüstenfest anziehen wollte. Seine Farben waren gebranntes Ocker und Rosa. Ich hatte das Bedürfnis, mich zu maskieren. Dann würde mich niemand erkennen, Hagar, die, die nicht sieht.

An diesem Tag musste ich den Akku meines Handys dreimal aufladen. Zwischendurch fuhr ich mit dem Fahrrad in Kanaan herum und gab Ratschläge, wo es nötig war. Gegen Abend war ich so erschöpft, dass ich im Wohnzimmer am Fußboden sitzen blieb, das Handy hing die ganze Zeit am Netz, und auf dem Schoß hatte ich meinen Laptop. So würde jedermann mich erreichen können. Auch die Haustür ließ ich offen, denn meine lahme Hälfte war jetzt handlungsunfähig, und auch das gesunde Bein und der Arm schmerzten unerträglich. Ich würde niemandem die Tür öffnen können, der hereinwollte.

»Jetzt, wo ich immer weiter in eine Ecke gedrängt werde …«

Die Worte stiegen aus irgendwelchen Schatten von Maijas Regal mit den Gedichtbänden auf.

»Wo die Jahresringe wachsen, wo ich eine Lesebrille brauche …«

Ich war nicht imstande, aufzustehen und das Buch zu suchen, aber aus dem Gedächtnis schrieb ich Alissa eine E-Mail:

»Immer geschieht viel mehr, als wozu unsere Kräfte reichen! Nichts verwundert einen. Diese Gedanken tragen mich ebenso getreulich wie Sussi und Chuma Livingstones Mumie durch Afrika.«

Neben mir am Boden lag die Tagespost, die ich aus dem Briefkasten genommen hatte, als ich von meiner letzten Runde nach Hause zurückgekehrt war. Renault-Nachrichten. Die Einladung der Architekten, die die morsche Bude gekauft hatten, zu einem gemeinsamen Abrissfest für den Samstag der darauffolgenden Woche. Drei zerschnittene Postkarten: drei Katzenjunge, eine Kaffeetasse und die Familie Sibelius in Ainola. Ein Buch in einem gebrauchten Briefumschlag der Volksrentenanstalt. Darauf war mit kleiner Ameisenhandschrift geschrieben: »Den Hyry gab's im Räumungsverkauf! K.«

Es war eine Sammlung von vier Novellen von Antti Hyry mit dem Titel *Erzählung*. Koskela hatte es, von mir unbemerkt, in meinen Briefkasten gesteckt. Er hatte oft andächtig von Hyry gesprochen und davon, wie der Mensch sich in diesen Texten erinnert, zugleich aber nicht von der Gegenwart loskommt, und wie auch dann, wenn es ihm gut geht, in seinen Gedanken eine Sehnsucht ist und wie die Seele sich über das Land verteilt, an andere Orte und in andere Zeiten.

»Und die liegen alle in der Vergangenheit«, hatte er gesagt.

Koskela hatte einen gelben Haftzettel als Lesezeichen bei der ersten Novelle angebracht. Ich fing an, sie zu lesen, weil ich schon zu müde war, um mich auch nur zu rühren. Sie erzählte davon, wie in alter Zeit ein Junge im Vorschulalter auf Weihnachten wartete. Er bastelt eine Weihnachtskarte, füttert das Pferd, befestigt am Weihnachtsbaum einen selbstleuchtenden Stern, den er in der Erwartung von Weihnachten entworfen hatte. Die Erzählung beginnt damit, wie der Junge untersucht, ob in der Batterie Strom ist.

Die Erzählung war einfach und großartig, und die Tränen rannen mir über die Hände, die das Buch hielten. Ich weinte über ihre Schönheit und darüber, dass es Koskela nicht mehr gab, dass er aber mit dem Besten, das er kannte, mich bedacht hatte.

Erst als ich zum Ende gekommen war und den gelben Haftzettel als Lesezeichen einklebte, bemerkte ich, dass darauf etwas geschrieben stand:

»Hüte dich vor Kärkk.!«

Ich wischte mir die Nase mit dem Handrücken, zerknüllte das Papier und steckte es in die Hosentasche. Kärkk. gefährlich, genau. Jetzt, wo ich es schwarz auf weiß sah, war es die Wahrheit.

Und dann klingelte das Handy. Es war Tsutsunen, der erzählte, von welcher Stelle der Zug der Pferdewagen sich in Bewegung setzen und welcher Route er folgen würde. Er klang noch besser gelaunt als sonst, war er betrunken, nein, das war er nicht, er war schon seit einer Woche abstinent und sparte sich das Trinken für den Abend des Wüstenfestes auf.

»Du glaubs nich, Haakar, wie unvorstellbar herrlich das Leben sein kann!«, schwärmte er begeistert.

Er nannte mich immer Haakar, wie schon sein Vater Johannes Tsutsunen es getan hatte. Von Jahr zu Jahr schien er immer mehr die Redeweise seines Vaters nachzuahmen. Bald würde er behaupten, dass in seinem Geburtsdatum ein Fehler, dass er eigentlich in Sortavala geboren und im Grunde schon auf der Pritsche des Lastwagens gereist sei, der die Tsutsunens, den Schaukelstuhl, das Schwein und die Ikone zu einer neuen Wohnstatt im verstümmelten Finnland gebracht hatte.

Die Karelier waren anstrengend. Ich wollte mich nur hinschmeißen, wo ich ging und stand, auf den Rücken, und die Livingstone-Mumie sein, die Sussi und Chuma auch durch Kanaan tragen würden.

Das, was ich jetzt erzähle, muss erzählt werden. Ich muss es erzählen.

Jetzt ist der Augenblick gekommen:

Im Schlafzimmer öffnet sich ein Fahrstuhlschacht wie ein dunkler Stab hin zum Inneren.

Oder ist es andersherum?

Das Dach barst
und der Tote kann mich sehen.
Dieses Gesicht.

Ein Dichter hat viele Alternativen. Ich hatte zuletzt nur eine.

Ich ging in die Sowjetunion. Ich war nicht blauäugig, trug kein Blauhemd, hatte die roten Abzeichen schon ausgemustert, auch das schwarz-weiß karierte Tuch lag schon ganz unten in einem Pappkarton, ich sah überhaupt keine Farben, ich empfand keinen Schauder der Verzückung, als ich in Leningrad auf dem Finnischen Bahnhof aus dem Zug stieg.

Das Einzige, was mich interessierte, war die Sprache.

Das einzige Geschenk, das kostbarste Erbe jener Jahre, da ich Stunde um Stunde in den langen, ermüdenden Versammlungen von Arbeitsgruppen und Studienkreisen hockte, als ich nächtelang die Knöpfe der Kopiergeräte drückte,

Kommuniqués zusammenheftete oder im Schneeregen auf dem Mannerheimweg stand und eine Zeitung verteilte, die die Bedeutung des Klassenkampfes unterstrich.

Hätte ich sonst jemals wie ein Erstklässler mit dem kyrillischen Alphabet begonnen? Ich malte die Buchstaben in der Bank des Hörsaals der Universität mit unsicherer Hand – war das in der Ritaristraße? –, lernte, zu schreiben und Wörter zu sagen, die kaum je an etwas Bekanntes erinnerten.

Die Sprache knüpfte mir ein Band um den Arm, ich war die Katze in Puschkins Gedicht, die an goldener Kette die ewige Eiche umkreist. Glücklich klingelte ich mit der Kette, denn ich verstand dunkel, dass ich gerettet war.

Die russische Sprache, dieser erstaunliche Palast mit seinen hohen Turmspitzen, seinen Festsälen und Kammern, unter denen sich die Küchen, Gänge, Speicher und halb unbekannten Keller erstrecken und darunter noch die Schatzkammern und die verwirrenden, geheimen Labyrinthe, entstanden vor sehr langer Zeit, die archaischen Reste von etwas, dessen Bedeutung wir kaum noch verstehen. Ich wanderte vom Komplizierten zum Primitiven, vom Erhabenen zum Niedrigen, vom Öffentlichen zum Verborgenen. Hin und zurück.

Das war mein Zuhause. Das war es auch dann noch, als die Träume von einer wissenschaftlichen Karriere schon bröckelten, als mir klar wurde, dass ich, um mein Auskommen zu finden, alle Übersetzungsarbeiten annehmen musste, die man mir anbot, jeden Dolmetscherauftrag, und das Schlimmste von allem, die großen Touristengruppen. Dass ich es mir nicht leisten konnte, irgendetwas abzulehnen.

Solange Finnland erfolgreich in die Sowjetunion exportierte, hätte ich auch nach Finnland zurückkehren und dieselbe Arbeit von dort aus tun können, aber das wollte ich nicht, denn ich hing schon an dem Neuen, und vor allem:

Ich war in einem Alter, wo einem alles Frühere, alles Alte für ewige Zeiten gestorben zu sein scheint.

Wie wenig wissen wir doch von der Kraft der Vergangenheit, bevor es genug Vergangenheit gibt und die Zukunft nur noch ein schmaler Lichtstreifen an der Decke ist.

Der größte Teil meiner Arbeitsaufgaben kam mir für Jahre abhanden, als die Sowjetunion zerfiel und das neue Russland – beziehungsweise das ewige Russland – erst dabei war, sich neu zu formieren und eine jener Metamorphosen zu erleben, die es in seiner Geschichte durchlaufen hat, ohne dass sich wirklich etwas ändert. Aber damals kam der Handel zum Erliegen, ebenso die Übersetzungsarbeiten; das Reisebüro, das finnische Touristen durchs Land kutschiert hatte, ging in Konkurs, und ich hatte nichts zu tun.

Ich korrigiere: Eine Zeitlang hatte ich nichts zu tun. Aber dann hatte ich einen Ernährer, also einen Mann, und ohne Existenzsorgen konnte ich mich an meine Dissertation über Achmatowa machen.

Die Wohnung war schön und groß und lag an der Mojka. Wir hatten Musik, und wir hatten Sprache.

Es gibt im Leben Spitzenmomente, festliche Zeiten, und wegen einer seltsamen Vorahnung, oder richtiger deshalb, weil ich keinerlei Vorahnung hatte, konnte ich mich damals von Herzen über jene Jahre freuen. Ich war von Freude, ich füge hinzu: von starker Freude erfüllt.

Wie platt.

Und wie soll ich dann genau das schildern, was sich in mein Leben schlich wie ein langsam an der Wand entstehender Schatten?

Etwas geschah.

Der Mond erhellte das Zimmer.

Gott wusste davon.

Nur Gott wusste: die ersten befremdeten Blicke, Püffe, die als Versehen durchgehen konnten, ich wiederhole: konnten, lediglich als ungeschickte Bewegungen, und die Worte, zuerst nur einige seltsame, grobe Sätze, die man, wie erniedrigend, mit dem eigenen mangelhaften Bewusstsein für sprachliche Nuancen zu erklären versucht.

Dabei sprach ich damals schon nahezu perfekt Russisch. Warum berief ich mich gerade damals auf mangelhafte Sprachkenntnis? Darauf, dass ich es falsch interpretiert hatte?

Ich fange noch einmal von vorne an.

Es gibt wenige Mörder. Zum Morden braucht es Kraft, Individualität, Vorstellungsvermögen und heftige Gefühle. Gegen Mörder kann man sich verteidigen. Zwischen Mörder und Opfer besteht meistens eine Bindung, die gewissermaßen auf einem tiefen und unbegreiflichen Gesetz beruht.

Ich war keine Mörderin. Aber vielleicht gab es dennoch schon den Gedanken an das Töten?

Der Gedanke an das Töten ist …

Zuerst gibt es keinen Gedanken an das Töten, es gibt nur eine große, braune Zwiebel, alltäglich und gewöhnlich. Aber allmählich, fast unmerklich beginnt die Zwiebel, Pfeifen zu treiben, langen, grünen Zwieblauch mit einer ebenso grünen, festen Knospe am Ende. Eine grüne Stele.

Die Knospe ist ein fester grüner Tropfen, eine grüne Speerspitze.

Eines Morgens ist im grünen Pflaumenstein ein Riss. Sonst nichts.

Am nächsten Morgen ist der Riss gewachsen, und anderntags schimmert darauf eine rote Schramme. Sonst noch nichts.

Aber jeden Tag reißt die rote Schramme ein wenig mehr auf, bis daraus eine rote Rüsche quillt, obszön wie die Geschlechtsorgane einer gänzlich unbekannten Art, heraus,

heraus, schamlos, obwohl der feste Panzer der Kelchblätter sich bemüht, diese frivole Entblößung zu verhindern.

Sie verbreitet sich zu einer immer größeren Rüsche, dann zu vier irrsinnigen Rüschen.

Explosion.

Ein Blutfleck auf dem Fußboden, an der Wand, an den Kacheln im Badezimmer, an der Tür. So viel Blut.

Er war der Bratschist des philharmonischen Kammerorchesters St. Petersburg. Auch als Toter hat er mich all die Jahre verfolgt. Zuerst hatte ich Grab als Schild, dann hatte ich Koskela als Maske. Jetzt habe ich nichts mehr.

Sie ist eine mottenzerfressene Grande Dame, hörte ich jemanden auf dem Gang des Rundfunkgebäudes hinter meinem Rücken sagen.

Eine Verkleidung.

Die Tiefe, die verschiedene Masken anprobiert und verwirft, hat genau die hier für sie ausgewählt – die Tiefe, die zu den Menschen hineinschauen will, ohne ihr Gesicht zu zeigen.

Am nächsten Morgen war meine Stimme weg. Ich hatte nachts so lange auf meinen Rekorder gesprochen, dass ich spürte, wie mir die Kehle etwas rau wurde. Hatte ich das Fenster in die regnerische Nacht unbekümmert offen gelassen, nur um zu zeigen, dass ich mich nicht versteckte?

Von Satz zu Satz verstärkte sich die Heiserkeit, die Kehle schnürte sich mir allmählich zu, und als ich die letzten Worte sagte, als ich las »die Tiefe, die zu den Menschen hineinschauen will«, war meine Stimme nur noch ein Pfeifen, nicht einmal mehr ein Flüstern. Dann verstummte ich völlig.

Vielleicht sollte es so sein. Zum ersten Mal hatte ich alles ausgesprochen, und dann verlor ich die Stimme.

Grab hatte niemals etwas gefragt. Er hatte ja die Zeitungen gesehen, er wusste, dass mein Rückweg nach Kanaan über das Petersburger Ausländergefängnis und das Frauengefängnis Hämeenlinna geführt hatte. Hatte doch auch die Zeitung *Helsingin Sanomat* den Verlauf des Geschehens beobachtet, dezent, mit kleinen zwei- oder einspaltigen Meldungen, auch deshalb, weil die rotgelben und die blauroten Schlagzeilen der Nachmittagszeitungen mir schon einen Spitznamen verpasst hatten. Ich war die Killer-Dolmetscherin.

Die Killer-Dolmetscherin, ein interessanter Fall, eine gebildete, kultivierte finnische Frau (man machte aus mir eine Doktorin der russischen Literatur und Sprachwissenschaft, aber zumindest das steigerte die Dramatik der Meldung), die ihren Lebensgefährten tötet, einen geschätzten Petersburger Musiker von hohem Niveau (in der Eile schafften sie es nicht, bessere Charakteristika als »geschätzt« und »von hohem Niveau« zu finden).

Dass der geschätzte Musiker von hohem Niveau auch in seinem früheren Leben dafür bekannt gewesen war, dass er Frauen misshandelte, und schließlich in betrunkenem Zustand auf mich losging, indem er wie zur Probe mit einem aus dem Krimkrieg stammenden türkischen Säbel die Luft zerschnitt, dass in unserer Wohnung ein Zeuge anwesend war, ein Cellist, der mit mir in die Küche geflüchtet und unter den Tisch gekrochen war, um sich in Sicherheit zu bringen, und von dort gesehen hatte, wie ich in Todesangst versuchte, mich zu verteidigen und den Geschätzten mit einem langen Fischmesser, das ich mir vom Abwaschtisch geschnappt hatte, leider oder zum Glück, aber zufällig genau in die Aorta gestochen hatte, Aorta oder nicht, aber all das verringerte mein Strafmaß. Notwehrexzess, nach russischem Recht maximal zwei Jahre Gefängnis.

Ich war endlich einmal in Hochform.

Das Zustechen war mir nicht schwergefallen. Das ging leicht. Denn letztlich: Es ist gefährlich, mit dem Bösen zu spielen.

Aber zu sehen, das war das Allerschwierigste.

Er lief in der Wohnung herum, lief, solange er konnte, und das Blut sprudelte mit unvorstellbarem Druck aus ihm heraus. In Schüben, wie aus einem kaputten Gartenschlauch.

Gleich nachdem ich Grab kennengelernt hatte, versuchte ich einmal, prahlerisch zu lachen, dass ich »gesessen« hätte, aber schon damals hatte mir die Stimme für einige Stunden versagt. Damals hatte ich schweigend die fünfzig Postkarten, die mir jemand unter dem Pseudonym Sie Die Sieht geschickt hatte, vor Grab ausgebreitet.

Meine Mitbringsel aus dem Gefängnis. Ich hatte die Karten an meiner Bettwand von morgens bis abends angestarrt, und auch nachts hatte ich mit zusammengekniffenen Augen versucht, darin eine Bedeutung, eine Botschaft, eine Erklärung dafür zu erkennen, warum ich im Gefängnis gelandet war in einem Alter, da ich nach meinem ursprünglichen Plan zu den führenden europäischen Slawisten hätte gehören sollen.

Ich habe dort keinerlei Zeitungen oder Bücher gelesen. Zufällig hatte ich eine Schlagzeile gesehen: *Die Killer-Dolmetscherin wird nach Finnland überstellt*, und danach las und betrachtete ich nur noch meine Postkarten.

Zum Glück war Sie Die Sieht fleißig. Zum Glück war sie beim Sammeln der Postkarten vielseitig – ausschließlich finnische Kirchen hätte ich nicht ertragen –, und zum Glück wählte sie Jesaja zu ihrem Sprachrohr. Das war Dichtung von ausreichend hohem Niveau.

Ich entwickelte eine berauschende Gemeinsamkeit: Irgendwo lebte mein Zwilling, der oder die Seelenverwandte der Fremden, Hagars, Sie Die Sieht und mir Karten schickte, damit ich verstand, dass es in der Zukunft Freiheit gab. Dass ich dort in der gewöhnlichen Welt, wo man das Kaffeetassenmuseum, den Koli und Ainola besuchte, erwartet wurde. Mein Zwilling Sie Die Sieht war auf meiner Seite.

Zum Glück waren auch Jesajas Botschaften mehrdeutig. Als ehemalige Dolmetscherin interpretierte ich jetzt mein jeweiliges Gefühl: mal Zerstörung für die anderen, mal für mich selbst.

Dann war ich frei.

Aber bald bemerkte ich, dass man die Freiheit nicht einfach so in Besitz nehmen kann. Man muss sie erlernen. Als ich aus dem Gefängnis kam, begriff ich, dass man die Freiheit diszipliniert erlernen muss. Man muss in seinen

Wahrnehmungen genau sein, man muss seine Fantasie und seine Denkfähigkeit benutzen, und wenn man die Freiheit erreicht hat, muss man sie aufopferungsvoll und mutig verteidigen.

Die Freiheit ist kein Schema. Sie ist kein Kostüm, keine Requisite und keine Kulisse, kein Kommuniqué und keine theatralische Geste. Im schlimmsten Fall ist sie Kampf, ein Sich-Stürzen ins Unbekannte, ein Sprung ins Dunkel.

In Russland hatte ich den Philosophen Nikolaj Berdjajew gelesen, der daran erinnerte, dass Freiheit Leiden erzeugt, welches wiederum durch die Verweigerung der Freiheit gelindert wird. Die Freiheit ist nicht leicht, wie deren Feinde und Kritikaster behaupten. Die Freiheit ist schwierig, sie ist eine schwere Bürde. Auch Dostojewski schrieb darüber, wie die Menschen die Freiheit abwehren, um ihr Los zu erleichtern.

Ich sagte das Grab, ich hatte es noch im Sinn, als ich ihn kennenlernte, kam ich doch direkt aus dem Gefängnis nach Kanaan. Er nickte und sagte, die Freiheit sei kein leichter Weg, es sei leichter, im Gefängnis zu sein, egal, in was für einem.

»Aber ohne Freiheit gibt es kein Suchen. Und auf das Suchen folgt das Finden, und das verwirrt den Menschen, und er beginnt, sich zu wundern.«

Ein seltsamer Gedankenverlauf – der freie Mensch ist verwirrt und wundert sich, also irgendwie kaputt, voller Löcher, durch die Luft strömt. Früher hatte ich immer gedacht, die Freiheit sei mit etwas äußerlich Imposantem, fast Protzigem verknüpft.

Wie traurig, dass ich in Gedanken die Freiheit mit dem Erfolg in Verbindung gebracht hatte.

Es war Donnerstag. Ich war stumm.

Wenn man die ganze Nacht wacht, ist man manchmal noch bis weit in den Tag hinein voll von dem Furor, der Kopf und Körper all die dunklen Stunden hindurch in Trab hält. Das ist Trunkenheit ohne Wein.

Auch mein Kopf war klar, die Gedanken waren scharf, ich war voller Kraft und Tatendrang. Ich hätte auf das Dach meines Hauses steigen und von dort die Nachbardächer entlang bis zur Fabrik, mit einem gewaltigen Satz auch auf deren Dach springen und durch Schaukeln in den Baumwipfeln und auf den Ästen nach Hause zurückkehren können.

Ich war einem asiatischen Kampffilm entsprungen. Mir fehlte nur das Schwert.

Ich hatte mir alles von der Seele geredet. Ich glaubte, frei zu sein.

Ich wusste, dass meine Stimme rechtzeitig wiederkehren würde. Als Schwert mussten mir jetzt Handy und Laptop dienen. Ich sandte Nachrichten an alle, die es betraf: Ich hatte die Stimme verloren, würde aber für das Wüstenfest all das tun, was noch nicht getan war, alles, was ich versprochen hatte, stumm und intensiv, und würde auch neue Aufgaben übernehmen, wenn ich die Zeit dafür fände.

Dann machte ich mich per Fahrrad auf Inspektionsrunde durch Kanaan. Ich hatte auch daran gedacht, dass ich vielen Entgegenkommenden den Ausfall meiner Stimme würde erklären müssen. Während ich mich fertig machte, versuchte ich, zur Probe einige Wörter zu erzeugen, aber meine Rede war ein unverständliches Gewinsel, und so warf ich rasch ein paar Worte mit Großbuchstaben auf ein Stück Pappe, eine Schnelldiagnose meines Zustands, und legte die Pappe auf den Transparentstoff auf dem Gepäckständer. Je weniger ich sprach, desto schneller würde ich von meiner Stummheit befreit werden.

Die ersten Hinweise auf das Fest waren schon sichtbar. Die Bühnen wurden aufgebaut. Keränen glühte vor Verantwortung für die Leitung der Arbeiten und lobte die gehorsamen und geschickten Steiner-Schüler. Dem Vater eines der Schüler gehörte eine Firma, die Baugerüste vermietete, von dort würden wir wesentliche Hilfe bekommen, erklärte er, und ich schwenkte triumphierend meine Pappe mit der Aufschrift: KEHLKOPFENTZÜNDUNG, KANN NICHT SPRECHEN.

»An der Wand im Keller hängt ein Zettel mit den Maßen der Fensterscheiben deiner Veranda, du könntest die Scheiben schon heute bestellen, wenn du Zeit hast«, sagte Keränen und beeilte sich, einem kleinen Jungen zu helfen, der einen Hammer in so hohem Bogen schwang, dass er auf den Rücken fiel.

In dem großen Hofgebäude der Tsutsunens wurden Plakate gemalt. Alissa gingen drei Praktikantinnen aus der Fabrik *Kairo* zur Hand, und ich breitete ihnen die Transparente aus, sodass sie sie mit Buchstaben bemalen konnten. Alissa fragte, was für Schilder die Zelte mit dem Ausschank brauchten. Ich schüttelte den Kopf – Suvi-Liina hatte ich seit Tagen nicht gesehen. Frag selbst, artikulierte ich mit den Lippen.

Ich hatte Suvi-Liina nur abgehört. Aber das hätte ich nicht gesagt, auch wenn ich hätte sprechen können.

Die eifrigsten Anwohner des Kanaanswegs hatten schon vertrauensvoll die Flohmarkttische vor ihren Häusern aufgestellt. Regen stand viele Tage lang nicht zu befürchten, denn der Wetterbericht hatte ein nahezu heißes Wochenende prophezeit. Da werkelte auch Salome, die erklärte, sie habe noch einen Rest Sommerurlaub. Ich nickte und sah sie neugierig an.

Salome war mir immer ein Rätsel gewesen, soviel wir auch gemeinsam unsere Hunde ausgeführt hatten. Sie war eine kleine, bescheidene Frau, schweigsam und irgendwie schüchtern, aber ich hatte immer vermutet, dass sie unter der äußeren Schale bestimmt ein Leben führte, von dem nur wenige wussten.

Das hatte ich mir nicht ausgedacht. Einmal, als wir mit der Hundestreife unterwegs waren, hatte ich mit Kaisa überlegt, was im Leben wichtig sei. Wir waren noch kaum über den Anfang hinausgekommen, als die normalerweise schweigsame Salome ruhig sagte:

»Meine Mutter hat immer gesagt, dass in ihrem Leben das Wichtigste nicht die Kinder und auch nicht ihre Arbeit waren, sondern ihre eigene innere Welt.«

Das Puzzle aus Familie – Arbeit – Reisen, das Kaisa und ich versucht hatten zusammenzusetzen, war durch diesen Satz auseinandergefallen.

Hinter der von Fliederbüschen verschatteten Pforte regte sich etwas Limettengrünes und Silberweißes. Eevi trat aus ihrem kleinen Haus. Die kleine Eevi und ihr kleines Haus. Schnell ging ich von der Pforte weg, das Rad führend, die Hand fest an der Lenkstange. Eevi wollte ich nicht einmal flüchtig sehen. Meine Eifersucht nagte immer noch an mir, und noch mehr nagte an mir, dass ich mich dazu hergab, eifersüchtig zu sein. Aber am meisten nagte an mir, dass ich so leicht auf Koskela verzichtet hatte.

Ich schaute bei *Brot und Wecken von Kanaan* vorbei. Brezel selbst stand hinter der hohen Glasvitrine und prüfte ihre Bestellpapiere. Der liebliche Duft des Ladens stellte meine Sprechfähigkeit fast wieder her. Roggenlaib und Weizenzopf, die Sicherheitsausrüstung der Kindheit.

Der hohe Moment des Mittags. Ich sitze an einem Samstag am Küchentisch, die Sonne schaut gerade durch die Fensterecke herein, und die Uhr der Domkirche von Turku schlägt zwölf. Ich bin aus der Schule gekommen, und vor mir habe ich eine mit Milch verdünnte Tasse Kaffee, eine mit Brühwurstscheiben belegte Brotschnitte und zwei dicke Scheiben Weizenzopf. Wenn ich das Wurstbrot gegessen habe, zerschneide ich das Weizengebäck und tauche die Stückchen in den Kaffee in der Rosentasse. O, welch weiche Wonne!

»Und was möchtest du?«

In Brezels barscher Stimme lagen weder Kuchenduft noch Rosinen. Ich wedelte auch in ihre Richtung mit meinem Pappschild und turnte ihr mit den Lippen ein paar Worte vor: Ist mit dem Kaffeeausschank für Samstag alles in Ordnung?

Brezel, die mürrische Frau, nickte kurz und wandte ihren glatten, kleinen Kopf wieder den Papieren zu. Meistens verstand ich, was Uusitupa auf den endlosen Pfad der seriellen heimlichen Bettschaft getrieben hatte.

Ich wies mit dem Finger auf die Mannagebäckstücke. Zwei für den Nachmittagskaffee. Jetzt brauchte ich Manna wie das Volk Israel in der Wüste.

Ich spürte schon, wie ich immer schwerer wurde. Die Betriebsamkeit floss aus meinem Körper ab, der Stöpsel war gezogen, und bald würde ich leer sein. Das Fahrrad schwankte bisweilen gefährlich, obwohl ich es nur führte, und mir wurde klar, dass ich jetzt nach Hause eilen und schlafen musste. Das Sonnenlicht drückte mir seine schmerzenden Spitzen in Stirn und Augen, der Kopf hatte sich in ein zitterndes Wölkchen verwandelt, und mir fiel nichts ein, was noch zu erledigen war.

Ich würde zurück in mein Schlafzimmer gehen, die Vorhänge vor die Fenster ziehen und in mein Bett kriechen. Wenn ich gegen Abend erwachte, würde ich die Nachrichten durchgehen, die auf meinem Handy und als E-Mails eingegangen waren. Jetzt musste Kanaan ein paar Stunden lang ohne mich auskommen.

Ich erwachte im Halbdunkel und glaubte einen Augenblick lang, dass ich unbeabsichtigt bis in die Nacht hinein geschlafen hatte. Dann hörte ich vom Blechdach her ein mattes, gleichmäßiges Prasseln, und durch das offene Fenster hinter dem Vorhang war aus einiger Entfernung aus den Gärten Sylvis Stimme zu hören, die jemanden grüßte. Sie rief, Tauno solle den Kaffeetisch abdecken, weil die Regenwolke jetzt über ihnen angekommen sei.

Es war sieben Uhr, ich hatte fast sechs Stunden in tiefem Schlaf gelegen, der alles fortgewischt zu haben schien, mein ganzes bisheriges Leben. Wie sehr braucht doch der alternde Mensch guten Schlaf – ob das die Vorbereitung auf den endgültigen tiefen Schlaf, auf den Lohn für den Lebenskampf ist?

Nichts bedrückte mich, kaum, dass ich etwas dachte, ich ließ nur die Beine auf den Boden baumeln und blieb im Nachthemd auf dem Bettrand sitzen. Meine Stimmung war so wie die, die Rune als Weltenmorgen zu bezeichnen pflegte. Wenn es noch keine Verbindung zum Tag, zur Zeit und zur Wirklichkeit gibt, wenn noch nichts begonnen hat. Alles ist gut.

Lange dauert der Weltenmorgen nie, hatte Rune gesagt. Und das tat er auch diesmal nicht. Die tiefe Stille im Haus wurde mir bald unangenehm.

Wo waren die Hunde? Normalerweise winselten und knurrten sie ihren Tadel unten vor der Treppe, beklagten ihre Einsamkeit, wenn sie aus dem Schlafzimmer Bewegung hörten. Jetzt war von unten kein Mucks zu hören. Waren sie draußen geblieben, als ich von meiner Inspektionstour zurückkam, hatte ich die Kellertür offen gelassen, damit sie in den kühlen Schatten kommen konnten, oder saßen sie jetzt beleidigt draußen im Regen?

Die Gelassenheit, die der Schlaf mir beschert hatte, verschwand nicht, und ich streckte mich wieder auf dem Bett aus. Vielleicht würde ich die auf dem Handy eingegangenen Nachrichten und die E-Mails erst morgen ansehen. Wenn jemand wirklich ein wichtiges Anliegen hatte, durfte er sich jetzt persönlich zu meiner Tür bemühen.

Ich bin ja zu Hause, dachte ich. Ich werde immer zu Hause sein.

Mein Blick wanderte zuversichtlich über die vertrauten Wände des Schlafzimmers, über die Aquarelle, die meine Mutter Maija als junges Mädchen gemalt hatte, über das schöne Farbkreidenbild eines unbekannten Künstlers aus Raakels Elternhaus in Kivennapa, über den kleinen finnischen Wandteppich, den ich als Kind nicht hatte leiden können, der aber jetzt herzig wirkte.

Ob ich Marttas Brief rahmen lassen und an die Wand hängen sollte? Wie könnte ich von ihr eine Spur sichtbar machen?

Auf dem Bücherschrank mit der Glastür stand ein Foto von mir als frischgebackener Abiturientin. Da sitzen wir zu dritt, ich zwischen Maija und Rune, und mit meiner steifen Frisur und dem hellgrauen Kostüm sehe ich als Neunzehnjährige zwanzig Jahre älter aus als die Abiturienten von heute. Der schwarze Lacklederschirm der weißen Studentenmütze verschattet mir ein wenig die Augen, meine beiden damals gesunden Augen, und auf den Lippen liegt mir ein geheimnisvolles Lächeln. Ich bin eine sichere Gewinnerin. Derselben Meinung sind auch Maija und Rune, die strahlen. Die Abiturientin Hagar Edith Wikström, laudatur in den Realfächern, laudatur in der Muttersprache, laudatur in Schwedisch, laudatur in Deutsch, langes Pensum, laudatur in Englisch, kurzes Pensum, und laudatur in Französisch. Ich hörte Runes Stimme:

»Wenn Hagar in Mathematik geprüft worden wäre, hätte sie niemals das Abitur geschafft.«

Von dem Abiturientenfoto wanderte mein Blick zur Deckenlampe, einer weißen Glaskugel, die an einer Metallstange von der Decke herabhing. Ich müsste die Kugel mal abnehmen und säubern, da ist so ein Fleck …

Mühsam drückte ich meinen schlaff gewordenen Körper mit der guten Hand zum Sitzen hoch. Ich ließ den Blick nicht von der Lampe, die in dem halbdunklen Zimmer wie ein erloschener Vollmond war. Licht brauchte ich nicht zu machen, ich konnte auch so sehen, dass an der Seite des Kugelmonds eine geronnene Spur von der Form eines lang gezogenen Tropfens war. In der vorangegangenen Nacht, als ich wachte und in den Rekorder diktierte, war sie noch nicht da gewesen.

»Die finstre Nacht ist nun vorbei, dir, Herr, sei Lob und Dank.« Die Aula der Schule, wir singen bei den Morgenandachten den Eröffnungspsalm. Ich bin, wie ich finde, nie religiös gewesen, ich konnte mich nicht einmal dazu durchringen zu entscheiden, ob es Gott gab oder nicht, aber die Psalmen habe ich immer gekonnt. Die hatten sich mir an jenen Hunderten von Morgen bis an mein Lebensende eingeprägt. Ich hatte für jede Situation einen Psalm parat.

»Gott Lob, der uns heut Nacht behütet vor des Teufels Macht.« Energisch stand ich vom Bett auf und ging in die große Kammer im Vorraum des Obergeschosses, die zugleich als Besenkammer und Abstellraum diente, und stellte die A-förmige Trittleiter unter der Dachbodenluke auf.

»Jetzt, meine Seele, auf, erheb dich aus dem Staube!« Vorsichtig stieg ich auf die Leiter, zog und arbeitete mich mit meiner guten Hälfte hoch, und die schlechte kam hinterher, so gut sie konnte. Am schwierigsten war es, die Bodenluke aufzudrücken, aber als ich darauf kam, mit der beschädigten Hand zu schieben und mich mit der gesunden am obersten Brett der Trittleiter festzuhalten, drehte die Luke sich schließlich in ihren Scharnieren auf und krachte auf den Boden des Dachraums.

Mein Herz klopfte vor Anstrengung und Angst. Von der Dunkelheit der Nacht war noch mehr übrig, als ich mir eingestehen wollte. Aus dem Staube würde meine Seele sich sicherlich niemals erheben.

Mühsam bekam ich den Kopf durch die Luke geschoben, und mit den Schultern und beiden Armen drückte ich mich gegen den Rand der Öffnung. Ich würde alles annehmen, was sich meinen Augen darbieten würde. Ich würde vor keinem Toten oder Gespenst zurückschrecken, dessen Blut nachts vom Dachboden bis zur Decke meines Schlafzimmers getropft war, und vor keinem Dämon …

Aber die Dämonen behalte ich in meiner Handtasche, hatte Märta Moraeus gesagt, als wir über das *Schweigen* sprachen.

Wenn doch die Dämonen so klein wären, dass sie in eine Handtasche passten!

Ich drehte den Kopf, und mein Blick wanderte über den Dachboden. Eine Taschenlampe hatte ich nicht, aber die kleinen halbkreisförmigen Fenster an beiden Enden des Raumes gaben ein wenig Licht. Er war niedrig, ziemlich eng, keine Schatzkammer eines alten Landguts, und zwischen den als Isoliermittel verwendeten Sägespänen lag am Fußboden aller möglicher Krimskrams herum, derselbe Plunder, den ich dort schon im vorigen Sommer gesehen hatte, als Keränen mich dorthin geschleppt hatte, damit ich mit ihm zusammen untersuchte, ob die Decke morsch war.

Dasselbe Zeug bewachte dort immer noch die Vergangenheit: ein alter Tretschlitten, breite Holzskier mit Lederbindungen, verbeulte Koffer mit verrosteten Schlössern, Maijas, Runes und meine Wintermäntel, die in Kleiderhüllen aus Papier an Nägeln hingen, und Pappkartons, in denen sich, wie ich wusste, meine alten Schulbücher befanden.

Kein einziger Irrer, der schaurig lachte, die Hände rang und sich mit den Zähnen den eigenen Arm zerriss.

Dann fiel mein Blick auf ein weiter entfernt neben dem Rauchfang am Boden liegendes Kleiderbündel, das mir fremd vorkam. Das hatte ich bei unserem vorjährigen Besuch hier nicht gesehen. Durch heldenhafte Anstrengung schaffte ich es, ganz auf den Dachboden zu kriechen, und hinkte zum Rauchfang hin.

Da sind nur Kleider, murmelte ich ängstlich, denn mich schauderte und grauste es ein bisschen. Zu diesem Thema gab es leider keinen einzigen Psalm.

Ich bückte mich: Das dunkle Bündel war ein rotes Frauenkleid. Ich hob es etwas hoch, es war hemdartig, der Rockteil gerade und ziemlich lang, er reichte bestimmt bis auf die Wade, die Ärmel schmal, gerade eben die Oberarme bedeckend, der Ausschnitt viereckig. Die ganze Vorderseite war mit kleinen, aufgefädelten schwarzen Glasperlschnüren bestickt, die mit den Bewegungen der Trägerin des Kleides hin und her schwingen sollten, wenn sie in der Rhythmusmusik der neuen Zeit tanzte … Ähnliche Abendkleider aus den Zwanzigerjahren hatte ich auf alten Fotos und in Filmen gesehen.

Der Stoff war changierender, feiner Samt, das Wort »Seidensamt« fiel mir ein, und ich strich mit der Hand darüber. Der Stoff war klitschnass. Als ich die Finger hob, waren deren Spitzen rot.

Raakels Kleid war das nicht, denn sie war schon im Konfirmandenalter stattlich und stämmig gewesen. Meine Mutter Maija wiederum war sehr groß gewesen, fast eins achtzig. Das hätte in den Dreißigerjahren für eine junge Frau nahezu mit Sicherheit eine Stelle im Zirkus bedeutet, wenn sie keine andere Arbeit gefunden hätte, hatte sie oft gelacht. Ihre Größe hatte ihr nie etwas ausgemacht, und auch Rune nicht, der fast zehn Zentimeter kleiner war als meine Mutter.

Weder Raakel noch Maija hätten jemals in dieses Kleid gepasst, das einer schlanken Frau mittlerer Größe gehört hatte. Einer Frau, die sich für einen festlichen Abend oder die Maifeier des Kulturvereins *Die Kohlen* in ein feuerrotes, leicht schwingendes Seidensamtkleid gehüllt hatte, das von einer modebewussten Näherin geschneidert worden war.

Trauer engte mir die Brust ein. Ich bückte mich und berührte nochmals den Stoff, und wieder färbten sich meine Finger rot.

Schließlich kam ich darauf, nach oben zu blicken. Offenbar hatte das Kleid im Schatten des Schornsteins gehangen, deshalb hatte ich es bei meinem ersten Besuch hier nicht bemerkt. Der Nagel in der Steinwand, an dem es gehangen hatte, war schließlich ermüdet, hatte sich herabgebogen, und das Kleid war zu Boden gefallen. Als ich noch weiter nach oben blickte, sah ich, wie den Schornstein entlang eine graubraune, breite Wasserspur verlief, die vor Nässe glänzte. Das Dach meines Hauses war am Schornstein undicht.

Es war schon lange undicht, dachte ich und legte mir das durch und durch nasse Kleid über den Arm. Ein schwerer, süßer Duft ging davon aus. Vermoderte der Stoff schon? Ich glaubte zu erkennen, dass das Rot von dem Wasser stellenweise ausgeschwemmt worden war. Das rot gefärbte

Wasser war dann allmählich durch die Öffnungen des Fußbodens und die Decke in die porösen Deckenplatten meines Schlafzimmers eingedrungen.

Das Kleid würde ich jetzt in Verwahrung nehmen, neu färben lassen und jemandem übergeben, der alte Kleider restaurieren konnte ... Das würde ein Andenken sein, ein bleibendes Andenken ...

Besorgt hinkte ich Richtung Bodenluke. Mein lahmes Bein machte in der Nähe des Lukenrandes eine unerwartete Bewegung, und ich schwankte. Ich fiel auf die Knie, dann rollte ich auf die Seite, meine Beine rutschten durch die Luke auf die Leiter hinab und stießen sie um. Ich begann, durch die Luke zu gleiten, aber mit meiner guten Hand konnte ich am Rand der Lukenöffnung den Sturz so weit abbremsen, dass ich fast weich am Fußboden des Vorraums im Obergeschoss landete.

Aufstehen konnte ich jedoch nicht, sondern kroch mit dem Kleid unterm Arm über den Fußboden ins Schlafzimmer wie ein halb zerquetschtes, aber zähes Insekt.

Lange saß ich am Fußboden des Zimmers mit bebenden Schultern. Jetzt war ich noch gebrechlicher, alles tat mir weh, vor Schmerz krampfte sich das Zwerchfell zusammen, und Übelkeit stieg in Wellen in mir hoch. Gerade als ich dachte, jetzt müsse ich mich auf den alten Flickenteppich übergeben, meldete mir das Handy piepend den Eingang einer SMS.

Sie war von Sylvi. DIE HUNDE SIND BEI UNS, HABEN LEBERAUFLAUF GEFRESSEN, KÖNNEN BLEIBEN, SOLANGE SIE WOLLEN.

Es waren noch andere Nachrichten gekommen, aber die sah ich mir nicht an. Langsam schleppte ich mich in den großen Sessel neben dem Vorhang. Vielleicht war nichts Neues in meinem Körper kaputtgegangen, aber ich würde lange an meinem Platz bleiben müssen, ehe ich es wagte, nach unten zu gehen.

Das rote Kleid hob ich jedoch vom Fußboden auf und breitete es sorgfältig über der Lehne eines Holzstuhls aus. Ich würde es zum Trocknen aufhängen, sobald ich dazu in der Lage war.

Ich dachte wieder an Martta, die im nördlichen Ural im Straflager stand, die Hände in den Taschen der Männerhose, etwas trotzig, mit einem schiefen Lächeln auf den Lippen, die Füße in Lumpen gewickelt. Ob sie sich noch an ihr rotes Festkleid erinnerte?

Ich hatte immer geglaubt, es gebe nur einen einzigen Grund, weshalb alte Sachen und Gegenstände wichtig sind:

Es sind Beweisstücke für das, was geschehen ist, aus der Vergangenheit einer oder mehrerer Personen. Sie haben keinen Geldwert, von Wert ist nur, dass sie das Wissen, die Kunde von etwas transportieren, das es einst gegeben hat.

Aber darauf basierte dann doch die absurde materielle Wertsteigerung, der Antiquitätenhandel, der Altwarenhandel, auf dem auch Suvi-Liina ihre ganze Philosophie und ihre Geschäftstätigkeit aufgebaut hatte. Altes um jeden Preis – und immer Neueres und Jüngeres wurde jetzt als alt definiert. Die Aufteilung war ausgezeichnet: Nur sehr Vermögende konnten sich wirklich Altes leisten, aber das Neuere, nur ein wenig Alte konnte sich fast jedermann leisten.

Wieder betrachtete ich die Wände meines Zimmers. Nach meinem Tod würde jemand hierherkommen und jeden Gegenstand und jedes Bild schätzen. Alles Wertlose würde im Absetzcontainer landen. Von dort würden es dann heimlich diejenigen zusammenraffen, die in dem weggeworfenen Plunder irgendeine Bedeutung sahen. Danach, im Laufe der Zeit, würde auch dessen Wert gleichmäßig steigen.

Was würde letztendlich wertlos sein? Sogar alte Flaschenkorken waren für die Museen von Interesse und fünf Jahre alte Margarinebehälter, hatte Suvi-Liina gesagt.

Warum blieb Suvi-Liina unsichtbar? Der Mann vom Catering-Dienst hatte am Vortag Tsutsunen angerufen und um Transportanweisungen gebeten, weil Suvi-Liinas Handy ausgeschaltet war. Ich ging noch all die unzähligen SMS durch, aber keine einzige war von der *Schrot-und-Korn*-Königin.

Koskela schrieb, er sei vor einer halben Stunde bei mir gewesen, habe aber die Tür verschlossen gefunden. Wann ich denn vorhätte, meine Türklingel reparieren zu lassen?

Tsutsunen berichtete, dass die Festzugsformationen nun stünden. Ein gewisser Sonderforscher, der kommunale Zusammenschlüsse untersuchte, hatte sich für den Festzug als Symbol der Neostalinisten angemeldet. Auch ein Einziger würde genügen, meinte Tsutsunen. Der Mann besaß angeblich auch ein Blauhemd und passte sogar noch hinein.

Uusitupa meldete, er sei in Kanaan und habe vereinbart, dass das Brezeldrama auf die Eurhythmievorführung der Steiner-Schüler folgen sollte.

Alissa sagte, die Transparente würden morgen im Kanaansweg an ihrem Platz sein, ob ich noch vier Programmschilder schreiben könnte? Die Chorleiterin Imbi erzählte, sie habe als Ersatz für mich eine Altstimme gewonnen, ihre estnische Freundin, eine Busfahrerin. Aber ich müsse mir den Auftritt des Chors unbedingt anhören, weil ich ihn dann hinterher als Sachverständige kommentieren könne. Imbi war immer sehr herzig.

Die Abenddämmerung hatte sich schon über das Zimmer gelegt, aber ich war entsprechend der Form meines Sessels erstarrt und machte erst gar nicht den Versuch, aufzustehen und die Lampe anzuschalten. Ich wollte erst aufstehen, wenn ich zur Toilette musste. Die Schmerzen ließen allmählich nach, aber ich war ganz steif, fast gelähmt. Es war schon schwierig geworden, die Buchstaben in dem kleinen, schlecht beleuchteten Display des alten Handys zu lesen. Die letzte Nachricht war von einer unbekannten Nummer gekommen.

»Ich würde dich gern sprechen, wann hättest du etwas Zeit? Eevi Laulajainen.«

Soso. Stand mir jetzt der Kampf der Titanen um Koskela bevor? Ich hatte doch schon aufgegeben.

Mit steifen, geschwollenen Fingern gab ich die Antwort ein, ich war schon dabei, ein paar höfliche, wenn nicht gar erhabene Sätze zu formulieren, als ich hörte, wie unten die Tür ging.

Ich spitzte mein einziges Ohr so weit, wie der steife Nacken es zuließ und sich dehnte. Ganz recht, jemand trat ein, und ich versuchte, einen Gruß zu rufen, aber meiner Kehle entrang sich lediglich ein mattes Zischen.

Jemand kam herein, betrat im Vorraum den langen Flickenläufer, den Sylvi für mich als Willkommensgeschenk gewebt hatte, als ich nach Kanaan zurückkehrte. Dann blieb der Ankömmling stehen, gleichsam, um zu horchen.

Ich erwartete eine bekannte Stimme, die »Hallo!« oder »Huhu!« oder wenigstens »Kuckuck!« rufen würde, einen Ruf, den man ausstößt, wenn man in ein Haus kommt und die Bewohner sucht.

Aber Koskela hatte in seiner SMS doch gerade erst über die verschlossene Tür geklagt? Das Handy fiel mir aus den schlaffen Fingern polternd auf den Dielenboden, und der Ankömmling unten hörte es, denn er begann, langsam die Treppe heraufzusteigen. Warum machte der Besucher kein Licht an?

Mein Sessel stand mit dem Rücken zur Schlafzimmertür, und schräg gegenüber davon befand sich ein großer Spiegel. Im Halbdunkel sah ich mein eigenes Spiegelbild, das von der dunklen Türöffnung hinter mir umrahmt war. Das graue Strubbelhaar, das schon bis auf den Rücken reichte, stand in alle Richtungen ab, und es hingen darin Sägespäne vom Dachboden. Ich war ein in den Müll geworfenes, altes, abgewetztes Spieltier.

Mein Glasauge schielte irgendwohin an die Decke, und aus dem gesunden Auge starrte mich die Angst an. Ich war gar kein Spielzeug, ich sah aus wie eine Irre, ich war einer jener russischen Narren, die in allen Jahrhunderten durch das große Reich gezogen waren als wandelnde Beleidigung für die Mächtigen. Einige davon waren heilig. Ich war es nicht. Die heiligen Narren fürchten nichts.

Während ich schaute, hörte ich.

Die schweren Schritte kamen immer noch heraufgestiegen, und die Stufen klagten, jede Stufe sagte etwas, was ich nicht verstand. Mühsam bückte ich mich und schnappte mir das Handy vom Boden. Es fiel noch einmal, weiter weg, aber ich reckte mich noch weiter und bekam es wieder mit meinen schrumpeligen Fingern zu fassen. Glühende Nadeln stachen mir in Rücken und Hals, als ich mich im Sessel aufrichtete und mir das Handy in den Schoß legte.

Der Schmerz ließ etwas nach, wenn ich mich möglichst gerade hielt. Und wie die Prima in einer Mädchenschule saß ich in guter Haltung und sah den Spiegel, mein Spiegelbild und die Türöffnung hinter mir an. Bittere Galle stieg mir in den Mund. Die Lippen bebten mir so, dass mir gleich die Spucke aufs Kinn und von dort auf die Brust fließen würde. Ich würde das Gespenst vom Boden sein. Ein Gruß dem Gast!

Von der obersten Stufe auf den oberen Treppenabsatz und bis zur Tür waren es höchstens drei Schritte. Wie lange sie doch dauerten, wie lange ich doch zittern musste, bevor Kobas dunkle Gestalt im Spiegel erschien. Er wirkte sehr groß in dem kleinen Vorraum, an dessen Fußboden immer noch die umgestürzte Leiter lag.

Das Dunkel hing ihm über Kopf und Schultern als ein großer Umhang, als er sich leicht gegen den Türrahmen lehnte. Wieder starrten wir uns schweigend an, so wie wir uns auch am vorherigen Morgen durch die Zweige des schwankenden Apfelbaums hindurch angestarrt hatten.

Der Schatten lag unten auf Kobas Stirn wie der Rand einer Kapuze. Er sah aus wie Sergej Eisensteins Stammschauspieler Nikolaj Tscherkassow: Iwan der Schreckliche, wie er sich am Palastfenster auf sein Zepter stützt, hinten in der Landschaft der endlose Strom der Truppen.

Ich betrachtete uns im Spiegel. Ob ich dann wohl der andere Nikolaj bin, der heilige Narr aus dem 16. Jahrhundert, der dem Mörder des Volkes während der großen Fasten einen Klumpen rohen Fleisches anbietet?

Zar Iwan war zusammengeschreckt mit dem Ausdruck des Ekels im Gesicht, und Nikolaj hatte ihm entgegengeschleudert:

»Glaubst du denn, Iwaschka, dass es ungesetzlich ist, ein Stück Tierfleisch in der Fastenzeit zu essen, aber gesetzlich, eine große Menge Menschenfleisch zu essen, so wie du es getan hast?«

Ich bemühte mich, das Zittern meiner Lippen zu unterdrücken. Ich hätte die Geschichte gern erzählt, denn ich wusste, dass Koba ein Buch über Iwan den Schrecklichen plante und dass er diese Anekdote zu schätzen gewusst hätte.

Koba trat über die Schwelle, aber die Schatten fielen nicht von ihm ab.

»Da sitzt du hier allein im Dunkeln, Hagar«, sagte er leise.

Ich nickte energisch, versuchte zu zischen und deutete auf meinen Hals. »Kehlkopfentzündung«, kam es mir schon routiniert von den Lippen.

Koba antwortete nicht. Er stand da und sah mich nachdenklich an. Mir schien, in seinem Blick lag Mitleid. Dann warf er etwas aus der Hand auf den Tisch. Man hörte das Klingen von Metall.

»Hier ist dein Nachschlüssel. Den wollte ich dir zurückgeben. Der ist ja nun schon zur Genüge benutzt worden. Suvi-Liina hat Nacht für Nacht deine Sachen in den Schränken im Erdgeschoss durchwühlt. Aber die Sachen sind noch nicht verkauft, sei unbesorgt. Alles, was sie zu uns geschleppt hat, befindet sich in der Kammer der kalten Veranda.«

Er sprach immer noch leise, aber ich hörte, dass er amüsiert war. In seiner Stimme lag ein Lachen, und davor graute mir. Ich reckte den Hals und nickte, schwenkte den Kopf wie eine alte Schildkröte, damit Koba begriff, dass ich nicht böse war, dass die Dieberei meiner Nachbarin mich königlich amüsierte.

Von all den gestohlenen Sachen dachte ich nur an die große Suppenschüssel. Ob Koba oder Suvi-Liina da hineingeschaut hatten?

Dann trat Koba noch näher. Ich zog den Hals ein und drückte mich gegen die Sessellehne. Er stand sehr nahe. Er stand allzu nahe.

»Hagar, hast du Streichhölzer?«, fragte er fast flüsternd.

Ich schüttelte den Kopf. Nein, ich hatte keine Streichhölzer. Er wollte doch wohl nicht anfangen, in meinem Schlafzimmer einen seiner Zigarillos zu rauchen?

»Sei unbesorgt, ich habe wohl selbst welche«, sagte er noch leiser und zog die Streichhölzer aus der Tasche. Verwundert sah ich die Schachtel an und wie er einen Kerzenstummel aus der Tasche nahm. Dann riss er ein Streichholz an.

Er lächelte scherzhaft, in seinen Gesten lag der leicht affektierte Elan eines Tivoli-Zauberers. Wir waren wie im Theater, denn draußen erscholl als Geräuschkulisse das Heulen von Hunden. Sie begleiteten seinen Irrsinn. Ich hörte meine eigenen Hunde und einige andere, in ihrem Heulen lag Eindringlichkeit, Not und Angst.

Mit großzügigen Gesten – abrakadabra, simsalabim – schwenkte Koba das brennende Streichholz durch die Luft. Es warf einen Bogen von Licht und Schatten an die Wände. Dann drückte er mit einer plötzlichen präzisen Bewegung das Streichholz an den Docht der Kerze. Der wurde mattrot, aber dann verstärkte sich die Glut, und eine winzig kleine Flamme begann zu leuchten.

Koba war nicht mehr Zar Iwaschka, er war ein Sternsinger aus der Nachbarschaft. Verzaubert sah ich zu, wie er mit der brennenden Kerze in der Hand dastand und zärtlich auf mich herabschaute. In dem Blick lag nahezu Erotik. Zwei Menschen, ein Mann und eine Frau, und zwischen ihnen eine Kerze.

Ebenso zärtlich und vorsichtig bückte er sich und ergriff mit seiner freien Hand fest meinen Strubbelkopf. Der Griff schmerzte, seine Finger rissen mir Haare mit den Wurzeln aus. Draußen nahm das Heulen zu.

Ohne den Blick von seinem Gesicht abzuwenden, ließ ich meinen Finger über die Knöpfe des Handys wandern. Ich sah nicht auf meine Hände, ich wusste, auch ohne hinzusehen, wo ich die »Namen« zu suchen hatte und wo die Anruftaste. Auch die Einäugigkeit hat ihre Vorteile. Man muss viele Dinge lernen, auch wenn man nicht sieht.

So als hätte ich laut gesprochen, beugte Koba sich noch näher zu mir. Er führte die Kerze herab vor mein Gesicht und flüsterte:

»Siehst du schlecht hier im Dunkeln?«

Ein kleiner Lacher fiel aus seinem Mund. Dann fuhr er fort:

»Wenn du wüsstest, wie ich dich immer verabscheut habe. Schon damals in dem kleinen jämmerlichen Zimmer im Neuen Studentenhaus. Unser pathetisches Geschwafel hatte einen hochtrabenden Namen, Studienkreis … Da warst du eine hirnlose Idiotin, nichts als eine Kaffeeköchin, ein armseliger Fan, ein fleißiger Handlanger. Du warst nicht imstande, auch nur ein einziges grundlegendes Werk bis zu Ende zu lesen. Und doch hast du so getan als ob, hast dich über alles lautstark verbreitet, überzeugt von dir selbst. Ein Mädchen aus Helsinki. Eine naive Streberin. Aber ich hätte nie geglaubt, dass du Ärger machen könntest.«

Die letzten Worte hauchte er fragend aus, verwundert, und schüttelte scherzhaft den Kopf, sodass seine Augen funkelten.

»Einäugige Hagar, du bist eine Spionin. Du bist die schlimmste Schnüfflerin, die mir im Leben begegnet ist. Und das ist eine Leistung von einer einäugigen Frau. Außerdem bist du verrückt mit deinen Postkarten. Hast du jemals darüber nachgedacht, wie es wäre, ganz ohne Augen zu leben?«

Er führte die Flamme so nahe an meine Wange heran, dass ich hörte, wie es in meinem ungekämmten Haar knisterte. Meinem Augapfel wurde es heiß. Ich schüttelte den Kopf, nein, daran hatte ich nicht gedacht, das hatte ich nicht gewagt, und zugleich hob ich das Handy hoch. Daraus hörte man jemanden sprechen.

Wer würde den gesprächigen Henker hören und den stummen Delinquenten, der gleich gar kein Auge mehr haben würde? Hatte ich den Knopf des Straßendienstes gedrückt? Oder ging das Gespräch zum Kundendienst der Kreditbank oder zur Zentrale des Kaufhauses Stockmann?

Wir verharrten in unserer seltsamen Stellung wie auf einem alten Foto und horchten auf die Stimme im Handy. Das war nicht irgendjemand.

»Hagar, *jag hör dig!* Hörst du, hallo, hallo! Ich hab gedacht, ich nehme statt des dritten Gedichts von Diktonius das zweite, es ist ja wohl nicht zu revoluschionär, das zu rezitieren, wo er …«

Bis an ihr Lebensende erinnerte Märta Moraeus mich immer wieder daran, dass ich das Andenken von Elmer Diktonius entwürdigt hätte, indem ich eigentümlich ins Telefon grunzte. Ich habe ihr niemals erzählt, dass ich damals gerade kurz davorstand, mein einziges Auge zu verlieren.

Wer würde das Brüllen eines Walrossweibchens ertragen? Und sei es, dass es nur aus dem Handy käme?

Das Klopfen an der Tür jedenfalls ertrug Koba nicht mehr. Taunos Stimme rief: »Hagar, verdammt, komm jetzt und hol wenigstens deine eigenen Hunde weg. Die Teufel toben in Kärkkäinens Garten herum und wühlen das Rosenbeet auf!«

Unversehens löste Koba seine Hand aus meinem Haar, wandte sich ab und eilte die Treppe hinunter. Das Rosenbeet war dem Henker wohl lieb. Die Kerze warf er zu Boden, und sie erlosch zischend in der Pfütze, die das aus Marttas Kleid tropfende Wasser gebildet hatte.

Ich drückte Märtas Geschrei weg. Dann sandte ich ihr mit zitternden Fingern eine SMS: Kehlkopfentzündung, vorübergehend stumm. Bis Samstag.

Ich mochte vorübergehend stumm sein, aber dumm war ich dauerhaft.

Haltlos schlotternd bewegte ich mich auf dem Hinterteil, mit der Hand nachhelfend, die Treppe hinunter ins Erdgeschoss. In einer Ecke des Vorraums lehnte Runes alter Spazierstock, den ich monatelang benutzt hatte, nachdem ich aus dem Krankenhaus gekommen war. Jetzt stützte ich mich wieder darauf, und er war mir eine große Hilfe, als ich zusammen mit Tauno, Sylvi und Koba die fünf Hunde aus Kobas Garten verjagte.

Ich schlug und fuchtelte mit dem Stock in dem Hunderudel herum wie eine Verrückte, und niemand bemerkte, dass ich die ganze Zeit weinte.

Das Wüstenfest war von Anfang bis fast zum Ende ein Film, zu dem ich selbst das Drehbuch gemacht und bei dem ich zum Teil auch selbst die Regie geführt hatte. Das Endergebnis war jedoch eine Überraschung. Stumm beobachtete ich es.

Ob es wohl auch einem richtigen Regisseur manchmal so geht, dass im Schneideraum die Bilder in eine völlig unvorhersehbare, seltsame Richtung fluten?

Über das Wüstenfest von Kanaan wurde hinterher jahrelang sowohl in Kanaan als auch in der Stadt gesprochen, lange nachdem ich selbst von dort fortgezogen und schon eine Außenseiterin war. Dass ich nicht dazugehörte, spürte ich auch schon an jenem Morgen, da die Leute aus der Stadt in den Kanaansweg zu strömen begannen, um die Gegenstände auf den Flohmarkttischen zu befühlen und nach den ersten Tassen Kaffee und Humpen Bier zu fragen.

Ich war eine Außenseiterin, wanderte als unsichtbare Chronistin des historischen Ereignisses umher, deren Rolle es war, Aufzeichnungen zu machen. Ich hinkte schlimmer denn je und stützte mich schwer auf Runes Stock. Die Tatsache, dass ich immer noch nicht sprechen konnte, machte das Drama jedenfalls nicht unerheblicher.

Wir hatten im Voraus abgesprochen, dass wir an diesem Tag unseren besten Staat anlegen würden. Kapuzenjacken, Blousons, T-Shirts, Jeans und Schlabberhosen würden wir an dem großen Tag im Schrank lassen. Wir Einwohner würden mit unserer Kleidung die Geschichte Kanaans würdigen, jeder nach seinen Kräften und seiner Phantasie.

Ich zog Marttas rotes Kleid an. Es war sehr fleckig, aber ich dachte, an dem changierenden Seidensamt würde man die ausgeblichenen Stellen nicht richtig wahrnehmen.

Das Kleid war wie für mich gemacht. Es war ein seltsames Gefühl, es zu tragen. Ich hatte mir am frühen Morgen, ungeachtet der Schmerzen in Nacken und Rücken, mühsam die Haare gewaschen, und so stand mir das Haar vom Kopf ab wie ein aufgegangener Packen Glaswolle. Ich bemerkte, dass viele auf den Straßen und Gassen mich anstarrten, aber das kümmerte mich nicht weiter. Ich hatte ja allen Grund, darüber froh zu sein, dass ich immer noch ein Auge hatte, mit dem ich das Anstarren sehen konnte.

Den ganzen vorherigen Tag hatte ich in der Küche auf Raakels Holzsofa gelegen. In der oberen Etage wollte ich nicht sein, das Schlafzimmer war ein unmöglicher Ort, ich hatte es nur mit Ach und Krach geschafft, hinaufzuklettern und mir das rote Kleid von der Stuhllehne zu schnappen. Der gelbe Kerzenstummel lag immer noch am Boden, auch das benutzte Streichholz. Ich wusste, dass ich nie wieder dort schlafen würde.

Die Hunde lagen beschämt in der Küche am Boden, und immer, wenn ich mich auf dem Sofa rührte, hoben sie vorsichtig den Kopf und glotzten unter ihren zotteligen Augenbrauen hervor. Warum war ich so still, war ich fürchterlich böse oder sehr krank?

Erde und vertrocknete Blätter fielen leise raschelnd von ihren Schnauzen auf den Teppich, und ihre Vorderpfoten waren vom Graben bis zu den Ellenbogen voller Schlamm. Sulevi hatte sich die Wolfskralle gebrochen. Wenn Tauno nicht gewesen wäre, hätte ich die Hunde nie und nimmer aus Kärkkäinens Garten herausbekommen. Die anderen Hunde hatte Koba aus dem Gartenschlauch mit eiskaltem Wasser bespritzt, und so war allmählich wieder Ruhe eingekehrt.

Ich glaube, an jenem Freitag habe ich aufgegeben. Der Gedanke treibt mir immer noch die Schamesröte ins Gesicht. Ich hätte noch ein bisschen länger durchhalten und erst dann aufgeben sollen. Zu meiner Verteidigung kann ich nichts anderes vorbringen, als dass ich so erschrocken gewesen war.

Nur Stolz und Pflichtgefühl trieben mich am Samstagmorgen hinaus auf die Straßen. Es gab für mich nichts anderes mehr zu tun, als unter den Leuten herumzuwandern, den Festzug zu beobachten und zu fotografieren. Ich hatte mir eine kleine schwarze, rot bestickte Samttasche über die Schulter gehängt, die Maija gehört hatte. Darin waren meine Geldbörse, das Programm des Wüstenfestes, das Handy und eine kleine Digitalkamera. Ich würde so viele Bilder machen, wie ich konnte, und sie an die Internetseiten des *Canander* schicken, so hatten wir es schon vor Wochen abgemacht.

Der Tag war schön und ruhig, einer von den stehenden Hitzetagen Ende August, an denen der Sommer einem fertig erscheint. Das erwählte Volk war ans Ziel gekommen. Jetzt feierten wir das Ende der Wüstenwanderung.

Kommt, denn alles ist bereitet.

Schon am Vormittag waren so viele Leute gekommen, dass stellenweise ein kleines Gedränge herrschte. Jeder einzelne Kanaaniter, den ich kannte, war bei der Wahrnehmung irgendeiner Aufgabe zu sehen: Antti Knookala stand an den Bierhähnen, Brezel, Anna Knookala, Sylvi Susi und die Mitarbeiter der Bäckerei tummelten sich in den Bierzelten, Koba brachte die letzten Programmplakate an, und der immer hilfsbereite Keränen war dabei, die in gefärbten

Mullwindelstoff gekleideten Eurhythmiker auf die Bühne zu schicken zur ersten Darbietung des Tages, die den Titel *Freiheit des Geistes* trug. Ein urtümliches finnisches Saiteninstrument, Jouhikko, und eine Laute begleiteten die Vorführung der Steiner-Schüler.

Im Schatten der Bühne stand Uusitupa mit seinen beiden ältesten Kindern Brezelsohn und Brezeltochter und wartete darauf, an die Reihe zu kommen. Die Kinder waren in Brezelkleider aus gelbem Schaumstoff gekleidet und wanden sich vor Hitze.

»Ihr sprecht dann die ganze Zeit in Richtung Zuschauer und dreht ihnen nicht den Rücken zu«, kommandierte der rot glühende Uusitupa nervös.

Kanaansland war dabei, sich in einen Karneval zu verwandeln. Die Transparente und die mit Wimpeln und Fahnen geschmückten Häuser sahen hübscher aus, als ich es mir hatte vorstellen können, und die Kleidung der Einwohner, die Flohmärkte und Tapeziertische mit Snacks und Getränken gaben dem Ganzen noch mehr Farbe. Hier und da erklangen die Stimmen erwachender Instrumente, Gitarre, Blockflöten und auch ein Akkordeon.

»Als wäre man sonst wo, nur nicht in Finnland«, hörte ich ein junges Paar plaudern, als sie ihre Fahrräder am Zaun der Bäckerei anschlossen.

Der Festzug sollte sich um ein Uhr vom Hof der Fabrik *Kairo* zum Kanaansweg hin in Bewegung setzen, und dann sollte jegliche Bewirtung unterbrochen werden. Die Route des Festzugs war im Programm angegeben, sodass die Festgäste sich an den Straßenrändern versammeln konnten. Alissa hatte mit der Fabrik ausgemacht, dass der große, leere Ladebereich im Hinterhof der Fabrik als Sammelort für den Festzug benutzt werden konnte.

Ich versuchte, mir vorzustellen, wie der Festzugsbevollmächtigte Tsutsunen dort zurechtkommen würde, wenn er ein halbes Dutzend Pferde mit Wagen, dreißig Hunde, zwei Blasorchester, einen Chor und eine zahllose Schar Kinder und Erwachsener zu einem harmonischen Zug ordnen musste.

Ich wusste nicht mehr, ob die Sänger von Kanaan an irgendeiner Stelle des Umzugs beim Marschieren Arbeiterlieder singen sollten. Wenn sie marschierten, würden sie dann rechtzeitig um halb drei bei ihrem eigenen Auftritt sein? Und ob der weltberühmte Überraschungsstar tatsächlich um sechs zu der kleinen Bühne auf der Betanienwiese kommen würde, wie er es versprochen hatte? Ich wusste, dass er spätnachts einen Auftritt im Tavastia-Club gehabt hatte.

Ich war gar nicht mehr so sehr Außenseiterin, denn jetzt geschah das, was ich auch früher schon erlebt hatte: Bald zu Beginn des Festes teilen sich die Leute in zwei Gruppen, in die geladenen Gäste, die ihren Spaß haben, und in die Organisatoren, die für den Spaß verantwortlich sind.

Sie stehen abwechselnd an der Tür zur Küche und an der Tür zum Festsaal und achten darauf, dass alles klappt, dass das Heiße heiß und das Kalte kalt ist, dass die Kellner flink und die Köche nüchtern sind, dass genug Speisen und Getränke da sind und, falls nicht, die eigenen Leute aufhören zu essen und von irgendwo zumindest weitere Getränke beschafft werden. Gleichzeitig nehmen sie lächelnd die Glückwünsche zu dem gelungenen Fest entgegen und unterhalten sich liebenswürdig, versuchen, die Streithähne und die allzu sehr Angeschickerten hinauszukomplimentieren, rufen für jemanden, der tödlich beleidigt ist, ein Taxi, suchen für die Tante Aspirin und bemerken, dass die Cousins ihr läufiges Spanielweibchen mitgebracht haben, das die Windhunde der Schwiegereltern unausgesetzt zu bespringen versuchen. Warum hält Onkel Otto seine Pfote auf der Schulter der Freundin seiner Nichte?

Der Wunsch nach Gelingen und die Furcht vor dem Scheitern wachsen mit zunehmender Heftigkeit. So erging es auch mir. Ich bewegte mich immer schneller von einer Stelle zur anderen, und wenn Runes Spazierstock mit der Gummikappe hätte Funken schlagen können, dann hätte ich eine Funken sprühende Bahn hinter mir hergezogen.

Ich holte von dem Diensthabenden der Bäckerei mehrere Dutzend Zimtschnecken und aus Sylvis Tiefkühltruhe weitere zweihundert karelische Piroggen. Sylvi hatte sie den ganzen Sommer über gebacken. Ich rührte die Fenchel-Möhrensuppe des pferdeschwänzigen Fotografen um. Jetzt kam er nicht dazu, sein Mantra zu murmeln und den Mittelweg zu suchen, denn die Suppe verkaufte sich allzu gut, und er schälte wie verrückt Möhren. Ich übernahm Knookolas Aufgabe und schenkte Bier in die Plastikbecher, bis Antti wieder zu den Hähnen zurückkehren konnte. Tsutsunen hatte nun doch Hilfe beim Zusammenstellen des Festzuges gebraucht, und der Österbottnier Antti war es gewohnt, mit Pferden umzugehen. Irgendwann würde er an seinen Platz zurückkehren.

Statt Knookala kam dann Koskela ins Bierzelt, der im Vorbeigehen gesehen hatte, wie schwierig der Umgang mit dem Bierhahn für eine Einhändige war. Ich sah ihm nicht in die Augen, ich genierte mich wegen mehrerer Dinge, auch deswegen, weil ich fieserweise die Bände von Shakespeare, Ekelöf, Tiihonen und Tynni, die ich im Bibliotheksauto ausgeliehen hatte, in der Filialbücherei abgegeben hatte, obgleich gerade Koskela sie mir im Bibliotheksauto empfohlen hatte.

Jetzt tauchte er ohne Vorwarnung auf, und ich kam nicht dazu, mein Gesicht zu organisieren, ganz zu schweigen von meinen Worten. Ich dankte nicht einmal für den Antti Hyry und die Warnung, glitt nur schnell hinter der Theke hervor, denn auf der Straße schlurfte passenderweise Tauno vorbei, der auf der Schulter eine Tasche mit Kleidern und auf dem Rücken das Akkordeon trug und ein zweites Instrument in einem Koffer auf Rädern hinter sich herzog.

Die Noten unter seinem Arm wollten gerade herunterfallen, und ich erbot mich eilig, sie ihm auf die Chorbühne zu tragen.

»Ist die Ausleihzeit schon abgelaufen?«, fragte er boshaft und zwinkerte mir mit seinem blutunterlaufenen blauen Auge zu. Ich streckte ihm die Zunge heraus, aber dann musste ich lachen.

Wir schlossen die Akkordeons in Keränens Auto ein, das hinter der Bühne stand, und Tauno ging zur Fabrik, um sich für den Festzug umzuziehen. Er sollte einen der ursprünglichen Erbauer von Kanaansland darstellen. Für dieses Tableau hatten wir nur mit Ach und Krach genügend alte Leute aufgetrieben, die sich auf dem Pferdewagen würden aufrecht halten können.

Von der Stadt her kamen ständig neue Leute, zu Fuß und viele, ihr Rad führend, denn die Hauptstraßen waren für Autos außer Bussen gesperrt. Ein Journalist vom Kanal vier und ein Kameramann hatten für ihr Auto eine Sondergenehmigung erhalten, und ich hörte, wie der Kameramann am Galiläaplatz beim Aussteigen sagte:

»Und jetzt nichts wie das komische Fest der wohlhabenden Eigenheimbesitzer festgehalten. Was wird für diese Holzhäuser heute eigentlich verlangt? Fünfhunderttausend?«

Ich hatte vorgehabt, den Männern den Namen und die Uhrzeit für den Auftritt unseres Überraschungsgastes zu flüstern. Jetzt ging ich schweigend an ihnen vorbei. Mit etwas Glück würden sie gegen Abend zufällig auf die Betanienwiese kommen.

Ich war schon zu meinem Zuschauerplatz hinaufgeklettert, als der Festzug nach eins in der Biegung des Kanaanwegs auftauchte. Die Fenster im oberen Stockwerk von *Brot und Wecken von Kanaan* waren von den Mitarbeitern der Bäckerei besetzt, und dort saßen auch Brezels Eltern, die aus dem betreuten Wohnen herbeigekarrt worden waren, Arvo Rusanen im Rollstuhl und Sigrid, die auf einer breiten, hohen Bank herumzappelte.

Sigrid klopfte auf die Bank neben sich. »Ich hab dir einen Platz freigehalten«, rief sie.

Wir reckten die Hälse. Aus dem Fenster konnte man gut sehen. Die Spitze des Zuges war jetzt schon fast auf unserer Höhe, als Erster kam Valte, der mannhaft die finnische Fahne trug. Auf das Marschieren des Zigeunerchors hatten wir verzichtet, denn die Dunklen hatten erklärt, dass diese Art des Auftretens ihrer Tradition fremd sei.

Aber Valte gab ein stattliches Erscheinungsbild ab in seiner Festkleidung: Auf dem Kopf hatte er die Mütze des Autoklubs mit lackiertem Schirm. Kokarde und Schnüre glänzten poliert. Er trug ein schneeweißes Hemd, ein dunkelblaues Sakko, eine Weste und Stiefelhosen aus demselben Stoff. Die Stiefelschäfte waren geschickt in Falten gelegt.

»Dass man noch mal solche Chromlederstiefel zu sehen kriegt«, sagte Arvo.

Valte marschierte im Takt der nachfolgenden Blechbläser der Soz. Dem. Arbeitervereinigung, die in diesem Moment das Uusimaa-Lied spielten. Die Fahne mit dem blauen Kreuz wehte, und Valte hob in aufrechter Haltung seine glänzenden Stiefel: »Wo am prächtigsten die Erde und am frischesten die Seen …«

Auf dem ersten Pferdewagen stand der mit einer knappen grünen Samtjacke, kleinen, pumphosenartigen Samtshorts, die am oberen Teil der Schenkel endeten, und von den Knien schlaff herabhängenden Strumpfhosen bekleidete Tsutsunen mit einer goldenen Krone auf dem Kopf. Über den Schultern lag ihm ein wehender, mit künstlichem Hermelin verbrämter Umhang.

Der Autohändler breitete eine Papierrolle aus, die sich immer wieder von allein zusammenrollte und von der er mit lauter Stimme ablas: »Wir, Gustav Vasa, König von Svealand und ganz Härmeland, geben hiermit bekannt, dass wir zu gründen beabsichtigen ...«

Gustav Vasa gründete Helsinki. Zu seinen Füßen saß auf einem kleinen Hocker, seine Untertanenschaft bezeugend, in ähnlichen Samtkleidern und mit einem ausladenden, pilzartigen Federhut der Sohn der Knookalas, der hoch aufgeschossene und magere Carl-Oscar, der gut als der ein wenig verhungerte Bewohner der Kolonie Finnland, als Carl-Filip Canander, gelten konnte.

Am Boden des Wagens, zu Füßen des Gutsherrn, hockten einige zerlumpte Kinder, Canänders Pachtbauern von dem Marschland, das dereinst Kanaansland heißen sollte.

Der Hut wollte Carl-Oscar ständig auf die Augen rutschen, und er stupste den Rand immer wieder mit dem Knauf seines Spazierstocks hinauf. Er schien sehr unter der Hitze zu leiden. Tsutsunen dagegen bewältigte geschickt sowohl seine historische Aufgabe als auch das Lenken der Pferde, und aus der Menge der die Straßenränder bevölkernden Zuschauer brandete eine Welle von Beifall auf in dem Maße, wie die Spitze des Zuges vorankam.

So war es ein Glück, dass der nächste Tableauwagen auch einen eigenen Pferdelenker hatte, denn das von der Musik und dem Beifallklatschen nervöse Pferd versuchte seitwärtszutänzeln. Es war Koskela, der da mit einem hellbraunen Wallach fuhr, dessen lange, fast weiße Mähne auch in der windlosen Hitze flatterte. Er hatte nie etwas davon gesagt, dass er an dem Umzug teilnehmen würde. Die Kränkung brannte mir in der von der Trockenheit verschlossenen Kehle.

Auf dem Wagen standen, geschmeidig federnd, Tauno Susi und zwei seiner Genossen von den Veteranen des Arbeitersportbundes. Die alten Männer hatten sich bis zur Taille entblößt, die altmodischen breiten Hosenträger waren herabgelassen, und Schweißtropfen rannen ihnen durch die grauen und weißen Brusthaare, während sie Kanaan erbauten: Balken erhob sich auf Balken, die Sägen sangen, und die Hämmer dröhnten. Tauno hatte bei sich auf dem Dachboden alte Stiefel und Schirmmützen gefunden, und ich dachte, so hat er sicherlich mal ausgesehen. Nur waren die Männer damals viel jünger gewesen.

Dann und wann stimmten die Bauleute ein Lied an. Tauno hatte vorab erklärt, dass ins Programm zumindest die *Warschawjanka*, *Der Marsch der Rotgardisten* und *Die Sehnsucht nach der Freiheit* gehörten. Jetzt sangen die Männer, außer Puste allerdings, sich aufrichtend und bückend wie große mechanische Puppen und dabei bald den Vorschlaghammer, bald die Axt schwingend: »Armes Volk der Finnen bricht nun seine Ketten, denn der Kelch der Leiden ist am Überfließen schon.«

»Wie kann Taunos Herz dieses Tempo durchstehen«, wunderte sich Sigrid.

»Na, dann kann er jedenfalls mit einem roten Lied auf den Lippen sterben«, versetzte Arvo und nahm ein Theaterglas aus der Brusttasche.

Neben dem Wagen her ging eine Schönheit mit karierter Schürze und Kopftuch, Taunos Enkelin Aurora, die Ende der Siebzigerjahre geboren worden war und ihren Namen nach dem berühmten Panzerkreuzer bekommen hatte, von dessen Deck aus in St. Petersburg die Startschüsse für die Oktoberrevolution abgefeuert worden waren. Auroras

Aufgabe bestand darin, den Bauleuten mit Milch gefüllte alte Schnapsflaschen zu reichen.

Das nächste Pferd wurde von ihrem Zwillingsbruder Juri-Anton geführt, einem Namensvetter von Gagarin und Tschechow. Auf dem Wagen lebte man in den unruhigen Zeiten der Prohibition, er war voller torkelnder, abgerissener Männer, die ihre Kanister mit Selbstgebranntem schwenkten und grölend sangen.

»Jungs von der Straßenbande«, murmelte Arvo. »Die Kanister hat Ulla in unserem Kellerkabuff gefunden.«

Wie aber sollte man die rechtsradikale, auf die Vernichtung der Kommunisten abzielende Lapua-Bewegung darstellen, die in Österbottnien entstanden war und auch Kanaan gestreift hatte? Darüber hatten wir lange nachgedacht und uns schließlich für ein einfaches Bild entschieden: Antti Knookala sollte allein in seiner österbottnischen Tracht hinter dem Wagen mit den Trunkenbolden marschieren, aber in ausreichendem Abstand, und Vihtori Kosolas Auftrittslied aus der *Lapua-Oper* singen. Hatten wir doch viele Male gehört, wie der große, brünette Unternehmensberater fluchen konnte: »Gottverdammich! In diesen Ebenen gibt es, gottverdammich, keine Gotteslästerung!«

Knookala fast auf den Fersen folgte die Hundestaffel von Kanaan. Tsutsunen hatte kalkuliert, dass man zwischen den Dreißigerjahren und dem Ausbruch des Winterkriegs genügend Stille benötigte, damit Knookalas Lied nicht in dem von der Brass-Band der hinter den Soldaten marschierenden Pop- und Jazz-Akademie gespielten Stück *O teures Finnenland* unterging.

Ich sah schon von weitem, dass die Reihen der Hunde und ihrer Führer breit genug waren, sodass die verfeindeten Tiere so weit wie möglich voneinander getrennt waren, aber dennoch war das Nahen der Hundeabteilung von anschwellendem Kläffen und Knurren begleitet. Sie kam daher wie eine wollige, wuselige Welle, in der man das Weiße in den Augen rollen, rotes Zahnfleisch leuchten, weiße Zähne blitzen und reichlich Geifer spritzen sah. Die Hundeführer mussten mit ihrer ganzen Kraft Widerstand gegen die sich dehnenden Leinen leisten. Ich hatte mir etwas viel Feierlicheres und Würdigeres vorgestellt.

Die vordersten Hunde verabscheuten und fürchteten das Pferd des Prohibitionswagens und bemühten sich, nach dessen Fesseln zu schnappen, sie strebten mit Gewalt vorbei an dem schallend singenden Knookala, der kaltblütig den zu seinen Füßen knurrenden Schnauzen auswich und sie freundlich beiseitestupste.

Zuletzt nahm der gutmütige Antti den kleinen Hund der Architekten auf den Arm, der beinahe von den nachkommenden überrannt worden wäre. Wer kann schon auf natürliche Weise einen Mops tragen und dabei trotzig singen: »Wir schaffen Ordnung jetzt im Land und legen die Macht in Kosolas Hand!«

Als Letzter der Hundeabteilung, mit Abstand von den anderen, marschierte der als Botenhund ausstaffierte Aatu, der auf den nahenden Krieg verweisen sollte. Der Hund wurde von Kaisa geführt, die die Lotta-Tracht trug.

Für den Winter- und den Fortsetzungskrieg hatten wir leicht eine Lösung gefunden. Uusitupa hatte im Kostümfundus verschiedener Theater weiße Schneeanzüge und graue Sommeruniformen aufgetrieben, und alle etwas unter oder über zwanzig Jahre alten jungen Männer aus Kanaan waren da hineingesteckt worden und hatten eine Waffe in die Hand oder auf den Rücken bekommen. Zwei ritten auf Pferden, die eine Feldkanone zogen – wo sie die wohl herhatten? –, und ihnen folgten einige Schwerverwundete, sie schleppten sich, einander stützend, vorwärts und trugen zwischen sich auf einer Bahre, die sie aus einem Soldatenmantel gebaut hatten, einen Toten.

Der Glückseligkeitsforscher – für seine Rolle, streng genommen, ein wenig zu alt – trieb vor seinem Gewehrlauf eine Kriegsgefangene her: Alissa.

»Manche haben aber auch Nerven«, flüsterte Arvo Sigrid zu. »Aber sie is ja keine richtije Russin, sondern von da, aus Armenien.«

»Ich glaub, dem Glatzkopp da, der sich so 'ne schöne Gefangene geschnappt hat, dem steht er nu die ganze Zeit«, versetzte die Mutter der gläubigen Brezel. Bei *O teures Finnenland* verstummten beide und waren zu Tränen gerührt, und das war ja auch ein schönes Lied für die Bestattung gefallener Soldaten.

Uusitupa hatte gleich zu Anfang resolut erklärt, der Krieg werde »ganz genau so dargestellt, wie er seit Edvin Laines Zeiten dargestellt worden ist«. Tsutsunen hatte dann ins Kielwasser der Soldaten eine uralte Frau mit Kopftuch platziert, die mit einem Kochtopf im Arm eine vom Versuchsgut Viikki geliehene Kuh führte. Mikko Tsutsunens fast neunzigjährige Tante hatte zu den Flüchtlingen aus Salmi gehört.

Für einen Augenblick senkte sich Stille über die Menge, nur von vorne hörte man irgendwoher das Gekläff der Hundestaffel und Knookalas energisches: »Jetzt kam das Eisen über diese Eb'nen!«

»Wer bezahlt eigentlich diese Musikkapellen, die kommen doch nicht umsonst?«, fragte Arvo.

Ich wusste es, konnte es aber nicht erzählen. Wir hatten eine sehr namhafte Summe von einer Person bekommen, die ungenannt bleiben wollte. Dank dieser Tatsache würde am Ende des Zuges auf Wunsch des Sponsors einer der besten Chöre des Landes marschieren.

Ich fragte mich im Stillen, ob man die Kriegsgegner und Fahnenflüchtigen von der Front nicht doch in irgendeinem Tableau in den Festzug hätte integrieren können. Hatte überhaupt jemand außer mir, Tauno und Koba an solche Leute wie Yrjö und Kaarina, die den Bomberflugzeugen zugewinkt hatten und die siegreiche Rote Armee erwarteten, auch nur gedacht, oder an diejenigen, die um ihrer Überzeugung willen lieber ins Gefängnis gingen als an die Front?

Von all diesen, auch von Rune, der sich auf den letzten Kilometern des Krieges von den Truppen abgesetzt hatte, war nur noch ich übrig, Hagar, im Kleid der Vaterlandsverräterin Martta.

Ist die ganze Wahrheit denn immer zu schwierig und zu kompliziert?

Aber jetzt war Martta immerhin in Gestalt ihres alten Kleides mit dabei. Niemand weiß mehr, wie schön gekleidet sie vor langer Zeit einherging.

Nach der Musikkapelle kam ein Idyll, ein Wagen mit einer zweisitzigen Gartenschaukel. Darin schaukelte ein mir unbekanntes Ehepaar in Kleidern aus den Fünfzigerjahren, das Kaffee trank, und vor ihnen tanzten ein Teenie-Mädchen in weitem Glockenrock und ein Bursche in knallengen Röhrenjeans *Jive*.

»Weißt du noch, wie das Mädchen hieß, das die finnischen Landesmeisterschaften im *Jive* gewann? Die Familie wohnte bei uns vor und nach dem Krieg als Untermieter«, fragte mich Sigrid. Ich schüttelte den Kopf, folgte aber mit dem Blick aufmerksam dem Wagen, hatte ich mich doch selbst an den Überlegungen beteiligt, wie man den Aufstieg von Kanaansland nach dem Krieg darstellen sollte.

Die zufriedenen Eheleute mittleren Alters in ihrer Gartenschaukel und die in die Ferne strebenden tanzenden Jugendlichen wirkten großartig, fand ich. Sie gehörten zu den Nachbarskindern, die ich auch gekannt hatte.

Sie bewunderten in den Fünfzigerjahren die Wohnungen in den mehrstöckigen Häusern, die in der Nähe emporwuchsen und in denen es Badezimmer und sogar Badewannen gab, und schämten sich ihres verfallenden Holzhausgebiets, wo die Öfen noch mit Holz geheizt wurden. Ich weiß noch, wie die kleine Brezel prahlte, als bei den Rusanens eine zentrale Ölheizung eingebaut wurde und ihre alten Kachelöfen in Stücke geschlagen und herausgetragen wurden.

Das nächste Jahrzehnt war schwierig. Für das Älterwerden der Einwohner und den Verfall der Häuser war uns keinerlei Ausdrucksmittel eingefallen, und so wirkte der Wagen auch etwas bemüht. Das Pferd, das ihn zog, blieb immer mal wieder stehen, so als hätte es keine Lust mehr, die auf langen Bänken sitzenden Sänger zu ziehen, einige Chormitglieder der Sänger von Kanaan. Ob die Zuschauer überhaupt begriffen, was damit dargestellt werden sollte?

Um Wehmut und Verlust auszudrücken, war Uusitupa in seiner Not auf das schwermütige Lied *Wie ist doch dein Ufer so öd und weit* verfallen. Es wirkte schon sehr deplaziert an diesem brütend heißen Augusttag, an dem die Straßen, Gärten und Gassen loderten von Gewimmel und Farben – wir waren schon eher auf Haiti.

Aber Veikko Antero Koskenniemi war schon dabei, Bertolt Brecht Raum zu geben. Bald war ich noch verblüffter als Arvo, der sich zitternd und bebend aus seinem Rollstuhl zu recken versuchte:

»Der sieht doch aus wie Kärkkäinen!«

Es war Kärkkäinen. Koba marschierte im Blauhemd der Taistojaner, zusammen mit dem ebenso gekleideten Erforscher kommunaler Zusammenschlüsse, der um den Hals einen tragbaren CD-Player und unter dem Arm einen Lautsprecher trug. Daraus erschallte Brechts *Lob des Lernens:*

»Prüfe die Rechnung, du musst sie bezahlen. Lege den Finger auf jeden Posten. Frage: wie kommt er hierher?«

Die neostalinistische Jugendbewegung hatte gleich zwei Vertreter im Festzug bekommen. Koba marschierte aufrecht, ohne zur Seite zu blicken. Er trug ein großes Schild mit der Aufschrift: »Die Wissenschaft in den Dienst des Friedens!« Der Erforscher kommunaler Zusammenschlüsse trug ein eigenes Plakat, das berühmte Dreierprofilbild von Marx, Engels und Lenin. Darunter stand mit rotem Filzstift geschrieben: »Für eine einheitliche KPFi, gegen die Kapitalräuber!«

Anders als Koba war der Erforscher kommunaler Zusammenschlüsse ganz rot im Gesicht und offenbar aufgekratzt von seinem Auftritt. Vielleicht überlegte er, in wie vielen Zeitungsarchiven sein Foto an diesem Tag gespeichert werden würde. Ich musste die beiden schon ein bisschen bewundern – wer wollte denn heute einen Taistojaner auch nur darstellen? Fast alle zogen doch einen Besen hinter sich her, mit dem sie die alten Spuren verwischen wollten.

Nach dem Blauhemdendoppel kam eine gemischte, springende Kinderschar in Faschingskostümen, die das aufsteigende Kanaansland und die neuen Jahrzehnte versinnbildlichen sollten. Die Tanten aus dem Kindertagesheim Rosenland führten die Kleinsten, und zwei wurden sogar im Wagen geschoben.

Gleich nach den Kindern folgte auf dem letzten Wagen, der von Uusitupa gelenkt wurde, endlich die Neuzeit: ins Handy sprechende, auf ihren Laptops tippende, elegant gekleidete Yuppies, sorgfältig gekämmt, energisch gestikulierend und heitere Rufe ausstoßend. Das waren Schauspielerkollegen von Uusitupa, die von den Außenaufnahmen aus dem Gefangenenlager Hennala nach Kanaan gekommen waren, um das Wochenende beim Karneval zu verbringen.

Über den Abschluss des Festzugs hatten wir lange nachgedacht. Er müsste eine noble Versöhnlichkeit ausdrücken, hatte Mikko Tsutsunen mit schiefem Lächeln gesagt. Der geheimnisvolle Sponsor – es war Kobas reiche Schwester Kaari Kotkas – hatte sich ein Schlusslied und auch den Interpreten gewünscht, und so war das Problem rasch gelöst. Niemand hatte etwas dagegen einzuwenden. Irgendwie musste man die Sache ja zum Abschluss bringen.

Als Letztes marschierte der Chor der Studentenschaft, in dessen Kielwasser als gewaltige Schleppe die Zuschauer vom Anfang der Route des Festzugs folgten. Der Chor blieb auf halbem Wege des Kanaanswegs stehen, direkt unter den Fenstern der Bäckerei, und begann zu singen:

»Höre, wie das Spiel erschallet, Väinös Kantele nun haaaaallet ...«

Arvo fiel mit seiner rasselnden Altmännerstimme ein:

»Das ist Finnlands Sang, das ist Finnlands Sang! Höre wie die Kiefern sausen, Kiefern sausen, höre wie die Flüsse brausen, Flüsse brausen ...«

Sigrid weinte. Das Vaterland.

Wie das Wüstenfest letztlich endete, ist allen in Erinnerung geblieben. Bis ans Lebensende, könnte ich hinzufügen.

Tauno hat es am stärksten formuliert: eine Überraschungsnummer, die der Satan höchstpersönlich in seiner Werkstatt geschmiedet hatte.

Damit ging eine ganze Ära in Kanaansland zu Ende, zumindest für mich, vielleicht auch für andere. Ein drittes Mal würde ich mein heimatliches Anwesen nicht mehr betreten, wenn man als Betreten auch den Vorgang bezeichnen kann, dass ich zuerst aus dem Leib meiner Mutter auf den Rasen vor dem Pfingstrosenbeet glitt und dann viel später meine alte heimische Pforte mit den Fusseln der Gefängnishose auf der Haut betrat.

Aber ebenso deutlich erinnere ich mich noch an etwas anderes: Musik zog sich von Anfang bis Ende durch das Fest. Wie wurde doch dort gesungen! Wie wurde doch dort gespielt!

Um den Chor zu hören, eilte ich an dem kleinen Rasenplatz vorbei, wo die schwungvolle Gymnastikvorführung der Veteraninnen von Elannon Isku im Gang war. Die Frauen trugen die altmodischen Trachten, die sie aus dem Museumsspeicher der Genossenschaftsbewegung hervorgekramt hatten, kleine Rüschenhäubchen, langärmlige Hemden und weite, flatternde Pumphosen. Sylvi Susi und ihre Turnschwestern sprangen, beugten und drehten sich wie mit grauer Dauerwelle und Falten maskierte junge Mädchen – meine Güte, sie schlugen sogar Rad.

Die schmerzhafte Enttäuschung über mein Verstummen drückte mir das Herz ab, als ich bei der Bühne der Sänger von Kanaan ankam. Ich wusste sehr wohl, dass ich als eine Altistin unter anderen keine entscheidende Rolle spielte, aber ich hatte alle Lieder gründlich geübt und genoss das Singen. Auch als Halbtaube konnte ich sauber singen. Jetzt war ich stumm und lahm, ein Mädchen am Rande des Chorplatzes.

Ich hatte meine Digitalkamera dem ältesten Sohn der Uusitupas gegeben und ihm aufgetragen, den Chor zu fotografieren. Uusitupa wiederum hatte mir seine Videokamera gegeben. Wir hatten ja immer noch im Sinn, die Aufzeichnungen dem Stadtarchiv zu schenken.

Auch die kurze Passage mit dem Chor endete letztlich unter der Hobelbank in meinem Keller. Aber die Solisten und der Chor sangen an jenem Festtag besser denn je. Nahmen sie unbewusst Abschied?

Bei der Filmkamera trat gleich zu Anfang ein Defekt auf. Im Nachhinein stellte ich fest, dass nur die ersten Auftritte aufgezeichnet worden waren, der Rest blieb nur in der Erinnerung. Und das ist sicherlich gut so.

Jetzt blieben nur zwei Nummern am Leben, als erste das Solo *An die Frühlingsvögel im Süden.* Imbi hatte jede zweite Strophe dem Chor zugeteilt, und die dazwischen sang als Solist der Forscher in Sachen kommunale Zusammenschlüsse mit seinem etwas schwächlichen Bariton. Der magere, fast zwei Meter lange Wissenschaftler mit den abstehenden Ohren hatte sich schon von seiner Taistojanerrolle erholt und sang aus voller Brust.

Der alte geistliche Psalm *Kanaansland* – wir hatten ein wenig darüber gestritten, ob er überhaupt ins Programm aufgenommen werden sollte – wurde auf gemeinsamen Beschluss bald zu Anfang gesungen, damit das Programm keinen allzu biblischen Beigeschmack bekam. Imbi hatte das Lied bearbeitet und eine pulsierende, mitreißende Gospelvariation daraus gemacht, in der Tsutsunen, Koba und Uusitupa als Solisten sangen.

»Wenn Sünde und das schwache Fleisch mich auf dem Weg bedrängen«, sang Mikko und verrenkte sich, als stünde er vor einem Altar in Harlem, »so wird mir Kraft aus Gottes Gnad', und Jesus ist mein Sieg«, fuhr Koba fort und beschrieb mit den Händen Kreise in der Luft. »O Kanaansland, o schönes Land«, brauste der Chor.

»Danket, danket, dankt dem Herrn, denn die Gotteskinder finden hier für immer eine Bleibe!«

Die Darbietung wurde mit ohrenbetäubendem Beifall honoriert.

»Da capo!«, rief der gebildetste Teil des Publikums.

»Noch mal das Ganze!«, forderten diejenigen mit kürzerem Schulbesuch.

»Am Ende, zum Schluss vielleicht«, rief Imbi. »Wir haben noch viel auf dem Programm!«

Die rot glühenden Solisten wischten sich den Schweiß vom Gesicht und klopften sich gegenseitig auf den Rücken. Ich hatte Koba noch nie so fröhlich lächeln sehen.

Das ganze weitere Programm lebt in meiner Erinnerung wie ein Film, dessen sämtliche Kopien vernichtet sind und den man nie wieder sehen kann. Tauno allein mit seinem Akkordeon auf der Bühne: Jetzt hörten wir offiziell *Die Uferbirke* und den *Abschiedswalzer*, die er den ganzen Sommer über angeblich heimlich geübt hatte. Das, was dem Lied an Sauberkeit fehlte, ersetzten der Eigensinn und der Auftrittswille des Spielers. Tauno spielte und sang mit geschlossenen Augen, er zog wild und dramatisch sein Instrument und öffnete die Lider bisweilen spaltbreit, um zu erspähen, ob die Zuhörer verzaubert waren.

Auch Brezel Uusitupas stolzen Sopran habe ich danach nie wieder gehört. Es war bemerkenswert, über was für eine nuancenreiche, edle Stimme diese spindeldürre kleine Frau verfügte. Während sie sang, wurden ihre verbitterten Gesichtszüge weicher, und sie schien irgendwo anders hinzuschauen, in das Land, in dem sie ihr Leben mit Gesang hätte verbringen sollen.

Ich wusste, dass Brezel immer noch Gesangsstunden nahm. Hatte ihre Lehrerin sie aufgefordert, Desdemonas *Weidenlied* aus Verdis *Othello* zu singen? Die Wahl war etwas seltsam, aber die Interpretation imposant und großartig. Der Wickel-Mann begleitete Brezel, ausdrucksvoll klimpernd, auf der Laute, verkleidet als mittelalterlicher Troubadour.

»Ob es für Brezel wohl zu spät ist, eine Profikarriere anzustreben? In der Bäckerei geht ihr Talent doch verloren«, flüsterte Alissa.

Als Nächstes sang Tauno das zweite, auf ein Gedicht von Jewtuschenko komponierte umstrittene Stück *Glaubst du, die Russen wollen Krieg*. Der Chor wiederholte getreulich: »Ich seh das Haar der Mütter grau, und frag auch bitte meine Frau, dann weißt du, wo die Antwort liegt: Glaubst du, das Sowjetvolk will Krieg?« Einige Zuschauer, die in den Siebzigerjahren jung gewesen waren, summten offenbar mit.

Als Gegengewicht für das Sowjetvolk waren *Die kleinen blühenden Hügel* gefordert und ins Programm aufgenommen worden, und Brezels Vater Arvo trug es vor.

»Dort ruh'n jetzt die Helden von Suomussalmi, von Summa und Raate und Kollaanjok'«, donnerte er, nachdem er sich aus dem Rollstuhl hochgewuchtet hatte, die rechte Hand aufs Herz gelegt – das hatte er sich von den Präsidenten der USA im Fernsehen abgeguckt.

Unter den Zuschauern sah ich Kobas Söhne, die beide die finnisch-russische Schule besucht hatten, der eine Architekt, der andere Bauingenieur. Ihre junge Sanierungsfirma hatte in Wyborg und St. Petersburg schon festen Fuß gefasst. Wir werden die Russen wohl nie loswerden, dachte ich. Russland würde immer untergehakt neben uns gehen, auf die eine oder andere Art, so hatte Tauno es schon in den Siebzigerjahren gesagt.

Aber der Krieg war nun zu Ende. Knookala durfte seine Bravournummer *Home folks think I'm big in Detroit City* vortragen, und danach sang der Chor noch den Jugendtango, und zum Schluss noch einmal *Kanaansland*. Das ging noch besser als beim ersten Mal, und Sigrid hinter mir sagte, in Tsutsunen, Kärkkäinen und Uusitupa fließe ja wohl Negerblut.

O Kanaansland. Später wurde mir klar, dass ich, während ich dem Chor lauschte, meine Freunde und Nachbarn zum letzten Mal beisammen sah. Ich sah sie voller Freude an Spiel und Gesang, leicht, fast ausgelassen, allen zugewandt und generös. Sie wirkten so schön, auch Tauno, der, ohne zu murren, auf dem Akkordeon Arvo Rusanen begleitet hatte, mit dem er sein Leben lang verfeindet gewesen war. Kein scharfes Wort, kein Klatsch und kein alter Zaunstreit, kein Schmollen und kein wütender Blick trübte die letzten Stunden des Nachmittags, als das Licht der schräg niedergehenden Sonne Gold durch das Laub der Birke blitzen ließ.

Das Fest ist der siebte Tag. Die Kontinuität bricht ab. Wir halten an, lösen uns und trennen uns in tiefer, magischer Weise. Im Fest liegt ein Wert des Lebens, eine hohe Bedeutung verborgen.

Als ich aus dem Gefängnis nach Kanaansland gekommen war, hatte ich mein eigenes, unsichtbares Fest gehabt. Ich hatte mich darauf allein vorbereitet, hatte meine Seele herausgeputzt. Jetzt war das Fest sichtbar, ein roter Tag voll wilder Freude.

Zuletzt waren wir alle auf dem Rasen, umarmten uns und hoben unsere Plastikbecher. Wir wussten, dass das Wüstenfest ein Erfolg war.

Solche Momente pflegt man als verzaubert zu bezeichnen. Zu der Verzauberung passte auch, dass ich nicht mehr an Suvi-Liina dachte, mich nicht mehr über ihre tagelange Abwesenheit wundern konnte. Ich hatte gehört, wie Anna Knookala im Schatten des Bierzelts nach ihr gefragt und Koba mit zwei knappen Sätzen geantwortet hatte:

»Familiäre Schwierigkeiten, sie ist weggefahren, um darüber nachzudenken.«

Ich dagegen tanzte ohne familiäre Schwierigkeiten einen leicht hinkenden Reigen mit Sylvi Susi, die in ihrem Gymnastikanzug im Chor gesungen hatte. Ich gab energische, fröhliche Laute von mir. Wollte meine Stimme schon zurückkehren?

Der Rest des Tages ist in meiner Erinnerung zersplittert, wie ein Kaleidoskop, dessen farbige Teilchen bei jeder Bewegung der Hand klirrend in eine neue Position fallen. Ich hatte wohl einen leichten Schwips. Aber vor allem war ich überströmend glücklich. Immer noch sehe ich Märta Moraeus stolz auf der Bühne stehen, als ein sprühendes, fast grausiges Monster. Sie war, geführt von Uusitupa, bald nach dem Chor in ihrem roten, flatternden Gewand hinaufgeklettert, die silberweißen Haare hatte sie auf die Schultern fallen lassen, und kaum hatte Uusitupa sie vorgestellt, da begann sie, feurig Elmer Diktonius zu rezitieren: »Lass nicht das Leben vorübergeh'n: Es läuft so schnell – lauf schneller noch!«

Ich schwankte, erschüttert von den Worten, auch ich war ein Jaguar, ich würde das Leben nicht an mir vorübergehen lassen, ich würde schneller laufen als mein Leben.

Der Anfang des nächsten Gedichts hätte jedoch besser zu mir gepasst, aber das wusste ich ja nicht.

»*I solljus stod jag i ett mörkt rum.* Im Sonnenlicht stand ich in einem dunklen Raum.«

Als Märta rot und außer Atem heruntergestiegen war und viel Bewunderung und Verehrung geerntet hatte, gingen wir zusammen die lokale Mädchenband *Not A Wilted Rosebud* ansehen, sie sollte den Überraschungsgast aufwärmen, der tatsächlich um sechs auf die Bethanienwiese kam, so wie er es versprochen hatte.

Die Nachricht verbreitete sich in Windeseile: *Ville Valo unplugged!*

»*What a charming boy*«, murmelte neben mir Uusitupas englischer Schwager. Ich nickte begeistert, und Weißwein schwappte aus meinem Becher auf den Rasen. Märta legte mir schützend den Arm um die Schultern. Sie hatte in ihrer Tasche zwei Kristallgläser und richtigen Champagner.

»Den nehmen wir uns auf einer Bank unter der Birke zur Brust«, lächelte sie und schwenkte ihre weiße Mähne.

Märta war sehr zufrieden mit ihrer Rezitation. Sie war wie eine alte Patientin, die neues Blut bekommen hatte – nein, sie war wie ein alter Vampir, der neues Blut getrunken hat. Junge Schauspieler versammelten sich um sie. Märtas Diamanten blitzten, mit ihrer tiefen Stimme lachte sie ihr dröhnendes Theaterlachen: »Oooh hoooh hoooh! Ach, wie lieb ihr seid!«

Der Abend kam und warf seine dunklen Tücher über Bäume und Häuser. In den Gärten gingen die Lampen, die Laternen, Kerzen und Feuer an. Alle saßen draußen, und die Fenster leuchteten leer und golden. Jetzt bewegte sich niemand in den Zimmern an ihnen vorbei in seinem heimlichen Drama, seine stummen Repliken sprechend.

In den schlimmsten Momenten hatte ich gedacht, dass alle Versuche, sich dieser Welt zu nähern, lächerlich und hoffnungslos waren. Ich hatte nicht an die Tür klopfen können, denn ich hatte das Geheimzeichen vergessen. Drinnen kam etwas Geheimnisvolles in Gang, wenn man dort begann, für den Abend, die Familie, die Liebe oder vielleicht nur für einen Gedanken oder für das Essen zu leben.

Ich sah, wie Kaisa, Salome und der Kesselraummann im Gänsemarsch hinter den Knookalas und den Susis her den Garten der Tsutsunens ansteuerten. Jeder trug seine eigene Packung Wein im Karton. An diesem Abend waren wir keine Beobachter, keine Außenseiter, keine heimlichen Legionäre des Kaiserreichs der Hunde gewesen. Wir waren mittendrin.

Ich blieb allein auf dem Kanaansweg stehen. Ich stützte mich schwer auf Runes Stock und schwankte leicht. Die Knochen taten mir weh. Ich suchte Halt am Eisenzaun der Bäckerei und überlegte, wo ich hingehen sollte, um mich auszuruhen.

Der Wein siedete mir nicht mehr im Kopf, er sank mir in die Beine und verwandelte sich in Gewichte, und das Herumwandern, ohne dabei reden zu können, fiel mir allmählich schwer. Den ganzen Tag hatte ich genickt wie ein Schachtelteufel, den Kopf geschüttelt, gestikuliert und gefuchtelt, mitunter auch versucht, heiser zu sprechen. Ich sehnte mich schon nach der Ruhe der Spielzeugkiste.

Ich erinnere mich so gut an den Moment. Gerade als ich da gegen den Zaun gelehnt stand, blickte ich zum Himmel und sah, wie ein Uhu über das Dach der Bäckerei schwebte. Er trug ein kleines Tier in den Klauen und verschwand im Laub der großen Ahorne.

Da fiel das Kaleidoskop zu Boden und ging entzwei. Übrig blieb nur ein einziges Muster, das änderte sich nicht mehr, und wir stierten es an, starr und voller Angst.

Am Grunde der Freude ist starke Trauer.

Der Moment der Abrechnung kommt zunächst in Form schwacher Geräusche, die anfangs alltäglich klingen, wie zu jedem Stadtleben gehörend. Die Geräusche sind so gewöhnlich, dass derjenige, der sie wahrnimmt, sich eine Zeitlang einbildet, in den Fernseher zu gucken.

Hintergrund einer Krimiserie: Irgendwo ist irgendwelchen Leuten etwas Schreckliches passiert. Was mag das sein, wird das hier gezeigt? Ich schaffe es ja wohl, mir schnell noch ein Bier zu holen, ehe das Bild wechselt!

Dann kommen die Geräusche immer näher, sie dringen durch den Bildschirm hindurch und werden Realität.

Zuerst ist der blinkende Schein der blauen Alarmlichter zu sehen, dann die Schlange der Feuerwehrautos, die heulend in den Kanaansweg einbiegt.

Im selben Augenblick kommen Uusitupas Brezelkinder aus der Bäckerei gestürzt. Sie bemerken mich und schreien:

»Irgendwo in der Nazarethgasse brennt es!«

Im Vorbeilaufen erklärten sie außer Atem, dass sie die Flammen von ihrem hochgelegenen Spielplatz aus dem Dachbodenfenster der Bäckerei gesehen und die Notrufnummer gewählt hatten. Dann eilten sie in ihren offenen Turnschuhen, schlappend und sich in den nachschleifenden Schnürsenkeln verheddernd, die Straße hinab.

Ein Brand. Zieht irgendein öffentliches Unglück die Zuschauer ebenso unwiderstehlich an? Eine Leiche oder einen Schwerverletzten kann man nicht anstarren, oder man kann, aber nur aus dem Augenwinkel, mit raschen Blicken und vor Entsetzen schnaufend, während man gleichzeitig so tut, als schaue man etwas weniger Erschütterndes an wie die Rettungsmannschaft oder die übrige Volksmenge.

Dagegen kann man sich um ein brennendes Haus herum sehr wohl postieren und an seinem Standort Wurzeln schlagen, so nahe, wie einen die Feuerwehrleute nur heranlassen. Das ist ein öffentliches Schauspiel, aber wunderbar wahr, und es wird gewürzt von dem süßen, widerlichen Gefühl, von der schändlichen Erleichterung: Nicht mir ist das passiert, es hat jemand anders getroffen.

Schon sind Ströme von Menschen auf der Straße und eilen der Vorhut der Brezelkinder hinterher. Auch ich mache mich, heftig hinkend, auf den Heimweg, schlage Runes Stock mit Furor gegen den Boden, um von den Pflastersteinen Spannkraft für meinen schwachen Schritt zu bekommen, und lasse meinen Blick in weitem Bogen über den dunklen Nachthimmel wandern. Ein Kinderturnschuh ist zu Boden gefallen, und ich stolpere darüber.

Dort, dort! Eine hohe Rauchsäule, heller als die Dunkelheit, in der die Funken sprühen wie des Teufels Gedanken. Tauno und Sylvi erscheinen hinter mir und haken mich, jeder auf seiner Seite, unter. So tragen sie mich halb, fast laufend, halb schleifen sie mich in Richtung meines Hauses.

»Zu weit rechts, zu weit rechts! Es ist nicht deins, es ist Kärkkäinens Haus«, keucht Tauno.

Das Haus stand bis zum Steinfundament in Flammen. Wie ein Bündel Birkenrinde loderte es in der stillen Nacht, und die Leute von Kanaan hielten ringsum die Ehrenwache bis fast zum Morgen.

Wenn ein altes Haus geht, bleibt ein summendes, schwarzes Loch zurück, das sich nie wieder füllt. Um das Loch kreisen die Träume und das Flüstern seiner Bewohner, die längst erloschenen Stimmen der Toten, das Klirren von Tellern und Kaffeetassen auf den Tischen, das Bellen und Miauen der Tiere, die Schritte auf Dielen und Treppenstufen, das Quietschen sich öffnender und schließender Fenster.

Das Loch bleibt an der Stelle, an der das Haus einst stand, und in den Herzen jener, die es gesehen haben und weiterhin leben. Das verstanden wir alle, als wir Stunde um Stunde die Anstrengungen der Feuerwehr beobachteten.

Man hatte uns befohlen, Abstand zu halten, aber trotzdem sahen wir genug: Die Feuerwehrleute versuchten gar nicht, das Haus der Kärkkäinens zu retten, denn sehr bald wurde klar, dass die Decken schon kurz vor dem Einsturz standen, und das Blechdach zerknallte in einer Serie energischer kleiner Explosionen. Stattdessen konzentrierte sich die Rettungsmannschaft darauf, die Nachbarhäuser zu schützen.

Ich sah, wie ein jäher kleiner Windstoß Flammen und Funken zu meiner eigenen Wand hindrückte, und brach in ein verzweifeltes heiseres Weinen aus. Sylvi nahm mich in die Arme und redete mir gut zu:

»Nun wein doch nicht, es wird alles gut. Sieh mal, auch Mosse hat sich gerettet, er sitzt da oben in der Birke der Knookalas. Die Feuerwehr wird ihn runterholen.«

Tauno und Tsutsunen tauschten sich leise darüber aus, dass das Feuer lange in Ruhe hatte schwelen können, denn niemand in der Nachbarschaft hatte es bemerkt. Häuser und Gärten waren leer gewesen, alle hatten am anderen Ende von Kanaan gefeiert, bis die kleinen Uusitupas, die auf dem Boden der Bäckerei in ihrem Ausguck spielten, einen Blick nach Norden warfen.

Ich betrachtete Koba. Er stand abseits von den anderen als schwarze Silhouette, unbeweglich, mit dem Rücken zu uns wie auf der Bühne, das Gesicht den Flammen zugewandt. Aus seiner Haltung konnte man keine Schlüsse ziehen, er stand gerade, aufrecht und so würdig da, dass niemand es wagte, zu ihm zu treten und ihn anzusprechen.

Ich klammerte mich in Gedanken an das einzige Gute, das ich wusste: Die Kärkkäinens hatten eine alles abdeckende, teure Gebäudeversicherung. Wir hatten die Verträge unserer Versicherungsgesellschaften erst im letzten Winter verglichen.

»Wie wird nur Suvi-Liina damit fertig werden«, flüsterte Sylvi. »Wo ihr doch all der Kram so wichtig ist.«

Die Luft war erfüllt von dichtem, stechendem, stinkendem Qualm, er war schwächer schon vor Stunden spürbar gewesen, als ich am Zaun der Bäckerei stand, obwohl ich ihn da nur als den Geruch der zahllosen Gartengrills und Lagerfeuer in der Augustnacht verstanden hatte. Jetzt blieb uns der Brandgeruch in der Kehle, in den Kleidern und Haaren hängen, und wir lehnten uns, nach Luft schnappend, gegeneinander.

Einer jedoch war in ganz anderer Sache unterwegs. Zwischen uns wuselte der Verrückte Sonderforscher in seinem stinkenden Wildlederpelz herum. Er trug einen schwankenden Turm Pizzakartons und versuchte irritiert, sich einen Weg zu seinem Haus zu bahnen. Gerade in jener Nacht war er auf die Idee gekommen, seine Fliegenpilzspeisekarte umzustellen.

»Oh nein, also so was«, murmelte er beim Weggehen. Ich sah, dass er weiße Festhandschuhe trug.

Auch die letzten Fenster der Kärkkäinens zersprangen. Man hatte einen ungehinderten Blick durch die rauchenden Öffnungen der halb verbrannten Wände. Es war ein Gewächshaus, aus dem schwankende Feuersäulen sprossen. Sie wurden genährt von den Strömen der Schaum speienden Schläuche, die wie hilfsbereite Gärtner in Schlangengestalt aus einem Fantasyfilm waren.

Ich stellte mir das alles vor: die Pseudo-Pekka-Halonen-Möbel in hellen Flammen, es ist die Stunde der Wahrheit, die Kerzen in den Messingleuchtern auf dem großen Tisch, die weich werden, herabsinken und sich beugen vor dem großen, endgültigen Feuer, von dem alle Kerzen erzählen.

Die Wand mit den Ikonen im Wohnzimmer als ein einziges großes, brennendes Gebet: Es ist Ostern, heimliches Ostern, der Tag der Auferstehung!

Die alten Kronleuchter aus Kristall an jeder Decke, die zerklingen, ach, wie die Kristallstücke doch singen beim Zerspringen! Sie singen von dem Leben, das sie einst in diesen Räumen spiegelten.

Die Wand der kalten Veranda leuchtete wie ein roter Gobelin, und fast sah ich, wie die Regale im Einbauschrank zu glühen begannen und Raakels alte Suppenschüsseln darauf zerknallten.

Das braune, in Packpapier gewickelte und mit Papierband verschnürte Paket fiel auf den brennenden Fußboden und fing langsam Feuer, gleichsam sich erinnernd und nachdenkend.

Der Feuerschein wanderte über die Namen, die man deutlich so lange lesen konnte, bis das Papier allmählich schwarz wurde, sich einrollte und langsam zu glühen begann.

Zuletzt waren nur noch einzelne Buchstaben übrig, aus denen man keine Wörter mehr bilden konnte.

Die meisten von uns begnügen sich zuletzt mit einem Aquarium, das nicht größer ist als ein Mülleimer und in dem drei Goldfische herumschwimmen.

Ich dagegen habe ein ganzes Meer bekommen. Oft sehe ich auf das Meer hinaus, während ich in einer Vertiefung des nach Süden abfallenden, flachen Uferfelsens sitze, da gibt es ein Loch, etwas größer als ein Mensch, in dem ich von drei Seiten vor dem Wind und vor Blicken geschützt bin.

Nicht, dass es hier viele Augen gäbe. Ich selbst habe immer noch nur das eine, das Tauno Susi unbewusst gerettet hat.

Am Nordrand der Insel gibt es zehn, dort wohnt eine junge Familie, die vom Fischfang, von Handarbeiten und vom Tourismus lebt. Die Bengtssons sind nette Leute, »*rarar*«, sagt der Schwede. Ich versuche, ihnen zu helfen, so viel ich kann.

Hier will ich bleiben, schrieb ich Märta im Juni. Märta machte ihren großzügigen Vorschlag, als sie zu Weihnachten hier war und ich ihr erzählte, dass ich mein Haus in Kanaansland verkaufen und mir irgendwo eine neue Bleibe suchen wolle. Sie sagte, ich könne auf der Insel zur Miete wohnen, und sei es bis an mein Lebensende, wir könnten die Papiere über ein lebenslanges Wohnrecht machen, wenn ich das wollte.

Märta hat keine lebenden Angehörigen mehr außer einem Neffen, der in Stockholm als Stand-up-Komiker arbeitet. Im Juli, vor etwa drei Wochen, kam Märta mit Lennart und einem gewissen Håkan zu Besuch. Sie legten mit einem großen, alten Mahagoniboot am Landesteg der Bengtssons an. Märta war in Leinen gekleidet, auf dem Kopf trug sie die kokett schief aufgesetzte alte Schiffermütze ihres Vaters vom *Nyländska Jaktklubben*, und Lennart und Håkan waren ganz in Weiß. Pullover mit V-Ausschnitt, um den Hals ein Seidentuch geschlungen, weiße Hosen und Schuhe. Ich glaube, dass sie an Deck des Segelboots auch Gitarre spielen und singen.

Wir erledigten die Formalitäten, und ich fragte Lennart viele Male zur Sicherheit, ob das hier alles okay sei. Er winkte ab und versicherte, er habe schon seine Traumvilla und ihm genügten von Finnland die Schiffe, die morgens und abends vorbeifuhren. Denen proste er auf seinem Anleger mit der Kaffeetasse oder mit seinem Gin Tonic zu.

Das alte Schärengut in Nagu sei ... Lennart überlegte einen Moment und beugte sich dann vor, um dramatisch zu flüstern: »Ein wenig zu ärmlich!«

Ich zähle nur noch, wie oft ich in meinem Leben Edelmut erfahren habe.

Seit dem Wüstenfest ist nun fast ein Jahr vergangen. Sylvi und Tauno waren die Mittelsleute beim Verkauf meines Hauses, und sie haben es auch zusammen mit den Tsutsunens ausgeräumt und die Möbel und Gegenstände hierhergebracht, die ich behalten wollte. Dann kamen sie für eine Woche hierher, um mit mir zusammen alles einzuräumen. Koskela hat sie gebracht. Wir vier hatten es sehr lustig.

Sylvi hat auch die Postkarten eingepackt, mit denen Sie Die Sieht mich im Gefängnis bedacht hat. Ich warf sie in den Saunaofen. Als Letztes kamen die orthodoxe Kapelle von Hattuvaara und Jesaja 10:16 an die Reihe:

»Darum wird der Herr, der Herr Zebaoth, unter die Fetten in Assur die Auszehrung senden, und seine Herrlichkeit wird er anzünden, dass sie brennen wird wie ein Feuer.« Wie treffend.

Auch Hannu Raittila hat mich hier besucht, und wir haben ein Wochenende lang über das Schreiben von Hörspielen gesprochen, und ich habe viele gute Ratschläge und Tipps bekommen. Wir schreiben abwechselnd für das Erste von Yle eine Serie, die sehr lange dauern soll. Eine Art Familienserie, ähnlich der *Familie Kantola*, aber über ganz andere Zeiten und Menschen.

Ich bin kaum jemals untätig, aber ich habe viel Zeit. Alles, was ich zu tun habe, ist fast ausschließlich angenehm. Mein Boot ist ziemlich groß und schwer, aber ich glaube, dass ich damit umgehen kann. Ich habe schon einen schönen Gemüsegarten und gute, alte Beete mit mehrjährigen Pflanzen. Jeden Tag wandere ich mit den Hunden über die Felsen, und oft sind die beiden ältesten Kinder der Bengtssons mit dabei. Sie freuen sich darüber, dass auf der Insel eine alte Tante ist, die das Spielen noch nicht verlernt hat. Wir sind momentan mitten in einer Abenteuergeschichte, die immer neue, grausliche Wendungen nimmt. Ich darf wieder *Calamity Jane* und *Sie-der-man-gehorchen-muss* sein.

Ihr seht, dass ich immer noch nicht vor Schauerlichkeiten zurückschrecke. Deshalb denke ich auch, dass ich gesund geworden bin. Den ganzen Herbst und den Winter habe ich nur im Hause verbracht. Die meiste Zeit habe ich geschlafen. Die Bengtssons brachten mir die Lebensmittel, die ich bestellt hatte, und Koskela hat mich ein paar Mal besucht und einen Literaturkreis abgehalten. Der Literaturkreis funktionierte so, dass ich in meinem Bett unter dem Wandteppich lag und er im Lehnstuhl saß und mir Texte von Antti Hyry vorlas.

Ein wunderbarer Schriftsteller, aber jetzt kenne ich seine Arbeiten wirklich. Als Nächstes wollen wir uns Gogol vornehmen.

Immer noch denke ich oft an Kanaansland. Ich muss mich daran gewöhnen, dass ich mein Zuhause niemals wiedersehen werde. Ich nenne es immer noch mein Zuhause, und vielleicht liegt das daran, dass ich mich niemals ordentlich von ihm verabschiedet habe. Am Tag nach dem Brand holte Märta mich mitsamt meinen Hunden in ihre große Wohnung in der Meristraße. Von dort fuhren wir für Wochen auf die Insel, bis Märta in die Stadt zurückkehrte und ich hierblieb.

Nur zwei Dinge machen mir fortwährend zu schaffen. Dass sie mir zu schaffen machen, bedeutet, dass ich immer noch ein Mensch bin, obwohl ich damals kein Mensch war.

Suvi-Liina auf der Treppe zu meinem Haus, an die Tür klopfend, ich am Fenster des oberen Stockwerks, die Vorhänge zuziehend, weil ich so sehr von mir selbst, von Martta Pimiä und der kommenden *Schweigen*-Sendung erfüllt war, kalt denkend, dass Suvi-Liina neuerdings schrecklich aussieht, ganz wie Maxim Gorkis Großmutter.

Ich kann ihre Augen nicht vergessen, diese Angst, dieses Flehen. Es waren die Augen eines lebendigen Menschen.

Wie viele Dinge hätten eine andere Wendung genommen, wenn ich damals hinuntergegangen wäre und die Tür geöffnet hätte?

Suvi-Liina kehrte niemals nach Kanaansland zurück. Koba erzählte Sylvi und Tauno, dass Suvi-Liina nach langen Streitereien die Scheidung wollte und beschloss, irgendwohin zu fahren, um über die Zukunft nachzudenken. Koba sagte, sie habe ihr Konto leer geräumt und sei mit dem Auto nach Norden zur Berghütte der Familie Vehmas und von dort über Norwegen und Schweden nach Mitteleuropa gefahren. *Schrot und Korn* und die bergmanschen Ideen würden verkauft, und damit würde sie ihren Neuanfang finanzieren.

Jetzt wusste man im Dorf, dass die Ehe der Kärkkäinens schon lange in der Krise gesteckt hatte. Eevi Laulajainen und Koba hatten ein Liebesverhältnis gehabt, das ein Jahr dauerte. Ich hatte mit meinem Auge ganz schief gesehen. Es war Eevi gewesen, die ich, ohne es zu begreifen, in jener Nacht in der Veranda der Kärkkäinens gesehen hatte, als ich von Koskelas Boot kam und von der Saunabank her das Haus ausspionierte. In der Veranda hatten die drei Akteure stundenlang die Situation erörtert, und ich Einfaltspinsel hatte mir die ganze Zeit eingebildet, nur eine einzige Frau, Suvi-Liina, zu sehen.

»Ich war es, die Suvi-Liina gegen Ende des Frühjahrs die Sache mit den beiden gesteckt hat«, bekannte Sylvi, als wir am Ufer saunierten.

»Mir war es so zuwider, was der Kärkkäinen da trieb. Und schließlich endete es ja dann auch. Die Eevi ist jetzt als Wissenschaftlerin an diese feine Universität nach England gegangen. Aber Suvi-Liina war damals zu Mittsommer so furchtbar unglücklich, dass ... Sie sagte, für sie sei jetzt alles zusammengebrochen. Aber sie versuchte, nicht durchzudrehen, und sagte, sie lasse ihrem Mann jetzt die lange Leine, falls das helfe. Sie hat irgendwas vom Fürstenpaar von Monaco, Familien eines neuen Typs und vielerlei Arten der Liebe gefaselt.«

Im Frühjahr sah ich im Fernsehen zufällig eine Sendung von der irischen Westküste, vom Volksmusikfestival in Galway. Die Kamera schwenkte über den Markt, und ich sah einen Augenblick lang von der Seite und von hinten eine Frau, die in ihrer Bude Tassen und Tücher neben einem großen, dunklen Mann verkaufte. Die Frau war ganz wie Suvi-Liina, zu ihrer vollen Blüte zurückgekehrt, erheblich fülliger geworden, aber jetzt ohne ihre teure Frisur, die blonden Haare fielen ihr lang auf Schultern und Rücken.

Dennoch konnte ich nicht ganz sicher sein. Sah ich da nur meinen Wunschtraum? Ich fand, ihr Ohr hatte die falsche Form. Die Ohren der Menschen verändern sich ja nicht. Oder wurde das Ohr nur von dem großen Perlenohrclip verdeckt?

Nachts, wenn ich wach liege, denke ich darüber nach und überlege, ob ich Kontakt zu einem Bekannten, einem finnischen Sprachwissenschaftler und Professor, der an der Universität Galway lehrt, aufnehmen sollte. Er kennt bestimmt alle seine dortigen Landsleute.

Gleichzeitig überlege ich noch etwas anderes. Nämlich wie merkwürdig sich doch die Dorfhunde in jener Nacht verhalten hatten, da Koba mit seiner Kerze in mein Schlafzimmer heraufgestiegen war. Warum verwandelten sie sich in wilde Bestien und heulten und scharrten das Rosenbeet auf, das an eine andere Stelle verlegt worden war?

Sylvis Überlegungen waren in dieselbe Richtung gegangen.

»Ich wundere mich nur, warum von Suvi-Liina kein einziger Gruß aus Mitteleuropa gekommen ist«, sagte sie wie beiläufig, während sie ihr Saunabier trank. »Hat so eine überhaupt noch ein Herz, die einfach so verschwindet?«

Geräuschvoll stellte sie die Flasche auf die Bank und sagte leise, während sie den Flickenteppich anstarrte:

»Manchmal frage ich mich, ob die Polizei wohl ganz schlicht gestrickt ist.«

In dem brennenden Haus war niemand gewesen, und die Feuerwehrleute hatten die Brandursache bald geklärt: Der Kater Mosse war auf den Herd zu einer Schüssel mit einem Rest Essen gesprungen und hatte den Schalter mit der Pfote auf sechs gedrückt. Der Brand hatte stundenlang geschwelt, bevor er voll entflammt war.

Die Susis berichteten, dass die Ruine im Herbst abgetragen worden war, und im Frühjahr war der Hof mit neuem Baumaterial vollgestapelt. Dank ihrer Versicherung würden die Kärkkäinens ein neues, dem alten entsprechendes Haus bekommen, aber Koba wollte dort nicht mehr wohnen. Er würde es verkaufen und fortziehen, vielleicht nach Moskau, hatte er gesagt.

Auch Keränen hat uns verlassen. Als er im November am Herzinfarkt starb, war Brezels Trauer so gewaltig, dass Uusitupa schließlich die Wahrheit dämmerte, ihm und einigen anderen: Keränen hatte den ganzen Sommer im Kellerraum der Uusitupas gewohnt, während Uusitupa den Helden von Hennala spielte.

Brezel und Keränen waren ineinander verliebt gewesen, und Brezel hatte wegen ihrer Untreue quälende Gewissensbisse gehabt, jedoch geschworen, Uusitupa zu verlassen.

Jetzt ist sie mit den Kindern in die obere Etage der Bäckerei gezogen und hat dem Casanova mitgeteilt, dass er sich eine neue Bleibe suchen müsse. Das Haus gehört ihr. Jetzt würden dort alle Komödianten ausziehen.

»Keränens Liebe hat mir Kraft gegeben«, bekannte sie, Rotz und Wasser heulend, Alissa.

Alissa, die junge Mutter, na ja, oder Mutter mittleren Alters: »Bei Alissa hat es fünf vor zwölf geklappt«, sagte Tauno.

Die letzte Hormonbehandlung hatte angeschlagen, und im Dezember bekamen die Tsutsunens zwei kleine Kinder, Anna und Johannes. Im August, kurz vor dem Wüstenfest, hatten Alissa und Mikko schon gewusst, dass es diesmal Hoffnung, viel Hoffnung gab. Im September, an einem lauen Wochenende, würden sie alle hierherkommen, alle fünf.

Die Einwohnerzahl von Tsutsunens Anwesen hatte nämlich um noch einen Kopf zugenommen. Antti Knookala verließ zu Jahresbeginn seinen aufgeblähten und kompliziert gewordenen Palast und zog in das geräumige Gartenhaus der Tsutsunens. Das sublime menschliche Verhältnis von Antti und Mikko wird noch mehr bereichert durch die geschäftlichen Pläne, die sie jetzt gemeinsam schmieden.

Anna Knookala blieb verwundert an der Stelle des früheren Tschernobyl sitzen, wo jetzt die Kopie des Springbrunnens eines thailändischen Tempels emporwächst.

»Ich leide Seelenqual«, begnügte sie sich festzustellen und drückte die letzten Tropfen Wein aus der Papppackung in den Plastikbecher.

Was soll ich noch berichten? Sicherlich nichts weiter. Irgendwo sind sie alle immer noch da. Auch Grab und Raakel, Yrjö und Kaarina, Maija und Rune und Martta. Wie es mir vorkommt, sehr weit weg. Und doch sind wir nur ein Flüstern voneinander entfernt.

SCHLUSSWORT

Ich habe in Hagar Wikströms Erinnerungen Verse von Anna Achmatowa, Gunnar Ekelöf, Elmer Diktonius, Tomi Kontio, Ilpo Tiihonen, Tomas Tranströmer, Aale Tynni, Shakespeare und die Bibel zitiert.

Meine Quellen zur Geschichte der finnischen Kommunisten sind die Untersuchungen der Politikwissenschaftler Kimmo Rentola und Joni Krekola. Desgleichen habe ich die Studie von Matti Viialainen, Vizedirektor des Zentralverbands der finnischen Gewerkschaften (SAK), mit dem Titel *Suomen kommunistisen puolueen käännekohdasta edustajakokouksessa 1966* [Vom Wendepunkt der Kommunistischen Partei Finnlands bei der Delegiertenkonferenz 1966] sowie die Berichte über die Schicksale der finnischen Opfer des Stalin-Terrors von Eila Lahti-Argutina, Jukka Rislakki und Erkki Vettenniemi benutzt.

Mein Dank richtet sich auch an zwei meiner Freunde, den Journalisten Ilkka Malmberg für zehn vortreffliche Sätze und den Systemanalytiker Veijo Snellman für seine selbstlosen Anstrengungen zugunsten meines Computers.

Im Juni 2007

Eeva-Kaarina Aronen

ANMERKUNG DER ÜBERSETZERIN

Die Zitate der diversen Dichter wurden von mir nach dem finnischen Text übersetzt, mit einigen Ausnahmen. Es sind die folgenden Übersetzungen:

Anna Achmatowa: Poem ohne Held. Aus dem Russischen von Heinz Czechowski. In: Poem ohne Held. Poeme und Gedichte russisch und deutsch. Verlag Philipp Reclam jun. Leipzig, 1979

Jesajas Buch des Alten Testaments. In: Die Heilige Schrift des Alten und des Neuen Testamens. Nach der Übersetzung Martin Luthers. In den Jahren 1957-1975 überarbeitet. Lizenzausgabe für Bertelsmann Reinhard Mohn OHG, Gütersloh u.a.

William Shakespeare: Macbeth. Ins Deutsche übersetzt von Friedrich von Schiller.

Tomas Tranströmer: Der wilde Marktplatz. Aus dem Schwedischen von Hanns Grössel. Carl Hanser Verlag. München/Wien, 1985

Tomas Tranströmer: Die Trauergondel. In: Sämtliche Gedichte. Aus dem Schwedischen von Hanns Grössel. Carl Hanser Verlag, München/Wien, 1997

Tomas Tranströmer: Das große Rätsel. Gedichte. Zweisprachige Ausgabe. Aus dem Schwedischen von Hanns Grössel. Carl Hanser Verlag, München/Wien, 2005

Angela Plöger

NAMENS- UND SACHREGISTER

in der Reihenfolge des Auftretens der items

erstellt von Angela Plöger

Suomussalmi, Ryysyranta
Suomussalmi, Gemeinde in der Landschaft Kainuu (Kvenland) im Nordosten Finnlands nahe der russischen Grenze. Ryysyranta ist der fiktive Name einer realen Kätnerei in Suomussalmi aus dem gesellschaftskritischen Roman *Ryysyrannan Jooseppi* (Jooseppi vom Lumpenstrand) des finnischen Schriftstellers Ilmari Kianto (1874 -1970) aus dem Jahr 1924, in dem es um die Armut in Finnland und deren Gründe geht.

Ilmari Kianto
(1874-1970) finnischer Schriftsteller

Kaufhaus Stockmann
größtes Kaufhaus Finnlands in einem kulturhistorisch bedeutenden Gebäude in Helsinki

Konservative Laestadianer
Vertreter der stärksten Richtung der auf dem Wirken des Pfarrers Lars Levi Laestadius (1800-1861) fußenden lutherischen Erweckerbewegung, die vor allem in Skandinavien, aber auch anderswo in Europa und in den USA vertreten ist. Sie lehnt Fernsehen, Alkohol, Theater, Empfängnisverhütung und Homosexualität ab.

Der weiße General Mannerheim
Carl Gustaf Emil Mannerheim (1867-1951), Marschall, Staatspräsident Finnlands 1944-1946. Liebevoll *Marski* genannt. Führte im Bürgerkrieg von 1918 die weißen Truppen gegen die Roten zum Sieg.

Hennala
während des Bürgerkriegs von 1918 Gefangenenlager in der Stadt Lahti, in dem fünfhundert rote Kämpfer erschossen wurden

Sortavala

Kleinstadt in Karelien am Ufer des Ladoga-Sees auf dem Gebiet Finnlands, das nach 1944 an die Sowjetunion abgetreten werden musste

Antero Rokka
Gestalt aus dem Antikriegsroman *Der unbekannte Soldat* von Väinö Linna (1920-1992). Linna hat Unteroffizier Rokka als furchtlosen, verdienstvollen Kämpfer gestaltet, der jedoch seinen Vorgesetzten gegenüber nicht mit Kritik hinterm Berg hält und sich damit um eine ihm zugedachte Auszeichnung bringt.

Josef Wissarionowitsch Dschugaschwili
bürgerlicher Name Stalins (1879-1953)

Kulturhaus, Hauptquartier der KPFi
von dem finnischen Architekten Alvar Aalto geplantes, 1958 erbautes Backsteingebäude im Helsinkier Stadtteil Kallio, denkmalgeschützt

Vana Tallinn
starker Rumlikör aus Estland

Niskavuori
Titel einer fünfteiligen Schauspielserie von Hella Wuolijoki (1886-1954), die auch verfilmt wurde, zugleich Name des großen finnischen Gutshofs, der der Schauplatz der Handlung ist

Suomenlinna
Inselfestung vor Helsinki, Baubeginn 1748, gehört zum Weltkulturerbe der UNESCO

Yrjö Leino
(1897-1961) Kommunist, war nach Winter- und Fortsetzungskrieg in den Vierzigerjahren dreieinhalb Jahre lang Innenminister Finnlands

Sirola-Bildungsstätte
Gesellschaftspolitische Volkshochschule mit Internat, die in den Jahren 1946-1994 von der Yrjö Sirola Stiftung unterhalten wurde. Sie bildete Kader für die Partei- und Organisationsarbeit der finnischen Linken aus. Hinter der Stiftung standen die KPFi und der Demokratische Bund des finnischen Volkes.

Namensgeber war der kommunistische Politiker Yrjö Sirola (1876-1936), der u.a. Mitglied des Zentralkomitees der Kommunistischen Internationale in der Sowjetunion war.

Marimekko
finnisches Textil- und Bekleidungsunternehmen, bekannt für seine mit originellen Mustern handbedruckten Baumwollstoffe

Taistojaner (finnisch: taistolaiset)
Bezeichnung für die innerparteiliche, in der Minderheit befindliche (stalinistische) Opposition in der Kommunistischen Partei Finnlands seit ca. 1970, besonders für die radikale Jugend im gespaltenen Jugendverband der Partei. Zu ihren Anhängern gehörten vor allem Schüler, Studenten und Vertreter des kulturellen Lebens, während die Mehrheit von der Arbeiterjugend getragen wurde. Äußeres Kennzeichen der Taistojaner bei Massenveranstaltungen war das Blauhemd, während die Gemäßigten ein rotes Hemd trugen. Die Bewegung dauerte nur etwa zehn Jahre.

Die Bezeichnung Taistojaner geht auf den Namen ihrer Galionsfigur, des kommunistischen Politikers Taisto Sinisalo, zurück, der 1970-1982 stellvertretender Vorsitzender der KPFi war.

Halonen
Pekka Halonen (1865-1933), finnischer Maler von Volksszenen, Altarbildern und Landschaften

Halosenniemi:
Name von Halonens Wohn- und Atelierhaus am Ufer des Tuusula-Sees, das von ihm selbst erbaut und ausgestattet wurde. Heute Museum.

Aunus
russisch: Olónez, Stadt östlich des Ladoga-Sees im südlichen Karelien

Olavi Virta
(1915-1972) finnischer Tango- und Schlagersänger

Kontupohja
russisch: Kondopoga, Stadt in Karelien, Russland

Winterkrieg
Krieg zwischen Finnland und der Sowjetunion, 30.11.1939 bis 13.3.1940. Darauf folgte der sogenannte Fortsetzungskrieg 1941 bis 1944 gegen die Sowjetunion und 1944-1945 gegen Deutschland.

Otto Ville Kuusinen
(1881-1964) Mitbegründer der Kommunistischen Partei Finnlands. Kuusinen bildete während des Winterkrieges im Auftrag Stalins eine kommunistische Gegenregierung in Terijoki, die nach der Eroberung Finnlands durch die Rote Armee dort die Macht übernehmen sollte. War Chef der Karelo-Finnischen Sowjetrepublik 1940-1956.

Kallio
Stadtteil von Helsinki, früher Arbeiter-, heute Kneipenviertel

Edith Södergran
(1892-1923) finnland-schwedische Dichterin, Modernistin

Hagar Olsson
(1893 -1973) finnland-schwedische Schriftstellerin und Literaturkritikerin

Runeberg
der finnische Nationaldichter Johan Ludvig Runeberg (1804 -1877)

Elmer Diktonius
(1896-1961) finnland-schwedischer Schriftsteller und Dichter

Kivennapa
Gemeinde auf der Karelischen Landenge, auf dem an die Sowjetunion abgetretenen Gebiet; russisch: Perwomajskoje

Ylistaro
Gemeinde im südlichen Österbottnien, nahe der finnischen Westküste

Brunnenpark-Volksfest
Im Brunnenpark (Kaivopuisto) von Helsinki wird alljährlich am 1. Mai ein großes Volksfest gefeiert, zu dem sich Tausende von Menschen einfinden.

Sibelius
Jean Sibelius (1865-1957), bedeutendster finnischer Komponist

Kaptensgatan, Havsgatan
Straßen im Zentrum von Helsinki

pälsmössa
schwedisch: Pelzmütze

Workuta
Stadt in der Autonomen Republik Komi, Russland, am nördlichen Ende des Uralgebirges, Zentrum von Straflagern 1938-1960

Yrjö Sirola
siehe: Sirola-Bildungsstätte

Ingermanländerin
Ingermanland: historische Landschaft um St. Petersburg, von der Ostgrenze Estlands bis zum Ladoga-See. Seit der Zeitenwende von ostseefinnischen Völkern bewohnt. Im 17. Jahrhundert strömten protestantische Finnen in das Gebiet.

GPU
Abkürzung der Bezeichnung des sowjetischen Staatssicherheitsdienstes im Jahr 1922

Stoika
Foltermethode, von russisch: stoját' = stehen

Lapua-Sommer von 1930
Damals gab es eine Kraftprobe zwischen der Regierung Finnlands und der rechtsradikalen Lapua-Bewegung, die durch Gewaltakte, Verschleppungen und Morde jegliche kommunistische Tätigkeit ausschalten wollte und die Machtübernahme von der Minderheitsregierung anstrebte. Führer der Lapua-Bewegung war Vihtori Kosola. Sie wurde 1932 verboten.

Tanner
Väinö Tanner (1881-1966), bedeutender sozialdemokratischer Politiker, 1927 Stellvertreter des Staatspräsidenten, Minister in verschiedenen Regierungen

Hannu Raittila
(geb. 1956) finnischer Schriftsteller

Soile Isokoski
(geb. 1957) finnische Opernsängerin, Sopranistin

Tavastländer
Tavastland, finnisch: Häme, historische Provinz in Südfinnland. Die Einwohner gelten als wortkarg und mürrisch.

Katri Vala
(1901-1944) finnische Lyrikerin

Ticho, ticho!
russisch: Still, still!

Punkaharju
Dorfgemeinde im südöstlichen Finnland, berühmt für ihre Naturschönheit

Martta Wendelin
(1893-1986) finnische Malerin und Zeichnerin; schuf zahlreiche Darstellungen des traditionellen finnischen Weihnachtsfestes

Ainola
Name des Hauses der Familie Jean Sibelius in Järvenpää, erbaut 1903; heute Museum

Straßenbahn 3
Linie in Helsinki, die einmal das Stadtzentrum umfährt und dabei zahlreiche Sehenswürdigkeiten passiert.

laudatur
die beste Schulnote auf dem Abiturzeugnis

Blauhemden
siehe: Taistojaner

Koli
347 m hoher Berg in Nordkarelien, von dort Blick auf reizvolle Seenlandschaft

karelische Piroggen
Gebäck aus dünn ausgerolltem Roggenteig mit Reisbreifüllung

Uusimaa
Provinz an der Südküste Finnlands

Härmeland
Eine scherzhafte Eigenbezeichnung der Finnen ist *härmäläinen;* daraus hat Eeva-Kaarina Aronen einen ebenso scherzhaften Landesnamen gebildet.

Vihtori Kosola
siehe: Lapua-Sommer

Lapua-Oper
Schauspiel von Arvo Salo, Musik Kaj Chydenius, Regie Kalle Holmberg. Uraufführung März 1966. Stück über die Gewalttätigkeiten der rechtsradikalen Lapua-Bewegung und den passiven, pazifistischen Widerstand der Linken, das eine heftige gesellschaftliche Kulturdebatte auslöste.

Lotta
Angehörige der Frauenorganisation Lotta Svärd (1920-1944), die sich der Unterstützung der Landesverteidigung widmete

Edvin Laine
(1905-1989) finnischer Theater- und Filmregisseur, dessen Verfilmung von Väinö Linnas Roman *Der unbekannte Soldat* (1955) als bedeutendster finnischer Film gilt

Flüchtling aus Salmi
Dorfgemeinde am Nordufer des Ladoga-Sees, ehedem zu Finnland gehörig, fiel nach 1944 an die Sowjetunion. Finnland verlor nach Kriegs-

ende zwölf Prozent seines Territoriums an die Sowjetunion. Etwa 400 000 Flüchtlinge aus diesen Gebieten mussten in Finnland integriert werden. Das hatte eine gewaltige Bodenreform zur Folge.

Veikko Antero Koskenniemi
(1885-1962) finnischer Dichter, schrieb das Lied: *Wie ist doch dein Ufer so öd und weit (On suuri sun rantasi autius)*

Väinös Kantele
Kantele: zitherähnliches Saiteninstrument, finnisches Nationalinstrument. Väinö, Väinämöinen: Held des finnischen Nationalepos *Kalevala*, Sänger und Schamane, der nach der Überlieferung als Erster eine Kantele baute

Suomussalmi, Summa, Raate und Kollaanjoki
Orte, wo Finnland im Winterkrieg bedeutende Abwehrschlachten gegen die Rote Armee gewann

Ville Nalo
(*1976), Rockmusiker, Sänger und Songwriter der Band HIM

Nagu
Ort auf den Ålandsinseln

Die aberwitzige Fahrt vom alten Haudegen Tavetti durch Finnland

Arto Paasilinna
DER SOMMER DER LACHENDEN KÜHE
Roman
Aus dem Finnischen
von Regine Pirschel
224 Seiten
ISBN 978-3-404-17072-2

Er weiß gerade noch, dass er Tavetti Rytkönen heißt und einmal Panzer-Sergeant war, als ihn Taxifahrer Seppo in Helsinki mitten auf der Straße aufgabelt. Auf die Frage »Wo soll's hingehen?« lautet Rytkönens Antwort: »Egal, einfach vorwärts.« Und so beginnt eine skurrile Tour, die das ungleiche Paar kreuz und quer durch die finnische Seenplatte führt. Dabei wird ein Bauernhof verwüstet, werden Kühe gejagt und ein Dutzend Französinnen beim Überlebenstraining überrascht. - Paasilinna at his best!

Bastei Lübbe

Am allerwichtigsten in diesem Leben ist der Tod, und auch der ist nicht wirklich wichtig.
Volksweisheit

Arto Paasilinna
DER WUNDERBARE MASSENSELBSTMORD
Roman
Aus dem Finnischen
von Regine Pirschel
288 Seiten
ISBN 978-3-404-17070-8

»Denkst du an Selbstmord? Du bist nicht allein!« So lautet ein ungewöhnlicher Anzeigentext, der auf überraschend heftiges Interesse stößt. Niemals hätte der gescheiterte Unternehmer Onni Rellonen mit der Existenz so vieler Gleichgesinnter gerechnet, als er beschließt, seinem Leben ein Ende zu setzen. Aus einem zunächst vagen Vorhaben entwickelt sich ein konkreter Plan: Ein Bus wird gechartert, um an einsamer Stelle gemeinschaftlich das Leben zu beenden. Am verabredeten Tag besteigen die unternehmungslustigen Selbstmordkandidaten schließlich guten Mutes das gemietete Gefährt - und starten ihre einzigartige Reise ohne Wiederkehr ...

Bastei Lübbe

Ein poetischer Familienroman aus Finnland

Arne Nevanlinna
MARIE
Roman
Aus dem Finnischen
von Angela Plöger
272 Seiten
ISBN 978-3-404-17010-4

Helsinki, Anfang des 20. Jahrhunderts: Die Heirat mit einem finnischen Chirurgen führt die Französin Marie in den hohen Norden. Ein Kulturschock, den sie niemals verwindet. Zeit ihres Lebens bleibt sie Außenseiterin. Einzig von ihrem Schwager fühlt sich Marie verstanden und angenommen ...Der Roman erzählt die umwälzenden Ereignisse des vergangenen Jahrhunderts aus Maries persönlicher Sicht und zugleich eine faszinierende Familiengeschichte.

»Eine feinsinnige und humorvolle Geschichte einer Familie in Finnland. Der Zusammenprall der Kulturen wird mit schelmischem Humor geschildert.« TIEDONANTAJA

Bastei Lübbe

»Das überwältigende Bedürfnis, das ans Licht zu bringen, was verborgen oder vergessen war, ließ ihm keine Ruhe«

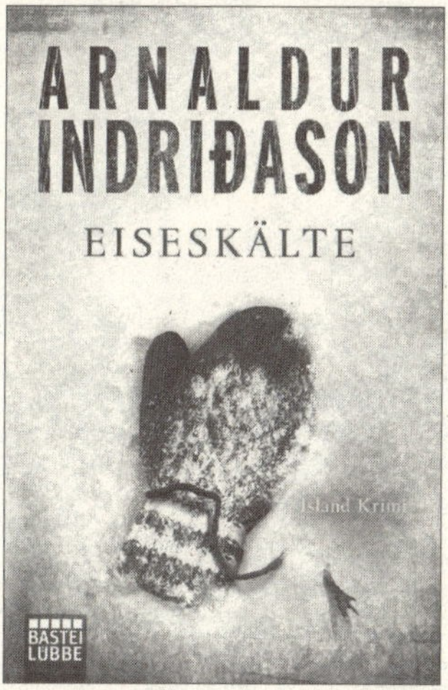

Arnaldur Indriðason
EISESKÄLTE
Island-Krimi
Kommissar Erlendur,
Fall 11
Aus dem Isländischen
von Coletta Bürling
400 Seiten
ISBN 978-3-404-16983-2

Ohne Abschied zu nehmen, ist Kommissar Erlendur in die Ostfjorde gereist, dorthin, wo er seine Kindheit verbracht und seinen kleinen Bruder im Schneesturm verloren hat. Jahrzehnte zuvor hatten sich in dieser Gegend dramatische Szenen abgespielt: Ein Trupp englischer Soldaten geriet auf einem Höhenpfad in ein tödliches Unwetter. In derselben Nacht verschwand eine junge Frau, deren Leiche aber nie gefunden wurde. Das Schicksal dieser Frau zieht Erlendur in seinen Bann: Er will unbedingt herausfinden, was sich damals zugetragen hat – so schmerzlich es für ihn auch sein mag, Ereignisse aus dieser Zeit ans Licht zu bringen ...

Bastei Lübbe